Michael Robotham

SAG, ES TUT DIR LEID

Psychothriller

Ins Deutsche übertragen
von Kristian Lutze

Eder & Bach

Genehmigte Lizenzausgabe für Eder & Bach GmbH,
Kaiser-Ludwig-Platz 1, 80336 München
1. Auflage, März 2020
Copyright © der Originalausgabe 2012 by Bookwrite Pty
Copyright © der deutschsprachigen Ausgabe 2013
by Wilhelm Goldmann Verlag, München,
in der Verlagsgruppe Random House GmbH
Umschlaggestaltung: Stefan Hilden, www.hildendesign.de
Umschlagabbildung: © HildenDesign unter Verwendung
mehrerer Motive von Shutterstock.com
Satz: Satzkasten, Stuttgart
Druck und Verarbeitung: CPI – Ebner & Spiegel, Ulm
ISBN: 978-3-945386-73-6

Für Alex

»Ich bin mir des Augenblicks bewusst,
in dem ich mich gerade befinde.
Dies ist der Moment davor. Dies ist das Luftholen.«

Jon Bauer, Rocks in the Belly

Ich heiße Piper Hadley und

ich werde seit dem letzten Samstag der Sommerferien vor drei Jahren vermisst. Ich habe mich nicht in Luft aufgelöst, und ich bin auch nicht weggelaufen, wie damals viele Leute geglaubt haben (sofern sie nicht dachten, ich sei sowieso schon tot). Und trotz allem, was man vielleicht gehört oder gelesen hat, bin ich auch nicht in ein fremdes Auto eingestiegen oder mit einem perversen Pädo durchgebrannt, den ich im Internet kennengelernt habe. Ich wurde weder an ägyptische Sklavenhändler verkauft noch von einer Bande Albaner zur Prostitution gezwungen. Und dass ich auf einer Luxusjacht nach Asien verschleppt wurde, stimmt auch nicht.

Ich war die ganze Zeit hier – weder im Himmel noch in der Hölle noch an dem Ort dazwischen, dessen Name mir nie einfällt, weil ich im Kindergottesdienst nicht aufgepasst habe. (Ich bin bloß wegen dem Kuchen und dem Saft danach hingegangen.)

Ich weiß nicht ganz genau, wie viele Tage, Wochen oder Monate ich schon hier bin. Ich habe versucht mitzuhalten, aber mit Zahlen hab ich es nicht so. Im Rechnen bin ich ehrlich gesagt eine absolute Niete. Fragt Mr. Monroe, meinen alten Mathelehrer. Der behauptet, ihm seien die Haare ausgefallen, als er mir das Lösen von Gleichungen beibringen wollte. Das ist übrigens totaler Blödsinn. Er war schon kahler als eine Schildkröte auf Chemo, bevor er mich je unterrichtet hat.

Jeder, der damals die Nachrichten verfolgt hat, weiß, dass ich nicht allein verschwunden bin. Meine beste Freundin Tash war bei mir. Ich wünschte, sie wäre jetzt hier. Ich wünschte, sie hätte sich nicht durch das Fenster gezwängt. Ich wünschte, ich wäre an ihrer Stelle entkommen.

In Geschichten über vermisste Kinder heißt es immer, sie würden von Herzen geliebt, und ihre Eltern wünschten sie sich sehnlichst zurück, egal ob das stimmt oder nicht. Damit will ich nicht sagen, dass sie nicht geliebt und vermisst werden, doch das ist nicht die ganze Wahrheit.

Schüler, die bei Prüfungen glänzen, laufen nicht weg. Mädchen, die bei Schönheitswettbewerben gewinnen, laufen nicht weg. Und auch nicht solche, die mit hei-

ßen Typen zusammen sind. Sie haben einen Grund zu bleiben. Aber was ist mit denen, die gemobbt werden? Die magersüchtig sind oder wegen ihres Aussehens Komplexe haben? Oder die die Streitereien ihrer Eltern leid sind? Es gibt eine Menge Gründe, die Jugendliche dazu bringen, und keiner hat etwas damit zu tun, ob man von seinen Eltern geliebt wird oder gewollt ist.

Ich will nicht an Tash denken, weil ich weiß, dass mich das aufregen wird. Meine Sauklaue ist auch so schon schwer zu entziffern, was eigentlich seltsam ist, weil ich mit neun sogar mal einen Schönschriftwettbewerb gewonnen habe. Als Preis gab es einen Füller in einer schicken Schachtel, an der ich mir beim Zumachen immer die Finger geklemmt habe.

Wir sind zusammen verschwunden, Tash und ich. Es war ein Sommer mit heißen Winden und heftigen Gewittern, die kamen und gingen wie, nun ja, Gewitter eben. Es war ein klarer Abend Ende August, der letzte Tag des Bingham Summer Festivals. Die Karussells liefen nicht mehr, und die bunten Lichter waren gelöscht.

Unser Verschwinden wurde erst am nächsten Morgen bemerkt. Am Anfang haben nur unsere Familien nach uns gesucht, dann riefen auch Nachbarn und Freunde unsere Namen auf Spielplätzen und Straßen, über Hecken und Felder. Als die Stunden sich anhäuften, alarmierten sie die Polizei, die eine richtige Suche einleitete. Hunderte von Menschen versammelten sich auf einem Kricketplatz und wurden in Trupps unterteilt, die die Bauernhöfe und Wälder entlang des Flusses durchsuchten.

Am zweiten Tag waren fünfhundert Leute im Einsatz, Polizeihubschrauber, Spürhunde und Soldaten von der Royal Air Force. Dann kamen die Journalisten mit ihren Satellitenschüsseln und Übertragungswagen, die auf dem Bingham Green parkten und die Einheimischen für die Benutzung der Toiletten bezahlten. Vor der Stadtuhr stehend berichteten Reporter den Leuten, dass es nichts zu berichten gebe, doch sie taten es trotzdem. Tagelang ging das so, auf allen Sendern rund um die Uhr, weil die Öffentlichkeit auf den neusten Stand des Nichts gebracht werden wollte.

Sie nannten uns die »Bingham Girls«, und die Leute häuften Blumen zu Gedenkstätten und banden gelbe Bänder um Laternenpfähle. Sie kamen mit Luftballons, Stofftieren und Kerzen an, genau wie damals bei Prinzessin Dianas Tod. Vollkommen Fremde beteten für uns, weinten, als seien wir ihre Kinder, als würden wir die Tragödien ihres eigenen Lebens auf den Punkt bringen.

Wir waren wie die beiden Geschwister aus dem Märchen, wie Hänsel und Gretel, oder wie die verschwundenen Mädchen aus Soham in ihren identischen Man-United-Trikots. Ich erinnere mich an die Mädchen aus Soham, weil unsere Schule ihren Familien Karten geschickt hat, auf denen stand, wir würden für sie beten.

Ich mag diese alten Märchen nicht – die, in denen Kinder von Wölfen gefressen *oder von Hexen eingesperrt werden.* In unserer Grundschule hat man Hänsel und Gretel aus dem Bücherregal genommen, weil einige Eltern sich beschwert hatten, dass es zu unheimlich für Kinder sei. Mein Dad nannte solche Leute politisch korrekte Korinthenkacker und meinte, als Nächstes würden sie wahrscheinlich Humpty Dumpty als eine Verherrlichung von Gewalt gegen ungeborene Küken verbieten.

Mein Dad ist nicht gerade berühmt für seinen Humor, doch manchmal kann er echt komisch sein. Einmal hat er mich so zum Lachen gebracht, dass mir der Tee aus der Nase gekommen ist.

Die Tage vergingen, und der Ansturm der Reporter nahm kein Ende. Kameras schwenkten durch unsere Häuser, die Treppe hinauf in unsere Zimmer. An der Türklinke hing mein BH, und auf dem Nachttisch stand eine leere Tamponschachtel. Sie nannten es ein typisches Teenagerzimmer wegen der Poster, der kleinen, bunten Steinsammlung und den Schnappschüssen aus dem Fotoautomat, auf denen ich mit meinen Freundinnen drauf bin.

Meine Mum hätte normalerweise einen Anfall bekommen, weil das Haus so chaotisch war, aber ihr war offenbar nicht nach Aufräumen. So wie sie aussah, war ihr wohl jeder Atemzug zu viel. Meistens hat Dad geredet, trotzdem kam er rüber wie ein Mann weniger Worte, der starke stille Typ.

Unsere Eltern rekonstruierten unsere letzten Tage, setzten sie aus Fetzen von Informationen zusammen, wie bei den Alben, die Leute von ihren neugeborenen Babys machen. Jedes Detail war wichtig. Welches Buch habe ich gelesen: Supergute Tage – zum sechsten Mal. Welche DVD ich mir zuletzt ausgeliehen habe: Shaun of the Dead. Ob ich einen Freund habe: Ja, klar!

Jeder hatte eine Geschichte über uns zu erzählen – sogar die Leute, die uns nie leiden konnten. Wir waren aufgeweckt, fröhlich, beliebt und fleißig; glatte Einserschülerinnen. Ich hab mich kaputtgelacht.

Die Leute haben uns einen unechten Heiligenschein verpasst, uns zu den Engeln gemacht, die sie sich gewünscht hätten. Unsere Mütter waren anständig, unsere Väter schuldlos. Perfekte Eltern, die es nicht verdient hatten, so gequält zu werden.

Tash war die Intelligente und Hübsche. Und sie wusste es. Trug immer kurze Röcke und enge Tops. Selbst in ihrer Schuluniform sah sie umwerfend aus, mit Brüsten, die ihre Ankunft wie eine Kühlerfigur ankündigten. Es waren die Brüste einer erwachsenen Frau, einer Frau, die Glück gehabt hatte, einer Frau, die BHs vorführen oder bei einer Automesse die Motorhaube eines Sportwagens zieren könnte. Und sie fachte die Aufmerksamkeit noch weiter an, krempelte den Bund ihres Rockes um, um ihn noch kürzer zu machen, oder ließ den obersten Knopf ihrer Bluse offen.

Mit fünfzehn ist das Aussehen eines Mädchens ziemlich unberechenbar. Manche blühen auf, andere spielen Klarinette. Ich war dünn und hatte Sommersprossen, einen großen Mob wirrer schwarzer Haare, ein spitzes Kinn und Wimpern wie ein Lama. Meine körperlichen Vorzüge waren noch nicht bei mir angekommen oder einer anderen zugestellt worden, die vermutlich inniger oder überhaupt darum gebetet hatte.

Ich war eher für Tempo als für tief ausgeschnittene Kleider und kurze Röcke gebaut. Spindeldürr, eine Läuferin, Zweite der Landesmeisterschaften in meiner Altersgruppe. Mein Vater meinte, ich wäre ein halber Windhund, bis ich ihn darauf hinwies, dass der Vergleich mit einem Hund meinem Selbstbewusstsein nicht förderlich sei. Unscheinbar, lautete die Beschreibung meiner Großmutter. Ein Bücherwurm, sagte meine Mutter. Sie hätten mich auch ein Mauerblümchen nennen können, allerdings weiß ich gar nicht, wie Mauerblümchen aussehen. Verglichen mit mir wahrscheinlich gut.

Tash war ein hässliches Entlein, das zu einem Schwan erblühte, während ich ein hässliches Entlein war, das zu einer Ente heranwuchs – ein weniger glückliches Ende, ich weiß, aber so was kommt weit häufiger vor. Anders ausgedrückt, wenn ich eine Schauspielerin in einem Horrorfilm wäre, würde man einen Blick auf mich werfen und sagen: »Die muss dran glauben.« Während Tash das Mädchen wäre, das sich in der Dusche auszieht, im letzten Moment gerettet wird und bis an sein Lebensende mit dem Helden und seinen perfekten Zähnen glücklich ist.

Vielleicht hat sie dieses Happy End verdient, weil ihr echtes Leben nicht sonderlich lustig war. Tash ist in einem alten Bauernhaus eine halbe Meile außerhalb von Bingham aufgewachsen, an einem schmalen Weg, gerade breit genug für ein Auto oder einen Traktor. Mr. McBain hatte den Hof in der Hoffnung gemietet, ihn eines Tages zu kaufen, doch er brachte das Geld nie auf.

Ich erinnere mich, wie meine Mutter sagte, die McBains wären weiße Unterschicht, was ich nie wirklich verstanden habe.

Eine Menge Leute wohnen zur Miete und schicken ihre Kinder auf öffentliche Schulen, ohne dass sie deswegen verkorkster wären als die Reichen, die in Priory Corner leben.

Dort habe ich gewohnt, in einem Haus namens »The Old Vicarage«. Dort hat früher der Pfarrer gewohnt, bis die Kirche beschloss, dass sie noch mehr Geld brauchte, und das Haus samt Grundstück verkauft hat. Die Straßen von Priory Corner sind nicht mit Gold gepflastert, aber unsere Nachbarn benehmen sich so, als sollten sie es sein.

Wie alle anderen in der Stadt hängten sie nach unserem Verschwinden Plakate in ihre Fenster und pappten Aufkleber auf ihre Autos. Es gab Mahnwachen mit Kerzen, Sondergottesdienste in St. Mark's und Gebete in der Schule. So viele Gebete, dass ich nicht weiß, wie Gott sie alle überhören konnte.

Wahrscheinlich fragt ihr euch, woher ich den Kram mit der polizeilichen Suche und der Mahnwache weiß. In den ersten paar Wochen ließ George uns fernsehen und Zeitung lesen. Wir waren in einem Speicher angekettet mit schrägen Decken und einem mit Vogelscheiße verdreckten Dachfenster. Der Raum unter den Dachziegeln war heiß und stickig, aber viel netter als hier. Es gab ein richtiges Bett und einen alten Fernseher mit einem Kleiderbügel als Antenne und rauschendem Schneesturm auf den meisten Sendern.

Am dritten Tag sah ich Mum und Dad auf dem Bildschirm. Sie sahen aus wie Kaninchen, die in einem grellen Lichtstrahl erstarrt waren. Mum trug ihr enges, schwarzes Kleid von Alexander McQueen und dunkle Pumps. Tash kannte die Marke. Ich bin nicht so gut in Designerklamotten. Mum hielt ein Foto in der Hand. Sie hatte ihre Stimme wiedergefunden und war nicht mehr zu bremsen.

Sie listete alle Kleider auf, die ich möglicherweise getragen hatte, als hätte ich sie wie Brotkrumen fallen lassen, um eine Spur zu legen, der die Leute folgen konnten. Dann hielt sie inne und starrte in die Kamera. Eine Träne hing an ihrer Wange, und weil alle warteten, wann sie fallen würde, hörte niemand auf das, was sie sagte.

Mr. und Mrs. McBain waren ebenfalls auf der Pressekonferenz. Mrs. McBain hatte sich nicht die Mühe gemacht, sich zu schminken ... oder zu schlafen. Sie hatte dicke Tränensäcke unter den Augen und trug ein T-Shirt und eine alte Jeans.

»Wie eine Vogelscheuche«, meinte Tash.

»Sie macht sich Sorgen um dich.«

»So sieht sie immer aus.«

Mein Dad holte zittrig Luft, doch seine Worte waren klar.

»Irgendjemand muss Piper und Tash gesehen haben. Vielleicht sind Sie sich nicht sicher oder wollen jemanden schützen. Bitte rufen Sie trotzdem die Polizei an. Sie können sich nicht vorstellen, was Piper uns bedeutet. Wir können nicht ohne unsere Tochter sein.«

Er blickte direkt in die Kameras. »Wenn Sie unsere Kinder entführt haben, geben Sie sie bitte zurück. Setzen Sie sie an der nächsten Straßenecke ab. Die beiden können einen Bus oder den Zug nehmen. Lassen Sie sie laufen.«

Dann wandte er sich an Tash und mich.

»Piper, wenn ihr beide, du und Tash, das seht. Wir finden euch. Haltet einfach durch. Wir kommen.«

Mit all der verwischten Mascara hatte Mum Augen wie ein Panda, doch sie sah immer noch aus wie ein Filmstar. Niemand kann für ein Foto posieren wie sie.

»Wo immer Sie sein mögen – wir verzeihen Ihnen. Schicken Sie Piper und Tash einfach nach Hause.«

Meine Schwester Phoebe wurde in ihrem hübschesten Kleid ins Bild gezerrt und stand mit einwärtsgerichteten Füßen und an den Fingern lutschend vor den Kameras. Mum musste ihr soufflieren.

»Komm nach Hause, Piper«, sagte Phoebe. »Wir vermissen dich alle.«

Tashs Vater sah sich den ganzen Zirkus mit verschränkten Armen an. Er sagte bis zum Schluss kein einziges Wort, bis ihn ein Reporter fragte: »Haben Sie nichts zu sagen, Mr. McBain?« Er bedachte den Reporter mit einem tödlichen Blick und ließ die Arme sinken. Dann sagte er: »Wenn Sie sie noch haben, lassen Sie sie laufen. Wenn sie tot sind, sagen Sie uns, wo wir sie finden können.«

Danach verschränkte er die Arme wieder. Das war alles. Zwei Sätze.

Irgendetwas zerbrach in Tashs Mum, und sie stieß einen leisen tierischen Laut aus wie ein wimmerndes Kätzchen in einer Kiste. Hinterher gab es Gerüchte über Mr. McBain. Die Leute fragten: »Wo waren seine Gefühle? Warum hat er angedeutet, dass

sie tot sein könnten?«

Offenbar soll man bei Pressekonferenzen zittern und stammeln. Es ist wie ein ungeschriebenes Gesetz, ansonsten denken die Leute, man hätte die eigene Tochter und ihre beste Freundin vergewaltigt und ermordet.

Zum Schluss hielt meine Mum ein Foto von Tash und mir hoch. Es ist das Bild, das berühmt wurde, aufgenommen von Mr. Quick, dem Schulfotografen (berühmt für seinen Pfefferminzatem und seine wandernden Hände, die Kragen richten, Röcke glatt streichen und Brüste betatschen).

Auf dem Foto sitzen Tash und ich in der ersten Reihe unserer Klasse. Tashs Rock ist so kurz, dass sie die Knie zusammenpressen und beide Hände im Schoß halten muss, um keine Einblicke zu gewähren. Ich hocke neben ihr mit meinen widerspenstigen Haaren und einem falschen Lächeln, das Victoria Beckham alle Ehre gemacht hätte.

Das ist das Foto, an das sich jeder erinnert: zwei Mädchen in einer Schuluniform, Piper und Tash, die Bingham Girls.

Egal welchen Sender man eingeschaltet hatte, überall waren wir und unsere Eltern zu sehen, die um Informationen flehten. Millionen von Wörtern wurden in den Zeitungen geschrieben, Seite auf Seite über neue Entwicklungen, die eigentlich nicht neu waren und zu nichts führten.

Bei der Mahnwache mit Kerzen sprach Reverend Trevor das gemeinsame Gebet, während seine Frau Felicity den örtlichen Klatsch anführte. Sie ist wie ein menschliches Megafon mit einem fetten Arsch und erinnert mich an diese Wippvögel, die ihren Schnabel in ein Glas tunken.

Sie und der Reverend haben einen Sohn namens Damian, der ein Kreuz auf der

Stirn tragen sollte, weil er ins Reich des Bösen gehört. Der kleine Scheißer schleicht sich gern von hinten an und lässt die BH-Träger der Mädchen flitschen. Bei mir hat er das nie gemacht, weil ich schneller bin als er und ihm einmal seinen Asthma-Inhalator in die Nase gerammt habe.

Bei der Mahnwache in St. Mark's gab es nur Stehplätze. Lautsprecher wurden aufgebaut, damit auch die Leute vor der Kirche die Gebete und Lieder hören konnten. Das Einzige, was fehlte, waren Kinder. Eltern hatten solche Angst vor weiteren Entführungen, dass sie ihre Kleinen sicher zu Hause hinter verschlossenen Türen hielten.

Das war das Wochenende, an dem die ersten Trauertouristen eintrafen. Leute kamen aus Oxford und von noch weiter, liefen durch die Straßen, besichtigten die Kirche und gafften unser Haus an.

Sie beobachteten die Reporter, die atemlos in Kameras sprachen und eine Menge heiße Luft abließen, vergangene Unglücksfälle ausweideten, Namen wie Holly Wells, Jessica Chapman und Sarah Payne fallen ließen und ein paar weitere Stunden mit Gerüchten und Spekulationen füllten.

Wenn die Touristen wieder abfuhren, wirkten sie leicht enttäuscht. Sie hatten sich Bingham düsterer gewünscht – als einen Ort, an dem Teenager verschwanden und nicht wieder nach Hause kamen.

1

Draussen ist es eiskalt – an manchen Orten minus sechsundzwanzig Grad –, was außergewöhnlich ist für diese Jahreszeit. Ich kam mir vor wie Scott auf seiner Antarktis-Expedition, als ich heute Morgen durch den Hyde Park zur Arbeit gelaufen bin, obwohl ich wahrscheinlich eher aussehe wie ein dick eingepackter Kandidat bei *Dancing on Ice*.

Vor vier Tagen hat es angefangen zu schneien. Dicke feuchte Flocken, die geschmolzen, wieder gefroren und von neuem Schnee zugedeckt worden sind, der den Verkehr zum Erliegen gebracht hat. Es gibt nicht genug Schneepflüge, um die Autobahnen zu räumen, und nicht genug städtische Fahrzeuge, um die Straßen zu streuen. Alle müssen die Zähne zusammenbeißen, buchstäblich und im übertragenen Sinn.

Flughäfen sind geschlossen worden, Flüge gestrichen, Flugzeuge sitzen am Boden fest. Zehntausende Menschen sind in Terminals und Autobahnraststätten gestrandet, die aussehen wie Flüchtlingslager voller Vertriebener, die sich in einem Meer aus Silberfolie unter Wärmedecken zusammendrängen.

Laut Wetterbericht im Fernsehen sitzt ein Keil kalter Luft über Grönland und Island fest und blockiert den Jetstream vom Atlantik. Gleichzeitig haben arktische und sibirische Winde die Kälte »turbo-gefrostet«, was an der sogenannten Arktischen Oszillation liegt.

Normalerweise habe ich nichts gegen Schnee. Er kann eine Menge Sünden verbergen. Unter den weißen Laken sieht London wunderschön aus, wie eine Stadt aus einem Märchen oder eine Filmkulisse. Aber heute ist es wichtig, dass die Züge pünktlich fahren. Charlie kommt nach London, wir wollen vier Tage zusammen nach Oxford fahren, ein Wochenende fürs Vater-Tochter-Bonding, obwohl sie es wahrscheinlich anders nennen würde.

Es geht um einen Jungen. Er heißt Jacob.

»Hättest du keinen Edward finden können?«, habe ich Charlie gefragt. Sie hat mir nur einen vernichtenden Blick zugeworfen – den, den sie von ihrer Mutter gelernt hat.

Ich weiß nicht viel über Jacob außer der Marke seiner Unterhose, die man knapp unterhalb der Arschspalte lesen kann. Er könnte sehr nett sein. Er könnte einen Wortschatz haben. Ich *weiß*, dass er fünf Jahre älter als Charlie und zusammen mit ihr bei geschlossener Tür in ihrem Zimmer erwischt worden ist. Sie hätten sich nur geküsst, sagen sie, aber Charlies Bluse war aufgeknöpft.

»Du musst mit ihr reden«, hat Julianne mir erklärt, »aber sei behutsam. Wir wollen nicht, dass sie Komplexe kriegt.«

»Was für Komplexe denn?«

»Wir könnten ihr den Sex verleiden.«

»Wär doch ein Pluspunkt.«

Das fand Julianne nicht witzig. Sie befürchtet, Charlie könnte unter einem zu geringen Selbstbewusstsein leiden, was offenbar der erste Schritt auf dem rutschigen Hang zu Essstörungen, kaputten Zähnen, unreiner Haut, schlechten Noten, Drogensucht und Prostitution ist. Ich übertreibe natürlich, doch immerhin fragt Julianne mich um Rat.

Wir leben getrennt, sind jedoch nicht geschieden. Das Thema wird gelegentlich aufgebracht (nie von mir), doch wir sind noch nicht dazu gekommen, die Papiere zu unterschreiben. Derweil ziehen wir gemeinsam zwei Töchter groß, eine intelligente, entzückende Siebenjährige und einen Teenager mit einem frechen Mundwerk und ständig wechselnden Launen.

Ich bin vor acht Monaten zurück nach London gezogen. Deshalb sehe ich die Mädchen nicht mehr so oft, was bedauerlich ist. Ich habe den Kreis beinahe geschlossen – ich habe eine neue psychologische Praxis eröffnet und lebe im Norden Londons. Wie vor fünf Jahren, als Julianne und ich ein Haus an der Grenze von Camden Town und Primrose Hill hatten. Im Sommer konnte man bei offenem Fenster die Löwen und Hyänen im Londoner Zoo hören. Als ob man auf Safari wäre, nur ohne Jeeps.

Jetzt wohne ich in einem Einzimmer-Apartment, das mich an meine Studentenzeit erinnert – billig, vorübergehend, voller nicht zueinanderpassender Möbel und einem Vorrat von indischen Pickles und Chutneys im Kühlschrank.

Ich versuche, nicht über die Vergangenheit zu grübeln. Ich berühre sie nur behutsam mit den äußersten Gedankenspitzen, als wären sie ein besorgniserregender Knoten in meinen Hoden, wahrscheinlich gutartig, aber vernichtend bis zum Beweis des Gegenteils.

Ich praktiziere wieder. An der Tür prangt ein Messingschild mit der Aufschrift JOSEPH O'LOUGHLIN, PSYCHOLOGE sowie verschiedenen Abkürzungen vor meinem Namen. Die meisten meiner Patienten werden mir vom Gericht geschickt, obwohl ich zwei Tage in der Woche auch für den National Health Service arbeite.

Heute habe ich schon einen Autohändler mit Hang zum Cross-Dressing, einen zwangsgestörten Floristen und einen Nachtclub-Türsteher mit Aggressionsbewältigungsproblemen empfangen. Keiner von ihnen ist besonders gefährlich, sie versuchen bloß, irgendwie klarzukommen.

Meine Sekretärin Bronwyn klopft an meine Tür. Sie ist eine Aushilfskraft von einer Zeitagentur und kaut schneller Kaugummi, als sie tippt.

»Ihr Zwei-Uhr-Termin ist da«, sagt sie. »Und ich wollte fragen, ob ich heute früher gehen kann.«

»Sie sind doch schon gestern früher gegangen.«

»Ja.«

Sie verzieht sich ohne weitere Diskussion.

Mandy kommt herein, neunundzwanzig, blond und übergewichtig, mit schrecklicher Haut und Augen, die zu einer älteren Frau gehören sollten. Man hat sie zu mir geschickt, weil man ihre beiden Kinder allein in einer abgeschlossenen Wohnung gefunden hatte. Mandy war mit ihrem Freund in einen Club gegangen und hatte bei ihm übernachtet. Der Polizei erklärte sie, dass sie den Eindruck gehabt hätte, ihre sechsjährige Tochter sei alt genug, um auf ihren vierjährigen Bruder aufzupassen. Beiden Kindern geht es übrigens gut. Eine Nachbarin fand sie wie flatternde Hühner zwischen Kekskrümeln und Fäkalien auf dem Teppich.

Mandy sieht mich aggressiv an, als ob ich persönlich dafür verantwortlich wäre, dass ihre Kinder in Pflege gekommen sind. In den nächsten fünfzig Minuten sprechen wir über ihre Geschichte, und ich höre mir ihre Ausflüchte an. Wir vereinbaren, uns in der nächsten Woche wiederzusehen, und ich übertrage meine Notizen.

Es ist kurz nach drei. In einer halben Stunde kommt Charlies Zug an, und ich soll sie am Bahnhof treffen. Ich weiß nicht, was wir am Wochenende in Oxford machen wollen. Ich soll einen Vortrag bei einem psychologischen Symposium halten, obwohl ich mir nicht vorstellen kann, dass bei dem Wetter irgendjemand kommt, doch sie haben Zugfahrkarten geschickt (Erste Klasse) und mir ein schickes Hotelzimmer gebucht.

Ich packe meinen Aktenkoffer, nehme die Reisetasche aus dem Schrank und schließe die Praxis ab. Bronwyn ist schon weg und hat nur einen Hauch ihres Parfüms und einen Kaugummi zurückgelassen, der an ihrem Becher klebt.

An der Paddington Station suche ich unter den Massen, die aus den Waggons des First-Great-Western-Zuges strömen, nach Charlie. Sie gehört zu den

Letzten, die aus dem Zug steigen. Sie redet mit einem Jungen, der mit der ganzen Nonchalance eines Ferrari-Fahrers ein Mountainbike neben sich herschiebt. Er trägt einen Duffelcoat und lässt sich Koteletten wachsen.

Der Junge radelt davon. Charlie steckt sich zwei weiße Ohrhörer in die Ohren. Sie trägt Jeans, einen weiten Pullover und einen Mantel, der von der deutschen Luftwaffe übrig geblieben ist.

Sie hält mir eine Wange zum Küssen hin und beugt sich vor, um sich umarmen zu lassen.

»Wer war das?«

»Bloß ein Junge.«

»Wo hast du ihn kennengelernt?«

»Im Zug.«

»Wie heißt er?«

»Soll das ein Verhör werden oder was, Dad?«, unterbricht sie mich. »Ich hab mir nämlich keine Notizen gemacht. Hätte ich das tun sollen? Du hättest mich vorwarnen müssen. Ich hätte dir einen kompletten Bericht schreiben können.«

Den Sarkasmus hat sie von ihrer Mutter geerbt oder vielleicht auch auf der Privatschule gelernt, die mich so viel Geld kostet.

»Ich wollte bloß Konversation machen.«

Charlie zuckt die Achseln. »Er heißt Christian, ist achtzehn Jahre alt, kommt aus Bristol und will Arzt werden – Kinderarzt, um genau zu sein –, und er denkt, dass er vielleicht eine Zeitlang in der Dritten Welt arbeiten will, aber er ist nicht mein Typ.«

»Du hast einen Typ.«

»Jep.«

»Darf ich fragen, was dein Typ ist?«

Sie seufzt, der vielen Erklärungen schon müde. »Kein Mädchen in meinem Alter sollte einen Freund haben, mit dem ihre Eltern einverstanden sind.«

»Ist das eine Regel?«

»Jep.«

Ich nehme ihre Tasche und studiere die Anzeigetafel mit den abfahrenden Zügen. Der Zug nach Oxford geht in vierzig Minuten.

»Gibt es irgendwelche Neuigkeiten, von denen ich wissen sollte? Irgendwelche jüngsten Entwicklungen?«

»Nö.«

»Wie läuft's in der Schule?«

»Gut.«

»Emma?«

»Geht's prima.«

Ich verhöre sie schon wieder. Charlie ist nicht der redselige Typ. Ihre Grundhaltung ist zu-cool-für-alles.

Wir kaufen uns Sandwiches in dreieckigen Plastikverpackungen und Getränke in Plastikflaschen. Charlie steckt wieder ihre Ohrhörer in die Ohren. Als wir in den Zug gestiegen sind und uns auf gegenüberliegende Plätze gesetzt haben, kann ich das komprimierte *Umba-Umba-Zang* hören.

Sie hat sich die Haare gefärbt, seit ich sie zum letzten Mal gesehen habe, und sich einen ärgerlichen Pony wachsen lassen, der bis über ihre Augen fällt. Ich mache mir Sorgen um sie. Sie runzelt zu oft die Stirn. Offenbar fühlt sie sich aus irgendeinem Grund gedrängt, das Leben zu früh zu verstehen, lange bevor sie die nötigen Voraussetzungen dafür hat.

Der Zug fährt pünktlich, wir verlassen London, die Räder unter meinen Füßen spielen einen jazzigen Rhythmus. Häuser weichen Feldern, die Landschaft ist zu einem Stillleben gefroren, in der die Rauchfahnen der Schornsteine und die Scheinwerfer der an den Bahnübergängen wartenden Autos die einzigen Lebenszeichen sind.

Ein Pärchen auf den Plätzen auf der anderen Seite des Mittelgangs küsst sich eng umschlungen. Sie hat ein Bein zwischen seine Schenkel geschoben.

»Das ist eklig«, sagt Charlie.

»Sie küssen sich doch nur.«

»Ich kann das Schmatzen bis hierher hören.«

»Es ist ein öffentlicher Ort.«

»Sie sollten sich ein Zimmer nehmen.«

Ich blicke erneut zu dem Paar und spüre ein Pawlow'sches Zucken der Erregung oder Nostalgie. Das Mädchen ist jung und hübsch. Sie erinnert mich an Julianne in dem Alter. Daran, verliebt sein. Zu irgendjemandem zu gehören.

Kurz vor Oxford bremst der Zug. Die Räder quietschen in Abständen und kommen dann rüttelnd zum Stehen.

Charlie presst ihre Hand ans Fenster und beobachtet eine lange Reihe von Männern, die sich gebückt über ein verschneites Feld bewegen, als würden sie unsichtbare Pflüge ziehen.

»Haben die irgendwas verloren?«

»Keine Ahnung.«

Der Zug setzt sich im Schritttempo wieder in Bewegung. Durch das vom Schneeregen verschmierte Fenster sehe ich einen Polizeiwagen, der in einem

Feldweg feststeckt. In der Nähe parkt ein schlammbespritzter Landrover an der Böschung. Ein Kreis von Männern, Gestalten in Weiß, errichten ein Zelt am Rand eines Sees. Sie breiten eine Stoffkuppel über das Gestänge, doch der Wind lässt die Zeltplane immer wieder aufflattern, bis Pflöcke in den gefrorenen Boden geschlagen und die Seile gespannt sind.

Als der Zug vorbeirollt, sehe ich, was sie abschirmen wollen. Erst sieht es aus wie ein weggeworfenes Kleidungsstück oder ein totes Tier, doch dann erkenne ich die menschliche Gestalt, eine Leiche, die unter dem Eis gefangen ist wie ein Insekt in durchsichtigem Bernstein.

Charlie sieht es auch.

»War das ein Unfall?«

»Sieht so aus.«

»Ist jemand aus dem Zug gefallen?«

»Ich weiß nicht.«

Charlie presst ihre Stirn an das Glas.

»Vielleicht guckst du besser nicht hin«, sagte ich. »Sonst kriegst du noch Albträume.«

»Ich bin keine sechs mehr.«

Der Zug nimmt ruckelnd Fahrt auf. Schnee wirbelt wie Konfetti vom Dach. Einen kurzen Augenblick lang ist etwas aus dem Lot geraten, und ich spüre ein wachsendes Unbehagen. Eine Leere ist in der Welt ... jemand kommt nicht nach Hause.

Ich bin hier.

Ich möchte es rufen.
   Schreien Ich bin hier.
   ICH BIN HIER.
   ICH BIN HIER!
   Drei Tage. Irgendwas ist schiefgelaufen. Tash sollte längst zurück sein. Vielleicht hat George sie erwischt. Vielleicht hat er sie mit einer Schaufel erschlagen und im Wald vergraben. Damit hat er immer gedroht, falls wir fliehen sollten.
   Vielleicht hat sie sich verirrt. Tash hatte nie einen besonders guten Orientierungssinn. Einmal hat sie es geschafft, sich im Westgate Shopping Centre in Oxford zu verlaufen, wo wir uns bei Apricot treffen wollten, um mein Weihnachtsgeld für einen mit Perlen verzierten Gürtel und eine schwarze pre-washed Jeans auszugeben.
   Das war der Tag, an dem Tash sich mit Bianca Dwyer gestritten und gedroht hat, sie mit einem spitzen Stift zu stechen, weil sie mit Aiden Foster geflirtet hatte. Und sie hätte es auch getan. Tash hat mich einmal mit einem Stift durch meine Strumpfhose gestochen. Ich hab das kleinste Tattoo der Welt als Beweis. Sie war wütend, weil ich den Freundschaftsring verloren hatte, den sie mir zu meinem zwölften Geburtstag geschenkt hat.
   Jedenfalls ist ihr Orientierungssinn eine Katastrophe – beinahe so schlecht wie ihr Geschmack bei Jungs.
   Mir ist unvorstellbar kalt. Ich trage alle meine Kleider – und noch ein paar von Tashs Sachen. Sie hat bestimmt nichts dagegen.
   Ich ziehe die Decke über den Kopf, rieche meinen schalen Atem. Schweiß. Hin und wieder stecke ich den Kopf heraus und schnappe ein paar Atemzüge frische Luft, bevor ich wieder unter die Decke tauche.
   Vielleicht erfriere ich, bevor man mich findet.
   In den ersten paar Wochen war es anders. Da war Sommer, und auf dem Speicher unter den Dachziegeln war es heiß. Wir hatten ein richtiges Bett, anständiges Essen und konnten fernsehen. George hat gesagt, wir dürften bald nach Hause zu-

rückkehren. Er wirkte nicht wie ein Monster. Er hat uns Zeitschriften und Riesentafeln Schokolade gekauft.

Ich weiß nicht, ob George sein richtiger Name ist. Tash hat damit angefangen. Sie meinte, es würde zu ihm passen, weil er aussehen würde wie eine jüngere, dickere Ausgabe von George Clooney, doch ich finde, wir hätten ihn Freddy nennen sollen wie den Typen aus Nightmare on Elm Street *oder diesen anderen Irren mit der Hockeymaske und der Kettensäge.*

Am Anfang sprach George viel von einem Lösegeld.

»Deine Eltern sind reich«, sagte er zu mir, »aber sie wollen nicht zahlen.«

»Das ist nicht wahr.«

»Sie wollen dich nicht zurückhaben.«

»Doch, das wollen sie.«

Es war eine weitere Lüge. Es würde nie eine Lösegeldforderung geben. Wie kann man etwas bezahlen, wenn keiner den Preis kennt?

Wir lagen aneinandergekettet auf dem Bett, sahen fern und warteten auf Neuigkeiten. Derweil guckte auch der Rest des Landes in die Glotze und wartete auf Neuigkeiten. Jeder gab seinen Senf dazu. Jedes Gerücht wurde analysiert. Laut einer Geschichte waren wir von einem Internet-Pädophilen entführt worden. Er hatte uns online in einem Chatroom kennengelernt und uns dazu gebracht, uns auszuziehen. Von wegen!

Eine Hellseherin aus Bristol sagte, wir seien tot, und unsere Leichen seien ins Wasser geworfen worden.

Die Polizei setzte im Fluss bei Abingdon Schleppnetze ein und durchsuchte Dutzende von Brunnen und Abwasserkanälen.

Mrs. Jarvis, unsere Nachbarin, erzählte der Polizei, dass sie einen Mann gesehen hätte, der durch ihr Schlafzimmerfenster gespäht hatte, als sie sich auszog. Darüber musste Tash lachen.

»Die Jarvis lässt jeden Abend die Vorhänge auf und hofft, dass irgendjemand guckt.«

Ein Londoner Taxifahrer behauptete, uns vor einem Kino in Finchley gesehen zu haben. Und ein Autofahrer in High Barnet berichtete, er habe zwei Mädchen hinten in einem weißen Transporter gesehen, die ihre Hände an die Rückscheibe gepresst hätten.

Warum ist es immer ein weißer Transporter? Nie sieht jemand, dass Kinder von Leuten in violetten oder gelben Transportern verschleppt werden.

Tashs Bruder Hayden wurde ständig interviewt und erzählte den Reportern, dass er auf einem Feld in der Nähe von Bingham einen Mann gesehen hätte, der sich verdächtig benommen hatte. Er führte sie an die genaue Stelle. Als er von Tash sprach, hätte er fast geweint, er wischte sich immer wieder die Augen und drohte, jeden umzubringen, der ihr etwas antun würde.

Es ist erstaunlich, wie dünn man die Wahrheit auswalzen kann, so dünn, dass sie wahrscheinlich verschwinden würde, wenn man sie zur Seite kippen würde. Es war, als hätte man eine Fantasieversion unseres Lebens erfunden und so getan, als wäre sie real.

Die Sun *setzte eine Belohnung von 200 000 Pfund für Hinweise aus, die zu unserer Entdeckung führen würden. Wir wurden plötzlich in Bristol, Manchester, Aberdeen, Lockerbie und Dover gesichtet – kurzfristig machte sich Hoffnung breit und dann wieder Verzweiflung.*

Die Oxford Mail *enthüllte, dass es 984 registrierte Sexualstraftäter in Oxfordshire gebe. Mehr als dreihundert davon lebten im Umkreis von fünfundzwanzig Kilometern um Bingham. Wer hätte gedacht, dass so viele Perverse in der Nähe wohnen? Einer von ihnen war der alte Mr. Purvis, der ein Haus gegenüber vom Stadtpark hat. Er ist so ein unheimlicher alter Typ, der am Bahnhof rumhängt und den Mädchen erzählt, sie würden ihn an seine Tochter erinnern.*

Die Polizei hat Mr. Purvis' Garten umgegraben, jedoch nur das Skelett seines Hunds Buster gefunden. Aber bis dahin demonstrierten die Leute vor seinem Haus und nannten ihn einen Pädo und Kindermörder.

Die Polizei musste ihn retten. Sie brachten ihn mit einer Decke über dem Kopf weg. Man konnte nur seine weite Hose und seine braunen Schuhe sehen. Eine Socke war heruntergerutscht. Irgendjemand zog die Decke weg, und Mr. Purvis sah aus wie ein verängstigter alter Mann.

Danach wurde es nur noch schlimmer. Tashs Onkel Victor erstellte eine Liste von Leuten, die neu in Bingham waren – vor allem Ausländer. Außenseiter. Zusammen mit einem Kumpel, einem Klempner, trommelte er einen Trupp »besorgter Einheimischer« zusammen. Dann fuhren sie von Haus zu Haus, sagten, jemand hätte ein Gasleck gemeldet, und sie hätten das Recht, sich Zutritt zu verschaffen.

Die Polizei nahm Victor fest, allerdings erst nach einem Handgemenge. Er erklärte den Fernsehkameras, die Polizei würde nicht genug unternehmen. Die Polizeiwache in Bingham hätte niemals geschlossen werden dürfen, sagte er. Ich wusste gar nicht, dass hier früher einmal eine Polizeiwache gewesen war.

Dieselben Leute, die schnell Tränen vergossen, waren auch fix mit Hass ... und mit Kritik. Der Polizei wurden Fehler vorgeworfen. Sie reagiere zu langsam oder überstürzt, verfolge Spuren, die in Sackgassen endeten, während sie das Offensichtliche übersehe, und lasse obendrein die Familien im Ungewissen.

Als der Chor laut genug geworden war, schoss die Polizei zurück. Gerüchte machten die Runde. Wir waren nicht die Engel, als die man uns dargestellt hatte.

Wir waren frühreif mit häufig wechselnden Geschlechtspartnern. Wild. Straffällig. Tash ein schwer erziehbares Kind, das von der Schule verwiesen worden war. Ihr Vater hatte im Gefängnis gesessen. Mein Dad hatte obszön hohe Boni kassiert, während die Steuerzahler seine Bank retten mussten.

Beinahe über Nacht verwandelte Bingham sich von einem verschlafenen idyllischen Städtchen in das Herz der Finsternis – voller Teenagersex, Drogen und Komasaufen. Dieselben Gutmenschen, die bei der Suche geholfen, Beileidskarten geschrieben und Geld gespendet hatten, schnalzten mit der Zunge und schüttelten den Kopf. Die ganze Stadt ließ ihre Missbilligung heraus, und das Land stimmte in den Chor mit ein.

Blumen verwelkten in ihrer Zellophanverpackung, Luftballons lagen schlaff auf dem Boden, Stofftiere wurden feucht, die handgeschriebenen Wünsche verwischten. Der Glanz blätterte ab von Bingham wie billiger Nagellack, unter dem etwas Hässliches und Schmutziges zum Vorschein kommt.

2

OXFORD LIEGT unter einer Schneedecke und ist überrascht von seiner eigenen Stille. Haufen schmutzigen Eises sind an die Straßenränder gepflügt oder von Bürgersteigen und Einfahrten geschaufelt worden. Die verträumten Türme wirken besonders nachdenklich, eingehüllt von Dunst und bewacht von Wasserspeiern mit Eisbärten.

Ich habe den Vormittag damit zugebracht, in einem breiten Sessel in der Halle des Randolph Hotels meine Rede auf der Konferenz vorzubereiten. Es gibt eine Morse Bar – benannt nach dem Chefermittler aus Colin Dexters Kriminalromanen –, an den Wänden hängen Fotos der Hauptfiguren.

Charlie war den ganzen Morgen in der Cornmarket Street shoppen. Sie wärmt sich vor dem offenen Kamin.

»Hast du Hunger?«
»Ich sterbe vor Hunger.«
»Wie wär's mit Sushi?«
»Ich mag kein japanisches Essen.«
»Es ist sehr gesund.«
»Nicht für Wale und Delphine.«
»Wir essen keinen Wal oder Delphin.«
»Und was ist mit Thunfisch?«
»Das heißt, du boykottierst alles aus Japan?«
»Bis sie den Walfang für angeblich wissenschaftliche Zwecke einstellen.«

Mein linker Arm zittert. Die Wirkung meiner Medikamente lässt nach, und eine unsichtbare Kraft zupft an unsichtbaren Fäden wie ein Fisch, der an einem Köder knabbert.

Ich weiß alles über meinen Zustand, habe jede Abhandlung, medizinische Fachzeitschrift, Promi-Autobiografie und jeden Online-Blog über Parkinson gelesen. Ich kenne die Theorien, die Symptome, die Prognose und die möglichen Therapien – die den Fortschritt der Krankheit alle hinauszögern, meinen Zustand jedoch nicht heilen können. Ich habe die Suche noch nicht aufgegeben. Ich habe es nur aufgegeben, zwanghaft darüber zu grübeln.

Ich blicke über Charlies Schulter und sehe zwei Männer in der Halle, die ihre Mäntel abstreifen. Feuchtigkeit perlt auf die Marmorfliesen. Sie haben Schlamm an den Schuhen und riechen nach Bauernhof.

Der Ältere ist Mitte vierzig mit einem beunruhigend niedrigen Haaransatz, der seine Stirn hinunterzukriechen scheint, um die Augenbrauen zu treffen. Sein Kollege ist jünger und größer mit der Figur eines ehemaligen Boxers, der sein Training hat schleifen lassen.

Eine Polizeimarke wird präsentiert.

»Wir suchen Professor O'Loughlin.«

Die junge Frau am Empfang ruft auf meinem Zimmer an. Charlie stößt mich an. »Die fragen nach dir.«

»Ich weiß.«

»Willst du nichts sagen?«

»Nein.«

»Warum nicht?«

»Wir wollen doch zusammen Mittag essen.«

Die Spannung bringt sie um. »Suchen Sie meinen Vater?«, fragt sie laut. Die Männer drehen sich um.

»Er ist hier«, sagt sie.

»Professor O'Loughlin?«, fragt der ältere Mann. Ich werfe Charlie einen enttäuschten Blick zu.

»Ja«, antworte ich.

»Wir kommen, um Sie abzuholen, Sir. Ich bin Detective Sergeant Casey. Das ist mein Kollege Brindle Hughes, Detective Constable in der Ausbildung.«

»Die Leute nennen mich Grievous«, sagt der jüngere Mann mit einem verlegenen Lächeln.

»Wir wollten gerade gehen«, sage ich und zeige auf die Drehtür.

»Unser Chef will Sie sehen«, antwortet Casey. »Er sagt, es ist wichtig.«

»Wer ist Ihr Chef?«

»Detective Chief Inspector Drury.«

»Ich kenne ihn nicht.«

»Er kennt Sie aber.«

Es entsteht eine Pause. Mit Polizisten geht es mir wie mit Priestern – sie erledigen wichtige Jobs, aber sie machen mich nervös. Nicht, weil ihr Beruf etwas mit Beichten und Geständnissen zu tun hat – ich habe ein reines Gewissen –, es ist mehr das Gefühl, meinen Anteil geleistet zu haben. Ich möchte ein Schild hochhalten, auf dem steht: »Ich habe schon gespendet.«

»Sagen Sie Ihrem Boss, es tut mir sehr leid, aber ich bin unabkömmlich. Ich muss auf meine Tochter aufpassen.«

»Ich hab nichts dagegen«, sagt Charlie mit erwachtem Interesse.

Casey senkt die Stimme. »Ein Mann und seine Frau sind tot.«

»Ich kann Ihnen die Namen von Profilern nennen …«

»Der Chef will keinen anderen.«

Charlie zupft an meinem Ärmel. »Komm schon, Dad, du solltest ihnen helfen.«

»Ich hab dir ein Mittagessen versprochen.«

»Ich hab keinen Hunger.«

»Und was ist mit dem Shoppen?«

»Ich hab kein Geld, das heißt, ich müsste dir erst ein schlechtes Gewissen machen, damit du mir was kaufst. Ich würde meine Schuldpunkte lieber für etwas aufsparen, was ich *wirklich* will.«

»Deine Schuldpunkte?«

»Du hast mich gehört.«

Die Detectives finden diese Unterhaltung offenbar amüsant. Charlie grinst ihnen zu. Sie langweilt sich. Sie möchte ein bisschen Aufregung. Aber das ist nicht die Art Abenteuer, die sich irgendjemand wünscht. Zwei Menschen sind tot. Es ist tragisch. Es ist sinnlos. Es ist die Sorte Arbeit, der ich lieber aus dem Weg gehe.

Doch Charlie lässt nicht locker. »Ich sag Mum auch nichts«, drängt sie. »Bitte, können wir hinfahren?«

»Du musst hierbleiben.«

»Das ist nicht fair. Lass mich mitkommen.«

»Wir fahren nur aufs Revier«, unterbricht Casey uns.

Vor dem Hotel parkt ein Polizeiwagen. Charlie rutscht neben mich auf die Rückbank.

Wir fahren schweigend durch fast leere Straßen. Oxford sieht aus wie eine Geisterstadt unter einer Schneekuppel. Charlies Sicherheitsgurt spannt, als sie sich vorbeugt.

»Geht es um die Leiche im Eis?«

»Woher weißt du davon?«, fragt Casey.

»Wir haben es vom Zug aus gesehen.«

»Das ist ein anderer Fall, Miss«, sagt Grievous. »Keiner für uns.«

»Wie meinen Sie das?«

»In dem Schneesturm sind viele Autos liegen geblieben. Wahrscheinlich ist sie aus ihrem Fahrzeug gestiegen und in den See gefallen.«

Die Vorstellung lässt Charlie erschaudern. »Wissen Sie, wer sie war?«

»Noch nicht.«

»Hat niemand sie vermisst gemeldet?«

»Bestimmt wird sich bald jemand melden.«

Die St. Aldates Police Station hat ein Vordach aus Stahl und Glas über dem Haupteingang, auf dem sich ein halber Meter Schnee gesammelt hat. Ein Mitarbeiter der Stadt steht auf einer Leiter und bricht die gefrorene weiße Welle mit einer Schaufel, sodass sie in tausend Splittern auf die Pflastersteine kracht.

Anstatt vor dem Revier zu parken, fahren die Detectives noch hundert Meter weiter und halten vor einem chinesischen Restaurant mit gerupften Enten im Fenster.

»Was sollen wir hier?«

»Der Chef hat Sie zum Mittagessen eingeladen.«

In einem separaten Raum im ersten Stock sitzt ein Dutzend Detectives um einen großen runden Tisch. Der Drehteller ist mit dampfenden Schüsseln mit Schweinefleisch, Meeresfrüchten, Nudeln und Gemüse beladen.

Der Vorgesetzte der Runde hat eine Serviette in sein Hemd gesteckt und öffnet mit einer silbernen Zange einen Hummer. Er saugt das Fleisch heraus und macht sich dann an die nächste Schere. Selbst im Sitzen wirkt er groß. Er ist Mitte vierzig, im Eiltempo aufgestiegen, hat schwarzes Haar und Rasurbrand. Er trägt einen Ehering und ein ungebügeltes Hemd. Er war ein paar Tage nicht mehr zu Hause, doch er hat es geschafft, sich zu duschen und zu rasieren.

Hinter dem runden Tisch sind mehrere Weißwandtafeln aufgestellt, auf denen Fotos und die Chronologie der Ereignisse präsentiert werden. Die Namen der Opfer stehen ganz oben. Das Restaurant ist in ein Einsatzzentrum umgewandelt worden.

DCI Drury zieht die Serviette aus dem Kragen und wirft sie auf den Tisch. Das ist ein Zeichen. Kellner strömen herbei, um die Reste abzutragen. Drury rückt vom Tisch ab und erhebt sich schwerfällig und ungelenk.

»Professor O'Loughlin, danke, dass Sie gekommen sind.«

»Man hat mir nicht groß eine Wahl gelassen.«

»Gut.«

Mit einem Rülpsen schiebt er die Arme in die Ärmel seines Jacketts.

»Kann ich Ihnen etwas zu essen bestellen?«

Ich sehe Charlie an. Sie ist kurz vorm Verhungern.

»Ausgezeichnet«, sagte Drury. »Grievous, besorg ihr eine Speisekarte.« Er beugt sich näher. »Das ist nicht sein richtiger Name, Miss. Seine Initialen sind GBH. Wissen Sie, wofür diese Abkürzung steht?«

Charlie schüttelt den Kopf.

»Grievous Bodily Harm. Schwere Körperverletzung.« Der DCI lacht. »Aber keine Sorge, er ist noch zu feucht hinter den Ohren, um gefährlich zu sein.« Er wendet sich mir zu. »Wie gefällt Ihnen mein Einsatzzentrum, Professor?«

»Es ist unkonventionell.«

»Ich ermutige meine Leute, sich als Teil eines Teams zu begreifen. Wir trinken zusammen. Wir essen zusammen. Jeder kann frei seine Meinung sagen. Fehler eingestehen. Zweifel äußern. Mein Dezernat hat die beste Aufklärungsrate im Land.«

Eure Mütter sind bestimmt stolz auf euch, denke ich. Das großspurige und anmaßende Gehabe des DCI ist mir spontan unsympathisch.

Er zieht einen Zahnstocher aus einem Glas und säubert sich die Zähne.

»Sie wurden mir empfohlen.«

»Von wem?«

»Einer gemeinsamen Bekannten. Man hat mir gesagt, Sie würden vielleicht nicht kommen.«

»Da hat man Sie gut informiert.«

Er lächelt. »Ich bitte um Entschuldigung, falls wir einen schlechten Start erwischt haben. Also noch mal ganz von vorn. Ich bin Stephen Drury.«

Er schüttelt meine Hand und hält sie eine Sekunde länger als nötig fest.

»Ich habe es mit einem Doppelmord zu tun, sieht aus wie gewaltsames Eindringen. Dem Ehemann wurde der Schädel eingeschlagen, die Frau wurde ans Bett gefesselt, möglicherweise vergewaltigt und dann angezündet.«

Die letzten Worte hat er geflüstert. Ich werfe einen Blick auf Charlie, die gebratenen Reis auf einen Teller löffelt.

»Wann?«

»Vor drei Nächten.«

Ich gucke zu der Tafel, an der ein Foto von einem weiß gestrichenen Bauernhaus mit leichten Brandspuren hängt. Als die Bilder gemacht wurden, hat es geschneit, was ihnen einen Sepiaton verleiht. Vor dem weißen Himmel über dem Dachfirst steigen klar umrissene Rauchfetzen auf.

»Was wollen Sie von mir?«

»Ich habe einen Verdächtigen festgenommen. Er hat für die Familie gearbeitet. Wir haben seine Fingerabdrücke im Haus gefunden, und er hat Verbrennungen an beiden Händen. Er leugnet, das Ehepaar getötet zu haben, und behauptet, er hätte nur versucht, sie zu retten.«

»Sie glauben ihm nicht?«

»Der Verdächtige hat eine Vorgeschichte psychischer Erkrankungen. Er nimmt Neuroleptika. Im Augenblick klettert er die Wände hoch, führt Selbstgespräche und kratzt sich die Arme blutig. Vielleicht sagt er die Wahrheit. Vielleicht lügt er. Ich kann ihn nur noch zweiundzwanzig Stunden festhalten. So viel Zeit habe ich, einen dringenden Tatverdacht zu belegen.«

»Ich verstehe immer noch nicht …«

»Wie soll ich ihn behandeln? Wie hart kann ich ihn anfassen? Ich will nicht, dass irgendein Schlaumeieranwalt behauptet, ich hätte dem Burschen die Worte in den Mund gelegt oder ein Geständnis aus ihm herausgeprügelt.«

»Ein psychologisches Gutachten würde Tage in Anspruch nehmen.«

»Ich will von Ihnen auch nicht seine Lebensgeschichte hören, sondern nur einen Eindruck.«

»Wo sind seine Krankenakten?«

»Wir können nicht darauf zugreifen.«

»Bei wem ist er in Behandlung?«

»Dr. Victoria Naparstek.«

Der Groschen fällt. Ich habe Dr. Naparstek vor anderthalb Jahren bei der Anhörung einer Kommission kennengelernt, bei der es um einen ihrer Patienten ging. Sie nannte mich einen arroganten, herablassenden Frauenhasser, weil ich ihren Patienten so unter Druck gesetzt hatte, dass er seine wahre Persönlichkeit offenbarte. Ich brachte ihn dazu zuzugeben, dass er Fantasien habe, Dr. Naparstek nach Hause zu folgen und sie zu vergewaltigen.

Habe ich ihn unter Druck gesetzt? Ja. Habe ich Grenzen überschritten? Unbedingt, aber die Kollegin hätte mir dankbar sein sollen. Stattdessen drohte sie, mich bei der British Psychological Society anzuzeigen, die Disziplinarmaßnahmen wegen standeswidrigen Verhaltens einleiten sollte.

Warum sollte sie mich für diesen Fall empfehlen? Irgendwas ist unlogisch. Drury wartet auf meine Entscheidung. Ich gucke zu Charlie und wünschte, sie wäre zu Hause.

»Okay, ich rede mit Ihrem Verdächtigen, aber vorher will ich mir den Tatort ansehen.«

»Wozu?«

»Für den größeren Zusammenhang.«

3

Der Landrover schlittert und schlingert durch den Schneematsch über einen Feldweg auf ein Wäldchen aus skelettartigen Bäumen zu, die die Hügelkuppe bewachen. Die gepflügten Felder sind in einen eigenartigen gelblichen Glanz getaucht, als ob der Schnee die matten Sonnenstrahlen aufgesogen hätte wie ein fluoreszierendes Zifferblatt, um sie bei gespenstischem Zwielicht zurückzuspiegeln.

Das Bauernhaus aus dem 18. Jahrhundert scheint sich in den Windschutz des Hügels zu kauern. Die Mauer über einem Fenster ist rußverschmiert, es sieht aus wie Mascara bei einem Teenager im Goth-Look.

Als ich der klaustrophobischen Hitze des Wagens entkomme, spüre ich, wie der Wind an meinen Hosenaufschlägen und meinem Kragen zerrt. Drury führt mich über den Rasen vor dem Haus. Er unterschreibt etwas auf einem Klemmbrett und gibt mir ein Paar OP-Handschuhe.

»Die Opfer sind Patricia Heyman, zweiundvierzig, und William Heyman, fünfundvierzig. Verheiratet, eine Tochter Flora. Sie studiert in Oxford. Mrs. Heyman schreibt Kinderbücher, ihr Mann ist freiberuflicher Lektor. Sie haben das Haus vor drei Jahren gekauft. Beide arbeiten zu Hause.«

»Irgendwelche Spuren für ein gewaltsames Eindringen?«

»Die Haustür war aufgestemmt. Gestohlen wurde nichts. Wir haben in einer Schublade neben dem Bett vierhundert Pfund gefunden, und William Heyman hatte sein Portemonnaie in der Hosentasche. Das ist das Problem mit Amateuren.«

»Wie bitte?«

»Sie geraten in Panik und machen Dummheiten. Ein professioneller Dieb hätte nicht so ein Chaos hinterlassen.«

Der DCI schließt ein Vorhängeschloss auf und zieht eine Sperrholzplatte beiseite. Schnee rieselt vom Dachgesims. Der Eingangsflur sieht weitgehend unberührt aus. Durch eine Doppeltür werfe ich einen Blick ins Wohnzimmer mit einem offenen Kamin in der Ecke und freistehenden Eichenbalken. Das Esszimmer hat eine gewölbte Decke und einen weiteren Kamin, gusseisern und bauchig. Ein feiner Geruch liegt in der Luft, eine Mischung aus Rauch, Butan und Bleichmittel.

Beinahe instinktiv registriere ich die Details: Zeichen eines normalen, alltäglichen Lebens; Tassen im Geschirrständer neben dem Spülbecken; Topfkratzer, Gummihandschuhe, Gemüsereste im Komposteimer, eine offene Dose Kakao auf dem Küchentresen. Der Aga-Herd ist kalt.

Drury redet immer noch. »Hier haben wir den Ehemann gefunden, auf dem Bauch liegend. Zwei Schläge auf den Hinterkopf mit einem stumpfen schweren Gegenstand – vielleicht ein Hammer oder eine Axt. Er ist bei dem Versuch zu fliehen über den Boden gerobbt.«

Die Blutspur ist zu einem dunklen Streifen getrocknet.

»Was ist mit seiner Frau?«

»Sie war oben ans Bett gefesselt. Sie lebte noch, als der Täter sie mit Brandbeschleuniger übergossen hat, möglicherweise Feuerzeugbenzin.«

»Das Feuer hat sich nicht ausgebreitet?«

»Es hat das Zimmer beschädigt, ist aber nicht bis an die Decke gelodert.«

Der Geruch von Bleichmittel wird stärker. Hinter einer Tür neben dem Geschirrspüler liegt die Wäschekammer. Gummistiefel stehen aufgereiht – drei Paare für Vater, Mutter und Tochter. In dem Becken weicht ein verschmutztes Kleid.

Im Wohnzimmer stehen zwei Becher auf einem Beistelltisch. Kakao, halb leer getrunken. Ein dritter Becher liegt im Kamin. Auf dem Sims steht eine Flasche Scotch. Offen. Zwanzig Jahre alter Single Malt, ein Tropfen für besondere Anlässe.

An einem Wäscheständer lehnt ein Paar dünner Lederschuhe.

Ballerinas, wie Charlie sie trägt.

»Es ist am Donnerstagabend passiert«, fährt der DCI fort, »während des Schneesturms. Die halbe Grafschaft war ohne Strom. Straßen waren gesperrt, Telefonleitungen unterbrochen. Irgendjemand hat mitten in dem Sturm von William Heymans Handy den Notruf angerufen, doch die Zentrale war überlastet, und der Anruf landete in einer Warteschleife.«

»Wie lange?«

»Vier, fünf Minuten. Als die Telefonistin das Gespräch annahm, war der Anrufer nicht mehr dran.«

Drury wirft mir einen bösen Blick zu. »Die Nacht war die reinste Hölle: Dutzende von Unfällen, Leute, die mit ihren Autos stecken geblieben sind. Die M40 sah aus wie ein Parkplatz.« Er führt mich nach oben. Ich gehe über Laufbretter zum Schlafzimmer, wo mir der widerlich süße Geruch von verbranntem Fleisch in die Nase steigt, menschliches Fett, ausgelassen und verflüssigt.

Schneeflocken trudeln durch das zerschlagene Fenster und sammeln sich in einer Ecke. Praktisch alle anderen Oberflächen sind mit einer feinen Rußschicht bedeckt. Das Feuer hat sich von der Matratze ausgebreitet. Laken und Decken sind zurückgeschlagen, um die Umrisse eines Körpers auf dem unbeschädigten Stoff zu enthüllen – zwei Arme, zwei Beine, ein Leib, Patricia Heymans Körper hat die Matratze vor den Flammen geschützt.

»Ihre Hände waren über dem Kopf gefesselt«, sagt Drury.

»War sie bekleidet?«

»Spielt das eine Rolle?«

»Ja.«

»Schlafanzug und Morgenmantel.«

In dem angrenzenden Bad ist ein Milchglasfenster zerborsten, aber nicht von der Hitze. Jemand hat versucht, es gewaltsam zu öffnen. Die Farbe über den Angeln ist geplatzt. In der Wanne steht kaltes Wasser mit einem Film eingefallenem Schaum. Über der Heizung hängen zwei passende Handtücher. Ein drittes – aus einem anderen Set – liegt in dem geflochtenen Wäschekorb. Weiter den Flur hinunter ist Flora Heymans Zimmer. Ihr Kleiderschrank steht offen. Kleider liegen auf dem Bett. Jemand hat sie durchwühlt. Ich werfe einen Blick auf die Größen.

»Wohnt die Tochter zu Hause?«

»Sie hat ein möbliertes Zimmer in Oxford«, sagt Drury.

»Kommt meistens übers Wochenende nach Hause.«

»Erzählen Sie mir von dem Verdächtigen.«

»Augie Shaw, fünfundzwanzig, ein Bursche aus der Gegend. Ist nicht das erste Mal, dass er Ärger hat. Er übernimmt Gelegenheitsjobs in der Gegend – Rasen mähen, Holz hacken, Zäune reparieren und dergleichen. Er hat für die Heymans gearbeitet, seit sie hier eingezogen sind, wurde jedoch vor zwei Wochen gefeuert.«

»Warum?«

»Flora sagt, ihr alter Herr hätte Shaw dabei erwischt, wie er im Haus in ihren persönlichen Sachen herumgewühlt hat.«

»Persönliche Sachen?«

»In ihrer Unterwäsche.«

»Wer hat den Brand gemeldet?«

»Ein freiwilliger Katastrophenhelfer kam an dem Haus vorbei, hat den Rauch bemerkt und die Zentrale alarmiert. Wir haben Augie Shaws Wagen in einer Schneeverwehung am Fuß des Hügels gefunden.

Etwa eine Stunde später erschien seine Mutter auf dem Polizeirevier von Abingdon und erklärte, Augie hätte uns etwas zu sagen. Er hatte Verbrennungen an den Händen.«

»Was hat er im Haus gemacht?«

»Er sagt, er wollte seinen Lohn abholen.«

»Mitten in dem Schneesturm?«

»Genau. Shaw sagt, es brannte bereits, als er ankam. Er sei reingegangen und habe versucht, Mrs. Heyman zu retten.«

»Warum hat er keinen Alarm geschlagen?«

»Er wollte Hilfe holen, doch die Straßen waren so glatt, dass er seinen Wagen in den Graben gesetzt hat. Er ist den restlichen Weg bis Abingdon gelaufen und direkt nach Hause gegangen. Ins Bett. Hat vergessen, es uns zu erzählen.«

»Er hat es vergessen?«

»Es wird noch besser. Er hat erklärt, sein Bruder hätte ihm gesagt, er solle nicht zur Polizei gehen.«

»Wo ist der Bruder?«

»Er hat keinen. Er tickt, wie gesagt, nicht richtig. Oder er spielt uns was vor.«

Ich gehe wieder nach unten und folge dem Flur bis zur Terrasse und dem Garten hinter dem Haus, wo stark zurückgeschnittene Rosenbüsche aus dem Schnee ragen. Mein Blick wandert vom Tor zur Scheune und weiter zum Obstgarten, ohne dass ich wüsste, wonach ich suche.

Mehrmals gehe ich zu dem Zaun und zurück. Ab wann kann man einen Menschen zwischen den Bäumen nicht mehr erkennen? Wie leicht ist es, ein Haus wie dieses zu beobachten, ohne gesehen zu werden?

Ein Psychologe betrachtet einen Tatort anders als ein Detective. Die Polizei sucht konkrete Indizien und Zeugen. Ich schaue auf das Gesamtbild, markante Orientierungspunkte. So kann zum Beispiel eine Straße eine psychologische Barriere darstellen. Die Leute auf der einen Seite begeben sich vielleicht so gut wie nie auf die andere. Das Gleiche gilt für Gleise und Flüsse. Grenzen bestimmen das Verhalten der Menschen.

Grievous tritt neben mich in den Garten und klopft den Schnee von seinen Schuhen.

»Manche Orte bringen einfach Unglück«, sagt er.

»Wie meinen Sie das?«

»Hier hat Tash McBain gewohnt.«

»Wer?«

»Sie erinnern sich bestimmt«, sagt er. »Sie war eins von den Bingham Girls.«

Ich krame in meiner Erinnerung und fördere eine halbe Geschichte, eine Schlagzeile und ein Foto von zwei Mädchen im Teenageralter zutage.

»Ihre Familie hat hier zur Miete gewohnt«, erklärt Grievous. »Aber nachdem sie verschwunden ist, haben sie sich getrennt. Geschieden. Sie haben die Ungewissheit nicht ausgehalten.«

»Die Mädchen sind nicht wieder aufgetaucht?«

»Nein. Es ist eins der ungelösten Rätsel, über das die Einheimischen bis heute reden. Ich kann mich auch gut daran erinnern. Es wimmelte von Reportern und Fernsehteams.«

»Haben Sie damals auch an dem Fall mitgearbeitet?«

»Nein, da war ich noch uniformierter Polizist – Constable auf Probe.«

»Was glauben Sie, was mit ihnen geschehen ist?«

Er zuckt die Achseln. »Im Thames Valley werden jedes Jahr fünftausend Menschen vermisst gemeldet, mehr als die Hälfte davon Jugendliche im Alter von zwölf bis achtzehn, die meisten sind Ausreißer. Irgendwann tauchen sie wieder auf ... oder eben nicht.«

Drury kommt aus dem Haus und sagt Grievous, er solle den Landrover vorfahren.

»Was ist mit dem Hund?«, frage ich.

»Verzeihung?«

»Die Familie hatte einen Hund.«

»Woher wissen Sie das?«

»In der Wäschekammer stand ein Wassernapf, und im Müll war eine leere Dose Hundefutter. Irgendwas mit kurzen Haaren, schwarz und weiß, vielleicht ein Jack Russell.«

Er schüttelt den Kopf, doch ich sehe die Fragezeichen, die kurz in seinem Blick aufflackern. Er tut sie ab und zieht seine Handschuhe an.

»Es wird Zeit, dass Sie Augie Shaw kennenlernen.«

Bis wir verschwunden sind

war das Schlimmste, was je in Bingham passiert ist, ein deutscher Bomber, der hundertdreißig Kilometer über London hinausgeschossen war und seine Ladung über dem Gemeindesaal abwarf, wo Menschen Schutz gesucht hatten. Die Zahl der Opfer wurde nie offiziell genannt – die Regierung wollte die allgemeine Moral nicht unterminieren –, aber Lokalhistoriker sprachen von zweiundzwanzig Todesopfern.

Das Zweitschlimmste war der Abend, als Aiden Foster Callum Loach überfahren und ihm beide Beine zertrümmert hat, sodass sie oberhalb des Knies amputiert werden mussten. Jetzt hat er zwei Stümpfe, trägt jedoch meistens Prothesen aus hautfarbenem Plastik.

Tash fand das Wort Prothesen komisch. Es erinnerte sie irgendwie an Präservativ, ein vornehmer Name für ein Kondom. Das erinnerte mich daran, wie unsere Lehrerin Miss Trunchbull im Aufklärungsunterricht einmal ein Kondom über eine Banane gestreift hat. Tash hat sich gemeldet und gefragt: »Warum müssen wir uns vor Bananen schützen, Miss?«

Ich hätte mir vor Lachen beinahe in die Hose gemacht. Tash musste zu Mrs. Jacobson, der Direktorin (auch bekannt als Lady Adolf). Tash musste schon so oft zu ihr, dass sie Treuepunkte kriegen sollte.

Durch unser Verschwinden wurden Tash und ich berühmt. Bei uns zu Hause traf säckeweise Post ein: Briefe, Karten, Gedichte, Bilder von Mums, Dads, Kindern, Kirchen und Schulen. Sogar der Premierminister hat geschrieben. Genau wie der Prince of Wales.

Als die Schule wieder anfing, standen Kameras vor den Toren von St. Catherine's. Die meisten unserer Freundinnen wurden interviewt; alle bis auf Emily, die von den Kameras ferngehalten wurde. Sie war ein weiteres Mitglied unserer Clique. Emily Martinez. Sie ist ein halbes Jahr älter als ich, leicht übergewichtig und sagt oft »Wow!«. Am Anfang mochte ich sie nicht, weil sie immer rüberkam wie eine kleine Miss Perfect. Dann tat sie mir leid, weil ihre Eltern sich scheiden ließen und um das Sorgerecht stritten.

Ihren Vater habe ich nie kennengelernt – er arbeitete damals in Amerika, aber ihre Mum war ziemlich seltsam, ständig bei Ärzten und Therapeuten. Emily sagte, sie sei hypernervös, doch Tash machte eine Handbewegung, als würde sie aus einer Flasche trinken.

Am ersten Schultag schwärmten Trauma-Seelsorger über den Hof wie Möwen, die sich um Pommes frites streiten. Sie erklärten den Schülern, dass es okay sei, aufgewühlt zu sein, und dass sie ihre Gefühle teilen sollten. Fernsehkameras durften die Schulversammlung filmen, auf der Mrs. Jacobson ein Gebet für uns sprach. Ihre Stimme wurde ein bisschen zittrig, als sie mit warmen Worten von Tash und mir erzählte.

»Hör sie dir an«, meinte Tash lachend. »Vor einem Monat konnte sie mich gar nicht schnell genug loswerden.«

»Jetzt will sie dich wiederhaben.«

»Die kann mich mal.«

Einen Monat nach unserem Verschwinden brachte George uns aus dem Speicher an diesen Ort. Die Polizei hatte die Suche nach uns mittlerweile eingestellt, und alle nahmen an, dass wir weggelaufen wären. George redete auch nicht mehr von Lösegeldforderungen. Er habe uns gerettet, sagte er, wie ein edler Ritter aus einem Märchen. Er würde uns vor allen Versuchungen und all dem Bösen auf der Welt beschützen.

Ihr denkt wahrscheinlich, es wäre dumm von uns gewesen, seine Lügen zu glauben. Naiv. Einfältig. Schwachsinnig. Wenn ihr das nächste Mal betäubt und hungrig, durstig und verängstigt in einem Keller eingesperrt seid, könnt ihr ein Urteil über uns sprechen. Wenn ihr so viele Tränen geweint habt wie wir; wenn ihr euch verwirrt und konfus unter einer Decke verkrochen habt; wenn ihr nicht mehr die Kraft habt, nicht zu gehorchen.

Wir mussten irgendwelche Tabletten schlucken und sind dann in dem Keller wieder aufgewacht. Er hat die Leiter abgesägt, damit wir nicht an die Falltür kommen, nicht ohne seine Hilfe; und wir hatten auch keinen Fernseher und kein Oberlicht mehr.

Wenn wir brav waren, ließ er das Licht an. Wenn wir nicht gehorchten, schaltete er es aus. Eine solche Dunkelheit habt ihr noch nie gesehen; so dicht, dass ich daran hätte ersticken können; so durchdringend, dass sie sich anfühlte wie ein Ungeheuer, das in meine Ohren atmet.

Unser Leben war vollkommen fremdbestimmt. George entschied, was wir aßen und was wir anzogen. Er kontrollierte das Licht und die Luft. Manchmal war er freundlich, und wir durften uns über ihn lustig machen. Wir konnten ihm Einkaufslisten geben und ihn überreden, uns eine Zeitschrift oder noch etwas zu essen mitzubringen.

»Ich will nicht, dass ihr fett werdet«, sagte er, als er uns die Schokolade rationierte. Die Zeitschriften wurden von vorn bis hinten durchgelesen, wieder und wieder. Es gab neue Gesichter, neue Filme, neue Sachen, die hipp waren, aber auch die ewig alten Geschichten. Brad und Angelina. Posh und Beck. Elton und David. Prinz William hat Kate Middleton geheiratet. Pippas Hintern wurde berühmt.

Wir hatten keine Ahnung, ob wir in der Nähe von zu Hause waren. Ich weiß es immer noch nicht. Wir könnten meilenweit weg sein oder gleich hinter dem Wald. Ich weiß, dass in der Nähe Gleise vorbeiführen, weil ich die Züge hören kann, wenn der Wind aus der richtigen Richtung weht.

Ich vermisse Tash. Ich vermisse es, den Arm zu ihrer Pritsche auszustrecken und ihre Hand zu fassen. Ich vermisse ihre Stimme. Ich vermisse es, ihr beim Schlafen zuzusehen.

Seit sie weggelaufen ist, war George nicht bei mir, und ich weiß, dass er wütend sein wird. Deswegen muss Tash bald mit der Polizei zurückkommen ... vor George.

Mir gehen die Lebensmittel aus, und es ist kaum noch Gas in der Flasche.

Meine Handschrift wird immer krakeliger, weil es so kalt ist. Ich kann meine Finger kaum spüren, da ist es schwer, einen Bleistift zu halten. Wenn die Spitze stumpf wird, reibe ich sie vorsichtig an den Steinen, um sie anzuspitzen.

Schreiben bewahrt mich davor, den Verstand zu verlieren, aber so etwas hatte Tash nicht.

Sie wurde immer kränker. Hat nicht mehr gegessen. Sich die Fingernägel blutig gebissen.

Deswegen musste sie hier raus.

4

Augie Shaw sitzt, auf die Ellbogen gestützt und nach vorn gebeugt, an einem Tisch und betrachtet sich im Spiegel. Er kann mich hinter dem eigenen Spiegelbild nicht sehen, doch er scheint mir direkt in die Augen zu starren. Spiegel in Vernehmungszimmern haben einen interessanten Effekt. Die Leute tun sich schwer zu lügen, wenn sie sich selbst dabei zusehen können. Sie werden verlegen und versuchen gleichzeitig, überzeugender und ehrlicher zu klingen.

Augie ist jetzt aufgestanden und führt Selbstgespräche, gestenreich und mit verschiedenen Grimassen, als würde er einen inneren Dialog führen. Er ist größer, als ich ihn mir vorgestellt habe, geht leicht hinkend und schlurfend, und sein Haar fällt ihm in die Stirn und über ein Auge.

Vor dem Spiegel bleibt er stehen, beugt sich vor, zieht die Brauen hoch und lässt sie wieder sinken. Er hat große Augen und eine breite Stirn, was bei den meisten Männern attraktiv wirkt. Seine Hände sind mit einer weißen Mullbinde umwickelt, und er trägt einen blauen Overall aus Papier.

»Wo sind seine Kleider?«, frage ich.

»Wir haben sie ins Labor gegeben«, sagt Drury.

Augie presst die Hände zusammen und schließt die Augen, als würde er beten.

»Er ist fromm«, sagt Drury. »Besucht die Pfingstgemeinde in der Stadt – so ein Laden, wo alle fröhlich klatschen und singen.«

»Ich nehme an, Sie sind kein gläubiger Mensch.«

»Ich bin unbedingt für die Erlösung. Schwierigkeiten habe ich nur bei dem lemminghaften Sprung in den Glauben.«

Ich öffne die Tür und betrete den Raum. Augies Blick huscht über die Wände zum Boden, aber immer an mir vorbei. Er riecht nach Schweiß und Talkum.

Ich nehme Platz und fordere Augie auf, sich ebenfalls zu setzen. Er mustert argwöhnisch den Stuhl, bevor er seine langen Gliedmaßen so darauf faltet, dass seine Knie seitwärts zur Tür zeigen.

»Ich heiße Joe. Ich bin Psychologe. Hast du schon mal mit jemandem wie mir geredet?«

»Ich gehe zu Dr. Victoria.«

»Wieso?«

Er zuckt die Schultern. »Ich hab nichts gemacht.«

»Das sage ich ja auch gar nicht.«

»Warum starren Sie mich dann so an? Sie denken, ich hätte etwas Böses getan. Sie wollen mir die Schuld geben. Deswegen haben Sie mich hierhergebracht.«

»Entspann dich, Augie. Ich möchte nur mit dir reden.«

»Sie werden mich töten oder auf den elektrischen Stuhl bringen.«

»Warum sollte ich das tun?«

»In manchen Ländern machen sie das.«

»In Großbritannien gibt es keine Todesstrafe, Augie.«

Er nickt, streicht sich durchs Haar und drückt seinen Pony platt.

»Wie fühlst du dich?«, frage ich.

»Meine Hände tun weh.«

»Brauchst du Schmerzmittel?«

»Der Doktor hat mir Tabletten gegeben.«

»Wie hast du sie dir verbrannt?«

»Da war ein Feuer.«

Ich frage ihn nicht, wie das Feuer ausgebrochen ist. Stattdessen konzentriere ich mich darauf, mir ein Bild von seinem Leben zu machen. Er wohnt bei seiner Mutter in Bingham, wurde in der Gegend geboren, hat die Schule mit sechzehn verlassen und jobbt seitdem als Gelegenheitsarbeiter und Landwirtschaftsgehilfe. Für die Heymans hat er Holz gehackt, den Rasen gemäht und auch einige ihrer Zäune repariert.

»Warum hast du aufgehört, für sie zu arbeiten?«

Augie rutscht nervös hin und her und kratzt an dem Mullverband an seinen Händen. Minuten verstreichen. Ich versuche es noch einmal.

»Du wurdest gefeuert. Was ist passiert?«

»Fragen Sie Mrs. H.«

»Wie soll ich das machen, Augie? Mrs. Heyman ist tot. Die Polizei denkt, dass du sie getötet hast.«

»Nein, nein.«

»Deswegen bist du hier.«

Er sieht mich blinzelnd an. »Sie ist bei Gott. Ich werde für sie beten.«

»Betest du oft?«

»Jeden Tag.«

»Worum bittest du Gott?«

»Um Vergebung.«

»Was soll dir denn vergeben werden?«
»Nicht für mich – für die anderen Sünder.«
»Warum warst du in dem Bauernhaus?«
»Mrs. H hat gesagt, ich soll kommen.«
»Hat sie dich angerufen?«
»Ja.«
»Die Telefonverbindungen waren unterbrochen, Augie. Es war ein schrecklicher Schneesturm. Wie konnte sie dich da anrufen?«
»Sie hat mir gesagt, ich soll kommen.«
»Wann?«
»Am Tag davor.«
Bei ihm klingt das so einleuchtend.
Ich lasse mir die Details erzählen. Er hat den Wagen seiner Mutter geliehen und ist zu dem Bauernhaus gefahren, wobei er beinahe den Abzweig verpasst hätte, weil es so heftig geschneit hat. Wegen des Schnees konnte er auch nicht bis direkt vors Haus fahren, also hat er den Wagen abgestellt und ist das letzte Stück zu Fuß gegangen.
»Das Haus lag im Dunkeln. Der Strom war ausgefallen. Im ersten Stock habe ich Licht im Fenster gesehen, aber irgendwie seltsam, wissen Sie, nicht wie von einer Lampe oder einer Kerze.« Er hält sich die Ohren zu. »Ich habe sie schreien hören.«
»Mrs. Heyman?«
Augie nickt. »Ich hab die Tür aufgestemmt. Dabei hab ich mir die Schulter wehgetan. Ich bin die Treppe hoch, aber die Flammen haben mich zurückgedrängt.«
Er fängt an, flach und hektisch zu atmen, als würde er Rauch einatmen, legt die Hände auf die Stirn und schlägt an seine Schläfe.
»Wie hast du dir die Hände verbrannt?«
»Ich weiß es nicht.«
»Hast du Mr. Heyman geschlagen?« Er schüttelt den Kopf.
»Hast du das Feuer gelegt?«
»Nein, nein.«
Er springt ohne Vorwarnung auf und geht zur anderen Seite des Zimmers, wo er vor sich hin flüstert, mit sich diskutiert.
»Redest du mit jemandem?« Er schüttelt den Kopf.
»Wer ist es?«
Er kauert sich zusammen und späht an mir vorbei, als ob sich hinter mir ein stummer Wolf anschleichen würde.

»Erzähl mir von deinem Bruder.«
Er zögert. »Können Sie ihn auch sehen?«
»Nein. Erzähl mir von ihm.«
»Manchmal stiehlt er meine Erinnerungen.«
»Ist das alles, was er macht?«
»Er warnt mich auch vor Menschen.«
»Was sagt er denn?«
»Er sagt, sie wollen mich vergiften.«
»Welche Leute?«
»Es ist einfach so.«
»Warum bist du wirklich zu dem Bauernhof gefahren, Augie?«
»Um mein Geld zu bekommen.«
»Ich glaube dir nicht.«
Augie legt beschwörend die verbundenen Hände zusammen. Eine Röte in seinem Nacken breitet sich bis zum Haaransatz aus.
»Gott wird mein Richter sein, wenn ich lüge.«
»Gott kann dir jetzt nicht helfen.«
»Doch, das kann er. Das muss er.«
»Warum?«
»Wer soll den Teufel sonst aufhalten?«

Drurys Büro ist im zweiten Stock. Keine Plakate, spartanisch möbliert. Ich erwarte Urkunden und Fotos an den Wänden, doch er hat nur eine weiße Tafel mit Zeitachsen, Namen und Fotos aufgestellt – ein Mordgestrüpp statt eines Familienstammbaums.
Die Fenster sind beschlagen, winzige Eissplitter scheinen in dem Glas gefangen. Der DCI lehnt sich auf seinem Stuhl zurück, schlägt die Beine übereinander und pickt eine Fluse von seiner Hose.
»Und – was halten Sie von ihm?«
»Er leidet unter Wahnvorstellungen, möglicherweise schizophren.«
»Das haben Sie in einer Stunde diagnostiziert?«
»Das habe ich in fünf Minuten diagnostiziert.«
Drury leert eine Plastikflasche mit Wasser und wirft sie in Richtung Papierkorb. »Wie soll ich bei der Befragung vorgehen?«
»Im Moment ist er in einer Art Schadensbegrenzungsmodus blockiert. Er ist physisch stark, aber nicht psychisch. Halten Sie die Sitzungen kurz mit vielen Pausen. Versteifen Sie sich nicht auf bestimmte Punkte – lassen Sie ihn die Geschichte auf seine Art erzählen. Wenn er erregt wird, lassen

Sie ihm seinen Rückzug. Behandeln Sie ihn wie ein Opfer, nicht wie einen Täter.«

»Wird er gestehen?«

»Er sagt, er war es nicht.«

»Aber das ist Unsinn, oder?«

»Er verbirgt etwas, doch ich weiß nicht, was.«

Der Blick des Detectives wird grimmig, als er mich mit einer Mischung aus Ungeduld und Verärgerung ansieht. Er steht auf und geht um seinen Schreibtisch. Sein Körper vibriert vor Spannung.

»Es war der schlimmste Sturm seit hundert Jahren, und der Junge fährt durch das Schneetreiben. Ich glaube, er ist aus Rache gefahren. Er war besessen von der Tochter. Er war wütend, dass man ihn gefeuert hatte. Wir wissen, dass er am Tatort war. Er hatte ein Motiv und die Gelegenheit.«

»Wer immer es war, er ist nicht in Panik geraten. Er hat versucht, die Beweise mit Bleichmittel und dem Feuer zu zerstören. Das zeugt von strukturiertem Denken, einem höheren Intellekt. Es klingt nicht nach Augie Shaw.«

»Wie kommt er zu den Verbrennungen an den Händen?«

»Er hat versucht, sie zu retten.«

»Er ist vom Tatort geflohen.«

»Er ist in Panik geraten.«

Der DCI hat genug gehört. »Das ist doch Quatsch! Augie Shaw hat den Ehemann ermordet und dann die Frau vergewaltigt. Er wollte sich rächen. Er hat diese armen Leute getötet, und ich werde es beweisen.« Drury öffnet die Tür. »Vielen Dank für Ihre Hilfe, Professor. Ich lasse Sie bei Ihrem Hotel absetzen.«

Ich nehme meine Jacke und gucke auf meine Schuhe. Eine Schlammkruste ist auf der Naht über der Sohle getrocknet.

»Ist Ihnen am Tatort nicht irgendwas seltsam vorgekommen?«

»Was meinen Sie?«

»Die Heymans haben nicht getrunken. Der einzige Alkohol, den sie im Haus hatten, war diese Flasche Scotch. Sie stand frisch geöffnet auf dem Kaminsims.«

»Und?«

»Man macht für einen Mann, den man gerade gefeuert hat, doch keine Flasche zwanzig Jahre alten Single Malt auf.«

»Es war kalt. Der Strom war ausgefallen. Vielleicht wollten die Heymans sich aufwärmen.«

»Es gab drei Becher. Nur einer hat nach Scotch gerochen.«

»Worauf wollen Sie hinaus?«

»Vor dem Kamin lag eine Decke auf dem Boden. Irgendjemand hat sich dort gewärmt und seine Schuhe getrocknet. Ballerinas. Größe neununddreißig. Mutter und Tochter haben beide Größe einundvierzig.«

Drury hört mir jetzt zu. Wir gehen den Flur hinunter zu den Fahrstühlen.

»In der Wäschekammer wurde ein Kleid eingeweicht, das zwei Größen zu klein für Mrs. Heyman ist.«

»Vielleicht ihre Tochter …«

»Die trägt achtunddreißig. Ich habe in ihrem Kleiderschrank nachgesehen.«

»Ich verstehe immer noch nicht, was Sie andeuten wollen.«

»Irgendjemand hat oben ein heißes Bad einlaufen lassen. Es gab ein zusätzliches Handtuch. Das Badezimmerfenster war aufgebrochen.«

»Sie übersehen das Offensichtliche und fixieren sich auf ein zusätzliches Handtuch und eine Kleidergröße.«

»Was ist mit dem vermissten Hund?«

»Er ist vor dem Feuer weggerannt und in dem Schneesturm verendet.«

Es entsteht eine lange Pause, ein unbehagliches Schweigen. Drury drückt ungeduldig auf den Knopf. Eine kleine Ader an seiner Schläfe pulsiert.

»Sie mögen mich nicht besonders, oder?«, frage ich.

Er lächelt trocken. »Das ist ein Vorzug meiner Position. Ich muss die Menschen nicht *mögen*.«

»Es tut mir leid, wenn ich etwas gesagt habe, was Sie verärgert hat.«

»Verärgert, nein. Ich glaube, es macht Ihnen Spaß, Menschen zu widersprechen, Professor, weil Sie sich dann überlegen fühlen und sich schlauer als alle anderen vorkommen. Aber im Gegensatz zu dem, was Sie vielleicht glauben, bin ich kein beschränkter Trottel, der keine Bücher liest und denkt, Jeanne d'Arc wäre Noahs Frau.«

Es ist ein guter Spruch. Er erinnert mich an etwas, das ein Freund von mir gesagt haben könnte: Vincent Ruiz, ein ehemaliger Detective Inspector und bekannt dafür, den Nagel auf den Kopf zu treffen.

»Wissen Sie, wie viele Morde ich in meinem Leben schon untersucht habe?«, fragt er.

»Nein.«

»Wie viele Leichen ich gesehen habe?«

»Nein.«

»Erstochen, erschossen, erwürgt, ertrunken, vergiftet, vom Stromschlag getroffen, von der Klippe geworfen, in Fässer gestopft, in Badewannen zerstückelt, in Teppiche eingewickelt, in Autos verbrannt und an Schweine verfüttert. Sie glauben, Sie verstehen die Menschen, Professor, aber ich habe gesehen, wozu sie fähig sind. Ich weiß mehr von menschlichem Verhalten, als Sie je begreifen werden.«

Der Fahrstuhl ist angekommen. Die Tür geht auf.

»Wie heißt Ihre Frau?«, frage ich.

Der DCI stutzt. »Was tut das zur Sache?«

»Ich dachte bloß, Sie sollten ein frisches Hemd anziehen, bevor Sie nach Hause fahren. Sie tragen es seit gestern, das heißt, Sie waren letzte Nacht nicht zu Hause. Sie waren bei einer anderen Frau. Lippenstift – links an Ihrem Kragen unter dem Ohr. Sie hatten kein frisches Hemd, also haben Sie das noch mal angezogen und mit ihrem Deo eingesprüht.

Außerdem ist mir die Schachtel Pralinen in Ihrem Büro aufgefallen – teure, belgische – für Ihre Frau. Sie müssen diese Geliebte sehr mögen, aber Sie wollen nicht, dass die Affäre Ihre Ehe zerstört. Viel Glück dabei …«

Drury hat keinen Muskel bewegt.

»Leichen interessieren mich nicht, DCI. Ich beschäftige mich mit den Lebenden.«

Es gibt einen Unterschied zwischen

einem weggelaufenen und einem verschwundenen Mädchen. Ausreißer sind wie Kleingeld, das man in einer Sofaritze verloren hat. Irgendwann findet man es wieder, aber es ist nicht so, als hätte man im Lotto gewonnen.
Wir sind durch alle Ritzen gerutscht, aus den Schlagzeilen verschwunden. Aus den Augen, aus dem Sinn. George hat gesagt, außer ihm wären wir allen egal. Er sei jetzt unser Beschützer. Er würde sich um uns kümmern.
Ich wollte ihm glauben. Es gab Zeiten, da habe ich mich gefreut, wenn ich ihn kommen und die Kisten verschieben hörte, um die Falltür frei zu räumen. Tash hat ihn immer gehasst. Sie kannte ihn besser als ich. Sie wusste mehr über Männer ... was sie wollten, was sie taten.
Wir waren ein verrücktes Paar, aber das hinderte Tash und mich nicht daran, Freundinnen zu sein. Ich watschelte wie eine Ente. Sie stolzierte wie ein Model. Ich trug Shorts und Trainingsschuhe, sie Miniröcke und Plateauschuhe. Ich stand auf Laufen. Sie dachte, Sport wäre Zeitverschwendung.
Ich hatte Schuppenflechte und fleckige Haut. Tash hatte perfekte Haut, so makellos, dass man dachte, man würde eine Schaufensterpuppe angucken – die normalen, nicht diese kahlköpfigen Außerirdischen. (Einmal hat sie versucht, meine Hautflecken mit Make-up abzudecken, aber danach sah ich aus wie ein Oompa Loompa.)
Wir wurden im Abstand von zwei Wochen im selben Krankenhaus geboren und gingen auf dieselbe Grundschule. Wir dachten, danach würden wir getrennt, doch Tash hat ein Stipendium für St. Catherine's bekommen und konnte damit die Schulgebühren bezahlen. Ihr Dad ist Gerüstbauer, meiner ist Banker. Ihre Mum hat einen Job im Supermarkt, meine arbeitet gar nicht.
Wir hatten anscheinend nichts gemeinsam, doch wir waren trotzdem Freundinnen. Ich habe die meisten Nachmittage auf dem Sportplatz verbracht, Kurzsprints absolviert und einen LKW-Reifen über den Rasen gezerrt. Tash fand das urkomisch, aber sie gab mir nie das Gefühl, lächerlich zu sein. Und es war auch nicht so, dass sie eine hässliche Freundin haben wollte, um daneben richtig gut rauszukommen. Es gab viel hässlichere Mädchen als mich.

Ich glaube, Tash mochte meine Familie mehr als ihre eigene, vor allem meine Mum, die so etwas wie die Binghamer Entsprechung einer Stepford-Frau ist. Mum sagt, es sei ein Fulltimejob, ihrer Familie ein nettes Zuhause zu schaffen, was bedeutet, dass sie montags zum Yoga, mittwochs zum Tennis und am Freitag golfen geht. Vor der Heirat war sie Model. Auf dem Laufsteg, behauptet sie, aber die meisten Fotos in ihrem Album sind von Automessen.

Sie ist sehr elegant und anmutig und hinterlässt um sich herum nie Falten oder Flecken. Sie ist wie eine Puppe, mit der man nicht spielen darf, sondern die man stattdessen in der Originalschachtel aufbewahren muss, weil sie eines Tages viel Geld wert sein wird.

Ich habe mich nie für Mode, Make-up und Mädchenthemen interessiert, was für meine Mutter eine große Enttäuschung war. Manchmal frage ich mich, ob wir im Krankenhaus als Babys vertauscht wurden und sie eigentlich Tash mit nach Hause bringen sollte.

Die Leute sprachen von mir immer nur als der »Läuferin«, dem »zähen kleinen Ding« oder dem »Wildfang«. Mum war verzweifelt, aber Dad präsentierte stolz meine Pokale und sagte, ich wäre das Zweitbeste nach einem Sohn. »Zweitbeste« zu sein war wie zweitklassig zu sein, aber man konnte nicht erwarten, alles zu gewinnen.

Den letzten Artikel über uns habe ich gelesen, als mein Dad die Belohnung verdoppelt hat. Da wusste ich, dass er mich lieben muss. Tash sagte lange Zeit gar nichts. Solche Summen konnten ihre Eltern nicht aufbringen.

»Vielleicht kannst du jetzt ja nach Hause«, sagte sie.

»Keine Sorge«, sagte ich. »Ich gehe nicht ohne dich.«

Wochenlang flehte ich George an, uns Briefe schreiben zu lassen. Schließlich willigte er ein. Ich schrieb einen an Mum und Dad und einen zweiten an Emily. Tash schrieb an ihre Familie und an Aiden Foster, ihren ehemaligen Freund, obwohl ich nicht weiß, wozu sie sich die Mühe gemacht hat.

George hat uns gesagt, was wir schreiben sollten, damit wir keine Hinweise gaben. Wir mussten erzählen, wir wären weggelaufen und würden in London leben, und die Leute sollten aufhören, nach uns zu suchen. Ich wollte noch andere Sachen schreiben, aber George ließ mich nicht.

An einem guten Tag konnte er freundlich und großzügig sein. An einem schlechten Tag war er grausam. Er genoss es, uns zu erzählen, dass unsere Eltern uns nicht wollten. Meine Mum sei schwanger und würde ein Baby bekommen, um mich zu ersetzen, sagte er, und Tashs Eltern ließen sich scheiden.

Ich sagte Tash, sie solle ihm nicht glauben, doch er zeigte uns einen Zeitungsartikel und sagte, das wäre der Beweis, dass sie uns nicht zurückhaben wollten. Sie waren froh, dass wir weg waren. Zwei schwarze Schafe weniger. Gott sei Dank.

5

Ich stehe allein auf dem Podium, packe mit beiden Händen das Rednerpult und blinzele ins helle Licht. In den ersten Reihen kann ich Gesichter erkennen, die winterlich blass auf die Bühne gucken, während sich die hinteren, höher liegenden Reihen im Dunkel verlieren.

Der Vorlesungssaal ist halbleer. Das Wetter hat die Leute abgehalten, oder vielleicht bin ich auch nicht zugkräftig genug: Professor Joseph O'Loughlin – der zitternde Psychologe –, der angeblich »die Gedanken der anderen lesen« kann.

Dies ist nicht mein übliches Publikum. Normalerweise halte ich Vorlesungen vor Studenten mit weiten Klamotten und fettiger Haut. Heute stehe ich vor meinesgleichen: Psychologen, Psychotherapeuten und Psychiater, die glauben, ich hätte irgendeine Weisheit mitzuteilen, irgendeine bemerkenswerte Einsicht in die menschliche Seele, die ihnen ein besseres Verständnis für ihre Patienten vermittelt.

Ich beginne.

»Stellen Sie sich vor, wenn Sie können, Sie würden absolut keine Gefühle gegenüber anderen menschlichen Wesen empfinden. Keine Schuld. Keine Scham. Kein Anflug von Bedauern über irgendein Wort, irgendeine Tat, egal wie egoistisch, nachlässig, grausam, unmoralisch oder unsittlich sie gewesen sein mag.

Außer Ihnen sind alle belanglos. Niemand verdient Respekt. Gleichheit. Gerechtigkeit. Die anderen sind sämtlich nutzlose, ignorante, leichtgläubige Idioten, die Ihnen Platz und Luft zum Atmen wegnehmen.

Und nun möchte ich, dass Sie dieser seltsamen Fantasie noch die Fähigkeit hinzufügen, Ihr wahres Wesen vor anderen verbergen zu können. Niemand weiß, wie Sie wirklich sind ... wozu Sie fähig sind ...

Stellen Sie sich vor, was Sie erreichen könnten. Wo andere zögern, handeln Sie. Wo andere Grenzen ziehen, werden Sie sie überschreiten, unbehindert von sittlichen Geboten und Gewissensbissen, Regeln oder Moral, mit Eiswasser in den Adern und einem Herz aus Stein.

Was fangen Sie mit dieser Macht an? Das kommt darauf an, was Sie begehren. Nicht alle Psychopathen sind gleich. Und trotz allem, was in der Boulevardpresse steht, sind sie auch nicht allesamt Serien- oder Massenmörder.

Nach den Gesetzen der Wahrscheinlichkeit sitzen in diesem Hörsaal mindestens vier Personen, auf die die von mir gegebene Beschreibung zutrifft. Vielleicht sitzen Sie neben einer. Vielleicht sind Sie selbst eine.«

Im Publikum breitet sich ein nervöses Lächeln aus, doch niemand sieht seinen Nebenmann an. Sie hören mir zu.

»Wir sind alle verschieden. Einige von uns werden von Ehrgeiz oder der Gier nach Geld oder Macht angetrieben. Manche sind faul. Manche sind dumm. Manche sind gewalttätig. Manche sind Feiglinge. Manche sind, wie ich erklärt habe, Psychopathen. Keine Monster. Keine Irren. Sie heiraten, gründen Familien und Wirtschaftsimperien, lernen, falsche Ehrlichkeit vorzutäuschen und ihr Geheimnis zu verbergen.

Dieses Konzept des erfolgreichen Psychopathen wird von der medizinischen Zunft oft vergessen oder ignoriert. Wir studieren die Menschen an den Rändern der Gesellschaft – die Aussteiger und Minderleister, die, die erwischt werden, die weder den Verstand noch die Neigung haben, die Welt zu beherrschen. Erst in den letzten Jahren haben wir begonnen, die Psychopathen zu untersuchen, die sich erfolgreich mitten unter uns verstecken.« Ich blicke wieder ins Publikum und erkenne ein, zwei Gesichter. Ich habe an einem Forschungsprojekt zusammen mit Eric Knox gearbeitet, der neben Andrew Nelson sitzt, einem Studienfreund, der mal mit meiner Schwester Rebecca zusammen war und ihr das Herz gebrochen hat. Zwei Reihen dahinter bemerke ich eine Frau, die mir ebenfalls bekannt vorkommt. Es dauert ein paar Minuten, bis mir der Name zu dem Gesicht einfällt: Victoria Naparstek, Augie Shaws Psychologin.

»Ich möchte mit einer Geschichte enden«, erkläre ich meinem Publikum. »Sie handelt von einem leutseligen, charismatischen Mann, der in einem Wohnviertel der unteren Mittelschicht von New York aufwuchs. Er war introvertiert, reserviert, leicht distanziert, heiratete seine Jugendliebe und bekam zwei Söhne.

Er gründete ein Finanzunternehmen und kümmerte sich um die Investitionen von Freunden und Verwandten. Erfolg stellte sich ein: eine Penthousewohnung in Manhattan, Anteile an zwei Privatjets, eine Jacht an der französischen Riviera. Mit über siebzig managte er Milliarden von Dollar für Privatpersonen und Stiftungen, warb immer neue Kunden, darunter auch gemeinnützige und öffentliche Institutionen und Investmentfirmen.

Persönlichen Begegnungen mit seinen Investoren ging er meistens aus dem Weg, was seine Faszination jedoch nur erhöhte. Auch auf den Cocktailpartys von Manhattan sah man ihn nie, was seinen Ruf als Finanzgenie weiter mehrte, der Mann, der alles zu Gold macht, was er berührt – der Weise der Wall Street. Weiß irgendjemand, von wem ich spreche?«

»Bernie Madoff«, sagt eine Stimme aus der Dunkelheit.

»Ein klassischer Psychopath, ein Scharlatan von epischen Ausmaßen, ein Manipulator, der so gierig war, Reichtum anzuhäufen, dass er das Leben tausender Menschen zerstörte, ohne deswegen auch nur eine Nacht schlechter zu schlafen.

Er hatte die Ausbildung, das Geld, die Gelegenheit, einen fantastischen IQ und nicht den Hauch eines schlechten Gewissens. Ohne mit der Wimper zu zucken, ohne Furcht vor Entlarvung inszenierte er eines der größten betrügerischen Pyramidenspiele der Geschichte, überzeugt davon, über dem Gesetz zu stehen, während er für seine Kunden nur Herablassung und Verachtung übrig hatte.

Madoff ist kein Einzelfall. Es gibt da draußen viele wie ihn. Sie gehen in die Wirtschaft, die nationale oder internationale Politik, die Wissenschaft, ins Rechts- oder Finanzwesen und verfolgen ihre Karriere mit skrupelloser, zielstrebiger Effektivität, unbeeinträchtigt von moralischer Ungewissheit oder Schuldgefühlen, ohne Rücksicht auf irgendjemanden.

Sie hintergehen Kollegen, unterminieren Rivalen, ruinieren Feinde, fälschen Beweise, verdrehen die Wahrheit, lügen, stehlen und fahren mit allen Schlitten, die sich ihnen in den Weg stellen. Manchmal heiraten sie wegen Geld. Lassen sich wegen Geld wieder scheiden. Veruntreuen Mittel, treiben Wohlfahrtsorganisationen in den Bankrott. Sie fangen Kriege an, erobern fremde Länder, vernichten die Machtlosen, korrumpieren die Unschuldigen. Und immer mit der exklusiven Freiheit zu wissen, dass sie nachts friedlich schlafen werden.

Das sind nicht die Psychopathen, die Sie und ich in unseren Praxen behandeln. Vielleicht ist das gut so. Vielleicht geht es nicht darum, sie zu behandeln. Sie sind keine gebrochenen Existenzen – sie *existieren* einfach. Es ist ein Persönlichkeitsmerkmal, keine Persönlichkeitsstörung.«

Jemand hebt die Hand, ein junger Mann, vielleicht ein Doktorand. »Sind wir nicht verpflichtet, sie zu behandeln?«

»Warum?«

»Sie brauchen unsere Hilfe.«

»Und wenn wir ihnen nur die Fertigkeiten vermitteln, Ehrlichkeit vorzutäuschen und noch bessere Psychopathen zu werden?«

Mein Inquisitor ist noch nicht zufrieden. »Sie stellen das Problem doch bestimmt übertrieben dar, oder?«

Ich unterdrücke ein Zittern in meinem linken Arm. »Ich habe heute Morgen in der Zeitung gelesen, dass Magersucht in diesem Land mittlerweile epidemische Ausmaße angenommen hat. Dabei gibt es viermal so viele Psychopathen wie Menschen mit Essstörungen. Ist das eine Epidemie oder eine Übertreibung?«

Ich nehme eine Handvoll weiterer Fragen entgegen, die sich zumeist auf die empirischen Daten beziehen. Ich warne sie, sich nicht zu sehr in Statistiken zu verheddern. Sie sind wichtig für Wissenschaftler und Studenten, weniger für praktizierende Psychologen. Menschliches Verhalten lässt sich nicht in Diagrammen und Glockenkurven darstellen.

»Am 24. Juli 2000 war die Concorde das sicherste Flugzeug der Welt. Einen Tag später war es – statistisch – das unsicherste Flugzeug der Welt. Hüten Sie sich vor Daten.«

Der Vortrag ist zu Ende. Die Sitzreihen leeren sich langsam. Niemand spricht mich an. Dr. Naparstek hat unsere Bekanntschaft nicht erneuert, was ich mit Bedauern registriere. Sie ist eine gut aussehende Frau, attraktiv, ohne sich anzustrengen. Mitte dreißig, schlank, elegant. Nicht meine Liga.

Spiele ich überhaupt noch in einer Liga?

Julianne hat mich vor drei Jahren auf die Transferliste gesetzt, doch bis jetzt hat niemand ein ernsthaftes Angebot gemacht – nicht mal für einen Gastauftritt bei einem Freundschaftsspiel.

Draußen im Foyer reden alle über das Wetter. Eine Stimme lässt mich stehen bleiben.

»Augie Shaw hat diese Menschen nicht getötet.«

Victoria Naparstek steht neben der Tür. Sie trägt ein Strickkleid aus grauer Wolle, eine schwarze Nylonstrumpfhose und kniehohe Lederstiefel.

»Ich dachte, Sie würden ehrlich sein. Furchtlos. Sie haben sich von Stephen einschüchtern lassen.«

»Stephen?«

»DCI Drury.«

Sie duzen sich.

»Sie haben ihm erzählt, was er hören wollte.«

»Ich habe ihm meine Einschätzung mitgeteilt.«

Sie macht einen Schritt nach vorn und sieht mich an. Ihre Augen scheinen mit jeder Bewegung die Farbe zu wechseln.

»Man hat beantragt, Augie Shaw für weitere achtundvierzig Stunden in Gewahrsam zu halten.«

»Das hat nichts mit mir zu tun.«

»Er hat diese Menschen nicht getötet.«

»Er war dort.«

»Er war bisher noch nie gewalttätig. In beengten Räumen kommt er nicht gut zurecht. Als man ihn das letzte Mal eingesperrt hat ...«

»*Das letzte Mal?*«

»Es war ein Irrtum. Er wurde freigesprochen.«

Ihr Haar ist kürzer, als ich es in Erinnerung habe. Statt der kordeldicken Locken trägt sie jetzt einen Bop, dessen Linie sich von ihrem Kinn über ihre Wangenknochen bis in den Nacken schwingt.

»Ich habe Angst, dass er sich etwas antut.«

»Erzählen Sie das Drury.«

»Er hört mir nicht zu.«

Sie blickt auf meine linke Hand. Daumen und Zeigefinger reiben aneinander, das Pillendrehen.

»Mache ich Sie nervös?«, fragt sie.

»Ich habe Parkinson.«

Ihr Mund verzieht sich zu einem Kreis aus Lippenstift. Sie will sich entschuldigen.

»Sie konnten es nicht wissen«, sage ich.

»Heute mache ich alles falsch. Können wir noch mal von vorn anfangen? Ich könnte Sie zum Essen einladen.«

»Oder wir teilen uns die Rechnung.« Diesmal lächelt sie ... mit Grübchen.

»Ich kenne genau das richtige Lokal«, sagt sie und marschiert voran. Ich mustere ihre Figur, ein unverbesserlicher Optimist. Sie führt mich ins Head of the River, einen Pub an der Folly Bridge. Sie stößt die schwere Tür auf, nimmt meinen Mantel und hängt ihn auf. Dann wählt sie einen Tisch ein Stück abseits des Kamins, bestellt Mineralwasser und fragt, ob ich Wein möchte.

»Ich trinke keinen Alkohol.«

»Wegen Ihrer Medikamente.«

»Ja.«

»Was nehmen Sie?«

»Levodopa gegen die Symptome, Carbidopa gegen das Übelkeitsgefühl und Prozac, damit ich keine Depressionen kriege, weil ich unter einer schweren degenerativen Krankheit leide.«

»Wie schlimm ist es?«

»Dies ist ein guter Tag ...«

Eine Weile starren wir auf den Tisch, als wären wir vom Besteck des anderen fasziniert.

Victoria Naparstek wirkt verändert. Ihre Kleidung ist weniger feminin, praktischer. Eine Perlenkette lässt sie älter erscheinen. Vielleicht hatte sie keine Lust mehr, als Objekt betrachtet zu werden, was für eine Frau ungewöhnlich wäre.

»Sind Sie allein hier?«, fragt sie.

»Mit meiner älteren Tochter Charlie ... sie ist irgendwo unterwegs und gibt mein Geld aus.«

»Sind Sie verheiratet?«

»Getrennt. Seit drei Jahren. Zwei Töchter. Fünfzehn und sieben. Sie leben bei ihrer Mutter, aber ich sehe sie ziemlich häufig; allerdings nicht mehr so oft, seit ich in London wohne.«

»Hm.«

»Was?«

»Interessant.«

»Was?«

»Ich habe eine einfache Frage gestellt, und Sie haben mir Ihr ganzes Leben erzählt – alles bis auf Ihre Lieblingsfarbe.«

»Blau.«

»Wie bitte?«

»Meine Lieblingsfarbe ist blau.«

Ich werfe einen Blick in die Speisekarte. Victoria bestellt die Suppe. Ich tue das Gleiche. Eine schreckliche Wahl. Mein linker Arm zittert.

Ich wechsele das Thema und frage sie nach ihrer Praxis. Sie wohnt in West London, fährt jedoch zwei Mal pro Woche nach Oxford und arbeitet hauptsächlich für den National Health Service.

»Wie sind Sie an Augie Shaw geraten?«

»Er ist vor zwei Jahren auf die Polizeiwache gekommen und hat gestanden, eine Frau vergewaltigt zu haben, doch das war völlig unhaltbar.«

»Sie wollte ihn nicht anzeigen?«

»Sie hatte ihn noch nie in ihrem Leben gesehen. Augie hatte Fantasien, eine Frau zu vergewaltigen. Ich glaube, er hat ehrlich geglaubt, es getan zu haben. Er war beschämt. Geschockt. Wütend auf sich selbst.«

»Sie haben ihn rechtzeitig gestoppt.«

»Er hat sich selbst gestoppt.« Sie streicht mit einem Finger über den Rand ihres Glases. »Zum Ende seiner Teenagerzeit bekam Augie Probleme. Akustische Halluzinationen. Blackouts. Desorientierung. Chronische Kopfschmerzen. Schlaflosigkeit. Er behauptete, jedes Mal wenn er eine wichtige Entscheidung treffen musste, widersprüchliche Botschaften zu empfangen.«

»Botschaften?«

»Von seinem Zwillingsbruder.«

»Drury sagt, er hat keinen Bruder.«

»Sein Zwilling ist bei der Geburt gestorben, doch Augie glaubt, er wäre noch immer mit der Seele seines Bruders verbunden. Er sagt, es sei, als wäre sein Zwilling in ihm gefangen und würde nicht weggehen.«

»Paranoide Schizophrenie.«

»Wahnvorstellungen – zum Teil größenwahnsinnig, zum Teil paranoid.«

»Medikation?«

»Neuroleptika: fünfzehn Milligramm Olanzapin und Schlaftabletten. Während unserer Sitzungen habe ich versucht, Augie zu bewegen, die Nabelschnur mental zu trennen, aber er hat starke Widerstände. Er glaubt, die Hälfte seiner Persönlichkeit würde verschwinden, wenn er den Kontakt zu seinem Bruder verliert.«

»Sie erwähnten Klaustrophobie?«

»Augies Vater hat ihn als Junge immer in den Schrank gesperrt. Er leidet unter Albträumen. Er hasst beengte Räume. Außerdem glaubt er, die Luft in geschlossenen Räumen wäre giftig, deshalb wäre sein Bruder im Mutterleib gestorben.«

»Sie sagten, er sei bisher nicht als gewalttätig aufgefallen.«

»So ist es.«

»Er hatte Fantasien, eine Frau zu vergewaltigen.«

»Er litt unter Wahnvorstellungen.«

»Er wurde von den Heymans entlassen, weil er die Unterwäsche ihrer Tochter durchwühlt hat.«

»Augie sagt, es war ein Missverständnis.«

»Seine Fingerabdrücke waren überall am Tatort. Seine Hände waren verbrannt. Er hat das Feuer nicht gemeldet. Stattdessen ist er nach Hause gegangen und hat sich schlafen gelegt.«

Sie hat die Augen zusammengekniffen. »Er hat Panik bekommen.«

»Das ist Ihre Erklärung?«

»Er ist schizophren. Er ist überzeugt, etwas Schlimmes getan zu haben, aber das hat er nicht.«

Sie hört mich seufzen.

»Sie sollten mit seinem Anwalt sprechen«, sage ich. »Übergeben Sie ihm Ihre Aufzeichnungen.«

»Er wird sie der Anklage zukommen lassen.«

»Sie sollten sich an die Vorschriften halten.«

»Ich versuche nur, Augie zu retten.«

»Die Polizei kann sich einen Gerichtsbeschluss besorgen.«

»Gut. Wenn das passiert, halte ich mich an das Gesetz. Bis dahin schlage ich mich auf die Seite der Engel.«

Unser Essen ist gekommen. Ich greife zu einem Brötchen, nicht bereit, mich der Suppe zu stellen.

»Haben Sie keinen Hunger?«

»Eigentlich nicht.«

Sie macht der Kellnerin ein Zeichen und flüstert ihr etwas zu. Kurz darauf wird eine weitere Suppe serviert, diesmal in einem Becher. Es sollte mir peinlich sein, aber ich bin schon jenseits aller Verlegenheit.

»Werden Sie ihn noch einmal befragen?«

»Wen?«

»Augie. Reden Sie mit ihm.«

»Ich wüsste nicht, wozu.«

»Sie werden sehen, ich habe recht. Ich habe mit ihm gearbeitet. Er ist harmlos.«

Irgendetwas verschweigt sie mir, irgendeinen Grund, warum Augie Shaw in jener Nacht zum Haus der Heymans gefahren ist. Er hat seinen Job verloren, weil er dabei erwischt wurde, als er den Kleiderschrank der Tochter durchwühlt hat.

»Geht es um die Tochter?«, frage ich. Victoria Naparstek schüttelt den Kopf.

»Nicht die Tochter … die Ehefrau.«

Ich frage mich oft, wie ich jetzt aussehe.

Ich kann Teile von mir sehen: meine Hände, meine Füße, meinen Bauch, meine Knie, aber nicht mein Gesicht. Wir hatten einen Spiegel, doch Tash hat ihn zerbrochen und versucht, sich die Pulsadern aufzuschneiden, also hat George ihn weggenommen.

Sie hat nicht sehr tief geschnitten, aber das lag nur daran, dass sie keine Kante gefunden hat, die scharf genug war. Unsere Schere sind wir auch los, weil Tash mir damit die Haare abgesäbelt hat. Sie wollte mich hässlich machen. Hässlicher.

Messer, Nagelknipser, alle scharfen Gegenstände sind konfisziert worden wie in einer Irrenanstalt. Sogar den Dosenöffner hat er einkassiert, weil er dachte, dass sie den Rand einer geöffneten Dose Baked Beans benutzen könnte, doch er hat ihn uns zurückgegeben, weil wir ja essen mussten.

Wenn ich mich ganz dicht über den Wasserhahn beuge, kann ich mein Spiegelbild in dem Edelstahl erkennen, aber wegen der Wölbung sieht mein Kopf aus wie ein Kürbis. Es ist wie in einem dieser Zerrspiegel auf der Kirmes oder auf den verrückten Bildern, die man mit Photo Booth auf dem Mac machen kann.

Tash ist bestimmt bald zurück. Und sie wird die Polizei mitbringen ... meine Mum und meinen Dad ... die Armee, die Marine, die Garde der Königin. Jedes Mal wenn ich auf das Fenster über dem Waschbecken schaue, denke ich an sie. Und jedes Mal wenn ich die Augen schließe.

Die Polizei hat George bestimmt verhaftet, deshalb ist er nicht gekommen. Sie haben ihn eingesperrt, und ich hoffe, sie prügeln ihn windelweich, oder er wird im Gefängnis mit einem beschissenen Besenstiel vergewaltigt.

Sorry wegen dem Fluchen. Ich hab ein schmutziges Mundwerk. Einmal habe ich mitbekommen, wie meine Mum meiner Tante Jean erzählte, dass ich vielleicht das Tourette-Syndrom hätte. Ich habe es gegoogelt und herausgefunden, dass man damit in unpassenden Momenten Scheiße sagt und viel blinzelt und Fratzen zieht. Gordon Ramsey macht das die ganze verdammte Zeit, dachte ich, und ich fluche nicht in unpassenden Momenten, sondern bloß oft.

Ich liege zusammengerollt auf der Pritsche und habe all meine Kleider an. Als

Tash noch hier war, haben wir immer zusammengelegen, um uns zu wärmen, und uns dabei Geschichten erzählt. Wir malten uns Fantasiemahlzeiten aus – Fish'n Chips, Brot und Butter, Pudding und Chicken Korma, Tashs Lieblingsessen.

Nachdem sie mir die Haare abgeschnitten hatte, bot ich an, ihre zu schneiden, doch sie meinte, es wäre egal, weil sie sowieso ausfallen würden. Sie konnte es büschelweise herausreißen, als wäre es ein Zaubertrick.

Als kleines Mädchen habe ich meine Haare immer nass gemacht, mit einem Kamm geglättet, bin vor dem Spiegel auf und ab stolziert und hab mir eingebildet, ich hätte glattes Haar. Ich habe eine Menge peinliche Sachen gemacht, die mir heute gar nicht mehr so schlimm vorkommen.

Ich bin jetzt achtzehn – soweit ich weiß. Ich habe keine Ahnung, welches Datum wir haben, aber bei den Jahreszeiten kann ich noch mithalten. Im letzten Frühjahr hat Tash mich eines Morgens geweckt und erklärt, sie würde mir eine Geburtstagsparty schmeißen. Es gab Kekse und gesüßten Tee auf einer Decke in der Mitte des Fußbodens.

Ich weiß, dass jetzt Winter ist, wegen dem Schnee und der kahlen Bäume. Wenn ich auf der Bank stehe und mich auf die Zehenspitzen stelle, kann ich rausgucken. Das Fenster ist etwa fünfundzwanzig Zentimeter hoch und noch ein kleines Stückchen breiter. Wenn ich mein Gesicht dicht davorhalte, kann ich den Luftzug spüren, der durch den Spalt an der Unterseite des Metallrahmens dringt. Zu bestimmten Zeiten im Jahr fallen die Sonnenstrahlen so durchs Fenster, dass sie bewegliche und sich wandelnde geometrische Schatten an die Wand gegenüber werfen. Das ist mein Fernsehen – und mein Wetterbericht.

Aus diesem Fenster hat sich Tash, auf meinen Schultern stehend, gezwängt. Ich habe es wieder zugezogen, damit George nicht gleich ausrastet, doch er wird es auch so merken, und ich kann mich hier nirgends vor ihm verstecken.

Ich kenne jeden Quadratzentimeter dieses Lochs. Ich kenne die Risse und Spalten zwischen den Ziegelsteinen, jeden Wasserfleck, jeden Klecks und jedes Flöckchen abgeblätterter Farbe.

In einer Ecke stehen die beiden schmalen Pritschen. Tash und ich haben sie näher zusammengeschoben, damit wir uns im Dunkeln an den Händen halten konnten. An der gegenüberliegenden Wand sind Regale mit Konservendosen und Schachteln mit Haferflocken. An der anderen Wand ist ein Tresen mit einem Gaskocher, einem Topf und einem Waschbecken. Aus dem Wasserhahn kommt nur kaltes Wasser. Ein Schlauch verschwindet in einem Loch in der Wand. Wenn ich an seinem Rand vorbeispähe, kann ich ein wenig Grün sehen.

Die einzigen anderen Möbel sind eine Kommode mit grün lackierten Schubladen und ein Küchenschrank mit einem mit Schablone aufgemalten Geranienmuster.

Darin bewahren wir unsere Kleider auf. Oh, die beiden Stühle mit geflochtenem Sitz und den Tisch mit Beinen aus Bambus habe ich vergessen.

Die Leiter ist an der Wand gegenüber dem Fenster montiert. Sie reicht nur halb bis zur Decke, selbst wenn ich auf der obersten Sprosse balancieren könnte, würde ich mit den Fingerspitzen vielleicht gerade die Falltür erreichen. Hinter der Leiter hängt ein Poster vom Brighton Pier. Ich glaube jedenfalls, es ist Brighton. Die Schrift darunter ist abgerissen worden, aber man kann das Meer sehen und Menschen auf dem Pier. Sie tragen altmodische Kleidung, die Frauen dazu Sonnenschirme, die Männer Hüte.

In einer Ecke der Decke ist eine Kamera angebracht, eine dieser Webcams, die aussehen wie eine Kugel oder ein glänzendes schwarzes Auge. Ich weiß nicht, ob sie angeschlossen ist. Vielleicht ist das bloß eine weitere von Georges Lügen.

Es gibt nur eine Stelle in dem Raum, an dem das Auge uns nicht sehen kann. In der Ecke unter der Leiter, gleich neben dem Waschbecken. Dort wasche ich mich und setze mich auf den Nachttopf.

Wenn ich nicht schlafen kann, mache ich zwanghaften Kram, wie die Konservendosen neu zu ordnen und die Regale abzuwischen. Es sind nur vier Dosen. Ich habe Baked Beans, Baked Beans mit Würstchen, Baked Beans mit Barbecue-Sauce und Baked Beans mit Käse, was absolut eklig ist. Thunfisch, Mais und Kekse sind aus. Nachdem ich die Dosen wieder eingeräumt habe, zähle ich die Pflaster, Kopfschmerztabletten und kleinen Tütchen mit Rehydrierungssalz, das man in Wasser lösen kann, wenn man Durchfall hat – es gibt sogar welche mit Fruchtgeschmack, steht auf der Packung, aber sie schmecken wie Medizin.

Das ist alles. Gegen Hautausschlag, Augenentzündungen, Zahnschmerzen, Bauchkrämpfe und Regelschmerzen habe ich nichts, auch nicht gegen Langeweile und Einsamkeit.

Wenigstens gibt es zurzeit keine Insekten. Wenn jetzt Sommer wäre, wären meine Beine mit Stichen übersät, an denen ich kratze, bis sie bluten.

Die Dunkelheit macht mir nichts mehr aus. Sie verbirgt meine fleckige Haut und meine behaarten Beine. In der Dunkelheit kann ich unsichtbar sein. Ich kann so tun, als würde es mich gar nicht geben oder als könnte George mich nicht sehen. Er wird denken, ich bin geflohen, und mich in Frieden lassen.

In manchen Nächten dachte ich, er würde uns beobachten, ich konnte ihn hinter dem glänzenden schwarzen Auge an der Decke spüren, das scheinbar jede unserer Bewegungen verfolgte, aber Tash meinte, das wäre eine optische Täuschung.

In all den Monaten und Jahren hat er immer nur Tash angesehen. Sie hat mir die Haare abgeschnitten, um mich unattraktiver zu machen. Zu meiner Sicherheit. Sie wollte mich beschützen.

6

DER SCHNEE SCHMILZT, doch vereinzelte Flocken rieseln weiter herab wie Schuppen von der Kopfhaut eines alten Mannes. In den Parks und an den Seitenstreifen sind Grasflecken aufgetaucht, die den Hunden einen Platz zum Kacken bieten.

Ich strecke die Zunge heraus und schmecke die Schneekristalle. Zwei Dutzend Reporter stehen vor dem Oxford Crown Court Schlange und geben am Eingang ihre Handys und Kameras ab. Niemand erkennt mich, als ich durch die Sicherheitsschranke trete.

Ich weiß immer noch nicht, warum ich hier bin. Vielleicht weil ich eine Schwäche für ein hübsches Gesicht, eine freundliche Geste oder einen Körper habe, an den ich meinen gern drücken würde.

Victoria Naparstek sitzt neben mir auf der oberen Galerie, die geöffnet worden ist, um den Andrang der Presse aufzufangen. Der Gerichtssaal unter uns ist eine Mischung aus alt und modern: gewölbte Decken und Wappen neben Mikrofonen und digitalen Aufzeichnungsgeräten.

»Sie wollen sagen«, flüstere ich Victoria zu, »dass Augie in Patricia Heyman verschossen war?«

»Ja.«

»Sie könnte glatt seine Mutter sein ...«

»Ja, ich weiß.«

»Haben sie miteinander geschlafen?«

»Laut Augie nicht, aber ich glaube, sie mochte ihn.«

»Sie mochte ihn?«

»Ja, sie mochte ihn. Wollen Sie jetzt alles wiederholen, was ich sage?«

Unten betritt Augie Shaw einen quadratischen Kasten aus kugelsicherem Glas. Die Leute recken die Hälse, um einen Blick auf ihn zu erhaschen, weil sie ein Gesicht zu dem Verbrechen haben wollen: Sie wollen keinen Menschen sehen, sondern ein Monster.

Augie nimmt mit Handschellen gefesselt zwischen zwei Justizbeamten Platz. Er wendet den Kopf und sucht irgendjemanden auf der Besuchergalerie. Sein Blick verharrt bei einer kleinen Frau mit zerzaustem Haar und einer spitzen Nase in der ersten Reihe. Seine Mutter, noch keine fünfzig, sie trägt eine dünne Jeansjacke und schwarze Jeans.

Augie winkt. Sie lächelt nervös, ängstlich vor dem, was kommt.

Der Anklagevertreter beginnt. »Euer Ehren, bei dem Verbrechen handelt es sich um einen besonders grausamen Doppelmord. Einem Ehemann wurde der Schädel eingeschlagen, eine Ehefrau und Mutter wurde bei lebendigem Leib angezündet. Eine schnelle Entscheidung ist natürlich zu begrüßen, jedoch keine überstürzte, weshalb die ermittelnden Detectives zusätzliche Zeit brauchen. Sie möchten weitere Recherchen anstellen und den Verdächtigen noch eingehender befragen.«

Augies Anwalt, ein junger Pflichtverteidiger namens Reddrop, verhaspelt sich bei seinem eigenen Namen, als er sich vorstellt.

»Euer Ehren, mein Mandant hat umfassend mit der Polizei kooperiert und zugesichert, für weitere Befragungen bereitzustehen. Mr. Shaw ist aus der Gegend und lebt nicht weit von hier bei seiner Mutter. Er hat keinerlei Vorstrafen, jedoch eine Vorgeschichte psychischer Probleme, die ihren Ursprung in seiner Kindheit haben. Seine Psychologin ist heute hier. Sie ist der Ansicht, dass sich Mr. Shaws psychische Verfassung in der Untersuchungshaft verschlechtern wird. Er leidet unter Klaustrophobie und hat Angst vor Autoritätspersonen.«

Richter Eccles räuspert sich. »Nimmt er Medikamente, Mr. Reddrop?«

»Ja, Euer Ehren, aber seine Psychologin Dr. Naparstek versichert mir, dass er keine Bedrohung für irgendjemanden darstellt und sich strikten Meldeauflagen unterwerfen wird ...«

Der Staatsanwalt hat sich gar nicht erst die Mühe gemacht, Platz zu nehmen.

»Bis vor zwei Wochen hat der Beschuldigte Gelegenheitsarbeiten für die Heymans erledigt. Dann wurde er gefeuert, und zwar wegen unangemessenen Verhaltens im Zusammenhang mit im Haus vermissten Kleidungsstücken – Unterwäsche, die der Tochter der Heymans gehörte. Sie fürchtet um ihre Sicherheit, wenn Mr. Shaw aus der Haft entlassen wird.«

»Wurde der Diebstahl angezeigt?«

»Nein.«

»Mein Mandant weist diese Beschuldigungen zurück«, unterbricht Mr. Reddrop. »Er hat ausgesagt, dass er in jener Nacht zum Haus der Heymans gefahren ist, um ausstehenden Lohn abzuholen, und dabei über ein Verbrechen gestolpert ist. Er hat sich die Hände bei dem Versuch verbrannt, das Paar zu retten.«

»Er ist vom Tatort geflohen«, sagt der Staatsanwalt.

»Er wollte Hilfe holen und hatte eine Art Blackout.«

»Wie passend.«

Richter Eccles unterbricht die beiden Männer und weist sie an, sich zu setzen. Er kritzelt etwas auf ein Stück Papier und lehnt sich in seinem Stuhl zurück, wobei ein leiser Pfeifton aus seiner Nase dringt wie von einer stümperhaft gespielten Flöte.

»Ich werde dem Antrag der Polizei stattgeben. Die Detectives bekommen achtundvierzig Stunden zusätzlich.« Er wendet sich an Augie. »Mr. Shaw, Sie werden noch ein wenig länger in Schutzhaft bleiben, doch ich werde ausdrücklich anweisen, dass man sich gut um Sie kümmert. In der Zwischenzeit möchte ich, dass ein komplettes psychologisches Gutachten erstellt wird.«

Augie sieht seinen Anwalt an und will eine Erklärung. Mr. Reddrop zuckt traurig die Schultern.

»Wann darf ich nach Hause?«, fragt er laut.

»Sie bleiben in Haft.«

»Aber ich will nach Hause.«

Augie wird von zwei Justizbeamten abgeführt. Victoria Naparstek versucht, ihm ein Zeichen zu geben.

»Ich muss mich übergeben«, sagt er.

»Nicht hier«, sagt einer der Beamten.

In der Halle des Gerichtsgebäudes bahnt Victoria sich einen Weg zwischen den wartenden Reportern und hält Ausschau nach Reddrop. Sie fängt ihn ab, bevor er den Ausgang erreicht. Ich kann ihr Gespräch nicht hören, aber sie ist offensichtlich eine überzeugende Frau.

»Wir dürfen ihn sehen«, sagt sie und schiebt ihren Arm unter meinen. »Augie wird erst später ins Untersuchungsgefängnis gebracht. Er ist unten.«

Nachdem wir unsere Taschen geleert und eine Quittung unterschrieben haben, werden wir von einem Justizbeamten, der seine Schlüssel trägt wie eine Waffe, einen kargen Flur hinuntergeführt. Die Tür steht offen. Augie hockt auf einer Pritsche, die Beine unter seinem Körper gefaltet wie zwei komplizierte Sprungfedern.

Er wischt sich die Wangen ab und sieht Victoria nicht an, als sie sich auf die Bank gegenüber setzt.

Es gibt Psychologen, die einem sagen, die wichtigsten Worte eines Patienten seien seine ersten. Wenn ein Ereignis einmal erzählt ist, wird alles, was folgt, zu einer Variation desselben Themas oder dem Versuch, einen Fehler zu vertuschen.

Ich bin anderer Meinung. Ich gehe davon aus, dass Menschen lügen und

Dinge verbergen. Die Wahrheit kommt erst im Laufe der Zeit heraus. Augie sieht aus wie ein Vogel auf der Stange, der den Kopf in Richtung des einzigen kleinen Fensters neigt.

»Wenn ich diese Sache getan habe, sollten sie mich einfach töten«, sagt er und kratzt sich die verbundenen Hände. »Aber ich habe es nicht getan, und hier drinnen kann ich nicht bleiben, weil ich dann sowieso sterbe.«

Victoria streckt die Hand aus, aber Augie zuckt schaudernd zurück.

»Man braucht viele Spermien, um ein Baby zu machen, aber nur eins schafft es am Ende, das Ei zu befruchten«, sagt er. »Die anderen Spermien versuchen zwar auch, als Erste da zu sein, aber sie müssen alle sterben, wissen Sie. Alle müssen sie sterben.«

»Du redest wirr«, sagt Victoria.

»Das Ei teilt sich. Zwei Spermien. Dadurch werden wir Zwillinge.«

Er spricht von seinem Bruder.

»… Zellen reproduzieren sich, Atome verschmelzen, das Gehirn bildet sich …«

Augie wendet sich mir zu. »Ich versuche bloß, die Leute vor dem Tod zu bewahren.«

»Welche Leute?«, frage ich.

»Wie soll ich sie retten, wenn ich sterbe?«

Sein Blick zuckt hin und her, seine Augen tanzen in seinem Kopf.

»Ich habe eine Frau vergewaltigt. Sie hätten auf mich hören sollen.«

»Du hast niemanden vergewaltigt«, sagt Victoria.

»Ich habe in der Schule fünf Mädchen vergewaltigt.«

»Das stimmt nicht.«

Er hält inne und starrt mich an. »Sind Sie hier, um mich umzubringen?«

»Nein.«

»Irgendwann werden Sie mich töten.«

»Nein, werde ich nicht.«

Victoria Naparstek sieht mich an und hofft, ich könne helfen. Doch sobald ich zu sprechen beginne, reagiert Augie extrem aggressiv. Er knurrt mich beinahe an. Erschrocken weicht Victoria einen Schritt zurück. »Nimmst du deine Medikamente?«

Augie betrachtet seine Hände. »Sie behaupten, mein chemisches Gleichgewicht wäre unausgewogen und ich hätte Halluzinationen. Aber das stimmt nicht. Was ich höre, ist echt.« Er hat die Schultern hochgezogen, und an der Seite seines Halses pocht eine winzige Ader. »Ich glaube, ich habe sie getötet.«

»Wen?«

»Die Frau auf der Straße.«

»Welche Frau?«

Er flüstert mit einer Kleinjungenstimme. »Was wollte sie dort? Sie stand mitten auf der Straße.« Er blickt von einem Gesicht zum anderen. »Ich glaube, ich habe sie überfahren. Ich muss sie überfahren haben. Ich konnte nicht mehr rechtzeitig bremsen.«

Mein Blick trifft Victorias. Sie schüttelt den Kopf.

»Wie kommst du darauf, dass du diese Person überfahren hast?«

Augie wischt sich einen Speichelfaden aus dem Mundwinkel.

»Ich hab noch versucht auszuweichen, aber mir war, als hätte ich so ein Geräusch gehört. Deswegen hab ich den Wagen in den Graben gefahren. Ich bin ausgestiegen und hab sie gesucht. Ich hab gerufen, aber sie war weg.«

»Warum bist du nicht zur Polizei gegangen?«

»Mein Bruder hat gesagt, ich soll es nicht tun. Er hat gesagt, man würde mir die Schuld geben.«

»Für das Feuer?«

»Dafür, dass ich die Frau überfahren habe.«

Er drückt sein Kinn auf die Knie. »Ich hab sie gesucht, aber dann hab ich den Schneemann gesehen und Angst gekriegt.«

»Den Schneemann?«

»Er kam voller Schnee aus dem Wald.«

»Ihn hast du gesehen, *nachdem* du die Frau gesehen hast?« Augie nickt.

»Und wie sah die Frau aus?«

»Ziemlich mitgenommen, wissen Sie, aber eins war seltsam. Ihre Schuhe.«

»Was war mit ihren Schuhen?«

»Sie hatte keine an.«

7

Niedrige graue Wolken jagen über einen schmutzigen Himmel, am südlichen Horizont zeichnen sich die »träumenden Türme« Oxfords ab. Ihre Umrisse erinnern an Riesen, die aus dem Nebel treten.

Der Taxifahrer manövriert seinen Wagen geschickt über die vereisten Straßen, fährt nie viel schneller als dreißig und berührt die Bremse nur, wenn er unbedingt muss. Victoria Naparstek ist nicht mehr bei mir. Als ich erwähnte, bei Drury vorbeischauen zu wollen, wurde sie still und fing an, nach Ausflüchten zu suchen.

»Er hat Frau und Kinder«, sagte sie, als ob das einen Unterschied machen würde.

Das Taxi hält vor einem zweistöckigen Haus mit Giebeldach. Jenseits des Tors steht ein schiefer Schneemann mit geblümtem Hut und Tottenham-Schal.

Drury schippt in seiner Einfahrt Schnee. Er ist ins Schwitzen gekommen und trägt nur noch weite Chinos und ein Sweatshirt. Vor meinen Füßen landet ein Schneeball. Ein junges Mädchen späht hinter einer provisorischen Burg aus Mülltonnen
und einem Schlitten hervor.

»Daneben«, sage ich.

Sie hält einen weiteren Schneeball hoch. »Das war nur ein Warnschuss«, sagt sie.

Drury stützt sich auf seine Schaufel. »Feuer einstellen, Gracie.«

»Ich finde, wir sollten ihn verhaften, Daddy, er sieht aus wie ein Böser.«

»Hören wir erst mal, was er zu sagen hat.«

Gracie trägt eine Wollmütze mit Ohrenklappen, mit der sie aussieht wie Snoopy von den Peanuts. Ihre blassen Wangen sind mit Sommersprossen gesprenkelt, auf ihrer Nasenspitze sitzt eine Brille. Ihr jüngerer Bruder hockt auf der Treppe vor dem Haus und schiebt einen Spielzeugbagger durch Eisklumpen.

»Was wollen Sie hier, Professor?«

»Ich habe eine Frage.«

»Das hätte warten können.«

»Ich habe noch einmal mit Augie Shaw gesprochen.«

»Mit wessen Genehmigung?«

»Der seines Anwalts und seiner Psychologin.«

Drury stellt die Schaufel ab und zieht die Handschuhe aus.

»Wie lautet Ihre Frage?«

»Warum würde eine Frau mitten in einem Schneesturm ohne Schuhe rausgehen?«

»Sprechen Sie von jemand Bestimmtem?«

»Sie haben im See eine bislang nicht identifizierte Frau gefunden.«

»Was ist mit ihr?«

»Augie Shaw hat gesagt, er hätte in jener Nacht eine Frau auf der Straße gesehen. Er glaubt, er hätte sie vielleicht angefahren. Deswegen hat er seinen Wagen in den Graben gesetzt.«

Drury wirkt nicht überrascht. Ich versuche es noch einmal.

»Sie haben eine Frauenleiche im See gefunden. Ich habe den Tatort vom Zug aus gesehen. Wie weit ist er von dem Bauernhaus entfernt?«

Drury antwortet nicht. Seine Frau ist auf der obersten Stufe der Treppe aufgetaucht, eine Hand in die Hüfte gestemmt, eingerahmt von der Tür. Sie ist schwanger, hübsch, mit müden Augen.

»Alles in Ordnung, Stephen?«, fragt sie.

»Alles bestens. Das ist der Psychologe, von dem ich dir erzählt habe.«

Sie lächelt. »Du solltest ihn hinein ins Warme bitten.«

»Der Professor bleibt nicht lange.«

Sie hebt den kleinen Jungen hoch und stützt ihn auf der Hüfte ab, bevor sie sich nach drinnen wendet.

Ich bemerke eine Bewegung an den Gardinen vor dem Wohnzimmerfenster. Sie beobachtet uns.

Drury reibt sich den Nacken. »Kommen Sie zur Sache, Professor.«

»Die Frau im See – hatte sie Schuhe an?«

»Ich weiß es nicht.«

»War sie verletzt?«

»Ich habe den Obduktionsbericht noch nicht gesehen. Die Leiche war steinhart gefroren. Man kann sie erst aufschneiden, wenn sie aufgetaut ist.«

Der DCI stößt die Schaufel in einen großen Schneehaufen.

»Ich glaube, sie war an dem Abend in dem Bauernhaus«, sage ich. »In der Waschküche weichte ein Kleid in einer Wanne. Vor dem Kamin standen Schuhe zum Trocknen. Jemand hat gebadet ...«

»Sie klingen wie eine Platte mit einem beschissenen Sprung.«

Gracie schlägt sich die Hand vor den Mund. »Du hast ein schlimmes Wort gesagt, Daddy. Du weißt, was das heißt.«

Drury kramt in der Hosentasche nach Kleingeld. Gracie streckt ihre behandschuhte Hand aus und schließt die Finger über der Silbermünze.

»Geh und steck es in die Fluch-Spardose«, sagt er. »Jetzt sofort.«

Sie schlittert über den harten Schnee und rennt die Stufen zur Haustür hinauf.

»Zieh die Schuhe aus, bevor du reingehst.«

Die Tür fällt krachend zu. Ich höre, wie Gracie ihrer Mutter erzählt, dass ihr Daddy geflucht hat.

»Dieses verdammte Fluch-Sparschwein verdient mehr als ich.«

Er wendet sich mir zu und spreizt die Finger gegen die Kälte.

»Drehen Sie es, wie Sie wollen, Professor, es ändert rein gar nichts. Augie Shaw hat diese Leute umgebracht.«

»Was ist mit den Kleidern auf dem Bett im ersten Stock und dem zerbrochenen Fenster im Bad?«

Drury drückt sich ein Nasenloch zu und bläst aus.

»Okay, mal angenommen, Sie haben recht und diese Frau war im Haus. Vielleicht ist sie weggelaufen. Vielleicht hat Shaw sie verfolgt und zur Strecke gebracht. Ich beschuldige ihn gern auch noch eines dritten Mordes.«

Der Detective blickt an mir vorbei zum Haus, wo Weihnachtsbeleuchtung hinter den Netzgardinen funkelt. Seine Frau ist verschwunden.

»Mein Vater war Detective, Professor. Die wichtigste Lektion, die er mir beigebracht hat, war, dass man warten soll, bis der Schlamm sich gesetzt hat, damit man die Dinge klarer sieht.« Der DCI guckt auf die Uhr. »Wir sind hier fertig. Schönes Leben noch.«

8

DER AUFSEHER der Leichenhalle des John Radcliffe Hospital hat ein Gesicht wie ein abgekauter Bleistift und noch weniger Persönlichkeit. Er erhebt sich aus seinem Stuhl und sucht seine Lesebrille, die an einem Band um seinen Hals hängt.

»Nur enge Verwandte dürfen einen Leichnam sehen.«
»Ich will keinen Leichnam sehen, ich möchte mit dem Pathologen sprechen.«
»Das wäre Dr. Leece. Haben Sie einen Termin?«
»Nein.«
»Sind Sie ein Freund?«
»Nein.«

Er blinzelt mich an, als hätte ich ihn gebeten, eine Niere zu spenden. Vielleicht ist er es nicht gewöhnt, Besucher zu empfangen, die nicht in Leichensäcken ankommen. Ich versuche es noch einmal und hoffe, dass ich dabei lächele. Mit dem Parkinson kann ich mir nie sicher sein.

Widerwillig nimmt der Mann einen Hörer in die Hand und tippt eine Nummer in die Tasten. Es folgt eine kurze Unterhaltung, bevor der Aufseher die Sprechmuschel abdeckt.

»Dr. Leece fragt, worum es geht.«
»Eine Polizeiangelegenheit. Sagen Sie ihm, ich habe mit DCI
Drury gesprochen.«

Das ist nicht komplett gelogen, denke ich mir, als ich mich in eine Besucherliste eintrage und in die Kamera blicke. Mein Bild wird festgehalten, ausgedruckt, in Folie geschweißt und um meinen Hals gehängt.

»Durch diese Tür«, sagt er. »Immer geradeaus bis zum Ende des Flures und dann rechts. Die vierte Tür auf der rechten Seite. Nicht der Lagerraum. Dann sind Sie zu weit gelaufen.«

Bis auf einen Putzwagen und einen Rollwagen mit Reagenzgläsern und Fläschchen mit Proben ist der breite Korridor leer. Ich blicke durch eine offene Tür und sehe einen Edelstahltisch mit einer Rinne in der Mitte, die zu einem Abfluss führt. Von der Decke hängen Halogenlampen an verstellbaren Armen. Darüber sind Kameras und Mikrofone montiert.

Es erinnert mich an mein Medizinstudium. Beim Präpkurs wurde ich gleich in der ersten Stunde ohnmächtig. Damals begriff ich, dass ich nicht zum Mediziner geboren war. Ich hatte das Gedächtnis, die ruhigen Hände und die Geduld, aber nicht die Konstitution. Es dauerte weitere zwei Jahre, bis ich es meinem Vater erzählte, Gottes persönlichem Leibarzt im Wartestand.

Dr. John Leece empfängt mich vor seinem Büro. Er ist Mitte fünfzig, groß mit grau meliertem Haar und Augen, die, je nachdem wie sein Blick auf die Bifokalgläser seiner Brille fällt, scheinbar größer oder kleiner werden. Es ist, als würde man eins dieser magischen 3-D-Bilder anschauen, die sich verändern, wenn man sie bewegt.

In der Brusttasche seines Hemdes klemmen drei Stifte. Schwarz, blau und rot. Ich stelle mir vor, dass diese Anordnung immer gleich ist. Jeden Morgen streift er seine Armbanduhr über und steckt die Stifte in seine Hemdtasche, ein Gewohnheitsmensch, der die Ordnung liebt.

»Ein Psychologe«, sagt er, und für einen Moment blitzt Überraschung in seinen Augen auf. »Ich wusste gar nicht, dass DCI Drury ein Fan der schwarzen Künste ist.«

»Er ist offen für alles«, erwidere ich und denke an meine letzte Unterhaltung mit dem Detective.

Der Pathologe dreht sich lachend zu mir um, weil er glaubt, ich hätte einen Witz gemacht. Dann gibt er den Sicherheitscode in ein Zahlenfeld ein, und die Tür springt klickend auf. An den Wänden reihen sich Aktenschränke und weiße Tafeln. Er geht um einen Schreibtisch und bietet mir einen Platz an.

»Sie haben eine bislang nicht identifizierte Leiche«, sage ich in der Hoffnung, Dr. Leece davon abzuhalten, weitere Fragen zu stellen.

»Wir haben vier unidentifizierte Leichen. Die älteste liegt seit zwei Jahren hier. Wir nehmen an, dass die Frau wahrscheinlich aus dem Ausland stammt, aber bisher hat Interpol noch niemanden gefunden, auf den ihre Beschreibung zutrifft.«

»Und was ist mit der jüngsten?«

»Ja, natürlich, die Eisjungfrau, wie die Zeitungen sie nennen. Klingt wie eine Figur aus einem Märchen oder einem russischen Roman. Wieso interessieren Sie sich für sie?«

»Vor vier Tagen wurde ein Ehepaar in seinem Bauernhaus bei Bingham ermordet.«

»Ich habe sie obduziert.«

»Ein Verdächtiger in dem Fall behauptet, er habe während des Schneesturms eine Frau auf der Straße gesehen. Er hätte sie beinahe überfahren. Er sagt, sie hätte keine Schuhe angehabt.«

»Na, das nenn ich Zufall«, sagt Dr. Leece und schiebt seine Brille nach oben. »Unsere Eisjungfrau war ebenso unbeschuht. Haben Sie einen Namen?«

»Nein.«

»Schade.« Er trifft offenbar eine Entscheidung. »Ihre Leiche ist gerade erst aufgetaut. Ich soll gleich mit der Obduktion beginnen. Sie können zugucken, wenn Sie wollen. Einige meiner Studenten kommen auch.«

»Ich bin eigentlich nicht …«

»Ein interessanter Fall. Ich hatte es noch nie mit einem gefrorenen Körper zu tun.«

»Was können Sie mir über sie sagen?«

»Weiblich, weiß, 1,63 Meter groß. Vor allem Haut und Knochen – maximal neunzig Pfund. Untergewichtig. Am Fundort habe ich sie auf Mitte zwanzig geschätzt, doch durch das Einfrieren hatte sich ihre Erscheinung verändert. Ich habe mittlerweile die Hände geröntgt und nach der Methode von Greulich und Pyle versucht, ihr Alter zu bestimmen. Ihrer Knochenentwicklung nach ist sie zwischen siebzehn und achtzehn Jahren alt.«

»Wie groß ist der Fehlerbereich?«

»Maximal ein Jahr.«

Er legt den Kopf zur Seite. In einem seiner Brillengläser spiegelt sich das Licht, sodass es aussieht, als würde er mir zuzwinkern.

»Was hatte sie an?«

»Einen Wollpullover und Leggins.«

»Und Sie haben keine Schuhe gefunden?«

»Nein, aber das ist nicht ungewöhnlich. Bei Unterkühlung machen die Menschen die seltsamsten Sachen. Einige Opfer denken, sie wären überhitzt, weil sich die Haut heiß anfühlt und juckt. Sie ziehen sich aus statt an. Sie könnte die Schuhe weggeworfen oder im Wasser abgestreift haben.«

Er nimmt einen Modellhubschrauber auf seinem Schreibtisch und dreht mit dem Zeigefinger das Rotorblatt. Auf den Aktenschränken und in den Regalen stehen weitere Helikopter.

»Ich fliege sie«, erklärt er, als er mein Interesse bemerkt.

»Modellhubschrauber?«

»Nein, die echten«, antwortet er lachend. »Ich habe einen Robinson R44. Ich sollte Sie irgendwann mal mitnehmen.«

»Ich bin nur für ein paar Tage in Oxford.«

»Sie klingen nervös. Ich bin ein sehr guter Pilot. Nur einmal abgestürzt. Technischer Fehler. Da ist mein altes Herz ganz schön gerast, kann ich Ihnen sagen.« Er blickt auf die Uhr.

»Meine Studenten sollten mittlerweile da sein. Kommen Sie und gucken Sie zu.«

Der Obduktionssaal hat eine verglaste Zuschauergalerie mit Blick auf den OP-Tisch, ein Dutzend Plätze in ansteigenden Reihen. In der ersten Reihe sitzen Studenten, die sich gespannt vorbeugen.

Dr. Leece streift seine OP-Handschuhe über, winkt ihnen zu und überprüft das Mikrofon. Sein Assistent zieht einen Vorhang auf, um einen blassen dünnen Leichnam zu enthüllen, der unter dem hellen Licht noch weißer wirkt. Sie ist nackt, die Arme sind neben dem Körper ausgestreckt, die Beine parallel ausgerichtet.

Mit ihrer mattweißen Haut sieht sie beinahe aus wie eine von Schürfwunden, Kratzern, Entzündungen und Blutergüssen verunstaltete Marmorstatue. Ihre Arme und Beine sind von roten Flecken gezeichnet, und ihre Augenlider erinnern an Tümpel aus violetter Farbe. Ihre Rippen zeichnen sich deutlich ab, und ihre Hüftknochen ragen scharf hervor, wo eigentlich Rundungen sein sollten.

Dr. Leece beginnt die Obduktion und liest von seinen Notizen ab.

»Am 19. Dezember gegen 13 Uhr wurde ich auf Bitte der Thames Valley Police an den Fundort der Toten in Abingdon, Oxfordshire, gerufen. Um 14.45 wurde ich durch die äußere Absperrung zum Fundort vorgelassen, den ich über einen Feldweg erreichte. Der leitende Beamte der Spurensicherung Marcus Larkin informierte mich kurz über die Umstände.

Bei der Toten handelte es sich um eine halb bekleidete junge Frau im Eis am Rand eines zugefrorenen Sees neben den Eisenbahngleisen. Heftiger Schneefall hatte die Leiche zugedeckt, nur die rechte Hand ragte aus dem Eis.

Nach meinen Anweisungen wurden Fotos vom Fundort gemacht. Die Tote lag auf der Seite, ihr Kopf auf der linken Schulter und dem linken Oberarm, die Beine angezogen in Embryonalstellung.

Ihre Kleidung bestand aus einem dicken Wollpullover und dunklen Baumwollleggins. Sie trug keine Unterwäsche, ihre Füße waren nackt.

Das Eis musste mit Spezialwerkzeug aufgesägt werden, um die Tote zu bergen. Die Leiche wurde am Abend des 19. Dezember ins John Radcliffe Hospital transportiert, in schwarze Plastikplane gewickelt, in einem weißen versiegelten Leichensack.«

Dr. Leece hält inne und sieht seine Studenten an. »Eine derartige Obduktion stellt uns vor eine Reihe von Herausforderungen. Eine gefrorene Leiche taut unterschiedlich schnell – zuerst die Gliedmaßen, dann der Kopf und der

Torso. Zellen können Wasser nur speichern, wenn sie nicht gefroren und unbeschädigt sind. Sobald sie Zimmertemperatur erreichen, reißen sie, deshalb muss ich schnell arbeiten.«

Er fängt an zu beschreiben, was er sieht.

»Die Tote ist von schlanker Statur, etwa 163 Zentimeter groß, wirkt unterernährt, Gewicht zweiundvierzig Kilo. Sie hat blondes, welliges, grob geschnittenes, schulterlanges Haar. Ihr Schamhaar ist rasiert. Die Ohrläppchen sind durchstochen, die Fingernägel abgekaut.«

Dr. Leece zieht die Augenlider auf.

»Bei minus zwölf Grad hat sich der ganze Körper komplett blass weiß und möglicherweise auch leicht bläulich verfärbt. Die Cornea ist glasig, die Pupillen mit einem Grauton angelaufen.

Zwei Impfnarben am Oberarm sowie eine alte geschwungene Narbe am äußeren rechten Ellbogen. Schürfwunden an der Außenseite der Oberschenkel und an den Hüften.«

Seine Stimme spült über mich hinweg. Ich hebe den Kopf, sehe mein Spiegelbild in der Scheibe und versuche, an etwas anderes als die Obduktion zu denken. Ich komme mir dumm vor, fast feige. Meine schlimmsten Erinnerungen an das Medizinstudium handeln vom Aufschneiden von Leichen, davon, das Skalpell in aufbewahrtes Fleisch zu stoßen, das die Konsistenz von gefrorener Butter hatte. Anfängerkurs makroskopische Pathologie – das Sezieren einer menschlichen Leiche.

Man sagte uns nie den Namen der »Patienten«, nur die Todesursache, aber das hielt mich nicht davon ab, mir ihr Leben vorzustellen – ihre Familien, ihre Stimmen, ihr Lachen, ihre Lebenswege. Das war mein Problem, erklärte man mir, zu viel Einbildungskraft.

Dr. Leece redet immer noch. »Arme und Beine sind symmetrisch und weisen keinerlei Anzeichen einer akuten Verletzung auf. Keine Einstiche. Haut ein wenig glänzend …«

Seine behandschuhten Finger gleiten bis zu ihren Knöcheln und drehen sie. »An beiden Knöcheln Spuren von alten Verletzungen und Narben. Die Haut ist aufgerissen und wieder verheilt.«

Er bewegt sich weiter nach oben und hält inne. »Ein großer Bluterguss am linken Oberschenkel, wahrscheinlich durch den Aufprall eines stumpfen Gegenstands. Etwa dreißig Zentimeter lang.« Dr. Leece blickt zu dem Fenster auf und richtet sich direkt an mich. »Das könnte ein Indiz für einen Zusammenstoß mit einem Fahrzeug sein. Die Höhe stimmt.«

Er spricht weiter, bis ich höre, wie ihm unvermittelt der Atem stockt.

Ohne Vorwarnung macht er einen Schritt nach hinten und hebt beide Arme. Er stolpert gegen einen Metallwagen und wirft ein Tablett um. Instrumente fallen klappernd zu Boden.

Er blickt von der Leiche zum Zuschauerfenster hoch wie ein Schauspieler auf der Bühne, der seinen Text vergessen hat.

Dann findet er seine Sprache wieder.

»Raus hier! Alle miteinander.«

Die Studenten starren sich an – niemand reagiert.

»Ich sagte, raus!«, brüllt er jetzt. »Die Stunde ist beendet.« Er wendet sich seinem Assistenten zu. »Holen Sie DCI Drury.«

Leece schließt für eine Sekunde die Augen, öffnet sie wieder und schwankt leicht, als würde die Welt an ihm vorbeitrudeln, während er auf einem Karussell gefangen ist. Er stützt sich auf den Rand des kühlen Edelstahltisches und starrt auf die Leiche. Es hätte ein Routinejob sein sollen. Jetzt macht es ihm Angst.

Als ich klein war

hatten wir ein Brettspiel, wo man so tun musste, als wäre man ein Chirurg und würde mit einer Pinzette Dinge aus einem Patienten holen, Sachen wie Musikknochen, gebrochene Herzen oder Schmetterlinge im Bauch.

Im Augenblick fühle ich mich, als hätte jemand etwas aus mir herausgenommen und ein Tash-großes Loch hinterlassen. Ich stelle mir vor, dass ich seine Umrisse mit den Fingern ertasten kann.

Ich stehe auf der Bank und spähe durch den Spalt an der Unterkante des Fensters. Es ist Tag. Der Schnee ist weg, zurückgeblieben sind Schlamm und platt gedrücktes Gras. Die Bäume sehen aus wie Riesen, die die Arme ausstrecken.

Ich brauche einen Plan. Was, wenn George nicht zurückkommt? Was, wenn er mich einfach hier hocken lässt? Was, wenn Tash es nicht geschafft hat? Was, wenn sie den Weg zurück nicht findet?

Normalerweise kommt er alle paar Tage. Ich habe nur noch eine Konservendose: Baked Beans mit Käse. Urgh! Wenn Tash hier wäre, würden wir »Würdest du lieber ...« spielen. Die meisten Leute haben die Wahl zwischen einem Zungenkuss vom eigenen Großvater oder dem Verzehr eines Eimers Schnodder. Wir mussten uns zwischen Erfrieren und Verhungern entscheiden.

Ich erinnere mich noch an das erste Mal im Keller, als George kam. Wir hörten, wie etwas Schweres über der Falltür verschoben wurde, und dann seine Stimme:

»Habt ihr was an?«

Er lachte, sein kleiner Witz. Die Falltür wurde geöffnet.

»Vorsicht«, sagte er. Ein Seil schlängelte sich herab und schlug auf den Betonboden.

Tash knotete das Ende des Seils an die Gasflasche, und er zog sie hoch und seilte eine volle ab, gefolgt von einem Korb mit Lebensmitteln: Thunfisch in Dosen, Baked Beans, Reis und Nudeln. Er rief nach Tash, sagte ihr, sie solle die Leiter hochklettern.

Sie sagte ihm, er könne sie mal. Wir starrten auf das schwarze Loch und warteten. Eine Tülle tauchte auf, ein Schlauch. Er drehte das Ventil auf und spritzte uns ab. Eiskaltes Wasser brannte auf unserem Rücken und unseren Beinen. Wir rollten uns in der Ecke zusammen und klammerten uns aneinander, um dem Strahl zu entgehen.

Er spritzte noch unsere Betten und Kleider ab, bevor er das Licht abdrehte und uns im Dunkeln sitzen ließ.

Wir hängten die Decken an die Leiter, um sie zu trocknen. Dann drehten wir den Gaskocher auf und trockneten abwechselnd unsere Unterwäsche und T-Shirts. Ich dachte, ich würde in jener Nacht sterben.

Zwei Tage später kam er zurück. Er ließ das Seil fallen, leerte den Nachttopf. Er fragte nach Tash. Diesmal ging sie.

Es kam mir so vor, als wäre sie sehr lange weg gewesen. Länger als einen Tag auf der Venus, würde mein Vater sagen, oder länger als einen Monat voller verregneter Sonntage. Ich dachte an alles Mögliche, was ihr zustoßen könnte, was mir nur noch mehr Angst machte, deshalb versuchte ich damit aufzuhören, irgendwas zu denken.

Als die Falltür aufging, wollte ich schreien, so glücklich war ich.

Er ließ Tash herunter. Sie trug andere Sachen – ein hübsches Kleid und saubere Unterwäsche. Ihr Haar war gewaschen. Sie roch sauber. Frisch.

»Was ist passiert?« Sie antwortete nicht.

»Ist alles in Ordnung?«

Sie kroch auf ihre Pritsche und drehte sich zur Wand.

Am nächsten Morgen stand sie nicht auf. Sie lag in ihrem hübschen Kleid da und schwieg.

»Bitte sag mir, was passiert ist.«

»Nichts.«

»Hat er dir etwas getan?«

»Ich will nicht darüber reden.«

Ich strich ihr übers Haar. So lagen wir lange da. Sie hatte Fieber und zitterte vor Kälte.

»Wir kommen hier nicht raus, oder?«, fragte ich. Sie schüttelte den Kopf.

Normalerweise war sie diejenige, die mich aufmunterte. Die sich immer kompliziertere Fluchtpläne ausdachte, für die man Sachen brauchte, die wir nicht hatten – Schaufeln, Sprengstoff oder Waffen.

Eine Woche später passierte das Gleiche. George öffnete die Falltür, rief ihren Namen. Tash kletterte die Leiter hoch.

Wieder machte ich mir Sorgen, sie würde nicht wiederkommen. Ich wollte nicht allein sein.

Diesmal kam sie mit Geschenken zurück – Schokolade, Seife und Zeitschriften. Ich war irgendwie neidisch. Ihr Haar war sauber und glänzte. Ihre Beine waren rasiert ... und ihre Achselhöhlen. Sie roch wie ein Body Shop und hatte keinen Hunger. Wir hatten immer Hunger.

In jener Nacht lag ich auf der Pritsche und sah zu, wie die Schatten über die Wand unter dem Fenster wanderten. Eifersüchtig. Sie war sein Liebling. Ihr schenkte er schöne Sachen.

»Was passiert da oben?«, fragte ich sie.
»Das spielt keine Rolle.«
»Weißt du, wo wir sind?«
»Nein.«
»Was hast du gesehen?«
»Nichts.«

Dann rollte sie sich zusammen und schlief ein. Sie hatte keine Albträume so wie ich. Manchmal schlief sie so ruhig, dass ich Angst hatte, sie wäre tot. Ich schlich auf Zehenspitzen zu ihrer Pritsche, hielt mein Gesicht ganz nah an ihres und lauschte; oder ich pustete ihr sanft ins Ohr, bis sie schnaufte und sich umdrehte.

Dann war ich mir sicher.

9

Die Cafeteria des Krankenhauses ist ein hallender Raum voller abwaschbarer Tische und Stühle, deren Beine über den Boden schrammen. Es ist Nachmittag, aber schon dunkel draußen. Das Mittagessen wird auf Tabletts warm gehalten: Lasagne, überbackenes Gemüse und vertrocknetes Roast Beef. John Leece lässt sich auf einen Stuhl fallen und starrt aus dem Fenster, als würde er etwas betrachten, das er nicht völlig scharf erkennen kann.

»Ich habe nie wirklich verstanden, was die Leute an Alkohol finden, aber manchmal wünschte ich mir, ich würde trinken«, sagt er. »Es scheint die Leute zu trösten. Mein Vater hat das Zeug nicht angerührt, aber meine Mutter hat manchmal einen Sherry oder auch ein großes Radler getrunken.«

»Was haben Sie da drinnen gesehen?«

»Dazu kann ich nichts sagen, bevor ich mit der Polizei gesprochen habe.«

»Okay, wir reden nicht über die Obduktion. Ich stelle Ihnen allgemeine Fragen.«

Er nickt.

»Wie lange kann ein Mensch ohne Schutz in einem Schneesturm wie dem am Samstag überleben?«

»Es ist eine Frage von Stunden.«

»Die Prellungen und Schnittwunden ...«

»Sie ist in einem Schneesturm herumgeirrt. Sie könnte gegen Bäume geprallt, in Gräben gefallen sein.«

»Niemand hat sie vermisst gemeldet.«

»Vielleicht stammt sie nicht aus der Gegend.«

»Man hat kein Fahrzeug gefunden.«

Dr. Leece presst die Daumen in seine Augenhöhlen. »Ich weiß nicht. Manchmal bin ich dankbar, dass ich das menschliche Verhalten nicht verstehen muss.«

Augie Shaw hat eine Frau gesehen, die barfuß mitten auf der Straße stand. Es muss dieselbe gewesen sein. Sie hat ihre Schuhe nicht an dem See ausgezogen. Sie hatte überhaupt keine Schuhe an. Warum ist sie weggelaufen? Was hat sie in dem Schneesturm draußen gemacht? Vor wem ist sie geflohen?

»Ist Ihnen rund um die Leiche irgendwas Ungewöhnliches aufgefallen?«, frage ich.

»Wir haben einen Hund gefunden.«

»Was?«

»Er war mit ihr eingefroren. Vielleicht ist der Hund nach ihr in den See gesprungen, oder sie hat versucht, ihn zu retten. Im Wasser wurde sie von der Kälte überwältigt und hatte nicht mehr die Kraft, sich wieder herauszuziehen.«

»War es ein schwarz-weißer Jack Russell?«

Der Pathologe starrt mich an. »Wie können Sie das wissen?«

»In dem Bauernhaus ist ein Hund verschwunden. Klein, schwarz-weißes Fell. Wahrscheinlich ein Jack Russell, dachte ich.«

»Der Hund der Heymans?«

»Ja.«

»Warum war er bei dem Mädchen?«

Dieselbe Frage habe ich mir auch gestellt, und ich komme immer wieder auf etwas zurück, das Grievous mir über das Bauernhaus erzählt hat.

»Bewahren Sie zahnmedizinische Akten von Vermissten auf?«

»Selbstverständlich.«

»Können Sie für mich jemanden nachsehen?«

»Sicher. Wen?«

»Ein Mädchen, das vor ein paar Jahren verschwunden ist. Natasha McBain.«

Dr. Leece' Blick zuckt hinter seinen Brillengläsern. »Sie war eins von den Bingham Girls.«

»Ihre Familie hat früher in dem Bauernhaus gewohnt, aber sie sind weggezogen, nachdem Natasha verschwunden ist.«

Der Pathologe öffnet den Mund, eine halb formulierte Frage auf den Lippen.

»Und der Hund?«

»Was, wenn die Familie ihn zurückgelassen hat?«

10

Charlie wartet in der Hotelsuite auf mich, ausgebreitet auf einem der Einzelbetten, wie vom Leben gelangweilt. Ich küsse sie auf die Stirn. Sie blickt an mir vorbei auf den Fernseher. Stumm. Voller gerechtem Zorn.

Das Zimmer hat einen tristen Hotelkettencharme, dunkelblaues Interieur, eine hohe Decke mit kunstvoller Gipsrosette über einer Hängelampe.

»Tut mir leid, dass ich so spät bin. Ich bin aufgehalten worden.«
»Den ganzen Tag?«
»Ich habe dir eine Nachricht hinterlassen.«
»Wer war die Frau, mit der du geredet hast?«
»Verzeihung?«
»Du hast nach deinem Vortrag vor dem College mit ihr geredet.«
»Eine alte Bekannte.«
»Wart ihr zusammen Mittag essen?«
»Ja.«
»Sie sieht sehr gut aus.«
»Ist mir gar nicht aufgefallen.«
»Dad. Nicht.«
»Was nicht?«
»Stell dich nicht dumm.«

Auch ohne ihr Gesicht im Spiegel zu sehen, weiß ich, dass sie schmollt.

»Sie heißt Victoria Naparstek. Sie ist Psychologin und wollte mit mir über einen ihrer Patienten sprechen.«
»Augie Shaw.«
»Woher weißt du das?«
»Es kam gerade in den Nachrichten. Er wird im Zusammenhang mit den Morden in dem Bauernhaus vernommen. Hat er es getan?«
»Ich weiß nicht.«
»Er sieht aus wie ein Psycho.«
»Wir nennen sie nicht Psychos.«
»Es heißt, er hätte eine Frau bei lebendigem Leib angezündet.«
»Angeblich. Und du solltest nicht über so etwas nachdenken.«
»Worüber soll ich denn nachdenken?«
»Über das Zölibat.«

Sie sitzt mit verschränkten Beinen auf dem Bett, die Hände im Schoß, und behandelt ein ernstes Thema wie ein Partyspiel auf einer Teenager-Übernachtungsparty.

Mein Handy vibriert. Es ist Julianne.

»Hi.«

»Hi.«

»Wie war dein Vortrag?«

»Sie sind nicht eingeschlafen.«

»Das ist immer ein gutes Zeichen. Ich hab den ganzen Tag nichts von Charlie gehört. Geht es ihr gut?«

»Sie ist hier. Ich geb sie dir.«

Charlie nimmt das Telefon und geht auf die andere Seite des Zimmers. Ich höre nur ihren Teil des Gesprächs.

»Gestern ... ganz okay ... ich war shoppen ... Nein, ich hab nichts gekauft ... Die Farben haben mir nicht gefallen ... Ich hab ein paar Schuhe gesehen, aber die gab es nicht in meiner Größe ... Ziemlich öde ... Er schnarcht ... Ich weiß ... Ja ... mach ich ... Okay.«

Meine Tochter erwähnt die Mordermittlung nicht, weil sie weiß, dass Julianne es nicht mag, wenn ich für die Polizei arbeite. Es ist ein alter Streit. Mit verlorenen Schlachten. Der Krieg dauert an.

Charlie gibt mir das Telefon, geht ins Bad und schließt die Tür.

»Hast du mit ihr über Jacob gesprochen?«

»Noch nicht.«

»Zögere es nicht zu lange hinaus.«

»Ich warte nur auf den richtigen Zeitpunkt.«

Sie macht ein nachdenkliches Geräusch, vielleicht liegt auch ein wenig Skepsis darin.

So sind unsere Telefongespräche oft, sie drehen sich um familiäre Themen: die Mädchen, die Schule, Ausflüge und gemeinsame Freunde. Julianne ist die Muntere, Fröhliche – glücklicher ohne mich.

Sie arbeitet als Übersetzerin für das Innenministerium. Ich weiß nicht, ob sie sich mit jemandem trifft. Eine Zeitlang war sie mit einem Anwalt namens Marcus Bryant zusammen. Ich musste ihn googlen, weil Julianne so reserviert war und Charlie sich weigerte, als meine Spionin zu fungieren. Ich habe seinen Namen eingegeben, angefangen zu lesen und wieder aufgehört. Sein vierjähriger Einsatz für das internationale Kriegsverbrechertribunal baute mich nicht gerade auf. Auch nicht seine ehrenamtliche Arbeit für Amnesty International. Bestimmt hat er auch noch eine Niere gespendet, um seine kleine Schwester zu retten, und in seiner Freizeit hilft er, kleine Kätzchen aus brennenden Gebäuden zu bergen.

Charlie ist immer noch im Bad. Ich höre, dass sie auf ihrem Handy flüsternd mit jemandem telefoniert.

Julianne ist nach wie vor in der Leitung. »... Emma wollte dich anrufen, aber jetzt schläft sie schon. Sie ist eine Schneeflocke in der Ballettaufführung. Sie will, dass du kommst. Ich hab ihr gesagt, dass du es wahrscheinlich nicht schaffst.«

»Wann ist die Aufführung?«

»Wenn die Schule wieder anfängt.«

»Ich versuch es.«

»Versprich nichts, was du nicht halten kannst.«

»Es ist kein Versprechen.«

Nachdem sie aufgelegt hat, gehe ich mit Charlie essen. Wir laufen die Magdalen Street hinunter, vorbei an dem Märtyrerdenkmal, wo 1555 drei Bischöfe wegen Ketzerei auf dem Scheiterhaufen verbrannt wurden: Protestanten, die eine katholische Königin beleidigt hatten. Charlie kennt die ganze Geschichte.

»Man hat ihnen Schießpulver um den Hals gehängt, das ihnen bei der Explosion den Kopf abgerissen hat ... aber ein Bischof hatte feuchtes Holz, das nur geglimmt hat, und er hat darum gebetet, dass das Feuer heißer wird ...«

»Woher weißt du das alles?«

»Ich habe eine Stadtführung zu Fuß mitgemacht.«

»Wirklich?«

»Warum guckst du mich so an?«

»Ich bin beeindruckt.«

»Ich war nicht *nur* Shoppen, Dad.«

Wir finden einen Italiener in der Broad Street gegenüber dem gotischen Hauptgebäude des Balliol College. Charlie erzählt von ihrem Tag. Sie will nicht auf die Oxford University gehen, sagt sie, weil man sich hier vorkommt wie in einem Museum.

»Vielleicht möchtest du dir für ein Jahr eine Auszeit nehmen«, sage ich.

»Um was zu tun?«

»Reisen. Den Horizont erweitern.«

»Die Leute sollten es einfach Urlaub nennen«, sagt Charlie.

»Denn das ist es doch.«

Seit wann ist sie so zynisch?

Die Kellnerin beugt sich vor, um die Kerze auf unserem Tisch anzuzünden. Dabei kann ich kurz den Rand ihres Spitzen-BHs sehen. Charlies Handy vibriert auf dem Tisch. Sie ignoriert es. Auf dem Display leuchtet kein Name auf.

»Willst du nicht rangehen?«

»Nein.«

»Vielleicht ist es Jacob.«

Sie kneift die Augen zusammen.

»Ich weiß, dass du noch mit ihm redest, Charlie.«

»Dies ist ein freies Land, Dad.«

Sie will, dass das Thema damit beendet ist. Ich warte einen Moment und versuche es noch einmal.

»Deine Mum möchte, dass ich mit dir darüber spreche.«

Charlie seufzt. »Warum sparen wir uns nicht ein bisschen Zeit? Ich erzähl Mum, dass du mir einen ordentlichen Anschiss verpasst hast. Und du kannst ihr versichern, dass du mir den Kopf zurechtgerückt hast. Alle sind glücklich.«

»Darum geht es eigentlich nicht.«

»Ich werde nicht aufhören, mit ihm zu reden, Dad. Wir lieben uns.«

»Er ist zu alt für dich, Charlie.«

»Er ist zwanzig. Du bist auch fünf Jahre älter als Mum.«

»Das ist etwas anderes.«

»Wieso?«

»Fünf Jahre sind ein großer Abstand, wenn man fünfzehn ist.«

»Es gibt Mädchen, die heiraten in meinem Alter.«

»Nein, nicht mehr.«

»In anderen Ländern schon.«

»Arrangierte Ehen mit Männern, die alt genug sind, um ihr Großvater zu sein.«

Sie sieht mich trotzig an, und wir entscheiden uns beide zu schweigen. An einem Tisch in der Nähe lacht eine Frau zu laut, zwei Männer diskutieren über Fußball.

»Sollen wir morgen vielleicht nach London zurückfahren?«, schlage ich vor.

»Hast du nicht noch hier zu tun?«

»Ich habe getan, worum man mich gebeten hat. Wir könnten einen frühen Zug nehmen, in Covent Garden zu Mittag essen … uns die Weihnachtsbeleuchtung in der Regent Street angucken.«

Sie nickt und nippt an ihrem Softdrink.

»Ich könnte auch allein zurückfahren und in deiner Wohnung bleiben. Du könntest mir den Schlüssel geben.«
»Dann wärst du ja ganz allein.«
»Ich kann kochen.«
»Ich glaube nicht, dass das deiner Mutter gefallen würde.«
Charlie hat einen Plan. Sie testet ihre Grenzen aus, nabelt sich langsam von mir ab, wird erwachsen, geht weg. Als wir zurück zum Hotel laufen, bemerke ich ein Dutzend Teenager auf der Straße, dünne, o-beinige Mädchen in engen Jeans und Jungen mit streichholzkurzen Haaren und Kapuzensweatshirts.

Eins der Mädchen flüstert einem Jungen etwas zu und reibt sich verführerisch an ihm, bis er ganz rot wird. Er gibt ihr eine Zigarette für sie und ihre Freundinnen.

Charlie nimmt sie zur Kenntnis, scheinbar ohne den Blick zu heben. Sie geht ein paar Schritte vor, um sich von mir zu distanzieren. Sobald die jungen Leute um die Ecke gebogen sind, lässt sie sich wieder zurückfallen.
»Freunde von dir?«
»Sehr komisch, Dad.«

In jener Nacht träume ich von einem Mädchen, das so schnell rennt, wie sie nur kann, durch Äste und Unterholz bricht, die nackten Füße erfroren. Sie hat Schnittwunden im Gesicht und an den Händen, und das Blut vermischt sich mit dem Schweiß auf ihrer Haut.

Der Schnee verändert die Landschaft, bedeckt die Pfade, Felsen und Baumstümpfe. Sie wünscht, sie würde über vertraute asphaltierte Straßen laufen. Ohne Orientierung rennt sie blindlings weiter, während der Schneesturm ihre Spuren verwischt. Aber die Dunkelheit kann sie nicht verbergen. Etwas verfolgt sie unbarmherzig.

Sie stolpert weiter, klettert über Zäune, bricht durch Büsche, rennt über Feldwege und durch Wälder. In dem knietiefen Schnee kommt sie nicht schnell genug voran. Sie kann ihre Füße nicht mehr spüren.

Plötzlich wird sie von hellen Scheinwerfern geblendet, sie erstarrt, gebannt in dem Strahl wie eine Fliege auf Fliegenpapier. Der auf sie zukommende Wagen versucht schlingernd auszuweichen, und sie wappnet sich für den Aufprall. Sie wird rückwärts in eine Schneeverwehung geschleudert und spürt, wie sie in der pulverigen Masse versinkt, von ihr zugedeckt wird wie von einer Bettdecke. Ihre Lunge saugt eisige Federn in ihre Brust.

Sie lebt. Der Wind heult. Die Bäume verschwimmen in einem weißen

Flimmern. Eine Stimme ruft. Sie rappelt sich auf und rennt weiter, stolpert über einen Schneehaufen, auf der Flucht vor dem Ding, das sie jagt.

Aus den Augenwinkeln nimmt sie eine Bewegung wahr, eine schwarze Silhouette. Ein Tier. Es hüpft durch den Schnee, bleibt stehen, bellt. Sie beruhigt den Hund. Sei still, sagt sie. Sonst verrätst du mich noch. Sie laufen zusammen weiter, auf ein gemeinsames Schicksal zu.

Im Dunkeln erkennt sie den brüchigen Rand des Sees erst, als sie durch das Eis bricht. Der Schock des eiskalten Wassers lässt ihren Atem stocken und zieht Wasser in ihre Lunge. Eis.

In meinem Traum kauert jemand am Ufer. Er wartet auf sie, hält ihr einen Ast hin, will, dass sie sich an Land zieht, doch sie ergreift ihn nicht. Sie will nicht gerettet werden. Die Kälte sickert in ihre Knochen. Ihre Gliedmaßen verweigern den Dienst. Sie kann den Kopf nicht mehr über Wasser halten.

Und in jenen letzten Sekunden ihres Lebens senkt sich eine lähmende Gewissheit über sie. Es gibt kein Später. Dies ist das Ende.

Nach jenem ersten Mal

kletterte Tash jedes Mal die Leiter hoch, wenn George rief. Er kam alle drei bis vier Tage, um Lebensmittel und Wasser zu bringen. Ein oder zwei Mal hat er eine Woche verstreichen lassen, das Längste waren zehn Tage.

Uns gingen Lebensmittel und Wasser aus, aber das Schlimmste war der Gestank des Nachttopfes. Der Keller roch wie ein Plumpsklo in einem Slum in Mumbai. Ich war zwar noch nie in Mumbai, aber ich habe den Film Slumdog Millionaire *gesehen, wo der kleine Junge in ein Plumpsklosett springt und von Dünnschiss bedeckt wird. Das war echt eklig, obwohl es sonst ein echt guter Film war.*

Jedes Mal wenn George kam, hörten wir, wie Sachen über den Boden geschleift wurden. Die Falltür ging auf, und er befahl, dass Tash die Leiter hochklettern sollte. Wenn sie zurückkam, roch sie immer nach Parfüm und Puder. Sie brachte Geschenke für mich mit. Zahnpasta. Eine Bürste. Eine Pinzette. Sie trug saubere Kleidung. Hatte keinen Hunger.

»Was hast du gegessen?«
»Ist doch egal.«
»War es lecker?«
»Nein.«

Ich wurde immer eifersüchtiger. Ich wollte nach oben gehen. Ich wollte verwöhnt werden ... leckeres Essen essen und meine Haare richtig waschen.

Manchmal sprachen wir stundenlang nicht miteinander, so wütend war ich. Ich nannte sie eine dreckige Hure. Sie nannte mich eine verklemmte Jungfer, was mich noch mehr verletzte.

Sie teilte ihre neuen Kleider mit mir, aber das reichte nicht.
Sie wollte mir nicht erzählen, was dort oben passierte.
»Er hat dir was Leckeres zu essen gegeben, oder? Du durftest dich waschen. Du riechst wie ein Body Shop.«
»Es ist nicht so, wie du denkst.«
»Warum? Was hat er gemacht?« Sie schüttelt den Kopf.
»Sag es mir.«

Die Geschenke, die sie mitbrachte, waren mir scheißegal. Sie hatte ein Geheimnis vor mir, sie hielt etwas zurück.

Nach einem Tag Anschweigen fingen wir wieder an, miteinander zu reden. Tash erzählte mir von dem Raum oben. Sie sagte, es sei eine alte Fabrik voller Müll und kaputter Möbel. Sie sagte, draußen wäre ein Hof mit einem Schuppen auf einem Backsteinfundament und Tonnen vor einem hohen Zaun. Ein anderes Haus hatte sie nicht bemerkt. Verkehr auch nicht.

»George hat gesagt, vielleicht gibt er uns ein Radio und neue Zeitschriften«, sagt sie. »Und mehr Lebensmittel, saubere Laken und vielleicht sogar eine Mikrowelle.«

Von allem, was George versprach, kam nur ein Bruchteil tatsächlich an. Die Kleider waren anders als gewünscht Kleinmädchensachen – winzige T-Shirts und Shorts. Und statt Tampons kriegten wir Binden.

Nach und nach sammelten wir immer mehr Sachen. Eine Uhr. Seife. Neue Zahnbürsten. Bücher. Aber was immer er uns gab, konnte er uns auch wieder nehmen. Tash fragte ihn nicht gern nach etwas, weil sie nicht wusste, wie er reagieren würde. In einem Moment konnte er höflich und fürsorglich sein, im nächsten schlug er mit der Faust auf den Tisch und fuhr sie an, sie solle »ihr blödes Maul halten!«

»Weißt du nicht, was für ein Glück du hast?«, schrie er. »Ich hätte dich umbringen und verscharren können.«

Dann wieder umschmeichelte er sie, bürstete ihr Haar, nestelte an ihren Kleidern. Sie hielt ihn bei Laune. Sie ging hoch, wenn er rief, und tat, was er verlangte, aber ich hätte von selbst darauf kommen müssen, was los war. Ich hätte die Veränderungen an Tash bemerken müssen.

Was immer sie oben zu essen bekam, reichte für unten mit – wo sie gar nichts mehr zu sich nahm. Sie begann, sich die Nägel blutig zu kauen. Wurde immer dünner. Sie hörte auf, sich die Zähne zu putzen und die Haare zu bürsten.

Sie zerschnitt die Zeitschriften und schuf Collagen seltsamer Ungeheuer, hybride Wesen mit Tierköpfen und menschlichen Körpern. Und sie stach ihnen die Augen aus.

Jedes Mal wenn sie die Leiter wieder herunterkletterte, schien ein bisschen weniger von ihr übrig, als ob George sich ein Stück nehmen oder sie es oben lassen würde.

Eines Nachts machte sie ins Bett. Ich fand sie zitternd und ganz durchnässt, zog ihr die dreckigen Sachen aus, machte Wasser heiß und wusch sie. Sie sagte kein Wort. Weinte nicht. Wimmerte nicht einmal.

»Ich glaube, es wird ein schöner Tag«, erklärte ich ihr. »Ich kann die Vögel hören.«

Etwa um diese Zeit schmiedete Tash ihren Fluchtplan. »Wir müssen hier rauskommen«, flüsterte sie, weil wir nicht wussten, ob George uns vielleicht beobachtete oder belauschte.

Tash zog mich unter die Leiter. »Ich mache es hiermit«, *sagte sie und griff sich ins Kreuz, wo sie etwas in den Bund ihrer Jeans gesteckt hatte, das sie vorsichtig auspackte.* »Den hab ich oben eingesteckt, als er nicht geguckt hat.«

Es war ein alter Schraubenzieher mit einem abgebrochenen Griff. Tash hatte das kaputte Ende mit einem Lappen umwickelt, damit die scharfe Kante ihr nicht in die Hand schnitt. Sie stieß den Schraubenzieher mehrmals in die Luft.

»Wie willst du es machen?«, *fragte ich.*

»Ich schleich mich von hinten an und stech ihm in den Hals.«

»Und wenn er nicht mit dem Rücken zu dir dasteht?«

»Dann ziehe ich ihn an mich und stoß es ihm in den Bauch ... oder ins Auge.«

»Wann?«

»Nächstes Mal.«

Stundenlang saß sie unter der Leiter und übte, stieß die Metallspitze in das Holz und schnitzte ihre Initialen. Dann wieder lag sie lauschend auf ihrer Pritsche. Wenn es so weit ist, sagte sie. Wenn es so weit ist, bleibt keine Zeit mehr.

Wir lagen wartend auf unseren Pritschen und hingen unseren eigenen Gedanken nach.

»Wenn mir was passiert.«

»Dir passiert nichts.«

»Aber wenn.«

»Bestimmt nicht.«

»Lass dich nicht von ihm anrühren, Piper.«

»Mach ich nicht.«

»Hast du verstanden?«

»Ja.«

Dann hörten wir, wie Möbel verschoben wurden, und wussten, dass George zurück war. Die Falltür wurde geöffnet, und es folgte die übliche Lieferung von Wasser und Lebensmitteln. Er ließ einen Eimer hinab, und wir leerten den Nachttopf.

Dann war die Zeit für Tash gekommen.

Ich konnte Georges Gesicht in der Dunkelheit über mir nicht erkennen. Er war bloß eine Stimme, wie Morgan Freeman, der in all diesen Filmen Gott spielt.

»Diesmal will ich Piper.«

Tash sah mich an. Ich trat von einem Fuß auf den anderen, am ganzen Körper kalt.

»Nimm mich«, *sagte sie.*

»Diesmal ist Piper dran.«

»Nein.« *Tash überlegte blitzschnell.* »Sie hat ihre Tage.« *Eine Zeitlang sagte George gar nichts. Tash kletterte die Sprossen der groben Holzleiter hoch und streckte die Arme aus. Ihre Strickjacke rutschte über den Bund ihrer Jeans, und ich sah den Schraubenzieher in ihrem Kreuz.*

Ich wollte ihr sagen, dass sie es nicht tun sollte. Riskier es nicht.

Ich setzte mich auf die Pritsche und drückte mich an die Wand. Jeder Schatten barg einen verdorrten Körper.

Ich betete. Ich kann nicht gut beten. Wir sind keine fromme Familie. Mein Dad sagte neun von zehn Religionen scheitern schon im ersten Jahr.

Während ich betete, lauschte ich, um zu hören, was oben vor sich ging. Ich malte mir die schrecklichsten Dinge aus. Löcher, die gegraben, Leichen, die verscharrt wurden. Entsetzliche Schreie. Damit drohte er uns immer: uns so tief zu vergraben, dass uns niemand finden würde.

Ich weiß nicht, wie lange ich gewartet habe. Dösend. Wach.

Lauschend. Ich schrie die Decke an.

»Schick sie wieder hier runter, du Schwein! Tu ihr nicht weh!« Ich stand auf der Bank und spähte durch den Fensterspalt.

Irgendwo schien ein Mond, und ich konnte Bäume erkennen und hören, wie der Wind in ihren Blättern raschelte.

Heftig zitternd und im Dunkeln wachte ich wieder auf. Ich richtete mich auf. Ich war noch immer allein. Ich streckte die Hand zu ihrer Pritsche aus, fühlte ihre kalte Decke. Als ich das nächste Mal aufwachte, war es beinahe hell genug, um etwas zu sehen. Ich schlug die Decken zurück, kletterte die Leiter hoch und versuchte das Gleichgewicht zu halten, während ich die Hände zur Falltür ausstreckte. Aber ich konnte sie nicht erreichen.

Ich stand auf der Bank, spähte durch den Spalt und konnte einen Maschendrahtzaun und die Ecke eines anderen Hauses mit einem zerbrochenen Fenster sehen. Müll. Unkraut. Stille. Nichts bewegte sich.

Ich wartete den ganzen nächsten Tag. Zeit bedeutete nichts. Ich hatte Hunger und fror, doch ohne Tash wollte ich nichts essen. Ich blickte zu dem schwarzen Auge an der Decke auf. Ich flehte, er solle sie mir zurückgeben. Ich wollte nicht allein sein. Ich brauchte Tash.

Dann hörte ich, wie die Luke geöffnet wurde, ein klaffendes schwarzes Loch. Er ließ sie auf der Leiter herunter. Ihre Beine wirkten zu schwach, um sie zu tragen. Ich stand unten, um sie aufzufangen, falls sie fiel.

Sie stieg langsam herunter, das Gesicht verzerrt, blass. Auf der Vorderseite ihres Kleides war Blut, getrocknet und dunkel. Sie stolperte. Ich musste sie stützen. Sie rollte sich auf ihrer Pritsche zusammen und igelte sich ein. Blutend.

Ich machte ihr eine Tasse Tee und wärmte Baked Beans auf. Sie aß nichts. Sie trank nichts. Da hatte sie schon aufgehört zu leben. Alle Hoffnung war dahin.

11

Ein Geräusch hat mich geweckt: eine knarrende Bodendiele oder ein Flüstern vor der Tür. Vielleicht war es auch gar kein Geräusch. Benommen schiebe ich die Bettdecke weg und schleiche auf Zehenspitzen und mit knackenden Kniegelenken zur Tür.

Ich schließe auf und spähe in den Flur. Leer, das dunkle Treppenhaus wie ein klaffendes Loch. Ich mache einen Schritt hinaus und spüre etwas Feuchtes unter meinen Füßen. Schmelzender Schnee, der von draußen hereingetragen wurde. Irgendjemand hat hier gestanden.

Ich mache die Tür zu, schließe zweimal ab, gehe zum Fenster und schiebe den Vorhang beiseite. Draußen ist es noch dunkel. Charlie schläft. Sie macht kaum einen Laut. Als sie ein Baby war, habe ich oft über ihrer Wiege gekauert, weil ich Angst hatte, dass sie nicht mehr atmet.

Ich schlafe jetzt bestimmt nicht mehr ein. Ich werde wach liegen und die Details des vergangenen Tages durchgehen. Das Bild des erfrorenen Mädchens geht mir nicht aus dem Sinn. Je mehr ich versuche, es beiseitezuschieben, desto energischer drängt es in mein Sichtfeld. Das ist die bittere Unausweichlichkeit unerwünschter Gedanken. Wir können unsere Köpfe nicht leeren. Wir können nicht vergessen.

Gegen sieben wecke ich Charlie, und wir frühstücken kurz, bevor wir zum Bahnhof gehen. Wir kaufen Proviant für die Fahrt – Coffee to go, heißer Kakao und den *Daily Telegraph*. In fünf Minuten kommt unser Zug.

Auf dem Parkplatz des Bahnhofs bremst mit quietschenden Reifen ein Polizeiwagen. DCI Drury springt heraus, rennt die Treppe hoch und schwingt sich über die Absperrung wie ein Turner über einen Barren. Grievous kann nur mit Mühe folgen. Als er sich über die Barriere kämpft, verzieht er vor Anstrengung das Gesicht.

Drury läuft den Bahnsteig entlang, außer Atem und wütend. Beinahe hätte er Charlie umgerannt, bevor er mir einen Finger in die Brust stößt.

»Woher verdammt noch mal wussten Sie es?«

Ich weiche nicht zurück, doch ich mache mir Sorgen um Charlie.

»Alles okay?«, frage ich sie.

Sie nickt. Ich sehe Drury an. »Bitte entschuldigen Sie sich bei meiner Tochter.«

Er lässt sich nicht ablenken. »Sagen Sie mir, woher Sie es wussten. Leece hat die Zahnunterlagen verglichen. Es ist Natasha McBain.«

»Ich war mir nicht sicher.«

»Hat Shaw sie erkannt?«

»Nein.«

»Wie dann?«

»Der Hund.«

»Soll das ein Witz sein? Ausgehend von einem Hund haben Sie sich einen Namen aus dem Arsch gezaubert.«

»Es war schon ein bisschen mehr«, sage ich ausweichend.

»Wo ist sie gewesen? Drei Jahre lang kein Wort, und dann taucht sie mitten in einem Schneesturm wieder auf.«

»Ich weiß es nicht.«

Eine Bahnsteigansage unterbricht uns. Der Zug fährt gleich ein. Drury wartet und lockert seine Krawatte.

»Sie hätten es mir sagen müssen. Ich stehe nicht gern wie ein Obertrottel da.«

»Ich hätte auch falschliegen können.«

»Der Chief Constable will Sie sehen.«

»Warum?«

»Das ist seine Sache.«

»Unser Zug kommt.«

»Es fährt bestimmt noch einer.«

Chief Constable Thomas Fryer ist ein großer Mann, der sich in eine Uniform gezwängt hat, die ihm eine Nummer zu klein ist. Er hat ein rosiges Gesicht mit verbitterten Augen und ein Büro im obersten Stockwerk des Hauptquartiers der Thames Valley Police. Es bietet ihm einen Blick in den blauen Himmel und die tägliche Bestätigung, dass er es in seinem gewählten Beruf bis ganz nach oben geschafft hat.

Er nimmt seine randlose Brille ab und putzt sie mit einem Papiertaschentuch.

»DCI Drury möchte Sie festnehmen lassen.«

»Was wirft er mir vor?«

»Sie haben ihn wie einen Dummkopf aussehen lassen.«

»Das war nicht meine Absicht.«

Durch die Jalousie kann ich ins Vorzimmer gucken. Charlie wartet auf einem Plastikstuhl und schreibt SMS auf ihrem iPhone. Drury ist im selben

Raum und läuft ungeduldig auf und ab, wütend, von dem Gespräch ausgeschlossen zu sein.

Fryer setzt seine Brille wieder auf.

»Er ist ein guter Detective. Hitzköpfig und laut, aber er liefert Ergebnisse.«

Der Chief Constable setzt sich. Die Silberknöpfe seiner Uniform klappern an der Kante seines Metallschreibtischs.

»Sind Sie ein Spieler, Professor?«

»Nein.«

»Aber Sie verstehen etwas von Wahrscheinlichkeiten?«

»Ja.«

»Ein Spieler setzt möglicherweise ein paar Pfund auf eine riskante Wette, nur um sein Interesse an dem Rennen zu bekunden, aber er wettet nicht Haus und Hof auf einen Außenseiter ohne Insiderwissen, wenn Sie verstehen, was ich meine?«

Die Antwort lautet Nein, doch ich unterbreche ihn nicht.

»Ein Spieler riskiert nicht seinen ganzen Einsatz, es sei denn, er kriegt einen Tipp aus dem Umfeld des Pferdes, vom Jockey oder dem Trainer.«

»Und was hat das mit mir zu tun?«

»Sie sind ein Risiko, aber ich habe Gutes über Sie gehört.«

»Gutes?«

»Detective Superintendent Veronica Cray spricht in den höchsten Tönen von Ihnen, und die äußert sich, soweit ich weiß, normalerweise nur selten freundlich über Männer.«

Der Chief Constable ist wieder aufgestanden und zum Fenster gegangen, um die Aussicht zu bewundern.

»Ein Riesenschlamassel, das Ganze ...«

Ich weiß nicht, ob eine Antwort von mir erwartet wird.

»Wir müssen behutsam vorgehen. Unter normalen Umständen würde ein junges Mädchen, das in einem Schneesturm ums Leben kommt, kein großes Aufsehen erregen, aber dieser Fall liegt völlig anders. Dies ist eins der Bingham Girls.«

»Aufsehen?«

»Dazu komme ich noch. Zunächst muss ich Sie um Ihre Hilfe bitten. Ich möchte, dass Sie noch ein paar Tage bleiben und uns helfen zu verstehen, was mit Natasha McBain geschehen ist.«

»Ich habe eine Praxis in London.«

»Wir können Sie für Ihre Dienste bezahlen.«

»Es geht nicht um Geld.«

Fryer stützt sich mit beiden Fäusten auf seinen Schreibtisch und schiebt seinen Oberkörper nach vorn.

»Für die Presse wäre das ein gefundenes Fressen. Deswegen halten wir die Sache noch geheim. Ich habe eine totale Nachrichtensperre verhängt. Aber wer weiß, wie lange die hält …«

»Was ist mit der Familie des Mädchens?«

»Wir bemühen uns um ihre Kooperation.«

Das Schweigen dehnt sich, bis Fryer es beendet.

»Ich habe einen Haufen Fragen, Professor. Glauben Sie, dass Natasha McBain von zu Hause weggelaufen ist und sich nun den falschen Abend für ihre Rückkehr ausgesucht hat?«

»Nein.«

»Das dachte ich mir. Wo kann sie gewesen sein?«

»Ich habe keine Ahnung.«

Fryer nickt und blickt auf die Aktenmappe auf seinem Tisch.

»Es gibt Details, die ich gerne mit Ihnen besprechen würde, doch zunächst brauche ich Ihre Zusicherung, dass Sie diese Informationen vertraulich behandeln und sich einverstanden erklären, uns zu helfen.«

»Das kann ich nicht, es tut mir leid.«

Fryer hat mich offenbar nicht gehört. »Ich möchte, dass Sie sich die ursprüngliche Ermittlung noch einmal auf mögliche Versäumnisse hin ansehen und uns bei der neuen Suche helfen …«

»Ich kann Ihnen einen guten Profiler empfehlen.«

»Ich frage aber Sie. Sie haben früher schon mit der Polizei zusammengearbeitet. Erfolgreich. Sie stoßen auf Dinge, die andere übersehen. In nicht einmal einem Tag haben Sie mehr aufgedeckt als zwei Dutzend Detectives in einer Woche.«

»Ich bin im Ruhestand. Zumindest, was meine Arbeit für die Polizei anbelangt.«

»Ein Mann wie Sie geht nicht in den Ruhestand. Sie stehen bereit, wenn die Pflicht ruft.«

Er richtet sich auf, wippt auf den Fußballen und drückt das stumpfe Ende eines Kulis an sein glatt rasiertes Kinn.

»Sie und ich haben einen gemeinsamen Bekannten: Vincent Ruiz. Ich habe gegen Ruiz Rugby gespielt. Das ist natürlich lange her. Wir haben beide in der ersten Offensivreihe gespielt. Einmal hat er mir einen Kinnhaken verpasst, dass ich eine Woche lang Sternchen gesehen habe. Ich hatte es verdient. Ich hab ihm zuerst eine verpasst. Wenn Sie Hilfe bei der Durchsicht der alten

Akten brauchen, ziehen Sie Ruiz hinzu. Wir können ihn als Berater einstellen und Sie beide auf die Gehaltsliste setzen: tausend Pfund pro Tag. Ich bin sicher, er wüsste das Geld zu schätzen ...«

Der Chief Constable hat seine Hausaufgaben gemacht. Er weiß, dass Ruiz seit seiner Pensionierung von der Metropolitan Police finanziell zu kämpfen hat. Seine alte Mutter wohnt in einem Pflegeheim, und seine Ersparnisse schrumpfen.

Fryer zögert. Da ist noch etwas. Er setzt sich wieder und klappt die Aktenmappe auf.

»Einige Details dieses Falles schockieren mich, Professor. Ich bin seit dreißig Jahren Polizist, und es gibt nicht viel, was mich noch überrascht.«

Er gibt mir ein Foto von Natasha McBain, nackt auf einem Metalltisch, die Brust mit grober Naht zusammengeflickt.

»Wir tun Menschen schreckliche Dinge an, nachdem sie gestorben sind; wir schneiden sie auf, nehmen sie aus, nähen sie wieder zu, aber dieses arme Mädchen hat im Leben mehr Erniedrigung erfahren müssen als im Tod.«

Er reicht mir ein zweites Foto. »Mit viel Fantasie kann ich nachvollziehen, warum ein sadistischer Wichser ein Mädchen im Teenageralter vergewaltigt. Vielleicht ist er asozial oder impotent oder nur einfach zu hässlich, eine ins Bett zu kriegen. Und ich kann beinahe verstehen, warum er sie als Spielzeug eingesperrt hält, sie verprügelt und sich von ihrer Angst erregen lässt. Aber das ... das geht über meinen Horizont.«

Er gibt mir ein letztes Foto – eine extreme Nahaufnahme von Natashas Unterleib mit ihrer Vagina in allen anatomischen Einzelheiten. Dann erkenne ich, was ich betrachte ... was ich *nicht* sehe. Klitorisvorhaut und Klitoris fehlen.

Das ist es, was Dr. Leece bei der Obduktion gesehen hat. Das hat ihm die Sprache verschlagen.

»Auch Tote haben Rechte«, sagt Fryer. »Es ist mir egal, ob Sie sich etwas anderes wünschen. Das schert mich nicht. Ich wünsche mir manchmal auch, ich würde weniger arbeiten, wäre netter zu meinen Mitmenschen und könnte ein Asyl für obdachlose Katzen eröffnen, aber dann wird mir klar, dass ich so ein Mensch nicht bin, und deshalb kümmert es mich auch einen Scheißdreck, ob Sie ruhebedürftig oder im Ruhestand oder sonst was sind. Das sind alles nur billige Ausreden.«

Der Chief Constable stößt einen Finger auf die Fotos.

»Sie werden mir helfen, Professor, weil hier mehr auf dem Spiel steht als ein ramponierter Ruf oder ein DCI, dem die Kinnlade verrutscht ist. Es gab zwei Bingham Girls. Der Job ist noch nicht erledigt.«

12

Drury sagt kein Wort, als er das Büro des Chief Constable verlässt. Die blutleeren Fäuste geballt und mit einem irren Leuchten in den Augen stürmt er zum Fahrstuhl und schlägt mit der offenen Hand auf den Knopf, als wolle er die ganze Wand einreißen.

Seine Argumente hallen mir noch in den Ohren nach, vorgetragen in einer Phonstärke, dass neugierig Türen geöffnet und Augenbrauen hochgezogen wurden. Er verlangte ein größeres Ermittlungsteam, mehr Detectives, eine bessere finanzielle Ausstattung. Was er nicht wollte, war ein »beschissener Seelenklempner«, der mit Klischees daherkam und ihm das verdammt Offensichtliche erklärte.

Charlie tat so, als würde sie nicht zuhören. Sie drehte ihren iPod auf, ließ die Beine baumeln und summte vor sich hin. Jetzt rennen wir beinahe den Korridor hinunter, um Drury einzuholen, der die Fahrstuhltür aufhält, als wäre er Moses, der das Rote Meer teilt.

Der Polizeiwagen setzt uns im Hotel ab, wo ich ein neues Zimmer buche. Charlie ist verstummt, sie knibbelt an einem Nietnagel, ein Zeichen absoluter Verdrossenheit. Ich versuche, sie auf die Wange zu küssen. Sie wendet den Kopf ab.

»Es dauert nicht lange.«

»Und was ist mit London?«

»Vielleicht morgen.«

»Ich kann allein fahren.«

»Das würde deiner Mutter nicht gefallen.« Drury wartet unten mit laufendem Motor.

Die Fahrstuhltür schließt sich. Ich starre auf mein Spiegelbild in dem polierten Stahl und frage mich, wie ich wieder hier gelandet bin – verwickelt in eine weitere Ermittlung. Welches Talent ich auch immer habe, die Gabe, das Verhalten der Menschen und ihre Motive zu verstehen, hat sich in einen Fluch verwandelt.

Die Menschen wimmeln von Informationen über sich selbst. Sie sickern aus ihren Poren, strömen aus ihrem Mund, enthüllen sich in jeder Angewohnheit, jedem Tick und jedem Zucken. Ob die Menschen scheu, materialistisch, verlegen über ihren eigenen Körper oder eitel sind, am laufenden

Band Klischees verbreiten, vor Aphorismen und Stammtischweisheiten überquellen – sie verraten sich auf tausende verschiedene Arten.

Und ich fange diese Signale beinahe unbewusst auf, lese ihre Körpersprache und bemerke die Hinweise. Ich wollte immer wissen, wie es zu einem Verbrechen kommt. Warum ermordet ein Paar eine junge Frau und begräbt sie in ihrem Keller? Warum schießt ein Teenager auf dem Schulhof um sich? Warum bringt eine Schülerin ein Baby in der Schultoilette zur Welt und wirft das Neugeborene in eine Mülltonne? Aber jetzt will ich nicht mehr. Ich will nicht in die Köpfe der Leute gucken können. Es ist, als ob man zu viel wüsste, als ob man zu lange gelebt, zu viel gesehen und Erfahrungen bis zur Erschöpfung gemacht hätte.

Menschen sind kompliziert, grausam, mutig, beschädigt und anfällig für ungeheuerliche Akte der Brutalität und der Güte. Ich kenne die Ursachen. Ich kenne die Wirkungen. Ich bin dort gewesen, zurückgekommen und habe Andenken mitgebracht. Es ist nicht so, dass es mich nicht mehr kümmert. Aber ich habe meinen Teil geleistet. Ein anderer sollte die Last übernehmen.

DS Casey öffnet mir die hintere Tür. Drury sitzt vorn. Wir fahren nicht zur Polizeistation, sondern nach Abingdon. Die Reifen knirschen über das Streusalz auf dem Asphalt und spritzen durch Pfützen aus Schneematsch. Nur wenige Autos und noch weniger Fußgänger sind unterwegs.

Nach zwanzig Minuten halten wir vor einem kleinen Häuschen aus rotem Backstein mit einer Raupputzfassade. Drury starrt durch die Windschutzscheibe, dann endlich spricht er.

»Jemand hat ihre Klitorisvorhaut und ihre Klitoris entfernt. Das ist was Religiöses, oder? Das macht man in einigen muslimischen Ländern mit jungen Mädchen. Näht sie zu ...«

»Es war nicht religiös.«

»Was für ein kranker ...«

»Es war eine Bestrafung. Rache.«

»Jemand hat dieses Mädchen gehasst?«

»Oder das, was sie verkörperte.«

»Sie war achtzehn – was verkörperte sie schon?«

»Weiblichkeit, Jugend, Schönheit, Sex ...«

»Also ein Sexualverbrechen?«

»Ja.«

Er bläst Luft aus und schüttelt den Kopf.

»Ich bin nicht glücklich über die Situation, Professor, aber ich habe keine

Wahl. Wenn Sie das nächste Mal eine Theorie haben oder irgendwas entdecken, erzählen Sie es mir zuerst, kapiert?«

»Ja.«

»Ich will ein umfassendes psychologisches Profil. Ich will wissen, wo Natasha gewesen und warum sie zurückgekommen ist. Ist sie weggelaufen, oder wurde sie entführt? Wo wurde sie festgehalten? Warum wurde sie verstümmelt?«

»Ich bin Psychologe, kein Wahrsager.«

»Und Sie sind kein Detective, vergessen Sie das nicht.«

Der DCI steigt aus und macht mir ein Zeichen, ihm zu folgen. Er klingelt. Wir warten. Ich höre einen laufenden Fernseher, Schritte. Die Tür wird geöffnet. Ein junger Mann blinzelt uns an. Er hat Tätowierungen an den Unterarmen und am Hals. Er trägt ein T-Shirt mit dem Aufdruck POKER – YOU KNOW SHE LIKES IT und hält etwas hinter dem Türrahmen außer Sichtweite.

Drury präsentiert seine Dienstmarke. »Hallo, Hayden, ist deine Mutter zu Hause?«

»Sie macht sich für die Arbeit fertig.«

»Es dauert nicht lange.«

Sie starren sich einen Moment lang an, bevor Hayden den Kopf wendet und die Treppe hinaufruft.

»Mum. Die Bullen.«

Ein lautes Klappern, als ob etwas zu Boden gefallen ist, dann ein zögerliches: »Ich komme sofort.«

Hayden schiebt den Gegenstand, den er vor uns verbirgt, in den Bund seiner Jeans und bedeckt ihn mit seinem T-Shirt. Aus dem Fernseher ertönt eine Lachsalve vom Band. Er öffnet die Tür und lässt uns herein.

Im Wohnzimmer sitzt ein dünnes weißes Mädchen in einem Sessel und raucht – den Arm angewinkelt und den Kopf zur Seite gelegt, um den Rauch auszublasen. Haydens Freundin. In dem Zwielicht sieht sie aus wie unter Drogen. Ich schätze sie auf siebenundzwanzig, aber sie könnte auch erst siebzehn sein.

Hayden sagt ihr, sie solle nach Hause gehen. Sie bläst sich den Pony aus den Augen und ignoriert ihn.

»Ich hab gesagt, verpiss dich!«

Diesmal nimmt sie ihren Mantel, grinst höhnisch und knallt die Haustür hinter sich zu.

Hayden setzt sich auf den frei gewordenen Sessel, nimmt eine Fernsehzeitschrift und blättert darin, ohne zu lesen.

Das Wohnzimmer ist vollgestellt und beengt und riecht nach alten Schuhen und Zigaretten. Auf dem Kaminsims stehen Weihnachtskarten neben einem traurig aussehenden Weihnachtsbaum. Unechte grüne Zweige sind mit Lametta geschmückt und biegen sich unter dem Gewicht billigen Christbaumschmucks. Der Verkündigungsengel ist so schwer, dass er den obersten Zweig herunterbiegt wie ein Katapult.

Leise Schritte kommen die Treppe hinunter. Alice McBain trägt eine dunkle Hose, eine Bluse mit grünem Saum und eine Strickjacke. Sie ist Ende vierzig, vielleicht jünger, klein, mit kurzem glattem Haar und der leicht benommenen, ungläubigen Miene eines Flüchtlings; eine Gestalt, die vom Leben niedergeschlagen wurde, ohne je recht zu begreifen, warum.

»Wir kommen wegen Natasha«, sagt Drury.

Alice schlägt eine Hand vor den Mund. Ungewissheit schimmert in ihrem Blick; keine Angst, keine Hoffnung, sondern etwas, das wild zwischen beiden Extremen pendelt. Verschwundene Kinder verbreiten ein Schweigen um sich, ein Vakuum, das mit jeder Schattierung von Hoffnung und Verzweiflung gefüllt wird.

Drury hat gegenüber Alice Platz genommen, ihre Knie berühren sich beinahe. Sie will etwas sagen, bringt jedoch keinen Laut heraus. Dies ist der Moment, in dem alle Trauer und die schrecklichen Zweifel ihren Höhepunkt erreichen.

»Gestern am späten Abend bekam ich einen Anruf vom leitenden Pathologen in der Leichenhalle des John Radcliffe Hospitals. Zahnmedizinische Unterlagen haben bestätigt, dass die Leiche, die vor vier Tagen aus den Radley Lakes geborgen wurde, Ihre Tochter ist.«

Mrs. McBain sieht erst ihn und dann mich an. »Aber im Radio haben sie gesagt, es wäre eine Frau.«

»Es war definitiv Natasha. Mein tief empfundenes Beileid zu Ihrem Verlust.«

Alice schüttelt den Kopf. Ihre Augen drücken keine Emotion aus, finden keinen Fokus. Sie versteht die Nachricht, aber sie *fühlt* sie noch nicht.

»Natasha ist tot, Mum«, sagt Hayden.

Tief aus ihrer Brust dringt ein Stöhnen. Sie hebt erst eine, dann auch die andere Faust vor den Mund und presst sie gegen ihre Lippen. Sie sieht mich an, will eine Bestätigung, während sie gleichzeitig alles jenseits dieses Augenblicks fürchtet.

Beinahe genauso schnell scheint ihre Trauer wieder zu verpuffen. Sie lässt die Hände in den Schoß sinken. Sie ist nicht wütend auf Drury. Sie schleudert ihm keine Beleidigungen an den Kopf, keine Vorwürfe, keine Schuldzuweisungen.

Bescheiden und anspruchslos senkt sie den Blick auf den fadenscheinigen Teppich.

»Wurde sie vergewaltigt?«, fragt Hayden.

»Ich kann nicht über ihre Verletzungen sprechen«, sagt Drury.

»Es ist drei Jahre her – wo ist sie gewesen?«

»Wir wissen es nicht.« Drury wendet sich an Alice.

»Ich muss Ihnen einige Fragen stellen. Ich weiß, es ist schwierig für Sie. Hatten Sie irgendwas von Natasha gehört?«

Sie schüttelt den Kopf.

»Keine Anrufe? Briefe? E-Mails?«

»Nein.«

»Hat irgendwann mal jemand angerufen und wieder aufgelegt?«

»Nein.«

»Ich muss mit Ihrem Mann sprechen, Mrs. McBain.«

»Er ist nicht mehr mein Mann.«

»Ich muss trotzdem mit ihm sprechen.«

»Ich gebe Ihnen seine Adresse«, unterbricht Hayden.

Alice schnieft und dreht den Ärmel ihrer Strickjacke zusammen. »Wie ist meine Kleine gestorben?«

»Sie ist in einem See ertrunken. Sie wurde von dem Schneesturm überrascht.«

»Was hat sie dort draußen gemacht?«

»Wir glauben, dass sie möglicherweise versucht hat, nach Hause zu kommen. Die Radley Lakes sind nicht weit von ihrem früheren Zuhause entfernt.«

Alice wird von einem leichten Zittern erfasst, als würde etwas rasend schnell in ihr rotieren.

»Sie wollte nach Hause kommen?«

»Das ist nur eine Theorie.« Drury sieht mich kurz an und wendet sich wieder Alice zu. »Kannte Natasha einen Mann namens Augie Shaw?«

Hayden erstarrt. »Ist das das Schwein, das sie verschleppt hat?«

»Bitte beantworten Sie einfach die Frage.«

Hayden steht auf, beugt sich vor und wieder zurück wie ein Hund, der an einer Leine zerrt.

»Was hat er mit ihr gemacht?«

»Ich weiß, du bist wütend, Junge. Das ist unter den Umständen auch verständlich, aber du musst uns die Sache überlassen.« Hayden hört nicht zu. »Ich hab ihn in den Nachrichten gesehen. Er hat diese Leute in unserem alten Haus getötet. Hat er Tash umgebracht? Was hat er ihr angetan?«

Drury sieht Alice an und hofft, dass sie eingreift, doch sie ringt immer noch mit der Nachricht, kämpft mit ihren Gefühlen.

Der DCI versucht es noch einmal. »Kannte Natasha William und Patricia Heyman?«

Alice schüttelt den Kopf.

»Und was ist mit ihrer Tochter Flora?«

»Ich weiß nicht.«

Hayden hebt ein Kissen vom Fußboden und presst es an seine Brust. Alice starrt auf den stummen Fernseher, als würde sie Lippen lesen. »Man liest diese Geschichten von Menschen, die die Hoffnung nie aufgeben. Die nie aufhören zu glauben, dass ihre Kinder nach Hause kommen ...« Sie atmet tief ein. »Ich hab aufgehört, daran zu glauben. Ich habe Tash aufgegeben. Ich hätte mehr Glauben haben müssen.«

»Sie hätten nichts tun können«, sagt Drury.

»Wissen Sie, wie oft ich dagesessen und das Telefon angestarrt habe, um es zum Klingeln zu zwingen? Ich hab das Wochen, Monate, fast ein Jahr lang getan. Bis ich mich endlich davon überzeugt hatte, dass sie tot war. Ich habe aufgehört zu beten. Ich habe aufgehört zu glauben, dass sie noch lebt. In der dunkelsten Stunde der dunklen Nacht hab ich mein Mädchen im Stich gelassen ... und sie hat die ganze Zeit gelebt. Sie hat versucht, nach Hause zu kommen.«

Ein abgerissener Schluchzer dringt aus ihrer Brust. »Ich will sie sehen.«

»Ich glaube nicht, dass das ...«

»Ich will meine Natasha sehen.«

»Sie müssen verstehen – sie war lange weg –, sie sieht nicht mehr aus wie früher.«

»Das ist mir egal. Sie ist meine Tochter.«

Drury sieht mich an, weil er will, dass ich Alice davon abbringe, doch ich habe Trauer in vielerlei Gestalt gesehen, und diese Mutter ist entschlossen. Es ist nicht so, als würde Alice Drury nicht glauben oder sich an die irrationale Hoffnung klammern, Tash könnte noch leben. Sie will sich entschuldigen. Sie will sich verabschieden.

Der DCI gibt nach. »In der Zwischenzeit werden wir eine Verbindungsbeamtin für die Familie einsetzen, die Sie über die Entwicklungen auf dem Laufenden hält. Fürs Erste werden wir keine Informationen an die Medien herausgeben. Für die Ermittlung wäre es uns lieber, dass niemand weiß, dass es Natasha war, die wir in dem See gefunden haben. Wir müssen Zeugen erneut vernehmen, Alibis überprüfen. Ich bin sicher, dafür haben Sie Verständnis.«

»Wie lange?«, fragt Hayden, als wäre es eine Strafzeit. Drury erhebt sich zum Gehen. »Nur ein paar Tage.«

»Bevor wir gehen«, unterbreche ich, »habe ich ein paar Fragen an Mrs. McBain.«

Alice sieht mich blinzelnd an, überrascht.

»Ich wollte Sie nach Natasha fragen.«

»Was ist mit ihr?«

»Wie war sie? Ich habe Fotos gesehen und die Aussagen gelesen, aber ich möchte es von Ihnen hören … in Ihren Worten.«

Hayden starrt mich ungläubig an. »Welchen Unterschied macht das jetzt noch? Sie ist tot!«

Ich ignoriere ihn und konzentriere mich auf Alice. »Ich bin Psychologe. Ich versuche zu verstehen, was geschehen ist. Indem ich mehr über Natasha weiß, kann ich auch Dinge über den Mann erfahren, der sie verschleppt hat.«

»Sie glauben, das war ihre Schuld?«

»Nein.«

Hayden will protestieren, aber Alice berührt seinen Unterarm mit den Fingerspitzen. Er schluckt seinen Ärger herunter und kaut an der Innenseite seiner Wange. Derweil beginnt Alice mit leisen Worten Natasha zu beschreiben. Statt körperlicher Details erwähnt sie bestimmte Momente, Beziehungen, Lieben. Natasha hatte einen Hund. Sie bekam ihn als Welpen zu ihrem zwölften Geburtstag, einen Jack Russell. Sie nannte ihn Basher. Sie waren unzertrennlich.

»Einmal hat Tash ihn sogar in die Schule geschmuggelt.« Alice lächelt. »Sie konnte eine Plage sein, doch sie war eine gute Schülerin, unsere Tash. Intelligent. Schnell gelangweilt. Es heißt, sie wäre von der Schule verwiesen worden, aber man hätte sie bestimmt zurückgenommen. Das hat Mrs. Jacobson mir gesagt.«

»Wie verstand sie sich mit ihrem Vater?«

»Sie hatten so ihre Probleme miteinander.«

»Probleme?«

Alice zögert. »Man versucht, Grenzen zu setzen, wissen Sie. Und Kinder versuchen, sie zu durchbrechen. Tash wollte zu schnell erwachsen werden. Sie konnte nie auf irgendwas warten.«

»Hatte sie einen Freund?«

»Sie war sehr beliebt.«

»Hat sie je Drogen genommen?«

Ihre Augen werden schmal, und Hayden antwortet für sie.

»Was für eine Rolle spielt das, verdammt noch mal? Sie können hier nicht reinkommen und solchen Dreck über sie verbreiten. Sie ist tot! Was für ein Vollidiot ...«

»Nicht in dem Ton«, sagt Alice leise. »Es gibt keinen Grund zu fluchen. Der Mann macht nur seinen Job.«

Hayden verstummt, innerlich brodelnd.

Vor dem Haus hält ein Wagen. Ich höre das *Bumm Bumm* eines Bassbeats aus einer bis zum Anschlag aufgedrehten Anlage, der die Luft zittern lässt. Es klingelt. Man hört Männerstimmen. Gelächter. Der Briefschlitz wird aufgeklappt.

»Hey, Hayden, wir wissen, dass du da drinnen bist.«

»Jetzt nicht. Ich hab zu tun.«

»Wir haben auch was zu tun.«

Hayden stolpert auf dem Weg zur Haustür beinahe über den Couchtisch. Fluchend erklärt er ihnen, dass sie abhauen sollen. Er erwähnt die Polizei und stößt weitere Beschimpfungen aus.

Alice steht langsam auf und sieht Drury an. »Ich muss jetzt zur Arbeit«, sagt sie und bewegt sich wie auf Autopilot.

Sie streckt die Hand aus. »Ich möchte Ihnen danken. Eine Menge Leute haben uns Versprechungen gemacht, als unsere Tash verschwunden ist. Nicht viele dieser Versprechen wurden gehalten. Ich möchte mich bedanken, dass Sie sie nach Hause gebracht haben.«

Im Flur zieht Drury seinen Mantel an, stolpert leicht und stützt sich an der Wand ab. Seine Augen glänzen. Er legt den Kopf in den Nacken und starrt an die Decke.

»Diese Frau hat sich gerade dafür bedankt, dass ich ihre Tochter tot gefunden habe.«

»Ich weiß.«

»Ich hasse diesen Job.«

Als wir aus dem Haus kommen, parkt der Wagen immer noch auf der Straße, ein Vauxhall Cavalier, die Musik dröhnt, die getönten Scheiben sind halb heruntergelassen. Zwei weiße Jugendliche lehnen an den geöffneten Türen, die Hände tief in den Taschen, die Kapuzen ihrer Sweatshirts wie Hauben.

Drury geht über den schlammigen Rasen auf sie zu. Er kennt ihre Namen. Sie lachen zu laut über gar nichts und grinsen sich an. Das Gleichgewicht der Macht ist offensichtlich. Der Große ist etwa fünf Jahre älter als sein Kollege, Mitte zwanzig, mit rasiertem Schädel. Sein Kumpel ist dünner mit hellerer Haut und einem nervösen Tick, der seine Augen seitwärts zucken lässt, als würde er sich permanent nach Bestätigung umschauen.

Drury kommt zurück und setzt sich hinters Steuer.

»Wer war das?«, frage ich.

»Die lokale Unterwelt«, sagt er. »Der Große ist Toby Kroger, eine große Nummer in der Blackbird-Leys-Siedlung, Dealer und Zuhälter. Vor zwei Jahren haben wir ihn wegen Einkünften aus gewerbsmäßiger Unzucht festgenommen, aber die beiden Mädchen, die er auf den Strich schickte, weigerten sich, gegen ihn auszusagen.

Der Dünne ist Craig Gould, ein Musiker mit mehr Talent, als er verdient. Er spielt Saxofon. Wir haben ihn vor zwei Jahren mit einem Röhrchen Rohypnol festgenommen. Er mag seine Freundinnen gern komatös.«

Drury lässt den Wagen an und legt einen Gang ein. »Typen wie die könnte ich jeden Tag der Woche verhaften, aber es würde keinen Unterschied machen. Sie sind Schwimmer.«

»Schwimmer?«

»Scheißhaufen, die sich nicht runterspülen lassen.«

13

Die Polizeistation von Abingdon schläft nie. Schichten wechseln, frische Gesichter ersetzen müde. Türen schwingen auf und hinter uns wieder zu. Drury ignoriert Grüße oder tut sie ab. Im Einsatzraum wirft er seinen Mantel über einen Stuhl und ruft den versammelten Detectives zu: Besprechung, in fünfzehn Minuten.

Ich soll in seinem Büro warten. Und nichts anfassen. In dem Raum steht eine Weißwandtafel mit Fotos des Bauernhauses und der Opfer. Natasha McBains Bild ist an den Rand geschoben, als wäre sie für die Hauptermittlung nur von nebensächlicher Bedeutung, doch jetzt ist sie in ihr Zentrum gerückt.

Ich setze mich und sehe mich um. Eine Schranktür steht offen. An der Innenseite kleben ausgeschnittene Zeitungsartikel, eine lobende Erwähnung für besondere Tapferkeit, Fotos einer Ordensverleihung. Drury verbeugt sich vor der Queen. Die Bürotür geht auf, bevor ich die Bildunterschrift lesen kann. Der DCI hat zwei Becher Tee in der Hand. Einen hält er mir hin, ein Friedensangebot.

Er nimmt hinter seinem Schreibtisch Platz.

»Okay, nehmen wir mal an, Sie haben recht, und Natasha war an dem Abend in dem Bauernhaus. Was ist passiert?«

»Sie ist während des Schneesturms dort hingekommen. Nass. Kalt. Sie haben ihr ein Bad eingelassen. Ihre Schuhe vor dem Kamin getrocknet. William Heyman hat versucht, die Polizei anzurufen, doch die Zentrale war überlastet.«

»Und dann ist Augie Shaw aufgetaucht?«

»Irgendjemand ist aufgetaucht.«

Irgendwo in der Nähe bimmelt eine Kirchenglocke. Drury kratzt sich das kurze Haar im Nacken.

»Die Hälfte meines Teams war an der ursprünglichen Ermittlung beteiligt.«

»Ist das ein Problem?«

»Entscheidungen wurden auf Grundlage der Indizienlage gefällt. Die Mädchen wurden als Ausreißerinnen eingestuft. Als sie nach drei Monaten nicht wieder aufgetaucht waren, hat der Chief Constable eine kleinere Sonderkommission eingesetzt, doch bis dahin war die Spur kalt. Man wird Fragen stellen, mit den Fingern auf Leute weisen. Das könnte den einen oder anderen seine Karriere kosten.«

»Ist das Ihre größte Sorge?«

Der DCI schnaubt innerlich, öffnet den Mund und schließt ihn wieder. Seine Lippen sind zwei schmale Striche.

»Ich bin nicht hier, um irgendjemanden zu verurteilen«, sage ich. »Ich gehe die Beweismittel noch mal durch, nicht die Ermittlung.«

Drury grunzt, nicht überzeugt.

Die Sachlage hat sich verändert, seit die Mädchen verschwunden sind. Die Wissenschaft hat Fortschritte gemacht. Der oder die Täter sind selbstgefällig geworden. Leute haben das Motiv vergessen, aus dem sie gelogen haben. Liebende geben sich Alibis, Expartner nehmen sie wieder zurück. Alle diese Argumente könnte ich anführen, doch ich bezweifle, dass Drury zuhören würde. Er schützt die Streifen an seiner Uniform und den Ruf seiner Kollegen.

»Wahrscheinlich werde ich es bereuen, Professor, aber ich gebe Ihnen vollen Zugriff auf alles, was Sie brauchen. Machen Sie keine Hexenjagd draus. Was wollen Sie haben?«

»Ich möchte mir das Bauernhaus noch einmal ansehen.«

»Gut.«

»Und ich brauche die Akten der ersten Ermittlung«, sage ich.

»Zeugenaussagen. Zeitliche Abläufe. Telefonaufzeichnungen.«

»Wir reden hier von mehr als dreitausend Aussagen.«

»Ich bekomme Hilfe.«

Drury schluckt etwas Stacheliges und Hartes. »Sagen Sie Grievous, was Sie brauchen.«

»Außerdem möchte ich einige der Zeugen von damals noch einmal befragen, mit den Verwandten sprechen und versuchen, einige Verzerrungen herauszufiltern.«

»Sie glauben, sie haben gelogen?«

»Beim Verlust eines geliebten Menschen blenden die Leute alles Negative aus. Sie haben gehört, wie Alice McBain über ihre Tochter gesprochen hat. Ich muss so viel wie möglich über Natasha und Piper in Erfahrung bringen. Was für Mädchen waren sie? Abgeklärt oder naiv, aggressiv oder unterwürfig, introvertiert oder extrovertiert? Hatten sie Freunde oder Exfreunde? Waren sie promisk?«

»Wollen Sie andeuten, dass diese Mädchen in irgendeiner Weise an ihrem Verschwinden beteiligt oder gar dafür verantwortlich waren?«

»Ich sage, dass einige Frauen – auch junge Frauen – Aufmerksamkeit erregen. Manche sind sexuell provokativ, absichtlich oder unbewusst. Andere sind zurückhaltender. Ich muss Natasha und Piper kennen, als würden sie mir gegenübersitzen. Nur dann kann ich herausfinden, warum sie ausgewählt wurden ...«

»Sie glauben, sie wurden ausgewählt?«

»Ja.«

Drury atmet tief durch, lockert die Schultern und starrt mich an. »Ich kenne Leute wie Sie, Professor. Sie betrachten Tatorte und Fotos und glauben, sie könnten mit dem Mörder kommunizieren; sie versuchen das Wieso und Warum zu begreifen. Mir hingegen ist es egal, ob ich das Schwein kenne. Ich will den Kerl nur schnappen.«

Zwei Dutzend Detectives sitzen in einem lockeren Kreis auf Tischen und Stühlen. Sie teilen die Vertrautheit von Soldaten oder Katastrophenhelfern – Freundschaften, die in der Hitze des Gefechts oder in langen Nachtschichten schmutziger, gefährlicher Arbeit geschmiedet wurden. Sie sind nicht elitär oder eingebildet, sondern bloß eine verschworene Gemeinschaft.

Drury bittet um Aufmerksamkeit.

»Hört zu, Jungs. Einige von euch haben vielleicht schon Gerüchte über die unidentifizierte weiße Frau gehört, deren Leiche wir nach dem Schneesturm gefunden haben. Wir konnten ihre Identität jetzt mit Sicherheit bestätigen. Ihr Name war Natasha McBain.«

Die Atmosphäre in dem Raum hat sich schlagartig verändert, als hätte irgendwo jemand eine Tür offen stehen lassen und ein kalter Wind würde durch die Flure wehen.

»Und ich werde hier noch etwas ganz klar sagen«, fährt Drury fort. »Die Gerüchte hören auf der Stelle auf! Niemand – ich wiederhole, *niemand* – spricht mit den Medien. Ich verhänge eine totale Nachrichtensperre über diesen Fall. Was immer man euch fragt, die Antwort lautet ›kein Kommentar‹. Selbst wenn es eure Frau ist, die euch die Frage stellt, sagt ihr nichts. Verstanden?«

Niemand unterbricht ihn.

»Ich will wissen, wo Natasha McBain in den letzten drei Jahren gewesen ist. Nehmt euch die Akten noch mal vor. Namen. Daten. Orte. Ich will eine Liste aller Verdächtigen der ersten Ermittlung. Wo sind sie jetzt? Was haben sie seither gemacht?

Wir werden beide Tatorte noch einmal absuchen – das Bauernhaus und die Seen. Uniformierte Beamte und zivile Freiwillige werden in Kürze angekarrt.

Die Hundestaffel wird versuchen, mithilfe von Natashas Kleidung eine Fährte aufzunehmen. Niemand erwähnt ihren Namen. Soweit es die Außenwelt betrifft, haben wir es immer noch mit einer nicht identifizierten weißen Frau zu tun.«

»Was ist mit Augie Shaw?«, fragt eine Stimme von hinten.

»Der bleibt, wo er ist. Findet heraus, ob er Natasha McBain oder Piper Hadley kannte.«

»Und die Heymans?«

»Opfer eines Verbrechens, Verdächtige in einem anderen – wäre nicht das erste Mal.« Der DCI sieht Casey an. »Was ist mit Fingerabdrücken aus dem Bauernhaus?«

»Wir haben sechzig brauchbare Proben genommen und bis auf vierzehn alle abgleichen können.«

»Augie Shaw?«

»Ein Handabdruck in der Küche.«

»Irgendwas im ersten Stock?«

»Ein halber Abdruck an der Schlafzimmertür.«

»Finde heraus, wer in den vergangenen Monaten noch in dem Haus gewesen ist. Vertreter. Freunde. Verwandte. Was ist mit den Samenflecken?«

»Die DNA-Ergebnisse brauchen noch zwei Tage. Die Tochter sagt, die Eltern hätten getrennte Schlafzimmer gehabt und nicht mehr miteinander geschlafen.«

»Kinder wissen nicht alles. Vielleicht waren sie hinter ihrem Rücken neu verliebt.«

»An dem zerbrochenen Badezimmerfenster und in der Spüle in der Küche haben wir verdünntes Blut gefunden«, meldet sich ein Detective zu Wort. »Auf die Ergebnisse warten wir noch.«

Drury sieht einen anderen Detective an. »Was ist mit den finanziellen Verhältnissen der Familie?«

»Eine Hypothek. Verkraftbare Belastung.«

»Gut.« Drury schlägt eine Aktenmappe auf seinen Schenkel. »Auf Geheiß des Chief Constable dürfen wir Professor O'Loughlin wieder bei uns begrüßen. Wir sollen ihm jede erforderliche Unterstützung gewähren, aber lasst euch von seinen Theorien nicht ablenken, wir werden diesen Fall mit guter solider Polizeiarbeit lösen, indem wir an Türen klopfen und Zeugen befragen.«

Drury sieht mich nicht an, nachdem er das klargestellt hat.

»Ich trenne die Ermittlungskommission. DS Casey wird weiterhin die

Untersuchung des Doppelmordes in dem Bauernhaus leiten. Ich übernehme die Ermittlung im Fall Natasha McBain und werde beide Ermittlungen überwachen.«

Er rattert Namen herunter und teilt den Detectives ihre neuen Aufgaben zu. »Packen wir es an«, sagt er, dreht sich um und geht eilig aus dem Raum. Erst im Flur lässt er seine Maske fallen. Ich sehe in seinen Augen eine vage Ungewissheit. Sie trübt seinen Blick wie Vaseline, die auf eine Linse geschmiert wurde.

Manchmal frage ich mich, warum Detectives diese Arbeit machen. Welches Vergnügen liegt darin? Selbst die Befriedigung, einen Fall gelöst zu haben, bedeutet nur, dass ein neuer wartet. Es gibt nie eine Einstellung der Feindseligkeiten, nie einen Waffenstillstand und schon gar keinen endgültigen Sieg.

Irgendwann zermürbt einen dieser ewige Kampf – der Zirkel von Ursache und Wirkung, Verbrechen und Strafe, Schuld und Unschuld, Opfern und Tätern. Man hört nicht auf zu fühlen – man wünschte nur, man könnte es.

Ich bin am Muttertag geboren und

Mum hat immer gesagt, ich sei das beste Muttertagsgeschenk der Welt gewesen. So etwas sagte sie gerne, wenn andere Leute zuhörten, aber nie, wenn wir beide allein waren.

Wir redeten nicht. Wir konkurrierten miteinander. Wir stritten. Wir liebten uns, aber wir hassten uns auch.

Meine Mutter war Weltmeisterin in lächelnden Kommentaren über mein Haar, mein Gewicht oder meine BH-Größe, die mein Selbstbewusstsein scheibchenweise zerkleinerten. Und sie war nie glücklicher, als wenn sie mir so etwas unter die Nase reiben konnte.

Dad hat mir immer gesagt, ich soll mich nicht so verbiegen, aber ich bin schon verbogen auf die Welt gekommen. Rückwärts in einer Steißgeburt. Walfische werden so geboren und Babys auch.

Meine Mutter ist größer als mein Dad und echt dünn. Sie hat unglaubliche grüne Augen und lange Wimpern, die aussehen wie falsch, aber echt sind.

Die Leute sagen, sie ist eine Schönheit, und meinen, mein Dad hätte »oberhalb seiner Liga gespielt«, als er sie geheiratet hat, aber ich finde, er hätte es auch viel besser treffen können. Er hätte eine Frau heiraten können, der Geld nicht dermaßen wichtig ist oder das, was andere Leute denken, denn er hätte es ganz bestimmt verdient.

Mein Dad ist der netteste Mensch, den ich kenne. Wenn er von mir enttäuscht ist, sackt er jedes Mal ein wenig zusammen und stößt einen langen Seufzer aus, als ob jemand den Stopfen herausgezogen hätte und er in sich zusammenfallen würde wie eine Hüpfburg nach der Party. Er würde eher vor Enttäuschung sterben, als einen Finger gegen mich zu heben.

Mum hat immer geschimpft, wenn er mich verwöhnt hat, und Dad hat ihr jedes Mal zugestimmt und mir dann zugezwinkert. Mein letzter Geburtstag zu Hause wurde abgesagt, weil Mum meinte, ich hätte keine Party oder Geschenke verdient, wegen meiner Undankbarkeit und meiner ständigen Flucherei.

»Scheiße« war mein Lieblingswort. Alles war scheiß dies oder scheiß das; scheiß ungerecht oder scheiß unglaublich oder das soll wohl ein beschissener Witz sein.

Das war einer der Gründe, warum ich weglaufen wollte, doch das war bloß Gerede, wisst ihr. Ich hab es nie wirklich ernst gemeint. Kids sagen ständig Sachen, die sie nicht so meinen.

Es ist Morgen, und ich stehe auf der Bank, um zu sehen, ob die Sonne scheint oder es über Nacht geschneit hat. Kein Schnee. Kein Sonnenschein. Heute regnet es. Und es ist kälter als gestern.

Während ich hier stehe, kann ich beinahe spüren, wie Tash mit ihrem Gewicht erst auf meinen Schultern kniete und dann stand, als sie sich durch die enge Lücke zwängte. Ich hatte Angst, sie würde stecken bleiben und ich könnte sie nicht wieder reinziehen. Wie Pu der Bär in der Geschichte, wo er zu viel Honig isst und in Kaninchens Haustür stecken bleibt.

Ich befeuchte meinen Finger, halte ihn vor die Lücke und spüre den Luftzug auf meiner Haut. Dann male ich ein Herz auf das von innen beschlagene Fenster. Warum malen Menschen immer Herzen?

Tash ist jetzt vier Tage weg. Das mag einem nach drei Jahren nicht sehr lange vorkommen, aber manche Tage sind länger als andere. Manche Tage sind länger als Jahre.

Nur eine von uns konnte fliehen, weil wir nicht beide so hoch klettern konnten. Eine musste die andere heben. Tash war kleiner. Und sie hatte so viel Gewicht verloren.

Seit George sie hatte bluten lassen, benahm Tash sich anders.

Ich weiß nicht, ob sie versucht hat, ihn mit dem Schraubenzieher zu stechen. Sie wollte nicht darüber reden. Stattdessen hat sie sich an den Handgelenken gekratzt, an den Fingernägeln gekaut und nur noch geschlafen ... Ich hab versucht, mit ihr zu reden ... ihr etwas zu essen zu machen, doch sie hatte nicht mal mehr die Kraft, mit mir zu streiten.

»Du machst mir Angst«, sagte ich und wiegte sie in meinen Armen.

»Wir werden sterben«, flüsterte sie nur.

Ich wusste, dass sie recht hatte. Es war wie eine Botschaft von Gott. Eine ziemlich enttäuschende Botschaft, aber ich machte ihm keine Vorwürfe. Darauf läuft am Ende alles hinaus – aufs Sterben. Na ja, nicht wortwörtlich alles, aber das meiste.

Tash schien keine Angst mehr zu haben. Vielleicht hat man weniger Angst, wenn man weiß, dass man sterben will. Manchmal ist kein Fels so schwer oder dunkel oder hoffnungslos, dass die Leute nicht darunterkriechen.

Die Idee kam mir, als ich wie jetzt dastand und durch den Spalt spähte. Mir fiel auf, wie das Kondenswasser auf der Innenseite der Scheibe heruntergesickert und am unteren Rand des Fensters gefroren war. Das Eis hatte sich in dem Spalt ausgedehnt und den Metallrahmen angehoben. Ich konnte einen Lichtstreif sehen, wo vorher keiner gewesen war. Mein alter Physiklehrer hat mir beigebracht, dass Wasser sich ausdehnt, wenn es friert. Deshalb kann es auch Granitfelsen aufbrechen.

Ich dachte, wenn es einen Felsen brechen kann, warum dann nicht ein Fenster oder eine Wand?

Also füllte ich eine Schale mit Wasser und zerriss ein altes T-Shirt. Ich weichte die Stofffetzen ein, stopfte sie in den Spalt und drückte sie mit einem Nagel fest, sodass Tropfen herausgepresst wurden und an der Mauer hinunterliefen.

In jener Nacht war es kalt. Der Stoff fror. Am nächsten Tag zog ich ihn heraus und machte ihn wieder feucht. Nacht für Nacht versuchte ich es aufs Neue. Lange Zeit glaubte ich, es würde nicht funktionieren. Die Lücke sah unverändert aus.

Aber als ich eines Tages gegen das Fenster drückte, bewegte sich der ganze Rahmen.

Manche Nächte waren nicht kalt genug, um die Stofffetzen gefrieren zu lassen, doch dann gab es eine lange Kälteperiode. Wir zitterten nachts und schmiegten uns eng aneinander, um uns warm zu halten. Und jeden Morgen war der Spalt ein bisschen breiter geworden.

Ich schob meine Finger hinein und stellte überrascht fest, dass sich das Fenster bewegte. Ich versuchte es erneut, und es gab nach. Ich fing es auf, bevor es auf dem Boden zerbrach, und fiel rückwärts von der Bank. Der Fensterrahmen schlug mir die Stirn auf, aber es war keine tiefe Wunde.

Wo das Fenster gewesen war, klaffte jetzt ein Loch, doch da passte Tash nicht hindurch. Sie zog fast alle ihre Kleider aus. Erst kniete sie auf meinen Schultern, dann stand sie wacklig auf. Sie schob Kopf und Arme durch das Fenster, und ich drückte von unten, während sie sich an den Boden draußen klammerte und versuchte, sich durch die Öffnung zu ziehen.

Aber sie kam keinen Zentimeter von der Stelle. Ich konnte sie weder zurückzerren noch ganz nach draußen schieben und bekam plötzlich Angst, dass sie eingeklemmt in dem Fenster, halb im Schnee liegend, erfrieren würde. Mühsam streifte ich ihr die Leggins ab und goss Speiseöl über ihre Hüften und Schenkel.

»Ich schaff es nicht«, sagte sie immer wieder.

»Klar schaffst du es.«

»Es geht nicht.«

»Wackel mit den Hüften.«

»Ich klemme fest.«

»Versuch es weiter.«

»Mach ich ja.«

Sie beschimpfte mich, und sie weinte. Ich musste sie anschreien und ihr ein paar

Klapse auf die Schenkel geben, um sie anzutreiben. Ich schlug sie so heftig, dass sie schließlich doch durch das Loch flutschte und ihre Beine und Füße außer Sichtweite rutschten. Schneeflocken trieben herein. Ihr Kopf tauchte wieder auf. Ich packte weitere Kleider zusammen und schob sie durch das Fenster.

»Ich komme zurück«, sagte sie ganz geschäftsmäßig. »Geh nirgendwohin.«

14

GRIEVOUS IST mir zugeteilt worden. Er hat das kurze Streichholz gezogen – Buße für den Dicken oder Strafe für den Neuen. Er hat sich würdevoll und gut gelaunt in sein Schicksal gefügt. Nicht dick. Stämmig. Muskulös. Bemüht abzuspecken.

Ich folge ihm nach unten und durch eine Tür auf den Fahrzeughof auf der Rückseite des Gebäudes. Grievous' graue Jacke ist ihm ein bisschen zu klein und spannt an den Schultern. Er schließt den Wagen auf.

»Sie setzen sich besser nach vorn, Sir. Auf dem Rücksitz hat sich ein Betrunkener übergeben. Der Gestank geht einfach nicht weg.«

Auf der anderen Seite des Fahrzeughofs warten Minivans auf die Suchtrupps. Zivile Freiwillige in weißen Overalls drängeln sich um eine Kohlepfanne, um warm zu bleiben. Einer winkt Grievous zu und zieht einen Handschuh aus, um ihm die Hand zu schütteln. Die beiden Männer tauschen ein paar Freundlichkeiten und Kommentare über die Kälte aus. Sie reden über den Schneesturm und wünschen sich frohe Weihnachten.

»Tut mir leid«, sagt Grievous, als er den Wagen anlässt. »Ich kenne viele von den OxSAR-Freiwilligen.«

»OxSAR?«

»Oxfordshire, Search and Rescue. Ich habe die meisten von ihnen ausgebildet. Zahnärzte, Mechaniker, Versicherungsvertreter ... gute Jungs.«

Er öffnet das Fenster einen Spalt, dreht die Heizung auf und fährt los. In einem Kreisverkehr am Colwell Drive biegt er in Richtung Abingdon Stadtmitte ab, wo er einem Einbahnstraßensystem zur Umgehung der High Street folgt. Bald weichen Reihen- und Miethäuser Fabriken und Sportplätzen.

Grievous redet gern. Er macht mich auf lokale Wahrzeichen und Restaurants aufmerksam und zeigt mir, wo er zur Grundschule gegangen ist.

»Ich wollte bloß sagen, dass es eine Ehre für mich ist, mit Ihnen zusammenzuarbeiten, Sir«, sagt Grievous. »Ich meine, es ist ein Privileg, Sie sind berühmt.«

»Wie kommen Sie darauf, dass ich berühmt bin?«

»Ich habe Sie im Internet nachgeguckt, Sir. Ich hoffe, das stört Sie nicht. Sie haben geholfen, Mickey Carlisle zu finden und Ray Hegartys Mörder zu fassen und diesen Typen, der Ihre Frau und Ihre Tochter entführt hat. Seinen Namen hab ich vergessen.«

»Gideon Tyler.«

»Genau der. Sie haben gegen das Böse gekämpft und gewonnen.«

»Ich habe nicht gewonnen. Das können Sie mir glauben.«

»Sie haben Ihre Frau und Ihre Tochter gerettet.«

Aber nicht meine Ehe, will ich hinzufügen, schweige jedoch. Warum soll ich eine gute Geschichte verderben? Grievous muss nicht wissen, dass meine Frau mir nicht vergeben hat, mir vorgeworfen hat, dass ich unsere Familie mit meiner »giftigen Arbeit« infiziert und es zugelassen habe, dass meine Tochter Ziel eines sadistischen Psychopathen wurde.

Grievous redet immer noch. »Ich weiß nicht, was ich machen würde, wenn ich so einem Mann gegenüberstehen würde«, grübelt er. »Ich meine, wenn jemand meine Frau und mein Kind entführt hätte, würde ich ihn umbringen wollen, wissen Sie. Nicht dass ich verheiratet wäre – noch nicht jedenfalls –, aber das ist eine natürliche Reaktion. Es kommt von hier drinnen.« Er schlägt sich an die Brust. »Solche Leute überschreiten eine Grenze. Sie dürfen weder Mitleid noch Verständnis erwarten. Ja, ich würde abdrücken.«

Ich antworte nicht.

Grievous sieht mich an. »Ich nehme an, als Detective sollte ich so was nicht sagen, aber wir sind schließlich auch Menschen, oder nicht? Man hört all die Diskussionen über die Todesstrafe, pro und contra. Wenn es allerdings um die eigene Familie geht, ist es doch etwas anderes, oder?«

»Können wir das Thema wechseln?«

»Ja, klar«, sagt er. »Ich hätte den Mund halten sollen. Ich freue mich bloß, mit Ihnen zusammenzuarbeiten. Es ist eine Ehre, wissen Sie.«

Wir halten an einer roten Ampel vor einer Baustelle. Ich blicke nach rechts, wo zwei Jugendmannschaften gegeneinander Rugby spielen, schlammige Armeen, im Gedränge um einen Ball ineinander verkeilt.

»Erzählen Sie mir von den Bingham Girls.« Grievous nickt und ordnet seine Gedanken.

»Sie sind am letzten Sonntag im August verschwunden. Am Tag vorher war das Bingham Summer Festival, die Karussells und Buden wurden noch abgebaut.«

»Gab es Verdächtige?«

»Einige der Kirmeshandlanger wurden befragt. So ein Job lockt Herumtreiber und Perverse an. Die Ermittlungskommission hat auch eine Truppe von Travellern unter die Lupe genommen, die auf dem Feld eines Bauern am Stadtrand campiert haben. Ihr Lager wurde drei Tage nach Verschwinden der Mädchen durchsucht, doch man hat nichts gefunden. Eine Woche später brannten zwei Wohnwagen aus, und ein kleines Mädchen starb in den Flammen.«

»Warum haben die Leute gedacht, die Mädchen wären weggelaufen?«

»Laut einer ihrer Freundinnen hatten sie es geplant. Emily Martinez wollte eigentlich mit.«

»Was ist passiert?«

»Die Mädchen waren wie vom Erdboden verschluckt. Die Polizei hat die Busse und Züge überprüft, die am Sonntagmorgen abgefahren sind, aber niemand hat Piper oder Natasha gesehen.«

»Was glauben Sie, was passiert ist?«

»Sie sind in das falsche Auto eingestiegen. Natasha ist bekanntermaßen häufig getrampt. Sie war nicht gerade der schüchterne oder zurückhaltende Typ.«

»Das heißt?«

Er zögert, zupft an seinem Hemdkragen. »Es gab Gerüchte, wissen Sie. Alkohol. Drogen. Rainbow-Partys. Sie wissen, was das ist?«

»Leider ja.«

»Einige Leute behaupten, Natasha hätte Geld für Blowjobs genommen.«

»Was ist mit Piper?«

»Sie war stiller, eine gute Sportlerin.«

»Kennen Sie die Familien?«

»Eigentlich nicht, nur Gerüchte.« Er blinkt und biegt links ab. »Hayden McBain ist ein Kleindealer, der Dope und Amphetamine verkauft und in einer Woche mehr verdient als ich in einem Monat. Jedes Mal wenn wir ihn verhaften, erzählt er dem Richter eine Rührstory über seine vermisste Schwester. Bla, bla, bla. Und verlässt das Gericht als freier Mann.«

»Sie glauben ihm nicht.«

»Er hat auch schon gedealt, bevor sie verschwunden ist.« Ein plötzliches Rauschen aus dem Funkgerät unterbricht seinen Gedankengang. Er dreht es leiser. Für einen großen Mann hat er ein jungenhaftes Gesicht und sanfte Augen.

»Was ist mit Pipers Familie?«

»Sie haben nie aufgehört, nach ihr zu suchen – sie haben Interviews gegeben, waren im Radio und haben an Politiker geschrieben. Jedes Jahr halten sie eine Mahnwache mit Kerzen ab. Es ist, als würden die Hadleys die Hoffnung nie aufgeben. Sie haben Websites erstellt, schreiben Newsletter und hängen überall Plakate auf. Sie werden sehen. Gleich da vorn ist eins.«

Kurz darauf passieren wir ein WELCOME TO BINGHAM-Schild und erreichen ein hübsches kleines Städtchen, das sich an die Ufer der Themse schmiegt. Bunte Häuser leuchten hell im Licht der tief stehenden Sonne, aus den Schornsteinen steigt kräuselnd Rauch auf. Das Stadtbild ist geprägt von einer Mischung aus alter und moderner Architektur. Es gibt drei Pubs, eine Apotheke, ein Kleidergeschäft, einen Metzger, eine Bäckerei und zwei Friseursalons.

Grievous hält an einem Fußgängerüberweg. Um die Masten auf beiden Seiten der Straße sind gelbe Bänder gebunden und noch etwas: ein fotokopiertes Plakat in Plastikfolie. VERMISST steht in Großbuchstaben über einem Foto. Darunter etwas kleiner: *Wer hat Piper gesehen?*

»Die Straßenreinigung nimmt sie jedes Mal ab, aber sie sind ebenso schnell wieder da«, sagt Grievous. »Warten Sie hier, Sir.«

Er hält am Straßenrand, steigt aus, nimmt eins der Plakate ab und gibt es mir. Regentropfen perlen von der Plastikfolie.

Piper Hadley Alter: 18
Vermisst seit dem 31. August 2008 Trug zuletzt Jeans und
ein schwarz-rot gestreiftes T-Shirt Hinweise an folgende Rufnummer:
Crimestoppers 0800 555 111
Belohnung: 400 000 £

Ich betrachte das Bild eines Mädchens mit braunen Augen, einem schrägen Grinsen und dunklen Haaren. Sie scheint sich der Kamera beinahe zu widersetzen und das Ergebnis schon anzuzweifeln, bevor der Verschluss den Augenblick festgehalten hat.

Grievous steuert uns durch das Städtchen und weiter über eine schmale asphaltierte Straße, die von Hecken und Pfützen mit schmelzendem Schnee gesäumt ist. Hier und da ragen Weißdorn- und Stechginsterbüsche aus dem Straßengraben, wo Zäune zusammengebrochen oder mit der Zeit verrottet sind.

Die Straße macht eine scharfe Biegung. Direkt vor uns versperrt ein Tor mit einem Vorhängeschloss die Straße. Daran hängt das Schild eines Transportunternehmens für Beton und Kies. Hinter dem Tor kann man Hügel mit Bruchstein und Schindeln ausmachen.

Wir nehmen einen Nebenpfad mit zunehmend tieferen Schlaglöchern, vorbei an Schneehaufen, die in den schattigen Senken überlebt haben. Dann dünnt der Wald unvermittelt aus, und ich sehe eine graue Wasserfläche, die an den Rändern weißer ist. Kein Wasser, sondern Eis. Hier und da klaffen Risse und Löcher in dem zugefrorenen See, pechschwarze Flecken, auf denen sich ein paar mutige Wasservögel tummeln.

»Das waren früher Kiesgruben«, erklärt Grievous. »Im Laufe der Zeit sind sie vollgelaufen, und so sind die Seen entstanden. Ursprünglich waren es noch mehr, aber in den Achtzigern hat das hiesige Energieversorgungsunternehmen angefangen, sie mit Ascheabfällen aus dem Kraftwerk Didcot zuzuschütten. Die Einheimischen haben protestiert und eine Kampagne auf die Beine gestellt, um die übrigen Seen zu retten.«

»Wie weit ist das Kraftwerk entfernt?«

»Es liegt gut sechs Kilometer südlich von hier.«

Ich erinnere mich, aus dem Zug sechs riesige Betonschornsteine gesehen zu haben.

»Und das Haus der Heymans?«

»Luftlinie etwa eineinhalb Kilometer.«

Er hält an. »Haben Sie noch andere Schuhe?«

»Nein.«

Er zuckt die Achseln und zieht sich eine Öljacke über. Ich habe die Wollmütze, die Charlie mir zu meinem letzten Geburtstag geschenkt hat.

Die frostige Luft brennt auf meinen Wangen. Der Detective Constable in der Ausbildung geht voran. Ich folge. Der Pfad besteht aus Kies, Gras und Schlamm und führt nur ein paar Meter vom Wasser entfernt am Ufer entlang.

»Hier hat man sie gefunden«, sagt er.

Das weiße Zelt ist verschwunden, doch der Fundort ist immer noch mit gelbem Polizeiband markiert. Jemand hat einen Blumenstrauß an einen Zaun in der Nähe gebunden, die Blüten sind erfroren.

Der See glitzert wie ein Scherbenfeld. Am östlichen Ufer verlaufen Eisenbahngleise.

Ich ducke mich unter dem Polizeiband und stehe an der Stelle, wo Natashas Leiche mit Maschinen und Hacken aus dem Eis geschnitten wurde. Ein unförmiges Loch bezeichnet die Stelle. Es ist mit dunklem Wasser vollgelaufen, auf dem welke Blätter schwimmen.

Ich gehe in die Hocke, nehme einen platt gedrückten Grashalm und halte ihn zwischen Daumen und Zeigefinger. Ich schließe die Augen und lausche der Stille des Winters, die beinahe vollkommen ist. Ein Bild bildet sich in meinem Kopf, eine Wiederholung des Traums aus der vergangenen Nacht – ein Mädchen, das so schnell rennt, wie es kann, durch Äste und Unterholz bricht, während der Schneesturm die Spuren seiner nackten Füße löscht.

Sie hat die Gleise überquert und ist den Abhang hinuntergestolpert, hat gespürt, wie das Eis unter ihr knackte und nachgab. Sie muss um Halt gekämpft haben, doch die Kälte raubte ihr die Kräfte, sodass sie sich nicht wieder aus dem Wasser ziehen konnte. Jemand hat sie bis hierher verfolgt. Und zugesehen, wie sie starb.

Zwei Tage lag sie unter dem Eis, bis die Sonne herauskam und einen Heiligenschein aus zersplittertem Licht um ihre Leiche schuf. Ein Paar, das mit dem Hund spazieren ging, schlug Alarm.

»Wo geht es zu dem Bauernhaus?«, frage ich.

Grievous hebt den Arm und weist in Richtung der Gleise.

»Kann man es zu Fuß schaffen?«

»Ich kann Sie auch fahren.«

»Beschreiben Sie mir den Weg, und wir treffen uns dort.«

Aus dieser Perspektive sieht das Bauernhaus anders aus, gerahmt von einem harten blauen Himmel und gepflügten Feldern mit Schneestreifen, die aussehen wie durchwachsenes Fleisch. Die Busse und Minivans sind eingetroffen. Die Suchleute stampfen von einem Fuß auf den anderen, um sich warm zu halten, Polizeihunde zerren an der Leine und schnuppern die Luft. Einige der Männer und Tiere haben diese Felder bereits einmal abgesucht, aber Drury will, dass es noch einmal geschieht – jeder Zentimeter zwischen dem Haus und den Radley Lakes.

Grievous wartet vor dem Haus auf mich. Er schiebt die provisorische Tür beiseite, und ich gehe durch die Zimmer und mache mich noch einmal mit Grundriss und Einrichtung vertraut.

Vor der Waschküche bleibe ich stehen, weil mir das geblümte Kleid wieder einfällt, das im Becken eingeweicht wurde. Ein Sommerkleid, nichts Wintertaugliches. In einem Plastikbeutel verpackt und etikettiert auf dem Weg ins Labor.

»Wonach gucken Sie?«, fragt Grievous.

»Ich versuche, nach gar nichts zu gucken.«

»Hä?«

»Der Trick besteht darin, offen zu bleiben. Wenn man nach etwas Bestimmtem sucht, übersieht man ein vielleicht viel wichtigeres Detail. Man hüte sich vor dem Verlangen.«

»Aber woher wissen Sie, ob Sie es gefunden haben?«

»Ich weiß es einfach.«

»Verstehe«, sagt er, was augenscheinlich nicht der Fall ist.

»Haben Sie die Bilder mitgebracht?«, frage ich.

Er öffnet eine Tasche und gibt mir einen Ringordner mit Tatortfotos. Die ersten Bilder zeigen das Haus von allen Seiten. Der Schnee ist hundert Meter in jede Richtung unberührt. Keine Fußspuren, keine Reifenspuren, keine Zeichen von Leben.

Die Bilder rücken, vorbei an den Feuerwehrwagen, näher ans Haus und die zerstörte Haustür heran. Die Innenaufnahmen präsentieren ein behagliches Haus ohne direkt erkennbare Spuren einer Störung, wenn man von Beweismarkern auf dem Fußboden absieht.

Ich nehme ein Foto aus dem Ordner und lege es auf einen Sessel im Wohnzimmer. Ich wähle ein zweites Bild, eine Aufnahme von William Heyman und platziere sie auf dem Küchentisch. Heyman liegt auf dem Bauch, den Kopf zur Seite gedreht, unter der Wange eine Blutlache.

Ich schließe die Augen und versuche, mir den Abend vorzustellen. Draußen tobte ein Schneesturm, ließ Dachbalken stöhnen und Fenster klappern. Der Strom war ausgefallen. Die Heymans zündeten auf der Treppe und in der Küche Kerzen an. Sie saßen vor dem offenen Kamin.

Ein halbwüchsiges Mädchen klopfte an die Tür. Nass. Kalt. Zerkratzt. Sie war nicht barfuß, sondern trug ein geblümtes Kleid und vielleicht andere Sachen, die nicht mehr da sind.

William und Patricia Heyman wohnten noch nicht in der Gegend, als die Bingham Girls verschwanden. Sie zogen erst ein Jahr später in das Haus. Das Mädchen vor ihrer Tür war für sie eine Fremde. Sie baten sie herein, ließen ihr ein Bad einlaufen, suchten frische Kleidung und trockneten ihre Schuhe am Kamin.

Sie erzählte ihnen ihre Geschichte, und William Heyman wählte den Notruf, doch die Zentrale war überlastet, und er landete in einer Warteschleife. Und in dem Schneesturm da draußen war noch jemand, der Natasha folgte.

Der Angriff war plötzlich … und heftig. Mr. Heyman drehte sich um und versuchte zu fliehen. Er wurde von hinten niedergeschlagen, ehe er die Küche erreichte. Er kroch noch ein paar Meter weiter, bevor er starb, und verschmierte sein Blut auf den Kacheln.

Die Waffe? Ein stumpfer schwerer Gegenstand, vielleicht eine Axt. Neben dem Haus sehe ich einen Stapel Feuerholz und einen Hackklotz.

Natasha war oben im Bad. Sie muss den Aufruhr gehört haben. Sie zog ihre Kleider über, schlug das Badezimmerfenster ein, kletterte hindurch und schnitt sich an dem Glas.

Patricia Heyman rannte nach oben, doch der Mörder folgte ihr. Sie versuchte sich in ihrem Schlafzimmer zu verbarrikadieren, doch das Schloss hielt nicht.

Ich betrachte die Fotos und entdecke im Flur kaum Spuren des Brandes, während die Verheerung der Flammen im Schlafzimmer sofort offensichtlich ist. Auf wenigen Quadratmetern hat es heftig gebrannt, trotzdem ist jede Oberfläche in dem Raum mit einem öligen Ruß bedeckt, der ein seltsames »Schattenreich« erschafft.

Der einzige nicht verrußte Gegenstand auf dem Bett ist eine Decke. Sie wurde nach dem Feuer über Mrs. Heyman gebreitet. Augie Shaw wollte sie abschirmen, ihre Privatsphäre schützen. Er ist schizophren. Seine Taten zu deuten ist gefährlich. Aber es ergibt nach wie vor keinen Sinn. Warum sollte er sie töten, ihre Leiche anzünden und dann fürsorglich ihre Keuschheit bedecken?

Wer immer die Heymans getötet hat, ist ruhig und rasch vorgegangen, hat Oberflächen abgewischt und Bleichmittel verschüttet, um die Spuren seiner Anwesenheit zu tilgen. Er kam unvorbereitet. Er improvisierte. Er ging nicht geplant vor, geriet aber auch nicht in Panik. Und hinterher blieb er, um sauber zu machen, oder kam später noch einmal zurück.

Derweil floh Natasha von dem Haus, barfuß und blutend, durch eine stumme Landschaft. Sie wusste, dass er ihr folgte … näher kam …

Manche Mädchen ritzen

kratzen oder bohren sich einen spitzen Gegenstand in die Haut. Manche sind fress- oder magersüchtig. Ich laufe und schreibe. Ich notiere alles. Nachrichten. Einkaufslisten. Zitate. Namen. Seit ich schreiben kann, habe ich Hefte, Notizblöcke und Tagebücher vollgeschrieben.

Ich mag Worte. Manchmal kommen sie mir wahllos in den Sinn, oder ich sehe sie aus den Augenwinkeln wie Schatten, Lichtblitze oder eine verlorene Wimper. Ich habe Lieblingswörter. Opalisieren ist ein gutes Wort. Genau wie Sammelsurium. Episch. Penibel. (Tash sagte, das würde ich nur mögen, weil es wie das Adjektiv zu »Penis« klingt.) Tollkühn. Halunke. Oxymoron. Tohuwabohu.

Ich habe drei Hefte, die ich unter meiner Matratze verstecke. Ich schreibe in der Ecke unter der Leiter, nur für den Fall, dass die Kamera mich beobachtet.

Wenn ich etwas aufschreibe, gehört es mir. Es hängt nicht mehr in der Luft wie Cartoon-Seifenblasen oder Rauchfahnen. Es wird real. Greifbar. Unterhaltungen bleiben nicht. Gesprochene Wörter verblassen. Wir hören nicht mehr zu. Vergessen.

Das habe ich heute Morgen aufgeschrieben.

- *Ich habe geträumt, ich hätte eine durchgehende Braue.*
- *Krämpfe. Meine Periode kommt.*
- *Spaghetti mit Fleischklößchen… schon wieder.*
- *Die Gasflasche ist fast leer.*
- *Ich muss Socken waschen, habe aber jedes Paar an.*

Bevor ich verschleppt wurde, klangen meine Listen ganz anders. Ich schrieb auf, warum ich unglücklich war.

- *Weil Mum und Dad sich dauernd streiten*
- *Weil ich hässlich bin.*
- *Weil ich kein Vampir bin.*
- *Weil mein Zimmer ein Chaos ist.*

Meine Handschrift wird immer kleiner, als würde ich schrumpfen. In Wirklichkeit geht mir nur das Papier aus, deshalb versuche ich, die Ränder und weißen Lücken nicht zu verschwenden, sondern sie mit Wörtern zu füllen, um die Zeit zu vertreiben. Nach dieser habe ich nur noch eine Seite übrig. Jedes Wort zählt. Man muss sich beschäftigen. Die Tage hinter sich bringen.

Tash hat Zeitschriften zerschnitten und an der Wand Collagen aus Text und Fotos gemacht, um eine bizarre Welt zu erschaffen, wo Leute Hundeköpfe und Bikinikörper haben. Es ist wirklich raffiniert, denn von der anderen Seite des Raumes kann man erkennen, dass all die wahllosen Bilder und Buchstaben zusammen ein größeres Bild ergeben – das Porträt eines Mädchens. Tash sagte, es wäre ein Bild von mir, doch ich bin nicht hübsch, und niemand wird je ein Bild von mir malen.

Wahrscheinlich denkt ihr, ich hätte eine geringe Selbstachtung. Das habe ich meiner Mutter zu verdanken. Sie hat dafür gesorgt, dass ich meine Erwartungen zurückschraube. Sie war Debütantin und Fotomodel bei Automessen gewesen, aber sie tut gerade so, als hätten Yves Saint Laurent und Versace sie zur Muse erwählt.

Und sie tut so, als stammte sie aus einer wohlhabenden Oberschichtsfamilie, dabei weiß ich, dass meine Großeltern eine Bed & Breakfast-Pension am Meer hatten und sie auf das örtliche staatliche Gymnasium geschickt haben.

Ich weiß nicht, was mein Dad an meiner Mum findet – abgesehen von ihrem Aussehen natürlich –, aber Schönheit geht nicht unter die Haut und ist kurzlebig im Auge des Betrachters. Ja, meine Klischees hab ich drauf. Auf ihrem Hochzeitsfoto sieht meine Mutter aus wie Natalie Portman, und Daddy wie Natalie Portmans Vater, der sie zum Altar führt.

Mir gehen seine Geduld und sein Pflichtgefühl ab, wenn es darum geht, Mum zu lieben. »Alles für ein ruhiges Leben«, sagte er immer. Ich kann noch ein paar Klischees liefern. Bring das Boot nicht zum Schaukeln, mach keine Wellen, stürz den Karren nicht um.

Mum war ständig in irgendwelchen Wellness-Spas, um ihre Batterien neu aufzuladen. Daddy störte das offenbar nicht, weil er dann eine Woche entspannen konnte. Bei ihrer Rückkehr gab sie extravagante Partys und füllte das Haus mit Schnorrern und Claqueuren, die unser Essen aßen und unseren Alkohol tranken, während sie die Gutsherrin gab.

Ich habe davon geträumt, von zu Hause abzuhauen. Ich wollte irgendwohin gehen, wo ich mich verlieren konnte. Bingham ist nicht groß genug, um sich darin zu verlieren. Es ist öde. Der Arsch der Welt. Es ist wie bei einem Verwandtenbesuch, wo man schon vorher weiß, wo man isst und tankt, welche Lieder man singt und von welcher süßen Limo man kotzen muss. Und wenn man ankommt, kneift einem jemand in die Wange und sagt, wie groß man geworden ist.

Ich weiß nicht, warum ich solchen Kram aufschreibe. Ich kann mir nicht vorstellen, dass irgendjemand meine Notizbücher irgendwann findet und liest. Und wenn doch, weiß ich nicht, ob er oder sie jung und traurig ist. Denn das ist die Sorte Leser, die mich verstehen wird: jung und traurig und einsam.

15

DAS HAUPTPORTAL der Kirche ist abgeschlossen, doch ich finde eine Tür an der Seite des südlichen Querschiffs. Dr. Leece' Frau hat mir erzählt, wo ich ihn finden würde. Ich trete ein und warte einen Moment, bis meine Augen sich an das Halbdunkel gewöhnt haben, bevor ich meinen Blick durch die Reihen der Kirchenbänke schweifen lasse, um eine Bewegung oder den Umriss eines Kopfes auszumachen.

Irgendwo über mir dröhnt die Orgel, dass die Luft vibriert und der Staub von den Balken rieselt. Ich folge dem Klang und steige die Stufen zu einer Empore hinauf. John Leece sitzt mit dem Rücken zu mir an der zweimanualigen Tastatur der Orgel, gegenüber einer Wand von Pfeifen. Mit Händen und Füßen produziert er tief widerhallende Akkorde, die jeden Winkel der Kirche füllen.

Als die letzten Töne verklingen, faltet er das Notenblatt zusammen. Ich räuspere mich, und er dreht sich blinzelnd um. Seine Augen schwimmen hinter dicken Brillengläsern.

»Tut mir leid, ich habe Sie nicht gehört.«

»Ich habe der schönen Musik gelauscht.«

»Ich spiele hier jeden Sonntag«, sagt er und packt seine Sachen ein.

»Das klang aber nicht wie Kirchenmusik.« Er sieht mich schuldbewusst an.

»Ich bin sicher, Gott hat nichts dagegen, wenn ich hin und wieder mal ein bisschen abrocke. Wie haben Sie mich gefunden?«

»Ihre Frau.«

Dr. Leece betrachtet seine Hände und schließt kurz die Augen.

»Sie sind gekommen, um mich nach der Obduktion zu fragen?«

»Ja.«

»Sind Sie Christ, Professor?«

»Ich bin eigentlich gar nichts.«

»Ich war Messdiener und habe sogar überlegt, Priester zu werden, doch stattdessen bin ich Arzt geworden.«

Der Pathologe starrt immer noch auf seine Hände und wendet sie hin und her, als würde er sie zum ersten Mal sehen.

»Ich habe mehr als vierhundert Obduktionen durchgeführt, aber noch keine wie die gestern. Jede Leiche stellt eine neue Herausforderung dar. Es ist, als würde man eine Landkarte geschundener Körper lesen, Narben und Krankheiten. Trotzdem geht man davon aus, dass es so etwas wie Gewissheiten gibt. Dinge, die unantastbar sind.«

Ich ziehe mir einen Stuhl aus der Ecke heran. Fast ohne Betonung beschreibt er die Einzelheiten der Obduktion, die diversen Tests und Messungen, Untersuchungen auf Drogen im Blut und Mageninhalt.

»Sie war chronisch untergewichtig, körperlich verkümmert, hatte Anämie, Vitamin D- und Eisenmangel, Hautläsionen und Entzündungen.«

»Was würden Sie daraus schließen?«

»Sie war lange ohne natürliches Licht eingesperrt.«

»Wie lange?«

»Eher Monate als Wochen.«

»Jahre?«

»Durchaus möglich. Sie hatte identische Abschürfungen an beiden Hüften, was darauf hindeutet, dass sie sich durch eine schmale Öffnung gezwängt haben könnte.«

»Das Badezimmerfenster in dem Bauernhaus?«

»Nein, es muss irgendwo anders gewesen sein.« Dr. Leece breitet die Hände aus. »An dem Badezimmerfenster hat sie sich den Unterarm geschnitten. Die Abschürfungen sind früher entstanden.«

»Wie viel früher?«

»Ein paar Stunden.«

Er krempelt seine Hemdsärmel herunter und knöpft die Manschetten zu.

»Schon mal was vom Locard'schen Prinzip gehört?«

»Nein.«

»Es ist eine Theorie, die Edmond Locard im 19. Jahrhundert entwickelt hat. Sie besagt, dass bei jedem Kontakt mit einem anderen Objekt oder einer anderen Person wechselseitig minimale Spuren hinterlassen werden. In Natasha McBains Haar und unter ihren Fingernägeln habe ich Fasern gefunden – Synthetik, von einer dunklen Farbe und ganz anders als ihre Kleidung.«

»Haben Sie an Augie Shaws Kleidung ähnliche Spuren gefunden?«

Dr. Leece schüttelt den Kopf. »Ihr Kleid war stark verschmutzt. Eine erste Analyse hat ergeben, dass es sich um eine Mischung unterschiedlicher Stoffe handelt: Pflanzen, tierische Materie, mikroskopisch kleine Glaspartikel, Farbe, Zement und Maschinenöl …«

»Ein Fabrikgelände?«

»Außerdem Spuren von Kreosot und chlorinierten Kohlenwasserstoffen.

Kreosot wird zur Behandlung von Gleisschwellen benutzt, und aus chloriniertem Kohlenwasserstoff kann man alles Mögliche machen: Pestizide, Plastik, Kunstfaser, was auch immer. Ich habe die Proben an ein Labor in der Schweiz geschickt, das auf die Analyse von Giftstoffen spezialisiert ist. Dadurch bekommen wir vielleicht einen Hinweis, um welche Art von Industrieproduktion es sich handelt.«

»Was ist mit dem Mageninhalt?«

»In den letzten zwölf Stunden hatte sie nichts mehr gegessen. Ich habe Spuren von vegetarischer Materie und Fleisch gefunden, doch vor morgen habe ich keine definitive Antwort.«

Er zögert, blickt an mir vorbei auf das Glasfenster, eine Abbildung der Jünger beim Letzten Abendmahl.

»An ihr wurde eine Genitalverstümmelung vorgenommen«, flüstert er.

»Ich weiß.«

»Die Prozedur wurde mangelhaft durchgeführt, erforderte jedoch zumindest medizinische Grundkenntnisse. Sie hätte an einer Infektion sterben können.« Der Pathologe stockt und senkt den Kopf. »Warum wurde es überhaupt gemacht?«

Ich antworte nicht.

»Wie weit kann sie in der Kleidung und den Schuhen durch einen Schneesturm gelaufen sein?«

»Nicht mehr als ein oder zwei Stunden.«

Je nach Gelände irgendwas zwischen sechs und elf Kilometern, schätze ich.

»Natasha trug ein Fußkettchen«, sagt Leece. »Eine silberne Kette, nicht teuer. Ich habe mir noch einmal die alten Akten angesehen – darunter auch eine Liste der Kleidung, die sie mitgenommen haben könnten. Dort wurde auch Schmuck erwähnt.«

»Hatte Natasha ein Fußkettchen?«

»Nein ... aber Piper Hadley.«

In der Kirche wird es noch stiller, als hätte jemand die Lautstärke heruntergedreht und unsere Stimmen gedämpft. Piper Hadley wurde in der Ermittlung bisher kaum erwähnt, trotzdem ist sie wie ein zerklüftetes Loch in der Mitte jedes Szenarios. Ein stummes Opfer.

Draußen atme ich die kalte Luft ein und rieche Kastanien, die auf Holzkohle rösten. Ich kaufe dem Mann an der Ecke eine Tüte ab, löse die verkohlte Schale und schmecke Weihnachten. Leute hasten mit gesenkten Köpfen und

Tüten voller Weihnachtsgeschenke und Lebensmittel auf dem matschigen Bürgersteig an mir vorbei. Sie haben keine Ahnung, wie sich die Welt seit gestern verändert hat.

Hinten am Horizont leuchtet eine Kette bleifarbener Wolken wie Magnesium, das in eine Bunsenbrennerflamme gehalten wird. Sie lässt die Umrisse der Dächer hervortreten und die Dunkelheit noch dunkler erscheinen. Die Stille wird immer dichter.

Früher habe ich mal daran gedacht, Meteorologie zu studieren, um zu lernen, wie das funktioniert, das Fließen der Dinge, Luftströme, Wind und Wolken, die um die Erde kreisen. Ich dachte, der Planet wäre vielleicht leichter zu verstehen als die Psyche.

Ich trete von einem Fuß auf den anderen und warte, dass Mr. Parkinson sich im Gleichschritt anschließt. Gemeinsam laufen wir zurück zum Hotel, während wir im Kopf noch einmal die Details durchgehen. Ein Mädchen ist entkommen. Eins bleibt verschwunden.

Die Zeit drängt, und ich bin ein erschöpfter Mann.

16

CHARLIE HAT MIR eine Nachricht auf dem Hotelbriefpapier hinterlassen.

Bin auf einer Party. Komme nicht zu spät zurück. XXX C

Eine Party? Kein Wort darüber, wo, wann und mit wem. Was heißt »spät«? Es ist erst sechs Uhr. Sie darf ein Privatleben haben. Sie ist vernünftig und reif für ihr Alter, aber dass man aussieht wie siebzehn, ändert nichts daran, dass man erst fünfzehn ist. In dem Alter machen zwei Jahre einen großen Unterschied. Fünfzehn ist eher Britney als Barbie. Fünfzehn macht mir eine Höllenangst.

Ich rufe ihr Handy an. Sie nimmt nicht ab. Vielleicht ignoriert sie mich absichtlich, weil ich sie nicht allein nach London fahren lassen wollte.

In meiner Abwesenheit sind vier versiegelte Kartons angeliefert worden – Zeugenaussagen der ersten Ermittlung, eine Chronologie der Ereignisse und Mitschnitte von Telefongesprächen. Drury hat eine Notiz dazugelegt: »Hauen Sie rein.«

Ich nehme mir das erste Protokoll vor.

Es trägt das Datum von Montag, dem 1. September 2008. Sarah Hadley, Pipers Mutter, erklärte der Polizei, dass sie am Sonntag um kurz nach sieben aufgewacht sei und angenommen habe, Piper sei beim Reiten, weil sie nicht in ihrem Zimmer war. Um neun Uhr rief sie die Reitschule an, und Mrs. Clayton, eine der Lehrerinnen, erklärte ihr, dass Piper nicht gekommen sei. Pipers Handy war einkassiert worden, als sie wegen einer anderen Verfehlung Hausarrest bekommen hatte, sodass Mrs. Hadley ihre Tochter auch nicht anrufen konnte.

»Anfangs war ich wütend«, erzählte sie der Polizei. »Piper hat sich offensichtlich aus ihrem Zimmer geschlichen und war die ganze Nacht mit diesem McBain-Mädchen unterwegs, das sowieso ständig nur Ärger macht. Wir haben Piper verboten, auf die Kirmes zu gehen, aber sie hat sich darüber hinweggesetzt und ist trotzdem gegangen.

Bei Natasha McBain ist Piper mehr als empfindlich, wissen Sie. Ich zeig ja nicht gern mit dem Finger auf gewisse Leute, doch dieses Mädchen bringt nichts als Ärger. Das haben wir Piper auch versucht zu erklären, aber was kann man einem Teenager schon sagen? Sie hören nie zu.«

Ich studiere weiter die Aussagen und blicke zwischendurch immer wieder zu der Digitaluhr auf dem Nachttisch zwischen den Betten. Um Mitternacht ist Charlie immer noch nicht zurück. Wenn ich Julianne anrufe, wird sie in Panik geraten. Mir die Schuld geben. Ich versuche erneut, Charlie auf dem Handy zu erreichen, hinterlasse eine Nachricht, bemüht, nicht zu schrill zu klingen.

Wo ist diese Party? Charlie kennt niemanden in Oxford. Sie hätte diese neuen Freunde heute erst kennenlernen können, was auch nicht besonders beruhigend ist. Aber dann dämmert es mir. Wie dumm! Sie ist nicht in Oxford, sie ist in London.

Ich wappne mich innerlich, bevor ich Juliannes Nummer wähle. Sie ist sofort wach.

»Was ist los?«

»Hast du Jacobs Nummer?«

»Wieso?«

»Ich glaube, Charlie ist bei ihm.«

»Wann hast du sie zuletzt gesehen?«

»Heute Morgen.«

»Herrgott, Joe!«

Ich weiß, dass es viele Dinge gibt, die Julianne sagen möchte, doch dankenswerterweise hält sie sich zurück. Ich sehe sie vor mir, wie sie in ihrem knallroten Flanellpyjama den Flur hinunter zu Charlies Zimmer geht, auf Charlies Schreibtisch, an ihrer Pinnwand und ihrem Adressbuch nachsieht.

»Warum glaubst du, dass sie bei Jacob ist?«

»Sie hat gesagt, sie würde auf eine Party gehen und würde nicht spät zurückkommen.«

»Was für eine Party?«

»Das ist es ja. Ich glaube, sie ist stattdessen nach London gefahren.«

»Wo warst du denn?«

»Ich war heute sehr beschäftigt.« Es klingt wie eine lahme Ausrede.

»Ich finde keine Nummer«, sagt sie. »Vielleicht weiß es eine ihrer Freundinnen.«

»Nein. Warte. Schau in der letzten Telefonrechnung nach. Da sind Charlies Anrufe aufgelistet.«

Julianne geht in die Küche, wo sie die Rechnungen des Haushalts zusammen mit Scheckbüchern und unseren Pässen in einer Schublade aufbewahrt. Ich lausche ihrem Atem, der vorwurfsvoll klingt. Anklagend. Ich sollte das Problem mit dem unpassenden Freund doch regeln.

Julianne geht die Liste mit den gewählten Verbindungen durch. Eine kommt häufiger vor als jede andere, berichtet sie. Das muss Jacobs Nummer sein.

»Möchtest du, dass ich ihn anrufe?«, fragt sie.

»Nein, ich mach das«, sage ich und notiere die Nummer.

»Ruf mich zurück.«

»Sobald ich etwas weiß.«

Jetzt schläft sie bestimmt nicht mehr ein. Sie wird wach liegen und sich Sorgen machen.

Ich wähle die Nummer. Beim ersten Versuch lande ich auf Jacobs Mailbox. Ich versuche es erneut. Diesmal geht er dran, brüllend, um sich bei der wummernden Musik im Hintergrund verständlich zu machen. Er ist auf einer Party oder in einem Club.

»Ja.«

»Ich muss mit Charlie sprechen.«

»Was?«

»Hier ist Charlies Vater. Wo ist sie?«

Er zögert. »Welche Charlie?«

»Ich weiß, dass sie da ist, Jacob. Gib sie mir.«

Eine weitere Pause. Ich sehe ihn vor mir, schlank, scharfe Gesichtszüge, herunterhängende Hose und eine lederne Motorradjacke. Blut schießt mir in den Kopf, und ich spüre, wie meine Finger das Telefon bearbeiten.

»Ich weiß nicht, wovon Sie reden«, sagt er. Breit. Betrunken. High.

»Hören Sie zu, Jacob, bis jetzt habe ich keinen Grund, Sie zu hassen oder Ihnen wehtun zu wollen. Charlie ist fünfzehn. Sie sind erwachsen. Es gibt Gesetze.«

»Ich habe nichts Strafbares getan.«

»Wird in dem Laden dort Alkohol ausgeschenkt, Jacob? Trinkt Charlie Alkohol? Sie verführen eine Minderjährige. Es gibt Gesetze für den Umgang mit minderjährigen Mädchen.«

»Sie können mich mal!«

»Hat Charlie Ihnen von mir erzählt? Hat sie erwähnt, dass ich mit der Polizei zusammenarbeite? Sie orten das Handy. Sie können Ihre Position bis auf fünfzig Meter genau orten. Ich biete Ihnen die Gelegenheit, heil aus der Sache herauszukommen, Jacob. Lassen Sie mich mit Charlie sprechen.«

Er zögert, sagt, ich solle dranbleiben. Ich lausche den jaulenden Synthesizern und den wummernden Bassbeats. Ist das jetzt Dance oder Techno? Ich habe den Unterschied nie begriffen.

Charlie kommt ans Telefon.

»Hallo.«

»Ist alles in Ordnung?«

»Mir geht es gut.«

Ich schlucke den Kloß in meinem Hals herunter. »Wo bist du?«

»In London.«

»Wo in London?«

»In Camden.«

Sie fängt an zu erklären, Tränen fließen.

»Ich wollte längst zurück sein. Ich dachte, ich würde noch einen Zug erwischen, und du würdest es gar nicht merken.

Jacob wollte auf diese Party, und jetzt ist er zu breit ... der Akku von meinem Handy ist leer ... und der letzte Zug ist auch weg.« Ich sehe sie vor mir stehen, wie sie, die Füße leicht nach innen gedreht, den Pony aus ihren Augen streicht. Der Kloß in meinem Hals ist wieder da, ich bringe kaum ein Wort heraus.

»Es ist okay, Charlie.«

»Du bist wütend.«

»Nein.«

»Bitte sei nicht wütend.«

»Wir reden später darüber.«

»Das bedeutet, du bist *richtig* wütend.«

»Wie viel Geld hast du noch?«

»Elf Pfund.«

»Sag mir die Adresse von dieser Party?«

»Willst du die Polizei anrufen?«

»Jemand anderen.«

Vincent Ruiz nimmt nach dem zweiten Klingeln ab. Schlaflosigkeit hat seine dritte Frau ersetzt. Oder sein Schlaf hat den Dienst quittiert, als er bei der Metropolitan Police aufgehört und seine Marke abgegeben hat.

Ruiz ist ein Freund von mir, obwohl wir uns bei unserer ersten Begegnung vor acht Jahren zunächst nicht leiden konnten. Das ist eine der Synchronizitäten des Lebens: dass wir Menschen treffen, die zu kennen uns vorherbestimmt ist. So ist es mit Ruiz. Unser anfängliches Misstrauen verwandelte sich in Respekt, dann Bewunderung und schließlich ehrliche Zuneigung. Das Opfer kommt als Letztes. Ruiz würde eine Menge für mich aufgeben, vielleicht sogar sein Leben, doch er würde ein paar Leute mit sich nehmen, weil er nie kampflos kapituliert.

»Ich hoffe, es ist wichtig«, knurrt er ins Telefon.

»Hier ist Joe. Ich brauche deine Hilfe. Charlie hat ein Problem.«

Ich höre, wie er fluchend und jetzt hellwach die Beine aus dem Bett schwingt.

»Was ist?«

»Ich hab mir den Zeh gestoßen.«

Er sucht einen Stift. Ich nenne ihm die Adresse.

»Was soll ich machen?«

»Hol sie ab. Steck sie ins Bett. Ich bin dir wirklich dankbar. Ich nehme einen frühen Zug.«

»Bin schon unterwegs.«

Das mag ich an Ruiz. Er muss in solch einer Situation nicht über das Für und Wider debattieren. Er handelt aus dem Bauch heraus, und sein Instinkt lässt ihn selten im Stich. Andere Menschen müssen sich gut fühlen, meistens auf Kosten anderer, oder führen Buch über die Gefälligkeiten, die man ihnen schuldet. Ruiz nicht. Als Julianne und ich uns getrennt haben, hat er sich nicht auf eine Seite geschlagen oder irgendjemanden verurteilt. Er ist mit uns beiden befreundet geblieben.

Bevor er auflegt, sagt er noch: »Hey, Professor, wusstest du, dass sie gerade eine neue ›Scheidungs-Barbie‹ herausgebracht haben? Sie kommt in einer Box mit allen von Kens Sachen.«

»Hol meine Tochter.«

»Schon so gut wie erledigt.«

Julianne nimmt noch beim ersten Klingeln ab.

»Charlie geht es gut. Ruiz holt sie ab.«

»Wo war sie?«

»Bei Jacob.«

»Wo?«

»Er hat sie mit auf eine Party genommen und sich dann betrunken, anstatt sie nach Hause zu bringen. Sie ist ziemlich wütend.«

»Das sollte sie auch sein.«

»Tut mir leid. Ich hätte auf sie aufpassen sollen.«

Julianne antwortet nicht. Ich weiß, dass sie sauer ist. Ich sollte auf Charlie aufpassen – und habe mich als unfähig erwiesen. Nutzlos. Hilflos. Sinnlos. Ziellos.

Ich wünschte, sie würde mich anschreien. Stattdessen wünscht sie mir eine gute Nacht.

Ich liege wach, bis Ruiz anruft und sagt, dass Charlie in seinem Gästezimmer schläft. Es ist nach drei. Jetzt schlafe ich bestimmt nicht mehr ein. Also packe ich Charlies Sachen und gucke auf den Zugfahrplan. Ich werde den ersten Zug nach London nehmen und Charlie wieder nach Hause bringen. Auf der Fahrt werden wir uns eine Geschichte ausdenken und an den Details herumfeilen, bis wir etwas haben, das Julianne akzeptiert.

Ich vermisse das. Ich weiß, es klingt absurd, nachdem was heute Nacht passiert ist, aber ich vermisse das tägliche Drama der Ehe, die Verwicklungen des häuslichen Alltags. Wir leben seit drei Jahren getrennt, doch wenn irgendwas schiefläuft, ruft Julianne immer noch mich an. In einem Notfall bin ich nach wie vor der Mann, an den sie sich wendet, der wichtigste Mensch in ihrem Leben.

Das hat natürlich auch eine Kehrseite. Sie will, dass ich mich um die schlechten Sachen kümmere, nicht die guten.

Ich höre ihn nicht kommen.

Ich höre nicht, wie er die Möbel über der Falltür verrückt. Das ist seltsam, weil ich normalerweise einen leichten Schlaf habe.
Als ich aufwache, denke ich, es muss die Polizei sein. Tash hat Hilfe geholt. Sie haben mich gefunden. Aber dann höre ich seine Stimme, mein Herz gefriert, und die Kälte schießt bis in meine Finger.
Er ist schon auf der Leiter und steht über mir. Er packt mein Haar, zerrt mich aus dem Bett und schleudert mich gegen die Wand, sodass mein Kopf gegen die Backsteine prallt. Ohne mein Haar loszulassen, schlägt er meinen Kopf mit jeder Silbe gegen die Wand, als wollte er mir die Worte einhämmern.
»IHR ... HAL ... TET ... EUCH ... WOHL ... FÜR ... SCHEISS ... CLE ... VER!«
Ich breche auf dem Boden zusammen und versuche wegzukriechen, doch er packt mein Bein und schleift mich über den Beton. Ich spüre, wie die Haut an meinen Knien und Ellbogen abschürft. Sein Unterarm legt sich um meinen Hals. Er zieht mich an seine Brust und gräbt seine Faust in mein Haar.
»Es tut mir leid. Es tut mir leid.«
»Was tut dir leid?«
»Bitte tun Sie mir nicht weh.«
»Sag mir, was dir leidtut.«
»Ich weiß nicht.«
Er hält die Klinge seines Messers unter mein linkes Auge und bohrt die Spitze in die Haut.
»Erinnerst du dich daran, wie ich sie geschnitten habe? Willst du, dass dir das Gleiche passiert?«
Ich schüttele den Kopf.
»Wann wirst du es endlich lernen?«
»Bald. Bestimmt.«
»Ich versuche, dich zu retten«, beschwört er mich nun geradezu, während er seinen Arm enger um meinen Hals legt. »Ich versuche, dich vor dir selbst zu retten.«

Ich versuche zu nicken, doch ich kann meinen Kopf nicht bewegen.

»*Du stinkst!*«, *sagt er und stößt mich weg.* »*Wäschst du dich nie?*«

»*Es tut mir leid.*«

»*Das sagst du dauernd. Glaubst du, ich bin blöd?*«

»*Nein.*«

»*Du glaubst, du bist clever, weil du ihr bei der Flucht geholfen hast. Aber sie kommt nicht zurück. Sie ist tot. Du hast sie umgebracht. Es ist deine Schuld.*«

Ich glaube ihm nicht. Er lügt.

Ich liege auf dem Boden. Er tritt zu, bevor ich mich zusammenrollen kann. Ich schaffe es trotzdem noch, den Kopf mit meinen Händen zu schützen.

Ich höre, wie er sich bewegt, doch ich blicke nicht auf. Er lässt Wasser in den Metalleimer. Dann steht er über mir und gießt mir das Wasser langsam über Kopf, Arme und Beine. Die Kälte raubt mir den Atem. Er füllt den Eimer erneut. Ich rühre mich nicht.

Da kommt er wieder. Er tritt mich.

»*Auf den Rücken! Beine spreizen!*«

Ich drehe mich um. Er kippt mir das Wasser in den Schoß und wirft mir eine Bürste mit harten Borsten zu.

»*Wasch dich.*« *Ich verstehe nicht.*

Er tritt mich noch einmal. »*Ich habe gesagt, wasch dich.*« *Ich schrubbe mit der Bürste über meine Arme.*

»*Nicht da! Da!*«

Er zeigt mit dem Finger. Ich schiebe die Bürste zwischen meine Schenkel.

»*Schrubben!*« *Ich zögere.*

»*Entweder du machst es, oder ich mach es für dich. So ist gut. Fester! Fester!*«

Mein Blick ist tränenblind, und ich kann ihn kaum noch hören.

Als er zufrieden ist, nimmt er mir die Bürste ab. Dann packt er die verbliebenen Lebensmittel in eine Plastiktüte, meine letzte Dose Bohnen. Er steigt die Leiter hinauf und macht das Licht aus.

»*Wenn es dir wirklich leidtut, reden wir weiter. Und wenn du dann sehr nett zu mir bist, mache ich vielleicht das Licht wieder an.*«

Die Falltür wird geschlossen. Die Dunkelheit erwacht zum Leben, atmet, flüstert und seufzt in meine Ohren.

Auf allen vieren krieche ich zum Waschbecken. Das Erbrochene, das aus mir herausquillt, ist nur bitteres Wasser. Meine Kleidung ist klatschnass. Die Pritschen. Das Bettzeug. Ich habe noch Gas im Brenner.

Ich mache mir eine Tasse Tee und taste mich durch den Keller. Dann hocke ich über den Nachttopf gebeugt und will mich noch einmal übergeben. Vor der Dun-

kelheit habe ich keine Angst mehr. Früher war sie wie der Tod, jetzt ist sie eher wie ein Mutterleib.

Er hat mir erzählt, dass mich keiner wollte. Er hat mir erzählt, sie hätten aufgehört zu suchen, weil ich allen egal wäre. Er hat gesagt, Tash wäre tot. Ich werde seine Lügen nicht glauben.

Ich rüttele an der Leiter. »*Ich brauche eine trockene Decke*«, *rufe ich zu der Falltür hoch.*

Niemand kommt.

»*Ich brauche eine trockene Decke.*« *Nach wie vor nichts.*

»*Es tut mir leid.*«

17

Es ist noch früh, als ich bei Ruiz in Fulham eintreffe. Nebel hängt über der Themse und lässt die kahlen Bäume am anderen Ufer verschwimmen. Ruderer tauchen aus dem Schleier und gleiten mit choreographierten Zügen ins Blickfeld wie ein Ballett auf dem Wasser.

Ruiz öffnet mir in einem kurzen Bademantel die Tür. Er hat nackte Beine und trägt Ugg Boots.

Ich blicke auf seine Füße. »Du trägst tote Schafe.«

»Sehr gut beobachtet. Kein Wunder, dass du Psychologe bist. Ein Geschenk von Miranda. Sie sind so hässlich, dass ich sie ins Herz geschlossen habe.« Er wackelt mit den Zehen.

»Ich überlege, ob ich ihnen Namen geben soll: Lambchop und Shaun.«

Er breitet die Arme aus und drückt mich fest an sich. Es gibt nicht viele britische Männer, die einen richtig umarmen können, doch bei Ruiz erscheint es so leicht wie ein Händeschütteln. Ich folge ihm durch den Flur in die Küche.

»Möchtest du vielleicht eine Hose anziehen?«

»Nein.«

»Charlie?«

»Schläft noch.«

»Hat sie irgendwas gesagt?«

»Gegen drei Uhr früh hat sie sich ihr kleines Herz aus dem Leib gekotzt. Ich hab ihr ein Aspirin gegeben und sie wieder ins Bett gebracht.«

Ruiz füllt eine Teekanne und bedeckt sie mit einem handgestrickten Kannenwärmer. Er setzt sich mir gegenüber, schenkt Tee aus, Milch, Zucker. Auch in einem Bademantel kann er noch einschüchternd wirken, doch er hat eine sanfte Ruhe, die ich immer an ihm bewundert habe, eine stille Würde. Er gibt keinen ungefragten Rat. Seine beiden Kinder sind erwachsen. Eins ist verheiratet. Gute Ratschläge mögen beruhigend sein, hilfreich sind sie selten.

»Und wie geht es dir?«

»Gut.«

»Triffst du dich mit jemandem?«

»Nein.«

»Wie geht es Julianne?«

»Sie ist vernünftig und höflich. Ich wünschte, sie würde mal wütend werden.«

»Nicht jeder ist wie du.«

»Du glaubst, *ich* bin wütend?«

»Ich glaube, du kochst vor Wut. Ich glaube, wenn du morgens aufwachst und nicht griesgrämig bist, hältst du dir einen Spiegel vor den Mund, um zu sehen, ob du noch atmest.«

Ich beiße nicht auf den Köder an und versuche, das Thema zu wechseln. Ich will nicht über Julianne reden. Stattdessen fange ich an, ihm von Oxford und den Bingham Girls zu erzählen.

Er erinnert sich an den Fall. Das ist eine der bemerkenswerten Eigenschaften von Ruiz – sein Gedächtnis. Für ihn hat es so etwas wie eine vergessene Einzelheit nie gegeben. Bei ihm wird im Laufe der Zeit nichts vage und verschwommen oder franst an den Rändern aus. Manche Menschen denken fotografisch oder chronologisch, doch Ruiz verbindet Details, wie eine Spinne ihr Netz webt. Deswegen kann er sich zurücklehnen und hat spontan Details über fünf, zehn, fünfzehn Jahre alte Kriminalfälle parat.

»Natasha McBains Leiche wurde vor vier Tagen in einem zugefrorenen See gefunden.«

»Wie lange war sie schon dort?«

»Sechsunddreißig Stunden.«

Ruiz pfeift leise zwischen den Zähnen. »Sie hat also die ganze Zeit noch gelebt. Irgendeine Ahnung, wo?«

»Nein.«

»Wie bist du in die Geschichte verwickelt worden?«

»Sie wollen, dass ich die damalige Ermittlung noch mal durchsehe.«

»Und du hast Nein gesagt.«

»Richtig.«

»Aber du machst es trotzdem?«

»Ja.«

»Warum du?«

»Ich bin ein Außenstehender.«

»Was normalerweise gegen dich sprechen würde.«

»Der Chief Constable ist besorgt wegen des möglichen öffentlichen Echos. Er will Vorwürfen einer Vertuschung vorbeugen. Es ist keine Hexenjagd.«

»Noch nicht«, sagt Ruiz, leert einen halben Becher Tee und gießt sich nach. »Ich erinnere mich, dass man den Hausmeister der Schule verdächtigt und sich auch Natashas alten Herrn genau angesehen hat. Isaac McBain hat fünf Jahre wegen bewaffneten Raubüberfalls gesessen. Er hatte sich mit ein paar Möchtegerngangstern eingelassen, den Connolly-Brüdern, die ein Lohnbüro überfallen haben. Als die Sache schieflief, hat McBain einen Deal ausgehandelt und die Connolly-Brüder gegen Straferlass verpfiffen. Nach dem Verschwinden der Mädchen dachte die Polizei, die Brüder könnten als Vergeltung die Entführung organisiert haben.«

»Und?«

»Sie wurden vernommen und haben alles geleugnet. Danach ging der Entführungstheorie der Dampf aus.«

»Was ist passiert?«

»Es gab ein drittes Mädchen«, sagt er. »Emily Martinez.«

»Die beste Freundin.«

»Sie hat der Polizei erzählt, dass Natasha und Piper vorhatten abzuhauen. Ich schätze, jeder hat erwartet, die Mädchen tauchen wieder auf, sobald ihnen das Geld ausgeht oder sie sich zerstreiten, aber das ist nie geschehen.«

»Und die Ermittlung?«

»Die Hadley-Familie hielt den Druck aufrecht. Du hast die Mutter bestimmt mal im Fernsehen gesehen. Sie kann an keiner Kamera vorbeigehen, ohne eine Rede zu halten. Eine gut aussehende Frau, wenn man auf durchtrainierte FitnessstudioTussis steht.«

»Nicht dein Typ?«

»Ich mag Frauen, bei denen man was zum Festhalten hat.«

»Griffe?«

»Kurven.«

Ruiz packt die Tischkante und stößt sich ab. Er schiebt zwei Scheiben Brot in den Toaster.

»Der Chief Constable sagt, er kennt dich«, erzähle ich ihm.

»Thomas Fryer.«

»Ah ja, Fryer. Dem hab ich auf dem Rugby-Feld mal eine verpasst. Er ist wieder aufgestanden, das muss man ihm lassen.«

»Er sagt, wenn ich Hilfe brauche, setzt er dich als Consultant auf die Gehaltsliste.«

»Er glaubt, ich bin käuflich.«

»Ich könnte deine Hilfe wirklich gut brauchen.«

»Die Spur ist seit drei Jahren kalt.«

»Betrachte es als Herausforderung.«

Er öffnet den Mund. Es könnte eine Grimasse sein oder ein Lächeln. Ich kann den Unterschied nicht erkennen. Der Ruhestand ist Ruiz nie leichtgefallen. Er ist wie ein altes Rennpferd auf der Weide: Wenn die anderen Pferde rennen, will er mitlaufen.

Hinter ihm taucht Charlie im Türrahmen auf, leichenblass und mit schweren Lidern. Sie trägt eins von Ruiz' alten Hemden.

»Wenn du kotzen musst, bitte nicht auf meinen Fußboden, Prinzessin«, sagt er.

Sie wirft ihm einen mürrischen Blick zu, lässt sich auf einen Stuhl am Tisch fallen und stützt den Kopf in die Hände.

»Wie geht es dir?«, frage ich.

»Beschissen.«

Ruiz reißt auf der Suche nach einem Glas Marmelade Schranktüren auf. Sein Bademantel ist zu kurz. Charlie sieht kurz seinen nackten Hintern.

»Jetzt wird mir *wirklich* schlecht.«

»Sei nicht so frech«, sagt Ruiz und zieht den Bademantel tiefer.

Charlie blinzelt mich an und seufzt. »Okay, bringen wir es hinter uns: die Predigt. Komm, los: ›Hab ich es dir nicht gesagt‹ und ›Was hast du dir dabei gedacht?‹ und ›Du hast Hausarrest bis du achtzehn bist.‹«

»Achtundzwanzig«, sagt Ruiz, sichtlich amüsiert. Charlie wirft ihm einen Blick zu.

»Aber nicht die Schweigebehandlung. Mum macht das. Sie sieht mich mit ihren großen traurigen Augen an, als hätte ich gerade einen Wurf junger Kätzchen in einem Sack ertränkt.«

»Was soll ich denn sagen?«

»Nichts. Ich hab Mist gebaut, okay? Ich hab gelogen. Ich hab gegen die Spielregeln verstoßen. Ich hab nicht gehört ...«

»Und?«

»Ich trinke nie wieder Alkohol.«

Ruiz gießt ihr ein Glas Orangensaft ein. Charlie nippt daran und bekommt Schluckauf. »Und außerdem ist es nicht nur meine Schuld. Wenn du nicht so stur gewesen wärst und mir manchmal auch was erlaubt hättest.«

»Du bist fünfzehn.«

»Fast sechzehn.«

»Zu jung, um dich allein in London herumzutreiben.«

»Willst du mich einsperren wie eine Prinzessin in einem Turm?«

»Wann habe ich dich je eingesperrt?«

»Bildlich gesprochen.«

Ruiz lacht. »Bildlich siehst du nicht gerade prinzessinnenhaft aus. Es sei denn, du meinst Prinzessin Fiona – jedenfalls habt ihr dieselbe grüne Gesichtsfarbe.«

»Leck mich.«

»Gesprochen wie eine wahre Prinzessin.«

Ich ermahne sie, auf ihre Wortwahl achten. Charlie schmollt kurz, dann steht sie auf und schlingt die Arme um Ruiz' Hüfte.

»Danke.«

»Wofür?«, fragt er.

»Dass du mich abgeholt hast.« Sie wendet sich mir zu. »Es tut mir leid, was passiert ist.«

»Ich weiß.«

»Was meinst du, wie lange es dauert, bis ich meine Lektion gelernt habe?«

»Bis irgendwann kurz vor dem nächsten Jahrzehnt.«

Am späten Vormittag fahre ich sie zurück nach Wellow. Die meiste Zeit schläft sie, den Kopf an die Rückenlehne gelehnt. Hin und wieder schaue ich zu ihr rüber und betrachte ihr Gesicht. Ihre Nase hat einen Hubbel auf dem Rücken und eine Handvoll Sommersprossen.

Ich beobachte, wie sie die Stirn runzelt und den Mund leicht öffnet, und frage mich, wie viel von ihrem heutigen Verhalten die Folge dessen ist, was sie erlitten hat – die Entführung und Gefangenschaft. Gideon Tyler hat ihr einen Teil ihrer Kindheit gestohlen, als er sie von ihrem Fahrrad gestoßen und in seinen Wagen gezerrt hat.

Eine Psyche lässt sich nicht so leicht verarzten wie eine körperliche Wunde. Trotz all meiner Ausbildung und Erfahrung repariere ich keine beschädigten Seelen. Im günstigsten Fall kann ich den Menschen helfen, sich selbst zu helfen.

Kurz vor Bath machen wir eine Rast und essen zu Mittag. In dem Pub gibt es einen offenen Kamin, unechte Holzbalken und verrauchte gelbe Wände, die mit Messinggeschirr und Fuchsjagd-Drucken geschmückt sind. Der Wirt ist ein großer träger Mann, der ein Pint-Glas poliert und stirnrunzelnd ins Leere starrt, als versuche er, sich an etwas Wichtiges zu erinnern.

Unser Essen kommt – Cottage Pie und Ploughman's Lunch.

Charlie nippt an ihrer Limo.

»Wirst du je wieder heiraten?«, fragt sie aus heiterem Himmel.

»Ich bin schon verheiratet.«

»Sie nimmt dich nicht zurück, Dad.«

»Ich habe keine Freundin.«

»Aber du könntest eine haben ... wenn du wolltest. Diese Frau mag dich.«
»Welche Frau?«
»Die, mit der du Mittag essen warst. Sie hat mit dir geflirtet.«
»Hat sie nicht.«
»Natürlich hat sie das. Frauen wissen so was.«
»Du meinst, *du*?«
»Ja, Dad, ich bin eine Frau, und ich konnte es sehen.« Sie schiebt sich Pommes in den Mund. »Wenn du wieder heiratest, werde ich aber keine Brautjungfer.«
»Wieso nicht?«
»Weil ich nicht irgendein ödes kürbisfarbenes Kleid tragen will, in dem ich aussehe wie ein Lampenschirm.«
»Verstanden.«

Das Haus liegt am Ende einer schmalen Straße, die zu einer Brücke über den Wellow River führt. Es ist kaum eine richtige Brücke und auch kaum ein richtiger Fluss. Julianne wartet vor der Tür. Sie hat das Haar hochgesteckt und trägt alte Jeans und Pullover, sieht aber trotzdem aus, als könnte sie in einer Fernsehwerbung für Vitamintabletten oder Shampoo auftreten.

Charlie lässt sich von ihr umarmen und dreht sich, hinter einem Schleier aus Haaren blinzelnd, zu mir um. In ihrem Blick liegt das Wissen um ein geteiltes Geheimnis.

Sie löst sich von Julianne, verschwindet im Haus und geht die Treppe hinauf in ihr Zimmer. Julianne sieht ihr nach. Erleichtert. Besorgt.

Ich erwarte, dass sie wütend ist und mir die Tür vor der Nase zuschlägt, doch stattdessen breitet sie die Arme aus und drückt mich.

»Sie hat Mist gebaut.«
»Ja.«
»Was sollen wir jetzt tun?«
»Nichts. Sie hat einen Fehler gemacht. Wie wir alle mal. Entscheidend ist, dass sie nicht aufgibt. Wir wollen, dass sie morgen früh aufwacht und bereit ist, das Leben zu umarmen.«
»Bei dir hört sich das so leicht an.«
»Es ist nicht leicht.«
Julianne bietet mir eine Tasse Tee an. Normalerweise würde ich jede Chance, zwanzig Minuten in ihrer Gesellschaft und in der vertrauten Umgebung meines alten Zuhauses zu verbringen, ohne Zögern ergreifen.
»Ich muss zurück.«

»Nach London?«

»Nach Oxford.«

Ich darf ihr nicht von Natasha McBain erzählen. Sie wird es früh genug erfahren. Dann wird sie zwei und zwei zusammenzählen, begreifen, dass ich wieder für die Polizei arbeite, und mich auf diese Art ansehen, wie sie mich immer ansieht, so als würde mein persönlicher Stern ein bisschen weniger hell leuchten als zuvor.

Sie küsst mich auf die linke Wange, und auf dem Weg zur rechten streifen ihre Lippen meine.

»Danke, dass du sie nach Hause gebracht hast.«

In diesem Moment stößt Charlie im ersten Stock ihr Fenster auf.

»Im Fernsehen ist eine Geschichte über diesen Typen.«

»Welcher Typ?«

»Der, mit dem du in Oxford geredet hast – Augie Shaw.«

»Was ist mit ihm?«

»Er hat versucht, sich zu erhängen.«

Ich habe dieses Zählspiel.

Ich fange bei hundert an rückwärtszuzählen und sage mir, dass Tash zurückkommt, bevor ich bei null bin. Wenn ich fertig bin, fange ich wieder von vorn an. Wenn ich die einstelligen Zahlen erreiche, werde ich jedes Mal langsamer und lausche auf Schritte oder Stimmen.

Es ist nur der Wind.

Sie kommt nicht zurück.

Am frühen Morgen ist es dunkel, drinnen und draußen. So dunkel, dass die Bäume aussehen wie eine Riesenwelle, die auf mich zuschwappt.

Als die Sonne blass und kalt aufgeht, stehe ich auf der Bank und gucke in den heller werdenden Himmel. Ein Zug fährt vorbei. Ohne könnte ich genauso gut auf einem anderen Planeten sein. Ich könnte tot sein. Ich könnte der letzte Mensch auf der Erde sein.

Ich habe kein Papier mehr, das ich beschreiben kann. Ich habe die letzte Seite aufgebraucht. Als George mich abgespritzt hat, lag das Notizbuch unter meinem Kopfkissen. Die Seiten sind nass geworden und rollen sich jetzt beim Trocknen auf. Mein Bleistift ist nur noch ein Stummel, deshalb ist das mit dem Papier eigentlich auch egal. Von jetzt an muss ich im Kopf schreiben. Listen erstellen. Meine Gedanken ordnen. Ablegen und vergessen.

Die Leute sagen immer, meine Generation hätte keine Fantasie und eine kurze Aufmerksamkeitsspanne. Außerdem sind wir Xtra-large und faul und haben keine anständige Musik. Das ist die Kritik der Baby-Boomer-Generation, die ständig Geschichten aus den 1960ern erzählen – von wegen Sex, Drugs and Rock'n'Roll –, doch sie haben ihre Protestplakate gegen Immobilien und Pensionsfonds eingetauscht. Meine Eltern sind so: kleine Leute mit einem kleinen Leben.

Als ich das Finale der englischen Hallenjugendmeisterschaft erreichte und zu einem Rennen in Birmingham musste, ist meine Mutter nicht mitgekommen, um zuzusehen. Sie sagte, Laufen wäre nicht besonders ladylike, und deutete an, dass ich ein mutiertes Gen haben müsse, das nicht von ihrer Seite der Familie stammen könnte. Oder sie scherzte, sie müsse mal in den Adoptionsunterlagen nachsehen oder sie hätte wohl mit Seb Coe statt mit meinem Vater gevögelt.

So hat sie Dad ständig runtergemacht. »Wegen deines Aussehens habe ich dich bestimmt nicht geheiratet«, sagte sie immer, »aber was ist mit der Intelligenz, die du mit in die Familie bringen solltest?«

Nachdem ich bei den Landesmeisterschaften in meiner Altersgruppe Zweite geworden war, schenkten meine Eltern mir ein neues Raleigh-Fahrrad. Vom Laufen hatte ich die Nase inzwischen voll, aber mein neues Fahrrad mochte ich. Ich fuhr überallhin, Kilometer auf Kilometer.

In dem Monat ist meine Oma gestorben. Als ich es erfuhr, fuhr ich mit dem Fahrrad zum Bahnhof von Abingdon und wartete, bis ein Schnellzug vorbeidonnerte, damit ich darüber fluchen und schreien konnte, wie verkehrt die Welt war, mir meine Oma zu nehmen. Das will ich jetzt auch tun. Ich will so laut schreien, wie ich kann, aber diesmal will ich, dass die Welt mich hört.

18

Homöopathen sagen, dass Wasser eine Erinnerung speichern kann, warum dann nicht auch Wände? Man kann sie abschrubben, mit Graffiti beschmieren, anstreichen und verputzen, doch irgendwo unter diesen Schichten bleibt etwas Vergangenes zurück.

Der Schließer, der vorausgeht, hat hellblondes Haar mit einem Seitenscheitel wie ein Grundschüler. Hin und wieder sieht er sich um, um sich zu vergewissern, dass ich ihm noch folge.

»Einer meiner Kollegen hat ihn gefunden«, sagt er, als wir vor einer Zelle stehen bleiben. »Er hat die Sichtluke geöffnet, ihn da hängen sehen und Alarm geschlagen.«

Die Zellentür wird geöffnet. Man erwartet, dass ich mir den Ort des Geschehens ansehe. Der Wärter redet immer noch.

»Mein Kollege hat den Arm um die Hüfte des Gefangenen gelegt, um ihn zu stützen, bis ihn jemand abschneiden konnte.«

Der Wärter weist auf die gegenüberliegende Wand. »Der Gürtel war um dieses Heizungsrohr geschlungen. Er muss sich auf die Bank gestellt haben.«

Der Raum hat keine Fenster, nackte Wände und einen Betonboden.

»Er wurde ins Radcliffe gebracht, bewusstlos, aber er hat noch geatmet. Möglicherweise hat er Hirnschäden erlitten. Sauerstoffmangel. Ich habe gehört, wie das einer der Notärzte gesagt hat.«

Der Wärter starrt auf etwas jenseits der Mauern. »Es wird eine umfassende Untersuchung geben. Keine Gürtel, keine Schnürsenkel. Das ist die Regel. Irgendjemand hat Mist gebaut.« Ich muss raus an die frische Luft. Erst als ich den Parkplatz erreiche, merke ich, dass ich die Luft angehalten habe. Ruiz wartet auf mich. Er trägt einen schweren Wollmantel, der aussieht, als hätte er beide Weltkriege überlebt. Zwischen seinen Zähnen klappert ein Bonbon.

»Du hast hergefunden«, sage ich.

»Ich habe das Polizeihandwerk gelernt.«

Er hat ein neues Auto. Früher fuhr er einen alten Mercedes, sein ganzer Stolz, doch der hat die Kollision mit einer Motelmauer nicht überstanden. Jetzt hat er einen dunkelgrün lackierten, kastenartigen Range Rover.

»Sieht aus wie ein Panzer.«

»Genau.«

Gemeinsam fahren wir zum Krankenhaus. Sinatra singt aus voller Kehle über die Anlage: »That Old Black Magic«. Ruiz' Musikgeschmack ist eigentlich nie über die 50er Jahre hinausgekommen. Ich habe ihn mal nach den Sixties gefragt, und er meinte, er wäre zu beschäftigt gewesen, Hippies zu verhaften, um auf dem Peace Train mitzufahren.

»Dann hast du die freie Liebe verpasst.«

»Oh, die ist nie frei, Professor. Nie.«

Vor dem Haupteingang stehen Polizeiwagen, und auf der Intensivstation ist ein uniformierter Beamter postiert. Gut aussehend. Die Schwestern lächeln ihm im Vorbeigehen zu.

Augie Shaw liegt halbnackt mit Handschellen an das Bett gefesselt. Die Äderchen in seinen Pupillen sind geplatzt. An seinem Bett sitzt eine Frau, vorgebeugt, den Kopf auf die Matratze gelegt, die Augen geschlossen. Seine Mutter, die noch kleiner wirkt als vorher, so als würde sie langsam verschwinden.

DCI Drury spricht mit einem der Ärzte. Wir warten.

»Ich hasse Krankenhäuser«, sagt Ruiz und erwartet, dass ich frage, warum. Ich tue ihm den Gefallen. »Warum?«

»Weil dort gesunde Menschen sterben.«

»Ich fürchte, ich kann dir nicht folgen.«

»Kranke werden im Krankenhaus gesünder. Gesunde sterben. Denk mal darüber nach. Das liest man doch ständig in den Zeitungen: Die Leute gehen für eine kleinere Operation ins Krankenhaus und sterben wegen blöder Fehler überarbeiteter Krankenschwestern und erschöpfter Assistenzärzte. Man hört nie davon, dass wirklich schwerkranke Menschen sterben.«

»Das liegt daran, dass sie wirklich krank sind.«

»Genau.«

Ich mache mir nicht die Mühe, ihn auf den Fehler in seiner Logik hinzuweisen.

»Man sollte mich zum Gesundheitsminister ernennen«, fügt er hinzu. »Ich könnte das Problem mit den Wartelisten sofort lösen.«

»Wie das?«

»Ich würde die Leute am Eingang der Notaufnahme fragen, wie sie sich verletzt haben. Lebensmittelvergiftung, Hundebisse und gebrochene Arme müssen eine Viertelstunde warten. Aber wenn sie mit selbst zugefügten Schnittwunden und Staubsaugerdüsen im Arsch auftauchen, dauert es sechs Stunden.«

»Bist du sicher, dass du nicht die *Daily Mail* liest?«

»Ich bin streng, aber gerecht. Es gibt zu viele Idioten, die unser Gesundheitsbudget aufbrauchen.«

Drury hat sein Gespräch beendet. Er breitet die Hände aus wie ein Mafiapate. »Wo sind Sie gewesen?«

»Ich musste meine Tochter nach Hause bringen.«

»Sagen Sie nächstes Mal Grievous Bescheid. Er ist rumgelaufen wie ein verirrtes Hündchen.«

Ich stelle ihm Ruiz vor, und die beiden mustern sich mit einem Händedruck. Drury wirkt heute weniger aggressiv. Vielleicht ist er noch nicht seinem üblichen Quantum an Idioten begegnet.

»Wenn Piper Hadley nicht wäre, würde ich mir wünschen, der Junge wäre tot«, sagt Drury. Er redet von Augie Shaw. »Ein Zeichen für Schuld, ein Selbstmordversuch.«

»Oder für Verzweiflung«, sage ich.

Der DCI wirft eine Münze in den Automaten und trifft seine Wahl. Eine Flasche Wasser fällt in die Ablage. Er öffnet den Verschluss, trinkt geräuschvoll und wischt sich den Mund mit dem Handrücken ab.

Er sieht mich an. »Glauben Sie immer noch, dass Augie Shaw Natasha McBain und Piper Hadley nicht entführt haben kann?«

»Er hat weder den Intellekt noch die Erfahrung.«

»Vielleicht haben Sie recht, Professor, aber während Sie glückliche Familie gespielt haben, haben wir die registrierten Sexualstraftäter in der Gegend überprüft und unseren Selbstmordkandidaten da drinnen gründlich durchleuchtet. Dabei ist ein sehr interessanter Name aufgetaucht – sein alter Herr Wesley Shaw wurde wegen der Vergewaltigung von Kindern in acht Fällen angeklagt, konnte die Anklage jedoch auf einen Versuch widerrechtlicher Penetration einer Minderjährigen herunterhandeln. Und wissen Sie, wo er an dem Abend war, als die Bingham Girls verschwunden sind? Er hat für einen Schausteller auf der Kirmes gearbeitet.«

»Wo ist er jetzt?«

»Er ist vor achtzehn Monaten gestorben. Ist bei Rot über die Straße gelaufen und in der Stoughton Street von einem Bus überfahren worden.«

Drury wirft die leere Plastikflasche in den nächsten Papierkorb.

»Wesley George Shaw. Er hatte noch ein paar andere Namen: WG Buford, David William Burford, George Westman. Geboren 1960 als Sohn eines Flugzeugmechanikers bei der RAF Abingdon. Erste Festnahme mit vierundzwanzig wegen versuchter Vergewaltigung. Die zweite wegen des Versuches, eine minderjährige Prostituierte auf dem Straßenstrich aufzugabeln. Sehen

Sie, worauf ich hinauswill, Professor? Wesley Shaws Name ist auch in der ersten Ermittlung schon aufgetaucht, doch seine Frau gab ihm ein Alibi. Sie hat für ihn gelogen.«

»Hat sie Ihnen das gesagt?«

»Sie hat es soeben bestätigt.«

»Aber Wesley Shaw ist tot.«

»Er hat noch gelebt, als die Mädchen verschwunden sind. Er hätte sie entführen und das Ganze organisieren können. Augie hat sie bloß geerbt. Wie der Vater, so der Sohn.«

Am Ende des Flures geht eine Tür auf, und Victoria Naparstek erscheint. Groß, blass, entschlossen, das Gesicht vor Wut rot angelaufen. Sie marschiert auf Drury zu und bleibt erst wenige Zentimeter vor ihm stehen.

»Ich habe dich gewarnt.«

Er hebt die Hände, doch Victoria schlägt sie weg.

»Ich hab dir gesagt, was passieren würde.«

»Lass uns das irgendwo anders besprechen. Beruhige dich erst mal.«

»Sag mir nicht, dass ich mich beruhigen soll.«

Er geht sanfter mit ihr um, als ich erwartet habe. »Jemand hat Mist gebaut. Es tut mir leid.«

»Hast du das seiner Mutter gesagt? Nein. Das könnte ja einen Prozess nach sich ziehen. Schadensersatzforderungen. Stattdessen schließt ihr die Reihen. Sprecht euch ab, um eure Geschichten abzustimmen.«

»Dies ist weder die Zeit noch der Ort.«

Er redet flüsternd auf sie ein, versucht, sie wegzuführen, fasst ihren Arm, redet mit ihr, als ob sie alte Freunde wären. Sie erschaudert bei seiner Berührung, enttäuscht ihn.

»Tu nicht so gönnerhaft«, sagt sie. »Behandele mich niemals so.«

Dann lässt sie ihn stehen und stürmt den Flur hinunter. Der Polizeibeamte, der das Zimmer bewacht, verfolgt ihren Abmarsch, sein Blick klebt an ihrem Hintern.

»Was glotzen Sie so, Constable?«, bellt Drury ihn an. »Augen geradeaus.«

19

Die St. Catherine's School liegt zwischen Bäumen und ramponierten Sportplätzen am nördlichen Rand von Abingdon, gut eineinhalb Kilometer von der alten Luftwaffenbasis entfernt, die in den Neunzigern stillgelegt wurde.

Eine einsame Schülerin sitzt schmollend im Sekretariat. Sie lässt ihre Beine unter einem Plastikstuhl baumeln und wartet offensichtlich auf ihre Bestrafung wegen irgendeines Vergehens. Sie trägt einen grauen Rock, eine weiße Bluse und einen dunkelblauen V-Pullover. Als wir mit einem kalten Luftzug eintreten, hebt sie kurz den Blick und senkt ihn wieder.

Hinter einer Glasschiebetür sitzt eine Schulsekretärin. Grievous präsentiert seinen Dienstausweis und fragt nach der Direktorin. Die Sekretärin verwählt sich zwei Mal. Sie hat plötzlich zwei linke Hände. Vielleicht nagt ein unbezahltes Strafticket wegen Falschparkens an ihrem Gewissen.

Die Direktorin, Mrs. Jacobson, ist eine große Frau in einem beigefarbenen Kleid. Ihr gefärbtes Haar ist nach hinten gekämmt und mit einem Kamm festgesteckt. »Kommen Sie, kommen Sie«, sagt sie und geleitet uns wie Vorschulkinder in ihr Büro. Ihre Absätze klappern hallend über den Parkettboden.

»Es geht um Piper und Natasha, nicht wahr? Gibt es Neuigkeiten?«

»Es hat in dem Fall einige Entwicklungen gegeben«, sagt der junge Detective. »Die Details sind aus Ermittlungsgründen vertraulich.«

»Selbstverständlich, ich verstehe. Setzen Sie sich. Kaffee? Tee? Bedienen Sie sich mit Gebäck. Eine wirklich schreckliche Geschichte – unsere Mädchen haben so lange gebraucht, um darüber hinwegzukommen. Einige brauchten therapeutische Hilfe, aber wir hier in St. Catherine's sind eine sehr stoische Truppe.«

Ein freier Stuhl für Ruiz wird gefunden, der seit unserer Ankunft kein Wort gesagt hat. Grievous nimmt einen Schokoladenkeks, der beim Hineinbeißen zerbröselt. Er gibt ein leises Stöhnen von sich und versucht, die fallenden Krümel aufzufangen. Mrs. Jacobson geht zu einem Beistelltisch und kehrt mit einem Teller und einer Papierserviette zurück, die sie ihm mit einem stummen Tadel anreicht, bevor sie wieder hinter ihrem Schreibtisch Platz nimmt.

»Piper, ein so wunderbares Mädchen, ich kann mir nicht vorstellen, warum sie weggelaufen sein sollte. Ihr Vater ist ein so großzügiger Mensch. Und ihre Mutter ist so hübsch und charmant.«

»Nicht so wie die McBains?«, fragt Ruiz.

Die Direktorin zuckt zusammen. »Verzeihung?«

»Natashas Vater hat fünf Jahre wegen bewaffneten Raubüberfalls gesessen. Das wissen Sie doch bestimmt.«

»Wir diskriminieren in St. Catherine's niemanden.«

»Wir auch nicht«, sagt Ruiz.

Die beiden wechseln einen Blick ohne jede Freundlichkeit.

»Wir hatten gehofft, mit einigen der Lehrer sprechen zu können, die Piper und Natasha unterrichtet haben«, sage ich. »Und ihre Schülerakten einzusehen.«

»Ich fürchte, die Akten sind vertraulich, doch die meisten Lehrerinnen sind immer noch bei uns. Wir haben keine große Fluktuation.«

»Was ist mit Hausmeistern?«, fragt Ruiz.

Die Direktorin zögert. »Falls Sie Mr. Stokes meinen, der arbeitet nicht mehr in St. Catherine's.«

»Er wurde gefeuert.«

»Ja.«

»Warum?«

»Ich weiß nicht, inwiefern das relevant sein sollte.«

»Er hat unschickliche Fotos von den Mädchen gemacht.«

»Ein bedauerlicher Zwischenfall. Wir hatten alle nötigen Überprüfungen durchgeführt.«

»Wo ist Mr. Stokes jetzt?«

Sie starrt Ruiz eisig an. »Wir haben keinen Kontakt mehr.«

Beide halten den Blick einen Moment, bevor Mrs. Jacobson auf ihre kleine goldene Armbanduhr blickt. »Es ist Mittagszeit. Sie werden die meisten Lehrer im Lehrerzimmer antreffen.«

Die Schülerin im Wartezimmer wird angewiesen, uns den Weg zu zeigen. Sie heißt Monica, geht leicht über den großen Onkel und lässt die Schultern hängen. Wir steigen eine Treppe hinauf und folgen einem Flur, entlang an Klassenzimmern und Physiksälen.

Ich gehe neben Ruiz. Er humpelt heute stärker, das Erbe einer alten Schussverletzung. Er ist zu stolz, einen Stock zu benutzen. Zu eitel.

»Warum hast du sie so angeknurrt?«

»Sie hat mich an meine alte Physiklehrerin erinnert.«

»Das ist alles?«

»Du kanntest meine Physiklehrerin nicht.«

Monica klopft an die Tür des Lehrerzimmers und fragt nach Miss McCrudden. Die Englischlehrerin ist Mitte dreißig und trägt eine dunkle Hose und eine Bluse mit einem Kaffeefleck. Ihre Finger sind mit blauen Filzstiftspuren übersät.

Die meisten Tische sind von Lehrergrüppchen besetzt, die Sandwiches oder aufgewärmte Suppe essen. Wir setzen uns in eine Ecke.

Miss McCrudden sieht mich nervös an.

»Dies ist keine offizielle Befragung. Niemand schreibt mit. Ich bin Psychologe und arbeite mit der Polizei zusammen. Ich versuche, so viel wie möglich über Piper und Natasha zu erfahren.«

Sie macht ein glucksendes kehliges Geräusch. »Reizende Mädchen.«

»Wie meinen Sie das?«

»Verzeihung?«

»Sie haben automatisch geantwortet, dass sie reizende Mädchen waren.«

»Das waren sie auch.«

»In welcher Beziehung reizend?«

»Sie waren sehr freundlich.«

»Hatten sie viele Freunde?« Sie zögert. »Einige.«

»Aber nicht viele?«

»*Wollen* Sie mir unbedingt widersprechen?«

»Ich will die Wahrheit herausbekommen.«

Die Lehrerin sieht mich vorwurfsvoll an. »Heißt das, Sie halten mich für eine Lügnerin?«

»Ja. Verstehen Sie, Miss McCrudden ...«

»Nennen Sie mich Kirsty.«

»Also, Kirsty, nach allem, was ich gehört habe, war Natasha ziemlich wild und ungestüm. Hatte ständig Ärger.«

»Sie war temperamentvoll.«

»Sie tun es schon wieder – Ausreden suchen. Entschuldigungen. Die Kanten glätten, die Wahrheit weichzeichnen.«

Sie wirft mir einen harten Blick zu und setzt neu an. »Natasha konnte schwierig sein. Schwer zu kontrollieren.«

»Inwiefern?«

»Sie respektierte keine Autorität. Ich glaube nicht, dass St. Catherine's der richtige Ort für sie war.«

Ich warte auf mehr. Sie seufzt. »Ich sollte mich eigentlich bedeckt halten –

ich war als Schülerin ein absoluter Albtraum. Nicht so schlimm wie Natasha wohlgemerkt, aber meine Eltern wurden ständig in die Schule zitiert.

Manche Mädchen ersticken an einem Ort wie diesem – die Disziplin und Routine. Wir sprechen hier viel von Hilfe und Unter-die Arme-Greifen, aber mal ehrlich: Was wir wollen, sind Schülerinnen, die uns gut dastehen lassen, die keine Probleme bereiten, in Prüfungen gute Ergebnisse erzielen …«

»Da hat Natasha nicht reingepasst.«

»Sie war eine brillante Schülerin. Sehr begabt. Der Typ, der Preise und Stipendien gewinnt, ohne sich wirklich ernsthaft anzustrengen.« Die Lehrerin senkt die Stimme. »Aber sie war auch rastlos, zerstreut, häufig ausfällig. Wenn sie die Lehrer nicht terrorisiert hat, hat sie mit ihnen geflirtet – mit Männern wie Frauen.«

»Hat sie auch mit Ihnen geflirtet.«

Kirsty lächelt wissend. »Natasha hat es genossen zu provozieren, doch es gibt einen Unterschied zwischen körperlicher und emotionaler Reife. Sie hat viele falsche Entscheidungen getroffen.«

»Und was ist mit Piper?«

»Sie war ganz anders. Eine geborene Geschichtenerzählerin. Im kreativen Schreiben war sie eine der besten Schülerinnen, die ich je hatte. Sie hat in den Tag geträumt. Ich habe sie oft ertappt, wie sie ins Leere gestarrt oder den Boden betrachtet hat, als wäre er ein unüberwindbarer Fluss. Und sie hatte so eine Art, die Dinge zu berühren, leicht mit den Fingerspitzen anzutippen, als würde sie ein geheimes Spiel spielen.«

»Und schulisch?«

»Sie hat sich schwergetan.«

»Ist sie der Typ Mädchen, das weglaufen würde?«

Kirsty antwortet nicht sofort. Sie guckt aus dem Fenster und beobachtet die Mädchen auf dem Schulhof.

»Natasha war eines jener raren Geschöpfe, denen es wirklich egal ist, was die Leute denken. Ob man ihr Komplimente machte oder sie kritisierte, ihre Reaktion blieb unverändert. Piper war gehemmter. Ich glaube, die Freundschaft hatte auch viel von Heldenverehrung.«

»Wie hat Natasha darauf reagiert?«

»Sie liebte es, bewundert zu werden. Piper war so etwas wie ihre ergebene Anhängerin.«

»Und warum hatten die beiden nicht viele Freundinnen?«

»Es gab Probleme.«

»Zum Beispiel?«

Die Lehrerin stockt kurz. »Ich glaube, nach dem Unfall ist vieles anders geworden.«

»Was für ein Unfall?«

»Zwei einheimische Jungen hatten einen Streit. Der eine hat den anderen mit einem Auto angefahren und so schwer verletzt, dass er lebenslang behindert ist. Der Fahrer wurde verhaftet und wegen versuchten Mordes angeklagt.«

»Und was hat das mit Natasha zu tun?«

»Es war ihr Freund. Bei dem Streit ging es um sie.«

»Wann war das?«

»Etwa vier Monate bevor die Mädchen verschwunden sind.

Sie sollten darüber eigentlich mit Emily Martinez reden.«

»Ist sie heute da?«

Ruiz hat ein Notizbuch aus der Tasche gezogen und hält Details fest. Nicht dass er die Erinnerungsstütze brauchen würde, aber alte Gewohnheiten wird man schwer los.

Kirsty wendet sich Grievous zu. »Gibt es Neuigkeiten?«

Er antwortet nicht, doch das Wissen kommt trotzdem bei ihr an. Angst belegt ihre Stimme.

»Sind sie tot?«

»Das kann ich nicht kommentieren«, sagt er.

Sie sieht mich an. »Oje, Sie haben mich dazu verleitet, etwas Schreckliches zu tun.«

»Sie haben die Wahrheit gesagt.«

Es klingelt. Die Flure füllen sich; tobende Mädchen, Lachen, melodische Stimmen, die sich am Satzende immer heben. Die Englischlehrerin muss gehen. Sie steht auf und streicht ihre Hose glatt. Sie berührt einen Augenwinkel, dann ihr Haar.

»Wir haben alle Gründe wegzulaufen«, sagt sie, bevor sie sich abwendet. »Die meisten von uns finden aber die Kraft zu bleiben.«

20

Ruiz lässt den Wagen an. Wir sitzen schweigend nebeneinander und starren auf die leere Straße. Ein Schild von Network Rail markiert den Eingang zum Bahnhof Radley, daneben steht eine Informationstafel mit dem Poster eines reisenden Zirkus.

Hinter einer Bushaltestelle ist das Bowyer Arms zu sehen, ein weiß gestrichenes Pub, das zu einer Brauereikette gehört. Ruiz kramt in seiner Tasche, zieht eine Dose Bonbons heraus, nimmt eins, steckt es sich in den Mund und lutscht geräuschvoll.

»Erklär mir, warum wir hier sind?«

»Hier war der Treffpunkt«, sage ich. »Laut Emilys Aussage wollten sie sich am Sonntagmorgen um zehn Uhr hier treffen, aber die beiden anderen sind nicht gekommen.«

Ich nehme eine Kopie der Vermisstenanzeige. Alice McBain erklärte der Polizei, dass sie die beiden Mädchen zuletzt am Sonntagmorgen, dem 31. August, um kurz vor acht gesehen hat. Piper hatte nach dem Bingham Summer Festival bei Natasha übernachtet. Alice klopfte an Natashas Tür und sagte, sie müssten aufstehen. Natasha hatte ab zehn eine Schicht als Kellnerin in einem Café in Abingdon, erschien jedoch nicht zur Arbeit.

»Warum wollten sie abhauen?«

»In der letzten Woche vor den Sommerferien wurde Natasha wegen eines Streichs, den sie zwei Lehrern gespielt hatte, von der Schule verwiesen. Details wurden nie bekannt und der Schulverweis zurückgenommen, als die Mädchen verschwanden.

Laut Emily wollten sie nach London abhauen. Sie haben ihre Taschen gepackt und Geld gespart, doch die Begeisterung für die Idee schien im Laufe des Sommers immer mehr abzuflauen. Am letzten Abend des Bingham Festivals tauchte der Plan dann wieder auf. Die Mädchen waren auf der Kirmes. Piper hatte eigentlich Hausarrest, kletterte jedoch aus dem Fenster, nachdem ihre Eltern schlafen gegangen waren.

Dutzende von Menschen haben die Mädchen im Laufe des Abends gesehen. Die Karussells haben um elf Uhr zugemacht. Emily war eine Stunde zuvor nach Hause gegangen. Sie hatte einen Anruf erhalten, dass ihre Mutter einen Zusammenbruch hatte und im Krankenhaus war.«

»Was denn für ein Zusammenbruch?«

»Das wird aus den Unterlagen nicht klar. Piper und Natasha wurden um kurz vor zehn am Eingang des Stadtparks gesehen.«

»Wer hat sie gesehen?«

»Eine Polizeistreife.«

Das Bonbon klappert an Ruiz' Zähnen. Ich berichte weiter.

»Kurz nach Mitternacht hat Piper an Emilys Fenster geklopft. Sie war sehr aufgewühlt, wollte jedoch nicht erklären, warum. Sie sagte nur, dass sie sofort abhauen würden. Wenn Emily mitkommen wolle, solle sie am nächsten Morgen um zehn Uhr zum Bahnhof kommen.«

»Hat Emily auch Natasha gesehen?«

»Nein. Emily war um zehn vor zehn am verabredeten Treffpunkt vor dem Bahnhof Radley, doch die beiden anderen kamen nicht. Sie wartete fast zwei Stunden und ging dann wieder nach Hause.«

»Sie hat keinen Alarm geschlagen?«

»Nein. Eine Suche wurde erst am späten Sonntagnachmittag eingeleitet. Die Polizei befragte Fahrgäste der Züge und der Buslinie City35, doch niemand erinnerte sich, die Mädchen gesehen zu haben.«

»Was ist mit ihren Handys?«

»Natashas Telefon wurde am Samstagabend um kurz nach elf ausgeschaltet. Piper hatte keins bei sich.«

»Wie weit ist es von hier zu dem Bauernhaus?«, fragt er.

»Knapp einen Kilometer.«

Ruiz betrachtet immer noch den Pub in der Ferne. »Vielleicht hat Drury recht, was Augie Shaw betrifft.«

»Augie hat nicht den Intellekt für eine solche Tat.«

»Und sein Vater?«

»Wesley ist seit eineinhalb Jahren tot. Selbst wenn er die Mädchen verschleppt hat, glaube ich nicht, dass Augie es allein hätte weitermachen können. Man braucht Lebensmittel, Wasser, Heizung, einen Ort, der sicher und abgeschieden ist ...«

»Warum die Mädchen überhaupt festhalten?«

»Das kann eine Reihe von Gründen haben. Das Motiv ist definitiv sexueller Natur, doch auch Rachelust spielt mit hinein. Außerdem geht es darum, etwas besonders Kostbares zu besitzen und die totale Kontrolle darüber zu haben.«

Vor uns hält ein Bus, Schüler unterschiedlichen Alters steigen aus. Ich bemerke zwei Mädchen im Teenageralter auf dem Bürgersteig, eine groß und schlank wie ein Model, die andere klein, stämmig und brünett.

Ruiz steigt aus.

»Wie geht's, die Damen?«

Beide lächeln und sagen Hallo, wahren jedoch Abstand.

»Darf ich euch was fragen?«

»Klar«, sagt die Größere. Sie hat eine blaue Schultasche mit Neonaufklebern.

»Fährt der Bus, der hier hält, auch Sonntag morgens?«

»Jede Stunde.«

Ruiz zieht sein Notizbuch heraus und schreibt etwas auf.

»Ich mach nur ein bisschen Detektivarbeit«, erklärt er. »Vor ein paar Jahren sind an dieser Stelle zwei Mädchen verschwunden. Erinnert ihr euch an die Bingham Girls?«

»Die kennt doch jeder«, sagt die Brünette, kommt ein paar Schritte näher und blickt in den Wagen. »Sind Sie wirklich von der Polizei?«

»Ich arbeite gerade an einem Fall.«

»Piper Hadley war eine echt gute Läuferin«, sagt die Große.

»Seid ihr auf dieselbe Schule gegangen?«

»Nein.«

»Und Natasha McBain?«

»Sie war einfach, irgendwie, na ja, Sie wissen schon …«

»Nein, weiß ich nicht.«

Sie verdreht die Augen. »Also, alle haben gesagt, sie ist, irgendwie, eine Schlampe.«

»So ein Möchtegern-It-Girl.«

Ruiz sieht mich an, der Unterhaltung schon überdrüssig.

»Mein Dad glaubt, sie sind, also, irgendwie, tot«, sagt die Größere.

»Ist irgendwie tot dasselbe wie wirklich tot?«, fragt Ruiz. Sie starren ihn verständnislos an.

Ein Stück die Straße hinunter fällt mir ein bekannt aussehender Vauxhall Cavalier auf, der abbremst und anhält. Getönte Scheiben. Breitreifen. Toby Kroger und Craig Gould steigen aus und kommen auf uns zu. Gould trägt modische Baggie-Pants, eine Lederjacke und ein zu großes T-Shirt wie ein Gangster aus L.A. Kroger trägt dasselbe Kapuzensweatshirt und die zerschlissene Jeans, in denen ich ihn schon vor zwei Tagen gesehen habe.

»Schönen Tag, Ladys«, sagt er und fasst sich in den Schritt.

»Haben diese alten Perverslinge euch belästigt?«

Das größere Mädchen kichert. Die Brünette stellt einen Fuß hinter den anderen und schiebt ihre Brüste vor.

Ich steige aus und trete neben Ruiz auf den Bürgersteig.

»Kennst du diese Clowns?«, fragt er.

»Die hiesige Jugend.«

Kroger zupft an seiner Kapuze und zieht sie über den Schirm seiner Baseballkappe.

»Ich mag dein Hoodie«, sagt Ruiz. »Justin Bieber trägt genauso eins.« Die Mädchen kichern.

Kroger braucht einen Moment, um eine Antwort zu formulieren. Er bleckt die Zähne und präsentiert diverse Goldkronen.

»Hier in der Gegend wurden zwei Mädchen entführt, deshalb sind wir besorgt, wenn wir mitkriegen, wie zwei alte Knacker zwei einheimische Mädchen anbaggern.« Er blinzelt erst Gould und dann der Brünetten zu. »Wir sind so was wie eure Schutzengel.«

»Ist das nicht süß«, sagt Ruiz. »Sie sind Engel. Ich sehe aber leider gar keine Flügel. Ihr wisst doch, was man über Engel mit kleinen Flügeln sagt?«

Krogers Augen klappen plötzlich auf. Er stellt sich breitbeinig hin und holt aus, doch seine Faust prallt an Ruiz' Kopf ab, als dieser sich wegduckt. Das war seine Chance. Ehe er noch einmal ausholen kann, krümmt er sich nach vorn, eine Faust im Magen und keine Luft mehr in der Lunge.

Mit minimalem Aufwand dreht Ruiz Kroger den Arm auf den Rücken. Ein Hemdknopf reißt ab und rollt in den Rinnstein, wo er sich dreht wie ein Kronkorken.

Ich sehe nicht, wie Goulds Arm zuckt. Sein Schlag trifft mich seitlich im Gesicht, und ich falle rückwärts gegen den Wagen und lande auf dem Hintern. Mein Kiefer ist gleichzeitig taub und brennt.

Ruiz zieht mich hoch. Er hält Kroger gepackt, Gould liegt zusammengerollt auf dem Bürgersteig und schützt seinen Kopf.

»Einhunderttausend Spermien, und ihr beiden wart als Erste da. Da fängt man doch an, an Darwins Theorie zu zweifeln, oder? Überleben der Tüchtigsten. Natürliche Auslese.« Dann wendet er sich an die Mädchen. »Vielleicht solltet ihr zusehen, dass ihr weiterkommt. Und passt schön auf, wo ihr langgeht.« Sie verziehen sich eilig, ihre kurzen Röcke wippen auf ihren Schenkeln.

»Das ist Körperverletzung«, jammert Kroger.

»Ich hab nicht als Erster zugeschlagen.«

Gould liegt noch immer auf dem Boden und stöhnt leise, seine Zähne sehen aus wie eine Reihe schmutziger Kiesel.

»Wir können das auf zwei Arten regeln, Jungs«, sagt Ruiz.

»Wir können die Polizei rufen, Aussagen aufnehmen, Anzeige erstatten, uns vor Gericht sehen ... oder ihr könnt euch nach Hause trollen.«

Kroger und Gould sehen sich an. Ruiz imitiert einen summenden Wecker. »Die Zeit ist um.«

Er geht weg und öffnet die Wagentür.

»Und lasst eure Gedanken bloß nicht zu weit schweifen, Jungs. Sie sind eh viel zu klein, um allein draußen rumzulaufen.«

Wenn ein zerbrochener Spiegel

sieben Jahre Pech bringen kann, was ist dann die Strafe dafür, den Körper eines Menschen zu zerbrechen? Wie misst man so etwas auf der Skala der Sünden? Wie viele Ave Maria und Vaterunser?

Callum Loach wurde zum Krüppel, Aiden Foster kam ins Gefängnis. Und ab da war Tashs Leben nur noch beschissen. Es heißt immer, das Schicksal eines Menschen könne sich von einem Augenblick zum anderen wenden – eine zufällige Begegnung, ein Fehler oder eine glückliche Fügung. Das stimmt. Ich glaube aber nicht an Schicksal oder Bestimmung, sondern bloß an schieres Pech ... aber das ist eine andere Geschichte.

Tash war seit drei Monaten irgendwie mit Aiden Foster zusammen, als es passierte. »Irgendwie« sage ich, weil so was nie förmlich gemacht wird. Nicht wie in amerikanischen TeenieFilmen, wo sich die Leute offiziell zum Paar erklären oder College-Ringe tauschen.

Aiden war vier Jahre älter und einer von Haydens Freunden. Sie wären im selben Jahrgang gewesen, wenn Aiden nicht nach der Mittleren Reife abgegangen wäre, um eine Lehre in der Werkstatt seines Vaters zu machen. Er hatte immer schmutzige Fingernägel, was ich echt abstoßend fand, aber Tash störte es offenbar nicht.

Es machte ihr Spaß, ihn eifersüchtig zu machen. Das konnte sie aus dem Stand und im Schlaf. Aiden war sogar eifersüchtig auf ihre Klamotten, weil die den ganzen Tag ihre Haut berühren durften. Das hat er selbst gesagt. Und er trug immer einen Slip von ihr mit sich herum, einen getragenen, was einfach nur eklig ist.

Außerdem war er die meiste Zeit ein blöder Wichser. Er hatte die Haare nach hinten gegelt, als ob er in einem heulenden Sturm stehen oder Skydiving machen würde, und hielt sich für einen ganz heißen Typen, weil er Gitarre in einer Band spielte, die für Partys verpflichtet wurde, meistens von Freunden. Achtzehnte und einundzwanzigste Geburtstage.

Deswegen sind wir auch zu der Party in Abingdon gegangen. Irgendjemand hatte Geburtstag. Ich habe Mum und Dad angelogen und gesagt, ich würde bei Tash übernachten. Aiden hat uns mit seinem Auto abgeholt und die ganze Fahrt über Tashs Schenkel gestreichelt.

Die Party war in einem großen alten Haus mit Bogen über den Türen und Fenstern, und es wimmelte von College-Kids mit Lederjacken und kurzen Haaren sowie Mädchen, die nach Pantene-Shampoo und Zigaretten rochen.

Tash war gut gelaunt. Sie war jünger als alle anderen Mädchen auf der Party (und hübscher), aber rausschmeißen würde sie bestimmt keiner. Hayden hatte ihr ein bisschen Stoff zum Verkaufen gegeben, und sie hatte die Ware unterwegs vorgetestet. Ihre Augen waren wie schwarze Murmeln, und sie schwankte und kicherte.

Ein Typ namens Simon versuchte, mich anzumachen, indem er mir schmutzige Witze erzählte. Ich unterbrach ihn jedes Mal in der Mitte und sagte, den kenne ich schon.

»Und wie geht die Pointe?«

»Hab ich vergessen«, sagte ich. »Aber ich weiß, dass ich ihn schon einmal gehört habe.«

»Wann hast du zum letzten Mal gelacht?«

»Gestern Morgen um 11.34 Uhr. Und morgen werde ich wieder lachen, wenn ich an dich denke.«

Danach ließ er mich endlich in Ruhe und verzog sich murmelnd.

Die Leute rauchten und tranken und schmissen Pillen ein. Einige erkannte ich von der Schule wieder, doch sie waren weit über mir.

Tash tanzte mit Aiden und rieb sich an ihm, bis er ihr ins Ohr sabberte. Aidens Freunde sahen zu, vor allem Toby Kroger und Craig Gould. Craig starrte Tash immer so seltsam an, als ob er Hunger hätte und sie ein Big Mac mit Pommes wäre.

Aiden und Tash verschwanden für eine Weile nach oben. Tash kam eine Viertelstunde später mit den Schuhen in der Hand zurück. Sie küsste mich, schlang ihre Arme um mich und stieß ihre Zunge gegen meine, bevor sie sich löste und kichernd den Applaus genoss.

Die Jungs stachelten sie an. Die Musik war zu laut.

Auf der Terrasse gab es eine Hollywoodschaukel. Dort schnappte ich frische Luft, trank einen Baccardi Breezer und beobachtete drei Mädchen und zwei Jungen, die einen Joint rauchten. Sie boten ihn mir an, sagten mir ihre Namen, und ich sagte ihnen meinen. Ich musste husten, als ich versuchte, den Rauch in der Lunge zu behalten, doch ich probierte es weiter, weil ich wollte, dass sie mich mochten.

Da sah ich Tash im Garten. Sie übergab sich. Callum Loach stützte sie, hielt ihr Haar nach hinten und sorgte dafür, dass sie sich vorbeugte, damit sie ihr Kleid nicht vollkotzte.

Callum war groß und stark und spielte Fußball. Tash hatte ihn den ganzen

Sommer lang angemacht. Ich erinnere mich noch, wie sie im Freibad in einem Bikini an ihm vorbeistolziert ist. Und als sie sich später Sonnenöl auf die Schultern rieb, zog sie ein Dreieck ihres Oberteils so beiseite, dass er kurz ihre nackte Brust sehen konnte. Callum wirkte verlegen. Tash lachte. Jetzt kümmerte er sich um sie. Er holte eine Flasche Wasser, wischte ihr das Gesicht ab und hakte ihren Gürtel auf, weil er um die Hüfte zu eng war.

Dann tauchte Aiden auf, mit flatterigem Blick und wächsernen Augen. Er erklärte Callum, er solle seine »Schwuchtelpfoten« von Tash nehmen.

Obwohl Tash total hinüber war, sagte sie Aiden, er solle sich verpissen, doch er hörte nicht auf sie.

»Fickt er gut für eine Schwuchtel?«, brüllte er.

»Besser als du«, sagte sie. »Vielleicht solltest du dir ein paar Tipps holen.«

»Was? Von dem schwanzlosen Wunderknaben?«

»Seinen Schwanz habe ich immerhin gefunden.«

Toby Kroger und Craig Gould lachten. Aiden versuchte Tash zu ohrfeigen, doch Callum stieß ihn weg. Aiden holte zu einem Schlag aus, der meilenweit danebenging. Alle lachten. Aiden war sauer.

Callum bot an, uns nach Hause zu fahren. Er hatte das Auto seiner Mutter. Tash machte das Fenster auf und legte den Kopf an die Tür, damit die frische Luft sie ausnüchterte. Ich saß auf der Rückbank und fühlte mich irgendwie schwummrig, war aber froh, von der Party weg zu sein.

Als wir bei Tash zu Hause ankamen, war ihr immer noch schlecht, und sie wollte, dass Callum sie noch eine Weile herumfuhr. Sie legte den Kopf auf seine Schulter. »Ich will dich küssen, aber mein Mund schmeckt nach Kotze.«

»Das ist schon okay.«

»Ich könnte etwas anderes machen.«

»Du musst gar nichts machen.«

In dem Moment fiel Tash ihre Handtasche ein. Sie hatte sie auf der Party vergessen. Darin war ihr Handy und ein bisschen was von Haydens Stoff, deshalb konnte sie sie nicht dort liegen lassen. Also fuhren wir zurück nach Abingdon, und Callum ging ins Haus.

Als er wieder herauskam, sah ich, wie er sich umdrehte. Craig Gould und Toby Kroger riefen ihm irgendwas zu. Mir fiel auf, dass Aidens Wagen verschwunden war. Callum öffnete die Fahrertür, und ich sah Aidens Subaru auf uns zurasen. Ich schrie, doch es blieb keine Zeit mehr.

Aiden bremste nicht. Nichts versperrte ihm den Weg, kein Reifenquietschen war zu hören. Nur das widerliche Geräusch von Metall auf Knochen. Dann wurde Callum über die Haube von Aidens Wagen geschleudert. Er wirbelte durch die Luft wie ein Akrobat, beinahe anmutig, bis er mit einem satten Geräusch landete und in sich zusammensackte.

Aiden fuhr weiter. Kies spritzte auf.

Callum lag mit ausgebreiteten Armen auf dem Asphalt, in seinem Haar war Blut, und auch aus einem Mundwinkel floss ein unschuldiges Rinnsal.

Tash schrie. Sie schrie immer weiter, auch als sie keinen Laut mehr herausbrachte. Es war wie auf diesem Bild von einem Gesicht, das im Schrei zerfließt. Munch. Wir haben es in Kunst besprochen. So sah sie aus.

Ich packte Tash und zog sie weg. Ich zerrte sie ein Stück die Straße hinunter, setzte sie ins Gras und rannte dann von Haus zu Haus, hämmerte an Türen und rief, jemand solle einen Krankenwagen rufen.

Emily war auch da. Sie hatte ich schon fast vergessen. Sie jammerte, ihre Mum würde sie umbringen, und ihr Dad würde es als einen weiteren Vorwand benutzen, um das Sorgerecht zu bekommen.

Türen öffneten sich, Menschen traten auf die Straße. An ihre Gesichter kann ich mich nicht erinnern. Ich wollte weglaufen. Ich weiß, es klingt bescheuert, aber ich dachte, wenn ich schnell genug laufen würde, könnte ich dem, was passiert war, einen Schritt voraus bleiben. Callum wäre nicht tot, und ich hätte ihn nicht durch die Luft wirbeln sehen und das Geräusch hören müssen, als sein Körper auf den Asphalt schlug.

Er war nicht tot, doch das wusste ich damals noch nicht. Ein Krankenwagen brachte ihn ins Krankenhaus, die Ärzte versetzten ihn ins Koma und hielten ihn mit Maschinen am Leben, die sein Herz weiterpumpen ließen. Doch seine Beine konnten sie nicht retten. Die Knochen waren zertrümmert, ein Bein schon halb abgetrennt, also brachten sie die Sache zu Ende.

Diese Erinnerungen stürzen auf mich ein und füllen meine Lunge, bis ich nur noch mühsam Luft kriege. Ich hole tief Luft und betrachte meine Hände, die so fest geballt sind, dass meine Fingernägel rote Abdrücke auf der Haut hinterlassen haben.

Ein matschiges Licht hat die Dunkelheit vor dem Fenster durchbrochen. Ein weiterer Tag beginnt.

21

Isaac McBain lebt in einem Schuppen am Rand eines Bauhofs, der nach Schimmel und feuchtem Holz riecht. Ruiz klopft, doch nichts regt sich. Ich spähe durch das schmutzige Vorderfenster. Im Halbdunkel kann ich ein Wohnzimmer mit ein paar schäbigen Möbeln, einem Barkühlschrank und einem Fünfzig-Zoll-Flachbildschirm erkennen. Der Mann hat seine Prioritäten. An einer Wand ist seine Schallplattensammlung, hunderte von Vinylalben nebeneinander in Regalen, die Musik eines ganzen Lebens, nach Genres unterteilt und alphabetisch geordnet.

»Kann ich Ihnen helfen?«

Die Stimme gehört einem großen Mann mit dichten Locken, der hinter einem Maschendrahtzaun steht. Er trägt ein NikeSweatshirt, weite Hose und teure Trainingsschuhe und hält einen Bullterrier an einer verkürzten Leine. Der Hund springt gegen den Zaun, mit gebleckten Zähnen und in blinder Wut, doch er bellt nicht. Sein Kehlkopf ist entweder entfernt oder bei einem Kampf verletzt worden. Der Mann zieht an der Kette und reißt den Terrier von den Beinen.

»Wir suchen Isaac McBain«, sage ich.

»Wer hat Ihnen gesagt, dass er hier ist?«

»Sein Sohn.«

Der Mann konzentriert sich vor allem auf Ruiz.

»Sind Sie Schuldeneintreiber?«

»Nein.«

»Arbeiten Sie für die Connolly-Brüder?«

»Nein.«

Das muss Vic McBain sein, Natashas Onkel.

»Es geht um Natasha«, sage ich. »Hat Isaac es Ihnen erzählt?«

»Ja, hat er. Was hat Natasha an den Radley Lakes gesucht?«

»Wir wissen es nicht.«

Es entsteht eine weitere lange Pause. Der Bullterrier hat sich wieder beruhigt.

»Netter Hund«, sagt Ruiz.

»Er könnte Ihnen die Kehle rausreißen.«

»Ist bestimmt gut mit Kindern.«

Vic reibt sich den Mund. »Sie sehen aus wie ein Bulle.«
»Früher mal«, sagt Ruiz. »Jetzt arbeite ich freiberuflich. Bessere Arbeitszeiten. Weniger Vorschriften.«
»Isaac ist heute nicht zur Arbeit gekommen. Kann ich ihm nicht verdenken.«
»Haben Sie eine Ahnung, wo er sein könnte?«, frage ich.
»Mittlerweile wahrscheinlich betrunken. Selbstmedikation. Betäubt den Schmerz.«
»Wo trinkt er normalerweise?«
»Im White Swan in Abingdon.«

Vic McBain dreht sich um und geht zwischen Regalen mit Gerüststangen und Brettern zurück über den schlammigen Bauhof. Der Hund humpelt hinter ihm her, schnuppert an einer Tonne und hebt beiläufig das Hinterbein.

Das White Swan ist eins jener Pubs, die man nur findet, wenn man einheimisch ist oder sich verirrt hat. Wir müssen zwei Mal nach dem Weg fragen. Die einzige Beleuchtung sind zwei Neonröhren über der Bar und das matte Licht, das durch die beiden offenen Türen fällt, auf denen LADIES und GENTS steht.

Die Barkeeperin trägt eine blaue Punkfrisur, an einer Seite kahl geschoren, und schwarzen Nagellack.

Ruiz beugt sich über den Tresen und studiert die Zapfhähne.

»Auf dem Schild draußen stand, Sie bieten eine reiche Auswahl von echten Ales an.«

»Und?«

»Handgezapft gibt es nur Morland's Original. Das kann man ja wohl kaum eine reiche Auswahl nennen.«

Sie sieht mich an. »Was hat der für ein Problem?«

»Er hält sich für einen Feinschmecker.«

Isaac McBain sitzt am anderen Ende des Tresens unter einer Union-Jack-Flagge. Zwischen seinen Unterarmen stehen ein Pint-Glas und ein Whisky-Glas auf Bierdeckeln. Er greift nach dem Glas mit dem Whisky und kippt ihn herunter. Wir ziehen uns die Barhocker links und rechts von ihm heran. Isaac wendet langsam den Kopf, seine Augen sind vom Alkohol getrübt.

»Mir ist nicht nach reden«, lallt er.

»Ihr Bruder hat uns gesagt, dass Sie hier sind«, sagt Ruiz.

»Er hat mich angerufen und gesagt, dass Sie kommen.«

»Unser herzliches Beileid zum Tod Ihrer Tochter«, sage ich und stelle uns vor. Er ignoriert meine ausgestreckte Hand, und ich ziehe sie zurück.

Isaac blinzelt langsam. Ein Hauch des Aschegestanks in seinem Haar dringt in meine Nase. Ich sehe einen Mann, der sich mit verschiedenen Szenarien selbst quält. Was, wenn er nicht ins Gefängnis gekommen wäre? Was, wenn er ein besserer Vater gewesen wäre? Würde seine Tochter dann noch leben? Hätte er sie schützen können?

Diese Gedanken verfolgen ihn seit drei Jahren – in seinen Träumen und jedes Mal wenn er um eine Ecke biegt und jemanden erblickt, der Natasha ähnlich sieht.

»Ich durfte sie sehen«, flüstert er. »Diese Leiche sah nicht aus wie Tash, wissen Sie. Ich meine, irgendwie schon, aber auch nicht. Sie war wunderschön, wissen Sie.«

Er kippt sein halbes Bier herunter und schluckt geräuschvoll.

»Sie haben gesagt, man hätte sie gefangen gehalten.«

»Ja.«

»Jemand hat sie am Leben gehalten.«

»Ja.«

»Und … und ihr Sachen angetan?«

»Ja.«

Sein Gesicht zerknittert vor Schmerz. Ich weiß, dass er innerlich schreit.

»Ich brauche eine Zigarette.« Er steht auf und nimmt sein Bier mit durch eine Hintertür zu einem Innenhof mit einer Handvoll Holztische und -bänke. Er zündet sich eine Zigarette an. Weißer Rauch kräuselt sich um sein Handgelenk.

»Eine Menge Leute haben mir die Schuld gegeben«, sagt er.

»Sogar die Polizei. Deswegen wollten sie, dass wir diese Pressekonferenz machen, als die Mädchen verschwunden sind. Sie haben mich beobachtet, meine Worte und meine Körpersprache analysiert.«

»Das ist eine ziemlich übliche Praxis«, sagt Ruiz. »Als Erstes nimmt man die Familie unter die Lupe.«

»Ja, jedenfalls wurde ich plötzlich von allen schief angeguckt. Die haben durchsickern lassen, dass ich gesessen habe, wissen Sie. Kumpel, mit denen ich getrunken habe, wollten plötzlich nicht mehr neben mir am Tresen stehen. Der Wirt in meiner Stammkneipe hat mir erklärt, ich solle woanders trinken gehen. Deshalb bin ich in diesem Dreckloch gelandet.«

Die Barkeeperin ist nach draußen gekommen, um eine Zigarette zu rauchen. »Das habe ich gehört.«

»Verpiss dich.«

Ich sehe das Blitzen in Isaacs Augen und bekomme eine Ahnung von der anderen Seite seines Wesens – von der Wildheit, die ihn ins Gefängnis gebracht hat; die hatte Tash von ihm geerbt.

»Ich hab es mir gleich am Anfang mit ihnen verscherzt – mit den Bullen, meine ich. Als Natasha und Piper verschwunden sind, wollten wir unsere eigene Suche organisieren. Wir hatten Hunderte von Freiwilligen. Freunde. Nachbarn. Fremde. Vic hat das alles angeleiert. Wir standen auf Abruf bereit, doch die Polizei hat immer wieder gesagt, wir sollten noch warten. Dann habe ich mitgehört, wie dieser Inspektor gesagt hat, er wolle nicht, dass Beweismittel vernichtet würden – als ob er dachte, die Mädchen wären schon tot.

Ich habe mit ihm gestritten. ›Verdammt noch mal, es ist meine Tochter. Wir müssen sie finden. Das ist doch keine höhere Wissenschaft.‹ Der Typ hat gesagt, ich solle verduften und nicht so schreien. Das habe ich nicht getan. Er drohte, mich zu verhaften. Das war alles Schwachsinn.«

Wir lassen Issac reden, damit er seine Wut ablassen kann.

»Die Bullen glauben immer noch, ich war's, wissen Sie. Sie sind hierhergekommen und haben mich gefragt, wo ich während des Schneesturms gewesen wäre. Sie haben mich unter Druck gesetzt, versucht, mich durcheinanderzubringen, weil sie gehofft haben, ich würde gestehen. Als ob die mich einschüchtern könnten. Ich bin schon von Knackis gegen Gefängnismauern geknallt worden, die einen schneller abstechen als angucken. Die Polizei macht mir keine Angst.«

»Warum waren Sie im Gefängnis?«, fragt Ruiz.

»Da geht's wieder los.«

»Ich frag ja bloß.«

»Bewaffneter Raubüberfall. Ich bin zu fünf Jahren verknackt worden und hab drei abgesessen. Da mach ich kein Geheimnis draus. Ist eh zwecklos. In so einem Kaff weiß es sowieso jeder. Aber sagen Sie mir eins, Mr. Ruiz. Wie soll diese Information Ihnen dabei helfen, den Mörder meiner Tochter zu fassen?«

»Ich wollte Sie nicht beleidigen. Ich habe mich bloß gefragt, ob Sie sich Feinde gemacht haben könnten. Jemand, der vielleicht einen Groll gegen Sie hegt.«

Isaac bläst Luft aus. »Sie meinen die Connolly-Brüder. Sie brauchen nicht so geschwollen um den heißen Brei herumzureden.«

»Sie haben gegen sie ausgesagt.«

»Ich habe die Wahrheit gesagt.«

»Vielleicht ist das, was Natasha geschehen ist, die Vergeltung dafür.«

»Die Connolly-Brüder rächen sich nicht an Kindern.« Er tritt die Zigarette

mit dem Absatz aus. »Wenn sie jemanden bestrafen wollten, dann würden sie mich bestrafen.«
»Vielleicht tun sie das ja«, sage ich. Er schüttelt den Kopf.
»Die Connolly-Brüder haben Tash und Piper nicht entführt. Vergeltung war nicht nötig.«
Er schließt die Augen, als würde er eine Szene aus der Vergangenheit heraufbeschwören.
»Meine Exfrau gibt mir auch die Schuld. Sie glaubt, ich hätte Tash im Stich gelassen, ich hätte mehr für sie tun sollen. Aber es gab nicht viele Menschen, die Natasha aufhalten konnten, wenn sie sich etwas in den Kopf gesetzt hatte.
Sie war erst zehn, als ich in den Bau gewandert bin. Als ich wieder rauskam, war sie kein kleines Mädchen mehr. Wir waren uns fremd, wissen Sie. Ich weiß, dass sie die Schule gehasst hat und hier wegwollte, doch sie wäre nicht gegangen, ohne sich zu verabschieden, wissen Sie. Deswegen wusste ich, dass sie nicht abgehauen war.
Wenn, hätte sie einen Brief hinterlassen oder uns eine Karte geschickt. Sie hat ihre Mum geliebt. Sie hätte sie angerufen, um sie zu beruhigen. All die Geburtstage, Muttertage, Weihnachten, sie kamen und gingen ... und kein Wort. Nichts. Das würde Tash nie machen.«
Er seufzt wehmütig und wendet sich wieder der Kneipe zu.
»Jetzt wissen wir Bescheid, was?«
»Darf ich Sie auf einen Drink einladen?«, fragt Ruiz.
»Nein, aber trotzdem vielen Dank. Ich will nur eins von Ihnen: Finden Sie denjenigen, der meiner Tash das angetan hat.«

22

Die Tür öffnet sich einen Spalt und stößt hart gegen eine Sicherheitskette. Ich sehe ein Auge und einen Teenagerpony.

»Bist du Emily Martinez?« Keine Antwort.
»Ist deine Mutter zu Hause?«
»Nein.«
»Was ist mit deinem Vater?«
Sie blickt an mir vorbei. »Er kommt gleich zurück.«
»Eigentlich wollte ich auch zu dir, Emily.«
Sie blinzelt mich an. »Ich darf keine Fremden ins Haus lassen.«
»Das ist sehr klug. Vielleicht können wir einfach hier reden. Du könntest drinnen bleiben und ich draußen.«

Sie streicht ihren Pony zur Seite, und ich kann beide Augen und ihre Zahnspange sehen.

»Du warst heute nicht in der Schule.«
»Ich hab mich nicht wohlgefühlt.«
»Ich habe mit Miss McCrudden gesprochen. Sie hat gesagt, du fehlst ziemlich häufig.«

Emily zuckt die Achseln. Sie hat eine kleine feine Nase, aber den Ansatz eines Schwabbelkinns.

In diesem Moment biegt ein schwarzer Lexus in die Einfahrt. Ein Mann mittleren Alters steigt aus und wedelt so schwungvoll mit den Wagenschlüsseln, dass sie auf seine Fingerknöchel schlagen. Er ist Anfang vierzig, groß und mit feinen Gesichtszügen und sieht aus, als wäre er eben aus einer Filmkulisse geklettert. Er trägt akkurat gebügelte Khakihosen und ein Hemd. Sein lockiges Haar hat blonde Spitzen.

Er nimmt zwei Stufen auf einmal und lächelt.

»Sieht so aus, als käme ich gerade rechtzeitig. Wir hatten keine Besucher erwartet.«

»Tut mir leid, ich hätte vorher anrufen sollen«, entschuldige ich mich. »Ich helfe der Polizei bei einer Ermittlung.«

»Geht es um Natasha und Piper?«
»Wie kommen Sie darauf?«
Er sieht Emily an. »Was sollte es sonst sein?«

»Ich hatte gehofft, ich könnte mit Emily sprechen.«

»Oh, verstehe, also, Em war heute nicht in der Schule. Sie hatte heute Morgen einen ihrer Schwindelanfälle.« Er legt den Arm um ihre Schultern. »Geht es dir besser, Schatz?«

Sie nickt.

»Sie hat gegenüber der Polizei schon drei Aussagen gemacht«, fährt er fort.

»Ja, aber ich betrachte die Dinge anders. Es dauert bestimmt nicht lange.« Mr. Martinez sieht Emily an. »Was meinst du?« Sie nickt.

»Gut, dann lassen Sie uns ins Haus gehen. Hier draußen ist es kalt. Setzt du Wasser auf, Em?«

Das Wohnzimmer ist ein langer schmaler Raum mit hohen Decken und teuren Möbeln und Bildern. Die Sessel haben geschnitzte Holzbeine in Form von Tieren und sehen aus, als würden sie ein geheimes Eigenleben führen, wenn alle schlafen.

Emily ist in die Küche gegangen. Phillip Martinez zündet den Gaskamin an und bauscht die Sofakissen auf. Er hat ein glattes, beinahe feminines Gesicht und praktisch keine Augenbrauen.

»Das Ganze war eine schreckliche Geschichte, junge Mädchen, die weglaufen. Die Ungewissheit. Da fragt man sich ...«

»Was?«, will ich wissen.

»Verzeihung?«

»Was fragt man sich?«

»Was ist mit ihren Familien?« Bei ihm klingt es so offensichtlich. »Wenn zu Hause alles in Ordnung gewesen wäre, wären sie nicht weggelaufen.«

»Und wenn sie entführt wurden?«

»Nun, das würde alles ändern.« Er betrachtet mich. Mein linker Arm zittert.

»Welches Stadium?«

»Verzeihung?«

»Ihr Parkinson – welches Stadium?«

»Eins.«

»Seit wann?«

»Acht Jahre.«

»Das ist langsam, Sie haben Glück.«

»So versuche ich es auch zu sehen.«

»Es ist eigentlich nicht mein Feld.«

»Ihr Feld?«

»Ich arbeite als Wissenschaftler in der Forschung. Ich bin am Institut für biomedizinische Studien an der Universität. Wir forschen an gentherapeutischen Verfahren gegen Diabetes, Alzheimer und Muskelschwund. Parkinson ist ein weiterer Bereich. Einige meiner Kollegen arbeiten an wichtigen Forschungsprojekten. Sie sollten mal vorbeikommen und es sich ansehen. Ich könnte eine Führung für Sie arrangieren.«

»Danke.«

»Das ist einer der Gründe, warum Emily gegenüber Fremden recht ängstlich reagiert.«

»Das verstehe ich nicht.«

»Wir machen auch Tierversuche. Hauptsächlich mit Schimpansen. Beim Bau des Labors gab es Probleme. Proteste. Brandanschläge. Drohungen.«

»Wurden Sie auch bedroht?«

»Mein letztes Auto wurde mit Säure übergossen, und Sie sollten einige der Briefe sehen, die ich bekomme. Ich habe Emily beigebracht, wachsam zu sein.«

»Ich hoffe, ich habe sie nicht erschreckt.«

»Oh, ihr geht es gut. Ein wenig übererregbar. Wie ihre Mutter.«

Emily taucht wieder auf, in Händen ein Tablett mit Teekanne und Tassen. Mr. Martinez nimmt es ihr ab.

»Ich lasse Sie beide allein. Ich muss noch ein paar E-Mails beantworten. Ich bin oben.« Er wendet sich an Emily. »Wenn du etwas weißt, was weiterhelfen könnte, sag es ihm, Schätzchen.«

Emily nickt, lauscht den Schritten ihres Vaters und stellt sich seinen Weg durch das Haus vor. Höher. Weiter weg. Schließlich ist sie zufrieden, streicht sich den Rock über den Schenkeln glatt, setzt sich auf die Sofakante und zupft an einem Ärmel ihres Pullovers. Sie wirkt vorsichtig und angespannt und strahlt die resignierte Erwartung aus, jeden Moment wegen irgendwas getadelt zu werden.

Ich habe ihre Aussagen gelesen. Emilys Geschichte hat sich nicht verändert. Aus Erfahrung weiß ich, dass sich die Wahrnehmung mit der Zeit wandelt. Ich beginne behutsam, frage sie nach Piper und Natasha, wie sie sich kennengelernt und was sie gemeinsam gemacht haben.

Sie kaut an ihrer Nagelhaut, nickt hin und wieder oder schüttelt den Kopf. Sie will nicht mit mir reden, und ich kenne die Codes nicht, um ihren Widerstand zu überwinden – die rätselhafte Mischung aus Vertrauen und gemeinsamer Erfahrung, die Mädchen im Teenageralter in Gesellschaft ihrer Freundinnen ununterbrochen schwatzen, aber sofort verstummen lässt, wenn ein Erwachsener den Raum betritt. Würde ich das Geheimnis kennen, könnte ich auch mit meiner eigenen Tochter reden.

»Hast du Geheimnisse, Emily?«

»Was meinen Sie damit?«

»Du weißt doch, was Geheimnisse sind?« Sie nickt nervös.

»Wir haben alle Geheimnisse. Geheime Verstecke, einen geheimen Schwarm, Dinge, die wir insgeheim bedauern. Wir haben Gesichter, die wir den meisten anderen Menschen nicht zeigen, nur unseren Freunden.«

Emily starrt mich an, stirnrunzelnd und teilnahmslos wie ein Patient mit Gedächtnisverlust.

Ich versuche es noch einmal. »Warum wolltest du weglaufen?«

Sie zuckt mit den Schultern.

»Du musst doch einen Grund gehabt haben. Ich weiß, dass Natasha Probleme in der Schule hatte. Du auch?«

»Nein.«

»Dann zu Hause?«

Sie zögert und blickt zur Treppe, besorgt, dass ihr Vater mithören könnte. »Meine Mum war krank. Sie hatte einen Zusammenbruch.«

»Wo ist deine Mutter jetzt?«

»Sie lebt in einer Pension in London. Es geht ihr langsam besser.«

»Das ist schön.«

Emily zupft am Saum ihres karierten Rocks. Sie hat ihren Tee noch nicht angerührt.

»Wessen Idee war es abzuhauen?«

»Tashs.«

»Wo wolltet ihr hin?«

Sie hebt und senkt die Schultern.

»Ihr müsst euch doch ein neues Leben ausgemalt haben.«

»Ja.«

»Hat euch euer Leben hier nicht gefallen?«

Wieder blickt sie zur Treppe. »Anfangs war es nur Gerede. Ich dachte nicht, dass wir es wirklich tun würden ... aber dann ...«

»Was dann?«

»Tash meinte es plötzlich ernst.«

»Warum?«

»Es war an dem Abend, nachdem Aiden Foster Callum Loach überfahren hat. Wir haben eine Art Pakt geschlossen, weil es in der Schule und zu Hause so beschissen war.«

»Was war zu Hause so schlimm?« Emily hebt den Blick zur Decke.

»Deine Eltern haben sich scheiden lassen.« Sie nickt.

»Irgendwie hat Tash das Interesse an der Idee wieder verloren, doch dann kriegte sie Ärger in der Schule, und Mrs. Jacobson sagte, sie dürfe nach den Ferien nicht zurückkommen. Tash hat es zu Hause nicht erzählt. Sie wollte abhauen, bevor ihre Eltern es herausfanden.«

»Was ist am Abend des Bingham Festival passiert?«

»Wie meinen Sie das?«

»Du warst mit Piper und Natasha zusammen.«

»Nur bis zehn Uhr.«

»Was ist dann passiert?«

»Ich hab einen Anruf gekriegt, dass Mum ins Krankenhaus gebracht wurde. Ich bin sofort nach Hause gegangen.«

»Aber später hast du Piper noch einmal gesehen?«

»Sie hat mich geweckt. Sie hat an mein Fenster geklopft. Ich wusste sofort, dass irgendwas nicht stimmte, doch sie wollte mir nicht sagen, was los war. Sie sagte, sie würden am nächsten Morgen abhauen. Ich hab gesagt, ich könnte nicht mitkommen, meine Mum wäre im Krankenhaus.«

»Aber dann hast du es dir anders überlegt?«

»Ja.«

»Warum?«

Sie zuckt die Achseln.

»Wie wolltet ihr in London leben?«

»Tash hatte Geld. Sie hat gesagt, ihr Onkel würde ihr noch was schulden. Sie hat für ihn gearbeitet.«

»Was hat sie denn gemacht?«

»Ablage in seinem Büro.«

»Ich dachte, sie hätte als Kellnerin gearbeitet.«

»Das auch.«

»Hat sie sich gut mit ihrem Onkel verstanden?«

Emily reagiert, als hätte man sie geohrfeigt, und hält sich die Wange.

»Was war denn das?«

»Was?«

»Das, was du gerade gemacht hast.«

»Was denn?«

»Deine Reaktion, als ich Tash und ihren Onkel erwähnt habe.«

Emily stößt ein vogelartiges Krächzen aus und schüttelt den Kopf. »Ich habe nichts gesagt! Nichts! Sie legen mir Worte in den Mund.«

»Tut mir leid. Ich wollte nicht gemein sein.«

Sie beruhigt sich wieder und sinkt zurück in das Sofa.

»Erzähl mir von dem Unfall.«

»Wir waren auf einer Party in diesem Haus in Abingdon. Einer von Aidens Freunden hat eingeladen. Das war Tashs Freund: Aiden Foster. Es war eine Party mit lauter CollegeStudenten und arroganten Mädchen, die uns behandelt haben, als wären wir noch im Kindergarten.«

»Erzähl mir mehr von Aiden.«

»Er war ganz in Ordnung, schätze ich. Älter. Er hatte ein Auto. Tash fuhr nicht gern mit dem Bus, also hat sie ihn schon irgendwie ausgenutzt. Auf der Party hat Aiden sich betrunken, und Tash hat angefangen, mit Callum Loach zu flirten. Der ist ein paar Stufen über uns, aber auf einer anderen Schule.

Aiden wurde sauer. Er hat Callum gepackt und sich aufgeführt wie ein totaler Psycho. Dann hat er gelacht.«

»Hast du das selbst gesehen?«

»Piper hat es mir später erzählt. Ich war drinnen.«

»Was ist dann passiert?«

»Tash war schlecht. Callum hat sie nach Hause gefahren, aber Tash hatte ihr Handy bei der Party liegen lassen, also kamen sie noch mal zurück. Callum wollte gerade wieder in sein Auto steigen, als Aiden in seinem Subaru um die Ecke raste und ihn einfach überfuhr.« Emily beißt fest auf ihre Unterlippe.

»Wir dachten, er wäre tot. Er ist durch die Luft über den Wagen geschleudert worden und auf der Straße gelandet.«

»Was ist mit ihm passiert?«

»Er hat beide Beine verloren. Er sitzt im Rollstuhl.«

»Und Aiden?«

»Musste ins Gefängnis.«

»Ist er immer noch im Gefängnis?« Emily zuckt die Schultern.

»Weiß dein Dad es vielleicht?«

Sie starrt zur Decke. »Ich möchte ihn nicht fragen.«

Am Morgen nach der Party

kamen zwei Polizisten zu Tash nach Hause und brachten sie ins Krankenhaus, wo man ihr Blut entnahm und auf Alkohol und Drogen untersuchte. Dann fuhren sie zum Polizeirevier in Abingdon, und Tash machte eine Aussage.

Aiden Foster erschien am späten Nachmittag bei der Polizei, zusammen mit seinem Vater und irgendeinem berühmten Anwalt. Er wurde wegen versuchten Mordes festgenommen und am nächsten Tag gegen Kaution wieder entlassen. Sein Wagen wurde beschlagnahmt, und man wies ihn an, sich den Zeugen nicht zu nähern.

Am Sonntag kam die Polizei auch zu uns nach Hause und stellte mir eine Menge Fragen. Weil ich noch nicht strafmündig war, war bei der Befragung eine Sozialarbeiterin dabei. Das Einzige, was ich ausgelassen habe, war die Sache mit den Drogen. Ich hatte Angst, sie könnten mir ein Strafverfahren anhängen, weil ich an dem Joint gezogen hatte.

An dem Abend hörte ich, wie Mum und Dad unten stritten und sagten, ich sei »von der Spur abgekommen« und »nicht mehr zu bändigen« und würde im Gefängnis enden oder schlimmer. Am nächsten Morgen weckten sie mich nicht für die Schule. Mum klopfte nicht an meine Tür. Ich zog meine Schuluniform an und kam nach unten, doch sie sagte, ich solle wieder hochgehen und mich umziehen. Da bemerkte ich auch den Koffer, der in der Küche in der Ecke stand.

Zwei Männer kamen mich abholen. Ihr Van war so sauber und glänzend, dass sich die Wolken darin spiegelten. Ich dachte, ich würde aufs Polizeirevier gebracht, doch stattdessen brachten sie mich zu einer Art Heim mit Grünanlagen und hohen Mauern. Nicht in Oxford oder in London. Es lag inmitten von Feldern, die auf einer Seite ans Meer grenzten.

Mum ist am ersten Tag mitgekommen, aber sie blieb nicht.

»Bitte sei ein braves Mädchen, dann bist du in null Komma nichts wieder zu Hause«, sagte sie.

Ich packte ihren Arm und flehte sie an, sie solle mich nicht allein lassen.

»Das tun wir nur, weil wir dich lieben«, sagte sie.

So etwas sagen Eltern immer – Sachen wie »das wird mir mehr wehtun als dir«, aber wie kann das wahr sein?

Abends hörte ich, wie meine Tür abgeschlossen wurde. Und alle paar Stunden kam jemand durch den Flur und guckte durch eine Luke. Ich konnte das Licht nicht abschalten, selbst wenn ich es gewollt hätte. Am nächsten Tag trat ich gegen eine der Krankenschwestern aus, und sie drohte, mich mit Handschellen ans Bett zu fesseln. Ich glaubte ihr nicht, bis sie mit den Handschellen vor meiner Nase herumwedelte.

An dem Tag musste ich alle möglichen Tests machen, man zeigte mir Fotos und verschiedene Formen. Manchmal waren es auch Bilder, die kurz auf einem Computerbildschirm aufleuchteten, und ich musste auf einen roten oder einen grünen Knopf drücken, je nachdem welche Empfindungen das Bild bei mir auslöste. Ich nahm an, Rot sollte Wut symbolisieren, und Grün stand für Ruhe. Ich versuchte, die Ergebnisse durcheinanderzubringen, indem ich bei Bildern von kleinen Hündchen auf Rot und bei Bildern von Aufständen auf Grün drückte.

Mein Therapeut hieß Vernon, und er fragte mich, ob ich mich je selbst berühren würde. Ich überlegte, was Tash sagen würde.

»Andauernd. Ich benutze Gurken, Kerzen, alles, was ich in die Finger kriege.«

Es gab auch Gruppensitzungen mit anderen Mädchen. Nie mit Jungen. Einige waren mager- oder fresssüchtig, selbstmordgefährdet oder Ritzerinnen. In den Gruppensitzungen war der Therapeut nie konkret. Es ging immer nur um »Gefühle«.

»Ihr wollt wissen, wie ich mich fühle. Ich finde es scheiße, dass ich hier bin«, erklärte ich ihnen. Das brachte mir ein Fernsehverbot für den Abend ein. Ich erklärte ihnen, dass mir Fernsehen scheißegal wäre, wofür mir eine Woche lang das Privileg des Nachtischs entzogen wurde. Mir wurde eine Menge Privilegien entzogen. Ich kann nicht mal sagen, welche im Einzelnen, weil mir viele schon entzogen worden waren, bevor ich sie genießen konnte.

Jeder wurde für dies oder jenes eingeteilt. Wir mussten die Tische decken, das Geschirr abräumen oder in der Küche helfen. Unsere Betten mussten gemacht und unsere Zimmer aufgeräumt sein. Es war, als ob man auf einem Internat wäre. Sogar die Socken mussten auf eine bestimmte Weise gefaltet werden.

»Nicht verknoten, sondern mit einem Lächeln falten«, sagte die Hausmutter.

»Meine stinken wie Ihre Arschfalte«, erklärte ich ihr. Von da an durfte ich nicht mehr in den Spieleraum.

Wenigstens ließen sie mich schreiben. Ich wurde sogar dazu ermutigt. Ich musste Listen erstellen. Was mir an mir selbst gefiel und was nicht. Mein Aussehen zum Beispiel, mein Fluchen, meine Launen, die Tatsache, dass ich schlecht in Mathe bin …

Einmal in der Woche durfte ich Mum und Dad anrufen. Ich flehte sie an. Ich weinte. Ich versuchte, ihnen Schuldgefühle zu machen, damit sie mich nach Hause kommen ließen. Die Stimme meines Vaters wurde immer ganz zittrig, aber dann schnappte Mum sich das Telefon, bevor er zusammenbrach.

Ich hatte kein Handy. Ich konnte nicht mit Tash reden und herausfinden, was mit Callum und Aiden geschehen war. Tage dehnten sich zu Wochen, einem Monat, zwei Monaten. Es gab weitere Therapiesitzungen und Vorträge über Drogen und Alkohol.

Meine Eltern dachten, ich wäre drogensüchtig – oder so gut wie. Ich sei »auf einer abschüssigen glatten Straße unterwegs«, sagten sie.

Nach acht Wochen durfte ich wieder nach Hause. Ich erfuhr es erst eine halbe Stunde, bevor meine Eltern eintrafen. Und selbst dann wies mich die Hausmutter nur an: »Pack deinen Koffer.«

Mum kam in den Empfangsbereich. Dad blieb draußen beim Wagen. Das war alles. Wir fuhren schweigend nach Hause, und ich ging in mein Zimmer. Ich betrachtete meinen Computer und mein Handy. Ich rief Tash nicht an. Ich schickte niemandem eine E-Mail. Ich kramte meine alten Spielsachen hervor und spielte damit. Ich kämmte meinen Barbie-Puppen das Haar und zog ihnen andere Kleider an. Das hatte ich seit Jahren nicht mehr getan.

Miss McCrudden, meine Englischlehrerin, die meine Geschichten so mag, hat mir gesagt, ich solle beim Schreiben darauf achten, dass meine Figuren nicht immer so passiv sind. Sie müssen selbst etwas tun, sagte sie, anstatt dass ihnen immer nur etwas geschah.

Da habe ich begriffen, was sie meinte. Ich war eine passive Figur in meinem eigenen Leben, die zuließ, dass Dinge mit ihr passierten, anstatt meinen eigenen Weg zu finden und ihn auch zu gehen.

Ab jetzt nicht mehr, beschloss ich, nie wieder.

23

DEN HAUSMEISTER aufzuspüren ist leicht. Er hat weder seine Spuren verwischt, noch ist er in ein tiefes dunkles Loch gekrochen. Heutzutage ist niemand mehr weit unter der Oberfläche, nicht in Zeiten von E-Mails, Facebook und Twitter Accounts. Fast jeder hinterlässt eine elektronische Spur wie Mäuseköttel im Cyberspace.

Nelson Stokes arbeitet jetzt für die Straßenreinigung der Stadt Oxford und schiebt eine Handkarre durch Fußgängerzonen und Gassen, die für die Maschinen zu eng sind.

Er ist achtunddreißig, hat lange Haare und ein eckiges Gesicht. Er trägt ein einfaches Wollhemd und eine reflektierende Jacke. Er hat seinen Karren vor einem Schuhladen geparkt und dreht sich eine Zigarette. In dem Laden steht eine junge Verkäuferin auf Zehenspitzen, um Schachteln in ein hohes Regal zu schieben. Stokes betrachtet ihre Schenkel, die sich unter dem kurzen Rock anspannen.

»Mr. Stokes?«

Er dreht sich langsam um. »Kenne ich Sie?«

Ich überreiche ihm meine Visitenkarte. Er liest sie sorgfältig und lässt sich einen Moment Zeit, um zu entscheiden, ob ich ein Ärgernis oder eine Chance bin. Ich habe seine Polizeiakte gelesen, eine deprimierende Lektüre. Mit Anfang zwanzig wurde er zum ersten Mal festgenommen wegen des Besitzes von Diebesgut. Er bekannte sich schuldig und kam mit einer Bewährungsstrafe davon. Davor hatte er Maschinenbau studiert, war jedoch von der Universität geflogen, weil er bei den Prüfungen nach dem ersten Jahr beim Mogeln erwischt wurde. Seitdem Gelegenheitsarbeiten, Heirat, Scheidung, eine gescheiterte Firmengründung. In St. Catherine's arbeitete er zwei Jahre als Hausmeister und Platzwart, bevor er gefeuert wurde.

Laut Polizeiakte beschwerte sich eine Handvoll älterer Schülerinnen darüber, dass Stokes Fotos von ihnen gemacht hatte. Es stellte sich heraus, dass die Mädchen sich eines Tages schnell auf der Rückseite der Turnhalle umgezogen hatten, anstatt nach oben in die Umkleidekabinen zu gehen. Stokes hatte sie mit einer Digitalkamera aufgenommen. Unter den Fotos fand man auch Bilder von Natasha.

Der Hausmeister verbrachte zwei Tage in Polizeigewahrsam und wurde acht Stunden lang befragt, hatte jedoch für den Sonntagmorgen, an dem die Mädchen verschwunden waren, ein Alibi.

Stokes lehnt seinen Besen an die Karre, setzt sich auf den Sitz an einer Bushaltestelle und zündet seine Zigarette an.

»Ich hatte gehofft, mit Ihnen über die Bingham Girls sprechen zu können.«

»Was haben Sie denn damit zu tun?«

»Ich wurde gebeten, die Ermittlung noch einmal durchzusehen.«

»Damit hatte ich nichts zu tun.«

»Sie kannten die Mädchen.«

»Hat man sie gefunden? Die Leichen, meine ich.«

»Wie kommen Sie darauf?«

»Liegt doch nahe.« Er bläst Rauch aus dem Mundwinkel aus. »Die ganze Zeit vermisst – da müssen sie doch tot sein.«

Er hebt den Blick und guckt über die Straße zu einer Gruppe von Mädchen, die schwatzend vor einem Starbucks stehen. Ich bemerke die Hitze in seinen Augen und seinen ungewaschenen Geruch.

»Ich weiß von den Fotos.«

»Ich habe diese Mädchen nie angerührt. Ich hab ihnen kein Haar gekrümmt.«

»Aber Sie haben diese Fotos gemacht.«

Er schnippt die Asche seiner Zigarette ab. »Das war alles. Warum fangen Sie wieder davon an? Hat sich eine von den kleinen Schlampen beschwert und möchte mich verklagen? Soll sie ruhig. Ich hab kein Geld. Sie kann mich auf meinen Karren verklagen.« Er nickt lachend seinem Besen zu.

Stokes ist kein geübter Lügner. Wenn man lügen will, zeigt man den Leuten seine Hände, damit sie sehen können, dass man unbewaffnet ist. Und dann beugt man sich ein wenig vor, um seine Überzeugung zu bekräftigen, ohne den Blick des Gegenübers loszulassen.

»Wo waren Sie an dem Abend von dem Schneesturm?«, frage ich.

»Samstag? Da müsste ich mir die Haare gewaschen haben.«

»Ist das Ihr Alibi?«

»Warum sollte ich eins brauchen?« Er lächelt mich traurig und bitter an. »Den Onkel sollten Sie sich ansehen. Das hab ich der Polizei auch gesagt. Ich hab ihnen erzählt, was ich gesehen habe.«

»Was haben Sie ihnen denn erzählt?«

»Ich hab ihnen von diesem Mädchen und ihrem Onkel Vic McBain erzählt.«

»Was ist mit den beiden?«

»Ich hab sie zusammen gesehen. Er hat Natasha einmal vor der Schule abgesetzt, und sie saß vorn auf seinem Schoß und küsste ihn. Nicht nur einfach so, kein Küsschen auf die Wange, sondern richtig mit Zunge. Wissen Sie, was ich meine? Erst dachte ich, es wär eins der älteren Mädchen mit ihrem Freund, doch dann stieg Natasha aus, und ich erkannte den Typ, den sie geküsst hatte. Sie hüpfte zum Unterricht, als wäre das alles so normal wie nur was.«

»Sind Sie sicher, dass es Vic McBain war?«

»Ja, ich habe mit Natasha geredet. Sie hat gesagt, sie wüsste von meinen Fotos, und wenn ich es irgendjemandem erzähle, würde sie behaupten, ich hätte sie angefasst. Das ist eine Lüge. Ich habe keins von den Mädchen jemals berührt.«

»Und das haben Sie der Polizei erzählt?«

»Ja, das habe ich denen erzählt.«

»Wem haben Sie das erzählt?«

»Einem Detective, seinen Namen weiß ich nicht mehr.«

Ich habe die Akten gelesen. Es gab keinen Hinweis auf eine unangemessene Beziehung zwischen Vic McBain und seiner Nichte.

Stokes drückt seine Zigarette zusammen, bis sich Papier und Asche auflösen, und fegt sie auf.

»Dieses McBain-Mädchen konnte wirklich eine Hexe sein, total eingebildet, stolzierte rum wie auf einem Laufsteg. Mit vierzehn Schwanzfopper, mit fünfzehn Ausreißerin – dieses Mädchen hat immer nur Ärger gemacht. Vielleicht hat sie bekommen, was sie verdiente.«

»Und was hat sie verdient?«

Er antwortet nicht. Stattdessen wendet er sich ab und nimmt den starrborstigen Besen von der Karre.

»Ich muss arbeiten.«

24

Zwischen Ruiz' Ellbogen steht ein Pint Guinness. Er sieht zu, wie sich die Bläschen zu einem cremigen Schaum setzen. Wir trinken nicht in der Morse Bar. Er hat ein Pub um die Ecke ausgesucht, wo es preiswerter ist und die Happy Hour doppelt so lang.

»Ich habe nichts gegen Fernsehdetektive«, erklärt er. »Aber was den Blödsinn angeht, den sie verzapfen, ist einer wie der andere. Nimm zum Beispiel Columbo.«

»Peter Falk?«

»Der Typ, der seit zwanzig Jahren denselben Regenmantel trägt und so tut, als wäre er vertrottelt und blöd, damit die Leute ihn unterschätzen. Ich kenne Polizisten, die das schon doppelt so lange machen wie er und in ihrem Leben noch nicht mehr gelöst haben als ein Kreuzworträtsel. Weißt du, was mit denen passiert?«

»Ich habe das Gefühl, du wirst es mir gleich sagen.«

»Sie werden befördert.« Sein Glas ist leer.

»Deine Runde«, sagt er.

»Ich trinke nichts.«

»Das ist doch nicht meine Schuld. Man nennt es Tradition.« Ich gehe zur Bar. Als ich zum Tisch zurückkehre, hat Ruiz sein Notizbuch ausgepackt und leckt sich beim Blättern den Daumen. Während ich Emily Martinez und Nelson Stokes befragt habe, hat er die Einzelheiten des Unfalls recherchiert.

Er rattert die Fakten herunter: Aiden Foster, 20, und Callum Loach, 18, hatten auf einer Party in Abingdon eine Auseinandersetzung. Später am selben Abend überfuhr Foster Loach und beging dann Unfallflucht.

»Foster wurde am nächsten Tag festgenommen. Er hat einen Deal mit der Staatsanwaltschaft gemacht, und die Anklage wurde auf schwere Körperverletzung reduziert. Er sitzt seit vier Jahren.«

»Was ist mit Loach passiert?«

»Seine beiden Beine wurden über dem Knie amputiert. Er wohnt bei seinen Eltern.«

»Und bei dem Streit ging es um Natasha?«

»Offenbar.« Ruiz trinkt einen Schluck Guinness und wischt sich die Oberlippe ab. »Die Sache hat sie ziemlich unbeliebt gemacht.«

»Inwiefern?«

»Als sie ihre Aussage gemacht hat, haben die Leute sie vor dem Gericht beschimpft. Fosters Anwalt hat sie als absolute Oberschlampe dargestellt. Zeugen haben ausgesagt, sie hätte auf der Party Drogen verkauft.«

»Das heißt, alle haben *ihr* die Schuld gegeben?«

»Sieht so aus.«

Ruiz zieht eine Braue hoch.

Er weiß, dass ich nach Motiven suche, nach Dingen, die die Polizei übersehen haben könnte.

»Was hat Aiden Foster mit einer fünfzehnjährigen Freundin gemacht?«

»Was hat Vic McBain mit seiner Nichte gemacht?«, entgegnet er.

»Ich weiß nicht, ob ich Stokes die Geschichte abkaufe.«

»Warum sollte er lügen?«

»Um von sich abzulenken. Was wissen wir über Vic McBain?«

»Er und Isaac waren Geschäftspartner. Sie haben vor zehn Jahren eine Firma für Gerüstbau gegründet. Es ist ein Nischenmarkt, sehr lukrativ und heiß umkämpft. Und Vic gewinnt eigentlich weniger Kunden, als dass er Konkurrenten verliert.«

»Wie meinst du das?«

»Die LKWs anderer Firmen werden mit Parkkrallen mattgesetzt, Aufträge werden kurzfristig wieder storniert, oder Gerüste brechen zusammen, während Vics Firma offensichtlich nichts und niemand etwas anhaben kann. Wenn es darum geht, eine Ausschreibung zu gewinnen, ist Vic am Ende immer irgendwie der günstigste Anbieter. Oder er ist der Einzige, der überhaupt noch im Rennen ist.«

»Warum sind die Brüder keine Partner mehr?«

»Sie haben sich zerstritten. Vic hat Isaacs Anteil aufgekauft. Jetzt arbeitet Isaac für ihn.«

»Was hat Isaac mit dem Geld gemacht?«

»Am Glücksrad verspielt – dem mit den roten und schwarzen Zahlen und der hüpfenden weißen Kugel. Deswegen hat er sich wahrscheinlich auch mit den Connolly-Brüdern eingelassen. Er schuldete einem Kredithai namens Cyril Honey fünfzehn Riesen.«

»Also hat er sich für den letzten Ausweg entschieden und einen Geldtransporter überfallen.«

»Und jetzt wohnt er in einem Schuppen, während Vic ein Fünfhundert-Quadratmeter-Grundstück an der Themse und ein Château in Frankreich besitzt.«

Ruiz klappt sein Notizbuch zu und zieht das Gummiband über den Einband. »Glaubst du, Stokes wäre dazu in der Lage?«

»Kann sein. Ich wüsste wirklich gern, warum in seiner Aussage Vic McBain nicht erwähnt wird.«

»Das solltest du DCI Drury fragen. Der ist bestimmt begeistert.«

Mein Handy klingelt. Die Nummer erkenne ich nicht, doch die Stimme klingt vertraut.

Victoria Naparstek entschuldigt sich für ihren Auftritt im Krankenhaus und fragt, was ich anhabe.

»Wieso?«

»Ich will Sie zum Essen einladen und wollte mich bloß vergewissern, dass Sie kein Tweedjackett tragen.«

»Ist Tweed ein Problem?«

»Darin sehen Sie aus wie ein Aushilfslehrer.«

»Gut zu wissen.«

»Ich habe uns einen Tisch im Branca reserviert. Das ist ein italienisches Restaurant in der Walton Street. Ich hole Sie um acht ab.«

Ich beende das Gespräch. Ruiz hat eine Braue hochgezogen.

»Du hast ein Date?«

»Nur eine Verabredung zum Abendessen.«

»Mit dieser überaus attraktiven Psychologin.«

»Sie will meine Meinung über irgendwas hören.«

»Also nicht deinen Körper?«

Ruiz ist der einzige meiner Freunde, der nicht versucht, mir einzureden, dass Julianne und ich wieder zusammenkommen. Ich glaube, er hofft es, doch das würde er nie sagen. Obwohl er viel über Sex redet, ist die einzige Frau in seinem Leben seine Exfrau Miranda, die offenbar zu dem Entschluss gekommen ist, dass Ruiz zwar nicht zum Ehemann, aber hin und wieder doch zum Lover taugt.

»Ich muss mich umziehen«, erkläre ich ihm. »Sie mag keinen Tweed.«

»Offensichtlich eine Frau mit Geschmack.«

»Nicht meine Liga.«

»Kopf hoch. Selbst der blindeste Stürmer landet mal ein Glückstor.«

Victoria Naparstek wartet in der Hotelhalle auf mich. Sie trägt Kontaktlinsen und sieht sexy aus – sie trägt ein Kleid, das über den Knien endet, und Stiefel, in denen sie größer ist als ich. Ein Grund mehr zur Verlegenheit.

In dem italienischen Restaurant stehen rote Glaskugeln mit Teelichtern auf den Tischen, die perfekte Beleuchtung, um zahllose Makel und Fehler zu verbergen – meine, nicht ihre.

»Wie geht es Augie?«, frage ich.

»Das wollte ich Ihnen erzählen. Er wurde heute Nachmittag gegen Kaution entlassen. Er ist draußen.«

»Wo ist er?«

»Bei seiner Mutter.«

»Was ist passiert?«

»Der Richter war außer sich, als er von dem Selbstmordversuch erfuhr. Er wollte keine weiteren Ausreden mehr hören. Die Polizei habe in ihrer Fürsorge- und Aufsichtspflicht versagt, hat er gesagt. Er hat eine Kaution festgesetzt. Außerdem muss Augie eine elektronische Fußfessel tragen.«

Sie hebt ihr Glas zu einer Minifeier, und streicht sich das Haar hinter die Ohren.

»Hat die Anklage Augies Vater erwähnt?«

»Das wurde nicht zugelassen. Man kann einen Sohn nicht dafür verantwortlich machen, was sein Vater getan oder nicht getan hat.«

Einer meiner Manschettenknöpfe ist aufgegangen. Ich bin nicht geschickt genug, ihn wieder zu schließen. Victoria bemerkt es und greift über den Tisch.

»So«, sagt sie.

»Danke. Ich wüsste nicht, was ich ohne Sie machen würde.«

Ein Lächeln. Sie hat die Art Grübchen, die einen Mann um den Verstand bringen.

Wir machen Smalltalk und sehen uns in die Augen. Naparstek ist ein jüdischer Name. Ihre Urgroßeltern sind 1935 aus Polen geflohen. Sie ist ein Einzelkind, was bedeutete, dass sie ein ziemlich verwöhntes Mädchen und eine Leseratte war. Sie ist in Glasgow aufgewachsen, aufs Internat gegangen und war Schulsprecherin. Ihr Vater macht Firmenvideos. Ihre Mutter ist Sprachtherapeutin.

Ich höre ihr zu und nehme mir vor, mich daran zu erinnern – wie es sich anfühlt, mit einer attraktiven Frau zu reden und ein bisschen zu flirten. Was ich nicht erwähne, ist die Tatsache, dass ich heute Morgen mit einer Erektion aufgewacht bin und mir vorgestellt habe, Dr. Naparstek ihren schicken Kostümrock über ihre Hüften hochzuschieben und meine Peniswurzel an ihrem Schambein zu reiben.

»Tut mir leid, dass ich Monologe halte«, sagt Victoria. »Das stört Sie doch nicht, oder?«

»Überhaupt nicht.«

»Lügner!«

Dann redet sie weiter, erzählt mir, wie sie in einer Schultheateraufführung die Hauptrolle gespielt und mit der Idee geliebäugelt hat, Schauspielerin zu werden. Das Gespräch blüht auf, wir werden vertraut miteinander und erzählen uns retuschierte Highlights unseres Lebens. Dann fragt sie mich aus heiterem Himmel: »Erinnern Sie sich an unsere erste Begegnung?«

»Ja.«

»Sie haben einer Anhörungskommission erklärt, dass mein Patient Vergewaltigungsfantasien habe ... auch über mich.«

»Wie geht es Liam?«

»Lassen Sie mich ausreden«, sagt sie und wappnet sich.

»Nach der Anhörung wurde seine Entlassung abgelehnt, und er blieb für weitere sechs Monate in psychiatrischer Sicherheitsverwahrung. Ein halbes Jahr später hat er einen neuen Antrag gestellt, und man gewährte ihm begleitete Tagesausflüge, Wochenendurlaub und so weiter. Zwei Monate später überfiel er eine Frau, die mit ihrem Hund im Putney Common spazieren ging, und versuchte, sie zu vergewaltigen.« Sie senkt den Kopf und spricht flüsternd weiter. »Er wollte ihr die Gurgel durchschneiden, aber sie hat ihn erfolgreich abgewehrt. Sie hatten recht. Ich hätte auf Sie hören sollen.«

Ich überlege, etwas zu sagen, doch ich habe keine tröstenden Worte anzubieten. Schweigen ist gütiger.

Wir gehen zurück zum Hotel. Das ist der Teil, der mir Angst macht. Seit Julianne und ich uns getrennt haben, hat es zwei Frauen gegeben, beides One-Night-Stands – eine Lehrerin von Charlies Schule und eine geschiedene Frau, die ich bei einem Tanzkurs kennengelernt habe. Man könnte es Mitleids- oder Einsamkeitssex nennen, hungrig und traurig, zwei Menschen, die versuchen zu vergessen, anstatt etwas Neues zu erschaffen.

Was theoretisiere ich jetzt schon wieder? Ich denke zu viel.

Ich sollte einfach handeln.

Victoria Naparstek nimmt mir die Entscheidung ab, indem sie mich in einen Ladeneingang zieht und küsst wie ein Teenager. Dann fasst sie meine Hand, und wir gehen weiter.

»Bevor du mich auf dein Zimmer einlädst«, sagt sie, »muss ich dich warnen. Ich werde Nein sagen.«

»Oh.«

»Ich warne dich bloß. Du solltest trotzdem fragen.«

»Warum?«

»Ich werde mich geschmeichelt fühlen.«

»Das heißt, du magst mich.«

»Ja. Du bist ein netter Mann …«

»Ich höre da ein ›Aber‹.«

»Ich habe das Gefühl, du hängst noch an einem netten Mädchen … und das bin nicht ich.«

»Aber ich könnte irgendwann an dir hängen.«

»Ich bin nicht besonders geduldig und stehe nicht gern in der Schlange.«

»Kein Grund, nicht miteinander zu schlafen.«

»Ist das eine Einladung?«

»Ja.«

Sie lacht und küsst mich noch einmal. Als sie sich löst, packe ich sie, ziehe sie fest an mich und höre sie leise ausatmen. Ihr Mund ist offen. Es gibt nichts mehr zu sagen.

Später in der Nacht oder am frühen Morgen liegt sie neben mir, den Kopf an meiner Schulter, ihren rechten Arm über meiner Brust.

»Ich dachte, du wolltest Nein sagen«, murmele ich und streiche mit den Fingern über ihre Brüste.

»Ich habe keine Selbstkontrolle.«

»Vielleicht sollte ich mich entschuldigen.«

»Dafür ist es jetzt ein bisschen spät.« Sie küsst meine Fingerspitzen. »Es war auf jeden Fall anders.«

»Auf eine gute Art?«

»Unbedingt wiederholenswert.« Sie rollt sich aus dem Bett.

»Leider nicht heute Nacht. Ich muss morgen früh raus.«

»Das heißt, du schläfst mit mir und lässt mich dann sitzen?« Sie ist im Bad und kleidet sich an. »So ist es nicht.«

»Wie ist es denn?«

»Kompliziert.«

»Triffst du dich noch mit jemand anderem?«

»Das Ganze war wahrscheinlich ein Fehler.«

»Mach keine Tragödie draus. Wir werden es beide verkraften.«

Sie betrachtet sich im Spiegel und richtet ihr Haar. Eine Frau, die sich zurechtmacht, hat immer etwas sehr Sinnliches.

»Bist du verheiratet?«, frage ich.

»Nein.«

»Was ist es dann?«

»Nichts.«

Sie zieht ihren Mantel an und küsst mich auf die Wange. Auf dem Fußboden liegt eine Notiz, die jemand unter der Tür durchgeschoben hat. Sie hebt sie auf und liest stirnrunzelnd den Namen des Absenders.

Es ist eine handschriftliche Botschaft von DCI Drury.

Nachrichtensperre aufgehoben: Der Sturm bricht los.

Ich habe ihn nicht kommen hören.

Er sitzt im Schatten, nur seine Hände und Knie sind im Licht. Mein Herz setzt kurz aus, ich atme stockend ein und krieche in die Ecke der Pritsche.
Er beugt sich vor, sodass auch sein Gesicht zu sehen ist.
»Guten Morgen, Prinzessin.«
Um seine Augen bilden sich kleine Fältchen.
Als wir noch zu zweit waren, ist er nie die Leiter heruntergekommen. Jetzt, wo ich allein bin, ist er selbstbewusster. Ich hatte lange Zeit keine Gelegenheit mehr, ihn von Nahem zu betrachten – seit Jahren nicht. Er ist ein Mann, den man schnell vergisst; einer, der einem nicht auffallen würde.
»Du hast bestimmt Hunger. Bist du bereit hochzukommen?« Ich schüttele den Kopf.
»Auf dich wartet ein warmes Bad. Und ein warmes Essen.« Er lächelt mit einer Mischung aus Mitgefühl und trockenem Humor.
»Wo ist Tash?«
»Mach dir um sie keine Sorgen.«
»Geht es ihr gut?«
George blickt zum Fenster. »Es war sehr dumm von dir, ihr bei der Flucht zu helfen. Ich weiß, was du getan hast. Ich weiß, wie du es getan hast.«
Meine Blase ist voll. Ich muss auf die Toilette.
Er geht in dem Keller hin und her, bleibt am Waschbecken stehen und betrachtet die leeren Dosen, als hätte er Angst, sich mit irgendwas anzustecken.
Er zeigt auf die Leiter. »Ich gehe jetzt nach oben. Du weißt, was passiert, wenn du nicht zu mir kommst? Erinnerst du dich an den Schlauch?«
Er packt die unterste Sprosse und klettert locker nach oben, balanciert auf der obersten Sprosse und schwingt sich durch die Luke wie ein Turner. Er guckt durch das Loch nach unten.
»Komm schon, Piper. Du willst es doch auch.«
»Werden Sie mir wehtun?«
»Warum sollte ich?«

»Sie haben Tash wehgetan.«
»Sie hat nicht gehorcht.«
Ich sehe mich in dem Raum um – nach einer Waffe oder einem Ausweg.
»Lass mich nicht warten, Piper.«
Ich will die Leiter nicht hochklettern, doch ich lebe seit Jahren in diesem Loch. Ich möchte andere Wände sehen.
»Ich habe ein warmes Essen für dich«, wiederholt er. »Ein warmes Bad.«
Ich steige nach oben. Eine Hand folgt der anderen. Immer höher. Ich strecke die Arme über den Kopf. Er packt meine Handgelenke und hebt mich locker hoch. Er zieht mich bis an den Rand der Falltür und weiter auf meine Füße.
Dann lässt er mich los. Der Raum ist dunkel. Ich stehe unter einer Eisentreppe. George geht durch eine Tür in einen zweiten Raum und macht mir ein Zeichen zu folgen. Er trägt ein Jackett und Cordhose – Klamotten, wie sie mein Vater tragen würde.
Wir sind in einer Werkstatt oder Fabrik mit hohen Decken und schmalen hohen Fenstern. Der Putz blättert von den Wänden, einige Platten der Deckenvertäfelung sind zerbrochen. Ich bemerke eine Gefriertruhe mit einem blinkenden roten Licht, einen Tisch, zwei Plastikstühle, Kisten, Tonnen. Dann rieche ich das Essen. Grillhähnchen. Noch warm.
Er reißt die Tüte auf. Ich denke, dass ich vor Hunger ohnmächtig werde. Die Tüte ist von dem Chicken Cottage in Abingdon. Ich kenne den Laden, weil der Besitzer eine dieser Katalog-Ehefrauen aus den Philippinen hat, die aussieht, als wäre sie siebzehn.
»Vielleicht solltest du dich vorher waschen«, sagt George. Ich schüttele den Kopf.
Er bietet mir einen Stuhl an. Meine Hände zittern. Mein Magen zieht sich zusammen. Ich kann das fettige warme Fleisch sehen, die goldbraune Haut, die saftigen Schenkel ...
Er nimmt mir gegenüber Platz und sieht mir beim Essen zu. Ich stopfe das Hähnchen in mich hinein, weil ich Angst habe, dass er es mir wieder wegnehmen könnte.
»Was zu trinken?«
Er macht eine Dose Limonade auf.
»Nicht so hastig. Sonst wird dir noch schlecht.«
Aber ich schlinge weiter. Ich kann gar nicht schnell genug kauen und verschlucke mich beinahe.
Er packt eine Ecke der beschichteten Tüte und zieht sie mir weg. Meine Augen und Hände folgen dem Essen, doch er gibt mir einen Klaps auf die Handgelenke und ermahnt mich, langsamer zu essen.

Ich bringe kein Wort heraus. Ein Klumpen Essen steckt in meinem Hals. Ich kann auch nicht atmen. Er steht auf, legt seine Arme um mich, drückt fester zu und presst die Luft aus meiner Lunge. Hustend spucke ich einen Klumpen Hühnchen aus. Er setzt mich wieder auf den Stuhl.

»Tu das nächste Mal, was ich sage.«

In dem Moment kotze ich los. Er macht einen Schritt zurück, doch nicht schnell genug, um seine Schuhe in Sicherheit zu bringen. Er brüllt irgendwas. Ich verstehe ihn nicht. Alle meine Innereien stülpen sich nach außen, und mir ist, als würden sie mit dem halb verdauten Hühnchen und der Limo auf dem Fußboden landen.

Ich wische mir mit dem Ärmel Mund und Nase ab.

»Wo ist Tash?«

»Ich habe sie gefangen.«

»Wo ist sie?«

»Ich habe sie getötet.«

»Ich glaube Ihnen nicht.«

Er lacht. »Sie ist in einem Raum genau wie diesem.«

»Kann ich sie sehen?«

»Nein, ich bestrafe sie.«

»Bestrafen Sie stattdessen mich.« Er antwortet nicht.

»Bitte, lassen Sie mich zu ihr.«

»Nein.«

»Warum machen Sie das?« Wieder gibt er keine Antwort.

»Ich will nach Hause. Bitte lassen Sie uns gehen. Wir sagen es niemandem.«

»Ich dachte, darüber wärst du inzwischen hinaus«, sagt er und klingt enttäuscht.

»Lassen Sie mich Tash sehen.«

Er packt blitzschnell und so fest mein Gesicht, dass es sich anfühlt, als würde mein Kiefer brechen. Er hebt mich hoch, bis meine Zehen kaum noch den Boden berühren.

»Halt die Klappe! Hast du verstanden? Hör auf zu jammern.«

Er sagt es mit einem leisen Flüstern, das in meinem Schädel widerhallt.

»Hast du mich gehört?«

Er reißt meinen Kopf hoch und runter und lässt mich dann los. Ich weiß nicht, wie ich es schaffe, stehen zu bleiben. Er schnuppert an seinen Fingern und verzieht die Nase.

»Zeit, dich sauber zu machen.«

Er führt mich vom Tisch zu einem Bett und einer altmodischen Wanne auf Krallenfüßen. Ein mit Holz befeuerter Boiler heizt den Raum und das Wasser. Die Wanne ist bereits halb voll. Er dreht den Hahn auf. Es dampft, Blasen blubbern.

Am Fuß des Bettes steht eine große offene Truhe mit Shampoos, Seifen, Bodylotions, Conditioner, Moisturizer, Parfüm, Schaumbad – es sieht aus, als hätte er jedes Hotel des Landes geplündert und all die kleinen Gratisfläschchen mitgenommen.

Er gießt noch ein wenig Schaumbad in das fließende Wasser und sieht zu, wie es aufschäumt. Dann öffnet er eine zweite Truhe und nimmt ein großes flauschiges Handtuch heraus.

»Du hast dich noch nicht ausgezogen.«

»Ich will nicht.«

»Warum nicht?«

»Nicht vor Ihnen.«

»Ich gehe nicht weg.«

»Bitte«, *flehe ich mit quäkender Stimme.*

Ich schaue auf die Wanne und dann in die offene Truhe. In der Innenseite des Deckels ist ein Spiegel, in dem ich mich kurz sehe. Mein Haar ist zu Rattenschwänzen verfilzt. Meine Augen sind rot.

Das Bad ist fertig. Er taucht seine Finger ins Wasser.

»Du hast nichts, was ich nicht schon gesehen habe.«

Aber das stimmt nicht. Er hat mich noch nicht nackt gesehen.

Nicht von Nahem. Nicht so.

Wieder packt er mein Gesicht und zwingt mich, ihm in die Augen zu sehen, die sich tief in meinen Schädel bohren. Sein Griff wird fester. Tränen fallen auf seinen Handrücken.

»Du solltest mir besser gehorchen, Piper. Du weißt, wozu ich imstande bin.«

Ich ziehe meine Kleider aus. Er hält sie zwischen Daumen und Zeigefinger und lässt sie in einen Müllsack aus Plastik fallen. Ich bedecke meine Brüste mit dem Unterarm.

Er zeigt auf meine Unterhose. Sie ist verschmutzt, gelb.

»Die auch.«

»Ich will sie anbehalten.« *Er schüttelt den Kopf.*

Ich schiebe den Slip nach unten, drehe mich um, steige eilig in die Wanne, tauche unter und rolle mich fest zusammen. Er zieht seinen Stuhl so nah heran, dass seine Knie den Rand der Wanne berühren.

Er gibt mir einen pinkfarbenen Einwegrasierer.

»Mach deine Beine.«

Ich zögere. Er packt meinen linken Knöchel unter Wasser und zieht ihn nach oben. Ich habe keine Zeit, mich am Wannenrand festzuhalten und tauche komplett unter. Er hält mein Bein fester und drückt so meinen Kopf unter Wasser. Vielleicht werde ich nie wieder atmen.

Als er mein Bein loslässt, tauche ich hustend, spuckend, schniefend und mit brennenden Augen wieder auf.

»Entweder du rasierst dich, oder ich mache es für dich.«

Ich stelle ein Bein nach dem anderen auf den Wannenrand und rasiere es. Er beobachtet mich. Meine Hand zittert, während die Klinge eine Bahn durch den Schaum zieht.

Dann befiehlt er mir aufzustehen. Ich bedecke meine Brüste und meinen Unterleib. Er zeigt auf mein Schamhaar.

»Daran müssen wir auch was machen.« Ich verstehe ihn nicht.

»Rasier es ab.«

Meine Hand zittert. Ich kann nicht.

Niemand hat mich je zuvor dort berührt. Niemand. Der einzige Typ, der es je versucht hat, war Gerard Bryant, der mir im Odeon in Oxford die Hand unter den Rock geschoben und dafür einen Schlag in die Magengrube kassiert hat.

George schlage ich nicht. Ich stehe ganz still und schmecke die Tränen, die in meine Mundwinkel kullern. Während er arbeitet, spricht er mit mir, doch die Worte kommen nicht bei mir an. Als er fertig ist, hält er mir ein Handtuch hin, legt es über meine Schultern und trocknet mich behutsam ab, meine Arme und Beine, zwischen den Zehen ...

Er lässt das Handtuch auf meinen Schultern liegen, öffnet die Truhe und nimmt das oberste Fach heraus. Darunter befinden sich BHs, Slips und Damenwäsche. Er wählt ein Nachthemd aus.

»Zieh das an.«

»Warum?«

»Weil ich es will.«

Ich hebe die Arme. Der Stoff gleitet über meine Haut. Ich stehe verlegen da und fühle mich immer noch nackt. Er legt seine Hände auf meine Schultern und drückt mich aufs Bett. Dann bürstet er mir die Haare, dreht mein Gesicht zu sich und trägt mir Lippenstift auf.

Er legt seine Hand unter mein Kinn, sodass ich ihn anschauen muss. Sein Daumen und sein Zeigefinger graben sich in meine Wangen und verzerren meinen Mund. Ich will ihm nicht in die Augen sehen. Stattdessen versuche ich, mich auf einen Punkt knapp darüber zu konzentrieren, einen Fleck trockener Haut auf seiner Stirn.

»Wie hübsch du bist«, sagt er und weist auf den Spiegel. Dann muss ich wieder aufstehen.

»Dreh dich im Kreis.«

Ich kreisele schlurfend um die eigene Achse. Dann führt er mich zum Bett, stößt mich auf die Matratze und schiebt plötzlich drängend das Nachthemd über meine Hüften. Sein Atem wird mit dem Vormarsch seiner Finger hastiger.

Ich sollte mich wehren. Ich sollte beißen und kratzen, meine Finger in seine Weichteile stoßen. Stattdessen fiepse ich wie ein kleines Kätzchen, als seine Hände meinen Körper erobern.

Ich weiß nicht, was als Nächstes geschieht. Mein Kopf ist ganz leer. Er redet mit mir, doch das Geräusch verweht. Ich schreibe im Kopf, reihe wahllos Wörter aneinander.

Ich werde jemand anderes. Ich kann an einem anderen Ort sein … an einem sicheren Ort. Warum kann ich kein wütender Mensch sein, der kämpft, um sich schlägt und tritt? Warum kann ich nicht die Hunde des Krieges von der Leine lassen? Ich weiß nicht, was »die Hunde des Krieges« sind, doch sie hören sich ziemlich furchteinflößend an.

Er öffnet seinen Gürtel, lässt seine Hose herunter. Mein Gesicht drückt gegen etwas Weiches – eine Felldecke, ganz kuschelig und warm.

»Weißt du, worauf du liegst, Piper?«, flüstert er. »Auf vielen, vielen Tieren, hübschen, kleinen toten Viechern, alle zusammengenäht. Sie haben einmal gelebt, und jetzt leben sie nicht mehr.«

Die Worte hallen in meinem Kopf wider.

»Kaninchen. Robbenbabys. Füchse. Biber. Soll ich dir erzählen, wie sie gestorben sind? Sie wurden mit Knüppeln erschlagen oder mit einem Stromschlag getötet. Sie wurden gehäutet, die Pelze wurden ihnen über ihre blutenden Köpfe gezogen. Und die haarlosen, nackten Leiber wurden auf einen großen Haufen geworfen, einige atmeten noch, blinzelten, starben …«

Seine Lippen sind an mein Ohr gepresst.

»Wenn du jemals ungehorsam bist, Piper … wenn du jemals versuchst zu fliehen … ziehe ich deine Haut ab und werfe dich auf einen Haufen. Genau wie all die anderen süßen kleinen toten Tiere.«

Seine Hand schiebt sich von hinten über meinen Mund und meine Nase. Mein Kopf wird in den Nacken gerissen. Ich kralle mich an seine Hand und habe ein Rauschen in den Ohren, das meine stummen Schreie übertönt. Ich spüre keinen Schmerz. Ich denke gar nichts. Jetzt kann er mich nicht mehr berühren. Er kann nicht in meinen Kopf greifen.

Ich habe mein Versteck gefunden.

25

AN EINEM EISIGEN MORGEN überschlagen sich die Nachrichten, und die Normalität hat ein Ende. Wie ein Schwarm erschrockener Vögel hebt sie sich von den Straßen von Bingham und flattert davon. Die Bewohner lesen beim Frühstück die Schlagzeilen und verfolgen die Berichte im Frühstücksfernsehen.

NATASHA MCBAIN. SEIT DREI JAHREN VERMISST. SEIT FÜNF TAGEN TOT.

Um zehn Uhr parken große Übertragungswagen auf einer Wiese im Stadtpark, und Reporter gehen von Tür zu Tür, um Reaktionen von Nachbarn und Freunden einzuholen. Erinnerungen werden hervorgeholt und durchgeharkt wie die Glut vom Kaminfeuer der vergangenen Nacht, während das fragliche Mädchen neu erfunden und vermarktet wird. Natasha McBain ist kein aufsässiger Problemfall und keine jugendliche Kriminelle mehr, die von zu Hause weggelaufen ist. Sie ist ein Opfer, verschleppt, gefangen gehalten, sexuell missbraucht. Ein Täter lebt in ihrer Mitte, ein Nachbar, Arbeitskollege oder der seltsame Mann von gegenüber, dessen Kellerlicht die ganze Nacht brennt.

Der Polizeiwagen bahnt sich einen Weg zwischen der Schar von Reportern, die The Old Vicarage belagern. Zwei Constables drängen sie zurück auf die Straße, und das Tor schließt sich wieder.

Grievous steuert den Wagen über eine Einfahrt aus Bruchmarmor und parkt vor einer Doppelgarage. Vor uns erstrecken sich achttausend Quadratmeter Garten, gesprenkelt mit riesigen alten Bäumen, Blumenbeeten und gepflegten Rasenflächen. Es gibt einen Teich, einen Tennisplatz, eine Kroket-Wiese und Gewächshäuser voller Saatschalen mit Frühlingsgewächsen.

»Imposantes Anwesen«, sagt Grievous. »Muss ganz schön was wert sein.«

»Dale Hadley ist Banker«, sage ich, was Erklärung genug ist. Ich sehe den Detective Constable an. Er hat Zahnpasta in der Ohrmuschel. Ich weise ihn darauf hin, und er verstellt den Rückspiegel, um sich zu betrachten. Verärgert.

»Die Jungs haben Zahnpasta auf mein Schreibtischtelefon geschmiert«, erklärt er. »Alte Hasen, alte Tricks.«

DCI Drury ist schon im Haus und versucht, Piper Hadleys Familie zu erklären, warum man sie nicht darüber informiert hat, dass Natasha McBain gefunden wurde.

Dale Hadley ist ein kleiner untersetzter Mann mit grau meliertem Haar und tiefen Falten um die Augen. Seine Schultern sind so breit wie seine Hüften, und seine Kleidung sitzt schlecht an seiner sonderbaren Figur. Er läuft mit geballten Fäusten in der Küche auf und ab.

»Was haben Sie uns sonst noch verschwiegen? Was halten Sie noch zurück?«

»Ich verstehe Ihre Erregung, Mr. Hadley, doch die Nachrichtensperre war notwendig. Wir mussten den Aufenthaltsort von Verdächtigen ermitteln. Alibis überprüfen.«

»Das schließt offenbar auch mich ein. Deshalb ist einer Ihrer Detectives gekommen und hat gefragt, was ich während des Schneesturms gemacht habe.«

»Sie müssen verstehen ...«

»Nein, *Sie* müssen verstehen. Ich werde mich nicht wie einen verdammten Verbrecher behandeln lassen. Meine Tochter ist seit drei Jahren verschwunden. Wir haben nichts gehört. Keinen Mucks. Und nun erfahren wir, dass Sie Informationen geheim gehalten haben.«

»Ich werde Sie nie anlügen«, sagt Drury, »doch es wird immer Dinge geben, die die Polizei für sich behalten muss.«

Durch eine offene Tür sehe ich ein tiefer liegendes Wohnzimmer, wo ein etwa elfjähriges Mädchen ihrem Bruder die Ohren zuhält.

»Daddy!«, sagt sie.

»Tut mir leid, Phoebe.«

Die Kinder kehren zurück vor den Fernseher.

Dale Hadley wendet sich wieder an Drury. »Sie müssen doch eine Ahnung haben, wo sie ist.«

»Wir suchen. Meine Beamten gehen von Tür zu Tür, Freiwillige suchen die Felder um das Bauernhaus ab. Wir werden nicht aufhören zu suchen, das verspreche ich Ihnen.«

»Welches Bauernhaus?«

»Wir glauben, Natasha wollte nach Hause. Wahrscheinlich wusste sie nicht, dass ihre Eltern sich haben scheiden lassen und umgezogen sind.«

Mr. Hadleys Gesicht verbiegt sich wie eine Gummimaske.

»O Gott. Das heißt, Piper war vielleicht bei ihr. Sie sind vielleicht beide entkommen.«

»Es ist noch zu früh, um das zu sagen.«

»Sie müssen doch Hinweise haben.«

»Wir befragen eine Person.«

»Wen?«

»Einen Mann, der sich in der Gegend aufgehalten hat, wo Natasha gefunden wurde.«

»Wie heißt er?«

»Ich fürchte, das kann ich Ihnen nicht sagen.«

»Weiß er, wo Piper ist? Haben Sie ihn gefragt? Hat er sie an einem sicheren Ort zurückgelassen?«

Drury breitet die Hände aus. »Ich kann diese Fragen nicht beantworten.«

Eine Frau betritt das Zimmer, das Haar frisch gebürstet, sorgfältig geschminkt. Im Arm trägt sie ein Kleinkind in bunten Leggings und einem hellroten Kittel.

»Du solltest das nicht hier besprechen, Dale«, tadelt sie ihn.

»Nicht vor den Kindern.«

Sarah Hadley ist eine große attraktive Frau Anfang vierzig, sie trägt eine dunkle Seidenbluse, eine Kaschmirjacke und Designerjeans, die möglicherweise nie zuvor getragen wurden.

»Phoebe, kannst du bitte Jessica füttern?«, fragt sie. »Sie möchte Rice Crispies. Und zieh ihr ein Lätzchen an.«

Phoebe nimmt ihre Schwester und hebt sie in einen Kinderstuhl.

Sarah besteht darauf, dass wir im Salon weiterreden. Im akkurat möblierten Raum sind Sofas und Sessel um einen Couchtisch aus Walnussholz gruppiert. In dem Erker steht ein weiß geschmückter Weihnachtsbaum.

Sarah hockt sich auf die Kante eines Sessels, die Hände im Schoß, die Knie zusammengepresst. Das Weiß ihrer Augen ist von feinen roten Äderchen durchzogen, und ihr Atem riecht nach etwas Süßem: einem Drink zur Stärkung.

»Sie haben jemanden verhaftet«, sagt Mr. Hadley. »Sie glauben, er weiß, wo Piper ist.«

»Das habe ich nicht gesagt«, widerspricht Drury. »Es ist unklug, zum jetzigen Zeitpunkt Spekulationen anzustellen.«

Sarah wendet den Kopf und starrt vorbei an dem Weihnachtsbaum in den Garten. Die Sonne ist herausgekommen und hat den gefrorenen Rasen in einen Teppich aus Diamanten verwandelt.

»Natasha war die Starke«, flüstert sie. »Wenn sie es nicht geschafft hat zu überleben, welche Hoffnung besteht dann für Piper?«

Ihr Mann beruhigt sie und greift nach ihrer Hand, doch sie zieht sie fast instinktiv zurück. Die beiden sind ein seltsames Paar. Sarah sieht aus wie eine ehemalige Schönheitskönigin mit makelloser Haut, scheinbar ohne Poren und so kunstvoll geschminkt, dass man das Make-up praktisch nicht sieht. Dale ist klein und stämmig, mit einem Mondgesicht und Aknenarben.

Beide scheinen ganz unterschiedlich auf die Nachricht zu reagieren. Dale erlaubt sich zum ersten Mal seit langer Zeit wieder zu hoffen. Jetzt will er da draußen sein, Türen eintreten, an Bäumen rütteln und Pipers Namen von den Dächern rufen.

Dagegen wirkt Sarah, die Pipers Verschwinden drei Jahre lang im Bewusstsein der Öffentlichkeit gehalten, Interviews gegeben, Plakate aufgehängt und eine Website geführt hat, durch die Nachricht von Natashas Tod wie ausgehöhlt.

Ich habe schon hunderte von Paaren gesehen, die von einem Verlust überwältigt waren. Einige können sich direkt in die Augen sehen und brauchen keine Worte. Andere sind wie Fremde, die gemeinsam in einem Fernzug sitzen. Einige sinken kreischend zu Boden, während andere unbewegt und scheinbar emotionslos bleiben. Einige geben sich selbst die Schuld, andere suchen nach jemandem, den sie verantwortlich machen können, während ein paar sich ins Vergessen trinken oder so tun, als wäre alles wie immer.

Ich kann mir vorstellen, wie dieses Paar nachts im Bett nebeneinanderliegt, hohl in Herz und Seele, und sich fragt, ob Piper noch lebt. Einer von ihnen gibt die Hoffnung auf, während der andere sich daran klammert – bis heute, als sich die Rollen verkehrt haben.

Ich habe es selbst erlebt. Ich habe wach gelegen und an die Decke gestarrt, mit vor Erschöpfung schmerzenden Knochen und dem Wissen, dass Gideon Tyler Charlie verschleppt hatte, ungewiss, ob sie noch lebte. Ich habe jede Grauschattierung des Kummers durchlebt und weiß, dass er nie schwarzweiß kommt. Dale Hadley führt mich nach oben in Pipers Zimmer. Vor der Tür bleibt er stehen, als hätte er Angst, die Schwelle zu überschreiten.

»Ich habe keinen Fuß mehr in das Zimmer gesetzt«, erklärt er. »Seit ihrem Verschwinden nicht mehr. Piper war sehr eigen, was ihre Privatsphäre angeht. Sie mochte es nicht, wenn jemand rumgeschnüffelt hat.« Mit den Fingern deutet er die Anführungszeichen zu dem letzten Satz an.

»War sie verschlossen?«

»Sind sie das nicht alle? Teenager, meine ich.« Er kratzt sein unrasiertes Kinn. »Wir haben ihr erlaubt, ein Schloss an die Tür zu machen, doch das haben wir abgenommen, als sie und Natasha Ärger bekamen. Sie sind zu einer College-Party gegangen ... es gab da einen Zwischenfall.«

»Ich habe davon gehört.«

»Wir wussten, dass Piper manchmal Alkohol getrunken hat, und wir haben sie mit Pillen in ihrer Tasche erwischt. Deswegen hatte sie Hausarrest. Sie wollte auf die Kirmes, aber wir haben es ihr verboten. Sie hat sich trotzdem rausgeschlichen. Als ich sie zum letzten Mal gesehen habe ... wissen Sie ...« Er seufzt. »Das Letzte, was sie zu mir gesagt hat, war, dass sie mich hasst.«

»Das hat sie nicht so gemeint.«

»Ich weiß.« Er blickt auf das Einzelbett. »Wir haben Natasha die Schuld gegeben. Sie war immer ein Wildfang. Kennen Sie das, wenn Mädchen so tun, als wären sie erwachsen, sich die Kleider ihrer Mutter anziehen und auf hohen Absätzen herumstolpern? Natasha tat so, als wäre sie schon *immer* erwachsen gewesen. Frühreif ist nicht das richtige Wort. Sie war kein guter Umgang. Wir haben versucht, die beiden zu trennen, indem wir Piper in eine dieser Schulen für Problem-Teenager geschickt haben, doch es hat nichts genutzt.«

»Sie haben versucht zu unterbinden, dass sie Natasha trifft.«

»Haben wir das Falsche getan?«

»Sie sollten sich nicht selbst martern.«

»Warum nicht? Vielleicht war es unsere Schuld.«

Er schließt die Augen in einem Delta von Fältchen. Dale Hadley hat genau wie Isaac McBain drei Jahre lang über das

»Was, wenn?« und »Wenn bloß« gegrübelt. Was hätte er tun können? Wie hätte er den Lauf der Dinge verändern können?

Pipers Zimmer ist noch genauso, wie sie es verlassen hat. Auf ihrem Schreibtisch stehen Schulbücher nach Größe geordnet, und an einer Pinnwand hängen Fotos, vor allem von Natasha. Es ist ein typisches Teenagerzimmer voller Lipgloss, Kettchen und Aknecremes. Nichts kommt mir seltsam oder ungewöhnlich vor bis auf die Tatsache, dass auf keinem der Poster Boygroups oder heiße Teenie-Stars abgebildet sind.

Überall liegt Mädchenkrimskrams herum: Novelty Pens, Nippes, Schlüsselanhänger und Billigschmuck. Ich fahre mit dem Finger an dem Bücherregal entlang. Auf einem Brett stehen ausschließlich gebundene Notizbücher.

»Sie hat gern geschrieben«, erklärt Dale, der immer noch in der Tür steht. »Nachdem sie verschwunden ist, haben wir sie überall gefunden – hinter der Heizung, unter der Matratze, hinter ihren Schubladen. Einige waren mit Kreppband umwickelt, damit ihre Schwester sie nicht liest.«

»Haben Sie sie der Polizei gegeben?«

»Selbstverständlich.« Er seufzt. »Sie hat einige verletzende Dinge über die Familie geschrieben. Sie wissen ja, wie Teenager sind. Sie lieben und hassen im selben Atemzug.«

Ich nehme eins der Tagebücher. »Darf ich mir die ausleihen?«

»Nur zu.«

Er blickt abwesend auf die Uhr. »Ich muss kurz ein paar Anrufe machen. Bei der Arbeit haben sie die Nachrichten bestimmt schon gehört, aber ich sollte mich trotzdem kurz melden …«

Er dreht sich um und geht wie ein Mann unter Wasser.

Ich nehme die Tagebücher und gehe über den Flur zu einem kleinen Büro, das das »Kontrollzentrum« für die »Findet Piper«Kampagne ist. An den Wänden hängen Plakate, Zeitungsausschnitte, E-Mails und Fotos von Piper in jeder Phase ihres jungen Lebens.

Auf einem Bild gräbt sie an einem schlammigen Ufer Regenwürmer aus, so konzentriert, dass ihre Stirn gerunzelt ist. Es ist ein belangloser Moment, erstarrt in der Zeit, doch etwas an der Art, wie das Foto gerahmt und ausgestellt ist, lässt Piper beinahe göttlich erscheinen, wie ein Kind mit einer höheren Bestimmung.

Ich spüre, dass noch jemand im Zimmer ist. Phoebe sitzt mit verschränkten Beinen auf dem Bürostuhl und betrachtet mich eingehend.

»Hallo.«

»Hallo.«

»Du musst Phoebe sein.«

»Woher kennen Sie meinen Namen?« Ich tippe auf meine Nasenspitze.

»Sind Sie ein Detektiv?«, fragt sie.

»Nein«

»Suchen Sie Piper?«

»Ja.«

»Wenn Sie sie finden, bin ich dann immer noch unsichtbar?«

»Wie bitte?«

»Glauben Sie, dass Mum mich dann sehen wird?«

»Du glaubst, du bist unsichtbar?«

»Ich bin nicht wie Piper. Sie ist die, über die alle reden. Sie ist die Einzige, die sie sehen wollen – nicht mich oder Ben oder Jessica. Wir sind unsichtbar.«

»Ich bin mir sicher, das stimmt nicht. Eure Mutter liebt euch.«

Phoebe wippt nach vorn und stellt die Füße auf den Boden.

Ich höre, wie ihr Bruder Ben sie von unten ruft.

»Auf Wiedersehen«, sagt sie. »Ich bin froh, dass Sie mich sehen können.«

Sarah Hadley ist nicht im Haus. Ich finde sie im Garten, wo sie Golfbälle in ein Netz schlägt. Jedes Mal, wenn ein Ball in den hängenden Vorhang kracht, fallen Eisstückchen herunter. Ich kann sie mir im Sommer in ihrem CountryClub vorstellen, die langen gebräunten Beine in engen Shorts.

Sie schlägt einen Ball, zieht den Schläger bis über die Schulter durch und verharrt in der Pose. Ihre Bluse rutscht hoch und entblößt einen flachen Bauch.

»Schöner Schwung.«

»Ich habe früher in der Grafschaftsauswahl gespielt.«

Auf den ersten Blick hatte ihr Teint golden und beinahe makellos gewirkt, doch jetzt fällt mir auf, dass die Haut um ihre Augen gestrafft ist. Schönheitsreparaturen sind vorgenommen worden. Sie trinkt einen Schluck aus einem Glas. Ihre Augen sind glasig, doch sonst hat der Alkohol nichts betäubt.

»Vielleicht sollten Sie damit lieber langsam machen«, erkläre ich ihr.

»Ein bisschen spät jetzt. Bis heute Morgen war ich zwei Jahre lang trocken.«

»Ich könnte Ihnen die Telefonnummer eines Kollegen geben.«

»Therapie? Habe ich schon versucht. Nichts ist von Dauer.«

»Und wie steht Ihr Mann zu alldem?«

»Er sucht Entschuldigungen für mich. Er ist nicht der Typ, der sich beschwert.«

Sie schlägt einen weiteren Ball, der nach rechts wegdreht.

»Und wissen Sie, was das Traurigste an alldem ist?«

»Was?«

»Phoebe kann nicht Fahrrad fahren, weil wir es ihr nicht beigebracht haben. Sie ist noch nie mit dem Schulbus gefahren oder allein einkaufen gegangen. Ich habe Angst, dass sie vielleicht nicht zurückkommt, wenn ich sie aus den Augen lasse.«

»Das ist verständlich«, sage ich und erinnere mich an mein Gespräch mit Phoebe.

»Das geht alles nicht spurlos an ihr vorüber. Ich sehe, wie sie sich Stück für Stück zurückentwickelt. Sie war immer eine willensstarke kleine junge Dame, doch jetzt habe ich sie hilflos gemacht. Sie hat Albträume, wacht weinend und schreiend auf. Dale muss sie beruhigen.«

»Nicht Sie?«

»Mit mir nimmt sie nicht so ohne Weiteres Vorlieb. Sie sollten mal ihr Zimmer sehen. Sie hat jedes einzelne Stofftier behalten, das die Leute geschickt haben. Der Speicher quillt über davon. Dale wollte sie einer wohltätigen Organisation spenden, doch Phoebe hat es nicht zugelassen.«

Sarah dreht sich zum Haus um, stolz auf ihre Familie, ohne sich die gemischten Gefühle erklären zu können, die die Ehe ihr eingebracht hat. Durch das Fenster des Salons kann man den Weihnachtsbaum sehen.

»Wir hängen immer noch jedes Jahr Pipers Socke auf. Und an ihrem Geburtstag haben wir einen Kuchen mit der richtigen Zahl von Kerzen. Wir haben ein Ritual befolgt, doch jetzt wirkt es realer ... realer als gestern.«

Sie legt einen weiteren Ball auf das Tee, überprüft ihren Griff macht einen Probeschwung.

»Ich habe mich daran gewöhnt, angestarrt zu werden. Die Leute flüstern hinter meinem Rücken – sie denken, ich will bloß dauernd im Rampenlicht stehen. Einmal ist Phoebe von der Schule nach Hause gekommen und hat erzählt, ein Junge hätte zu ihr gesagt, Piper wäre tot, und ich sollte die Klappe halten und aufhören, über sie zu reden.

Das denken die Leute. Sie denken, unsere Kleine wurde ermordet oder ist weggelaufen, weil wir furchtbare Eltern waren. Sie denken, ich verschwende meine Zeit, indem ich sinnlos weitermache ... Plakate aufhänge und sie daran hindere zu vergessen. Wissen Sie, warum ich nie aufgegeben habe?«

»Nein.«

»Ich habe mit einem Medium gesprochen ... einer Wahrsagerin. Sie hat mir gesagt, dass Piper und Natasha noch leben. Sie hat gesagt, sie wären zusammen und würden versuchen, nach Hause zu kommen. Sie hat gesagt: ›Sie sind unter der Erde, aber kein Teil von ihr. Sie atmen in der Dunkelheit.‹«

»Wie sind Sie auf diese Wahrsagerin gekommen?«

»Vic McBain war mit ihr zusammen.«

»Natashas Onkel?«

Sarah nickt, und ein fiebriger Ausdruck huscht über ihr Gesicht. Sie scheint mir nicht der Typ zu sein, der seine Hoffnungen an die wahrsagerischen Fähigkeiten eines Mediums hängt, doch drei Jahre ohne ein Lebenszeichen von Piper sind eine lange Zeit, und wer wäre da nicht verzweifelt?

»Was hat die Wahrsagerin noch gesagt?«

»Sie hat gesagt, sie könne blinkende Lichter und ein hohes Gebäude wie einen Schornstein oder eine Windmühle ohne Flügel sehen. Die Mädchen wären unter der Erde, aber nicht *in* der Erde. Sie leben, hat sie gesagt, sie leben definitiv.«

Im Gebüsch hinter dem Übungsnetz hört man ein Rascheln. Ein Gesicht taucht auf, jung, unverfroren. Der Reporter hat Schlammflecken an den Knien.

»Mrs. Hadley, ich habe mit Hayden McBain gesprochen. Er hat gesagt, Natasha wäre von einem Pädophilen vergewaltigt und verstümmelt worden. Befürchten Sie für Piper das gleiche Schicksal?«

Sarahs Griff spannt sich um den Driver. Sie marschiert auf den Reporter zu und schwingt ihren Schläger wie eine zweihändige Machete.

»So ein niederträchtiger Wicht«, schreit sie. »Sie sind ein Aasgeier ... verschwinden Sie von meinem Grundstück!«

Er dreht sich um und rennt los, macht einen Satz, klammert sich an die Mauerkrone und versucht, mit den Schuhen an den feuchten Steinen Halt zu finden.

Sarah lässt einen Golfball auf den Rasen fallen und holt aus. Der Schläger beschreibt einen eleganten Bogen, als sie den Ball in Richtung des Reporters drischt, der die Mauerkrone gerade erklommen hat und triumphierend die Arme reckt. Der Ball trifft ihn zwischen den Schulterblättern, und er plumpst in den Nachbargarten wie ein gefällter Baum.

26

»Seit heute Morgen um sechs haben wir fünfhundert Anrufe bekommen«, sagt Drury und starrt aus dem Wagenfester. »Jeder Einzelne muss festgehalten, nach Wichtigkeit eingestuft und weiterverfolgt werden ... Ich bin ja sehr für die Unterstützung der Öffentlichkeit, aber wir kriegen Anrufe von jedem Spinner, Gutmenschen und angepissten Steuerzahler, der seinen Nachbarn auf dem Kieker hat.«

»Wer hat die Nachrichtensperre durchbrochen?«

»Hayden McBain hat seine dreißig Silberlinge von der *Sun* genommen.«

»Irgendwann wäre es sowieso durchgesickert.«

Drury schüttelt angewidert den Kopf und schweigt einen Moment. Sein Job ist sehr viel schwieriger geworden. Die Leute haben Angst. Eltern wollen beruhigt werden und verlangen eine schnelle Lösung. Die Medien werden Antworten fordern, Fortschritte, tägliche Pressekonferenzen. Scheitern wird Konsequenzen haben.

Die Straße nach Bingham ist völlig verstopft, Abgasdämpfe steigen in die kalte Luft. Drury sagt Grievous, er soll die Sirene einschalten. Die Autos bilden eine Gasse für das Zivilfahrzeug der Polizei.

Sarah Hadleys Worte gehen mir immer noch im Kopf herum. Drei Jahre lang hat sie der Kummer beschäftigt und gestützt. Die Neuigkeit über Natasha hat ihr nicht den Glauben zurückgegeben, sondern Zweifel ausgelöst.

»Ich möchte Sie etwas über Vic McBain fragen«, sage ich. Der DCI dreht sich zu mir um. »Was ist mit ihm?«

»Nelson Stokes behauptet, er hätte gesehen, wie Natasha ihren Onkel auf dem Vordersitz seines Wagens geküsst hat, und nicht nur ein Küsschen auf die Wange. Er sagt, das habe er der Polizei auch erzählt, doch in seiner Aussage finde ich keinen Hinweis darauf.«

Drury kaut auf meiner Frage herum und überlegt, wie viel er sagen soll.

»Wir haben uns Vic McBain genau angesehen«, erklärt er der Windschutzscheibe. »Sie wissen ja, wie das läuft. Wenn ein Kind verschwindet oder ermordet wird, gucken wir uns zuerst die Familie und dann die Freunde an. In neunzig Prozent der Fälle liegen wir mit dem Verdacht richtig.«

»Warum taucht die Beschuldigung nicht in Stokes' Aussage auf?«

»McBain hat gedroht, die Polizei zu verklagen, wenn irgendjemand die Behauptung wiederholen würde.«

»Wurde den Anschuldigungen nachgegangen?«

»Selbstverständlich.«

»Es stimmt also nicht ...«

»Er hat Natasha unangemessene Geschenke gemacht«, unterbricht Drury mich.

»Was für Geschenke?«

»Bikinis, Alkohol, Kondome.«

»Nicht die Dinge, die ein Onkel seiner Nichte üblicherweise schenkt.«

»Ich habe Vic McBain vor drei Jahren erlebt. Er hätte die Stadt auf den Kopf gestellt, um Natasha zu finden. Außerdem hatte er für den Morgen, an dem die Mädchen verschwunden sind, ein Alibi.«

»Und was ist mit dem Abend des Schneesturms?«

Drury verliert die Geduld. »Wenn Sie neue Informationen haben, Professor, raus damit, aber nerven Sie mich nicht mit Ihren Fragen. Für Ratespielchen habe ich keine Zeit.«

»Sarah Hadley hat gesagt, sie hätte mit einem Medium gesprochen – irgendeine Frau, die Vic McBain ihr vorgestellt hat. Dieses Medium hat behauptet, Natasha und Piper würden irgendwo gegen ihren Willen festgehalten. ›Unter der Erde, aber kein Teil von ihr‹, wie sie sich ausdrückte.«

»Erzählen Sie mir nicht, dass Sie an diese Wahrsagerscheiße glauben. Wissen Sie, wie viele Medien und Geisterseher sich bei uns gemeldet haben? Dutzende.«

»Aber in diesem Fall könnte es anders sein. Dieses Medium hat einen Schornstein oder eine Windmühle gesehen. Der Pathologe hat Spuren von Schwermetallen an Natashas Kleidung gefunden. Was, wenn Vic McBain ihr einige der Details geflüstert hat?«

»Warum sollte er das tun?«

»Ich weiß nicht, aber da ist noch etwas, was mich beschäftigt. Als die Mädchen planten wegzulaufen, hat Natasha Emily erzählt, ihr Onkel würde ihr Geld schulden. Als ich Emily gefragt habe, wofür, war sie sichtlich erregt und hat sofort dichtgemacht.«

»Sie glauben, Natasha hätte ihren Onkel erpresst?«

»Es wäre möglich.«

»Okay, okay, wir schauen uns die Sache noch mal an.« Drury hält sich die Nase zu und bläst seine Wangen auf, als wollte er den Innendruck seines Schädels korrigieren. »Ich kriege eine Grippe. Meine Tochter hat mich angesteckt. Wenn Sie mich fragen, hat man den Ratten die Schuld für die Pest fälschlicherweise angehängt. Ich glaube, es waren Kinder.«

Phillip Martinez veranstaltet im Erdgeschoss des Reviers einen Aufstand und diskutiert mit dem Sergeant am Empfang, dessen Wangen wegen des erhöhten Blutdrucks glühen. Ein Dutzend Personen wartet darauf, vorgelassen zu werden. Emily steht ein Stück dahinter, die Hände in den Taschen einer dicken Donkeyjacke vergraben.

Martinez wirkt erleichtert, mich zu sehen. »Professor O'Loughlin, Sie verstehen es bestimmt.«

»Was verstehe ich?«

»Wir haben wichtige Informationen. Emily, genauer gesagt. Es gibt etwas, was sie der Polizei verschwiegen hat. Sie hat einen Brief bekommen.«

»Einen Brief?«

»Von Piper.«

Drury schüttelt seinen Mantel aus und fährt wie vom Donner gerührt herum. Er brüllt den Sergeant am Empfang an, Mr. Martinez und Emily durchzulassen. Ein Knopf wird gedrückt. Eine Zwischentür öffnet sich. Vater und Tochter werden eilig nach oben in das Büro des DCI geführt.

Bisher hat Emily den Blick nicht gehoben. Sie kleidet sich nicht wie die meisten Mädchen in ihrem Alter. Keine klobigen Schuhe, schrillen Röcke oder grellen Lippenstift. Stattdessen trägt sie einen langen Rock und einen weiten Pullover.

Mir fallen Noten in ihrer Tasche auf.

»Welches Instrument spielst du?«, frage ich.

»Klavier.«

»Wie lange schon?«

»Seit sechs Jahren.«

»Sie nimmt in den Ferien zusätzlichen Unterricht«, sagt Mr. Martinez. »Ihre Lehrerin sagt, sie hat das absolute Gehör.«

Emily wirkt verlegen und will, dass er still ist.

Drury kommt herein und entschuldigt sich für die Verzögerung.

Ich beobachte Emily von der Seite, suche nach Zeichen inneren Aufruhrs.

Mr. Martinez übernimmt das Reden. »Sie hat mir erst heute Morgen von dem Brief erzählt. Ich habe versucht, ihn nicht zu berühren. Ich dachte, vielleicht befinden sich darauf Fingerabdrücke, wissen Sie, oder DNA-Spuren.«

Drury nimmt den Brief und legt ihn auf seinen Schreibtisch. Es ist billiges Papier, an den Falten fast völlig durch, doch die mit Bleistift geschriebenen, verblassenden Sätze sind noch lesbar.

> *Liebe Em,*
> *bitte, erzähl niemandem von diesem Brief – weder meinen Eltern noch der Polizei. Das musst du versprechen. Das muss unser Geheimnis bleiben.*
> *Alle wissen mittlerweile, dass wir abgehauen sind, und hören hoffentlich bald auf zu suchen. Wir wohnen übrigens in London, wie wir geplant hatten. Es ist ein großes Haus, doch ich soll dir die Adresse nicht sagen.*
> *Tash geht es gut. Wir vermissen dich beide. Tut uns leid, dass wir dich am Bahnhof haben warten lassen, aber wahrscheinlich ist es das Beste, dass du zu Hause geblieben bist. Wenn wir achtzehn sind, können wir irgendwann zusammen eine Wohnung haben.*
> *Ich schätze, meine Mum ist jetzt glücklicher. Sie kann sich auf Phoebe und Ben konzentrieren, ohne dass ich im Weg bin. Sie haben etwas Besseres verdient als mich. Ich wünschte, ich wäre netter zu ihnen gewesen.*
> *Bis wir uns wiedersehen*
> *Alles Liebe*
> *Piper xxxoooo*

Ich erkenne Pipers Handschrift. Die geschwungenen Bogen und eckigen Großbuchstaben sind in das billige Papier gedrückt und haben Graphitsplitter in den Furchen hinterlassen.

»Wann hast du den bekommen?«, frage ich.

Emily streicht sich den Pony aus den Augen. Ihr Vater antwortet für sie. »Ich hab ihr gesagt, dass es falsch war. Sie bereut es sehr. Es wird nicht wieder vorkommen.«

»Wann genau ist er angekommen?«

Wieder antwortet Mr. Martinez. »Auf dem Umschlag ist ein Londoner Poststempel. Das Datum ist verwischt, aber es könnte Oktober 2008 sein.«

Ich sehe Emily fragend an. Sie nickt.

»Warum hast du ihn niemandem gezeigt?«

»Piper hat gesagt, ich dürfe es nicht. Sie hat mir das Versprechen abgenommen.«

»Das ist keine Entschuldigung, Emily«, sagt ihr Vater. »Du hättest es mir erzählen müssen.«

Drury hat den Hörer abgenommen und bittet einen Kriminaltechniker, Brief und Umschlag abzuholen. Papier und Briefmarken sollen untersucht werden.

»Kommt dir irgendwas an dem Brief seltsam vor?«, frage ich Emily. Sie sieht mich mit leerem Blick an.

»Woher wusste Piper, dass du am Bahnhof gewartet hast? Du hast sie dort nicht gesehen, und die Information, dass du dort warst, wurde nie rausgegeben.«

Verwirrung trübt ihren Blick.

»Wer wusste sonst noch, dass du am Bahnhof Radley gewartet hast?«

»Niemand.«

Ich sehe Phillip Martinez an. »Wussten Sie es?« Er schüttelt den Kopf.

»Hast du es jemandem erzählt, Emily?«

»Ich glaube nicht.«

»Hast du jemanden gesehen?«

»Nein.«

»Wohin bist du danach gegangen?«

»Ich habe versucht, Tash anzurufen, aber sie ist nicht an ihr Handy gegangen. Ich habe ihr eine SMS geschickt und bin in das Café gegangen, wo sie sonntags gearbeitet hat. Ich dachte, vielleicht taucht sie da auf.«

»Wer hat dich gesehen?«

»Das weiß ich nicht mehr.«

»Denk genau nach. Es ist wichtig.«

»Ich habe mit dem Manager und der anderen Kellnerin geredet.«

»Noch mit sonst jemandem?«

»Natashas Onkel hat an einem der Tische gefrühstückt. Er hat meine Tasche gesehen und gemeint, die würde aber schwer aussehen. Er hat im Scherz gesagt, ich wollte wohl ausziehen.«

»Glaubst du, er wusste es?«

Emily zuckt die Achseln. Ich sehe Drury an und versuche, seine Reaktion abzuschätzen. Irgendwas stört mich. Mädchen im Teenageralter schicken normalerweise keine Briefe. Sie schicken E-Mails, SMS oder rufen an.

Drury fragt Emily, ob Natasha je über ihren Onkel gesprochen hat. Sie schüttelt den Kopf heftiger als nötig.

»Wie hat sie sich mit ihm verstanden?«

»Okay, glaub ich.« Emily sieht ihren Vater an. »Können wir gehen? Den Brief haben sie doch jetzt.«

Aber der DCI ist noch nicht fertig. »Als ihr geplant habt wegzulaufen, wovon wolltet ihr das bezahlen?«

»Tash hatte Geld.«

»Woher hatte sie es?«

»Sie hatte einen Job.«

»Hat sie für ihren Bruder Drogen verkauft?«

Emily hält den Atem an, als könne sie die Antwort vermeiden, solange sie nicht ausatmet. Sie nickt, atmet. »Nur ein paar Pillen und so.«

»Wo?«

»Auf Partys. Es ist nicht so, als hätte sie das Zeug an Vorschulkinder verkauft.«

Phillip Martinez macht aus seiner Abscheu keinen Hehl.

»Versuch nicht noch, sie zu verteidigen. Es ist verkehrt!« Emily wendet den Blick ab.

Ihr Vater steht auf. »Ich glaube, sie hat jetzt genug gesagt.« Drury drückt ihn zurück auf den Stuhl. »Sie hat wichtige Beweismittel in einer polizeilichen Ermittlung zurückgehalten.«

»Sie hat einen Fehler gemacht.«

»Sie war es den Familien der Mädchen schuldig.«

Emily blinzelt gegen ihre Tränen an und sieht absolut elend aus. »Es tut mir leid. Es tut mir leid. Ich dachte, sie wären in London.«

Mr. Martinez steht auf. »Wir gehen. Komm.« Er legt einen Arm um Emilys Schultern. Sie schrumpft unter seiner Berührung. Drury versucht nicht, die beiden aufzuhalten.

An der Tür bleibt Martinez stehen und dreht sich noch einmal zu mir um. »Diese Forschungsstudie, die ich erwähnt habe. Ich habe meinen Kollegen gefragt. Es sind noch Plätze frei. Ich könnte Sie empfehlen.«

»Danke«, sage ich, verlegen, dass jetzt jeder davon weiß. »Ich gucke es mir mal an.«

Drury beugt sich auf seinem Stuhl vor und massiert seine Schläfen, ein Schwarm neuer Gedanken sammelt sich hinter seiner Stirn.

»Ist der echt?«

»Ja.«

»Das heißt, sie waren in London.«

»Nicht unbedingt.«

Ich studiere den Brief ein weiteres Mal und achte auf Wortwahl und Satzstruktur. Was die Handschrift betrifft, habe ich keine Zweifel, doch in der Sprache fehlen Pipers übliche Ausschmückungen, ihr selbstironischer Humor, ihr Fatalismus und ihr Fluchen.

»Ich glaube, der Brief wurde diktiert. Piper wurde genau gesagt, was sie schreiben sollte, um möglichst wenig zu verraten.«

»Warum wurde der Brief überhaupt versandt?«

»Angenommen, er wurde tatsächlich im Oktober abgeschickt, zwei Monate nach dem Verschwinden der Mädchen. Ungefähr zu diesem Zeitpunkt war die Polizei im Begriff, die Ausreißertheorie zu verwerfen. Vielleicht wollte der Entführer weitere Verwirrung stiften.«

»Er ist davon ausgegangen, dass Emily den Brief jemandem zeigen würde.«

»Hätten Sie das nicht getan?«

Drury steht auf, geht ans Fenster und starrt in matter Verwirrung auf die Straße.

Mich quälte immer noch diese eine Frage. »Woher wusste Piper, dass Emily am Bahnhof gewartet hat?«

»Emily könnte gelogen haben, als sie gesagt hat, sie hätte sie nicht mehr gesehen«, meint er.

»Sie wirkt ernsthaft reumütig. Verängstigt.«

»Und wie lautet Ihre Theorie?«

»Es gibt drei Möglichkeiten. Entweder jemand hat sie am Bahnhof gesehen, oder Emily hat es jemandem erzählt, oder der Entführer hatte Zugang zu Informationen, die geheim gehalten wurden.«

»Vic McBain war in dem Café«, sagt Drury. »Ich werde ihn beschatten lassen.«

»Es könnte trotzdem Zufall sein.«

»Ja, also, Sie wissen doch, was man über Zufälle sagt ... einige erfordern eine Menge Planung.«

Er hat mich nicht vergewaltigt.

Ich hab mich noch mal übergeben ... über all seine toten Tiere. Das Grillhähnchen kam noch schneller wieder raus, als ich es reingestopft hatte.

George hat mich ins Gesicht geschlagen, und ich habe gespürt, wie etwas Warmes aus meiner Nase getropft ist. Dann hat er mich wieder in mein Loch geworfen und mir die Decken abgenommen.

Er hat ein Walkie-Talkie dagelassen, ein grünes Plastikteil mit einer kleinen Antenne und einem Knopf an der Seite. Es sieht aus wie ein Kinderspielzeug.

»Wenn du nett zu mir bist, kriegst du die Decken zurück«, sagte er, bevor er die Falltür schloss und etwas Schweres daraufschob.

Ich liege zusammengerollt auf der Pritsche, und alles tut weh. Meine Knochen liegen steif auf der dünnen Schaumstoffmatratze. Mitten in der Nacht döse ich endlich ein und fühle mich sonderbar und zittrig. Sofort muss ich an Tash denken. George hat gesagt, er würde sie bestrafen. Heißt das, sie ist in einem anderen Raum? Liegt sie mit mir wach? Grübelnd.

Ich nehme das Walkie-Talkie und drücke auf den Knopf.

»Hallo? Kann mich jemand hören?« Nichts.

»Hallo? Ist da jemand?«

Als er antwortet, zucke ich zusammen. »Bist du bereit, nett zu mir zu sein?«

Ich lasse das Funkgerät auf den Zementboden fallen. Ein kleines Stück Plastik bricht ab, aber es funktioniert noch. George redet, doch ich antworte nicht. Stattdessen rolle ich mich auf der Pritsche zusammen und vergrabe den Kopf unter einem Kopfkissen. Irgendwann hört er auf.

Ich verstehe, warum Tash mit George die Leiter hinaufgestiegen ist. Sie wollte mich schützen. Sie wusste, dass ich noch Jungfrau war. Unerfahren. Naiv. Aber jedes Mal wenn sie in den Keller zurückkam, kletterte ein bisschen weniger von ihr die Leiter wieder herunter. Als hätte George ein Stück von ihr als Andenken behalten, oder sie hätte es oben liegen lassen.

Tash hat mich geliebt. Nicht so, wie ich sie geliebt habe, aber das ist mir egal. Ich weiß, wie es ist, jemanden zu lieben und es ihr nicht sagen zu können, weil es die

Freundschaft kaputt machen würde. Und es ist besser, diese Person als Freundin zu haben, als sie ganz zu verlieren.

So war es mit Tash. Anfangs dachte ich, es wäre bloß eine Teenagerverknalltheit, so ein Mädchending, aber dann wurde mir klar, dass es mehr war. Tash hat ständig versucht, mich mit irgendwelchen Jungs zu verkuppeln, doch keiner hat mich interessiert. Ich wollte mit ihr zusammen sein.

Alle waren in Tash verschossen: Männer, Jungs und Opas. Die Väter, die sie als Babysitter verpflichteten und hinterher anboten, sie nach Hause zu fahren; die Ladenbesitzer, die sie anstellten; die Lehrer, die es zuließen, dass sie mit ihnen flirtete. Ich habe sogar meinen Vater dabei ertappt, wie er ihr verstohlene Blicke hinterhergeworfen hat. Ich hab sie auch angestarrt.

Für Tash war das alles bloß ein Spiel. Sie flirtete, zog sich sexy an und provozierte, weckte Erwartungen und zerstörte sie, unabsichtlich oder vorsätzlich. Dass Tash sich ändern würde, war so abwegig wie die Vorstellung, dass der Papst nicht mehr betete. Sie war voller Widersprüche – viel zu reif für ihr Alter, im Herzen aber ein Kind und immer am Abgrund balancierend. Dauernd hat sie mir erklärt, sie würde aufhören, wenn sie den ultimativen Kick erlebt hätte, was ich nicht besonders logisch fand. Wenn man sich so weit vorwagt, kann man nicht mehr zurück. Dann ist man über die Klippe. Man fällt durch die Luft. Die Schwerkraft kann es sich nicht anders überlegen. Obwohl ich mal eine Geschichte von einer Frau gehört habe, die von der Clifton Suspension Bridge gesprungen ist, und ihr langer Rock bauschte sich auf und funktionierte wie ein Fallschirm. Ich weiß noch, dass ich dachte, Schwein gehabt, aber das hat sie wahrscheinlich nicht so gesehen.

An Selbstmord gedacht habe ich auch. Nicht so sehr daran, mich umzubringen, als daran, alle auf meiner Beerdigung zu sehen – all die Menschen, die mein Leben so schrecklich gemacht haben. Das kommt mir jetzt kindisch vor. So schlimm war mein Leben damals nicht. Die Dinge relativieren sich, wenn man in einem Keller eingesperrt ist.

Es gibt Schlimmeres als Sterben. Ich habe gesehen, wie Callum Loach in einem Rollstuhl aus dem Krankenhaus nach Hause gekommen ist. Ich habe in diesem dunklen Loch gelebt. Ich habe zugesehen, wie meine beste Freundin verwelkt ist und die Hoffnung aufgegeben hat.

Als Callum nach Hause kam, hatte der Krankenwagen hinten eine kleine Rampe, und seine Familie hatte im ganzen Haus weitere kleine Rampen gebaut und sein Zimmer ins Esszimmer verlegt, damit er nicht die Treppe hochmusste.

Eine Menge Leute waren zu seiner Begrüßung erschienen, doch er sah eher verlegen als froh aus. Er wollte in Ruhe gelassen werden.

Er war rechtzeitig wieder zu Hause, um beim Prozess gegen Aiden Foster auszusagen. Die Fotografen machten Bilder von ihm, wie er von seinem Vater geschoben in einem Anzug vor Gericht ankam. Damals hatte er seine Prothesen noch nicht, sodass seine Hosenbeine nutzlos herumflatterten, wo vorher seine Beine gewesen waren.

Sein Vater saß mit versteinertem Gesicht auf der Galerie. Diese Beschreibung hätte man extra für Mr. Loach erfinden können: »versteinert« – er sah aus wie aus Fels gehauen. Er hätte ein Gesicht am Mount Rushmore sein können.

Aiden trat in einem Anzug und einer Frisur auf, die ihn aussehen ließen wie einen Chorknaben. Er hatte sogar einen Seitenscheitel. Anstatt rumzutönen, ging er, den Blick gesenkt, zwischen seinen Eltern.

Emily musste als Erste aussagen. Sie war es gewohnt, ins Gericht zu kommen, weil ihre Eltern sich um das Sorgerecht stritten. Ich wartete draußen im Foyer neben meinem Dad, der immer wieder meine Hand drückte und mich ermahnte: »Sag einfach die Wahrheit. Mehr verlangt niemand von dir.«

Ich wurde aufgerufen. Die große Tür öffnete sich quietschend. Ich ging zwischen den Reihen nach vorn. Aiden saß auf der abgeteilten Anklagebank. Ich musste meine rechte Hand heben und auf eine Bibel schwören. Dann fing der Staatsanwalt an, mich zu fragen, was ich an dem Abend gesehen hatte. Ich erzählte ihnen, was passiert war.

Anschließend stellte mir Aiden Fosters Anwalt noch ein paar weitere Fragen. Er wollte wissen, wie viel Tash getrunken und welche Drogen sie genommen hatte. Er stellte sie dar wie eine große Dealerin, und immer wenn ich versuchte, etwas Nettes über sie zu sagen, zog er die Brauen hoch, als würde er kein Wort glauben.

»Hast du ein Problem damit, die Wahrheit zu sagen?«, fragte er.

»Nein.«

»Nun, dann beantworte einfach meine Fragen – mit Ja oder Nein.«

»Nicht jede Antwort ist so einfach«, gab ich zurück. »Was ist, wenn mehrere Lösungen richtig sind?«

Die Leute lachten, aber der Anwalt hatte offenbar vergessen, wie das geht. Er zeigte mir nur seine scharfen Zähne.

Nachdem der Richter mich aus dem Zeugenstand entlassen hatte, durfte ich im Gerichtssaal Platz nehmen und zuhören. Tash betrat den Raum wie ein Filmstar. Als sie den Zeugenstand erreichte, nahm sie ihre Sonnenbrille ab und zog den Saum ihres Kleides nach unten, während sie die Beine übereinanderschlug. Aiden Fosters Anwalt konnte es kaum erwarten, sie mit Fragen zu bombardieren. Während Tashs Aussage verzog er das Gesicht, zappelte herum und zeigte demonstrativ seine Frustration. Als er mit dem Kreuzverhör dran war, schleimte er sich grinsend und *feixend durch den Gerichtssaal. Jede Frage schien eine unterschwellige Nebenbedeutung zu haben. Und wenn Tash versuchte, auf beide Ebenen einzugehen, erklärte er ihr:*

»Nur Ja oder Nein, Miss McBain.«

Nach einer Weile kam sie durcheinander und bejahte Fragen, die sie verneinen wollte. Wenn er nur den kleinsten Fehler entdeckte, verbiss er sich darin. Er drehte sein großes unsichtbares Messer in der Wunde und blickte dabei hin und wieder zu den Geschworenen, um sich zu vergewissern, dass sie zuhörten.

Nicht Aiden Foster wurde der Prozess gemacht, sondern Tash. Alles, was sie sagte, wurde verdreht und umgedeutet. Sie wurde wütend. Sie fluchte. Der Richter ermahnte sie. Der Anwalt lächelte die Geschworenen an.

Bevor das Elend zu Ende war, war Tash wie ein armes wehrloses Tier, und das Kreuzverhör hatte sich in eine Hetzjagd verwandelt. Und niemand hatte Mitleid mit ihr außer mir.

Die Leute haben getobt, als sie aus dem alten steinernen Gerichtsgebäude kam. Sie haben Beleidigungen gerufen und sie angespuckt, Aidens Freunde und Callums Freunde vereint gegen den gemeinsamen Feind. Sie gaben Tash die Schuld für alles, was passiert war. Izzy Cruikshank versuchte, ihr eine Ohrfeige zu geben, doch ein Wachmann stieß sie weg. Tash reagierte nicht. Stattdessen ging sie weiter, als wäre alles in bester Ordnung.

Am späten Abend desselben Tages klopfte sie an mein Fenster.

»Ich hau ab«, sagte sie.

»Wann?«

»So bald wie möglich.«

»Wohin?«

»Irgendwohin.«

Es heißt, wenn man jung ist, weint man Tränen des Schmerzes, und wenn man alt ist, Tränen der Freude. Deswegen will ich erwachsen werden.

27

Ruiz wartet in der Hotelhalle auf mich und hat einen Tisch und einen Sessel erobert, in dem sogar er klein aussieht. Er hat den Vormittag damit zugebracht, die Akten der ersten Ermittlung zu lesen und nach einem Muster oder nicht zueinanderpassenden Details Ausschau zu halten.

»Achttausend Befragungen, dreitausend Aussagen, mehr als eine Million Stunden Polizeiarbeit«, sagt er. »Ich könnte noch die nächsten zehn Jahre weiterlesen und das Offensichtliche übersehen.«

»Ist dir irgendwas ins Auge gesprungen?«, frage ich und nehme eine Aktenmappe.

»Das Schweigen«, sagt er. »Die Mädchen sind am Sonntagmorgen irgendwann nach 7.40 Uhr verschwunden, als Alice McBain zur Arbeit gegangen ist. Niemand hat sie auf dem Fußweg nach Bingham oder querfeldein gehen oder am Bahnhof warten sehen. Das kommt mir seltsam vor.«

»Jemand könnte sie mitgenommen haben, bevor sie weit gekommen sind.«

»Das bedeutet, dass es jemand gewesen sein muss, den sie kannten. Mädchen in diesem Alter steigen nicht in ein fremdes Auto.«

»Vielleicht wurden sie überwältigt.«

»Dann müsste es mehr als ein Entführer gewesen sein.«

»Das kommt eher selten vor.«

Ruiz hat Hunger. Wir suchen ein Café, das ganztägig Frühstück serviert. Die Sonne ist hervorgekommen, Tauben streiten sich um Krümel auf dem Bürgersteig und schlagen in einem verzweifelten Tanz mit den Flügeln. Die Kellnerin hat einen verträumten Blick, eine Strähne hat sich aus ihrer Haarspange gelöst. Ruiz bestellt ein komplettes englisches Frühstück mit Pilzen, gebackener Tomate und Baked Beans.

»Auf Vollkorntoast«, fügt er hinzu. »Mein Arzt sagt, ich soll gesünder essen.«

Sie lächelt nicht. Ruiz poliert sein Messer und seine Gabel mit einer Papierserviette.

»Ich bin auf ein Detail gestoßen – Augie Shaw muss Natasha McBain gekannt haben.«

»Wieso?«

»Als die Heymans in das Bauernhaus gezogen sind, hat Augie dort schon den Rasen gemäht. Er hat für die McBains gearbeitet.«

»Was ist mit seinem Vater?«

»Ich kann keine Verbindung entdecken, aber Drury lässt bestimmt ein Dutzend Beamte danach suchen.«

»Ich glaube nach wie vor nicht, dass Augie Shaw die Mädchen entführt hat.«

»Vielleicht hast du recht. Vielleicht denkst du aber auch rosarot, weil deine neue Freundin seine Therapeutin ist.« Ein kleines Lächeln zupft an Ruiz' Mundwinkeln. »Wie war deine Verabredung gestern Abend?«

»Das geht dich nichts an.«

»Das klingt vielversprechend.«

Grinsend tunkt er seinen Teebeutel in kochendes Wasser.

»Es wird dich freuen zu hören, dass ich auch noch flirten kann. Ich habe eine sehr nette, geschiedene Frau mittleren Alters in der Gerichtsverwaltung becirct.«

»Aus welchem Grund?«

»Ich durfte einen Blick in die Mitschrift von Aiden Fosters Prozess werfen. Die Geschworenen haben ihn der vorsätzlichen schweren Körperverletzung für schuldig befunden und zu sieben Jahren Gefängnis verurteilt, die frühestens nach vier Jahren zur Bewährung ausgesetzt werden können.«

»Wo ist er jetzt?«

»In der staatlichen Strafvollzugsanstalt Bullingdon.«

»Und Callum Loach?«

»Er lebt noch in der Gegend.« Ruiz greift in seine Jackentasche.

»Ich habe die Gelegenheit genutzt, in der Bibliothek die Berichterstattung des Lokalblättchens zu überfliegen. Das habe ich gefunden.«

Er gibt mir einen Packen fotokopierter Artikel aus der *Oxford Mail*, die meisten über den Prozess. Neben einem Artikel sieht man ein Foto von Natasha vor dem Gerichtsgebäude, sie wird durch eine wütende Menge eskortiert. Die Kamera hat den Moment festgehalten, in dem sie unter den Beleidigungen zusammenzuckt, während ein gesichtsloser Wachmann jemanden aus dem Weg schubst.

»Man hat ihr die Schuld für den Streit der beiden jungen Männer gegeben und für das, was danach passierte«, sagt Ruiz und macht sich über sein spätes Frühstück her. Er isst wie ein Verurteilter, die Ellbogen zu beiden Seiten des Tellers.

In der Zwischenzeit lese ich die Artikel. Der jüngste berichtet, dass Callum Loach für das britische Paralympics-Team nominiert wurde. Auf einem Foto sieht man ihn mit einem Basketball in einem Rollstuhl.

Ruiz schiebt seinen Teller weg und rülpst leise. »Eine Verkrüppelung ist ein starkes Motiv ... genauso wie eine Haftstrafe. Ich bezweifle, dass Aiden Foster viele Tränen vergossen hat, als Natasha McBain verschwunden ist.«
»Vielleicht sollten wir ihn fragen.«
»Ich bin dir um Längen voraus.« Ruiz nimmt einen Zettel aus seiner Brieftasche und schiebt ihn unter die Teekanne. »Ich habe uns angemeldet. Die Besuchszeit endet um 16.30 Uhr.«

Die Strafvollzugsanstalt Bullingdon liegt knapp dreißig Kilometer östlich von Oxford am südlichen Stadtrand von Bicester und ist ein Gefängnis der Kategorie C mit Ausbildungsangebot. Das heißt, die Insassen liegen irgendwo zwischen Serienmördern (Hochsicherheit) und gefallenen Ministern (offener Vollzug).

Vor dem Besucherzentrum haben sich bereits Frauen und Freundinnen versammelt. Einige haben Kinder mitgebracht, die zappeln und streiten und irgendwo anders sein wollen. Drinnen werden wir durchsucht, unsere Personalien aufgenommen und unsere Habseligkeiten konfisziert und in Schließfächern deponiert. Geschenke werden gründlich durchsucht. Jeder, der Kleidung trägt, die der Gefängniskluft zu ähnlich sieht, wird aufgefordert, sich umzuziehen.

Nachdem diese Formalitäten absolviert sind, werden wir zu einem großen Anbau mit fest im Boden montierten Tischen und Stühlen geführt. Die Besucher müssen draußen warten, bis die Häftlinge aus ihren Zellen hereingeführt wurden. Besucherscheine werden präsentiert, Türen geöffnet. Besucher und Gefangene sind voneinander getrennt. Weder Knie noch Lippen dürfen sich berühren. Man darf sich an den Händen halten, und Kinder dürfen über die Barriere gereicht werden. Einige der Kleinen sind guter Dinge. Andere heulen. Wieder andere verlassen den sicheren Rocksaum ihrer Mutter nicht und spähen verstohlen auf den Fremden, der ihnen gegenübersitzt.

Aiden Foster ist mittlerweile dreiundzwanzig, sieht jedoch jünger aus. Sein hellblondes Haar ist zu einem Kamm aus Stacheln hochgegelt, der aussieht wie ein seismisches Diagramm, und er sitzt mit gespreizten Beinen da, als hätte er Gewichte an den Hoden, ein Junge, der Mann spielt und versucht in einer Welt zu überleben, in der Männer, die aussehen wie Jungen, zu Frauen gemacht werden.

Er sieht sich in dem Raum um und erwartet offenbar jemand anderen. Dann runzelt er die Stirn. Der Boden unter seinen Füßen scheint zu schwanken.

Er lässt die Schultern hängen und taumelt leicht. Ich bemerke Blutergüsse an seinem Hals und Ringe unter den Augen. Er hat es auf die harte Tour durchgezogen. Die Bewährung naht.

Ruiz zieht eine Papiertüte aus der Tasche. Sie enthält zwei Schachteln Zigaretten und Kaugummi. Aiden späht in die Tüte, als würde er sein Pausenbrot begutachten. Er stapelt die beiden Zigarettenpackungen übereinander und das Kaugummi darauf. Wir stellen uns vor. Aiden reagiert nicht. Er versucht, den Eindruck zu erwecken, als wäre er völlig entspannt. Um den Hals trägt er eine Kette mit einem kleinen silbernen Kruzifix.

»Wir wollen mit Ihnen über Natasha McBain sprechen«, sage ich.

»Hat man ihre Leiche gefunden?«

»Wie kommen Sie darauf?«

»Warum sollten Sie sonst hier sein?« Er lächelt.

»Es scheint Sie ja nicht besonders aufzuwühlen.«

»Oh, keine Sorge, ich weine innerlich.«

Er lächelt wieder. Ruiz verschränkt unbeeindruckt die Arme. Er hat in seinem Leben eine Menge junger Kleinkrimineller mit großer Klappe getroffen und hat immer noch den Drang, sie zu verprügeln.

Es gibt Menschen, deren Stimme nicht zu ihnen passt, und Aiden Foster ist einer von ihnen. Seine Stimme ist zu hoch, und er versucht, sie durch eine knurrende Art zu sprechen rauer zu machen. Ich habe seine Polizeiakte und die Mitschrift seiner Aussage vor Gericht gelesen. Ich kenne die Sorte. Er drangsaliert andere, wenn er kann, und ist Opfer, wenn es ihm passt. Ich kannte mal jemanden wie ihn, einen Jungen namens Martin Payne, der mir das Leben im Internat zur Hölle gemacht hat. Martin ging nach dem Studium zur Armee. Er kämpfte in Bosnien und Kuwait und wurde mit der Tapferkeitsmedaille der Königin ausgezeichnet. Aber ungeachtet dieser Heldentaten habe ich immer geglaubt, dass ihm die größte Gefahr durch einen verirrten Gedanken drohte, der ihn eines Tages zufällig ereilen könnte. Wie sich herausstellte, hatte ich recht. Nach dem Genuss von vierzehn Pints wettete Martin mit einem Freund, dass er über die Gleise zwischen zwei Bahnsteigen der Londoner U-Bahn springen könne – ein Satz, der Bob Beamon mit Stolz erfüllt hätte. Martin landete zwei Meter zu früh auf der stromführenden Schiene. Tod durch Idiotie.

Aiden lehnt sich auf seinem Stuhl zurück und kratzt sich im Schritt. Ich zeige auf sein Kruzifix.

»Hilft Gott Ihnen, ruhig zu schlafen, oder macht es sich nur gut bei der Bewährungskommission?«

»Der Priester hier war gut zu mir.«

»Reden wir über Natasha.«

»Was ist mit ihr passiert?«

»Sie ist auf einem zugefrorenen See eingebrochen.«

»In London?«

Es entsteht eine Pause, bevor Ruiz die naheliegende Frage stellt. »Wie kommen Sie darauf, dass sie in London war?«

Aiden zögert und legt sich eine Lüge zurecht.

»Hatten Sie von ihr gehört?«, frage ich.

»Nein.«

»Warum dann?«

Wieder dehnt sich das Schweigen. Ruiz bricht es als Erster.

»Ich möchte Ihnen einen kostenlosen Ratschlag geben, Aiden, weil Sie noch sechs Monate vor sich haben. Die meisten Insassen sind ungebildete, gewalttätige, gestrandete Drogensüchtige und Gewohnheitsverbrecher. Sie wissen, wie man das System bedienen muss … um zu überleben. Aber Sie, Aiden, Sie haben das nicht drauf. Sie sind zu jung und zu hübsch für einen Ort wie diesen. Ich wette, die Wölfe haben schon Witterung aufgenommen und warten nur darauf, Sie in eine kleine Gefängnisromanze einzuführen.«

»Auf gar keinen Fall, Mann.«

Am anderen Ende des Raumes fällt etwas klappernd zu Boden, Aiden fährt wie angestochen herum. Im nächsten Moment gehen die Unterhaltungen weiter. Aiden versucht, den Schrecken abzuschütteln, doch er wirkt nicht mehr so selbstsicher.

»Das Duschen muss der reinste Albtraum sein«, fährt Ruiz fort. »Was soll man machen? Wenn man sich wehrt, wird man bestraft. In der Frühstücksschlange abgestochen. Oder irgendjemand gießt nachts Feuerzeugbenzin über Ihr Bett. Schlafen Sie gut, Aiden? Ich an Ihrer Stelle würde es nicht tun. Ich würde mich mit dem Rücken immer an die Wand drücken.«

Aiden hat die Augen aufgerissen.

»Aber vielleicht haben Sie ja auch einen Wohltäter gefunden, der sich um Sie kümmert. Was geben Sie ihm dafür? Bücken Sie sich für jemanden, Aiden? Schmuggeln Sie auch Drogen für ihn oder führen ihm andere Zärtlinge zu?«

»Das ist alles totaler Blödsinn!«

»Ich frage mich, wie Ihre Kumpel reagieren, wenn sie hören, dass Sie eine Knastnutte geworden sind.«

»Scheiße, Mann, nein! Ich bin keine Nutte.«

»So ein Gerücht ist schwer zu entkräften. Die Mädchen werden Sie nicht mehr so behandeln wie vorher. Sie verlangen einen AIDS-Test von Ihnen, bevor Sie sie auch nur angucken dürfen.«

Aidens Blick wird glasig. »Das ist doch alles Mist!«

»Aber ich erzähle Ihnen bestimmt nichts, was Sie nicht längst wissen«, sagt Ruiz. »Was Ihre Kumpel denken, ist vielleicht nicht so wichtig. Sollen Sie doch hinter Ihrem Rücken Geschichten erzählen – über irgendeinen plattnasigen Knacki mit Hasenscharte, der Sie allein unter der Dusche getroffen und Ihnen süße Komplimente ins Ohr geflüstert hat.«

»Das ist verdammt noch mal nie passiert.«

»Ich glaube Ihnen, wirklich.« Ruiz sieht mich an. »Ich weiß auch nicht, wie diese Gerüchte entstehen.«

Das Schweigen dauert ein Dutzend Herzschläge.

»Sie hat mir einen Brief geschrieben«, sagt Aiden.

»Wer?«, frage ich.

»Tash.«

»Wann?«

»Ein paar Monate nach ihrem Verschwinden.« Er blickt blinzelnd zur Decke und fährt fort: »Sie hat gesagt, sie und Piper wären in London. Sie würden in einem besetzten Haus wohnen und für irgendeinen Typen arbeiten, der einen Laden in Soho hat.«

Ich sehe Ruiz an.

»Warum hat sie Ihnen geschrieben?«

»Um zu sagen, dass es ihr leidtut.«

»Was?«

»Was glauben *Sie* denn, Scheiße noch mal?«

»Haben Sie den Brief noch?«

»Oh ja, ich hab ihn zusammen mit den Stickereien und den gepressten Blumen in meinem Poesiealbum aufbewahrt.«

Das findet Aiden lustig. Er will ein Publikum.

»Haben Sie zurückgeschrieben?«

»Warum sollte ich ihr schreiben? Sie hat mich hierhergebracht. Sie hat Callum Loach in den Rollstuhl gebracht. Ohne die kleine Schwanzfopperin wäre das alles nicht passiert.«

Ich sehe, wie Ruiz' Schultern sich unter seinem Hemd spannen. Es ist weniger Aidens Gejammer, das ihn stört, als dessen prahlerische Selbsteingenommenheit und die Tatsache, dass er seine unermessliche Dummheit einem Schulmädchen in die Schuhe schieben will, weil alles andere zu viel Selbstanalyse und Eigenverantwortung bedeuten würde.

»Warum haben Sie niemandem von dem Brief erzählt?«, frage ich.

»Warum sollte ich? Mir hat auch niemand einen Gefallen getan.«

Ich ziehe ein Foto aus der Jackentasche und lege es zwischen seinen Ellbogen auf den Tisch. Es ist eine Aufnahme von der Obduktion. Natashas dünner Körper liegt auf dem Edelstahltisch, angeschwollen und schutzlos, die Augen leer. Aiden starrt mich an, um das Bild nicht ansehen zu müssen. Schließlich senkt er langsam den Blick, stockt, fasst sich wieder.

»Jetzt ist sie nicht mehr so hübsch«, sagt er und wendet den Kopf ab.

»Glauben Sie immer noch, dass es ihr recht geschieht?«, fragt Ruiz.

Aiden lächelt reumütig mit dem Mitgefühl eines Hais, den man in einer Robbenkolonie losgelassen hat.

»Seit ich hier drin bin, gehe ich zur Kirche. Da hab ich ein paar Dinge gelernt. Es ist so, wie es in der Bibel steht: ›Was der Mensch sät, das wird er ernten.‹ Männer, Frauen, ganz egal. Sie hat bekommen, was sie verdient hat.«

Als wir aus dem Gefängnis kommen, nimmt Ruiz ein Bonbon aus seiner Dose und lutscht grimmig daran, wie um einen schlechten Geschmack loszuwerden.

»Du weißt ja, die meisten Knackis haben es verdient, dass sie einsitzen.«

»Ja.«

»Manche haben es noch mehr verdient als andere.«

28

Am späten Nachmittag fahre ich durch feuchten Dunst, der sich nicht entscheiden kann, Regen zu werden oder sich aufzulösen. Die Straßen sind voller Autos und großer Busse. Die Schulen schließen, die Weihnachtsferien haben begonnen, in letzter Minute werden noch Geschenke besorgt. In den Colleges treffen Eltern ein, um ihren Nachwuchs von der Universität abzuholen. Koffer werden enge Stiegen hinuntergeschleppt und in Kofferräume verladen.

Es erinnert mich an meine Studienzeit. Ich hatte eine vierjährige Übernachtungsparty voller Sex, Alkohol und weicher Drogen erwartet. Stattdessen verliebte ich mich in Mädchen, die sich in meiner Gesellschaft wunderbar amüsierten, in mir jedoch keinen Mann fürs Bett sahen. Offenbar bevorzugten sie Rugbyspieler oder Jungen namens Rupert, deren Eltern ländliche Anwesen besaßen. Ich konnte eigentlich nur meine unsterbliche Liebe und eine Flasche warmen Lambrusco anbieten.

Victoria Naparstek kommt mir in den Sinn, ihre schüchternen Augen und ihr zu breiter Mund. Ich erinnere mich, in ihrem Blick die gleiche Dankbarkeit gelesen zu haben, die ich selbst empfand; eine Wertschätzung dafür, dass sie da war und ich mich nicht vollkommen zum Idioten gemacht hatte.

Ich parke vor dem Sportzentrum. Als ich die Doppeltür aufstoße, höre ich das Echo von Basketbällen, die gegen das Brett hinter dem Korb prallen. Die Frau am Empfangstresen trägt einen Trainingsanzug an ihrem schmalen Körper und um die Augen zwanzig Jahre Sonnenschäden. Ich frage nach Callum Loach.

Sie weist auf eine weitere Doppeltür. »Er ist bestimmt da drinnen mit dem Ayatollah.«

»Verzeihung?«

»Theo. Das ist sein Vater.«

Drei Basketballfelder passen nebeneinander in die Halle, doch nur eins wird benutzt. Theo Loach läuft am Spielfeldrand auf und ab, brüllt Anweisungen, duckt sich und bewegt den Oberkörper hin und her, als würde er schattenboxen oder die Partie von der Tribüne aus mitspielen. Ein FallschirmjägerTattoo an seinem rechten Unterarm ist zu einem blauen Fleck verblasst.

»Hey, Callum, achte auf den Konter. So ist gut … decken.«

Ich habe noch nie ein Rollstuhlbasketballspiel gesehen und bin überrascht, wie schnell es ist. Mit kurzen Unterarmbewegungen sausen die Spieler über das Feld.

Ich erkenne Callum von dem Foto wieder. Er sitzt in einem Leichtgewichtsrollstuhl mit gefährlich nach innen geneigten Rädern, die aussehen, als würden sie gleich wegbrechen.

»Guter Block!«, ruft Theo. »Den freien Mann decken. So ist's gut. Los ... los!«

Callum legt sich den Ball in den Schoß, stößt die Räder zweimal kurz an und dribbelt dann los. Unterarme werden aufgepumpt, Räder verschwimmen.

»Geh durch!«, brüllt Theo.

Callum wirft den Ball, versenkt ihn im Korb, stößt mit einem Gegenspieler zusammen und kippt zur Seite. Der Stuhl dreht sich einmal im Kreis, bevor er ihn lachend wieder hochreißt und sich mit seinen Teamkameraden abklatscht.

Theo reibt sich die Hände, als wollte er sie warmhalten.

Dann blickt er auf.

»Kann ich Ihnen helfen?«

»Ich hatte gehofft, ich könnte mit Callum sprechen.«

»Das Spiel ist fast vorbei.«

Ich setze mich auf eine Bank und lege meine Jacke über einen Schenkel.

Theo verfolgt das Spiel nicht mehr so konzentriert. Immer wieder mustert er mich von der Seite, bis seine Neugier schließlich siegt.

»Ich bin Cals Vater. Worum geht es?«

»Sie haben die Nachricht von Natasha McBain gehört?«

»Klar.«

»Ich helfe der Polizei bei der Ermittlung.«

»Was hat das mit Cal zu tun?«

Ich zögere mit der Antwort. Die Schiedsrichterpfeife ertönt, ein Freiwurf wird gegeben und ausgeführt. Theos Gesicht unter der Basketballkappe ist rund wie ein Kuchen. Er setzt sich mit knackenden Knien neben mich.

»Wir haben zu Hause eine Regel, dass niemand den Namen dieses Mädchens erwähnt.«

»Wieso das?«

»Ist das nicht offensichtlich?«

»Natasha hat Callum nicht verkrüppelt.«

Theo sagt nichts. Sein Blick wandert und bleibt an einem Spinnennetz unter der Deckenbeleuchtung hängen. Wieder fällt mir seine Tätowierung auf.

»Sie waren in der Armee.«

»Ja.«

»Kampfeinsätze?«

»Die Falkland-Inseln.«

Er leckt sich die Lippen ab und legt seine Hände auf die Schenkel. »Haben Sie Kinder, Professor?«

»Zwei Mädchen.«

»Wie alt?«

»Fünfzehn und sieben.«

Er nickt. »Wir waren nur einmal gesegnet. Man liest ja Geschichten über Frauen, die einfach ein Kind nach dem anderen kriegen, obwohl sie es sich nicht leisten können, sie zu ernähren. Und ich spreche nicht nur von Afrika und armen Ländern. Gucken Sie sich die alleinerziehenden Mütter hier in der Gegend an – arbeiten nie, leben von der Stütze und haben drei Kinder von ebenso vielen Männern. Das ist verdammt noch mal kriminell, wissen Sie.«

Ich antworte nicht.

Theo kratzt sich mit drei Fingern die Wange.

»Callum spielt normalerweise nicht in dieser Liga. Er wurde für das olympische Team nominiert.«

»Glückwunsch.«

»Es wird ein großes Jahr für ihn.«

Sein Blick wird trüb. »Früher hat er Fußball gespielt. Als er zwölf war, wurde er von Arsenal eingeladen, um sich im Emirates Stadium umzusehen und einige der Spieler zu treffen. Es war von einem Vertrag die Rede.«

»Was ist passiert?«

»Becky wollte nicht, dass er von zu Hause weggeht. Das einzige Kind. Verstehen Sie?«

»Ja.«

»Wir haben uns gestritten, doch sie hatte recht. Mit sechzehn hat sie ihn dann gehen lassen. Er war in der Jugendmannschaft. Sie hätten ihn sehen sollen. So schnell und elegant. Er konnte sich in Position schleichen, als wäre er unsichtbar, und dann zuschlagen.« Theo atmet tief durch und starrt auf seine Schuhe. »Er hätte es bis ganz nach oben schaffen können, der Junge. Aber irgendein mit Pillen zugeknallter Wichser überfährt ihn und trennt seine Beine ab. Ich kann mich noch an den Tag erinnern. Ich kann Ihnen noch genau den Ort und die Zeit sagen. Solche Details vergisst man nicht. Man vergisst nicht, wie jemand den eigenen Jungen in einen Rollstuhl bringt und seine Träume zerstört.«

»Ich habe vorhin mit Aiden Foster gesprochen.« Theo nickt und verfolgt das Spiel.
»Er soll im nächsten Jahr rauskommen.«
»Ja, nun, er hat seine Zeit abgesessen«, sagt Theo. »Sie lassen ihn raus, und er hat für den Rest seines Lebens zwei gesunde Beine. Aber das spielt keine Rolle. Er wird für den Rest seines Lebens ein nichtsnutziger Schmarotzer bleiben, ein absoluter Loser.«
»Haben auch Sie Natasha die Schuld gegeben?«
»Sie saß nicht am Steuer.«
»Das ist keine Antwort.«
Er sieht mich an und bläst seine Wangen auf. »Sie hat die Drogen geliefert. Sie war Auslöser für den Streit. Was glauben Sie? Wenn dieses Flittchen nicht ... wenn sie ... dann würde mein Junge ...« Er bringt den Satz nicht zu Ende. »Ach, scheiß drauf, ich will nicht darüber reden.«
Er schweigt lange und betrachtet unkonzentriert das Spiel.
»Aiden Foster hat nie angerufen. Er hat keinen Brief geschrieben. Er hat nie gesagt, dass es ihm leidtut. Nein, warten Sie, das stimmt nicht. Sein Anwaltsteam ist zu uns gekommen, um ein Treffen zwischen Callum und Aiden zu organisieren, eine Versöhnung, sagten sie. Sie tauchten mit einem Fernsehteam auf und wollten das Ganze filmen, damit sie es dem Richter zeigen und ein milderes Urteil für Aiden bewirken konnten. Vielleicht wenn Aiden ohne die Kameras aufgetaucht wäre. Vielleicht hätte ich ihm dann geglaubt.«
Der Schiedsrichter hat die Partie abgepfiffen. Händeschütteln. High-Fives. Callum rollt aus dem Kreis über den polierten Holzboden. Er ist ein gut aussehender Junge mit breiten Schultern wie ein Schwimmer und einem blonden Schopf, den er nach hinten wirft, dass Schweißperlen fliegen. Er sieht aus, als sollte er Werbung für Gatorade machen, in einem SportQuiz der BBC auftreten oder eine scharf aussehende Freundin haben. Theo wirft ihm ein Handtuch zu. Callum leert eine Wasserflasche, wischt sich Mund und Hände ab und wirft die leere Flasche in Richtung seiner Sporttasche. Er verfehlt sie.
»Mein erster Fehlwurf heute«, sagt er grinsend.
»Das ist Joe O'Loughlin«, stellt Theo mich vor. »Er arbeitet für die Polizei. Er möchte mit dir über ›Du-weißt-schon-wen‹ sprechen.«
»Du kannst ruhig ihren Namen sagen, Dad.« Callum streckt mir zögernd die Hand hin.
»Ich hab ihm gesagt, dass du keine Ahnung hast«, sagt Theo.
»Warum sollte irgendjemand glauben, dass ich etwas wüsste?«, fragt Callum.

»Das hab ich ihm auch gesagt. Ich hab gesagt, du weißt nichts. Ich hab ihm gesagt, dass du Wichtigeres zu bedenken hast. Dieses Mädchen hat immer nur Ärger gemacht.«

»Sprich nicht so über sie, Dad. Sie ist tot. Was geschehen ist, ist geschehen.«

Callum wendet seinen Stuhl und sieht mich an. »Was ist mit ihr passiert? Ich meine ... wo ist sie die ganze Zeit gewesen?«

»Wir wissen es nicht.«

»Die Polizei muss doch eine Ahnung haben.«

»Hast du eine?«

Die Pause dehnt sich einen Schlag länger als behaglich. Callum schüttelt den Kopf.

Theo ermahnt ihn, ein Sweatshirt anzuziehen, damit er sich nicht verkühlt.

»Die Olympischen Spiele, das ist eine große Sache«, sage ich, als ich das Mannschaftslogo auf seiner Sporttasche sehe.

»Ja, ist es.« Er wippt nach hinten und balanciert den Rollstuhl auf zwei Rädern. »Es war mein Dad, der mich zum Rollstuhlbasketball gebracht hat. Er hat mich zu einem Spiel mitgenommen. Ich habe ihm erklärt, wenn ich nicht auf eigenen Füßen stehen kann, will ich gar nicht spielen.«

»Was hat dich bewogen, deine Meinung zu ändern?«

Er zuckt die Achseln. »Bevor es passiert ist, war Sport etwas ganz Natürliches für mich. Fußball. Training. Ich musste nicht nachdenken. Nach meiner Verletzung bin ich mir meines Körpers und meiner Gesundheit bewusster geworden. Ich habe angefangen, mich fit zu halten. Und jetzt macht es mich glücklich. Und bringt mir Respekt ein.«

»Aber du musst es doch auch bedauern.«

»Was?«

»Behindert zu sein.«

»Ich habe meine Beine verloren. Jetzt hab ich die.« Er öffnet seine Sporttasche und zeigt mir zwei hautfarbene und echt aussehende Prothesen mit Sportschuhen an den Füßen.

»Wem gibst du die Schuld?«

»Muss ich jemandem die Schuld geben?«

»Das machen die meisten Menschen.«

»Warum?«

»Es hilft ihnen bei der Bewältigung.«

»Sie meinen, es liefert ihnen eine Entschuldigung.«

»Kann sein.«

Er schüttelt den Kopf. »Als ich im Krankenhaus aufgewacht bin und nach unten geguckt habe, wo früher meine Beine waren, habe ich diese ganze verbitterte Warum-ich-Reaktion durchgemacht. Ich habe es geleugnet, ich habe getrauert, ich habe über die Ungerechtigkeit geschrien und wollte in ein dunkles Loch kriechen. Das habe ich eine Zeitlang auch getan. Ich habe Aiden Foster gehasst. Ich habe Natasha McBain gehasst. Ich habe jeden gehasst, der einen gesunden Körper hat und auf zwei Beinen herumlaufen kann.«

»Was hat sich verändert?«

Er zuckt die Schultern. »Zeit ist vergangen. Ich habe aufgehört, Ausflüchte zu suchen. Gewinner machen keine Ausflüchte. Ob auf dem Court oder vor einer Treppe – ich suche keine Ausflüchte. Ich finde einen Weg.«

Er schnallt seine Beine an, rollt seine Hosenbeine darüber und rubbelt sich mit dem Handtuch das verschwitzte Haar ab. Theo ist gegangen, um den Wagen zu holen.

»Wenn Sie Mr. und Mrs. McBain sehen, richten Sie ihnen mein Beileid aus. Sagen Sie ihnen, dass ich Natasha nicht die Schuld gegeben habe.«

»Was ist mit deinem Vater?«

Er blickt zu der Doppeltür und lächelt traurig. »Seien Sie nicht zu streng mit ihm. Er hat sich bei einem Skydiving-Unfall das Knie ruiniert, und die Armee hat ihn in Pension geschickt. Der Schmerz geht nicht mehr weg.«

»Und deine Mutter?«

»Sie hat uns schon vor Jahren verlassen.«

»Hat sie *ihn* oder dich verlassen?«

»Macht das einen Unterschied?« Draußen hupt ein Auto. Theo wartet.

Callum balanciert auf den Rädern und rollt davon, seine Schultern straffen sich wie die eines Boxers, der auf einen Sandsack eindrischt. Er muss wenden, um rückwärts durch die Schwingtür zu rollen.

Die Frau am Empfang ruft ihm auf Wiedersehen zu, und ein Chor anderer Stimmen wünscht ihm viel Glück. Callum winkt grinsend zurück und richtet sich in seinem Rollstuhl gerader auf – ein Mann mit nutzlosen Beinen, der versucht, so tapfer zu sein wie seine Träume.

Nachdem Tash sich die Idee erst mal in den Kopf gesetzt hatte,

ließ sie nicht mehr locker. Abzuhauen war ihr neuestes Projekt. Ihre Augen leuchteten, wenn sie Pläne schmiedete, wie wir in London leben und mit den Promis abhängen würden.

Sie wurde immer aufgeregter und reihte einen Satz an den anderen, die alle mit »und dann« anfingen.

»Und dann suchen wir uns einen Platz zum Wohnen, nicht in einem besetzten Haus, sondern in einer netten Gegend, Fulham vielleicht oder Notting Hill. Und dann besorgen wir uns einen Job. Ich könnte Schauspielerin oder Model werden. Ich hab nichts dagegen, mich auszuziehen. Nur die obere Hälfte wie Katie Price, weißt du. Nacktmodel. Das machen viele Mädchen und verdienen haufenweise Geld.«

»Ich glaube, dafür muss man achtzehn sein«, sagte ich.

»Ich sehe aus wie achtzehn. Ich hab einen gefälschten Ausweis.«

»Einige dieser Fotografen können echte Schmierlappen sein.«

»Du kommst mit. Wir passen gegenseitig auf uns auf.«

»Werden sie uns nicht suchen, wenn sie dich auf Seite drei der Sun *sehen?«*

»Bis dahin haben sie es bestimmt aufgegeben. Außerdem kann man sich von seinen Eltern scheiden lassen, wusstest du das? Man nimmt sich einen Anwalt, und er geht vor Gericht und fragt einen Richter.

Und dann werden wir in all die coolen Clubs eingeladen. Wir dürfen direkt zum Eingang vorgehen, ohne Schlange zu stehen. Und dann kaufen wir uns eine eigene Wohnung. Ich krieg ein rundes Bett und automatische Jalousien und bin befreundet mit David Beckham und David Tennant und diesem Typen von den Artic Monkeys, dessen Namen ich mir nicht merken kann.«

Tash war erst ein paarmal in London gewesen, doch sie klang immer wie eine Expertin. Sie wusste genau, wo sie wohnen wollte, wie viel es kosten würde und wo alle Promis lebten. Katie Price kannte sie noch besser als alle anderen, weil sie alle ihre Bücher und die Zeitschriftenartikel über sie gelesen hatte.

Unsere Englischlehrerin Miss McCrudden sagte, wenn Tash ihre Schulbücher so fleißig studieren würde wie ihre Zeitschriften, könnte sie ein Genie sein. Dabei bekam Tash sowieso überall glatte Einsen, sodass sich eigentlich niemand beschweren konnte. Ich war diejenige, die dümmer war als ein Meter Feldweg.

Lady Adolf war nur so nett zu mir, weil Daddy der Schule für den Bau einer neuen Aula einen günstigen Kredit bei seiner Bank organisiert hatte. Wir hatten Spitznamen für jeden an der Schule. Den Physiklehrer Mr. Fielding nannten wir Mr. Bean, weil er einen seltsamen Überbiss hatte und einen Mini fuhr. Miss Kane, die Sportlehrerin, hieß Miss Trunchbull, weil sie früher Speerwerferin war. (Wenn ihr Matilda *nicht gelesen habt, wisst ihr nicht, was das bedeutet.)*

Jeder in der Schule wusste, dass Miss Trunchbull eine Affäre mit Mr. Bean hatte. Wir beobachteten, wie sie auf dem Schulhof miteinander flirteten, und Tash hat sogar mal mitgekriegt, wie sie sich in einer Nische in der Nähe der Aula küssten. Daraufhin kam sie auf den schlauen Plan, einen Digitalrekorder auf die Fensterbank der Lehrerumkleide in der Turnhalle zu stellen. Es war Mitte Juli, und das Fenster war offen.

Auf der Aufnahme konnte man sofort hören, was sie machten. Mr. Bean stöhnte »Oh, oh, oh«, und Miss Trunchbull schrie so laut, dass man nicht wusste, ob sie gevögelt oder gefoltert wurde.

Das hätte das Ende der Sache sein können – ein Spaß, bei dem niemand zu Schaden gekommen war –, doch dann machte sich Miss Trunchbull in Sport über Tash lustig, weil sie kein Rad schlagen konnte, und nannte sie eine Primadonna. Tash hatte unerwartet ihre Regel bekommen, ihr Slip war fleckig, deshalb wollte sie kein Rad schlagen.

Danach lud Tash die Audiodatei bei YouTube hoch, zusammen mit Fotos von Mr. Bean und Miss Trunchbull, die sie von der Website der Schule kopiert hatte.

Ich warnte sie. Sie wollte nicht hören.

Die Schule engagierte Computerspezialisten, um herauszufinden, wer die Dateien hochgeladen hatte. Obwohl Tash sie sofort wieder herunternahm, suchten sie trotzdem weiter. Es dauerte drei Tage, bis sie sie gefunden hatten. Sie wurde ins Büro der Direktorin geschleift, wo sie ein Geständnis ablegte.

Mr. Bean war da, das Gesicht wutverzerrt. »Schauen Sie sich ihre Augen an«, sagte er. »Sie ist vollkommen high.«

Lady Adolf schnalzte mit der Zunge. »Hast du Drogen genommen, Tash?«

»Nein.«

»Du lügst.«

»Nein, tue ich nicht.«

Laut Lady Adolf wird eine Lüge durch leugnen nicht weniger unwahr. Ich weiß noch, dass ich mich gefragt habe, ob das Eingeständnis einer Wahrheit sie noch wahrer machen würde.

Sie hatte ihre Entscheidung gefällt. Tash war an der Schule nicht mehr willkommen, sagte sie.

Willkommen? Wann war sie dort je willkommen gewesen!

29

Seit drei Stunden lese ich Pipers Geschichten und Gedichte. Ihre Handschrift ist voller Kringel und Schnörkel, der Text immer wieder unterbrochen von Zeichnungen, Kritzeleien und Emoticons. Manchmal habe ich das Gefühl, das Leben meiner eigenen Tochter zu belauschen, doch ich habe kein schlechtes Gewissen. Ich werde etwas lernen, mehr verstehen.

Die meisten Einträge sind undatiert, es wird aber deutlich, dass sie in den Monaten vor ihrem Verschwinden unordentlicher und geheimnistuerischer werden. Codewörter tauchen auf, die ich nicht verstehe, und Spitznamen für Personen. Einer ihrer Lehrer ist »Mr. Bean«, eine andere »Miss Trunchbull«. Sie schreibt Briefe an sich und ihre Eltern, viele voller Angst und Wut.

Lieber schöner Daddy und die Eisprinzessin,
wenn ihr diesen Brief findet, bin ich weg. Vielleicht habe ich mich bis dahin umgebracht. Vielleicht stelle ich mich aber auch dafür zu blöd an. Ich vermassele ja eh immer alles. So oder so bin ich nicht mehr euer Problem. Jetzt kannst du glücklich sein, Mum. Mit Phoebe hast du eine perfekte Tochter und dazu einen niedlichen kleinen Jungen, und die hässliche Tochter wird die Familienfotos nicht mehr ruinieren oder sonst wie im Weg sein.
Ich habe immer geglaubt, ich wäre adoptiert. Das glaube ich nach wie vor. Dann hattet ihr ein eigenes Baby und habt gemerkt, dass ich nicht in eure perfekte Familie passe. Vielleicht hättet ihr mich an die Agentur zurückgeben sollen, solange ihr noch die Chance hattet.
Ich denke, es ist das Beste, wenn ihr mich vergesst. Bitte kümmert euch gut um Phoebe und Ben. Sagt ihnen, dass ich sie geliebt habe.
Es tut mir leid.
Piper

Ein weiterer Eintrag beginnt an Pipers vierzehntem Geburtstag, dem »schlimmsten Tag meines Lebens«, wie sie ihn nennt.

Manchmal habe ich das Gefühl, mein Leben hat keinen Sinn, wenn ich nichts Besonderes bin. Ich mag auf keinen Fall bloß ein gewöhnlicher Niemand sein. Ich kann mir nicht vorstellen, ein ruhiges Leben zu führen und dabei immer mehr

zu verblassen. Und am Ende erinnert sich dann niemand mehr an mich. Neulich habe ich das hier gelesen: »*Man ist kein Kind mehr, wenn man entdeckt hat, dass die Kindheit die schönste Zeit des Lebens war.*«
Wenn das stimmt, gebt mir die Rasierklingen, bitte.

Ich lese weiter und lerne mehr über Pipers Vorlieben und Abneigungen. Ihre Lieblingsfilme. Die schlimmsten Modesünden (Zigeunerröcke und schwarze Netzunterhemden). Die coolsten Bands. Was sie später mal werden will. »Diverse Gründe, warum ich meine Mutter hasse«, »Warum kleine Schwestern mit heißem Öl übergossen werden sollten«. Manchmal muss ich laut lachen über ihre Beobachtungen – eine missglückte Frisur lässt sie aussehen wie einen »verschreckten Hamster«, und irgendein Junge, den sie beim Sport kennengelernt hat, hat »einen IQ knapp unter Raumtemperatur«.

Zwischen den Seiten eines Notizbuchs finde ich einen Streifen mit Passfotos. Piper und Tash sitzen in einer Fotokabine, eine auf dem Schoß der anderen, ziehen Grimassen und lachen, die Münder mit dunkelrotem Lippenstift verschmiert.

Es ist das einzige Foto von Piper, das ich gesehen habe, auf dem sie nicht unsicher und befangen wirkt. Stattdessen ist sie entspannt und in dem Augenblick vollkommen glücklich.

Mit einem Blick auf den Stapel von Tagebüchern denke ich, dass ich der Enthüllung ihres geheimen Lebens keinen Schritt näher gekommen bin. In Tashs Zimmer hat man Kondome und zwei Cannabiszigaretten gefunden. Sie hatte ältere Freunde und war sexuell aktiv. Piper wusste all das, hat aber nicht darüber geschrieben.

Kleinstädte wie Bingham können oft täuschen. Sie gelten als ländliche Idylle und der perfekte Ort, um Kinder großzuziehen. Die Leute fühlen sich zurückversetzt in längst vergangene Tage und stellen sich nostalgisch eine Welt mit weißen Gartenzäunen, Eckkneipen und Dorfbobbys vor.

Die Realität sieht häufig ganz anders aus. Größere Städte dehnen sich aus und schlucken kleine Dörfer, verwandeln sie in Satelliten- und Schlafstädte für Pendler. Gegenden kommen herunter. Hier und da breitet sich Armut aus, Arbeitslosigkeit, häusliche Gewalt, Langeweile.

Die Teenager spüren es am meisten. Zu jung, um zu trinken oder zu fahren, ohne Kinos, Geschäfte oder Jugendzentren amüsieren sie sich woanders, crashen Partys und experimentieren mit Sex, weichen Drogen und Alkohol. Junge Mädchen wie Natasha fühlen sich zu älteren Männern hingezogen. Die Jungen in ihrem eigenen Alter sind langsamer, weniger weltgewandt, während ältere Männer Autos und Geld haben, das sie in Restaurants und für schicke Klamotten ausgeben können. Die Tatsache, dass ein erwachsener Mann sich für sie interessieren könnte, erregt die Mädchen, doch sie sind zu jung, um die Gefahr zu verstehen, die darin liegt, das Begehren eines Mannes anzufachen.

Irgendwann schlafe ich in meiner Kleidung ein, ein Tagebuch aufgeschlagen auf meiner Brust. Ein Telefon dringt in meine Träume. Mein Handy. Es summt, und auf dem Display steht der Name Victoria Naparstek.

Bevor ich irgendwas sagen kann, ruft sie ins Telefon.

»Bitte, bitte, hilf mir! Sie sind vor der Tür!« Ich höre Schreie im Hintergrund.

»Wo bist du?«

»Bei Augie ... draußen sind Leute ... die wollen ihn töten. Sie haben gesagt, sie werden ihn ausräuchern.«

»Wo ist die Polizei?«

»Ich habe sie alarmiert.«

»Und Augie?«

»Er ist hier ... mit seiner Mutter. Sie haben Angst. Ich habe Angst.«

»Habt ihr Fenster und Türen verriegelt?«

»Ja.«

»Okay, bleibt von den Fenstern weg. Ich komme.«

Ruiz geht nicht an sein Handy. Ich hinterlasse eine Nachricht auf der Mailbox. Ich streife Socken und Schuhe über und renne zum Aufzug. Die Straßen sind menschenleer. In Schaufenstern und hinter Netzgardinen glitzern und blinken Weihnachtslichter.

Ich überfahre rote Ampeln an leeren Kreuzungen, überhole Streufahrzeuge und erreiche das Haus in weniger als fünfzehn Minuten. Etwa fünfzig Menschen drängeln sich im Vorgarten und auf dem Bürgersteig bis auf die sonst leere Straße. Weitere Wagen treffen ein.

Vor dem zweistöckigen Haus sind ein Dutzend Polizeibeamte aufgereiht, in der Unterzahl, nervös. Sie rufen den Leuten zu, sie sollen nach Hause gehen, doch der Protest hat bereits zu viel Fahrt aufgenommen. Hayden McBain steht in der Mitte der Menge, direkt hinter seinem Onkel.

»Er ist ein Kindermörder!«, brüllt Vic McBain. »Und wir wollen ihn hier nicht! Auf unseren Straßen sind Kinder unterwegs. Wir wollen nicht, dass dieses perverse Schwein sie anrührt. Das ist unsere Stadt. Das sind unsere Kinder.«

Die Menge bekräftigt jeden Satz mit einem Johlen und beginnt dann zu skandieren: »Abschaum! Abschaum! Abschaum! ABSCHAUM!«

Ich kämpfe mich bis nach vorn durch und erkenne einen der Constables. »Wo sind die anderen Polizisten?«, rufe ich ihm zu.

»Kommen.«

»Kann ich rein?«

Er nickt und hält das Gartentor auf. Victoria öffnet die Haustür und schließt sie rasch wieder. Als sie mich umarmt, spüre ich ihre Erleichterung und ihre Angst. Ich blicke den Flur hinunter und sehe Augie, der halb verborgen hinter dem Türrahmen aus der Küche späht. Seine Mutter steht in einem Bademantel neben ihm, die Haare ungekämmt, ihre Haut sieht beinahe gelbsüchtig aus.

»Sind alle unverletzt?« Sie nicken.

Augie hat die dunklen ernsten Augen seiner Mutter, doch selbst wenn er den Blick fest auf jemanden richtet, zucken sie immer wieder zur Seite. Seine Hände sind nicht mehr verbunden, die Haut jedoch ist noch immer gerötet und dick eingecremt.

Die Rufe von draußen werden lauter. Ich gehe ins Wohnzimmer und öffne die Gardinen einen Spalt. Weitere Polizisten sind eingetroffen und haben sich zu einer Menschenkette untergehakt, doch sie sind hoffnungslos in der Unterzahl.

Ich gehe zurück zu den anderen in die Küche und versuche, sie zu beruhigen. »Wie wär's mit einer Tasse Tee?«

Victoria füllt den Kessel.

»Warum können sie uns nicht einfach in Ruhe lassen?«, fragt Mrs. Shaw.

»Sie sind wütend auf mich«, sagt Augie.

Victoria schüttelt den Kopf. »Es ist nicht deine Schuld.«

»Wessen Schuld ist es dann?«

»Du hättest nie zu diesem Bauernhaus gehen sollen«, sagt seine Mutter. »Du hättest dich von diesen Leuten fernhalten sollen.«

Sie bindet ihren Bademantel fester zu und durchsucht die Speisekammer nach einer Packung Kekse. »Ich weiß, dass ich noch welche hatte«, sagt sie und fragt dann Augie: »Hast du die Kekse gegessen?«

Er senkt den Kopf.

Noch mehr Polizisten sind eingetroffen, aber auch weitere Demonstranten. Flaschen und Ziegelsteine werden geworfen, Leiber zurückgedrängt. Die Menge formiert sich neu und drängt wieder nach vorn. Jedes Mal wenn sie »Abschaum« ruft, zuckt Augie zusammen. Er hält sich verzweifelt die Ohren zu und flüstert mit der Stimme eines kleinen Jungen: »Es ist meine Schuld. Ich konnte sie nicht retten.«

»Wen konntest du nicht retten?«

»Alle.« Er legt seinen Finger an die Stirn und dreht ihn, als würde er ihn in seinen Schädel bohren. »Ich konnte Mrs. Heyman nicht vor dem Feuer retten. Ich konnte meinen Bruder nicht retten. Ich konnte das Mädchen nicht retten.«

»Natasha?«

»Der Schneemann hat sie genommen.«

»Warum nennst du ihn den Schneemann?«

»Er war aus Schnee.«

Im Wohnzimmer zersplittert ein Fenster. Mrs. Shaw schreit. Beinahe gleichzeitig klirrt im ersten Stock Glas. Steine und Flaschen werden gegen das Haus geworfen.

»Ihr bleibt alle hier«, sage ich.

Geduckt renne ich durch den Flur ins Wohnzimmer. Die Gardinen bauschen sich auf, Glassplitter liegen auf dem Teppich. Ich bewege mich ans Fenster und spähe hinaus. Die Polizei hat unter einem Hagel von Wurfgeschossen das Terrain aufgegeben. Flaschen und Steine prallen von geparkten Wagen ab oder treffen hin und wieder ein Fenster. Ein Polizeitransporter hat es noch ein Stück die Straße hinuntergeschafft, bevor seine Besatzung ihn verlassen hat. Ein paar Männer aus der Meute wippen ihn hin und her, bis er Schwung aufnimmt und zur Seite

umkippt. Metall knirscht auf Asphalt.

Ein Ziegelstein kracht gegen das Fensterkreuz über meinem Kopf, ein weiterer zerschmettert ein gerahmtes Foto auf dem Kaminsims.

Auf allen vieren krieche ich zur Haustür und halte mein Ohr dagegen. Ich höre, wie ein Polizist draußen über Funk verzweifelt Unterstützung anfordert. Ich öffne die Tür einen Spalt und sehe Blut, das von seinem Nasenrücken über seine Lippen läuft.

»Bleiben Sie im Haus, Sir«, weist er mich an.

Im selben Moment trifft ihn ein Stein mitten ins Gesicht. Sein Kopf sackt in den Nacken, er geht zu Boden, sein Helm rollt über die Treppe. Ich sehe ein gelbes Flackern in der Dunkelheit und höre einen krachenden Einschlag. Ein Geräusch wie eine gedämpfte Explosion erfüllt das Wohnzimmer. Benzin, das in Flammen aufgeht. Licht.

»Es brennt!«, schreit Mrs. Shaw.

»Bleiben Sie in der Küche!«, rufe ich zurück.

Ich trete den Rückzug durch den Flur an und schließe die Türen hinter mir. In der Küche blicke ich aus dem Fenster und bemerke ein Tor auf der Rückseite des Gartens.

»Wohin führt das?«

Mrs. Shaw sieht mich einen Moment lang verwirrt an. »Auf eine Gasse hinter den Häusern zur Lovett Road.«

»Wo ist Augie?«

»Ich dachte, er wäre bei Ihnen.«

»Nein.«

»Dann muss er oben sein.«

»Ohne Augie gehe ich nicht«, sagt seine Mutter.

»Ich hole ihn.«

Ich bedecke Mund und Nase und nehme jeweils zwei Stufen auf einmal. Oben gibt es drei Zimmer, zwei davon Schlafzimmer, die mit zu vielen Möbeln zugestellt sind. Ich rufe Augies Namen. Keine Antwort. Ich sehe ihn nirgendwo.

Ich gehe um die Betten, steige über Kleider und blicke durch ein zerbrochenes Fenster auf die Straße. Vom Ende der Straße marschiert eine Phalanx von Polizisten mit Helmen und schwarzen Körperpanzern auf. Die Verstärkung. Sie drängen die Menschenmenge zurück und räumen die Straße wie ein menschlicher Bulldozer. Der Asphalt hinter ihnen ist mit zerbrochenen Backsteinen und Scherben übersät. Der Polizeitransporter brennt.

Ich kann Augie nicht finden. Ich gucke in Schränke und unter Betten. Er ist nicht hier. Der Rauch wird dichter, meine Augen tränen. Ich krieche über den Flur und stoße mir an einer Wand den Kopf. Ich taste mich an der Fußleiste entlang bis zum Badezimmer.

Dort finde ich das Waschbecken, drehe den Wasserhahn auf und wasche mir die Augen aus. Ich schaffe es, das Fenster ein paar Zentimeter aufzustoßen, halte den Kopf in die Lücke und sauge frische Luft ein. Als ich mich umdrehe, fällt mir ein dunkler Umriss zu meiner Rechten auf. Augie sitzt in der Badewanne, die Arme um die Knie geschlungen.

Ich packe seinen Arm und brülle. »Wir müssen hier raus.« Er sieht mich an. Tränen strömen über seine Wangen.

»Komm mit mir.«

Er stößt meine Hand weg.

»Du kannst nicht hierbleiben. Wir müssen gehen.«

»Ich kann nicht«, sagt er und zeigt auf seine Fußfessel. »Der Richter hat gesagt, ich darf das Haus nicht verlassen.«

»Aber das ist etwas anderes. In so einem Fall darfst du es.«

»Draußen bringen sie mich um.«

Von unten hört man das Zischen der Flammen, die sich an der Decke des

Eingangsflurs ausbreiten. Holz fängt knackend Feuer. Das Fenster lässt sich nicht weit genug öffnen, um herauszuklettern. Ich kann Augie nicht tragen, und er weigert sich, mit mir zu kommen. Er hat zu viel Angst.

Ich kann ihn nicht hierlassen, und ich kann nicht bleiben.

Ich drehe den Wasserhahn auf, befeuchte ein Handtuch und breite es über seinen Kopf.

»Bleib hier, ich hol Hilfe.« Er antwortet nicht.

Ich mache ein zweites Handtuch nass und lege es über meinen eigenen Kopf. Auf allen vieren erreiche ich den Treppenabsatz. Den Kopf voran rutsche ich die Stufen hinunter, verliere den Halt, lande auf meiner Schulter und rolle weiter. Die brennende Deckenverkleidung wellt sich und tropft herunter.

Ich atme mehr Rauch als Sauerstoff ein. Blind versuche ich die Küche zu erreichen, doch alles hat sich verlangsamt. Ich stoße mir dauernd den Kopf an der Wand. Ich kann die Tür nicht finden. Es ist dunkel. Giftig. Heiß.

Ich rolle mich auf dem Boden zusammen und presse die Lippen auf den Teppich. Wenn ich nur einmal tief einatmen könnte, schaffe ich es vielleicht weiterzukriechen. Ich spüre die Hitze auf der Rückseite meiner Beine.

Holz splittert, und der Luftdruck verändert sich. Das Feuer nährt sich von dem frischen Sauerstoff und bricht durch die Tür des Wohnzimmers. Kräftige Hände packen mich, ziehen mich hoch und schleppen mich durch den Flur. Ich versuche einen Schritt zu machen, doch ich kann mein eigenes Körpergewicht nicht tragen.

Meine Beine stolpern die Stufen hinunter, dann spüre ich weichen Boden unter meinen Füßen. Frische Luft. Ich werde durch den Garten geschleift und auf den Rücken gedreht. Ich huste, sauge Luft in meine Lunge. Ich kann die Augen nicht öffnen, doch ich erkenne Ruiz' Stimme.

»Ist noch jemand drinnen?«

Ich nicke, bringe jedoch kein Wort heraus. Eine andere Stimme stellt mir eine andere Frage. Grievous. Ich zeige nach oben. Jedes Fenster im ersten Stock steht in Flammen. Feuerwehrmänner ziehen Schläuche durch das Tor.

»Es ist noch jemand drinnen. Im ersten Stock«, ruft der Detective Constable ihnen zu.

Der Feuerwehrmann nickt und spricht in sein Funkgerät. Flammen quellen aus den Fenstern und lodern bis zum Dachgesims. Ruiz hilft mir auf. Ich strecke die Hand zu Grievous aus und will ihm danken, doch er ist schon weg, gibt Befehle, gewinnt an Statur.

Ruiz führt mich die Straße hinunter, vorbei an Feuerwehrautos und Polizeiwagen. Ich kann keinen Rauch sehen, doch ein orangefarbener Glanz lässt die Umrisse der Dächer deutlicher hervortreten, und auf der heißen Luft schweben Funken wie aufgeblähte Glühwürmchen.

Die Menge ist verstummt. Keiner wirft mehr Gegenstände. Die Leute stehen wie Kinder um ein Lagerfeuer und starren auf das brennende Haus. Ihre Wangen leuchten, Lichter tanzen in ihren Augen, und ihre Energie verpufft.

Auf der gegenüberliegenden Straßenseite lungert eine Gruppe junger Männer herum und trinkt Bier aus Dosen. Zwei von ihnen erkenne ich: Toby Kroger und Craig Gould. Kroger sieht mich und hebt grinsend seine Dose. Ein weiterer Schaulustiger ist Nelson Stokes. Er starrt auf das Feuer, als hätte er etwas Imposanteres erwartet, als hätte es sich eigentlich nicht gelohnt hierherzukommen.

Ruiz ist immer noch neben mir.

»Woher wusstest du es?«, frage ich.

»Ich hab deine Nachricht gehört. Ich bin so schnell gekommen, wie ich konnte. Deine Freundin hat mir erzählt, dass du noch im Haus bist.«

»Danke.«

»Ich schätze, damit sind wir quitt.«

»Wieso sind wir damit quitt?«

»Eines Tages wirst du mir das Leben retten.«

Victoria Naparstek sitzt in einem Polizeiwagen mit offener Tür, eine Decke über den Schultern.

Sie sieht erleichtert aus und blickt dann auf die Straße hinter mir. »Wo ist Augie?«

»Er wollte nicht mit rauskommen. Ich habe es versucht. Es tut mir leid.«

Ihre erste Reaktion ist Wut, dann Verletzung, dann Trauer. Sie steigt aus, sinkt in meine Arme, legt den Kopf an meine Brust und wischt sich mit einer Ecke der Decke die Nase ab.

»Sie haben ihn umgebracht«, flüstert sie beinahe tonlos.

So wache ich auf,

ich gleite ängstlich aus dem Schlaf, lausche auf das kleinste Geräusch, beobachte die Schatten. Beim letzten Mal hat er sich angeschlichen und mich überrascht. Das passiert mir nicht noch mal.
In der Hocke, die Unterhose um die Knie, lausche ich dem Plätschern in dem Nachttopf unter mir und blicke zu dem matten weißen Quadrat des Fensters auf. Es ist still. Kein Vogelgezwitscher.
Hinterher steige ich auf die Bank und gucke in den blassen kargen Himmel.
Ich frage mich, ob George heute kommt. Als Tash noch hier war, habe ich nicht darüber nachgedacht, ob ich einsam bin. Jetzt macht es mich wahnsinnig. Mit dem Hunger und der Kälte komme ich klar, aber damit nicht. Ich brauche George. Das nächste Mal werde ich nett zu ihm sein, und er wird mir was zu essen, neues Gas und mehr Decken bringen. Wenn ich nett zu ihm bin, darf ich mich waschen und saubere Kleider anziehen.
Ich weiß, was er will, und es ist mir mittlerweile egal. Er kann mich mit seinem schmutzigen Penis stechen. Er kann mich mit seiner schmutzigen Zunge küssen. Ich will bloß wissen, dass er wiederkommt. Ich möchte mit jemandem reden. Ich möchte nicht allein hier unten sterben.
Ich habe versucht, das Walkie-Talkie zu benutzen, doch ich glaube, es ist kaputt oder die Batterie leer. Ich habe sie herausgenommen und wieder eingesetzt, doch es hat nichts genützt. Das Auge von der Decke starrt mich immer noch an, aber ich weiß nicht, ob es eingeschaltet ist und ob George zuschaut.
Ich habe ihn angefleht zurückzukommen, doch nichts ist geschehen.
Es ist kalt. Ich ziehe drei Schichten Kleidung an und gehe zu dem Gaskocher. Der Hahn der Gasflasche ist eingefroren. Ich muss warten. Die Schläuche werden auftauen, wenn es draußen wärmer wird.
Wenn ich hungrig bin wie jetzt, denke ich an zu Hause. Ich denke an Hackauflauf mit Kartoffelbrei und Backbirnen. An Phoebe und Ben. Anfangs konnte ich The Old Vicarage bis ins letzte Detail beschreiben, jeden Riss, jede Fuge und jedes klapprige Fenster, doch im Laufe der Zeit fange ich an, Sachen zu vergessen.

Wenn ich mich wirklich konzentriere, kann ich mir vorstellen, Steine in den Teich zu werfen und sie mit einem befriedigenden Platschen landen zu hören, bevor schlammige Blasen an die Oberfläche steigen. Dann kann ich hören, wie meine Mutter mich zum Frühstück ruft, doch ich will nicht gehen, sondern bleibe im Garten stehen und beobachte, wie die ersten Sonnenstrahlen über den Rasen kriechen und auf das Gewächshaus fallen.

Phoebe wird früh auf sein. Sie ist ein Morgenmensch, immer emsig und plappernd. Für sie ist jeder Tag ein neues Abenteuer. Wenn es Samstagmorgen ist, guckt sie Fernsehen, zusammengerollt auf dem Sofa, inmitten einer Burg von Kissen. Sie wird Ben Frühstück machen, weil er Hunger kriegt, bevor Mum und Dad aufstehen.

Ich habe eine neue kleine Schwester. Ich weiß nicht, wie sie heißt. George hat mir nicht erzählt, wie sie sie genannt haben. Ich kann mich kaum noch daran erinnern, wie Phoebe als Baby war, aber Ben ist geboren, als ich zwölf war. Ich habe ihn im Krankenhaus gesehen, in einem Bettchen auf der Entbindungsstation. Ich fand, er sah aus wie Gollum aus Herr der Ringe.

Über mir rührt sich etwas. Kisten werden verschoben. Einen flüchtigen Moment lang hoffe ich, dass Tash zurückgekommen ist, doch dann höre ich seine Stimme.

»Schätzchen, ich bin wieder zu Hause«, flötet er von der anderen Seite der Falltür.

Mir ist, als würden sich meine Eingeweide verflüssigen. Wie dumm, dumm, dumm von mir! Ich wollte, dass er kommt. Ich habe darum gebetet. Jetzt nehme ich es schnell zurück. Ich würde es eine Million Mal zurücknehmen.

Die Falltür geht auf. Sein Gesicht erscheint.

»Bist du bereit?«

Ich weiche kopfschüttelnd zurück und warte.

»Ich habe gehört, wie du nach mir gefragt hast.«

»Wo ist Tash?«

»Ich habe etwas zu essen für dich mitgebracht.«

»Ich will sie sehen.«

»Vergiss sie. Sie wird bestraft. Wenn du nett zu mir bist, lass ich dich mit ihr reden. Komm. Kletter nach oben. So ist gut. Und jetzt die Arme heben. Eins, zwei, drei, hoppsa.«

30

DER NOTARZT HAT meine Augen ausgespült und meine Lunge abgehört. Victoria Naparstek hat auf mich gewartet und in ihre eigenen Gedanken versunken schweigend in dem Polizeiwagen gesessen.

DCI Drury steigt über die Schläuche, schüttelt Wasser von den Schultern seines Mantels und bleibt stehen, um das Haus zu betrachten. Die zwei oder drei nach vorn liegenden Zimmer sind völlig ausgebrannt, doch die Grundstruktur ist intakt.

Er weicht einer Fontäne aus und findet den Einsatzleiter der Feuerwehr, der seinen Gurt löst und seine Sauerstoffflasche hinten in einen Feuerwehrwagen packt. Er hat breite Koteletten, die ihn aussehen lassen wie einen Zirkusdirektor. Er nimmt seinen Helm ab, wischt sich die Stirn ab und verschmiert den Ruß zu einem dunklen Fleck unter seinem Pony.

»Im Badezimmer im ersten Stock haben wir eine Leiche gefunden. Jung, männlich, eine Fußfessel am Knöchel.«

Drury verzieht das Gesicht, als hätte er Sodbrennen. Er schluckt, wendet sich ab und geht auf die Reihe der Polizisten zu. Ohne das Sprühwasser zu beachten oder zu bemerken, brüllt er DS Casey Befehle zu.

»Schaffen Sie die Leute hier weg. Rufen Sie die Spurensicherung. Sichern Sie den Tatort.«

»Wir haben nicht genug Leute«, sagt Casey.

»Dann wecken Sie welche.«

Erst jetzt bemerkt Drury mich und zieht eine Braue hoch.

»Was ist denn mit Ihnen passiert?«

»Ich war im Haus. Grievous und Ruiz haben mich rausgeholt.«

»Was haben Sie hier gemacht?«

»Sie hat mich angerufen.«

Er wendet den Kopf und sieht Victoria Naparstek. Sein Blick wird weicher, und er geht zu ihr, hockt sich vor die offene Wagentür und spricht leise mit ihr. Auf ihrer linken Wange ist eine Aschespur. Er will sie abwischen, doch sie stößt zitternd seine Hand weg.

»Tut mir leid«, sagt er. »Wir hätten mehr Beamte haben müssen ... damit konnte niemand rechnen.«

Victoria mustert ihn mit einem harten Blick, prüft seine Aufrichtigkeit.

»Wer hat das Feuer gelegt?«, fragt Drury.

»Ich weiß es nicht.«

»Hat es drinnen oder draußen angefangen?«

»Irgendwas wurde durchs Fenster geworfen. Sie wollten ihn umbringen.«

Unsicher und mit steifen Knien richtet Drury sich auf, seine Gelenke quietschen wie eine Rüstung. Er starrt eine Weile auf das Haus und wendet sich dann an Casey.

»Besorgen Sie einen Haftbefehl.«

»Wen verhaften wir denn?«

»Hayden und Victor McBain.«

Victoria Naparstek lässt sich von mir nach Hause fahren. Unterwegs halten wir an, weil sie sich übergeben muss. Die frische Luft tut ihr gut. Wir gehen schweigend am Fluss entlang, wo der Nebel das andere Ufer verhüllt und Kanalboote ächzend an ihren Tauen zerren.

Ihre Schulter streift meine. Der Ascheflack auf ihrer linken Wange ist immer noch da. Drury wollte ihn wegwischen, eine Geste der Vertrautheit, begleitet von einem vagen hellen Leuchten in seinen Augen, einer schmerzhaften Verliebtheit.

Ich hätte die Indizien früher erkennen müssen. Drury wirkte wie ein verheirateter Mann, der eine Affäre hat. Victoria hat sich benommen wie eine Frau, die aus einer rauskommen will. Jetzt verstehe ich, warum sie nicht zum Haus des DCI mitkommen wollte. Sie wollte seine Frau und seine Kinder nicht sehen.

Deswegen war sie auf dem Revier und dann noch einmal im Krankenhaus so aggressiv. Sie hat mehr von dem DCI erwartet, weil sie so viel von sich selbst gegeben hatte.

Ich bin nicht überrascht. Ich missbillige es auch nicht. Wer bin ich, mich zum Richter aufzuschwingen? Hatte ich um Ehrlichkeit gebeten? Nein. Die Wahrheit wird überschätzt. Lügen machen die öde Welt interessanter, führen Dinge in eine unerwartete Richtung, schaffen Komplikationen und neue Ebenen.

Victoria zieht den Kragen ihres Mantels enger um ihren Hals.

»Wie hast du Drury kennengelernt?«, frage ich.

Sie sagt lange nichts. »Ich habe ein psychologisches Gutachten über einen Beschuldigten erstellt und beim Prozess ausgesagt«, erzählt sie dann. »Es war Stephens Fall. Er hat gewonnen. Hinterher hat er mich auf einen Drink eingeladen. Eins führte zum anderen.«

Sie schweigt erneut, noch länger als zuvor.

»Liebst du ihn?«

»Nein.«

»Liebt er dich?«

»Sagt er jedenfalls.«

»Und jetzt hast du das Gefühl, du sitzt in der Falle.«

Sie blickt zu mir hoch und wieder auf den Fluss. »Mehr oder weniger.«

Eine Böe drückt ihren Mantel an ihren Körper und weht ihr Haar auf. Wir sind an einer Wegbiegung angekommen. Vor uns liegt ein Pub mit heruntergelassenen Jalousien und blinkender Weihnachtsbeleuchtung über der Tür. Ich drücke mich an sie und küsse sie unbeholfen, während ich mit der Hand unter ihrem Mantel nach ihrer Brust taste.

Ihr Mund schmeckt nach Rauch und irgendwie nach Hefe, erregend. Es ist ein Kuss, wie ich ihn vor Jahren für selbstverständlich gehalten hätte – innig und ohne Eile –, doch jetzt kommt er mir vor wie ein rares Geschenk. Victoria schiebt mich behutsam von sich und blickt über meine Schulter, als würde sie hinter mir etwas sehen oder jemand uns heimlich beobachten. Dieses Gefühl habe ich mit ihr oft, dass sie verträumt und mit den Gedanken anderswo ist oder nach einem anderen als mir Ausschau hält.

»Wir haben miteinander geschlafen«, sagt sie. »Das war keine gute Idee.«

»Warum nicht?«

»Es gab von Anfang an einen Interessenkonflikt. Du hast einen meiner Patienten begutachtet. Man könnte es missdeuten ...«

»Den Sex?«

»Ja.«

»Ich weiß, es war nicht weltbewegend. Niemand wird Gedichte darüber schreiben oder ein Wandgemälde schaffen, aber ich würde es gern noch mal machen.«

Sie lacht. »Du bist ein wundervoller Mann, Joe. Viel besser, als du selbst denkst.«

»Aber?«

»Du hast keine Ahnung, worauf du dich einlässt.«

Ich bin der mit der Krankheit, hätte ich beinahe gesagt.

Wir atmen beide aus, und unser beschlagener Atem vereint sich zu einer Wolke.

Mein Blick fällt auf eine leere Bushaltestelle hinter ihr, und ich muss an Natasha und Piper denken. Sie wollten Emily an jenem Sonntagmorgen treffen, sind jedoch irgendwo zwischen Natashas Haus und dem Bahnhof Radley verschwunden, eine nicht einmal einen Kilometer weite Strecke, die zum größten Teil an Feldern entlang und über Fußwege führt.

Ich versuche noch einmal, mir die Szene auszumalen, doch ich sehe die Mädchen nicht. Ich bin bei ihnen zu Hause gewesen, habe versucht, ihre Persönlichkeiten zu verstehen, kann mir allerdings nicht vorstellen, dass sie diesen Weg gegangen sind.

Und praktisch im selben Atemzug verändert sich der Geschmack in meinem Mund.

»Sie waren nie da«, sage ich laut.

»Was?«

»Die Mädchen waren nie da.«

»Ist alles in Ordnung mit dir?«

»Nein. Ich muss jemanden sprechen.«

»Es ist drei Uhr morgens.«

»Ich weiß.«

Wir gehen eilig zurück zum Wagen. Ich setze rückwärts aus der Lücke, wende und fahre nach Abingdon. Ich halte mich an den Mittelstreifen und fliege über Bodenwellen. Die Hecken erscheinen im Licht der Scheinwerfer mattsilbern, und die Landschaft stürzt auf uns zu. Zwanzig Minuten später halten wir vor dem mittlerweile vertrauten kiesverputzten Haus. Auf der Straße parken Polizeiwagen mit flackernden Lichtern. Zwei Detectives führen Hayden McBain in Handschellen aus dem Haus. Er zeigt grinsend die Zähne, die im Scheinwerferlicht wie gebleicht wirken.

Alice McBain kreischt: »Lassen Sie meinen Jungen los! Er hat nichts getan!« Ihre Augen sind von glitzernden Tränen verschmiert.

Drury stellt sich ihr in den Weg. »Sackt seine Kleidung ein. Durchsucht das Haus.«

Auf der Straße ist die Außenbeleuchtung von mehreren Häusern angegangen, Gardinen werden beiseitegezupft.

DS Casey steht an der offenen Wagentür. Er drückt Haydens Kopf herunter, schlägt die Tür zu und verriegelt sie.

Ich gehe durch den Vorgarten, schlüpfe durch eine Lücke in der Hecke und habe das Gefühl, auf eine hell erleuchtete Bühne zu treten. Mrs. McBain erkennt mich zunächst nicht und versucht, mir auszuweichen.

»Haben Sie die Mädchen an dem Morgen gesehen?«, frage ich sie. Es klingt wie eine Beschuldigung.

Alice wirft mir einen kurzen Blick zu und sorgt sich dann wieder um Hayden, der weggebracht wird.

Ich versuche es noch einmal. »Sie haben gesagt, Sie hätten an dem Sonntagmorgen mit Piper und Natasha gesprochen. Sie haben an Natashas Tür geklopft gesagt, dass sie aufstehen sollen.«
»Ja und?«
»Haben Sie sie gesehen?«
»Natürlich«, sagt sie, schon nicht mehr so sicher.
»Haben Sie die Zimmertür geöffnet?«
Alice runzelt die Stirn und versucht, sich zu erinnern.
»Woher wussten Sie, dass sie in dem Zimmer waren?«
»Ich habe geklopft. Sie haben geantwortet.«
»Wer hat geantwortet?«
»Ich weiß nicht mehr«, sagt sie, ärgerlich über sich selbst. Ich kann förmlich sehen, wie ihr Gehirn arbeitet.
»Was haben Sie gehört?«, frage ich.
»Es lief Musik.«
»Hatte Natasha einen Radiowecker?«
»Ja.«
»Auf welche Zeit war er gestellt?«
»Halb acht.«
»Sie haben um zwanzig vor acht an die Tür geklopft, sie jedoch nicht geöffnet. Was, wenn Sie das Radio und nicht die Mädchen gehört haben?«
Alice blinzelt mich an, unsicher, ob ich sie in eine Falle locken will. Sie überlegt. Doch keine Erinnerung stellt sich ein.
Drury taucht neben ihr auf. »Worum geht es hier?«
»Das ändert alles«, sage ich. »Was, wenn die Mädchen Sonntagmorgen gar nicht im Haus waren? Alice hat sie nicht gesehen. Sie hat den Radiowecker gehört.«
»Wollen Sie sagen, sie sind gar nicht nach Hause gekommen?«
»Sie sind am Abend zuvor verschwunden.«

Er zieht mich an sich,

seine unrasierte Wange streift meine Stirn.
»Du bist ja der reinste Eisklotz. Wärmen wir dich erst mal auf.«
Eine Hand packt mein Haar wie ein Seil, die andere gleitet meine Wirbelsäule hinunter.
»Hmm«, *sagt er.* »Du bist schön knuddelig.«
Er wickelt eine Decke um mich und weist auf die offene Tür. Meine nackten Füße platschen auf den Boden. Ich weiß, dass er einen Schritt hinter mir geht. Ich habe sein Gesicht noch immer nicht angesehen, seine Augen.
Ein Bad ist eingelassen worden. Das Wasser dampft. Kleidung liegt bereit.
Ich habe einen Kupfergeschmack im Mund und frage mich, ob ich mir auf die Zunge gebissen habe.
»Ich habe Hunger.«
»Diesmal isst du hinterher.«
Er summt vor sich hin, nestelt an den Handtüchern herum. Ich ziehe mich aus, lasse meinen Körper unter Wasser gleiten und lege den Kopf an den Wannenrand. Ich spüre, wie sein Blick über mich wandert, meinen Körper zerlegt, als würde er mich mit einem Messer sezieren. In tausend kleine Stücke schneiden.
Ich werde nett zu ihm sein. Ich werde stöhnen und ihm sagen, wie gut er ist. Wenn ich nett zu ihm bin, darf ich Tash sehen. Wir werden wieder zusammen sein, und dann passe ich auf sie auf. Wenn ich nett zu ihm bin, wird er unaufmerksam, und ich finde einen Weg hier raus.
Er nennt mich sein »gestörtes armes Eselein«, *während er mich wäscht. Ich spüre seine Hände nicht.*
Nach dem Bad lasse ich mich von ihm vergewaltigen. Ist es überhaupt eine Vergewaltigung, wenn ich ihn lasse?
Er zerreißt mein Jungfernhäutchen. Ich blute. Ich schaue ihn an, als er ejakuliert, und er sieht nicht aus wie ein Mensch. Er verzieht das Gesicht zu Grimassen, wie eine Gummimaske.
Hinterher lässt er mich essen. Hühnchen-Saté und Rindfleisch. Diesmal esse ich

langsamer. Ich habe Schmerzen zwischen den Beinen. Meine Tasse, in der ein geschwollener brauner Teebeutel schwimmt, steht auf dem Tisch und wird kalt.
Wie ruhig er wirkt. Wie wenig Unterschied es macht. Er sitzt da, starrt mich an und trinkt Tee, als wäre nichts passiert.
»Kann ich jetzt Tash sehen?«
»Nein.«
»Sie haben gesagt, ich dürfte sie sehen.«
»Noch nicht.«
Mir ist zum Heulen zumute. »Sie haben mich angelogen.«
»Sie braucht noch ein paar Tage.«
»Ich habe getan, was Sie verlangt haben.«
Er lacht höhnisch, und ich starre ihn mit zusammengekniffenen Augen an. Das ist ein Fehler. Ich weiß, wie jähzornig er sein und wie leicht er mir wehtun kann. Das Gefühl kriecht mein Rückgrat hinauf wie eine Spinne auf nackter Haut.

Hinterher schläft er ein, an meinen Knöchel gekettet neben mir auf dem Rücken liegend. Ich betrachte seinen käsigen Körper und lausche dem feuchten Gurgeln in seiner Kehle. Sein rechter Arm hängt über den Rand der Matratze, seine linke Hand berührt meinen Schenkel.

Ich schlafe nicht. Ich will wach sein. Ich will meine Hand auf seinen Mund und seine Nase drücken, bis er aufhört zu atmen. Ich will ein Messer in sein Herz stoßen. Aber ich liege nur still neben ihm, lausche dem Gurgeln und denke, dass Angst sich anders anfühlt, wenn sie echt ist. Früher mochte ich Karussells, die einen immer höher tragen und immer schneller hinabsausen lassen, doch das war eine Angst, die in Vergnügen gepackt war. Die Angst jetzt hat keine strahlende Seite und kein Happyend.

Er ist jetzt wach und streckt sich. Ich zwinge mich, mich an ihn zu schmiegen. Sein Atem riecht wie saure Milch.

Er streichelt meine Wange. »Hast du mich vermisst?«
»Sie waren so lange weg ... Da hab ich Angst bekommen.« *Das freut ihn.*
»Kann ich mit Ihnen kommen? Ich versuche auch nicht wegzulaufen.«
»Das ist unmöglich, mein kleines Eselein.«
Ich frage nach Tash. Ist sie in der Nähe? Wann darf ich sie sehen?
Seine Stimmung schlägt plötzlich um, als hätte man auf einen Schalter gedrückt. Er ohrfeigt mich und schlägt meinen Kopf gegen die Wand. Er hebt erneut die Hand und sieht mich herausfordernd an.
»Vergiss sie.«
»Ich bin so allein.«
»Ich finde eine andere Freundin für dich.«

»*Was?*«
»*Jemanden, der dir Gesellschaft leistet, eh?*«
Meine Gedanken stocken. Meint er etwa das, was ich denke?
»*Nein … wen denn?*«
»*Ich kann jemanden finden.*«
»*Nein! Nein! Bitte nicht!*«
Er nimmt ein Foto aus seiner Brieftasche. »*Wie wär's mit ihr?*«
Meine Kehle schnürt sich zu. Es ist ein Bild von Emily. Ich kenne das Foto. Wir haben in einem Fotoautomaten im Bahnhof von Oxford rumgealbert und Grimassen gezogen.
»*Ist sie deine Freundin?*«
»*Nein.*«
»*Du hast ihr einen Brief geschrieben.*«
»*Ich will keine Freundin.*«
Noch während ich die Worte ausspreche, weiß ich, dass ich nicht restlos überzeugt bin. Ich möchte jemanden zum Reden haben. Ich möchte nicht allein sein. Entsetzt schiebe ich den Gedanken beiseite und hasse mich dafür.
»*Ich will bloß Tash. Sonst niemanden*«, sage ich.
»*Das ist nicht möglich. Sie wird immer noch bestraft.*«
Er führt mich zurück zu der Falltür und küsst mich. Dann lässt er mich herunter, bis ich die oberste Sprosse der Leiter unter meinen Füßen spüre.
»*Wenn du eine Freundin möchtest, verspreche ich, dir eine zu besorgen.*«
»*Nein. Lassen Sie Tash zurückkommen.*« Die Falltür schließt sich.
»*Das kann ich dir nicht versprechen.*«

31

SECHZEHN STUNDEN SIND seit dem Brand vergangen. Die meisten davon habe ich verschlafen. Als ich aufwache, liegt frischer Schnee auf den Bürgersteigen und Parks und hat die Welt in Weiß getaucht.

Augie Shaw ist ironischerweise zum ersten Mal in seinem Leben eine sympathische Figur geworden, nicht Bösewicht, sondern Opfer. Laut dem *Guardian* ist die Polizei verantwortlich. Sie habe zu langsam reagiert. Die *Daily Mail* findet, man hätte Augie Shaw nie gegen Kaution entlassen dürfen; der Richter habe offensichtlich den Kontakt zur Realität verloren oder sei geistesgestört.

Ich lege die Zeitungen beiseite und verteile ein Dutzend Fotos in dem Hotelzimmer, stelle sie auf Stühle und den Fernsehschrank. Dann setze ich mich in die Mitte, direkt vor mir ein Bild von Natasha und Piper, die auf einem Klassenfoto nebeneinandersitzen, hell und dunkel, blond und brünett, Salz und Pfeffer.

Natasha ist eine klassische Schönheit und strahlt eine eigenartige Mischung aus Verletzlichkeit und Sinnlichkeit aus. Verglichen mit ihr wirkt Piper beinahe jungenhaft und kantig.

Ich fange an, dieses Verbrechen zu verstehen. Bisher schwebten die Details knapp außer Reichweite, doch jetzt fügen sie sich zu einem Bild. Die Person, die für die Tat verantwortlich ist, ist kein Rätsel und Fantasiegebilde mehr, nicht länger ein Geschöpf meiner Einbildungskraft. Ich kann die Welt mit seinen Augen sehen und hören, was er hört.

Er ist ein Sammler. Er hat Freude daran, Dinge zu besitzen, seltene Objekte, wertvolle Artefakte, Sachen, die man ihm in der Vergangenheit verwehrt hat. Manche Sammler verlieben sich in große Kunstwerke. Manche geben einen Diebstahl in Auftrag, obwohl sie wissen, dass sie nicht hoffen können, ein derart berühmtes Werk wiederzuverkaufen oder öffentlich auszustellen. Das ist egal. Es geht um den Besitz, nicht um Großzügigkeit, darum, etwas Unerreichbares zu haben und sich im Glanz seiner Vollkommenheit zu sonnen.

Er ist ein Ästhet, der sich nach Kontrolle und Ordnung in einer unordentlichen Welt sehnt. Ein äußerst disziplinierter Mann, der zu logischem Denken fähig ist, dem aber jegliches Moralbewusstsein fehlt. Er glaubt nicht, dass er an dieselben Regeln gebunden ist wie andere Leute, ist jedoch gewillt, dem Gesetz Folge zu leisten, weil es ihm hilft, sein Begehren zu verbergen. Andere würden eh nicht verstehen, was es bedeutet, etwas »zu besitzen«. Die vollkommene Kontrolle über ein anderes menschliches Wesen zu haben – Leben, Tod, Licht, Dunkelheit, Wärme, Kälte und Nahrung.

Was hat diese Sehnsucht geweckt? Wo hat sie angefangen? Eine ohnmächtige Kindheit, eine chaotische Geschichte, unerfüllbare Erwartungen; eine ganze Reihe von Faktoren kommt infrage, jedenfalls ist in ihm im Laufe der Zeit das Gefühl herangewachsen, dass er Anspruch auf etwas hat. Oder es macht ihn vielleicht einfach nur rasend, dass man ihm sein Recht verwehrt.

Ich schließe die Augen und versuche, ihn mir vorzustellen, nicht sein Gesicht, sondern seinen Verstand. Da bist du! Jetzt sehe ich dich! Du bist ein gerissener Dieb, tollkühn und unverschämt; du hast dir zwei halbwüchsige Mädchen geschnappt, die sich praktisch von Geburt an kannten – dasselbe Krankenhaus, dieselbe Grundschule, dieselben Klassen. Du hast das lange im Voraus geplant, zuerst in deiner Fantasie, bevor du es in die Tat umgesetzt hast.

Aber warum hast du diese Mädchen gewählt? Eine Prostituierte hätte deinen Zwecken sicher genauso gedient. Leichter zu besorgen, anonymer als die meisten anderen Opfer. Prostituierte verschwinden ständig, schaffen es jedoch nur selten in die Schlagzeilen oder versetzen gar eine ganze Nation in helle Aufregung. Verschwundene Schulmädchen werden nicht vergessen. Sie werden geliebt, in Gebete eingeschlossen und zu Hause erwartet.

Du hast Piper und Natasha ausgewählt, weil sie dir etwas bedeuteten oder jemanden repräsentierten. Besitz und Eigentum, so hat es angefangen, doch irgendwann hat sich der Film verändert. Vielleicht hat der Kitzel nachgelassen. Dir ist langweilig geworden, oder die Mädchen waren nicht so willfährig, wie du es dir gewünscht hast. Die Realität konnte ohnehin nie mit deinen Fantasien mithalten.

Da hast du eine andere Art von Kontrolle entdeckt. Strafen, das Zufügen von Schmerz. Sieh nur, was du Tash angetan hast. Welche intimere Form der Bestrafung einer Frau kann es geben, als ihr etwas zu nehmen, das sie zur Frau macht? Du hast ihre Klitoris entfernt. Du hast ihr die sexuelle Befriedigung geraubt. Vielleicht konnte sie noch als Sexobjekt dienen, aber sie selbst würde Sex nie wieder so genießen wie vorher.

Du hast erwartet, über dich selbst entsetzt zu sein ... Schuld oder Reue zu empfinden, doch so war es nicht. Stattdessen war es die reinste aller Freuden, weil du noch nie etwas so Intimes, etwas so massiv Eingreifendes und

Endgültiges getan hattest. Es war der Moment deines Lebens, der dich am meisten beflügelt und befriedigt hat.

Jetzt hast du eins deiner Besitztümer verloren. Tash ist es gelungen, zu fliehen und beinahe nach Hause zu kommen. Sie hätte dich entlarvt, dein sorgfältig eingerichtetes, geheimes Leben zerstört.

Du wirst dich mäßigen. Du wirst eine Weile stillhalten. Wenn Piper noch lebt, ist sie allein und verwundbarer denn je. Je näher wir dir kommen, desto gefährdeter ist sie. Du wirst dich schützen, indem du sie spurlos verschwinden lässt.

Ich mache mir Stichpunkte in einem Notizbuch.

- *Mitte 30 bis Ende 50*
- *Überdurchschnittlich intelligent*
- *Lebt allein oder mit einem alten Verwandten oder einer unterwürfigen Ehefrau – jedenfalls in einem häuslichen Arrangement, bei dem niemand seine Abwesenheiten hinterfragt.*
- *Hochschulabschluss oder eine Berufsausbildung, die Disziplin und Genauigkeit verlangt.*
- *Kenntnis der Gegend. (Die Mädchen sind schnell verschwunden.)*
- *Kenntnis der Opfer. (Sie wurden aus einem bestimmten Grund ausgewählt.)*
- *Sieht sich selbst nicht als Monster. Er hat das verdient. Es ist seine Belohnung.*
- *Anfangs ging es primär um die Interaktion mit den Mädchen, doch inzwischen ist er zum Sadisten geworden.*
- *Sehnt sich nach Ordnung in einer unordentlichen Welt, wird jedoch dauernd enttäuscht, weil niemand seinen hohen Erwartungen entspricht.*
- *Achtet darauf, keine verwertbaren Spuren zu hinterlassen. Sorgfältig. Routiniert.*

Das Taxi setzt mich vor dem Polizeirevier von Abingdon ab. DCI Drury ist im Kontrollraum für die Überwachungskameras. Er ist nicht zu Hause gewesen. Er hat Schweißflecken unter den Achseln, und sein Körpergeruch folgt ihm wie eine Schadwolke. Hayden McBain und sein Onkel werden in getrennten Zellen festgehalten, wo sie ins Schwitzen kommen oder abkühlen sollen.

In dem Kontrollraum gibt es sechs Bildschirme und eine Konsole, die aussieht wie aus einer Episode von *Raumschiff Enterprise*. Alle konzentrieren sich auf einen Bildschirm: vierundvierzig Sekunden körnige Schwarzweißaufnahmen von einem Mann, der Benzin aus einem geparkten Wagen abzapft. Er trägt ein Kapuzensweatshirt und eine Baseballkappe.

Der Techniker mit der Stachelfrisur versucht, das Bild schärfer zu stellen. »Die Kamera ist nur vier Blocks von dem Haus entfernt.«

»Ich kann sein Gesicht nicht erkennen«, sagt Drury.

»Wir haben nicht genug Pixel. Wenn ich es noch größer mache, wird es zu unscharf.«

»Können Sie es versuchen?«

Der Techniker passt Helligkeit und Kontrast an.

Drury dreht sich zu mir um. »Ist das Hayden McBain?«

»Könnte jeder sein.«

»Jesses, was für ein Schlamassel!«

Drurys Truppe hat sich oben zu einer Besprechung versammelt, Schlaf in den Augen, Pappbecher mit Kaffee in der Hand. Viele von ihnen erkenne ich mittlerweile, auch wenn ich ihre Namen nicht weiß. Ein weiblicher Detective Sergeant stellt sich vor. Karen Middleton. Sie hat weit auseinanderliegende Augen und trägt zu viel Make-up.

Grievous wischt die weiße Tafel ab und überprüft, ob die richtigen Kappen auf den bunten Filzstiften sitzen. Er hat Gefallen an Ruiz gefunden, die beiden haben identische extragroße Becher Kaffee in der Hand.

Ruiz hebt seinen Becher in Drurys Richtung. »Morgen. Columbo.«

»Sie sind nicht halb so komisch, wie Sie aussehen.«

Ruiz grinst. »Es ist noch früh am Tag. Warten Sie, bis das Koffein anschlägt, dann bin ich eine veritable Stimmungskanone.«

Drury tritt in den Kreis der Detectives, streift seine Jacke ab und krempelt die Ärmel hoch. Die Symbolhaftigkeit dieser Geste ist nicht zu übersehen. Nötig wäre sie nicht gewesen. Die Detectives um ihn herum sitzen auf Tischkanten oder verkehrt herum auf Stühlen und lauschen gespannt.

»Ihr wisst alle, was gestern Nacht passiert ist«, sagt Drury.

»Wir haben jetzt einen weiteren Todesfall zu untersuchen.«

»Das soll wohl ein Witz sein«, murmelt ein Sergeant.

Der DCI wendet langsam den Kopf. »Sehen Sie mich lachen?«

»Nein, Boss.«

»Gestern Nacht wurde ein Mann getötet. Ein Verbrechen wurde begangen.«

»Ja, Boss.«

»Dieses Verbrechen muss untersucht werden. Und wenn Sie Ihren Job nicht machen wollen, können Sie sich jetzt verpissen.«

»Ja, Boss.«

Die Besprechung geht weiter. Drury teilt die Ermittlungskommission in Teams ein. Ein Dutzend Detectives soll die Randale und den Brand untersuchen. Der Rest nimmt sich die alten Ermittlungsakten noch einmal vor – und zwar im Hinblick auf den neuen zeitlichen Ablauf.

»Wir gehen jetzt davon aus, dass die Mädchen nicht am Sonntagmorgen, sondern am Samstagabend verschwunden sind. Das heißt, Alibis müssen überprüft, Verdächtige befragt und Fotos vom Bingham Summer Festival erneut durchgesehen werden.

Ich möchte, dass die Daten mit dem neuen Zeitfenster im Computer noch einmal durchgecheckt werden. Mal sehen, was HOLMES2 ausspuckt. Wo waren die Mädchen am Samstagabend? Mit wem haben sie geredet? Wer hat sie gesehen?«

In diesem Moment kommt Chief Constable Fryer in voller Paradeuniform in den Besprechungsraum und streift seine Lederhandschuhe ab, ein großer Mann voller Selbstbewusstsein auf einer Mission.

Die Detectives erheben sich, doch Fryer hat nur Augen für Drury.

»In Ihrem Büro. Sofort!«

Der Chief Constable bemerkt Ruiz und bleibt stehen. »Vincent?«

»Thomas.«

»Du bist fett geworden.«

»Nicht fetter als du.«

Die beiden Männer starren sich an.

»Wir sollten mal ein Bier trinken gehen«, sagt Fryer, dreht sich um und marschiert in Drurys Büro. Er knallt die Tür so heftig zu, dass sie wieder aufspringt und alle seine gedämpfte Wut mithören können.

»Was verdammt noch mal haben Sie sich dabei gedacht, Hayden McBain zu verhaften? Haben Sie in letzter Zeit mal Radio gehört? Die kreuzigen uns. Es heißt, wir hätten den trauernden Bruder eines Mordopfers verhaftet – eines minderjährigen Mädchens, das wir drei Jahre lang nicht gefunden haben. Wissen Sie, wie das aussieht?«

Der DCI versucht dagegenzuhalten. »Bei allem Respekt, Sir, wir dürfen dem Pöbel nicht die Herrschaft über die Straße überlassen. Augie Shaw ist tot. Jemand hat eine Brandbombe durch das Vorderfenster geworfen.«

»Jemand? Wissen Sie, wer?«

»McBain und sein Onkel haben den Krawall angezettelt. Wir haben Zeugen. Er hat nicht das Recht, das Gesetz in die eigene Hand zu nehmen.«

»Erzählen Sie mir nichts von seinen Rechten, Detective.« Fryer senkt die Stimme. »Hätte Shaw aus dem Haus entkommen können?«

»Ja, Sir.«

»Das heißt, er hat seinen Tod mitverschuldet.«

»Er hat den Brand nicht gelegt.«

»Das mag sein, aber beantworten Sie mir folgende Frage: Glauben Sie, dass Augie Shaw die Heymans getötet hat?«

»Ja, Sir.«

»Hat er Natasha McBain entführt?«

»Das ist durchaus möglich, Sir.«

»Augie Shaw könnte die Antwort auf Ihre Gebete sein, Stephen. Schließen Sie den Fall ab. Klappen Sie die Akte Heyman zu und lassen Sie den Coroner entscheiden, was mit Natasha McBain geschehen ist.«

Ich klopfe an die Tür. »Sie machen einen Fehler. Augie Shaw hat die Bingham Girls nicht entführt.«

Fryers Gesicht läuft rot an. »Und das wissen Sie mit Sicherheit?«

»Es war jemand Älteres, mit mehr Erfahrung. Jemand mit Insiderkenntnissen.«

»Was für Insiderkenntnisse?«

»Die Polizei hat die Tatsache, dass Emily Martinez am Sonntagmorgen auf die Mädchen gewartet hat, unter Verschluss gehalten. Wer immer die Mädchen verschleppt hat, wusste es jedoch. Das heißt, es muss jemand sein, der den Familien nahesteht oder mit den Ermittlungen zu tun hat.«

Fryer wedelt abschätzig mit seinen Handschuhen. »Das ist aber eine ziemlich große Ansage für jemanden, der erst seit ein paar Tagen hier ist. Der Fall war Gegenstand zweier polizeilicher Ermittlungen und einer richterlichen Prüfung.«

»Wenn Sie die Akte schließen, geben Sie Piper Hadley auf.«

»Ich habe mich bemüht, in der Sache offen zu bleiben, Professor, doch es gibt nicht ein glaubhaftes Indiz dafür, dass Piper noch lebt. Wenn sie mit Natasha McBain geflohen ist, hätten wir sie mittlerweile gefunden. Da wir das nicht getan haben, lautet die Frage: Warum nicht? Meine Vermutung ist, weil sie tot ist. Sie ist vor drei Jahren oder irgendwann zwischen damals und heute gestorben.«

»Das wissen Sie nicht.«

»Bei aller Fairness, Professor, Sie auch nicht.« Seine Stimme wird sanfter. »Sie sind der Typ Pokerspieler, der seinen Einsatz verdoppelt, wenn er heftig verliert, weil er glaubt, so könne er sein Glück noch einholen. Aber so ist es nicht. Man verdoppelt, wenn man gewinnt, nicht, wenn man verliert. Glauben Sie mir. Lassen Sie es gut sein.«

Der Chief Constable wendet sich wieder Drury zu. »Wie ist Ihr Plan für das weitere Vorgehen?«

»Ich habe eine Pressekonferenz mit den Hadleys organisiert. Wir durchsuchen die Gegend noch einmal, überprüfen Alibis und befragen einige Zeugen erneut. Wenn sich nichts ergibt, fahre ich die Ermittlung zu Weihnachten runter und bereite die Akte für den Coroner vor.«

Fryer nickt anerkennend. »Alle Optionen abdecken. Sehr klug.«

32

Ruiz tritt zu mir in den Fahrstuhl, und wir fahren schweigend nach unten. Die Wirkung meiner Medikamente lässt nach. Ich spüre, wie der »andere« in mir aufwacht, bereit, zu tanzen wie ein Betrunkener.

»Sie glauben nicht, dass Piper noch lebt«, sage ich.

»Vielleicht haben sie recht.«

»Sie hat mehr verdient.«

Die Tür gleitet auf. Mein rechtes Bein blockiert, und ich falle nach vorn. Ruiz fängt mich auf. Ich richte mich gerade auf, straffe die Schultern und versuche so zu tun, als wäre nichts passiert. Ich kann unser Spiegelbild in einer großen Glasscheibe neben der Tür sehen – ein hinkender Mann und ein zweiter mit einem zuckenden Arm. Beide stolz, beide mit einem körperlichen Schaden.

»Du musst nicht hierbleiben«, erkläre ich ihm. »Du solltest zurück nach London fahren. Wo bist du eigentlich Weihnachten?«

»Claire hat mich zu sich eingeladen. Ich befürchte, Miranda könnte auch da sein.«

Claire ist Ruiz' Tochter, Miranda seine jüngste Exfrau, mit der er immer noch schläft.

»Ich dachte, ihr beiden zerwühlt munter die Laken«, sage ich.

»Über den Sex beschwere ich mich auch gar nicht, aber sie will, dass ich Gefühle habe.«

»Gefühle?«

»Ich habe ihr erklärt, ich habe genau drei.«

»Drei?«

»Ich bin hungrig, geil und müde – in der Reihenfolge.«

»Und wie ist das angekommen?«

»Nicht so gut.«

Wir haben den Eingang erreicht, als mir einfällt, ihn etwas zu fragen. »Dieser Hacker-Freund von dir ...«

»Capable Jones.«

»Hast du noch Kontakt zu ihm?«

»Mir gehört seine Seele. Was brauchst du?«

»Kannst du ihn bitten, sich Zugang zu Luftaufnahmen und Karten von

Oxfordshire zu verschaffen. Mich interessieren Fabriken, in denen Pestizide, Plastik, Kunstgummi oder Ähnliches produziert werden. Oder früher mal produziert wurden. Die Obduktion hat Spuren von Schwermetallen und chlorierten Kohlenwasserstoffen unter Natashas Fingernägeln nachgewiesen.«

»In welchem Bereich suchen wir?«

»Im Umkreis von sechs bis acht Kilometern um das Bauernhaus.« Er wirft mir einen Blick zu. »Du denkst, ich klammere mich an Strohhalme.«

»Atheisten sollten nicht um Wunder bitten.«

Im Erdgeschoss wird Victor McBain nach zehn Stunden in Polizeigewahrsam entlassen. In einem blauen Papieroverall unterschreibt er das Entlassungsformular und bekommt seine Kleidung und seinen persönlichen Besitz in versiegelten Plastiktüten ausgehändigt.

»Ich hoffe, Sie haben sie gewaschen und gebügelt«, sagt er.

»Nein, aber wir haben sie auf Spuren von Brandbeschleuniger untersucht«, erwiderte DS Casey.

McBain öffnet eine der Plastiktüten, nimmt seine Zigaretten und ein Zippofeuerzeug heraus. Er lässt es aufschnappen, streicht mit dem Daumen über das Rädchen, hält die Flamme hoch und lächelt den Detective an, bevor er das Feuerzeug wieder zuschnappen lässt.

»Wo kann ich mich umziehen?«

Casey weist den Flur hinunter. McBain geht an mir vorbei und blinzelt aus seinen Gin-blassen Augen, als er mich erkennt.

»Was gibt's denn da zu glotzen?«

Ich wende den Blick nicht ab, als er an mir vorbeidrängt.

»Kann ich Sie was fragen?«

»Das hatten wir doch schon.«

»Ich bin nicht die Polizei. Niemand zeichnet unser Gespräch auf. Ich versuche nur, ein paar Dinge zu verstehen. Warum haben Sie Ihrer Nichte Kondome gegeben?«

McBain sieht mich lange an, bläht die Nasenlöcher und bleckt die Zähne, als würde er mit einem Tauben oder Schwachsinnigen reden.

»Sie hat mich darum gebeten.«

»Warum?«

»Ihre Eltern haben ihr keine gekauft.«

»Finden Sie das nicht ein bisschen merkwürdig, dass ein Mann Ihres Alters Kondome für ein minderjähriges Mädchen kauft?«

»Sie hatte Sex. Ich wollte, dass sie geschützt ist.«
»Mit wem hatte sie Sex?«
»Mit ihrem Freund, nehme ich an.«
»Sie nehmen es an?«
»Was wollen Sie damit sagen?«
»Nelson Stokes hat gesehen, wie Sie Ihre Nichte auf dem Vordersitz Ihres Autos geküsst haben, als Sie sie vor der Schule abgesetzt haben.«
»Wer zum Teufel ist Nelson Stokes?«
»Der Hausmeister der Schule.«
»Sie hat mir ein Küsschen auf die Wange gegeben.«
»Und Sie haben Ihre Zunge in ihren Mund geschoben.«
McBain verzieht das Gesicht. »Sie sind doch krank! Wenn Sie das öffentlich wiederholen, verklage ich Sie wegen übler Nachrede.«
»Hatten Sie Sex mit Ihrer Nichte?«
»Hauen Sie ab! Sie haben kein Recht, hierherzukommen und so etwas zu behaupten.«
McBain zieht seine Hose an und schnallt den Gürtel zu. Er schiebt die Arme in die Ärmel seines T-Shirts, bevor er es über den Kopf zieht.
»An dem Abend vor ihrem Verschwinden ist Natasha zu Ihnen gekommen. Sie hat Sie um Geld gebeten. Hat sie Sie erpresst?«
»Nein.«
»Sie war also nicht bei Ihnen?«
»Nein.«
»Warum sollte Emily an dem Punkt lügen?«
»Tash hat manchmal für mich gearbeitet, Ablage und so.«
»Haben Sie Tash am Abend des Bingham Festivals gesehen?«
»Ja, hab ich.« Er geht in die Hocke, um seine Schuhe zuzubinden. »Ich weiß nicht, was daran so wichtig sein soll. Tash ist erst am Sonntagmorgen verschwunden.«
»Da liegen Sie falsch. Alice McBain hat sich geirrt. Sie hat die Mädchen an dem Morgen gar nicht gesehen, sie hat nur Natashas Radiowecker gehört.«
Erkenntnis dämmert. Er macht den Mund auf und wieder zu.
»Wann haben Sie am Samstagabend mit Natasha gesprochen? Vielleicht waren Sie der Letzte, der sie gesehen hat.«
Er sagt nichts, sondern erwägt still die Möglichkeiten.
»Für diesen Abend haben Sie kein Alibi, oder? Genauso wenig wie für den Abend des Schneesturms.«
»Ich war mit meinem Bruder zusammen.«

»Nein, waren Sie nicht.«

Er öffnet die Tür und geht den Flur hinunter. Ich versuche, mich ihm in den Weg zu stellen.

»Hören Sie, Vic, die Polizei hat Sie jetzt im Visier. Die werden Ihr Leben auseinanderpflücken. Die werden nicht aufhören, bis sie etwas gefunden haben. Wo waren Sie am Abend des Schneesturms?«

Er geht um mich herum, durchquert das Foyer und erreicht die Eingangstür, die sich automatisch öffnet. Draußen umringen Reporter und Fotografen einen Wagen. Sarah und Dale Hadley steigen aus, flankiert von Detectives, die sie in das Polizeirevier eskortieren.

Vic McBain bleibt stehen und tritt zur Seite, als das Paar sich der Tür nähert. Sarah Hadley blickt auf, und ihre Blicke treffen sich. Sie wendet die Augen rasch ab, doch in dem kurzen Moment wird etwas zwischen den beiden ausgetauscht – etwas, das über den normalen Blickkontakt hinausgeht. Schmerz. Verletzung.

Sarah geht durch die Drehtür und greift nach der Hand ihres Mannes. In dem Make-up um ihre Lippen zeichnen sich feine Haarrisse ab. McBain sieht ihr nach und betrachtet ihren Körper, als sie in den Fahrstuhl tritt und die Türen sich hinter ihr schließen. Dann dreht er sich um und drängt mit gesenktem Kopf und hochgezogenen Schultern an der Medienmeute vorbei. Ich kenne diesen Blick. Ich habe ihn im Spiegel gesehen. Ich habe ihn gestern Nacht in Drurys Augen gesehen, als er Victoria nicht trösten konnte. Es macht einen Mann kleiner, wenn er eine Frau nicht glücklich machen kann ... wenn er sie unglücklich macht. Die Welt ist nicht mehr reich und farbenfroh. Er

nimmt nur den Mangel wahr.

Wie ist es passiert, frage ich mich. Ich stelle mir vor, wie Sarah Hadley mit einem Kleidungsstück von Piper neben ihrem Bett steht, als würde sie etwas Neues über ihre Tochter entdecken. Sie denkt an ihre glücklichsten Momente, versucht, sie in der Erinnerung lebendig zu halten. Sie hat sich an jede Fehlinformation und jedes Gerücht geklammert, hat Hellseher und Wahrsager konsultiert. Vic McBain hat sie einer seiner Freundinnen vorgestellt, die behauptete, über diese besondere Gabe zu verfügen. Die hat Sarah erzählt, dass die Mädchen noch lebten. Sie hat ihr Trost gegeben. Hoffnung.

Trauern kann einsam machen. Kummer kann man teilen. Ihren Mann konnte Sarah nicht angucken, weil er sie zu sehr an Piper erinnerte. Vic McBain verstand das. Und so kamen sie eines Abends zusammen, wahrscheinlich in irgendeinem entlegenen Hotel oder wie unbeholfene Jugendliche auf der Rückbank eines Autos. Vic McBain ermöglichte es Sarah, wieder sie selbst zu sein – nicht die Mutter, die eine Kampagne leitet und mit den Medien spricht, nicht die Frau, die die Einheimischen bemitleiden, wenn sie sie mit einem Einkaufwagen im Supermarkt sehen …

Sie konnte dem Getuschel und den Blicken entkommen und ein paar Stunden lang anonym sein, irgendwo zwischen Fantasie und Realität, Lust statt Verlust spüren oder vielleicht einfach gar nichts.

Denn trotz ihrer aufopferungsvollen Kampagne ist Sarah Hadley voller Selbstverachtung. Sie hat einen unattraktiven Mann mit Geld geheiratet, einen Mann, der sie liebte, ohne dass sie diese Gefühle erwidert hätte. Sie hat sich nur bis in die Mitte, nicht bis nach ganz oben gevögelt. Das hätte sie ja irgendwie noch akzeptieren können, doch dann verschwand ihre Tochter, und sie gab sich die Schuld dafür und dachte, dass sie es verdient hatte, unglücklich zu sein. Eine Ehe, die nur mit Apparaten am Leben erhalten wird, und schmutziger Sex in einem billigen Hotelzimmer mit Blick auf einen Teppich-Discounter.

Vic McBain hat die Straßenecke erreicht und wartet, dass die Ampel grün wird. Ich hole ihn ein.

»Ich weiß, was Sie verbergen«, sage ich. Er antwortet nicht.

»Sagen Sie mir nur eins. Danach lasse ich Sie in Ruhe, das verspreche ich Ihnen. Am Abend des Schneesturms, waren Sie da mit Sarah Hadley zusammen?«

Er blinzelt mich an, ein starker, schweigsamer Mann, um Antworten verlegen.

»Ich werde es ihrem Mann nicht sagen«, versichere ich ihm.

»Niemand sonst muss es erfahren.«

Er wischt sich mit dem Finger über beide Augenwinkel.

»Sie hat etwas Besseres verdient als mich«, sagt er. »Sie hat es verdient, ihre Tochter zu finden.«

33

HINTER DEN GLASTÜREN des Konferenzraums geht ein Blitzlichtgewitter nieder. Durch die Milchglasscheiben sieht es aus wie ein Feuergefecht ohne Ton. Reporter und Fotografen drängen sich in dem überheizten Raum und decken jeden Winkel ab.

Dale und Sarah Hadley kommen durch eine Seitentür herein. Sie wirken wie gefangen in dem Licht. Phoebe hält die Hand ihrer Mutter fest und den Blick gesenkt. Ihre jüngeren Geschwister sind in der Obhut von Freunden oder Verwandten zu Hause geblieben.

Die Familie nimmt an einem langen Tisch Platz. Kameraverschlüsse klicken weiter. Ein weiteres Mal nimmt Piper Hadley die Aufmerksamkeit der Nation in Beschlag. Ein weiteres Mal wird ihr Schicksal über Gartenzäune, in Kneipen und Bürokantinen diskutiert. Vergleiche mit anderen prominenten Entführungsopfern werden gezogen, Namen wie Sabine Dardenne, Elizabeth Smart und Natascha Kampusch, die alle wie durch ein Wunder zurückgekehrt sind.

DCI Drury setzt sich neben die Hadleys und wartet, bis das Klicken der Kameras verstummt ist.

»Die Leiche, die vor sechs Tagen aus den Radley Lakes geborgen wurde, ist mithilfe des Zahnstatus identifiziert worden, die nächsten Verwandten wurden benachrichtigt. Deshalb kann ich den Namen der Toten jetzt öffentlich bekannt geben. Wir untersuchen den Tod von Natasha McBain, achtzehn Jahre alt, die am Wochenende des 30. August 2008 aus dem Dorf Bingham verschwunden ist. Die offizielle Todesursache ist Ertrinken.«

Ein erneutes Blitzlichtgewitter flammt auf.

»Wir haben Grund zu der Annahme, dass Natasha vor ihrem Tod irgendwo gefangen gehalten wurde. Ihr früheres Zuhause, ein Bauernhaus außerhalb von Bingham war am Samstagabend Schauplatz eines Doppelmords. Wir sind mittlerweile sicher, dass Natasha irgendwann im Laufe des Abends dort war. Wir wissen nicht, ob sie eine Rolle beim Tod von William Heyman und seiner Frau Patricia gespielt hat, doch sie ist offensichtlich vor Ausbruch des Feuers aus dem Farmhaus geflohen, durch das Eis des zugefrorenen Sees gebrochen und an Unterkühlung gestorben.

Wie Sie sicherlich alle wissen, wurde Natasha McBain nicht allein vermisst. An jenem Tag ist ein weiteres minderjähriges Mädchen verschwunden: Piper

Hadley, zum Zeitpunkt ihres Verschwindens fünfzehn Jahre alt. Im Namen der Familie möchte ich die Öffentlichkeit um Hilfe in beiden Fällen bitten.

Irgendjemand weiß, was mit Piper geschehen ist. Irgendjemand weiß, wo sie und Natasha gefangen gehalten wurden. Vielleicht haben Sie die Mädchen gesehen oder beobachtet, wie sich jemand verdächtig benommen hat. Es könnte ein Freund oder Nachbar sein, ein geliebter Mensch, der ein geheimes Leben führt, einen Keller oder einen Verschlag besitzt, den Sie nicht betreten dürfen. Jemand, der einen ungewöhnlichen Tagesrhythmus hat.«

»Hat die Polizei zwischenzeitlich Kontakt zu dem Entführer gehabt?«, ruft ein Reporter von der Tür.

»Nein.«

»Haben Sie einen Beweis dafür, dass Piper noch lebt?«

»Nein.«

»Sie könnte also tot sein.«

Sarah Hadley wendet sich mit stählerner Stimme an den Fragesteller. »Unsere Tochter lebt.«

Drury legt eine Hand auf ihre Schulter. Sarah verstummt.

»Der Chief Constable hat eine Revision der ersten Ermittlung im Licht der neuen Erkenntnisse angeordnet. Insbesondere suchen wir Zeugen, die Piper Hadley und Natasha McBain am Abend des 30. August 2008 gesehen haben. Das war der letzte Abend des Bingham Summer Festivals, ein Samstag.« Drury blickt direkt in die Fernsehkameras. »Sind *Ihnen* die Mädchen vielleicht aufgefallen? Haben Sie mit ihnen gesprochen? Haben Sie sie in einen Wagen steigen sehen? Bitte vergessen Sie alles, was Sie bislang über den Fall gehört oder gelesen haben. Die Polizei weiß nämlich nicht bis ins Letzte darüber Bescheid, was Piper und Natasha in den letzten Stunden vor ihrem Verschwinden getan haben.«

Drury zieht einen Zettel aus der Tasche und entfaltet ihn auf dem Tisch.

»Ich werde heute den ungewöhnlichen Schritt machen und Details eines psychologischen Profils veröffentlichen, das Professor Joseph O'Loughlin erstellt hat, ein Psychologe, der uns unterstützt. Um die Ermittlungen nicht zu gefährden, werde ich nicht das komplette Profil bekannt geben, doch ich werde gewisse Details nennen, von denen ich hoffe, dass sie Erinnerungen auslösen oder Zeugen dazu bewegen werden, sich zu melden.

Laut Professor O'Loughlin ist der gesuchte Verdächtige wahrscheinlich zwischen fünfunddreißig und fünfundfünfzig Jahre alt, überdurchschnittlich intelligent und hat ausgeprägte Ortskenntnisse.

Dies war keine zufällige Entführung – er hat Piper und Natasha aus einem bestimmten Grund ausgewählt. Es ist durchaus wahrscheinlich, dass er sie kennt.

Er lebt vermutlich allein oder in einem häuslichen Arrangement, bei dem niemand seine Abwesenheiten hinterfragt. Er hat ein eigenes Haus oder einen Keller, wo er Natasha McBain festgehalten hat. Er hat ihr Lebensmittel, Wasser und Kleidung gebracht ... irgendjemand muss ihn kommen und gehen gesehen haben.

Er war am vergangenen Samstagabend während des Schneesturms unterwegs. Vielleicht haben Sie ihn gesehen. Er könnte nach Rauch gerochen oder verschmutzte Kleidung getragen haben. Bitte melden Sie sich, wenn Sie irgendwelche Informationen haben.«

Wieder werden Fragen gerufen, und Drury hebt eine Hand und bittet um Ruhe.

»Bitte, Sie bekommen noch Gelegenheit, Fragen zu stellen. Können wir bitte zunächst Mr. und Mrs. Hadley zu Wort kommen lassen?«

Er schiebt das Mikrofon über den Tisch. Dale Hadley beugt sich vor.

»Als Erstes möchte ich ... ich meine, möchten wir ... uns bei der Öffentlichkeit für ihre Unterstützung und Freundlichkeit bedanken. Gleichzeitig möchten wir Natashas Familie unser Beileid aussprechen und sagen, wie leid es uns tut, dass sie es nicht nach Hause geschafft hat. Ich weiß, dass ihre Familie die Hoffnung nie aufgegeben hat.« Er ergreift Sarahs Hand. »Genauso wenig wie wir. Deswegen bitten wir Sie um Ihre Mithilfe. Wer immer diese Tat begangen hat, hat meine Familie zerrissen. Wenn Sie also irgendetwas wissen, wenn Sie einen Verdacht gegen jemanden hegen, wenn Sie etwas Verdächtiges gesehen oder gehört haben, bitte greifen Sie zum Telefon.«

Blitzlichter flackern und leuchten jeden Tick und jedes Zucken aus, Schmerz wird in Millisekunden gemessen. Sarah nimmt das Mikrofon. Sie hat etwas Kaltes und Sprödes wie kristallisierendes Eis. Es ist die Suche, die sie stützt, sie ist die Sehne, die sie zusammenhält. Alles andere könnte bröckeln, aber nicht ihr Wunsch, Piper zu finden. Sie wird keine Ruhe geben. Sie wird nicht schlafen. Sie muss die Wahrheit wissen.

Ich habe dieses Gefühl der Unbedingtheit selbst erlebt. Als Gideon Tyler Charlie entführt hatte, sie von ihrem Fahrrad gerissen, ihren Kopf mit Klebeband umwickelt und sie mit nur einem Strohhalm zum Atmen an ein Waschbecken gefesselt hatte. Ich weiß noch, wie meine Innereien sich verflüssigten und Panik meine weichen Organe aushöhlte, als all das passierte. Doch eines wusste ich damals sicher. Ich würde nicht aufhören zu suchen, bis ich sie gefunden hatte.

Sarah starrt direkt in die Kameras. »Wenn Sie die Person sind, die Piper festhält, und dies hören oder sehen: Es ist Zeit, sie gehen zu lassen. Lassen Sie sie nach Hause kommen.«

Wieder werden Fragen gerufen.

»Machen Sie die Polizei verantwortlich?«

»Erwägen Sie juristische Maßnahmen?«

»Haben Sie mit Natasha McBains Eltern gesprochen?«

»Was macht Sie so sicher, dass Piper noch lebt?«

Die Antworten werden kürzer. Ja. Nein. Ich weiß nicht. Die Pressekonferenz wird beendet. Polizeibeamte führen die Familie durch die Seitentür. Fast hätten sie Phoebe vergessen. Sie senkt den Kopf und läuft ihren Eltern nach, um sie einzuholen.

Vor der Hintertür des Polizeireviers bleiben sie stehen und warten auf ihren Wagen. Phoebe blickt auf und sieht mich.

Sie lächelt. »Werden Sie Piper finden?«

»Ich werde es versuchen.«

»Glauben Sie, dass sie mich immer noch mag?«

»Warum sollte sie dich nicht mögen?«

»Mum sagt, dass sie immer noch bei uns ist. Deswegen hängen wir immer ihren Weihnachtsstrumpf auf, decken ihren Platz am Tisch, und an ihrem Geburtstag gibt es Kuchen, aber es macht mir Angst. Irgendwie ist sie nämlich wie ein Gespenst. Ihr Stuhl ist leer und ihr Bett auch, aber sie ist immer noch da.«

»Menschen reagieren unterschiedlich auf einen Verlust.« Phoebe blickt nickend zu ihren Eltern.

»Ist irgendwas?«, frage ich.

Sie zuckt die Schultern. »Sie wirken bloß irgendwie anders.«

»Inwiefern?«

»Sie werden anders, wenn sie über Piper reden.«

»Sie machen sich nur Sorgen um sie.«

Phoebe bedeckt ihr Gesicht mit beiden Händen und reibt sich mit den Fingern über die Stirn.

»Also sollte ich aufhören, mir Sorgen zu machen.«

»Ja, hör auf, dir Sorgen zu machen.«

Sie bemerkt einen Fleck am Ärmel ihres Kleids und versucht, ihn mit dem Daumen abzurubbeln.

»Ich höre sie abends die Treppe hochkommen«, sagt sie. »Sie putzen sich die Zähne, machen das Licht aus, aber sie reden nicht miteinander.«

»Was möchtest du, Phoebe.«

Sie senkt die Stimme zu einem Flüstern. »Ich will meine Eltern zurückhaben.«

Mein Zahnfleisch blutet.

Mum hat immer gesagt, ich würde Skorbut kriegen, wenn ich kein Obst esse. Jetzt esse ich gar nichts mehr – seit gestern. Ich habe beschlossen, in den Hungerstreik zu treten, bis er mich Tash sehen lässt.

Ich werde mich nicht waschen. Ich werde nicht die Leiter hochklettern. Ich werde mich nicht mehr von ihm anfassen lassen.

Er kann mich schlagen. Er kann mich abspritzen. Er kann das Licht abdrehen. Er kann mir die Decken abnehmen. Ich würde lieber verhungern oder erfrieren, statt ohne Tash weiterzuleben.

Das Einzige, worin ich je gut war, ist Laufen. Ich habe mir immer vorgestellt, dass ich einen Blick auf meine Zukunft werfen könnte, wenn ich nur schnell genug lief. Dass ich um eine Ecke oder über eine Hügelkuppe kommen und mich in der Ferne verschwinden sehen könnte. Das kann ich nicht, wenn ich hier unten festsitze. Ich kann nicht mehr in die Zukunft gucken. Ich kann mir keine mehr vorstellen.

Ich liege auf meiner Pritsche und erinnere mich an glückliche Zeiten wie den Tag, als wir Tashs Onkel besucht haben und mit seinem alten Kombi über die Felder fahren, durch Schlaglöcher rumpeln und Kuhfladen platt drücken durften. Wir hatten die Fenster offen und die Musik laut aufgedreht und haben uns vorgestellt, wir würden über diese berühmte Straße in Südfrankreich fahren – die mit den Klippen und Tunnels, auf der Grace Kelly tödlich verunglückt ist. Noch so eine tragische Prinzessin. Ich bin aufgewachsen mit Märchen, in denen alle glücklich bis ans Ende ihrer Tage lebten, doch im wirklichen Leben sterben Prinzessinnen bei Autounfällen, lassen sich scheiden oder machen Werbung für Diätprodukte.

Tash hat mal zu mir gesagt, dass die meisten Menschen sich mit dem Zweitbesten zufriedengeben, aber vielleicht hat das einen Grund. Zweiter ist nicht so schlecht. Ich bin Zweite bei den britischen Jugendmeisterschaften geworden. Wenn man Zweite wird, muss man sich nicht ständig umsehen oder sich Sorgen machen, dass die Leute übergroße Erwartungen an einen stellen.

Ich hatte einen Albtraum, dass George mit Emily zurückgekommen wäre. Er muss sie beobachten. Wie soll er sonst an ihr Foto kommen? Er hat gesagt, er hätte auch Tash beobachtet, bevor er uns entführt hat, doch ich kann mich nicht erinnern, ihn an dem Abend gesehen zu haben.

Ich taste nach dem Holzspieß des Satés unter meinem Kopfkissen. Den hab ich neulich vom Tisch genommen, als George nicht aufpasst hat. Ich streiche mit dem Finger über den Holzstab und fühle die Spitze. Ich habe eine Waffe.

Wahrscheinlich kann ich ihn nicht umbringen, es sei denn, ich steche ihm ins Auge oder ins Ohr. Vielleicht könnte ich warten, bis er schläft.

Ich erinnere mich an den zerbrochenen Schraubenzieher. Tash hatte dieselbe Idee. Deswegen ist sie mit blutigen Schenkeln zurückgekommen und hat sich auf ihrer Pritsche zusammengerollt. Da hat sie die Hoffnung aufgegeben.

Ich liege auf dem Rücken, starre an die Decke und versuche, meinen Atem zu beruhigen. Schluss mit dem Hungerstreik. Ich brauche meine Kraft, wenn ich entkommen will. Ich werde essen, aber das ist auch alles.

Ich stehe auf, gehe zum Schrank und nehme eine Dose Baked Beans heraus. Mit dem stumpfen Dosenöffner brauche ich zwanzig Minuten, um den Deckel zu öffnen. Während die Bohnen aufwärmen, nehme ich eine Rolle Klebeband und knibbele das Ende mit dem Fingernagel lose. Vorsichtig wickele ich das Band um den Spieß, sodass nur das spitze Ende herausragt.

Das Klebeband ist der Griff. Ich halte es in der Faust und mache eine stechende Bewegung. Besonders überzeugend ist das nicht. Ich versuche es noch einmal. Dann denke ich an Tash, die vor Schmerzen zusammengekrümmt auf ihrer Pritsche liegt. Diesmal klappt es schon besser. Ich denke an Mum und Dad und Phoebe und Ben und die kleine Schwester, die sie bekommen haben, um mich zu ersetzen – und steche dabei die ganze Zeit in die Luft.

Ich gehe die Szene im Kopf immer wieder durch und stelle mir vor, wie ich den Spieß in seinen Rücken ramme. Wie ich ihn durch die Falltür in das Loch stoße und ein sadistisches Schwein nenne, und er überrascht, verletzt und ängstlich zu mir hochschaut.

Ich habe noch nie jemandem ernsthaft Gewalt angetan, aber für George werde ich eine Ausnahme machen. Ich werde ihm wehtun. Ich werde ihm heimzahlen, was er getan hat.

34

»Können Sie mir mal was erklären«, sagt Grievous und trommelt einen Rhythmus auf das Lenkrad. »Warum reden die Leute immer darüber, wie schnell ein Wagen von null auf hundert beschleunigt? Ich meine, was ist so großartig an hundert Stundenkilometern? Als ob wir fürchten müssen, dass Außerirdische bei uns landen, die nur neunundneunzig schaffen und die uns das Gehirn aussaugen, wenn wir nicht in unter zehn Sekunden von null auf hundert beschleunigen können.«

Er macht eine Pause und erwartet eine Antwort.

»So habe ich noch nie darüber nachgedacht«, sage ich.

»Raser haben kein Gehirn«, fügt er hinzu. »Die Aliens hätten gar kein Interesse.«

Der dichte Verkehr kommt zwischen Ampeln und Kreisverkehren nur noch im Schritttempo voran.

»Wollten Sie schon immer Detective werden?«, frage ich.

»O nein, Sir, ich bin erst spät dazugekommen«, sagt er, erfreut über die Frage. Er zieht ein zerknittertes Foto aus seiner Innentasche.

»Das bin ich«, sagt er. »Der Zweite von links.«

Ich sehe eine Gruppe Teenager in Kampfmontur, die in der Hocke für die Kamera posiert, die Waffe zwischen den Knien.

»Sie waren Schulkadett?«

»Ja, Sir.«

»Warum sind Sie nicht zur Armee gegangen?«

»Ich habe die medizinische Prüfung nicht bestanden.« Er zeigt auf die Narbe hinter seinem linken Ohr. »Ich hatte einen Tumor. Gutartig. Doch er hat auf Teile meines Innenohres gedrückt. Bis einundzwanzig war ich auf dem Ohr taub. Die Leute dachten, ich wäre langsam, dumm, wissen Sie.«

»Deswegen drehen Sie den Kopf zur Seite.«

»Verzeihung?«

»Es ist mir aufgefallen, als wir uns kennengelernt haben. Wenn Sie zuhören, legen Sie den Kopf ein wenig zur Seite.«

»Macht der Gewohnheit.« Er lacht und steckt das Foto wieder ein. »Nachdem ich nicht zur Armee konnte, habe ich als Krankenpfleger gearbeitet und bin dann Sicherheitsbeamter bei Gericht geworden. Da habe ich Polizisten gesehen, die bei Strafprozessen ausgesagt haben, und gedacht: Ja, das könnte ich auch machen. Vermutlich habe ich die Herausforderung gesucht … wollte etwas Sinnvolles mit meinem Leben anstellen. Klingt das wie ein Klischee?«

Ich schüttele den Kopf.

Phillip Martinez' Wagen parkt vor dem Haus, doch niemand reagiert auf unser Klingeln. Die Vorhänge sind zugezogen, das Licht ist aus. Ich will gerade aufgeben, als ich ein leises Tuten aus der Garage höre. Ich klopfe an die große Doppeltür. Die rechte Tür wird aufgeklinkt und öffnet sich ein paar Zentimeter.

Es dauert einen Moment, bis Mr. Martinez mich erkennt.

Er entschuldigt sich. »Haben Sie geklopft? Tut mir sehr leid. Hier vergesse ich immer alles um mich herum.« Hinter ihm klingelt eine Glocke. Er öffnet die Tür ein Stück weiter. »Mein Hobby«, erklärt er. »Es ist ziemlich peinlich … ein erwachsener Mann, der mit Eisenbahnen spielt.«

Die gesamte Garage wird von einer großen Modelleisenbahnanlage eingenommen, Gleise winden sich auf verschiedenen Ebenen. Es gibt Berge, Flüsse, Straßen, Unterführungen, Tunnel, Bahnhöfe, Reklametafeln, Signale und einen Fahrzeugbestand aus Lokomotiven und Waggons. Die Aufmerksamkeit fürs Detail ist erstaunlich bis hin zu den winzigen Plastikfiguren von Menschen und Tieren, die lebensecht, aber unbeweglich eine neu erschaffene Welt bevölkern.

Er hat ganze Städte modelliert mit Fabriken, Lagerhäusern, Bahnbetriebshöfen, Geschäften, Postfilialen, Restaurants und Kinos. Fußgänger überqueren Zebrastreifen, Autos warten vor roten Ampeln, Rathausuhren sind bereit, zur vollen Stunde zu schlagen.

An einer Wand ist seine Werkbank mit Holzresten und Balsaholzplatten, Elektrozubehör, Drähten und körbeweise Stahlgleisen. Winzige Farbtöpfchen sind nach Farbe geordnet. Eine Lupe mit hellem Licht schwebt an einem schwenkbaren Arm über der Arbeitsfläche.

Der Detective Constable ist mir in die Garage gefolgt und bewundert das handwerkliche Geschick.

Sogar die Fehlentwürfe im Mülleimer sehen perfekt aus, doch wegen irgendeines kleinen Defekts oder Makels sind sie auf dem Schrotthaufen gelandet.

Mr. Martinez stellt eine Figur wieder auf, die von einem Bahnsteig gefallen ist, einen Stationsvorsteher in Uniform, der eine Fahne in der Hand hält.

»Heute sind nur drei Gleise in Betrieb«, erklärt er. »Normalerweise sind es fünf. Wollen Sie es sehen?«

»Bitte.«

Er führt mich zu einer Bedienungskonsole und legt mehrere Schalter um. Weitere Züge setzen sich in Bewegung. Schranken öffnen und schließen sich. Züge halten an Bahnübergängen. Pfeifen und Glocken ertönen. Durch Klang und Bewegung scheint das Modell zum Leben zu erwachen, und ich kann mir beinahe vorstellen, wie sich die Figuren bewegen.

»Wie lange haben Sie daran gebaut?«

»Ein paar Jahre.«

»Ist es fertig?«

»Ich überlege mir ständig irgendwas Neues und baue Kleinigkeiten um.«

»Ein *work in progress*?«

»Eine Sisyphusaufgabe.«

Grievous hat einen Speisewagen in die Hand genommen.

»Hey, da sitzen ja kleine Leute drin. Man kann das Essen auf ihren Tellern sehen.«

»Bitte nichts anfassen«, sagt Mr. Martinez. »Einige Stücke sind sehr empfindlich.«

Der Detective Constable stellt den Waggon wieder ab und wischt sich einen Ölfleck von den Fingerspitzen.

An der Wand der Garage bemerke ich ein Foto von Emily. Das Bild wurde in der Mitte gefaltet, um die zweite Person auf der Aufnahme zu verdecken.

»Ich wollte eigentlich Emily sprechen.«

»Sie arbeitet heute. Sie hat einen Job in Abingdon.«

»Darf ich Sie etwas fragen? Warum wollte Emily weglaufen?« Mr. Martinez reagiert nicht, sondern bedient seine Schalter. Ein weiterer Zug setzt sich in Bewegung. »Es war während der Scheidung. Das waren schwierige Zeiten.«

»Emilys Mutter lebt in London.«

»Ja.«

»Sie üben das Sorgerecht nicht gemeinsam aus?«

Mr. Martinez hält inne und presst beide Daumen und Zeigefinger gegen seine Stirn. »Meine Frau hat vor einigen Jahren einen Selbstmordversuch unternommen. Es kam im Grunde nicht überraschend. Amanda war alkohol- und medikamentenabhängig, vor allem von Schmerzmitteln. Sie hat sich nicht mehr wie ein verantwortungsbewusster Erwachsener benommen, deswegen habe ich das alleinige Sorgerecht beantragt.«

»Sie hat Einspruch eingelegt?«

»Ja, aber der gesunde Menschenverstand hat gesiegt.«

»Wann hat sie versucht, sich umzubringen, davor oder danach?«

Sein Lächeln ist längst verblasst. »Diese Frage ist mir unangenehm.«

»Verzeihen Sie. Das ist falsch herausgekommen.«

»Das bezweifle ich, Professor. Sie machen auf mich nicht den Eindruck eines Menschen, der etwas Unüberlegtes sagt.«

»Sie haben einen amerikanischen Akzent«, wechsele ich das Thema.

»Ich habe sieben Jahre dort gearbeitet. Amanda hat sich nie richtig eingelebt, und ihr Alkoholproblem wurde schlimmer. Eines Tages kam ich nach Hause, und Emily und sie saßen auf gepackten Koffern für die Rückreise nach England.«

»Sie sind ihnen gefolgt.«

»Nicht sofort. Meine Arbeit war zu wichtig.«

»Das war sicher schwer, so weit weg von Emily zu sein.«

»Ich habe versucht, sie zu sehen, wann immer ich konnte. Amanda erlaubte nicht, dass Emily allein in die Staaten flog. Am Ende habe ich alles aufgegeben – mein Forschungsprojekt und die Finanzierung – und bin zurückgekommen.«

Die Züge fahren nach wie vor blinkend und pfeifend im Kreis herum.

»Ich habe es für Emily getan, weil ich gesehen habe, was los war. Amanda hat mehr denn je getrunken. Eine Zeitlang ist sie zu AA-Treffen gegangen, jedoch immer wieder rückfällig geworden. Sie war ohnehin von Natur aus launisch und überreizt, doch inzwischen war sie regelrecht destruktiv geworden. Sie hat Tabletten geschluckt, ist ohnmächtig geworden. Zwei Mal konnte Emily sie nicht wieder wecken und musste den Krankenwagen rufen. Deswegen habe ich um Emily gekämpft und nicht aufgegeben, bis ich sie zurückgewonnen hatte.«

»Das hört sich an, als wäre sie eine Trophäe.«

Er wirft mir einen absolut nichtssagenden Blick zu. »Jedes Kind ist ein Geschenk.«

»Ihre Tochter wollte weglaufen.«

»Wir haben eine Weile gebraucht, um uns gegenseitig kennenzulernen. Und das ging nicht ohne Holpern.«

»Holpern?«

»Amanda hatte einen Rückfall und wurde in die Psychiatrie eingeliefert. Emily hat mir die Schuld gegeben.«

»Wieso?«

»Ich weiß es nicht. Das müssen Sie sie selbst fragen. Dass Amanda ins Krankenhaus kam, war wahrscheinlich der Grund, warum Emily geblieben ist. Sie hat ihre Mum jeden Tag besucht, und in der Zwischenzeit haben wir uns aneinander gewöhnt. Es wurde leichter … sie hat die Regeln begriffen.«

»Die Regeln?«

»Das Übliche – kein Alkohol, keine Zigaretten, keine Drogen, kein Junk Food, nicht zu lange wegbleiben ... Sie hatte erhebliches Übergewicht, und ihre Noten waren katastrophal. All das hat sich verändert, seit ich die Verantwortung übernommen habe.«

»Sie war in der Pubertät.«

»Genau. Man sollte Teenager nicht wie Erwachsene behandeln. Dazu fehlt ihnen die emotionale und intellektuelle Reife. Das ist die eine Hälfte des Problems in diesem Land – fehlende Aufsicht, Kinder, die allein auf der Straße herumstreunen. Schauen Sie sich die Krawalle in London an. Jugendliche haben Schaufenster eingeschlagen, Autos demoliert und Flachbildfernseher geklaut, aus reiner Langeweile und weil sie zu Hause keine Vorbilder haben.«

»Was ist die andere Hälfte?«

»Verzeihung?«

»Sie sagten, Kinder seien die eine Hälfte des Problems in diesem Land.«

Er bremst sich und sagt entschuldigend: »Da haben Sie mich bei meinem Steckenpferd erwischt.«

»Modelleisenbahnen sind wahrscheinlich ein netteres Steckenpferd«, sage ich und will raus, um andere Luft zu atmen.

Er sieht mich mit einem nebulösen Lächeln an. »Ich spüre, dass Sie meine Methoden missbilligen, Professor, aber meine Tochter liebt mich. Ich bin bloß froh, dass sie nicht mit diesen Mädchen gegangen ist. Vielleicht wäre sie sonst auch entführt worden. Haben Sie Kinder?«

»Zwei Töchter.«

»Es ist schwierig ... Kinder großzuziehen. Die Welt wird jeden Tag komplizierter. Informationen aus Zeitschriften, Fernsehserien, dem Internet, sozialen Netzwerken und Twitter prasseln auf die jungen Menschen ein. Wir müssen uns über Cyber-Pornografie, Cyber-Mobbing und virtuelle Annäherungsversuche von Perversen Sorgen machen. Und alle wollen sie berühmt sein. Sie glauben, sie hätten ein Recht darauf. Die Welt da draußen ist furchteinflößend.«

Wo da draußen, will ich ihn fragen, doch ich bin es leid, seinem Genörgel und seiner Paranoia zuzuhören. Mein linker Arm zittert. Um mich herum sind zu viele zerbrechliche Dinge; wenn ich stolpere, könnte ich ganze Gebäude plattmachen, Straßen verwüsten, Züge zum Entgleisen bringen ...

»Haben Sie etwas dagegen, wenn ich mit Emily spreche?«, frage ich und gehe zur Tür. Er nennt mir den Namen der Apotheke, in der sie arbeitet.

»Sagen Sie ihr, dass ich heute Abend Linguini koche. Ihr Lieblingsessen.«

35

Die Sonne scheint auf den Dächern zu liegen und fällt schräg durch die Windschutzscheibe. Wegen des grellen Lichts fährt Grievous betont vorsichtig, bedrängt von Taxifahrern und dunkelfarbigen BMWs und Audis.

Ruiz geht nach dem ersten Klingeln an sein Handy. Er ist irgendwo draußen unterwegs und keucht wie ein Exraucher.

»Weißt du, wie viele verlassene Industriegelände in Oxfordshire an irgendwelchen Gleisen liegen?«

»Ist das eine Fangfrage?«

»Bis jetzt habe ich neun abgeklappert, und jedes Einzelne sollte plattgemacht werden.«

»Ich dachte, Capable wollte Luftbildaufnahmen besorgen.«

»Auf solchen Dingern erkennt man gar nichts. Ein zehnstöckiges Gebäude kann aussehen wie ein beschissener Tennisplatz.«

»Das heißt, du kletterst über Zäune.«

»Ich bin schon zwei Mal von Hunden gejagt worden, und ein altes Weib hat gedroht, mich verhaften zu lassen.«

»Charmeur. Ich brauche noch einen Gefallen von Capable Jones.«

»Und zufällig erwischst du mich bestens gelaunt.«

»Ich brauche Hintergrundinformationen über Phillip Martinez. Er ist Forscher am biomedizinischen Institut in Oxford.«

»Woher das plötzliche Interesse?«

»Er geht mir auf die Nerven.«

»Ist das alles?«

»Er ist ein selbstgerechter, boshafter Reaktionär, der das Leben seiner Tochter behandelt wie ein Bankkonto, das er bei der Scheidung vor seiner Frau versteckt hat.«

»Hast du ihm das gesagt?«

»Ich war höflicher.«

»Du hast ihm die Stiefel geleckt.«

»Ich würde es eher Professionalität nennen.«

Ruiz lacht und beendet das Gespräch. Im selben Moment klingelt mein Handy. Es ist Julianne. Sie ist im Auto, Emma, meine Jüngste, singt zu einer CD mit Kinderliedern. Immer wenn ich Juliannes Stimme höre, verspüre ich eine Art schmerzhafte Glückseligkeit und wünschte, ich könnte irgendetwas zu ihr sagen, etwas, das sie in Begeisterung oder Staunen versetzt.

»Hallo«, sagt sie.

»Hallo.«

»Wie geht es dir?«

»Gut.«

»Ich wollte wissen, wann du morgen kommst?«

»Morgen?«

»Heiligabend. Du verbringst ihn mit uns.«

»Ja, natürlich.«

»Die Mädchen wollen ihren Strumpf aufhängen, wenn du kommst – na ja, Emma will es. Charlie redet nicht mit mir. Ich koch uns was Leckeres. Ein Geschenk lassen wir die Mädchen schon vor dem Schlafengehen auspacken.«

»Genau wie früher.«

»Bist du sarkastisch?«

»Nein.«

»Also wie viel Uhr?«

»Ich weiß nicht genau.«

»Versuch, dem Feiertagsverkehr aus dem Weg zu gehen, und kauf mir kein Geschenk.«

»Okay.«

Sie legt auf, und ich frage mich plötzlich, was ich ihr schenken könnte. Sie hat garantiert etwas für mich besorgt. Sie hat darüber nachgedacht, vorausgeplant, und was immer ich tue, es wird nicht an ihre Bemühungen heranreichen.

Grievous parkt den Wagen gegenüber der Apotheke und zeigt auf die andere Straßenseite.

»Da ist es. Ich werde in der Zwischenzeit was essen.« Er klopft auf seinen Bauch. »Ich habe nämlich das HöhlenmenschGen – immer hungrig. Meine Freundin hat mich bis zur Hochzeit auf Diät gesetzt. Sie hat mir den Kühlschrank mit gesundem Zeugs vollgestopft – Sellerie, Salat, Hüttenkäse ... Kein Bier. Keine Pizza. Für einen Hamburger und eine Portion Pommes frites würde ich töten.«

»Töten ist vielleicht ein bisschen extrem.«

»Sie haben recht. Ich würde jemanden so heftig verprügeln, dass er sich nicht mehr rühren kann.«

Er klappt die Sonnenblende mit dem Hinweis auf die THAMES VALLEY POLICE herunter. »Ich warte hier auf Sie«, sagt er und schließt den Wagen ab.

Emily packt Kartons mit Shampoo und Conditioner aus und reiht die Flaschen, das Etikett nach vorn, auf Regale. Auf der Trittleiter liegt ein Preisdrucker. Als sie mich sieht, erschaudert etwas in ihrem Blick.

»Ich arbeite. Ich kann jetzt nicht reden«, sagt sie.

»Es ist wichtig.«

Sie sieht sich um, kaut auf der Unterlippe. »Vielleicht kann ich meine Pause jetzt nehmen.«

Wir gehen in ein Café auf der anderen Straßenseite. Sie bestellt einen heißen Kakao mit fettarmer Milch, überlegt hin und her, welchen Muffin sie nehmen soll, und lässt ihre Bestellung wie einen Akt der Rebellion erscheinen. Ich bezweifle, dass ihr Vater einen extragroßen Blaubeermuffin gutheißen würde.

Sie trägt einen schwarzen Rock und eine weiße Bluse mit einem Namensschild auf der Brusttasche. Sie setzt sich und beugt sich über ihren Kakao, als wäre es ihr peinlich, mit mir gesehen zu werden.

»Ich muss mit dir noch mal über den Abend reden.«

»Welchen Abend?«

»Du warst mit Piper und Natasha auf der Kirmes. Wann hast du sie zum letzten Mal gesehen?«

»Gegenüber von dem Autoskooter. Da gab es so ein Basketballwurfspiel. Tash versuchte, einen Panda zu gewinnen. Ich weiß noch, dass sie mit dem Typen an dem Stand gestritten und gesagt hat, das Spiel wäre gezinkt, die Bälle wären besonders elastisch, würden nicht durch den Korbring passen und immer wieder vom Rand abprallen.«

»Um wie viel Uhr war das?«

»Kurz nach neun.«

»Mit wem waren die Mädchen zusammen?«

»Eigentlich mit niemandem.«

»Hat irgendjemand in der Nähe herumgelungert?«

»Sie haben mit ein paar Jungs geredet.«

»Mit wem?«

»Die Namen weiß ich nicht. Haydens Freunde.«

»War Hayden auch da?«

»Nein.«

»Und wer sonst noch?«

»Die ganze Stadt – Jugendliche und Erwachsene. Für Bingham war es ein großes Ereignis.«

Ich versuche, ihr Namen zu entlocken und zu rekonstruieren, wo die Mädchen im Laufe des Abends überall gewesen sind. Emily spricht, die Augen aufgerissen, und nickt hin und wieder.

»War da irgendjemand, bei dem du ein unangenehmes Gefühl hattest?«, frage ich. »Jemand, der seltsam aussah oder sonst irgendwie aus der Menge hervorgestochen ist?«

»Ich weiß nicht.«

»Was ist mit Tashs Onkel?«

»Er hat eine Tombola geleitet. Er war ziemlich witzig – jedenfalls ein paar von den Sachen, die er gesagt hat, um die Leute dazu zu bringen, Lose zu kaufen.«

»Wen hast du noch gesehen?«

»Ein paar Mädchen aus der Schule ... den Pfarrer und seine Frau ... Callum Loach war mit seiner Familie da. Er hat den Leuten leidgetan. Es war schließlich nicht so, als hätte er in irgendeinem Karussell mitfahren können.«

»Hat er mit Tash oder Piper gesprochen?«

»Ich glaube nicht. Ich habe gehört, wie sein Vater etwas über Tash gesagt hat.«

»Was denn?«

Sie pickt eine Blaubeere aus ihrem Muffin. »Es war ziemlich gemein. Er hat sie eine Schwanzfopperin und ein Flittchen genannt. Jeder weiß, dass er sie hasst.«

»Als Piper an dem Abend zu dir nach Hause gekommen ist, wo war Tash da?«

»Ich weiß es nicht.«

»Hat Piper irgendwas gesagt?«

»Ich wusste, dass irgendwas nicht stimmte. Ihre Kleidung war schmutzig. Sie hatte Schlamm an den Knien ihrer Jeans und an den Ellbogen. Ich dachte, sie wäre gestürzt. Sie hat auf meinem Bett gesessen und das Laken schmutzig gemacht.«

»War sie verletzt?«

»Nein.«

»Hatte sie geweint?«

»Piper weint nie.« Emily streicht sich das Haar hinter die Ohren.

»Du hast die Kirmes um neun Uhr verlassen. Warum?«

»Mum war ins Krankenhaus gekommen.«

»Wer hat dich angerufen?«

»Mein Dad.«

»Du hast gesagt, deine Mutter lebt jetzt in London?«

»Ja.«

»Wie oft siehst du sie?«

»Wann immer Dad mich lässt.«

»Und wie oft *würdest* du sie gerne sehen?«

Eine verletzte Hilflosigkeit huscht über ihre Miene. Auf ihrem Teller sind nur Krümel übrig. »Ich muss jetzt gehen. Ich habe nur eine Viertelstunde.«

»Eine letzte Sache«, sage ich. »Gab es einen besonderen Ort, wo ihr Mädchen euch immer getroffen habt?«

»Sie meinen wie ein Clubhaus?«

»Ein Lieblingsversteck.«

»Das hört sich an, als wären wir acht und würden noch geheime Passwörter benutzen.«

Ich lache. »Es ist bloß so, dass Piper und Tash praktisch nichts mitgenommen haben. Keine Kleidung fehlte. Ich dachte, sie hätten vielleicht irgendwo Taschen versteckt. Du hast doch gesagt, dass ihr die Sache geplant habt.«

»Haben wir auch.« Sie blickt auf die Straße. »In dem Sommer haben wir oft im Freizeitzentrum rumgehangen. Im Schwimmbad. Wir haben die Spinde benutzt. Tash hatte dort Sachen versteckt.«

Emily schiebt ihren Becher weg. Sie hat schon zu viel gesagt.

»Ich muss jetzt los.«

Ohne zu warten, schnappt sie ihren Mantel. Ich beobachte, wie sie in beide Richtungen blickt und die Straße überquert. Mein Unbehagen wird größer, schwillt an wie der Schlag einer Kriegstrommel, dumpf, monoton und jeden Tag lauter.

Auf der anderen Straßenseite bleibt Emily noch einmal stehen und sieht sich um. Für den Bruchteil einer Sekunde hält sie meinen Blick fest, wie aus Angst, etwas zurückgelassen zu haben. Aber dann geht sie weiter, entschlossen, nicht umzukehren.

Mein Dad hat mir einmal erzählt, dass Menschen

in Situationen auf Leben und Tod manchmal erstaunliche Dinge leisten können. Mütter können Wagen anheben, unter denen ihr Baby eingeklemmt ist, und Leute haben schon Stürze aus Flugzeugen überlebt.

Wenn es so weit ist, kann ich vielleicht auch etwas Erstaunliches tun. Doch jedes Mal wenn ich daran denke, den spitzen Stab in George zu rammen, schnürt sich mir die Kehle zu. Es fühlt sich an wie ein Herzinfarkt, obwohl ich nicht weiß, wie sich ein Herzinfarkt anfühlen soll. Ich stelle es mir vor wie Sodbrennen, nur tausendmal schlimmer, weil man von Sodbrennen ja nicht stirbt.

Ich weiß, dass das eine Panikattacke ist. Es ist nicht meine erste. Tash hat mir immer geholfen, sie durchzustehen. Sie hat eine Tüte vor meinen Mund gehalten und mich dazu gebracht, langsam zu atmen, oder mir über den Rücken gerieben und gesagt, ich solle mir etwas vorstellen, was mich glücklich gemacht hat, einen Ort oder eine Person.

Das mache ich jetzt. Ich liege an einem wunderschönen sonnigen Tag auf dem Rasen neben unserem Teich. Phoebe ist neben mir. Ich habe ihr eine Krone aus Kleeblättern gemacht und eine passende Halskette und ein Armband. Mum ist in der Küche und macht Hühnchen Kiew, das ist mein Lieblingsessen. Ich weiß, das klingt kitschig wie eine Szene aus einer Waschmittelwerbung, doch es lenkt mich von der Panikattacke ab. Nach ein paar Minuten atme ich wieder normal. Ich gehe zum Waschbecken und wasche mir das Gesicht. Ich bringe Wasser in einem Topf zum Kochen, gebe die Nudeln und einen Teelöffel Öl hinzu. Hinterher bekomme ich nur ein paar Bissen herunter. Ich bin zu nervös zum Essen.

Ich blicke zu der Falltür auf und lausche. Wenn nicht heute, dann wird er morgen kommen.

Ich habe die leere Bohnendose ausgewaschen und benutze sie als Hörgerät. Ich halte sie gegen die Wand und lege mein Ohr an den Boden in der Hoffnung, Tash auf der anderen Seite zu hören. Ich stelle mir sogar vor, dass sie das Gleiche tut und nach mir lauscht. Unsere Köpfe könnten sich beinahe berühren.

An dem Abend, als wir endgültig beschlossen haben abzuhauen, haben sich unsere

Köpfe berührt, und wir haben uns gegenseitig Versprechungen gemacht. Ich dachte immer, Tash wäre unverwüstlich, doch an diesem Abend zersplitterte sie in unzählige kleine Stücke, und ich gab mir alle Mühe, sie wieder einzusammeln.

Sie hatte seit Aiden Fosters Prozess davon gesprochen abzuhauen. Dass sie von der Schule geflogen war, lieferte lediglich den Zeitplan. Wir hätten noch einen Sommer in Bingham, sagte sie. Wenn die Schule wieder anfing, müssten wir weg sein.

Das Summer Festival war am letzten Ferienwochenende. Im Stadtpark waren Karussells, Stände und andere Attraktionen aufgebaut. Der Ponyclub von Bingham war vertreten, und Reverend Trevor war Preisrichter eines Dressurwettbewerbs.

Der ganze Tag sollte ein großes Fest sein. Er begann mit einem morgendlichen Tee im Garten des Old Vicarage – eine der Traditionen, die fortzuführen Mum und Dad sich verpflichten mussten, als sie das Haus kauften. Laut Heimatforschern (damit meine ich Wichtigtuer) wird in dem alten Pfarrhaus angeblich seit hundertzweiundsechzig Jahren alljährlich ein morgendlicher Tee für die Landwirtschaftsgehilfen und Bewohner des Städtchens ausgerichtet.

Ich weiß nicht genau, was ein Landwirtschaftsgehilfe ist, doch die meisten Besucher waren alte Schachteln aus der Kirche, die an langen Tischen im Garten saßen. Es gab Scones, Biskuitkuchen, Trifles und Sommerpuddings, die zum Schutz vor Fliegen und gierigen Fingern mit Baumwolltüchern abgedeckt waren. Jasmine Dodds brachte ihr neugeborenes Baby mit, das einen schuppigen Kopf hatte, als ob es sich häuten würde, was jedoch niemanden davon abhielt, über jeden seiner Rülpser in Verzückung zu geraten. Jasmine war mein Babysitter, als ich klein war.

Um Mittag baute Mr. Swanson, der Metzger des Dorfes, einen Spieß auf und röstete ein Schwein, das wie ein nackter Mensch aussah. Als mir das Wasser im Mund zusammenlief, kam ich mir unweigerlich wie ein Kannibale vor.

Mum und Dad ließen mich den ganzen Tag schuften, ich musste Tee und Kuchen servieren, das Geschirr abräumen und abwaschen. Ich stapelte Stühle und setzte Rasenstücke wieder ein. Derweil hörte ich das Kreischen von dem Disco Rider, sah Leute auf die Riesenrutsche klettern und hörte, wie Eltern über Lautsprecher informiert wurden, wo sie ihre vermissten Kinder abholen konnten.

Schließlich wurde ich so wütend, dass ich mich nicht mehr beherrschen konnte. Ich sagte, es wäre verdammt unfair, und erklärte Mum, sie wäre eine rachsüchtige Hexe. Dad ließ die Schultern hängen, als hätte man ihm die Luft abgelassen. Ich hatte ihn wieder enttäuscht.

Ich wurde auf mein Zimmer geschickt. Stubenarrest. Ich hörte, wie Mum und Dad darüber stritten, ob sie mich erneut wegschicken sollten. Sie sagte, ich sei völlig außer Kontrolle, er ermahnte sie, nicht überzureagieren.

Tash schickte mir per Handy eine E-Mail mit einem angehängten Foto. Sie und Emily saßen mit fliegenden Haaren in der Schiffschaukel. Ich konnte nicht mal zurücksimsen. Mein Handy war beschlagnahmt worden. Was würden sie mir als Nächstes abnehmen?

Um halb neun putzte ich mir demonstrativ die Zähne und machte mich fertig fürs Bett. Phoebe und Ben schliefen schon. Sobald ich hörte, wie Mum und Dad im Wohnzimmer anfingen, einen Film zu gucken, öffnete ich mein Zimmerfenster. Über das Dach konnte ich bis zu den alten Stallungen klettern und mich dort an dem Baum auf den Holzstapel hinablassen. Als ich durch den Garten ging, verstummten Frösche und Grillen. Ich schlüpfte durch das Seitentor und war nur zwei Minuten vom Stadtpark entfernt.

Tash und Emily waren in der Nähe des Bungee-Trampolins. Sie waren Achterbahn gefahren und lachten darüber, wie ihre Kleider bei jedem Looping hochgeflattert waren.

Es war erst neun, und die Kirmes dauerte bis Mitternacht. Wir schlenderten Arm in Arm zwischen den Fahrgeschäften hin und her. Tash war in ihrem Element, klimperte mit den Wimpern und warf ihr Haar in den Nacken. Jungen und erwachsene Männer starrten sie an, manche wie kleine Hündchen, andere wie Raubtiere.

Um kurz nach neun erhielt Emily den Anruf, dass ihre Mutter ins Krankenhaus gebracht worden war. Es war nicht das erste Mal. Wir gewöhnten uns langsam daran, dass Mrs. Martinez krank war. Ich weiß noch, dass ich mir gewünscht habe, meine Mum würde auch mal ins Krankenhaus kommen. Deswegen habe ich auch heute noch ein schlechtes Gewissen.

Tash schob die Hand in ihren Slip, zog ein kleines Pillendöschen heraus, fasste meine Hand und führte mich hinter eins der Zelte.

»Ich hab nur eine. Wir müssen sie uns teilen.«

Sie steckte die Tablette in den Mund, schob ihren Arm unter meinen und küsste mich, wobei sie ihre Zunge fest gegen meine presste, bis die Tablette zerkrümelte und sich auflöste wie Aspirin. Sie löste sich kichernd von mir. Meine Wangen glühten.

»Ich glaube, das hat dir gefallen«, neckte sie mich. Ich spürte, wie das Ecstasy mich mit chemischer Freude erfüllte. Ich konnte die Musik schmecken, die in meinem Kopf sprudelte wie ein Zitronensorbet.

Tash fasste wieder meine Hand.

»Lass uns schwimmen gehen.«

»Aber das Schwimmbad ist geschlossen.«

»Ich weiß, wie wir reinkommen.«

Sie meinte das Freizeitzentrum. Sie zog mich am Arm hinter sich her. Der Gedanke, mit ihr schwimmen zu gehen, ließ mich innerlich vor Glück flattern. In der Nähe des Eingangs zum Stadtpark redeten ein paar Teenager mit der Polizei. Tash steuerte uns um sie herum, und dann rannten wir den ganzen Weg bis zum Freizeitzentrum.

Es war ein heißer Abend voller Insekten und dem Geruch von Geißblatt und Jasmin in der Luft. Alle meine Sinne schienen geschärft. Ich hätte schneller rennen können als jemals zuvor.

Das Einzige, was mir seltsam vorkam, war meine Stimme. Sie klang nicht wie ich.

»Wir müssen hier weg«, sagte Tash mit dem erschöpften Gehabe einer gelangweilten Hausfrau. »Es ist alles so klein und engstirnig und ...«

»Langweilig?«

»Wenn wir nicht abhauen, werden wir vor Langeweile verrückt. Wir sitzen in der Falle. Wir heiraten, werden schwanger, kaufen ein Haus, und dann kleben wir hier fünfzig Jahre lang fest wie unsere Eltern.«

Sie wirbelte mit ausgebreiteten Armen über die Straße und rief: »Wir werden frei sein!« Sie drehte sich immer weiter im Kreis, bis sie schwindelig und unkontrolliert lachend ins Gras sank.

Im Freizeitzentrum gibt es zwei kleine Außenbecken und ein größeres unter einem Kuppeldach mit blauen Unterwasserscheinwerfern, die Muster an die Innenwände malten.

Wir gingen an dem Sicherheitszaun entlang um das Gelände. Hinter dem Verwaltungstrakt hatte jemand einen Baucontainer neben einem der Backsteinpfeiler abgestellt.

Tash kletterte auf den Container.

»Du musst mir Räuberleiter machen.«

Sie schlug den Saum ihres Kleids hoch und zeigte mir ihren Stringtanga. »Nicht hingucken.«

Ich faltete die Hände, und sie stieg auf meine Handflächen. Dann hangelte sie sich an dem Backsteinpfeiler hoch. Auf der Krone posierte sie wie ein Kapitän, der in die Ferne blickt.

»Ich sehe Wasser.«

»Und was ist mit mir?«

»Folge dem Zaun. Ich mach dir das Tor auf.«

Es war dunkel, und ich stieß mit dem Schienbein gegen einen Fahrradständer. Fluchend rieb ich mir den Fuß und hüpfte auf dem anderen weiter. Ich rief Tash. Sie antwortete nicht.

Ich spähte durch den Zaun und fragte mich, wohin sie verschwunden war. Dann entdeckte ich sie in der Nähe des Tores. Ihr kurzes Kleid hing locker von ihren Schul-

tern, und ihr Haar war durcheinander. Mit den Drogen und in der Dunkelheit sah sie aus wie eine Meerjungfrau, die ihren Schwanz abgestreift und Laufen gelernt hatte.

Sie sah sich um und galoppierte mit fliegenden Beinen los wie ein neugeborenes Fohlen. Zuerst dachte ich, sie würde vor mir weglaufen, doch dann erkannte ich, dass sie in meine Richtung rannte, ohne zu bremsen. Sie knallte frontal gegen den Drahtzaun und fiel nach hinten. Schnell richtete sie sich wieder auf, versuchte, an dem Zaun hochzuklettern, fand jedoch keinen Halt. Sie war nicht kräftig genug.

»Renn, Piper«, rief sie mir zu. »Renn!«

36

Drury blickt aus seinem Bürofenster auf den grauen Wintertag, den Abend vor Heiligabend. Wind ist aufgekommen, doch die Wolkendecke ist offenbar zu dicht, um sich zu bewegen.

»Es ist nicht Victor McBain«, sage ich.

Der DCI scheint mir nicht zuzuhören. Nach einer langen Pause wendet er sich mir zu und gibt sich einen Ruck, als würde er eine schwere Last von einer auf die andere Schulter verlagern.

»In der Nacht des Schneesturms war er mit einer Frau in einem Hotel. Er möchte nicht, dass sie mit hineingezogen wird.«

»Wir brauchen einen Namen.«

»Wird er veröffentlicht werden?«

»Nur wenn es relevant ist.«

»Sarah Hadley.«

»Das hat er Ihnen erzählt?«

»Ja.«

»Und Sie glauben ihm?«

»Ja.«

Drurys Blick schweift durch das Büro, bleibt an dem Schreibtisch, der Rückenlehne seines Stuhls, der Fensterbank hängen, doch er ist mit den Gedanken anderswo. Vielleicht denkt er an seine eigene Untreue oder versucht sich an eine Zeit zu erinnern, in der ihn die Leute nicht enttäuscht haben.

»Ich weiß nicht, wie viel Mann ich morgen noch übrig habe«, sagt er. »Die Leute wollen über Weihnachten zu Hause sein. Mein Etat ist aufgebraucht, ich kann keine Überstunden mehr bezahlen.«

»Was ist mit der Suche?«

»Wir decken nur altes Terrain ab. Ich fahre die ganze Sache herunter.«

Stimmen und der Lärm eines Tumults unterbricht ihn. Er wendet sich wieder zum Fenster. Auf dem Bürgersteig hat sich eine Menschenmenge versammelt. Fernsehkameras, Reporter und Fotografen umringen Hayden McBain. Er trägt einen blauen Blazer und hat sich die Haare gekämmt.

»Meine Schwester ist tot, und sie haben den Nerv, mich zu verhaften«, brüllt er und zeigt auf das Revier. »Sie haben *mich* eingesperrt. Sie haben *mich* bedroht. Sie haben *mir* gesagt, ich soll den Mund halten. Nun, ich werde nicht still sein. Ich werde diese Schweine verklagen wegen Freiheitsberaubung, Körperverletzung und psychischer Misshandlung. Ich werde sie verklagen, weil sie meinen guten Ruf zerstört haben.«

Drury lehnt die Stirn an die Scheibe und hinterlässt einen fettigen Abdruck.

»Gucken Sie sich den Scheißkerl an«, murmelt er. »Er hat sich einen Agenten vom Typ Max Clifford zugelegt, der seine Story an den Meistbietenden verscherbelt. Man hätte Anklage gegen ihn erheben sollen.«

»Das hätte alles nur schlimmer gemacht.«

»Er profitiert davon. So was sollte verboten sein.« Wir werden wieder gestört. Diesmal ist es DS Casey.

»Das wollen Sie garantiert sehen, Boss. Sky News hat auf der Website gerade Fotos von Natasha McBain gepostet. Angeblich wurden sie am Abend vor ihrem Verschwinden gemacht.«

Casey gibt die Adresse der Website in den Computer auf dem Schreibtisch. Die Seite lädt mit Fotos unter der Schlagzeile: »N<small>ATASHAS LETZTER</small> T<small>ANZ</small>«.

Die Bilder sind von minderwertiger Qualität, wahrscheinlich mit einem Handy aufgenommen, doch die Person darauf ist sofort zu erkennen. Natasha McBain trägt ein kurzes Sommerkleid und scheint zu tanzen. Sie dreht sich, sodass sich ihr Kleid an den Hüften hebt.

Ihr Publikum ist eine Gruppe von Männern, deren Gesichter man nicht erkennen kann. Sie sitzen auf Bänken oder stehen um sie herum und sehen ihr beim Tanzen zu.

Dies sind die letzten Bilder des Teenagers Natasha McBain, die vor drei Jahren auf tragische Weise zusammen mit ihrer besten Freundin Piper Hadley verschwand. Die Fotos wurden nur Stunden vor Natashas Verschwinden auf einer Kirmes in Bingham, Oxfordshire, am 30. August 2008 aufgenommen.

Natashas Leiche wurde in der vergangenen Woche in einem zugefrorenen See weniger als einen Kilometer von ihrem Zuhause entfernt gefunden.

»Ich will die Originale«, befiehlt Drury. »Ich will wissen, wer diese Bilder gemacht hat.«

Eine Viertelstunde später wird ein Gespräch zum stellvertretenden Leiter der Nachrichtenredaktion des Kabelsenders durchgestellt. Nathan Porter hat einen Birminghamer Akzent voller kumpelhafter Jovialität.

»Wie kann ich Ihnen helfen, Chief Inspector?«

»Sie haben Fotos von Natasha McBain. Woher kommen die?«

»Sie wurden uns zur Verfügung gestellt.«

»Ich brauche einen Namen und eine Adresse.«
»Unsere Quelle möchte anonym bleiben.«

Drury gibt sich alle Mühe, seine Wut zu zügeln. »Wir sind hier nicht bei WikiLeaks, Mr. Porter. Wir ermitteln in einem Mordfall.«

»Sky News hat die Pflicht, seine journalistischen Quellen zu schützen. In einer freien Gesellschaft …«

Drury nimmt das Telefon und tut so, als würde er damit gegen seinen Tisch schlagen. Porter redet immer noch.

»… Unabhängigkeit der Medien ist eine wichtige Säule der Demokratie.«

Aller gute Wille, der vielleicht zwischen den beiden Männern geherrscht hat, ist verflogen.

»Jetzt mal im Ernst, Mr. Porter, Sie schützen nicht die Demokratie, sondern den Mörder eines minderjährigen Mädchens.«

»Sacht«, sagt der Nachrichtenredakteur. »Ich denke, Sie übertreiben. Wir haben lediglich eine gute Story gefunden.«

»Mehr ist es für Sie nicht, eine *gute Story*. Ein Mädchen ist tot. Ein zweites wird vermisst. Ich gebe Ihnen fünfzehn Minuten, der Polizei die Identität Ihrer Quelle mitzuteilen. Falls Sie das nicht tun sollten, lade ich zu einer weiteren Pressekonferenz ein. Ich bin sicher, Mr. und Mrs. Hadley werden die Gelegenheit gerne nutzen, ihren Kommentar zu einem Sender abzugeben, der wichtige Informationen zurückhält. Informationen, die helfen könnten, ihre Tochter zu finden.«

Es entsteht eine lange Pause. Manches Schweigen hat seine eigene Grammatik und Syntax.

Der Nachrichtenredakteur spricht als Erster. »Bitte, bleiben Sie dran. Ich muss kurz Rücksprache mit unseren Juristen halten.«

»Die Uhr tickt«, sagt Drury.

Wir warten und lauschen Spots für das Weihnachtsprogramm auf Sky Cinema.

Fünf Minuten später meldet sich Porter wieder.

»Offenbar hat es ein Missverständnis gegeben«, entschuldigt er sich für die Verzögerung. »Verzeihen Sie, wenn ein falscher Eindruck entstanden ist.«

»Inwiefern?«

»Es war stets unsere Absicht, Ihnen die Fotos zur Verfügung zu stellen. Wir wollten keinesfalls Ihre Ermittlung behindern. Vielleicht könnten Sie im Gegenzug für unsere Kooperation darüber nachdenken, uns zu helfen, die Hadleys für ein Exklusivinterview zu gewinnen.«

»Ausgeschlossen«, sagt Drury.

»Vielleicht würden *Sie* dann für ein Interview zur Verfügung stehen?«
»Das wollen Sie bestimmt nicht, Mr. Porter.«
»Warum nicht?«
»Ich könnte etwas sagen, was Sie bedauern würden.«
»Verstehe.«
»Wer hat Ihnen die Fotos gegeben?«
»Ein Mann hat in der Redaktion angerufen und uns die Fotos angeboten. Er nannte sich John Smith – offensichtlich ein falscher Name. Er wollte Geld dafür. Wir haben ihm fünfhundert Pfund bezahlt.«
»Einfach so?«
»Unsere Sicherheitskamera hat ihn aufgenommen, als er das Geld abholen kam. Geben Sie mir eine E-Mail-Adresse, dann schick ich Ihnen die Bilder.«

Drury nennt ihm eine Adresse. »Was ist mit den Fotos von Natasha?«, will er wissen.

»Sie wurden mit einem Handy gemacht. Er hat uns vier Standbilder gegeben, die offenbar aus einer Sequenz stammen, möglicherweise aus einem Video. Ich schicke die Mail jetzt ab.«

Sekunden später bestätigt ein Ton den Eingang der E-Mail.

»Danke für Ihre Kooperation, Mr. Porter.«
»Es ist uns stets ein Vergnügen zu helfen, DCI.«

Drury legt auf und klickt auf seinen Posteingang. Der Anhang öffnet sich in einem zweiten Fenster, eine Videodatei wird geladen. Das Material der Sicherheitskamera zeigt einen Mann, der durch eine Drehtür kommt und eine Halle durchquert. Er trägt ein Kapuzensweatshirt, Baseballkappe und Baggy Jeans. Die Hände in den Taschen, spricht er mit einer Frau am Empfang und weigert sich, sich für einen Besucherausweis fotografieren zu lassen. Stattdessen wartet er im Foyer, bis eine junge Journalistin in einem knielangen Rock erscheint. Er mustert sie, starrt auf ihre Waden. Der Austausch findet statt. Er wendet sich zur Tür.

»Da!«, sagt Drury.

Der Film bleibt stehen. Der Mann, der sich John Smith nennt, hat zu der Sicherheitskamera aufgeblickt und für den Bruchteil einer Sekunde sein Gesicht gezeigt.

»Scheiße!«, flucht Drury und schnappt seine Jacke von der Lehne seines Stuhls. Er öffnet die Tür und brüllt quer durch den Einsatzraum: »Blake, Casey, Middleton ... Sie kommen mit mir.«

37

Blackbird Leys ist eine der größten Sozialsiedlungen in Europa, erbaut in den Fünfzigern von Stadtplanern, die glaubten, man könne die Probleme innerstädtischer Verwahrlosung lösen, indem man die Armen aus den Wohnblocks und heruntergekommenen Vierteln in Neubaugebiete am Stadtrand verpflanzt. Aus den Augen, aus dem Sinn.

Stattdessen hat diese Utopie ein Ödland aus Zement und Beton hinterlassen, so trostlos wie etwas, das Dickens beschrieben haben könnte, voller Drogenhöhlen, illegaler Fabriken, Bordells, besetzter Häuser, Gebrauchtwagenhändler, Werkstätten zum Ausschlachten geklauter Autos und Gemischtwarenläden mit vergitterten Fenstern.

Das ist nicht das touristische Oxford oder das Oxford der Talare und Barette. Hier wohnen die »Townies« – die Putzfrauen, Zimmermädchen, Lieferanten und Händler, die die Stadt am Leben halten; die Angestellten wie die Arbeitslosen, die Arbeiter- und die Unterschicht.

Wahrzeichen sind zwei identische Wohntürme, der Windrush und der Evenlode Tower, fünfzehnstöckige Monumente einer Funktionalität, die sich mit einer Abrissbirne oder zwanzig Pfund Plastiksprengstoff unendlich verschönern ließe.

Der Hintereingang des Windrush stinkt nach geplatzten Müllsäcken, Desinfektionsmittel und Katzenpisse. Ich beobachte, wie ein Dutzend Polizeibeamte in Kampfmontur die Treppe hinaufgeht. Weitere vier nehmen den Fahrstuhl und sehen aus wie Astronauten auf dem Weg zur Kommandobrücke.

Toby Kroger wohnt zusammen mit seinem jüngeren Bruder im siebten Stock. Die Nachbarn sind leise evakuiert worden. Das mobile Einsatzkommando ist in Position gegangen. Der leitende Beamte hat eine Helmkamera, die Livebilder liefert. Einen Ohrhörer im Ohr starrt Drury auf den Bildschirm.

»Die Tür geht auf. Jemand bewegt sich.«

»Es ist der Bruder.«

Ein kaum siebzehnjähriger Junge tritt mit einem schwarzen Müllsack aus der Wohnung. Er lässt die Tür offen stehen und geht zum Müllschlucker. In drei Sekunden hat er das Treppenhaus erreicht, wo die Polizisten warten.

»Der muss sie bemerken«, murmelt Drury und dann in sein Funkgerät: »Fertig zum Einsatz!«

Der Bruder wirft den Müllsack in den Schlucker und greift hinter seinen Rücken. Er könnte sich kratzen. Er könnte nach einer Waffe greifen.

»Jetzt!«, brüllt Drury in das Funkgerät. »Los! Los! Los!«

Die Kamera wackelt, als der Träger den Flur hinunter bis zu der offenen Tür rennt. Helme und Waffen blitzen auf.

»POLIZEI! ALLE AUF DEN BODEN! SOFORT!«

Polizisten stürmen nacheinander in die Wohnung, bis ich mir nicht mehr vorstellen kann, dass noch ein Fleckchen Platz darin ist. Kroger liegt mit nacktem Oberkörper auf dem Boden, die Beine gespreizt. Der Fernseher läuft. Auf einem Tisch liegen Joysticks, Pizzaschachteln und Bierdosen.

Kurz darauf wird Kroger mit Handschellen gefesselt aus seiner Wohnung gezerrt. Er sieht aus, als wäre er gerade auf eine stromführende Schiene getreten. Irgendwo im Haus bellt ein Hund, ein Baby schreit, jemand brüllt »Ruhe«.

Der gesamte Einsatz hat zwei Minuten gedauert, doch es fühlt sich an, als hätte ich ihn in Zeitlupe verfolgt. Blackbird Leys ist unverändert. Ich blicke die leere Straße hinunter und bemerke einen jungen Mann, der mit einer Plastiktüte in der Hand über einen Fußweg geht. Er bleibt abrupt stehen, betrachtet die Szenerie und schlüpft in eine Gasse. Kurz darauf sehe ich, wie er eine offene Fläche überquert, flink wie ein Windhund. Es ist Craig Gould.

Drury ist nach oben gegangen, um die Wohnung zu durchsuchen. Karen Middleton ist am Funkgerät zurückgeblieben.

Ich mache ihr stumm ein Zeichen und zeige auf Gould, der sich zwischen zwei Häusern von uns wegbewegt. Er packt mit beiden Händen eine Mauerkrone, zieht sich hoch, schwingt das rechte Bein hinüber und ist verschwunden.

»Boss, jemand hat die Polizeiwagen bemerkt und die Flucht ergriffen«, meldet Middleton Drury über Funk. »Er ist gerade über die Mauer am Südrand geklettert. Ich nehme die Verfolgung auf.«

Sie schnallt sich das Funkgerät um und rennt über den Parkplatz. Sie ist eine kleine, stämmige Frau, eher konvex als konkav, doch erstaunlich schnell. Sie steigt auf die Kühlerhaube eines geparkten VWs, schwingt sich über die Mauer und taucht aus dem Sichtfeld.

Ich laufe an der Mauer entlang und nehme einen Durchgang zwischen zwei Häuserreihen. Vor mir sehe ich verriegelte Läden und den Hof einer Autowerkstatt. Wo ist sie bloß hin?

Zur Rechten liegt eine eingezäunte Brachfläche. Ich sehe Umrisse, sich bewegende Lumpen. Ich klettere an dem Zaun hoch, schwinge ein Bein auf die andere Seite, spüre das kalte Metall an meinen Hoden, ziehe das andere Bein nach und lande hart auf der anderen Seite. Dort liegt DS Middleton, außer Atem, stöhnend und mit einer Platzwunde an der Unterlippe.

Ich nehme ihr Funkgerät.

»Beamter verletzt, wiederhole, Beamter verletzt.« Sie nimmt mir das Gerät ab. »Das kann ich selbst.«

Vor uns liegt ein verfallenes Gebäude mit eingeschlagenen Fenstern. Mein Blick wandert am Zaun entlang bis zu einem Loch in dem Maschendraht. Gould kann noch nicht allzu weit sein. Ich schlüpfe durch das Loch und folge der Straße, vorbei an Lagerhäusern und Garagen bis zu einem mit Pollern abgesperrten Fußweg.

Vierzig Schritte weiter stoße ich auf eine Querstraße, auf beiden Seiten parken Autos, überzogen von weißem, beinahe fluoreszierendem Frost. Ich gucke in beide Richtungen. Ein Motor heult auf und knattert durch einen garantiert illegalen Auspuff. Designerlärm. Kurz darauf schießt ein Ford Escort auf mich zu, am Steuer Gould mit einem manischen Leuchten in den Augen. Ich stehe mitten auf der Straße. Er weicht mir aus und bremst dabei zu hart. Das Heck des Escort schert aus und stößt gegen einen geparkten Geländewagen. Gould versucht gegenzusteuern, und der Wagen gerät ins Schleudern.

Er tritt mit voller Wucht auf die Bremse, alle vier Räder blockieren in einer Wolke aus verbranntem Gummi. Der Escort rutscht zur Seite und kracht in einen Van.

Beamte des Mobilen Einsatzkommandos tauchen auf, gebückt, die Waffe im Anschlag. Gould hebt mühsam die Hände. Ihre Anweisungen kann er über dem Lärm von einem halben Dutzend Autoalarmanlagen nicht hören.

Drury trifft ein, seine Augen schwarz wie Kies.

»Schaffen Sie ihn hier weg. Sichern Sie die Umgebung.«

Karen Middleton ist bei ihm. Bis auf die kleine Platzwunde ist sie unverletzt.

Gould wird aus dem Wagen gezerrt, mit Handschellen gefesselt und in einen Polizeiwagen verfrachtet. Jemand schlägt mit der offenen Hand auf das Dach, und der Wagen fährt los.

»Alles in Ordnung?«, fragt Drury.

»Mir geht es gut.«

»Was haben Sie sich dabei gedacht?«

»Sie ist ganz allein los.«

»Das ist DS Middeltons Problem. Nicht Ihres.«

Schwere Stiefel trampeln durch Toby Krogers Wohnung. Beamte öffnen Schubladen, Schränke und Kleiderschränke, schieben die Hand unter eine Matratze und hinter ein Poster von einem Mädchen oben ohne, das es mit einem Motorrad treibt.

Es riecht nach Speck und abgestandenem Wasser. Aus dem Flur sehe ich zu, wie Laken von ungemachten Betten gerissen, DVD-Hüllen geöffnet und weggeworfen werden.

Der Laptop ist in einer Schublade. Drury klappt ihn auf. Der Bildschirmschoner ist das Foto einer Heavy-Metal-Band. Drury klickt zweimal auf das Apple-Logo links oben und öffnet den aktuellen Benutzer. Ein Passwort wird nicht benötigt.

In Krogers Eingangspostfach sind 4327 Nachrichten, gesendet wurden 2512.

Drury öffnet den Finder und sucht nach Media-Dateien, eine Liste erscheint, Nummern statt Namen. Die Thumbnails laden länger. Es sind Hunderte von Videodateien, vor allem Pornoclips und -trailer.

»Dieser Computer ist noch kein Jahr alt«, sagt Drury. »Die Aufnahmen von Natasha wurden früher gemacht. Vielleicht hat er die alten Daten nicht auf den neuen Rechner überspielt.«

»Er hätte die Aufnahmen von Natasha bestimmt nicht gelöscht«, sage ich.

»Warum nicht?«

»Schauen Sie sich die anderen heruntergeladenen Clips an. Die meisten zeigen Vergewaltigungsfantasien oder Frauen, die sich der Gewalt ergeben. Die Aufnahmen von Natasha haben für ihn besondere Bedeutung, weil er ein Gefühl von Besitz empfindet. Suchen Sie nach den ältesten Dateien.«

Drury ruft die Suchoptionen auf und setzt ein Häkchen bei »Erstellungsdatum«.

»Er hat den Computer im Mai registriert. Gucken Sie mal, wie viele Dateien dasselbe Datum tragen.«

»Er muss sie von seinem vorherigen Computer importiert haben«, sagt Drury und beginnt, die Dateien zu öffnen und sich ein paar Sekunden von jedem Clip anzugucken. Hübsche Frauen mit geschminkten Mündern, mit Gewalt genommen, penetriert, in gespielter Lust. Die Bilder haben nichts Erotisches oder Erregendes, stattdessen eine betäubende Banalität, Schmerz für die Verzweifelten.

Ein neuer Clip öffnet sich auf dem Bildschirm. Verwackelte Bilder zeigen einen Boden und dann eine Wand, bevor sie sich auf ein Mädchen in einem Blumenkleid mit zerwühltem Haar konzentrieren, das zum Tanzen gezwungen wird, während nasse Handtücher gegen ihre Beine und Schenkel geschlagen werden. Die Musik kommt aus einem Handy: Beyoncés »Single Ladies«.

Die Männer sitzen auf Holzbänken oder stehen, die Gesichter sind mit Skimasken oder Taschentüchern bedeckt. Natasha fleht sie an, sie gehen zu lassen. Einer schnippt eine brennende Zigarette gegen ihre Beine. Sie tanzt weiter, erschöpft und immer langsamer.

»Komm, dreh dich.« Sie gehorcht.

»Das kannst du besser.«

»Schneller!«

Sie dreht sich schneller, ihr Kleid fliegt hoch und zeigt ihren Slip.

Einer der Männer grapscht nach Natashas Brüsten. Sie stößt ihn weg. Ein zweites Paar Hände legt sich um ihre Hüften und hebt sie hoch. Jemand greift zwischen ihre Beine.

»Nicht«, fleht sie. *»Bitte, lasst mich gehen.«*

»Ich dachte, du tanzt gerne.«

»Ich werde tanzen, aber fasst mich nicht an.«

»Komm, schwenk deinen kleinen Arsch.«

Die Aufnahme endet und geht dann weiter. Der Winkel ist anders. Die Handtücher schlagen immer noch auf Natashas Schenkel und Bauch, doch sie ist jetzt nackt.

Sechs Männer sind auf den Bildern zu sehen. Ein siebter hält die Kamera.

»Ja, gib's ihr!«, sagt eine Stimme.

»Zeig uns, wie du dich bewegst.«

Eine Hand greift in ihr Haar und reißt ihren Kopf hoch.

»Nicht weinen, Missy. Wenn das hier vorbei ist, wirst du eine Weile lang komisch gehen, aber du hast immer noch zwei gesunde Beine.«

Ein Traum.

Was ich gehört habe. Was ich gesehen habe.
Was ich am liebsten vergessen würde.
Sie müssen uns von der Kirmes gefolgt sein, aber ich weiß nicht, wie sie in das Freizeitzentrum gekommen sind. Tash saß hinter dem Zaun in der Falle und konnte nicht weglaufen.
Ich rannte. Ich schaffte es fast bis zurück auf die Hauptstraße, wo es Laternen und Häuser gab, doch ich stolperte über den Fahrradständer, denselben wie vorher. Ich dachte, ich hätte mir das Bein gebrochen. Trotzdem humpelte ich weiter Richtung Straße.
Rechts von mir bewegte sich ein Schatten. Er packte meine Hüften, legte eine Hand auf meinen Mund und drückte gegen meine Nase. Ich kriegte keine Luft, und ich konnte es ihm nicht mal sagen. Zappelnd trat ich um mich, doch er hielt mich nur noch fester.
Er trug mich zurück ins Freizeitzentrum. Ich dachte, ich würde ersticken. Irgendwann setzte er mich ab und fesselte meine Hände hinter dem Rücken. Ich saß auf dem Betonboden vor der Umkleidekabine.
Ich konnte die Musik von drinnen hören. Sie lachten. Tash flehte sie an, sie gehen zu lassen.
Der Mann riss meinen Kopf hoch und schob mir einen glatten Stein in den Mund. »Nicht verschlucken, sonst erstickst du«, sagte er, presste ein Stück Stoff zwischen meine Zähne und band es hinter meinem Kopf fest. Dann zog er mein T-Shirt über mein Gesicht. Es war mir peinlich, dass er meinen BH sehen konnte.
»Wir werden euch nichts tun«, sagte er. »Deine Freundin bekommt bloß eine Lektion.«
Ich konnte sein Gesicht nicht sehen, doch ich roch seinen Schweiß und den Alkohol in seinem Atem.
Ich hörte Stimmen von drinnen. Musik. Lachen.
»Schwing deine Hüften«, sagte jemand.
»Zeig uns, wie du dich bewegst.«
»Kinn hoch. Ich will dein Gesicht sehen.«

38

Toby Kroger sitzt mit gespreizten Beinen da, die Hände hinter dem Kopf gefaltet, bemüht auszusehen wie ein Mann, der nie einen Moment des Zweifelns oder Zögerns erlebt hat. In seinem Inneren ist eine andere Dynamik am Werk. Er hat Angst, ist verwirrt von dem Tempo seiner Verhaftung und fragt sich, welcher Augenblick katastrophaler Unaufmerksamkeit zu diesem abrupten Wandel seines Schicksals geführt hat.

Ich habe seine Akte gelesen. Er hat keinen Schulabschluss und ist arbeitslos, eines von drei Kindern, deren Eltern sich scheiden ließen, als er sieben war. Sein Großvater und sein Vater arbeiteten bei der Morris Motor Company in Crowley am Fließband, bis in den 80er Jahren der Personalabbau begann und neunzig Prozent der Belegschaft auf die Straße gesetzt wurden.

Kroger flog mit fünfzehn von der Schule und wurde bis zu seinem siebzehnten Geburtstag zweimal verhaftet. Es gab keine Jobs für ungelernte Arbeiter. Die Minen waren geschlossen, die Fabriken ins Ausland abgewandert. Der Staat zahlte ihm Sozialhilfe und wunderte sich, warum ein Junge wie er sich dem Verbrechen zuwandte, wenn die einzige »bezahlte Arbeit« von Dealern und Verbrecherbanden in den Sozialsiedlungen angeboten wurde. Also stellte man mehr Polizisten ein, baute mehr Gefängnisse und hoffte, dass die Unterschicht schrumpfen und sterben würde.

Drury steht hinter mir in dem Beobachtungsraum. »Was halten Sie von dem Typen?«

»Er wird Sie auflaufen lassen«, sage ich. »Vernehmungen durch die Polizei machen ihm keine Angst, das kennt er.«

»Ich bin ein geduldiger Mann.«

»Das wird nicht reichen. Sie müssen ihn erschüttern. Ihn aus dem Gleichgewicht bringen. Ich kann Ihnen dabei helfen. Lassen Sie mich dabei sein.«

Der DCI verwirft die Idee nicht sofort. »Nennen Sie mir einen Grund, warum.«

»Im Moment weiß Kroger noch nicht, warum er festgenommen wurde, doch er vermutet bestimmt, dass es etwas mit den Fotos zu tun hat. In Gegenwart von Psychologen werden die Leute nervös. Sie glauben, ich gucke ihnen in den Kopf und lese ihre Gedanken. Vielleicht reicht das, um ihn zu verunsichern.«

Drury überlegt einen Moment und entscheidet dann: »Okay, dann machen wir es so.«

Kroger blickt nicht auf, als wir hereinkommen. Ich nehme einen Stuhl und schiebe ihn an die Seite des Tisches. Er blickt zu mir und sieht dann Drury an.

»Was macht der hier?«

»Professor O'Loughlin ist Psychologe. Er ist hier, um Sie zu beobachten.«

»Darf er das?«

»Entspannen Sie sich, Toby.«

»Aber warum ist er hier?«

»Das spielt keine Rolle.«

Kroger sieht mich noch einmal an. Eine halbe Minute verstreicht.

»Ich will, dass er damit aufhört«, jammert er.

»Womit?«

»Sagen Sie ihm, er soll aufhören, mich so anzustarren.«

Ohne ihn zu beachten, klappt Drury eine Aktenmappe auf und sortiert ein paar Blätter. Kroger rückt seinen Stuhl ein Stück weiter von mir weg und verschränkt die Arme.

Eine weitere Minute vergeht.

»Worauf warten Sie?«, fragt er.

»Ich gebe Ihnen Zeit, sich zu sammeln«, sagt Drury.

»Hä?«

»Ich gebe Ihnen Zeit, sich eine Geschichte zurechtzulegen. Es hilft, eine gute Geschichte parat zu haben, wenn man des sexuellen Missbrauchs beschuldigt wird.«

»Ich habe niemanden angefasst. Wenn sie das gesagt hat, lügt sie.«

Drury wartet. »Was glauben Sie, worüber wir hier reden, Toby?«

Kroger zögert. »Ich weiß nicht. Irgendeine Schlampe.«

»Natasha McBain. Wir haben Bilder auf Ihrem Computer gefunden.«

Kroger wirkt verdattert und braucht einen Moment, sich wieder zu fangen. »Das ist nicht mein Laptop.«

»Wir haben ihn in Ihrer Wohnung gefunden, und er ist mit Ihrem E-Mail-Account verbunden.«

»Ein Typ hat ihn mir verkauft.«

»Wann?«

»Vor ein paar Wochen.«

»Wo?«

»In einem Pub.«

»In welchem Pub?«

»Im Ox.«

»Das Ox hat seit März geschlossen.«

»Dann muss es ein anderer Pub gewesen sein. Ich kann mich nicht erinnern.«

Drury schüttelt den Kopf. »Ich habe Ihnen extra Zeit gelassen, Toby.«

»Es ist wahr! Ein Typ hat ihn mir verkauft, blond, fett, um die vierzig. Ich glaube, er war einer von diesen Typen, die Probleme mit dem Spielen haben, weil er nur sechzig Pfund dafür haben wollte.«

»Und all die Pornos auf der Festplatte?«

Kroger grinst, sein Goldzahn blinkt. »Das ist nicht verboten.«

»Wer hat die Fotos von Natasha McBain gemacht, die Sie verkauft haben?«

»Ich weiß nicht, wovon Sie reden?«

»Wir haben Aufnahmen einer Sicherheitskamera, auf der man sieht, wie Sie Geld von einer Journalistin entgegennehmen, die Sie gerade als ihre Quelle benannt hat.«

Sein Grinsen verblasst, er sieht mich nervös an. »Ich hab sie auf dem Computer gefunden. Der Typ hatte nicht alles von der Festplatte gelöscht.«

»Und Sie haben Natasha McBain erkannt?«

»Ja.«

»Warum haben Sie sich nicht an die Polizei gewandt?«

»Ich hab eine Chance gesehen, ein paar Pfund zu machen.«

»Sie wurde sexuell belästigt.«

»Ich hab es mir nicht bis zu Ende angesehen.«

»Vielleicht dachten Sie, sie hat es verdient.«

»Das geht mich nichts an.«

»Wer hat die Aufnahmen gemacht?«

»Das hab ich Ihnen doch gesagt.«

»Irgendein fetter Typ, den Sie im Pub getroffen haben?«

»Ja.«

»Das ist Ihre letzte Chance, Toby. Ich will die Wahrheit.«

Drury macht ein Zeichen in Richtung des Spiegels. Kurz darauf klopft es. Dave Casey kommt herein, in der Hand ein Mobiltelefon.

»Ist das Ihr Handy, Toby?« Kroger zögert.

»Das ist eine ziemlich klare Frage«, sagt Drury. »Es ist auf Ihren Namen angemeldet. Sie haben den Vertrag unterschrieben. Wie lautet die Sicherheits-PIN?«

»Das muss ich Ihnen nicht sagen.«

»Keine Sorge, wir haben sie schon geknackt.«

Kroger starrt auf das Handy, als könnte es explodieren. »Das ist mein Privatbesitz. Für so was brauchen Sie einen Durchsuchungsbefehl.«

»Da liegen Sie falsch.«

Der DCI streicht mit einem Finger über das Display.

»Wir haben den Speicher durchsucht. Wir haben die Aufnahmen gefunden.«

Er dreht das Display. Die Aufnahme wird abgespielt. Natasha tanzt auf dem kleinen Bildschirm. Kroger weigert sich hinzusehen.

»Es gab keinen fetten Mann im Pub, Toby. Sie haben die Aufnahme gemacht. Sie haben gefilmt, was passiert ist. Sie war fünfzehn Jahre alt. Ich habe sechs erwachsene Männer gezählt, mit Ihnen sieben.«

»Ich hab bloß gefilmt. Ich hab sie nicht angerührt.«

»Sie haben sie vergewaltigt.«

»Nein, nein, nein.« Er schüttelt heftig den Kopf und fleht um Drurys Verständnis. »Wir haben ihr bloß einen Schrecken eingejagt. Wir haben sie mit den Handtüchern angeschnippt. Wir haben sie tanzen lassen. Niemand hat sie vergewaltigt.«

»Blödsinn!«

»Es ist wahr. Niemand hat sie vergewaltigt. Ich schwöre.«

»Wo wurde die Aufnahme gemacht?«

Wieder zögert Kroger. Drury schlägt mit der flachen Hand auf den Tisch.

»Was glauben Sie, wie lange wir brauchen, die Signale zu triangulieren und herauszufinden, wo genau Sie gewesen sind? Und wie lange es dauert, bis wir die Signale weiterer Handys aufgespürt haben, die zur selben Zeit am selben Ort waren? Wir werden den Namen von jedem auf diesem Video herausbekommen, und wir werden alle wegen sexueller Belästigung, Entführung und vielleicht auch wegen Mordes anklagen.«

»Was? Nein, nein, wir haben niemanden ermordet. Wir haben sie nicht entführt. Es war nur ein kleiner Spaß. Als Vergeltung für das, was sie getan hat.«

»Was hat sie denn getan?«

Kroger bremst sich. Er hat schon zu viel gesagt.

»Vergeltung wofür?«, bohrt Drury nach.

»Für gar nichts. Ich meine, sie war eine Schwanzfopperin, wissen Sie, sie hat es richtig drauf angelegt.«

»Also haben Sie sie vergewaltigt?«

»Warum sagen Sie das immer wieder?« Kroger sieht mich an, hofft auf Verständnis und wird dann wütend. »Und Sie können aufhören, mich anzustarren.« Er verschränkt die Arme. »Ich will einen Anwalt.«

»Das ist Ihr gutes Recht, Toby.«

»Ich beantworte keine Fragen mehr.«

»Schön. Wie Sie wollen. Ich verhafte Sie wegen Entführung und sexuellem Missbrauch von Natasha McBain. Sie müssen gar nichts sagen, aber alles, was Sie sagen, wird aufgezeichnet und kann als Beweismittel gegen Sie verwendet werden ...«

Kroger will etwas dagegenhalten, doch Drury fährt ihm über den Mund.

»Sie hatten Ihre Chance, Toby. Gehen Sie zurück in die Zelle und kommen Sie mit einer besseren Geschichte zurück. Gedächtnisverlust vielleicht. Unzurechnungsfähigkeit. Dafür landen Sie im Knast. Der Professor hat eine Tochter in dem Alter. Deswegen sieht er Sie so an. Er kann in Ihr krankes kleines Hirn sehen. Er weiß, dass Ihnen einer abgeht, wenn sie Vergewaltigungspornos gucken.

Stellen Sie sich vor, wie das im Gefängnis sein wird – hunderte von Kerlen starren Sie an und wollen Ihnen die Eier abschneiden, weil Sie eine Minderjährige vergewaltigt haben. Damit sind Sie ein Kinderschänder, ein Pädo, ein Perverser. Die warten schon auf Sie, Toby.«

Toby reißt den Kopf hin und her. »Ich sag Ihnen doch, ich hab sie nicht angerührt. Ich hab bloß gefilmt. Niemand hat sie vergewaltigt.«

Drury beugt sich näher zu ihm. »Sie denken immer noch, dass irgendjemand Sie retten wird, dass die ganze Geschichte im Sande verläuft. Da irren Sie sich. Sie hatten Ihre Chance, und die haben Sie vermasselt. Unten sitzt Ihr Kumpel Craig Gould, und er wird singen wie Amy Winehouse. Er wird einen Deal raushandeln. Namen nennen.«

Drury steht auf. Ich habe mich nicht gerührt.

»Wenn ich durch diese Tür gehe, wandern Sie für die nächsten zwölf Jahre in den Bau.«

Er macht nicht mehr als drei Schritte.

»Okay, bleiben Sie«, sagt Kroger schniefend. »Niemand hat sie vergewaltigt, okay, aber ich sag Ihnen, was passiert ist.«

Drury nimmt wieder Platz. »Wo wurde der Film aufgenommen?«

»In der Umkleidekabine vom Freizeitzentrum in Bingham.«

»Was ist mit Piper Hadley?«

»Sie war draußen. Wir haben sie festgebunden.«

»Wo ist sie jetzt?«

Kroger runzelt die Stirn, zieht die Brauen hoch. Er versteht die Frage nicht. Schließlich fällt der Groschen.

»Wir haben die Mädchen nicht entführt. Wir haben sie wieder laufen lassen.«

»Wo?«

»Bei dem Schwimmbad.« Er klingt, als wäre das logisch.

»Wir haben sie nicht entführt, das schwöre ich.« Er blickt erneut zu mir auf. »Das ist die Wahrheit. Ehrlich.«

»Was haben Sie gemacht?«

»Wir haben Tash ein bisschen zugesetzt, sie gezwungen zu tanzen. Dann haben wir sie unter die Dusche gestellt und sauber gemacht, aber das war alles. Es ging ihr gut.«

»Gut?«

»Sie wissen, was ich meine.«

Drury schiebt einen Block über den Tisch.

»Ich will die Namen. Jeden einzelnen.«

Als es vorbei war,

half ich Tash, sich anzuziehen und das Blut unter ihrer Nase abzuwaschen. Sie bewegte sich wie in Zeitlupe, weil sie an unbegreiflichen Stellen Schmerzen hatte, rote Striemen auf den Schenkeln, dem Bauch, dem Rücken und den Armen.

Sie hatten uns gewarnt, was passieren würde, wenn wir es irgendjemandem erzählen würden. Es gebe Fotos, sagten sie, Nacktaufnahmen von Tash. Sie würden sie ins Netz stellen und die Bilder auf Facebook posten.

Sie sagten, wir sollten bis tausend zählen, also machte ich das. Ich zählte bis tausend und dann zählte ich weiter bis zweitausend.

Tash sagte nichts. Sie könnte auch geschlafen haben.

Dann hörte ich ihre Stimme, leise und unsicher. »Piper?«, sagte sie. »Ich will jetzt hier weg.«

Ich dachte, sie wollte nach Hause, doch sie meinte, dass sie abhauen wollte.

»Ich hab fünfhundert Pfund. Wie viel kannst du besorgen?« Ich sagte es nicht sofort.

»Keine Sorge. Ich hab genug.«

»Wir sollten zur Polizei gehen.«

»Nein.«

»Aber du bist verletzt.«

»Ich spür gar nichts.«

»Du blutest.«

»Das ist egal.«

Sie klang, als hätte jemand einen Schalter in ihrem Körper umgelegt, sodass ihr nichts mehr wehtun konnte.

»Was ist mit Emily?«

»Du läufst jetzt zu ihr nach Hause und sagst ihr, dass wir uns gleich morgen früh treffen. Sie muss nicht mitkommen, aber ich werde es mir bestimmt nicht anders überlegen.«

Mein Magen wand sich und zog sich zusammen. Ich hatte das Gefühl, eine Schlange im Bauch zu haben. Tash sah mich an, als wäre ich aus Glas, als könnte sie direkt durch mich hindurchblicken.

»Ich weiß, dass du Angst hast«, sagte sie. »Ich auch.«

Mir fiel nichts ein, was ich sagen konnte, um sie umzustimmen. Im Kopf war Tash schon unterwegs und wollte, dass ich sie einholte. Das ist das, was ich immer mache, sagte ich mir. Ich laufe.

39

Eine Stunde vor dem ersten Morgengrauen des Heiligabends haben sich bewaffnete Einsatzkommandos im Polizeirevier von Abingdon versammelt. Sieben Adressen sind ermittelt worden. Fünf weitere Verdächtige werden gesucht. Ich bin kaum wach, als diese Männer aus warmen Betten gezerrt, vor ihren Familien mit Handschellen gefesselt und in Polizeiwagen verfrachtet werden.

Theo Loach trifft mit erhobenem Kopf und gestrafften Schultern auf dem Revier ein und lehnt das Angebot ab, seinen Kopf mit einem Mantel zu bedecken. Sein graues Haar ist raspelkurz geschoren. Einzig die Bartstoppeln an seinem Kinn deuten darauf hin, dass seine Routine gestört wurde.

Reuben Loach, Callums Cousin, hat die sehnige Statur eines Radrennfahrers und kurzes schwarzes Haar, das wie ein Helm an seinem Schädel klebt. Er redet unaufhörlich und beteuert, dass alles ein Irrtum sein müsse.

Callums Onkel Thomas Rastani ist ein fünfzigjähriger Versicherungsvertreter mit Frau und drei Kindern. Er ist übergewichtig und schwitzt in der Kälte, hämmert an seine Zellentür und fleht, seine Frau sprechen zu dürfen.

Scott Everett ist ein weiterer von Callums Freunden, Mitte zwanzig mit einer albernen Ponyfrisur. Seine Augen haben die Farbe von Erbsensuppe. Er kauert sich unter seine Decke, als würde er hoffen, dadurch unsichtbar zu werden. Minuten später trifft sein Vater ein; er ist der Inbegriff der Höflichkeit, lässt jedoch beiläufig den Namen des Anwalts fallen, den er engagieren will.

Der letzte Verdächtige hat keine offensichtliche Verbindung zu Aiden Foster oder Callum Loach. Nelson Stokes, der ehemalige Hausmeister, wirkt nicht überrascht von seiner Festnahme. Er kennt die Routine – wann man den Kopf einziehen, wann man ihn bedecken und wann man still sein soll.

Die Männer werden getrennt aufs Revier gebracht. Man nimmt ihre Fingerabdrücke, fotografiert sie und liest ihnen ihre Rechte vor.

Um neun Uhr morgens herrscht auf dem Revier Festtagsstimmung, eine gespannte Erwartung – man steht vor einem Durchbruch in einem wichtigen Fall, die Verdächtigen sind festgenommen, die Aufdeckung der Wahrheit ist nur noch Stunden oder Tage entfernt. Telefonunterlagen werden belegen, dass alle Verdächtigen am Tatort waren und Verbindung untereinander hatten. Anfangs werden sie es leugnen, bis einer ausschert und versucht, einen Deal zu machen. Dann werden sie übereinander herfallen wie die Gäste von Nachmittagstalkshows im Privatfernsehen.

Ich beobachte die ersten Vernehmungen und lauere auf ein Zeichen, das einen der Männer von den anderen abhebt. Jeder von ihnen hat sich der sexuellen Belästigung und gemeinschaftlichen Freiheitsberaubung schuldig gemacht. Sie haben Natasha gegen ihren Willen festgehalten. Sie haben ihr die Kleider vom Körper geschnitten. Sie haben sie gezwungen zu tanzen. Sie haben ihr Flehen ignoriert. Ich weiß nicht, ob sie sie vergewaltigt oder penetriert haben, doch einer dieser Männer hat die Mädchen wahrscheinlich entführt.

Laut Toby Krogers Aussage stammte der Plan, Natasha zu bestrafen, von Theo Loach. Aiden Foster war für die Verkrüppelung von Callum zu einer Gefängnisstrafe verurteilt worden, doch in Theos Augen war Natasha genauso schuldig. Sie war Auslöser des Streits. Sie hatte die Drogen geliefert. Sie war straflos davongekommen. Seine Empörung wuchs, als er sie kokettieren, mit den Jungs flirten und auf zwei gesunden Beinen herumstolzieren sah. Jemand musste ihr eine Lektion erteilen, ihr zeigen, dass Handlungen Konsequenzen haben.

Mithilfe von Kroger und Gould rekrutierte er die anderen und organisierte ein Treffen in einem Pub in Abingdon.

»Wir sollten ihr bloß einen Schrecken einjagen«, sagte Kroger. »Theo sprach davon, ihr Säure ins Gesicht zu kippen oder ihr etwas auf den Rücken zu tätowieren, doch damit wollten wir nichts zu tun haben. Also haben wir uns darauf geeinigt, ihr die Haare abzurasieren. Nelson meinte, das hätte man im Krieg mit Frauen gemacht, die sich mit dem Feind eingelassen haben, den Deutschen, wissen Sie.«

Ich sitze hinter dem Spiegel, verfolge die Verhöre und versuche, möglichst viel über die Verdächtigen zu erfahren. Theo Loach bereut offenbar nichts. Reuben Loach ist merkwürdig schweigsam, schiebt die Brille hoch und runzelt bei jeder Frage die Stirn. Thomas Rastani befindet sich im Zustand der Leugnung, fragt ständig, wann er nach Hause gehen kann. Scott Everett ist defensiv und schwierig. Craig Gould fängt bei seiner Vernehmung zweimal an zu weinen und entschuldigt sich für seine Tränen.

Als man ihm die Aufnahme des Angriffs zeigt, sagt er: »Ich weiß, es sieht übel aus, doch sie hat nur getanzt. Sonst ist nichts passiert.«

Nur Nelson Stokes bleibt gelassen. Er wirkt nicht gehetzt, spielt keine falsche Reue vor oder legt sich eine Verteidigung zurecht. Weder zögert er bei seinen Antworten, noch schmückt er sie mit zusätzlichen Details aus. Seine Haltung und Mimik lassen keine äußerlichen Anzeichen von Stress erkennen. Er spielt sogar Spielchen und kritzelt Zahlen auf ein Stück Papier, ohne zu sagen, ob es sich vielleicht um geographische Koordinaten oder verschlüsselte Botschaften handelt.

Schuldige wirken häufig entspannt, weil sie nun weniger Sorgen haben – sie sind schon erwischt worden. Unschuldige haben mehr zu befürchten, weil Fehler passieren können. Zeugen können lügen, Beweismittel verloren gehen. Es gibt unentschiedene Geschworene, notorische Scharfrichter und korrupte Polizisten.

Sosehr ich mich anstrenge, ich sehe Stokes nach wie vor nicht als den Entführer. Er ist ein perverser Spanner, doch es wäre ein gewaltiger Sprung, die Mädchen entführt und eingesperrt und Natasha verstümmelt zu haben. Nicht unmöglich. Nicht beispiellos. Aber unwahrscheinlich.

Ich verlasse die Vernehmungsräume und gehe nach oben in den Einsatzraum. DS Casey notiert neue Informationen auf den Tafeln.

»Wie viele von den Verdächtigen haben Alibis für den Schneesturm am Samstagabend?«, frage ich.

»Die Loaches, Rastani und Everett.« Er zeigt auf ihre Fotos.

»Gould und Kroger behaupten, sie wären zusammen gewesen.«

»Was ist mit Stokes?«

»Sagt, er kann sich nicht erinnern. Er ist ein Wichser mit einer großen Klappe.«

»Was ist mit den Fingerabdrücken aus dem Bauernhaus?«

»Die Spurensicherung braucht noch ein paar Stunden, aber die DNA-Profile kriegen wir erst nach Weihnachten.«

Drury kommt mit DS Middleton nach oben.

»Gould hat eine Aussage gemacht«, berichtet er. »Er hat die anderen beschuldigt.« Die anwesenden Detectives jubeln und klatschen sich ab. »Ich möchte, dass Anklage gegen sie erhoben wird. Es wurde eine spezielle Kautionsanhörung angesetzt. Bei Theo und Reuben Loach, Rastani, Gould und Everett werden wir uns einer Freilassung gegen Kaution nicht widersetzen, allerdings nur unter der Bedingung, dass sie keinen Kontakt untereinander oder zu möglichen Zeugen aufnehmen. Kroger und Stokes haben gegen Bewährungsauflagen verstoßen. Wir werden beantragen, sie in Untersuchungshaft zu lassen.«

»Was ist mit Piper Hadley?«, frage ich.

»Gould und Kroger bestreiten beide, sie zu haben. Die anderen reden nicht. Wir werden ihnen weiter Fragen stellen und ihre Aktivitäten rekonstruieren.« Drury wendet sich an die versammelten Detectives: »Der Job ist noch nicht erledigt, meine Damen und Herren. An die Arbeit. Je schneller Anklage gegen sie erhoben wird, desto eher sind wir Weihnachten zu Hause.«

Dieses Mal höre ich ihn kommen.

Er verschiebt Kisten und Möbel.

»Klopf, klopf«, sagt er und schlägt mit den Fingerknöcheln gegen die Falltür. Sein lächelndes Gesicht taucht auf. »Hast du mich vermisst? Ich habe dir ein Geschenk mitgebracht.«

»Warum?«

»Heute ist Heiligabend. Ich habe eine köstliche heiße Suppe, frische Brötchen und eine Süßigkeit für hinterher.«

»Können wir mit Tash essen?«, frage ich.

Seine Stimme wird eisig. »Fang nicht wieder an.«

Ich klettere die Leiter hoch und strecke die Arme aus. Er hebt mich mühelos hoch und kneift dabei mit den Daumen in meine Handgelenke. Ich reibe mir die Druckstellen und gehe in den Hauptraum voran. Der Bambusspieß klemmt unter dem Gummi meines Slips in meinem Kreuz. Ich habe Angst, dass er herausrutscht und durch ein Bein meiner Jeans auf den Boden fällt.

»Sollen wir erst essen oder uns vorher waschen?«, fragt er.

»Ich hab solchen Hunger und fühl mich ein bisschen schwummrig«, sage ich. »Können wir zuerst essen? Bitte?«

»Weil du so höflich gefragt hast, lautet die Antwort Ja.«

Er zieht mir einen Stuhl vom Tisch und nimmt mir gegenüber Platz. Er sieht heute glücklicher aus, beinahe sorglos, als wäre eine Last von ihm genommen worden. Wir essen Suppe. Ich habe Mühe zu schlucken, weil meine Kehle wie zugeschnürt ist, doch gleichzeitig sterbe ich fast vor Hunger und werde allein von dem Geruch ganz schwach. Er isst mit gesenktem Kopf und zerpflückt sein Brot in immer kleinere Stücke. Er macht beim Kauen den Mund nicht ganz zu, sodass kleine eingespeichelte Brocken Essen zwischen seinen Zähnen und seiner Zunge glänzen.

Ich sehe mich verstohlen um. Seine Jacke hängt über der Lehne des Stuhls. An der Wand stapeln sich alte Ziegelsteine neben einem Sack Holzkohle für den Boiler.

Er macht Smalltalk. Ich frage ihn nach Weihnachten. Hat er einen Baum? Eine Familie? Natürlich, sagt er, ohne mehr zu verraten.

Nach der Suppe präsentiert er eine Tüte mit vier Cremeröllchen. Ich kann die süße Sahne und den Zuckerguss riechen. Ich möchte sie mit in den Keller nehmen, doch er will, dass ich meinen Teil sofort esse. Die Teilchen sind klebrig und süß, Sahne quillt aus meinen Mundwinkeln. Er streckt die Hand aus und wischt mir mit dem Daumen einen Klecks von der Nasenspitze.

Meine Hände sind klebrig. Als ich aufstehe, stellt er mir ein Bein in den Weg.

»Was glaubst du, wohin du gehst?«

»Ich will mir die Hände waschen.«

»Ich habe dir noch keine Erlaubnis erteilt.«

Ein Schmerz drückt von meiner Blase nach oben bis in meinen Hals. Ich setze mich wieder.

Er isst ein Cremeröllchen. Sein Mund ist voll durchgeweichtem Teig und Marmelade, die er nicht herunterschluckt, bevor er wieder spricht.

»Sehe ich heute irgendwie anders aus?«, *fragt er.*

»Nein.«

»Du starrst mich an. Warum starrst du mich an?«

»Mache ich gar nicht.«

Er stößt sich vom Tisch ab und erhebt sich. Ich stehe mit ihm auf. Er ist fünfzehn Zentimeter größer als ich und beugt sich über mich.

»Du hast mich angestarrt.«

»Es tut mir leid. Ich mache es nicht noch einmal.«

Seine Wut kommt so plötzlich, als hätte er sie für mich aufgespart und nur darauf gewartet, dass ich einen Fehler mache. Ich habe Angst, doch ich bin auch wütend, weil ich nichts verkehrt gemacht habe.

»Es ist eine schlechte Angewohnheit von mir«, *sage ich.*

»Vielleicht solltest du sie dir abgewöhnen.«

»Mach ich.«

Ich spüre den Spieß in meinem Rücken. Ich muss es tun, bevor ich mich ausziehe, sonst sieht er ihn.

Seine Miene wird weicher. Er beugt sich vor und küsst mich in die Nähe des Mundes. Er hat immer noch Sahne auf der Oberlippe. Ich muss mich beherrschen, um mich nicht abzuwenden.

Er blickt lächelnd zu der Badewanne. »Bist du so weit?«

»Es ist so kalt«, *sage ich.* »Ich will nicht baden. Ich bin sauber.« *Ich krieche auf das Bett und will nach einem Kissen greifen.* »Sie können mich aufwärmen.«

Er lächelt, erfreut über meinen Sinneswandel. Mein Herz pocht wie wild in meiner Brust.

Er setzt sich aufs Bett, streift Schuhe und Socken ab und knöpft sein Hemd auf.

»Ich sollte mir die Zähne putzen«, sage ich, gehe zum Waschbecken und gebe Zahnpasta auf eine Bürste. Ich betrachte mein Gesicht in dem kleinen Stehspiegel. Das ist es, denke ich ... jetzt oder nie.

Ich ziehe mich aus, falte meine Kleider ordentlich und schiebe den Spieß zwischen den fadenscheinigen Pullover und die ausgeblichene Jeans, bevor ich sie ans Bett trage. Er hat einen Babydoll-Schlafanzug für mich bereitgelegt, den ich anziehen soll. Darin sehe ich aus, als wäre ich acht!

Ich ziehe das Höschen an, und er schlägt die Decke zurück, bereits nackt und erregt.

Ich lasse mich von ihm küssen. Ich lasse mich von ihm anfassen. Ich lasse ihn auf mir liegen. Mit der rechten Hand habe ich den Spieß ertastet. Ich drücke ihn an die Matratze, wappne mich und warte auf den Moment.

Dann stoße ich ihn heftig in die Seite seiner Brust, in der ich sein Herz vermute. Ich sehe oder spüre nicht, wie ich es tue. Der Spieß bricht ab, und ich habe den provisorischen Griff in der Hand. Das spitze Ende ragt aus seiner Brust.

Er dreht sich stöhnend zur Seite, als wollte er aufstehen. Ich drehe mich weg und renne durchs Zimmer. Er setzt sich auf und hält sich die Wunde. Das Blut scheint ihn zu beleben. Er brüllt. Ich nehme einen Backstein und werfe ihn mit voller Wucht.

Er trifft ihn seitlich am Kopf, als er versucht aufzustehen. Er fällt nach hinten. Der Stein fällt krachend zu Boden. Ich sollte ihn aufheben und noch einmal zuschlagen. Ich weiß nicht, wie man jemanden umbringt. Vielleicht ist er schon tot. Jedenfalls bewegt er sich nicht.

Ich wirbele herum, schnappe meine Kleider, ziehe Jeans, Pullover und die schmutzigen Stoffschuhe über. Ich nehme seine Jacke, die dick und schwer ist. Alles in mir schreit »Lauf«, doch vorher muss ich Tash finden. Sie muss in einem der anderen Zimmer sein. Ich versuche es an allen Türen, rufe ihren Namen, eher flüsternd als schreiend, aber ich kann sie nicht finden. Vielleicht hat er mich angelogen. Ich kann sie nicht zurücklassen. Ich kann nicht bleiben.

Die meisten Räume sind voller alter Maschinen und verrosteter Tonnen. Einige sind abgeschlossen. Er hat bestimmt einen Schlüssel, er hat eine Kette an seiner Hose. Sie liegt auf dem Stuhl. Ich gehe Richtung Bett, doch ich höre ihn stöhnen und schniefen. Er wendet den Kopf. Seine Augen sind offen.

Ich schreie auf, als er versucht, mich zu packen. Er fällt aus dem Bett, bleibt, nach wie vor seine Brust haltend, auf dem Boden liegen und versucht dann aufzustehen.

Ich renne durch die Räume bis zur Außentür. Sie ist abgeschlossen. Ich drehe mich um und nehme die Treppe. Ich spüre, wie das wackelige Metallkonstrukt unter meinem Gewicht zittert, schwankt und droht, aus der Wand zu reißen. Er schleppt sich hinter mir langsam die Treppe hoch. Ich komme zu einer weiteren Tür. Sie ist angelehnt. Ich schließe sie hinter mir und schiebe eine Tonne, Schutt und zuletzt den Riegel vor.

Es ist ein großer Raum, leer bis auf einen Tisch und nicht zueinanderpassenden Stühlen. Durch eine schmutzige Fensterscheibe blickt man auf ein Flachdach.

George wirft sich krachend gegen die Tür, ich schreie auf. Er spricht leise mit mir, versichert mir, dass er nicht wütend ist. Er kann mir verzeihen. Ich muss nur sagen, dass es mir leidtut. Ich muss die Tür aufmachen.

Ich antworte nicht. Die Tür zittert, als sein Körper mit Wucht dagegenprallt.

»Ich bring dich um, du Schlampe, ich schneid dich in Stücke.

Du bist tot.«

Ich bin schon seit drei Jahren tot, will ich zurückschreien.

Ich wickele seine Jacke um meine Faust und hämmere gegen das Fenster, doch ich bin nicht kräftig genug, um es einzuschlagen. Ich ziehe den Tisch näher heran, lege mich rücklings darauf und trete mit beiden Füßen gegen die Scheibe. Ein Mal, zwei Mal, drei Mal. Das Glas splittert, Scherben fallen nach draußen und glitzern auf dem Dach.

Mit seiner Jacke stoße ich die scharfen Enden aus dem Rahmen, klettere nach draußen und spüre, wie das Metalldach sich ächzend biegt. Ich suche nach einem Weg hinunter. Der Boden ist mit Unkraut überwuchert und mit Schutt übersät. Ich lasse seine Jacke fallen. Sie macht kein Geräusch, als sie landet.

Hinter mir kracht die Tür auf. George erscheint am Fenster. Ich rufe von dem Dach.

»Hilfe! Ist da jemand! Hilfe!«

»Niemand kann dich hören«, sagt er.

Ich sitze auf dem Rand und gucke nach unten. Es ist zu hoch.

»Du wirst dir die Beine brechen«, sagt er. »Und dann muss ich dich erschießen wie ein Pferd.«

»Das ist mir egal.«

»Ist es nicht.«

»Wenn Sie näher kommen, springe ich.«

»Dann siehst du Tash nie wieder.«

»Ich glaube nicht, dass sie hier ist.«

»Ich bringe dich sofort zu ihr.«

»Sie lügen.«

Er schiebt ein Bein aus dem Fenster.

»Kommen Sie nicht näher.«

»Du wirst nicht springen.«

Er klettert aus dem Fenster. Ich drehe mich auf den Bauch, schiebe mich langsam rückwärts über den Rand, klammere mich an die verrostete Regenrinne und spüre die scharfe Kante unter den Fingern.

Ich höre ihn kommen und lasse los. Ich erwarte, mir beide Beine zu brechen. Ich erwarte zu sterben. Unkraut, dichtes Gestrüpp und Georges Jacke bremsen meinen Aufprall. Ich liege auf dem Rücken und starre zu dem Dach hoch. Sein Gesicht taucht über mir auf. Ich habe ihn überrascht. Ich lebe noch.

Ich rapple mich wieder auf und schleppe mich durch die Brombeersträucher, die sich in meiner Kleidung verhaken. Um mich herum stehen verlassene und verfallene Gebäude. Ein Wasserturm. Ein rußschwarzer Schornstein. Ein von Brombeersträuchern überwucherter Drahtzaun.

Ich laufe an dem Zaun entlang und lasse den Blick über den Maschendraht schweifen, bis ich am unteren Rand eine Lücke entdecke. Ich falle auf die Knie und schaufele Laub und Erde beiseite, um das Loch größer zu machen. Ich drehe mich um. George ist nirgends zu sehen, doch ich weiß, dass er kommt. Erst schiebe ich die Jacke durch das Loch, dann versuche ich, mich selbst durch die Lücke zu zwängen. Mein Kopf und meine Arme passen auch durch, doch mein Pullover verhakt sich an etwas Scharfem, das in meinen Rücken bohrt. Ich kralle mich an den Boden und das Unkraut und versuche, mich vorwärtszuziehen. Der Pullover reißt und flattert lose an meinem Rücken. Ich sitze auf feuchtem Boden in vermoderndem Laub.

George taucht an der Ecke des Gebäudes auf, zunächst nur eine vage Kontur mit einem blutdurchtränkten Hemd. Er kommt näher, er ist hinter mir her.

Ich rapple mich hoch, kämpfe mich durch das Gestrüpp, Zweige schlagen mir ins Gesicht. Ich habe vergessen, wie es ist, draußen zu sein, wie tückisch Sträucher und Dornen sind. Ich bin eine Läuferin. Wenn ich es bis in offenes Gelände schaffe, bin ich schneller als er. Aber in offenem Gelände kann ich mich nicht verstecken.

Ich höre George hinter mir fluchen und Zweige beiseiteschlagen. Er brüllt, droht, bettelt.

Ich stolpere auf eine Lichtung und bemerke einen gewundenen Pfad zwischen den Bäumen. Er geht bergauf, und ich rutsche mit meinen Segeltuchschuhen über Schlamm und Steine. Vor mir gabelt sich der Pfad. Ein Weg sieht ausgetreten aus, doch ich entscheide mich für den anderen, der tiefer in den Wald hineinführt, weil ich denke, dass er denkt, ich würde den anderen nehmen. Der Pfad wird schmaler und steiler und windet sich an einer bewaldeten Schlucht mit steilen Felswänden entlang. Ich meide den Rand und versuche, Pfützen und heruntergefallenen Ästen auszuweichen.

Dann macht der Weg plötzlich eine Kurve. Mein rechter Fuß rutscht zur Seite weg, und ich verliere den Halt. Ich falle und rolle immer schneller die Böschung hinunter, bis ich mit der Schulter hart gegen einen Baumstamm pralle.

Als die Schwerkraft mich loslässt, liege ich auf dem Rücken und sauge abgerissen Luft in die Lunge. Meine Schulter brennt. Ich habe mir garantiert was gebrochen.

Plötzlich muss ich still sein. Ich stutze, warte. Er ist über mir auf dem Weg, keine dreißig Meter entfernt. Ich kann ihn durch den Vorhang aus Blättern und Zweigen sehen.

Er bleibt stehen, spitzt die Ohren, hält Ausschau nach mir. Ich halte den Atem an. Wir lauschen beide dem Plätschern von Wasser und dem Rascheln des Winds in den Bäumen. Ich muss weiteratmen und keuche in winzigen Stößen. Die Kälte sickert mir durch die Kleidung in die Knochen.

»Piper?« Er wartet.

»Ich weiß, dass du mich hören kannst.« Wieder lauscht er.

»Wenn du jetzt zurückkommst, bin ich nicht wütend und lasse dich Tash sehen.« Ich muss husten, unterdrücke das Geräusch jedoch mit einer Faust im Mund.

»Und wenn du zurückkommst, hole ich auch Emily nicht. Ich weiß, wo sie wohnt. Sie arbeitet heute ... Piper? Das ist deine letzte Chance.«

Er geht weg, weiter den Pfad hinauf. Hin und wieder höre ich ihn meinen Namen rufen.

Ich liege auf dem Rücken und starre in die Wolken, die sich über den Zweigen bewegen. Ich liege auf einem Fels direkt am, aber nicht im Wasser. Meine Jeans ist zerrissen, meine Knie bluten.

Ein Stück oberhalb ist eine durch Jahrhunderte Regen ausgewaschene Felsspalte, die gerade breit genug für mich ist. Ich robbe durch das Laub und krieche hinein. Nachdem ich es mir einigermaßen bequem gemacht habe, ziehe ich die Jacke über meine Beine, rolle mich zusammen und versuche, warm zu werden.

Erschöpfung drückt auf meine Lider. Ich will mich nur für ein paar Minuten ausruhen, die Augen zumachen. Dann kann ich laufen.

40

DER HAUSMEISTER des Freizeitzentrums von Bingham humpelt und lässt den linken Arm hängen, Lähmung nach einem Schlaganfall. Er heißt Creighton, und er spricht trotz der üblichen Sprechtherapie immer noch mit feuchter und schwerer Zunge.

»Wir haben über Winter geschlossen«, erklärt er. »Die Becken zu heizen wäre zu teuer.«

Er hält einen Schlüsselbund zwischen den Zähnen, während er mit der gesunden Hand eine Kette aushakt und einen Riegel zurückzieht. Das Tor bewegt sich ächzend auf steifen Rollen.

Er holt einen weiteren Schlüssel aus einem Büro und legt eine Reihe von Schaltern um. Es dauert eine Weile, bis die Neonröhren angewärmt sind, flackernd aufleuchten und ein bläuliches Licht über Luft und Wasser breiten. Unter einem Kuppeldach erstreckt sich ein Olympiabecken. An der gegenüberliegenden Seite gibt es eine niedrige Tribüne und zum Wasser hin angeschrägte Startblöcke.

»Die Polizei war heute Morgen hier«, sagt er. »Die haben nichts gefunden. Weiß nicht, was die erwartet haben.« Er zieht mit einer Hand seine Hose hoch. »Was wollen Sie sehen?«

»Die Umkleidekabine.«

»Dachte ich mir schon.«

Er legt den Schlüsselbund auf den Tisch und geht die Schlüssel einzeln durch.

»Dann kommen Sie.«

Ich folge ihm am Beckenrand entlang. Lichtspiegelungen werfen wellige Muster an die Wände.

»Wer hat Zugang zu dem Zentrum, wenn es geschlossen ist?«

»Es gibt vier Schlüsselgewaltige.«

»Hatten Sie schon mal Sicherheitsprobleme?«

»Manchmal brechen Jugendliche ein, suchen Geld in der Kasse und plündern den Shop. Die Polizisten haben irgendwas von sexueller Nötigung gesagt. So was hatten wir noch nie. Sie haben nach Sicherheitskameras gefragt, aber in Umkleidekabinen sind Kameras verboten. Stellen Sie sich mal den Ärger vor. Privatsphäre und so.«

Die Umkleidekabinen der Männer und der Frauen liegen in gegenüberliegenden Ecken. Der Hausmeister öffnet einen Sicherungskasten, schaltet weitere Lichter an und schließt die Türen auf. Rutschfeste Gummimatten bilden einen genoppten Pfad zwischen dem Schwimmbecken und den Duschen. Es gibt mehrere Reihen von Spinden, dazwischen stehen Holzbänke.

Die Bänke erkenne ich wieder. Hier haben sie gesessen, als Natasha getanzt hat. Sieben Männer machten sich daran, sie zu bestrafen, sprachen davon, ihr die Haare abzuschneiden oder das Gesicht zu verätzen, sie zu brandmarken. Das ist die Macht der Gruppe, wo individuelle Verantwortung zurücktritt und der Pöbel regiert. So wie in der Nacht von Augies Tod. Oder im Sommer während der Krawalle in London.

Ungeachtet des Wie und Warum ist die Psychologie des Phänomens immer die gleiche. Die Menge garantiert Anonymität, enthebt der Verantwortung, schwächt das Ich-Gefühl. Die Leute verlieren nicht ihre Identität – sie gewinnen eine neue hinzu. Sie vereinen sich gegen einen gemeinsamen Feind, eingebildet oder real, und werden zu einem Stamm.

Sieben Männer haben ein minderjähriges Mädchen festgehalten und belästigt. Kollektiv rechtfertigten sie etwas, was sie einzeln nie erwogen, geschweige denn ausgeführt hätten. Sie schlugen sie, zwangen sie zu tanzen, behandelten sie wie ein Tier im Zirkus und nicht wie ein menschliches Wesen.

Wenn ich einige dieser Männer unter anderen Umständen kennengelernt hätte, hätte ich vielleicht trotzdem anständige, fleißige, gesetzestreue Mitbürger gesehen. Männer, die ihre Kinder lieben, ihrer Frau treu und nett zu Tieren sind. Ich versuche nicht, ihr Verhalten zu entschuldigen; ich versuche, es zu erklären.

Die Aufnahmen von dem Angriff hatten einen Timecode. Die Kamera stoppte um 23.17 Uhr. Piper Hadley tauchte kurz vor Mitternacht bei Emily auf. Sie hätte zur Polizei gehen können, doch das tat sie nicht. Vielleicht hatte sie Angst. Als Natasha beim letzten Mal als Zeugin vor Gericht auftreten musste, wurde sie wie eine Angeklagte behandelt und Piper auf eine Schule für Problem-Teenager geschickt.

Die Mädchen haben nicht bei Natasha geschlafen, und Mrs. McBain hat sie an dem Morgen nicht geweckt. Wohin sind sie dann gegangen? Höchstwahrscheinlich war der Entführer einer der Männer, die sie zuvor festgehalten und attackiert hatten. Er ist hinterher noch mal zurückgekommen oder hat den richtigen Augenblick abgepasst und die Mädchen abgefangen.

Mr. Creighton wird ungeduldig. Ich folge ihm am Becken entlang zu einer Seitentür, hinter der der Wind welkes Laub aufgetürmt hat. Die Luft ist kalt und klar und riecht nach Holzrauch und feuchtem Lehm.

Mein Handy vibriert an meinem Herzen. Es ist eine SMS von Dr. Leece im Krankenhaus. Er will mich sehen.

Die Jalousien im Büro des Pathologen sind heruntergelassen. Ich klopfe. Eine Stimme fordert mich auf einzutreten. John Leece sitzt zurückgelehnt auf seinem Schreibtischstuhl im Halbdunkeln, ein feuchtes Tuch über den Augen. Eine einzelne Schreibtischlampe wirft einen Lichtkreis auf eine Reihe von Obduktionsfotos, die auf seinem Tisch ausgelegt sind.

»Migräne«, erklärt er, ohne das Tuch wegzunehmen. »Ich bin seit meiner Kindheit damit geschlagen.«

Er macht mir ein Zeichen, Platz zu nehmen.

»Manchmal würde ich mir liebend gern eine Kugel in den Kopf jagen, um die Schmerzen loszuwerden.«

»Wirkt jedenfalls schneller als Aspirin«, sage ich.

»Vor allem dauerhafter.«

Er faltet das Tuch über seinen Augen, taucht seine Finger in ein Glas Wasser und streicht über seine Augenlider. Ich betrachte die Fotos auf seinem Tisch. Eins zeigt Natashas Leiche unter dem Eis, ihr Gesicht ist weichgezeichnet, und ein Sonnenstrahl, der durch die Wolken gebrochen ist, hat einen Heiligenschein um ihren Kopf gemalt. Sie wirkt beinahe friedlich, als wäre sie in einem Mausoleum aus Eis zur letzten Ruhe gebettet worden.

»Sie wollten mich sprechen.«

»Schon mal was von Tritium gehört?«

»Nein.«

»Es ist ein Wasserstoffatom mit zwei Neutronen im Kern und nur einem Proton. Obwohl es auch gasförmig vorkommt, reagiert es in aller Regel mit H_2O und bildet sogenanntes überschweres Wasser. Farblos, geruchlos. Es ist nicht besonders gefährlich, gilt jedoch als leicht gesundheitsgefährdend und hat eine Halbwertzeit von 12,3 Jahren. Das Molekül ist so klein, dass es problemlos in den Körper eindringt – über die Atmung, die Nahrungsaufnahme und sogar durch die Haut.«

»Warum erzählen Sie mir das?«

»In Natashas Urin sind Spuren von Tritium aufgetaucht, das heißt sie muss die Moleküle irgendwann zu sich genommen haben, wahrscheinlich in kontaminiertem Wasser. Vielleicht hat sie darin gebadet, oder es wurde ihr zum Trinken gegeben.«

»Radioaktives Wasser?«

»Normalerweise wäre es dreißig Tage nach Aufnahme über ihren Urin wieder ausgeschieden worden, also muss sie im letzten Monat kontaminiert worden sein.«

»Ist es gefährlich?«

»Tritium entsteht auf natürliche Weise in der Stratosphäre, wenn kosmische Strahlen auf Luftmoleküle treffen, fällt jedoch auch bei der Explosion von Atomwaffen und als Nebenprodukt in Nuklearreaktoren an. Es ist ein Schadstoff, der in großen Dosen Krebs, erbliche Missbildungen und genetische Mutationen hervorrufen kann.«

»Wo wurde sie kontaminiert? In den Radley Lakes?«

»Das ist ein Naturschutzgebiet. Das Wasser dort wird regelmäßig getestet. Eine Kontaminierung dieses Ausmaßes wäre bemerkt worden.« Er steht auf und geht zu seinem Schreibtisch.

»Ich habe mit jemandem von der Behörde für die Stilllegung kerntechnischer Anlagen gesprochen. Er wollte mir zuerst nicht glauben. Er sagte, eine Belastung durch Tritium sei hierzulande praktisch unbekannt, es habe allerdings einige versehentliche Freisetzungen in das Kühlwasser von Atomkraftwerken und das Abwassernetz gegeben.«

»Sie wollen also sagen, dass Natasha irgendeiner Form von nuklearem Abfall oder ausgelaufenem Kühlwasser ausgesetzt war?«

»Ja.«

»Aus einem Atomkraftwerk?«

»Das ist die wahrscheinlichste Quelle.«

»Das Elektrizitätswerk in Didcot?«

»Didcot ist Kohle und Öl«, sagt Leece.

»Wo dann?«

»Ich dachte an Harwell. Es ist nur sechzehn Meilen südlich von hier.«

»Ist das nicht schon vor Jahren stillgelegt worden?«, frage ich.

»Die letzten drei Reaktoren wurden 1990 stillgelegt, die Flächen dekontaminiert, doch es gibt immer noch drei Lagerstätten für radioaktiven Abfall. Es wird weitere zehn Jahre dauern, bis die aufgeräumt sind.«

Dr. Leece klappt seinen Laptop auf und ruft die Ergebnisse einer Internetsuche auf. Harwell war Großbritanniens erster Atomreaktor, gebaut in den 1940ern, als die Regierung dem Atomic Energy Research Establishment einen Luftwaffenstützpunkt überließ.

»Behandeltes Kühlwasser aus dem alten Atomkraftwerk wurde an die Themse zu einem Ort namens Sutton Courtenay gepumpt, der nur ein paar Kilometer südlich der Radley Lakes liegt.«

Er ruft Google Earth auf. Ein Bild des Planeten, wie aus dem Weltraum aufgenommen, erscheint auf dem Bildschirm. Die Kamera stürzt auf seine Oberfläche zu, fällt auf Oxfordshire, bremst, bleibt stehen, stellt scharf.

»Es gibt außerdem noch diese Anlage«, sagt Dr. Leece. »Das Culham Science Centre ist ein Forschungslabor, das im Rahmen des Joint-European-Torus-Projekts an der Kernfusion forscht.«

»Wo liegt das?«

»Etwa eineinhalb Kilometer südlich der Radley Lakes.«

»Das Tritium könnte also auch von dort stammen?«

»Ich sage bloß, es wäre eine Möglichkeit.«

Ich blicke auf den Bildschirm. Die Hauptbahnlinie von Oxford nach Didcot führt an dem Forschungszentrum vorbei. Natasha McBain könnte in dem Schneesturm den Gleisen gefolgt sein, um nach Hause zu kommen.

»Weiß DCI Drury davon?«

»Ich habe ihm eine Nachricht hinterlassen.«

»Da sollten sie suchen.«

»Jetzt suchen sie gar nicht mehr – nicht während der Feiertage.«

Ich wache zitternd auf.

Ich weiß nicht, wie lange ich geschlafen habe. Ich kann meine Zehen und Füße nicht spüren. Das Blut an den Knien ist getrocknet, doch als ich sie beuge, platzen die Wunden wieder auf. George hat gesagt, es ist Heiligabend. Ich habe geträumt, meine Familie würde um einen Tisch sitzen: Dad, Mum, Phoebe.

Ben, Opa und die kleine Schwester, die ich noch nicht kenne. Ich robbe bis zum Rand des überhängenden Felsens. Der Boden ist feucht und kommt mir kälter vor, kalt genug für Schnee.

Ich klettere aus der Spalte, spähe über die Felsen hinweg zu dem Pfad. Ich kann George nirgendwo sehen oder hören. Die Bäume über mir sehen aus wie Kohlezeichnungen.

Ich nehme die Jacke, klopfe das Laub ab und stecke die Arme in die Ärmel. Sie ist mir viel zu groß. Ich krempele die Ärmel hoch und schiebe die Hände tief in die Taschen. Die Jacke riecht nach George.

Meine Finger berühren sein Handy. Ich bin so überrascht, dass ich es beinahe fallen lasse. Ich halte es mit beiden Händen, wende es und suche den Einschaltknopf. Das Display leuchtet auf und begrüßt mich mit Musik. Die Signalanzeige hat keinen Balken. Vielleicht habe ich weiter oben Empfang.

Auf dem Weg die Böschung hinauf stolpere ich immer wieder über den Saum der Jacke. Ich muss sie hochschieben und unter den Armen festklemmen, was das Klettern noch schwieriger macht, weil ich mich nicht an Bäumen festhalten kann.

Als ich den Weg erreiche, kauere ich mich hinter einen Felsen und blicke in beide Richtungen. Ich kann ihn nicht sehen. Ich will nicht dorthin zurücklaufen, woher ich gekommen bin, also folge ich dem Pfad weiter weg von der Fabrik und halte nach einer Straße, einem Haus oder einem Auto Ausschau.

Es ist neblig und regnet, doch ich kann den Weg sehen, der sich zwischen Bäumen bergauf schlängelt. Das ist gut. Vielleicht kriege ich an einem höheren Punkt Empfang.

Alle paar Minuten bleibe ich stehen und schaue auf die Signalanzeige auf dem Display. Ein Balken leuchtet kurz auf und verschwindet wieder. Ich warte. Es blinkt erneut. Ich klettere auf einen Felsen und halte das Handy über meinen Kopf. Ein zweiter Balken taucht neben dem ersten auf, breiter, kräftiger. Ich wähle den Notruf. Ein Mann meldet sich.

»Hallo, welchen Dienst brauchen Sie, Polizei, Feuerwehr oder Krankenwagen?«
»Die Polizei. Ich brauche Hilfe.«
»Können Sie bitte Ihren Namen nennen?«
»Ich bin Piper. Er ist hinter mir her, bitte machen Sie schnell.«
»Bleiben Sie dran.«
Eine andere Stimme meldet sich, eine Frau.
»Sie sind verbunden mit der Polizei. Können Sie mir bitte Ihren Namen nennen.«
»Sie müssen kommen und mich holen. Er wird mich umbringen.«
»Bitte, sagen Sie mir Ihren Namen.«
»Piper Hadley.«
»Hattest du einen Unfall, Piper?«
»Nein. Er kommt, bitte helfen Sie mir.«
»Wer kommt?«
»Ich weiß nicht, wie er heißt. Das ist sein Handy.«
»Wo bist du, Piper?«
»In einem Wald.«
»Wo?«
»Ich weiß nicht.«
»Du bist also einfach so ins Nirgendwo spaziert?«
»Ich wurde entführt. Ich konnte fliehen. Sie müssen schnell kommen. Er hat Tash. Ich weiß, dass er sie bestrafen wird.«
»Wer ist Tash?«
»Sie ist meine Freundin. Wir wurden zusammen entführt.«
»Wie heißt deine Freundin?«
»Natasha McBain.«
»Wir hatten gerade ein Funkloch, Piper. Kannst du den Namen bitte wiederholen?«
»Ich sagte, Natasha McBain.«
»Ist das ein Scherzanruf?«
»Was?«
»Weißt du, welche Strafe auf einen falschen Notruf steht?«
»Das ist kein Scherz! Ganz bestimmt nicht!«
»Kein Grund zu schreien, Piper. Wenn du ausfällig wirst, beende ich das Gespräch.«

»*Ich werde nicht ausfällig. Ich sage die Wahrheit.*«
»*Ich brauche eine genauere Ortsangabe. Den Namen einer Straße oder Querstraße.*«
»*Hier sind keine Straßen. Ich bin in einem Wald.*«
»*Wo ist der Wald?*«
»*Ich weiß es nicht.*«
»*Die nächste Straße?*«
»*Ich weiß nicht.*«

Ich fange an zu weinen. Sie glaubt mir nicht. Sie werden nicht kommen. Sie sagt, ich soll dranbleiben. Sie holt ihre Vorgesetzte. Eine weitere Frau meldet sich.

»*Okay, Liebes, ich heiße Samantha, und du?*«
»*Piper Hadley.*«
»*Wo wohnst du, Piper?*«
»*Ich komme aus Bingham. Das ist in der Nähe von Abingdon. Priory Corner. Das Haus heißt The Old Vicarage.*«
»*Hör zu, Piper, nicht aufregen. Ganz ruhig. Wir versuchen, deinen Anruf zu orten. Weißt du, wie die nächste Stadt heißt?*«
»*Nein.*«
»*Und die Grafschaft?*«
»*Nein.*«
»*Okay, mach dir keine Sorgen. Wir finden dich.*«
»*Beeilen Sie sich.*«
»*Mache ich.*«
»*Es wird dunkel, und mir ist kalt.*«
»*Kannst du irgendwo hingehen, wo es warm ist?*«
»*Ich weiß nicht, wo ich bin.*«
»*Kannst du irgendwelche Lichter sehen?*«
»*Nein.*«
»*Kannst du laut rufen?*«
»*Ich kann nur flüstern. Ich will nicht, dass er mich hört.*«
»*Wer soll dich nicht hören?*«
»*Der Mann, der mich entführt hat.*«
»*Wer ist das?*«
»*Ich weiß nicht, wie er richtig heißt. Bitte helfen Sie mir.*«
»*Nicht weinen, Piper.*«
»*Ich kann nichts dafür.*«
»*Du machst das wirklich gut, Piper. Ich kann sehen, dass du in Oxfordshire bist. Ich werde das nächste Polizeirevier alarmieren. Du musst nur dranbleiben.*«

41

AN DER HOTELREZEPTION liegt ein Umschlag für mich bereit. Ich bitte die Frau am Empfang, meine Rechnung fertig zu machen, und gehe zum Lift. Dabei bemerke ich Ruiz, der in der Morse Bar sitzt, die Zeitung liest und an einem großen Glas Wasser nippt.

»Wo warst du gestern Abend?«, frage ich.

»Ich hab mich mit Tom Fryer und ein paar von seinen alten Rugby-Kumpels getroffen?«

»Ist der Kater sehr schlimm?«

Er zeigt auf das Wasser. »Ich habe schon zwei Schinkenbrötchen, drei Tassen Kaffee und einen Liter Cola light intus und noch keinmal gepinkelt.«

»Glückwunsch.«

Ruiz hat schon ausgecheckt. Er folgt mir auf mein Zimmer und sitzt auf einem Stuhl in der Ecke, während ich packe. Ich stopfe schmutzige Kleidung in eine Reisetasche und sammele meine Toilettenartikel ein. Er bemerkt den Briefumschlag und hält ihn ins Licht.

»Du solltest ihn aufmachen«, sagt er. »Er ist von Victoria Naparstek.«

»Woher weißt du das?«

»Ich bin Hellseher.«

»Du hast gesehen, wie sie ihn abgegeben hat.«

»Das auch.«

Ich öffne den Umschlag, ziehe die Karte heraus und lese die kurze Botschaft: *Ich würde dich gerne wiedersehen. Ruf mich mal an ... wenn du willst.*

Sie hat mir ihre Handynummer gegeben. Ich stecke die Karte in die Tasche und zerknülle den Umschlag. Während ich weiter packe, erzähle ich Ruiz von den Verhaftungen und Verhören sowie davon, dass Dr. Leece Tritium in Natashas Urin gefunden hat.

»Du vermutest also, dass sie irgendwo in der Nähe dieses Forschungszentrums festgehalten wurde.«

»Es ist denkbar.«

»Und einer der Typen, die sie angegriffen haben, ist wahrscheinlich der Entführer?«

»Höchstwahrscheinlich.«

»Das klingt nicht so, als wärst du davon überzeugt.«

»Bin ich auch nicht.«

»Du glaubst, dass das psychologische Profil auf keinen von ihnen passt. Vielleicht hast du dich geirrt.«

»Vielleicht.«

Ich sehe auf die Uhr. Es ist kurz nach drei. Vier Männer werden mittlerweile Kaution hinterlegt haben. Sie werden über Weihnachten zu Hause sein. Drury wird die Observationsteams nicht die Feiertage durcharbeiten lassen. Wenn einer dieser Männer der Entführer ist, hat er Zeit, Piper verschwinden zu lassen und die Beweise zu vernichten.

Ruiz füllt sich im Bad ein Glas Wasser, an dem er nippt, während er genau dasselbe denkt.

»Capable Jones hat sich zurückgemeldet«, sagt er. »Bist du immer noch an Phillip Martinez interessiert?«

»Das kann warten.«

Am Empfang gebe ich der Frau meine Kreditkarte. Sie hofft, dass ich einen angenehmen Aufenthalt hatte. Der Drucker wärmt sich auf und spuckt meine detaillierte Rechnung aus. Ich blicke auf die Summe und hoffe, dass der Chief Constable ein Mann ist, der zu seinem Wort steht.

Ruiz breitet die Arme aus. »Ich schätze, das wär's dann, Amigo.«

Wir umarmen uns, ein Gefühl, als würde man von einem Bär erdrückt.

Über Ruiz' Schulter sehe ich Dale Hadley durch die Drehtür stolpern, als hätte ein Automat ihn ausgespuckt. Er trägt eine weite Hose und ein formloses Hemd und wirkt verwirrt und völlig fertig.

Unsere Blicke treffen sich. »Wir müssen reden.«

»Ich wollte gerade aufbrechen.«

Er packt meinen Arm, zieht mich mit sich und hält Ausschau nach einem ruhigen Ort. Er öffnet verschiedene Türen und findet schließlich einen leeren Salon.

»Ich weiß es«, sagt er und ballt die Fäuste.

»Verzeihung?«

»Ich weiß, was sie getan hat.«

»Piper?«

»Nein! Sarah! Ich weiß, dass sie mit Victor McBain geschlafen hat. Sie hat es mir gestanden. Sie hat gesagt, Sie hätten es gewusst. Woher?«

»Ich habe es vermutet.«

Er kann mir nicht in die Augen sehen und bringt die Worte nur mit Mühe heraus.

Er ist ohnehin kein großer Mann, doch er wirkt geschrumpft, verletzt.

Wie ein altersschwacher Löwe oder Tiger in einem Zoo, der zu lange in Gefangenschaft gelebt hat.

»Mein Vater hat mich vor Sarah gewarnt. Er meinte, wenn man eine schöne Frau heiratet, muss man mit der Möglichkeit leben, dass andere Männer versuchen, sie einem abzunehmen. Du sollst nicht begehren deines Nächsten Frau. Du sollst sie nicht ficken.«

Er hat auf einem Chesterfield-Sofa Platz genommen.

»Ich habe ihr alles gegeben. Ich habe ihr das große Haus gekauft, ein schickes Auto. Schmuck. Kleider. Ich habe sie nie betrogen. Nicht mal in Gedanken.«

»Sie sollten nach Hause gehen, Mr. Hadley.«

Er hört offenbar gar nicht zu. »Bevor Piper verschwunden ist, war es okay, aber danach ist alles anders geworden. Der Verlust von Piper hat Sarah emotional verkrüppelt. Sie hat sich verändert. Wir berühren uns kaum noch. Es ist Monate her, seit ...«

Ich muss das nicht wissen. Ich *will* das nicht wissen.

»Ich habe ihr Zeit gegeben. Ich habe ihr ihre Freiheit gegeben.«

»Sie haben das Richtige getan.«

»Wirklich? Glauben Sie?«

»Ja.«

»Und warum hat sie dann mit Vic McBain geschlafen? Er ist ein ungebildeter, ungehobelter, unflätiger ...«

Weil er nicht Sie ist, will ich sagen, lasse es jedoch. Wenn Sarah Hadley Vic McBain ansieht, muss sie nicht den Schmerz eines anderen aufsaugen. Sie kann jemandem in die Augen sehen und etwas anderes spüren als Leid und Verlust.

All das sage ich nicht, weil sein Handy klingelt. Er erkennt die Nummer nicht und will den Anruf unterdrücken, überlegt es sich dann jedoch anders.

»Hallo?«

...

»Wer ist da?«

...

»Tut mir leid, ich kann Sie nicht verstehen ... können Sie das wiederholen?«

...

»Piper? O mein Gott! Piper!«

...

»Wir haben uns solche Sorgen gemacht. Wir haben überall gesucht. Wir haben nie aufgehört zu suchen. Ich kann es nicht glauben, Schätzchen. Wo bist du?«

…

»Warte, ich stelle dich laut.«
»Daddy?«
»Ich bin hier.«
»Du musst mich abholen kommen.«
»Mach ich. Sag mir, wo du bist?«
»Ich weiß es nicht. Aber er ist hinter mir her.«
»Wer?«
»Der Mann, dem das Telefon gehört. Ich weiß nicht, wie er heißt, aber er sucht mich. Ich habe bei der Polizei angerufen. Die wollten aber, dass ich ihnen eine Straße oder eine Hausnummer nenne, und ich hab ihnen gesagt, ich weiß nicht, wo ich bin. Er hat Tash, Daddy. Er hat sie geschnappt, als sie versucht hat zu fliehen. Du musst uns helfen.«

»Die Verbindung wird schwächer, Piper. Versuche, still zu stehen.«

»*Kannst du mich jetzt hören?*«

»*Ja.*«
»*Weinst du, Daddy?*«
»*Ich bin einfach so glücklich.*«
»*Ich auch. Es ist so schön, deine Stimme zu hören.*«
»*Deine auch.*«
»*Ich bin nicht weggelaufen, Dad. Wir haben es überlegt, aber wir sind nicht mehr dazu gekommen. Ein Mann hat uns entführt. Kannst du das Mum sagen? Ich will nicht, dass sie denkt, ich liebe sie nicht. Und sag es auch Phoebe und Ben und meiner kleinen Schwester. Wie heißt sie?*«
»*Jessica.*«
»*Das ist ein schöner Name.*«
»*Was hast du der Polizei gesagt?*«
»*Das Gleiche wie dir. Tash ist geflohen, doch er hat sie wieder eingefangen. Ich konnte sie nicht finden, und ich habe Angst, dass er ihr etwas tut, wenn ich nicht zu ihm zurückgehe.*«
»*Mach dir um Tash keine Sorgen. Sag mir, wo du bist.*«
»*Ich weiß nicht.*«
»*Wir finden dich, Schätzchen. Sie werden den Anruf orten.*«
»*Er sucht mich immer noch. Ich muss mich verstecken.*«
»*Kannst du eine Sekunde warten, Liebes?*«
»*Leg nicht auf.*«
»*Bestimmt nicht.*«
Ich höre, wie er ein zweites Gespräch führt. Es ist die Rede davon, die Polizei zu alarmieren.
»*Bist du noch da?*«
»*Ich bin hier, Daddy.*«
»*Die Polizei versucht, dich zu finden. Bleib einfach dran. Und geh nicht weg.*«
»*Und was, wenn er kommt? Ich hab Angst.*«
»*Ich weiß. Neben mir ist ein Mann. Er heißt Joe. Er wird mit dir reden.*«

»Hallo, Piper.«
»Hi.«
Er hat eine nette Stimme, sanft, aber kräftig und nicht so schmierig wie die von George.
»Wo bist du jetzt?«, fragt er. »Beschreib es mir.«
»Ich bin in einem Wald und stehe auf einem Hügel. Ich hab keinen Empfang gehabt, deshalb bin ich höher gestiegen. Der Akku ist fast leer.«
»Woher hast du das Handy?«
»Ich habe es George abgenommen.«
»Ist das der Mann, der dich festgehalten hat?«
»Ja.«
»Er heißt George?«
»Ich weiß nicht. Tash hat ihn George genannt. Sie meinte, er würde aussehen wie George Clooney, aber das stimmt eigentlich nicht, wenn George Clooney nicht zugenommen hat und hässlich geworden ist. Ist er hässlich geworden?«
»Meine Frau findet das nicht.«
»Das ist gut.«
»Was kannst du sehen, Piper?«
»Bäume.«
»Sonst noch irgendwas – einen Orientierungspunkt, einen Fluss, Bahngleise?«
»Nein.«
»Du hast gesagt, du bist weggelaufen.«
»Ja.«
»Wo warst du vorher?«
»In einer Art Fabrik, doch sie war leer, und alles war kaputt und überwuchert. Bist du noch da, Daddy?«
»Ich bin hier.«
»Bitte komm und hol mich.«
»Mach ich.«
Hinter mir flattert ein Vogel auf. Ich reiße den Kopf herum und spähe suchend in den Schatten.
»Piper?«
»Ich dachte, ich hätte etwas gehört.«
»Warum flüsterst du?«
»Ich kann nicht so laut reden, falls er mich hört.«
»Wann hast du George zuletzt gesehen?«, fragt Joe.
»Ich weiß nicht, wie viel Uhr es war. Er hat gesagt, er würde Emily holen.«
»Was?«

»Er hatte ein Foto von Emily in der Brieftasche. Er hat gesagt, er würde mir eine Freundin holen. Ich hab ihm gesagt, ich will keine Freundin. Sie müssen ihn aufhalten. Sie müssen sie warnen.«

»Das tun wir. Wie sieht George aus?«

»Er ist alt und hässlich.«

»Welche Haarfarbe hat er?«

»Braun.«

»Wie alt ist er?«

»Ich weiß nicht – dreißig oder vierzig.«

»Ist er groß?«

»Größer als Daddy, aber er hat kleine Hände. Ich habe seine Jacke an. Sie reicht mir bis zu den Knöcheln. Bist du noch da, Daddy?«

»Ich bin hier. Die Polizei ortet das Signal. Ich will, dass du bleibst, wo du bist.«

»Es wird langsam dunkel.«

»Ich weiß.«

»Was ist mit Emily?«

»Wir sorgen dafür, dass ihr nichts passiert«, antwortet Joe.

»Es fängt an zu regnen.«

»Kannst du dich irgendwo unterstellen?«

»Ich weiß nicht. Ich will mich einfach nur zusammenrollen und schlafen.«

»Nein«, sagt Joe. »Du darfst nicht einschlafen. Versuch, in Bewegung zu bleiben.«

»Daddy hat gesagt, ich soll mich nicht von der Stelle rühren.«

»Du darfst nicht einschlafen. Versuch, dich warmzuhalten.«

»Okay, ich kann aber meine Finger nicht mehr spüren. Ich wechsele nur kurz die Hand ...«

...

»Hallo?«

...

»Daddy?«

...

»Joe?«

...

»Seid ihr da?«

42

Dale Hadley schmiegt das Handy in beiden Händen, als hätte er gerade eine unbezahlbare Vase fallen lassen und würde nun die Scherben festhalten.

»Die Verbindung ist weg.«

»Sie ruft bestimmt wieder an.«

»Auf dem Display wird keine Nummer angezeigt.«

»Sie wird anrufen.«

»Was, wenn der Akku leer ist?«

»Dann kann man sie anhand der bisherigen Signale trotzdem orten.«

»Ihr ist kalt. Ich konnte hören, wie ihre Zähne geklappert haben.«

»Man wird sie finden.«

»Sie hat gelallt.« Er stöhnt hilflos. »O Gott, o Gott, wir dürfen sie jetzt nicht verlieren.«

Ich fasse seine Schultern und ermahne ihn, ruhig zu bleiben und gleichmäßig zu atmen. Piper wird ihn brauchen. Sie wird durchhalten, aber nur, wenn er auch durchhält.

Ruiz hat DCI Drury am Apparat. Ich nehme das Telefon und höre, wie Drury Befehle durch den Einsatzraum brüllt. Dann ist er wieder am Telefon.

»Piper Hadley hat vor zwanzig Minuten den Notruf angerufen, doch das Signal war plötzlich weg. Sie spricht von einem Handy. Wir haben einen zweiten Anruf verfolgt, ihn jedoch vor zwei Minuten verloren.«

»Sie hat mit ihrem Vater gesprochen. Dann war die Verbindung weg.«

»Wir haben die Nummer, aber das Handy sendet keine Signale mehr. Der erste Anruf kam über das Kontrollzentrum in Milton und wurde nach Abingdon weitergeleitet. Die Nummer gehört zu einem Prepaidhandy. Das Gerät selbst hat keinen GPS-Sender, doch im Kontrollzentrum gibt es technische Möglichkeiten zur Ortung. Der Anruf wurde von drei Masten aufgefangen, das bedeutet, wir können das Signal triangulieren.«

»Was ist mit der nächsten Basisstation?«

»Es ist ein zweiunddreißig Meter hoher Mast in einem Feld etwa einen Kilometer südlich vom Bahnhof Culham.«

»Dr. Leece hat Culham erwähnt.«

»Wieso?«

»Man hat in Natashas Urin Spuren von Tritium gefunden. Das ist ein leicht radioaktiver Schadstoff, der als Abfallprodukt in Atomreaktoren anfällt. Sie muss überschweres Wasser zu sich genommen haben.«

»In Oxfordshire gibt es keine Atomreaktoren.«

»In der Nähe von Culham gibt es ein Forschungslabor für Kernfusion.«

Drury ruft weitere Anweisungen durch den Raum, er wirkt bestärkt, angespornt. Er hat die Fährte aufgenommen.

»Ich streiche den Weihnachtsurlaub und rufe die Beamten zurück. Ich kann vierzig Mann auf dem Boden organisieren. Mit zivilen Helfern und Rettungsmannschaften kommen wir auf die doppelte Stärke. Wir konzentrieren uns auf den nächsten Telefonmast, bis wir eine präzisere Ortung bekommen. Ich schick einen Trupp zu dem Forschungszentrum. In Luton und Benson gibt es Polizeihubschrauber, aber das Wetter ist beschissen, und in einer Stunde ist es eh dunkel.«

Dale Hadley hört zu. Deshalb will ich meine Hauptbefürchtung nicht äußern. Eine weitere Nacht unter freiem Himmel wird Piper nicht überleben. Entweder wir finden sie, oder sie muss einen warmen geschützten Ort finden.

Der DCI legt auf. Er will, dass wir aufs Revier kommen. Dale Hadley wiegt noch immer das Telefon in den Händen.

»Vielleicht hat George sie gefunden«, sagt er. »Warum sollte das Handy sonst ausgeschaltet worden sein?«

»Es könnte auch andere Erklärungen geben.«

»Zum Beispiel?«

»Vielleicht ist der Akku leer. Vielleicht ist sie in einem Funkloch.«

Ich gehe Pipers Anruf noch einmal mit ihm durch und beleuchte jedes Detail. Sie hat den Mann George genannt, doch das ist nur ein Spitzname. Er ist groß, zwischen dreißig und vierzig und hat kleine Hände. Er hatte ein Foto von Emily Martinez in der Brieftasche.

Ich wende mich an Ruiz. »Eine Frage: Was für ein Mann bewahrt das Foto eines minderjährigen Mädchens in seiner Brieftasche auf?«

»Ihr Freund.«

»Jemand Älteres.«

»Ihr Vater.«

»Los.«

Ruiz sitzt am Steuer, bremst immer erst im allerletzten Moment und prügelt den Range Rover um die Kurven. Die Scheibenwischer schlagen gegen den Rand der Windschutzscheibe.

Dale Hadley sitzt auf der Rückbank und starrt auf sein Handy, als könne er es durch Willenskraft zum Klingeln bewegen. Er versucht, sich an jedes Wort zu erinnern, das Piper zu ihm gesagt hat, geht ihr Gespräch wieder und wieder durch, als könnte es ihm einen Hinweis geben. Vor Kurzem war er noch von Gedanken an die Untreue seiner Frau verzehrt, doch die sind jetzt vergessen.

»Irgendjemand sagt doch Sarah Bescheid, oder?«, fragt er.

»Die Polizei wird sie anrufen.«

»Bestimmt.«

»Sie haben Piper gesagt, sie soll in Bewegung bleiben. Hätten wir ihr nicht erklären sollen, dass sie bleiben soll, wo sie ist?«

»Sie muss sich warm halten.«

»Aber wie sollen sie dann …«

»Die Polizei kann das Signal orten, auch wenn sie in Bewegung ist.«

Er nickt und blickt wieder auf das Handy.

»Darf ich Sie was fragen?«, sage ich. »Hat Piper Phillip Martinez je persönlich kennengelernt?«

»Emilys Vater? Ich weiß nicht. Emily hat früher bei ihrer Mutter gelebt. Ihr Vater war in den Staaten. Er ist erst nach Amandas Zusammenbruch zurückgekommen.«

Ohne den Verkehr aus den Augen zu lassen, unterbricht Ruiz uns und rattert die Hintergrundinformationen herunter, die Capable Jones ausgegraben hat. Phillip Martinez wurde 1972 in Manchester geboren, studierte nach dem Abitur Medizin am King's College in London und promovierte an einem Forschungszentrum in Boston.

»Er hat nie praktiziert«, sagt Ruiz. »Stattdessen hat er sich auf die medizinische Forschung konzentriert, für Pharmaunternehmen und in Kliniken in Chicago und Hawaii gearbeitet, bevor er seine jetzige Position in Oxford annahm. Capable hat mit einem seiner früheren Dozenten gesprochen, der meinte, es würde Martinez bestimmt nicht an Selbstbewusstsein mangeln. Er war fest davon überzeugt, den Nobelpreis zu bekommen. Es war lediglich eine Frage der Zeit.

Bis er es sich mit seiner Zunft verdorben hat. Vor fünf Jahren sah er sich in Honolulu mit der Anschuldigung konfrontiert, in zwei Artikeln für medizinische Fachzeitschriften Daten über Biomarker und Krebstherapien gefälscht zu haben. Er bestritt die Vorwürfe und beschuldigte später eine Doktorandin, die mit ihm zusammenarbeitete. Er behauptete, sie habe die Daten frisiert. Sie verlor ihren Job, hinterließ einen Abschiedsbrief und verschwand im Meer.«

»Und Martinez?«

»Das Office of Research Integrity führte eine Untersuchung durch, die jedoch letztlich ergebnislos eingestellt wurde. Er musste zweihunderttausend Dollar an Forschungsgeldern zurückzahlen. Danach ist er nach England zurückgekehrt.«

»Was ist mit Mrs. Martinez?«

»Amanda Lowe wuchs in London auf und war eher der Typ unbekümmerter Hippie. Freunden zufolge war sie an der Uni eine glühende Sozialistin, wurde jedoch nach ihrer Heirat ruhiger. Die beiden waren ein merkwürdiges Paar. Der gute Doktor ist ein fanatischer Konservativer, kontrollfixiert, pedantisch und offenbar ziemlich brillant. Die Ehe hielt neun Jahre und ging etwa um die Zeit des Forschungsskandals in die Brüche. Anfangs kämpfte Martinez nicht um das Sorgerecht, kehrte jedoch nach dem Zusammenbruch seiner Frau nach England zurück. Er beschuldigte Amanda des Medikamenten- und Alkoholmissbrauchs und verlangte, dass ihre Krankenakte als Beweismittel in dem Sorgerechtsverfahren berücksichtigt wurde. Ihre beiden Aufenthalte in einer psychiatrischen Klinik haben das Gericht schließlich umgestimmt, und Emily ging an ihren Vater.«

Ein beunruhigendes Unbehagen wächst in mir wie ein schädliches Unkraut. Martinez hat Medizin studiert und dabei wahrscheinlich auch ein chirurgisches Praktikum gemacht. Laut Dr. Leece hatte der Täter, der Natasha verstümmelt hat, elementare chirurgische Kenntnisse oder zumindest eine rudimentäre medizinische Ausbildung.

Martinez ist Forscher. Er ist es gewöhnt, seine Experimente zu kontrollieren, Variablen zu kennen und zu eliminieren. In der wissenschaftlichen Forschung geht es um Fragen und Beobachtungen auf der Suche nach Fakten, die frei von Vorurteilen und Verzerrungen sind. Es geht um Objektivität, Vergleichspräzision, Genauigkeit und Beweisbarkeit.

Seine Modelleisenbahn ist ein weiteres Indiz für seine pedantische Akribie. Bis ins kleinste Detail hat er eine Miniaturwelt gebaut, in der er alles kontrolliert, Lichter, Schalter, Züge, Fahrpläne ... Die meisten Psychopathen erschaffen komplizierte Fantasiewelten in ihrem Kopf – er hat eine in der Realität erschaffen.

Der Range Rover rollt durch die Außenbezirke von Oxford, die Straßen sind erstaunlich leer. Die meisten Menschen sind über die Feiertage weggefahren. Nachzügler steigen aus Bussen und tragen Vorräte nach Hause.

Ruiz hält vor dem Haus. Die Auffahrt ist leer. Niemand reagiert auf das Klingeln. Ich sehe bei der Garage nach, aber alles ist dunkel.

»Niemand zu Hause«, ruft Ruiz, nachdem er es an der Hintertür probiert hat.

Emily hat mir ihre Handynummer gegeben. Ich finde sie in meinem Adressbuch und wähle. Sie geht nicht dran. Ihre Mailbox springt an.

»*Hi, ich bin's. Ich mache offensichtlich gerade etwas sehr Cooles und Aufregendes, deshalb kann ich nicht ans Telefon gehen. Wenn du eine Nachricht hinterlässt, rufe ich vielleicht zurück oder auch nicht. Nach dem Piepton ... Ciao.*«

Ich wende mich Ruiz zu.

»Irgendwelche Ideen?«

»Vielleicht arbeitet sie.«

Die Telefonauskunft verbindet mich mit der Apotheke. Eine Frau meldet sich. Sie klingt hektisch.

»Arbeitet Emily Martinez heute bei Ihnen?«, frage ich.

Die Frau seufzt, angewidert. »Sie ist nicht zur Arbeit erschienen. Sie hat uns kurzfristig sitzen lassen.«

»Hat sie angerufen?«

»Nein. Sind Sie ein Freund von ihr?«

»Eher ein Bekannter.«

»Nun, wenn Sie sie sehen, können Sie ihr sagen, sie ist gefeuert.«

Idiot! Dumme, dumme Kuh!

Ich habe das Handy fallen lassen. Meine Hände waren so kalt, dass ich die Finger nicht schließen konnte. Und anstatt es aufzufangen, habe ich einen Fuß ausgestreckt und es in eine Pfütze gekickt. Das Display hat Risse. Nichts leuchtet auf.
Ich habe es kaputt gemacht. Scheiße! Scheiße! Scheiße!
Ich halte den Einschaltknopf gedrückt. Ich schlage das Handy gegen meine Handfläche. Es ist tot.
Wie sollen sie mich jetzt finden?
Ich sehe mich um und versuche, mich zu orientieren. Der Nebel hat sich gelichtet, etwa einen Kilometer weiter unterhalb kann ich durch die Bäume ein gepflügtes Feld mit Schneestreifen ausmachen. Aus dem Schlamm und Eis erhebt sich ein Strommast mit Kabeln. Stromkabel führen zu Orten, an denen Menschen leben, sie verknüpfen Städte.
Ich klettere über Felsen und bahne mir zwischen Bäumen einen Weg bergab. Ich komme nur langsam voran. Überall liegen tote Äste und Zweige auf dem Boden.
Es hat angefangen zu nieseln. Tropfen kleben an den Schultern der Jacke wie auf Wolle gestickte Glasperlen. Meine Füße sind nicht mehr taub. Jetzt brennen und jucken sie.
Von oben sah das Feld näher aus. Jetzt kann ich es gar nicht mehr entdecken. Alle Bäume sehen gleich aus. Einen Moment glaube ich panisch, die Orientierung verloren zu haben und im Kreis gelaufen zu sein. Aber es geht immer noch bergab.
Der Mann, der Joe heißt, hat gesagt, die Polizei würde kommen. Er klang nett. Er hat gesagt, ich soll in Bewegung bleiben und mich warm halten.
Der Wald dünnt aus. Das Feld liegt direkt vor mir. Ich kann den Strommast und in der Ferne eine Reihe von Bäumen sehen, die vielleicht eine Straße säumen. Hoffnung flackert in mir auf. Eine Straße führt bestimmt zu einem Haus oder einem Bauernhof.
Ich klettere auf einen umgestürzten Baumstamm und hangele mich an einem Ast entlang, um über den Zaun zu steigen. Die Jacke ist zu lang. Ich ziehe sie aus und werfe sie über den Draht, bevor ich selbst springe.

Der Boden ist nicht matschig, sondern hart gefroren. Der Regen ist heftiger geworden und prasselt auf meine Wangen wie aufgewehte Sandkörner. Es ist dunkler und kälter geworden.

Ich hüpfe querfeldein über die gepflügten Furchen, bis ich den Strommast erreiche, wo ich, in die Jacke gehüllt, eine Weile stehen bleibe und versuche, mich zu orientieren. Ich blicke an den Metallstreben, Balken und Nieten hoch. Die Stromkabel über meinem Kopf fallen ab und steigen am nächsten und am übernächsten Strommast wieder an.

In dem freien Gelände fühle ich mich nicht wohl. George könnte mich von der Hügelkuppe beobachten. Ich gehe auf eine Reihe von Bäumen zu, klettere über einen weiteren Zaun auf einen von Pfützen übersäten, schmalen Feldweg. In dem Schlamm sind Reifenspuren.

Ich spähe ins Halbdunkel jenseits einer Wegbiegung und kann das schräge Dach eines Hauses oder einer Scheune ausmachen, das sich blass vor dem Himmel abzeichnet. Ich will rennen, doch die Luft ist plötzlich wie Wasser, und ich fühle mich wie ein eingefetteter Schwimmer, der den Ärmelkanal durchquert.

Alles tut weh. Laufen, atmen, schlucken. Ich folge dem Weg um die Biegung und komme zu einem alten Briefkasten und dann zu einem Haus in einem überwucherten Garten.

Ich versuche, das Tor aufzustoßen. Der Riegel ist eingerostet, sodass ich mir die Fingerknöchel aufschürfe, als ich daran ruckele, bis er nachgibt. Die Angeln quietschen ächzend. Der Pfad zum Haus ist mit Unkraut überwuchert. An den Stellen, wo meine Jeans aufgerissen ist, brennen Nesseln auf meiner Haut.

Ich blicke zu den Fenstern auf und suche nach einem Zeichen von Leben. Das Haus guckt stirnrunzelnd zurück. Im Vorgarten liegen verrostete Geräte herum – eine Kühlschranktür, eine Wäschemangel und ein verkohltes Teil, aus dem Kabel ragen.

Die Haustür ist mit billigem Sperrholz zugenagelt. Mir ist zum Heulen zumute. Ich drehe mich zu der Straße um und frage mich, ob ich weitergehen oder versuchen sollte, ins Haus zu kommen, um mich aufzuwärmen. Vielleicht gibt es Decken. Vielleicht kann ich ein Feuer anzünden.

Ich kralle meine Finger hinter das Sperrholz, ruckele daran und ziehe, meine nutzlosen Hände verfluchend, Nägel aus dem morschen Holz. Als die Lücke breit genug ist, krieche ich auf allen vieren hindurch und bleibe drinnen einen Moment sitzen, bis meine Augen sich an die Dunkelheit gewöhnt haben.

Das Haus ist alt und riecht nach Feuchtigkeit und Schimmel. Die Räume sind bis auf zerbrochene Dachpanelen und ein paar ausrangierte Möbelstücke leer. Decken finde ich keine, und ich habe auch keine Streichhölzer, um ein Feuer anzuzünden.

In der Küche steht ein roter Kunststofftisch. Ich drehe den Wasserhahn an dem Waschbecken auf, doch er dreht sich trocken ins Leere. Ich habe Durst.

Durch das schmutzige Fenster sehe ich eine Scheune mit einem schrägen Dach ohne Seitenwände. Runde Strohballen stapeln sich bis zu den Balken. Irgendwo in der Nähe muss ein Bauernhof sein.

Ich entriegele die Küchentür und gehe nach draußen. Dort steht ein Wassertank mit einem Hahn. Ich drehe ihn auf und lasse das Wasser ein paar Sekunden lang laufen. Dann schöpfe ich es mit der Hand in den Mund. Es ist süß. Noch nie hat etwas so gut geschmeckt.

43

Ruiz steht im Vorgarten und späht durch ein Fenster. Er legt die Hände an die Scheibe und wartet, bis seine Augen sich an die Dunkelheit gewöhnt haben.

»Kannst du irgendwas sehen?«
»Auf dem Küchenfußboden liegen Scherben«, sagt er.
»Was für Scherben?«
»Eine Vase oder ein Teller vielleicht.«
»Aus Versehen?«
»Kann sein.«

Dale Hadley wartet im Wagen. Ruiz geht zurück zur Haustür. »Weißt du, was der Unterschied zwischen einem Anfangsverdacht und einem hinreichenden Tatverdacht ist?«

»Nicht wirklich.«

»Bei einem Anfangsverdacht *vermutet* eine vernünftige Person, dass eine Straftat begangen wurde oder begangen wird. Ein hinreichender Tatverdacht ist es, wenn ein vernünftiger Mensch *glaubt*, dass eine Straftat begangen wird oder begangen werden soll. Verstehst du den Unterschied?«

»So einigermaßen.«

»Gut. Dann kannst du ihn mir später erklären.«

Er dreht sich auf einem Fuß und tritt mit dem Absatz seines Schuhs gegen das Schloss. Holz splittert. Die Tür schwingt scheppernd auf. Ruiz geht durch das offene Wohnzimmer und ruft Emilys Namen. Der Küchenfußboden ist mit zerbrochenem Geschirr übersät, das nicht fallen gelassen, sondern zertrümmert wurde.

Ruiz sucht im Erdgeschoss, ich übernehme den ersten Stock. Emilys Zimmer liegt rechts vom Treppenabsatz. Ihr Bett ist ungemacht, Kleidung quillt aus den Schubladen, ein krasser Gegensatz zu dem Rest des Hauses, das sauber und aufgeräumt ist.

Die Unordnung wirkt wie das übliche Chaos eines Teenagers – ich habe selbst einen zu Hause, obwohl Emily auf mich keinen so mürrischen und unorganisierten Eindruck gemacht hat wie Charlie. Aus einem ihrer Schulbücher sind Seiten herausgerissen worden. Im Papierkorb liegt ein Zugfahrplan.

Ich ziehe die oberste Schublade auf und entdecke einen Bilderrahmen, der verkehrt herum auf einem Ordner liegt. Es ist das Porträt einer Frau. Sie ist hübsch und lächelt, hat lange Haare und vertraute Augen: Emilys Mutter.

Ruiz ruft von unten. Ich folge dem Klang seiner Stimme bis zur Garage. Er hat die Modelleisenbahn entdeckt und grinst wie ein Schuljunge.

»Wie cool ist das denn?«

»Meinst du nicht eher nerdig?«

»Komm schon, wolltest du nie Lokomotivführer werden?«

»Nein.

»Lass mich raten: Du wolltest schon als kleiner Junge Psychologe werden?«

»Was ist daran verkehrt?«

»Du warst ein echt trauriges Kind.«

Mein Handy erwacht vibrierend zum Leben. Ich klappe es auf.

»Wir haben das Signal trianguliert«, sagt Drury. »Piper hat aus einer dicht bewaldeten Gegend knapp einen Kilometer nördlich des Konferenzzentrums angerufen. Der Fehlerbereich beträgt etwa zweihundert Meter, weil das Signal von den Bäumen abgelenkt werden könnte. Ich bin jetzt auf dem Weg dorthin.« Er ruft irgendwem zu, dass er den Fahrstuhl aufhalten soll. »Wo sind Sie?«

»Im Haus der Martinez.« Ich blicke zu Ruiz. »Emily Martinez ist heute nicht in der Apotheke aufgetaucht, wo sie hin und wieder aushilft, und in der Küche liegt zerbrochenes Geschirr. Vielleicht wollen Sie ein Team der Spurensicherung vorbeischicken.«

»Wo ist Phillip Martinez?«

»Er ist nicht hier.«

Es entsteht eine Pause. Drury ist stehen geblieben. »Was sollte ich wissen, Professor?«

»Piper hat gesagt, dass George ein Foto von Emily in der Brieftasche hatte.«

»Und Sie denken an Phillip Martinez?«

»Ich glaube, wir sprechen von derselben Person.«

»Warum hat Piper das nicht gesagt?«

»Ich bezweifle, dass sie Phillip Martinez je getroffen hat oder weiß, wie er aussieht. Martinez ist erst nach der Scheidung nach Abingdon gezogen. Er hat erst nach dem Zusammenbruch seiner Frau um das Sorgerecht für seine Tochter gekämpft.«

»Warum sollte er Piper und Natasha entführt haben?«

»Er hat zwei Jahre um das Sorgerecht für Emily gestritten. Er hätte sie sich bestimmt nicht von irgendjemandem wegnehmen lassen. Er behandelt sie wie seinen persönlichen Besitz. Als ob sie ihm *gehören* würde.«

»Aber Sie haben gesagt ...«

»Er entspricht dem psychologischen Profil. Er hat eine medizinische Ausbildung. Er war auch zu Hause, als Piper am letzten Abend der Kirmes vorbeigekommen ist. Er könnte ihre Unterhaltung mit Emily belauscht haben. Deshalb wusste er, dass sie vorhatten abzuhauen.«

»Sie haben gesagt, die Entführung wäre wahrscheinlich im Voraus geplant gewesen.«

»Ich habe gesagt, er hat die Mädchen aus einem bestimmten Grund ausgewählt. Es war nicht zufällig.«

»Was ist mit den Briefen an Emily und Aiden Foster?«

»Das hätte Martinez organisieren können. Er hat damit gerechnet, dass die Briefe der Polizei übergeben würden. Er wollte Sie auf eine falsche Fährte locken.«

»Aber er hat Emilys Brief selbst aufs Revier gebracht.«

»Das war ein Test. Er wollte herausfinden, wie viel Sie wissen.« Ich höre Drury durch das Telefon atmen. Dann schirmt er den Hörer ab und ruft den Flur hinunter. »*Geben Sie eine Vermisstenmeldung für Emily Martinez heraus.*«

Es ist dunkel.

Solange ich den harten Boden unter meinen Füßen spüre, weiß ich, dass ich noch auf der Straße bin, doch den Pfützen kann ich nicht ausweichen. Der Regen hat nachgelassen. In der Ferne sehe ich Blitze über den Bäumen zucken, gefolgt von rollendem Donner.

Das Handy ist immer noch in meiner Tasche. Das Display leuchtet auf.
Ich rufe die letzte Nummer an.
»Daddy?«
»Piper! Gott sei Dank! Wir haben uns Sorgen gemacht.«
»Ich hab das Telefon fallen lassen. Meine Hände waren so kalt.«
»Ist alles in Ordnung? Wo bist du?«
»Auf einem Feldweg.«
»Kannst du Lichter sehen?«
»Nein. Sag ihnen, sie sollen sich beeilen.«
»Mach ich.«
»Haben sie Tash gefunden?«
Daddy antwortet nicht. Joe übernimmt das Telefon.
»Was ist los?«, frage ich.
»Dein Vater braucht einen Moment. Er ist ein wenig überwältigt. Ich muss dir ein paar Fragen stellen.«
»Okay.«
»Bist du weit gelaufen, seit wir zuletzt miteinander gesprochen haben?«
»Es fühlt sich weit an, weil meine Füße wehtun, aber ich glaube, das stimmt eigentlich nicht.«
»Wo bist du jetzt?«
»Auf einem Feldweg. Ich bin an einem alten verlassenen Haus und einer Scheune vorbeigekommen.«
»Okay, bleib einfach dran, ich gebe diese Informationen an die Polizei weiter.«
Ich höre, wie er mit jemandem spricht.
»Okay, Piper, was kannst du von der Straße aus sonst noch sehen?«

»Jetzt gar nichts mehr, es ist zu dunkel. Vorher einen Strommast auf einem Feld.«
»Hast du den Fluss gesehen?«
»Nein.«
»Und die Eisenbahngleise?«
»Als ich in dem Keller war, habe ich immer Züge gehört.«
»Das ist eine gute Information, Piper. Noch eine Sache: Hast du jemals Emilys Vater getroffen?«
»Nein.«
»Weißt du, wie er aussieht?«
»Nein. Wieso?«
»Der Mann, den du George nennst – hattest du den vorher schon einmal gesehen?«
»Ich glaube nicht. Aber er wusste Dinge über uns. Er wusste, dass wir bei Aiden Fosters Prozess ausgesagt haben. Er wusste, dass Daddy in der City arbeitet und dass Tashs Dad im Gefängnis war.«
»Ist das alles?«
»Hm-hm. Ich bin müde, Joe. Meine Füße tun weh. Meinen Sie, ich könnte mich mal kurz hinsetzen?«

Pipers Körper macht dicht. Die Worte kommen langsamer und schwerfälliger über ihre Lippen. Ich wende mich an Ruiz. »Wo sind sie?«

Er leitet die Frage an Drury weiter, der am Telefon ist. »Wie nah?«

Ruiz zeigt mir einen erhobenen Daumen. »Sie kennen die Straße. Fahrzeuge sind unterwegs.«

»Hast du das gehört, Piper? Sie sind ganz in der Nähe. Nur noch ein paar Minuten.«

»Hmmmmm«, sagt sie.

»Sprich weiter, Piper ... bist du noch da?«

»Hm-hm.«

»Ich habe eine Tochter, die etwa so alt ist wie du.«

»Wie heißt sie?«

»Charlie.«

»Wo geht sie zur Schule?«

»Sie ist auf der Shepparton Park School am Stadtrand von Bath.«

»Gefällt es ihr dort?«

»Ich glaube schon.«

»Ich habe so viel Schule verpasst. Das hole ich wohl nie wieder auf.«

»Klar, holst du das wieder auf. Ein intelligentes Mädchen wie du.«

Ihre Zähne klappern. »Ich bin so müde, Joe. Ich muss schlafen. Nur ganz kurz.«

»Bleib wach, Liebes. Es dauert jetzt nicht mehr lange. Morgen ist Weihnachten.«

»Das hat George mir auch erzählt. Gab es die Weihnachtsprozession mit Laternen am Oxford Castle?«

Ich sehe Dale Hadley an, der nickt.

»Hey, ich hab was gesehen«, ruft Piper plötzlich aufgeregt.

»Lichter. Ich kann flackernde Lichter sehen. Es ist ein Auto!«

»Bleib am Telefon, Piper.«

»ICH BIN HIER! ICH BIN HIER!«, ruft sie. »Sie haben mich entdeckt. Sie bremsen. Sagen Sie Daddy, dass wir uns bald sehen.«

»Nicht auflegen ... Piper?« Ich lausche der Leere.

Dale Hadley ist in Tränen aufgelöst. Er umarmt Ruiz, er umarmt mich, und dann umarmt er noch einmal Ruiz. Er wirkt wie ein Mann, der eine zweite Chance bekommen hat und die Leute auf der Straße aufhalten möchte, um ihnen zu erklären, wie wundervoll das Leben ist.

»Sie werden sie zuerst ins Krankenhaus bringen«, erkläre ich ihm, »um sich zu vergewissern, dass es ihr gut geht.«

»Können wir dorthin fahren?«

»Selbstverständlich, doch vorher halten wir noch kurz beim Polizeirevier an.«

44

Julianne ruft an. Sie ist mit den Mädchen zu Hause. Ich höre sie im Hintergrund lachen. Charlie kitzelt Emma, die Stereoanlage spielt Weihnachtslieder.

»Wo bist du?«, fragt sie. »Wir warten.«

»Es tut mir wirklich leid, aber ich schaffe es heute Abend nicht.«

Ich muss ihr Gesicht nicht sehen, um ihre Reaktion abzuschätzen. Es bedarf keiner Worte, Seufzer oder eines schmollenden Schweigens. Ich weiß, dass ich sie enttäuscht habe. Wie sie es erwartet hat.

Regen läuft im Zickzack über die Windschutzscheibe und zittert am Rand des Glases. »Piper Hadley lebt«, sage ich.

»Die Polizei hat sie gefunden. Sie ist auf dem Weg ins Krankenhaus.«

»Du bist also wieder der Retter in der Not?«

»So ist das nicht.«

In dem nachfolgenden Schweigen tadelt Julianne sich stumm für ihre unvernünftige Reaktion. »Tut mir leid. Das hätte ich nicht sagen sollen. Verzeih mir.«

»Selbstverständlich.«

Es entsteht eine weitere lange Pause. Ich kann mir vorstellen, wie sie im Wohnzimmer steht und sich auf die Unterlippe beißt. Sie ist stärker als ich, sich ihres Platzes in der Welt sicherer, mit weniger Lasten auf den Schultern. Ich nehme an, deshalb ist sie auch glücklicher.

»Ich bewahre dir was von dem Abendessen auf, falls du es noch schaffst. Und ich lege den Schlüssel an den üblichen Platz.«

»Danke.«

»Ich freue mich wirklich für Piper Hadley. Was für ein wundervolles Weihnachtsgeschenk für ihre Familie.«

»Ja, das ist es.«

Ruiz setzt den Range Rover in eine Parklücke. Das Polizeirevier von Abingdon ist erleuchtet wie ein Raumschiff mit einer schiefen Kanzel, die aussieht wie eine fliegende Untertasse, die in das Dach gekracht ist.

Sobald ich durch die Tür trete, spüre ich, dass etwas nicht stimmt. Der Einsatzraum ist verlassen. Drury ist nicht in seinem Büro. Ein Dutzend Leute drängt sich vor dem Kontrollraum. Ich schiebe mich bis nach vorn vor. Dale Hadley folgt mir.

DCI Drurys Stimme kommt über das Funkgerät. Er klingt wütend, frustriert.

»*Okay, noch einmal das Ganze. An alle mobilen Einheiten, ich will ein Rufzeichen, die genaue Position und die Besatzung. Wer hat Piper Hadley aufgegriffen? Welche Fahrzeuge waren auf der Straße?*«

Einer nach dem anderen melden die Wagen sich. DS Casey markiert ihre Position mit farbigen Kreisen auf einer Karte der Umgebung.

Dann hört man wieder Drurys Stimme.

»*Sie wollen mir also sagen, dass keiner von Ihnen Piper Hadley hat?*«

Schweigen.

»*Ich will Straßensperren. Riegelt die Gegend ab. Ich will, dass jedes Fahrzeug angehalten und durchsucht wird. Bauernhäuser, Scheunen, Nebengebäude, Gartenschuppen – ich will, dass alles auf den Kopf gestellt wird.*«

Dale Hadley blickt von Gesicht zu Gesicht. »Wir haben sie gehört. Sie hat Scheinwerfer gesehen.«

»Es war keins von unseren Fahrzeugen«, sagt DS Casey.

»Aber Piper hat flackerndes Licht gesehen?«

»Sie hat Licht durch die Bäume *flackern* sehen«, sage ich, »das ist nicht das Gleiche.«

Dale Hadley steht mit offenem Mund da. Kein Laut dringt über seine Lippen. Er ist in einem wortlosen Zwiegespräch mit sich selbst gefangen. Seine Knie werden weich. Jemand hilft ihm auf einen Stuhl.

»Wo ist Drury jetzt?«, frage ich Casey.

»Auf dem Rückweg hierher.« Er wendet sich an Mr. Hadley.

»Ich möchte Ihnen versichern, Sir, dass wir alles in unserer Macht Stehende tun, um Ihre Tochter zu finden. Wir kennen ihren letzten Aufenthaltsort. Außerdem orten wir das Telefon, von dem aus sie angerufen hat, sowie vorherige Anrufe von demselben Apparat. Wir werden herausfinden, wo sie festgehalten wurde.«

Hohle Worte. Dale Hadley hat die Versicherungen und Garantien schon einmal gehört. Vor nicht einmal zwei Stunden hat er seine Tochter wiedergefunden. Vor zwanzig Minuten dachte er, sie wäre in Sicherheit. Jetzt ist sie ihm wieder weggeschnappt worden, und er wird keine Ausreden und Versprechen mehr akzeptieren.

»Ich werde einen Kollegen bitten, Mr. Hadley nach Hause zu fahren«, sagt Casey.

»Nein, ich will bleiben.«

»Wir werden Sie laufend informieren, Sir.«

»Was ist, wenn sie noch mal anruft? Ich sollte hier sein.« Casey gibt widerwillig nach.

»Sie müssen uns unseren Job machen lassen, Mr. Hadley. Es ist wichtig, dass wir rasch handeln.«

»Ruiz kann sich um ihn kümmern«, sage ich. »Er weiß, wie so was läuft.«

DCI Drury kommt allein. Der Rest seines Teams ist vor Ort geblieben, besetzt Straßensperren und sucht die umliegenden Felder ab. Diverse Beamte bringen ihn auf den neuesten Stand. Drury starrt leeren Blickes zu Boden. Irgendwas ist furchtbar schiefgelaufen. Er kann nicht erklären, wie oder warum. Er will den heutigen Tag noch einmal von vorn beginnen oder wenigstens eine zweite Chance bekommen. Er geht in sein Büro und macht mir ein Zeichen, ihm zu folgen.

Dort zieht er die unterste Schublade seines Schreibtischs auf, holt eine Flasche Whisky heraus, bricht das Siegel und gießt einen Schluck in einen Kaffeebecher. Er kippt ihn herunter und kneift die Augen zu, als der Alkohol seine Zunge verbrennt und die Wärme in seinem leeren Magen explodiert.

Er hält die Flasche hoch.

»Nein danke.«

Er gießt sich noch einen Schluck ein, schraubt die Flasche zu und verstaut sie wieder in der Schublade.

»Wie kann das angehen?«, murmelt er. »Es war eine Privatstraße. Da fahren maximal zwanzig Autos am Tag. Wenn es irgendeine Privatperson gewesen wäre, hätte sie mittlerweile angerufen. Also wer hat das Mädchen aufgelesen?«

»Er muss ihr gefolgt sein.«

Drury stützt die Ellbogen auf den Tisch und bohrt sich die Daumen in die Augen.

»Das Handy, von dem Piper angerufen hat, wurde vor achtzehn Monaten in einem Vodafone-Shop im Süden Londons gekauft. Es war registriert auf einen Trevor Bryant, der Deckname eines hiesigen Dealers namens Eddie Marsh. Wir haben vor ein paar Monaten ein paar von Eddies Sachen beschlagnahmt.«

»Wo ist Eddie March jetzt?«

»Er hat gegen die Kautionsauflagen verstoßen. Laut seiner Exfreundin ist er in Marbella.«

»Wurde Marsh je eines Sexualverbrechens beschuldigt?«

»Nein.«

»Gibt es irgendeine Verbindung zu den Männern, die Sie wegen des Angriffs auf Natasha festgenommen haben?«

»Wir überprüfen das.« Drury wechselt abrupt das Thema.

»Emily Martinez geht nicht an ihr Telefon, und ihr Vater ist heute nicht zur Arbeit erschienen. Was können Sie mir über ihn sagen?«

»Er entspricht dem psychologischen Profil.«

»Ich kann eine Festnahme nicht mit einem psychologischen Profil begründen.«

»Er hat den Intellekt, die Erfahrung, das Wissen und ein Motiv.«

»Das ist immer noch kein harter Beweis.«

»Sie werden ihn finden. Sie werden eine Übereinstimmung seiner DNA oder seiner Fingerabdrücke mit den Proben aus dem Bauernhaus feststellen.«

Der DCI sieht mich trübselig an. »Leicht zu sagen, wenn man für das Scheitern nicht verantwortlich ist.«

Es klopft. DS Casey kommt herein. »Telefon, Boss.« Drury nimmt ab.

»Wo? ... Wem gehört das Grundstück? ... Sind Sie sicher? Sehen Sie noch mal nach.« Der Funke einer Chance flackert in seinem Gehirn auf. »Gibt es einen Hausmeister? ... Ja ... Okay, kontaktieren Sie ihn ... Ich bin schon auf dem Weg.«

Er blickt zu mir auf.

»Wir haben den Ort gefunden, wo er die Mädchen gefangen gehalten hat.«

45

Auf der Fahrt nach Süden Richtung Culham passieren wir zwei Straßensperren, an denen Beamte in Leuchtwesten Fahrzeuge an den Rand winken. Kofferräume werden durchsucht, LKWs, Anhänger, Wohnwagen.

Drury präsentiert seine Dienstmarke, und eine leuchtende Hand winkt uns durch. Knapp einen Kilometer später biegen wir in eine nicht befestigte Straße. Sie wird von einer Schranke mit einem Metallklotz bewacht, der mit einem Vorhängeschloss gesichert ist. Auf einem Holzschild steht: PRIVATWEG – KEIN ZUGANG.

Wir versuchen den Schlaglöchern auszuweichen, als wir einem schlammigen Weg folgen, der immer wieder im dichten Unterholz zu enden scheint, bis wir schließlich eine Reihe geparkter Polizeiwagen und einen weißen Transporter erreichen. Türen werden geöffnet, zwei Polizeihunde springen heraus und schnuppern an Reifen und Bäumen.

Vor uns liegt eine verlassene Fabrik oder ein Lager, das von ein paar Scheinwerfern angestrahlt wird. Die meisten Bauten sind einstöckig, obwohl die großen Schornsteine auf unterirdische Gebäudeteile hindeuten könnten. Der Maschendrahtzaun um das Gelände ist an mehreren Stellen unter Kletterpflanzen oder umgestürzten Bäumen zusammengebrochen.

Das Haupttor hängt schief an den Pfosten, die zu bröckelnden Stümpfen verrottet sind. Direkt dahinter verschwindet die Straße endgültig unter dichtem Brombeergestrüpp und dünnen Schlingpflanzen, die an manchen Stellen schulterhoch gewuchert sind. Jemand hat einen Pfad durch das Unterholz geschlagen.

Taschenlampen schwenken hin und her und beleuchten nacheinander schmale Streifen der Gebäude. Die Mauern sind mit alten verblassten Graffiti übersät, Fenster mit Brettern vernagelt oder zerbrochen, Türen fest verschlossen oder klaffende schwarze Löcher.

»Das Gelände wurde in den Achtzigern stillgelegt«, sagt Drury. »Davor war es ein Notausweichquartier für die Regierung – eine Art Schutzbunker für den Fall, dass die Russkies einen Raketenangriff auf die Reaktoren in Harwell starten. Es gab ein halbes Dutzend Komplexe wie diesen.«

Der DCI richtet eine Taschenlampe auf eine Felswand, die sich beinahe senkrecht über dem Gelände erhebt.

»Früher war das Ganze ein Steinbruch. Während des Baus der Great Western Railway hat man hier Gestein zur Beschwerung der Gleise abgebaut. Die Hauptstrecke verläuft keine hundert Meter von hier.«

»Wer kümmert sich jetzt um das Gelände?«, frage ich.

»Verwaltet wird es von der Atomenergiebehörde, das heißt, es fällt unter die Zuständigkeit der CNC.«

»Der CNC?«

»Die Civil Nuclear Constabulary, eine Sonderpolizei zum Schutz von Nukleareinrichtungen. Sie wissen nicht so richtig, ob sie nun Soldaten oder doch lieber nur gewöhnliche Bullen sein sollen.« Drury weist auf eine kleine Gruppe Detectives. Zwischen ihnen steht ein uniformierter Mann, der so tut, als wäre er einer von den Jungs.

»Das ist Sergeant Moretti«, sagt Drury. »Er hat die Schlüssel.«

Ich blicke zu den zahlreichen aufgebrochenen Türen, verkneife mir jedoch einen Kommentar.

Moretti nimmt Haltung an und zieht den Bauch ein. Er ist blass wie ein gerupftes Hühnchen, auf die Brusttasche seiner wasserdichten Jacke ist das Wort POLICE gestickt.

»Wie oft wird das Gelände patrouilliert?«, fragt der DCI.

»Es liegt auf keiner der regulären Runden.«

»Was bedeutet das?«

»Das Gelände ist seit dreißig Jahren nicht mehr in Betrieb.«

»Tatsächlich?«, schnaubt Drury.

Weiße Plastikhandschuhe werden verteilt, und der DCI folgt Moretti durch die erste Tür. Das Licht wird eingeschaltet. Die meisten Birnen sind zerbrochen, doch es flackern genug auf, um einen großen Raum voller herausgerissener Bauteile und gebrochener Heizungsrohre zu beleuchten.

»Warum ist der Strom nicht abgeschaltet?«, fragt Drury.

»Kann ich Ihnen nicht sagen, Sir«, antwortet Moretti. »Das ist jenseits meiner Gehaltsstufe.«

Auf einem Schild über einer Stahlrinne an der gegenüberliegenden Wand steht: HANDSCHUHE UND SCHUTZBRILLEN BENUTZEN. Aus einem Schaltfeld mit grünen und roten Knöpfen sind die Kabel herausgerissen worden.

Eine verrostete Wendeltreppe führt in den fünf Meter höher liegenden ersten Stock. Ein schräg unter die Stufen geklemmter, alter Kessel verdeckt eine dahinterliegende Tür. Moretti geht voran und zieht zwei Tonnen beiseite, in denen unbekannte Flüssigkeiten schwappen.

Der zweite Raum ist kleiner mit einem Tisch, zwei Stühlen, einem Doppelbett, einer Badewanne und einem Boiler, der mit einem Holzfeuer beheizt wird. Jemand hat alle Oberflächen mit einem Bleichmittel oder einer anderen chemischen Reinigungslösung abgespritzt. Der beißende Gestank setzt sich in meiner Kehle fest und will meine Lunge verätzen.

Es ist derselbe Geruch wie in dem Bauernhaus, in dem die Heymans gestorben sind.

»Was ist oben?«, fragt Drury.

»Mehr oder weniger das Gleiche.«

»Zeigen Sie es mir.«

Die klappernde Metalltreppe lässt den Putz rieseln, als die beiden hinaufsteigen. Ich bleibe mit DS Casey unten und gehe noch einmal durch den Raum. Die altmodische Badewanne wurde mithilfe eines Flaschenzugs aufgestellt. Die Seile haben Spuren an den Rohren unter der Decke hinterlassen. Auf dem Wannenrand liegt ein Rasierer. In einem Regal daneben stehen Fläschchen mit Shampoo, Schaumbad und dergleichen.

Das Laken von der Matratze auf dem Sprungfederrahmen ist abgezogen worden; um eines der Metallbeine des Bettes ist eine Kette geschlungen. Sie ist einen halben Zentimeter dick und hat am anderen Ende eine mit einem Vorhängeschloss gesicherte Ledermanschette mit Schweißflecken. Die Manschette ist verstellbar, um je nach Bedarf um das Handgelenk oder den Hals eines Menschen zu passen.

Neben dem Bett steht eine Holztruhe mit einem gewölbten Deckel. Mit einem Stift klappe ich sie vorsichtig auf. Auf den ersten Blick sieht sie leer aus, doch dann entdecke ich ein schmales Stück Stoff, das an einer der losen Angeln hängt, ein Spitzentanga.

DS Casey öffnet eine Plastiktüte, und ich lasse den Slip hineinfallen.

Das Bettzeug ist in eine Ecke geworfen und angezündet worden. Ich hocke mich neben den verkohlten Haufen und hebe mit dem Stift ein klebriges Stück Stoff an. In der Asche darunter liegen die Ecke eines Pizzakartons und eine leere Aluminiumschale. Daneben fällt mir noch etwas ins Auge – eine gut zwei Zentimeter große, verschmorte Plastikfigur, ein Stationsvorsteher mit einer blauen Weste, der eine Flagge in der Hand hält.

»Ich brauche noch eine Plastiktüte«, sage ich.

»Was ist das?«

»Ein Sammlerstück.«

Ich richte mich wieder auf und sehe mich um. Irgendwas stört mich, doch ich kann nicht sagen, was. Ich lasse den Blick durch den Raum schweifen. Jeder,

der dieses Gebäude betritt, hätte die Tür unter der Treppe problemlos finden können. Und auch der zweite Raum ist nicht besonders sicher oder schalldicht. Das Bett hat nur eine Fessel, obwohl es zwei Gefangene gab. Er konnte unmöglich beide Mädchen permanent im Auge halten. Wie hat er sie kontrolliert?

Natasha hatte sich vor ihrem Tod Abschürfungen an den Hüften zugezogen. Dr. Leece vermutet, dass sie sich vielleicht durch eine schmale Öffnung wie zum Beispiel ein Fenster gezwängt hat. Doch dieser Raum hat keine Fenster.

»Sind Ihnen die Rohre an der Außenmauer aufgefallen?«, frage ich.

Casey schüttelt den Kopf.

Ich gehe durch den Raum und schiebe mehrere Kisten beiseite und bemerke einen leeren Metallschrank. In dem Beton sind Schrammen zu erkennen, wo er über den Boden geschleift wurde.

»Helfen Sie mir mal.«

Casey fasst mit an, und gemeinsam ziehen wir den Schrank von der Wand. Dahinter verbirgt sich eine Falltür mit einem Kordelgriff. Ich knie mich hin und ziehe sie mühsam auf. Darunter klafft ein dunkles Loch.

»Geben Sie mir Ihre Taschenlampe.«

Ich kauere über dem Loch und richte den Strahl der Lampe nach unten. Staubflocken tanzen im Licht, als sich das Verlies Stück für Stück enthüllt wie ein Puzzle, das in der Hölle gemacht wurde: zwei Pritschen, ein Tisch, Stühle, Regale, ein Waschbecken, Zeitschriften, ein Topf, ein Nachttopf, dünne graue Decken. Verstreute Kleidung.

Die Leiter reicht nur halb bis zur Decke. Hoch über dem Waschbecken gibt es ein Fenster. Verschlossen. Es sieht aus, als wäre es zu klein, um sich hindurchzuzwängen.

Der Strahl der Taschenlampe wandert weiter. Ich entdecke ein Poster vom Brighton Pier und eine Collage aus Bildern, die aus Zeitschriften herausgeschnitten wurden. In den Regalen stapeln sich Konservendosen. Neben dem Gasbrenner steht ein Glas mit Teebeuteln.

Als ich sicher bin, dass der Keller leer ist, wende ich mich ab und will unbedingt hier raus und weg.

Es hat wieder angefangen zu regnen, und ich habe keinen Schirm. Ich entferne mich von dem Gebäude, steige eine Böschung hinauf und blicke vom Rand des Steinbruchs auf das Gelände hinunter. Mit gesenktem Kopf und hängenden Armen lasse ich den Regen über meinen Kopf, meine Brauen und mein Gesicht rinnen. Ich habe die Natur nie verehrt. Ich kann ihre Schönheit schätzen, ihre Launen jedoch nicht nachvollziehen.

Die Natur kann entsetzliche Dinge anrichten, und dennoch überdauert sie, unbewegt von menschlichem Leid.

Unten strömen Männer und Frauen in blauen Overalls auf das Gelände und folgen einem Pfad durch das Brombeergestrüpp. Sie suchen nach Blut, ballistischen Spuren, Fingerabdrücken und Körperflüssigkeiten – Überbleibsel des Todes, Zeichen des Lebens.

Piper war hier. Sie ist ihm entkommen, doch er hat sie aufgespürt. Was wird er jetzt machen? Wenn dieser Mann nicht eine besondere Bindung zu Piper entwickelt hat, wenn sie für seine Fantasien nicht unverzichtbar geworden ist, ist sie entbehrlich, ein weiteres loses Ende, das es zu kappen gilt.

Ich blicke in den Himmel und suche vergeblich nach einem Stern hinter der dichten Wolkendecke. Die Bibel sagt, dass vor zweitausend Jahren drei weise Männer einem Stern gefolgt sind und einen Erlöser in einer Krippe gefunden haben. Ich glaube nicht an Wunder, doch Piper Hadley braucht heute Nacht eins.

Zuerst haben die Scheinwerfer mich geblendet.

Erst als die Fahrertür aufging und er ins Licht trat, wusste ich, dass er mich gefunden hatte. Ich hatte keine Kontrolle mehr über mich. Der Regen lief an meinen Beinen herunter in meine Schuhe.

Ich konnte nicht rennen. Ich konnte nicht schreien. Ich war völlig leer, sämtliche Kräfte waren aufgebraucht. Er nahm meine Hand und führte mich zum Wagen. Er wickelte Klebeband um meine Hände und gab mir zwei kleine weiße Tabletten zum Schlucken.

Sanft wie ein Lamm ließ ich mich in den Kofferraum legen. Er klebte mir den Mund zu und zog mir einen Sack über den Kopf. Von dem Staub musste ich husten und kriegte kaum Luft. Doch dann schloss ich die Augen und schlief ein.

Ich kann mich vage erinnern, dass der Wagen angehalten und George mit jemandem gesprochen hat, doch dann fuhren wir weiter. Ich schlief ein und rechnete nicht damit, wieder aufzuwachen.

Und jetzt liege ich hier in einem wunderschönen Bett und trage einen sauberen Schlafanzug. Es ist derselbe Speicher, in dem Tash und ich zuerst waren, nachdem er uns entführt hatte. Die Möbel sind unverändert, nur der Schwarzweißfernseher ist weg. Vielleicht hat er ihn weggeworfen.

Ich weiß nicht, wie ich die Treppe hochgekommen bin. Und ich habe mich nicht bewegt, seit ich aufgewacht bin. Erschöpfung drückt mich in die weißen Laken wie ein Insekt, das an ein Stück Karton geheftet ist. Bei einem Schulausflug nach London war ich mal im Museum of Natural History. Wir wurden in die Entomologie-Abteilung geführt, wo es einhundertvierzigtausend Schaukästen mit achtundzwanzig Millionen Exemplaren gibt. Ich wusste gar nicht, dass es so viele verschiedene Insekten auf der Welt gibt. Ich mag keine Insekten, aber ich schlage sie seither nicht mehr tot.

Ich bin so müde. Ich will nur schlafen. George kann machen, was er will. Es kümmert mich nicht mehr.

Irgendwann später wache ich auf und erinnere mich daran, geschrien zu haben, doch das Geräusch ist verhallt und das Zimmer voller Schatten.

»Ist da jemand?«, frage ich. Keine Antwort.
»Reden Sie mit mir, bitte.«
»Was soll ich denn sagen?«, fragt George.
Er sitzt auf dem Stuhl zwischen dem Kleiderschrank und dem Fenster und lehnt sich an die Wand. Sein Gesicht kann ich nicht sehen.
»Wovon hat dein Albtraum gehandelt?«
»Ich hatte keinen Albtraum.«
»Doch, hattest du.«
»Ich weiß es nicht mehr.«
»Das ist komisch mit Träumen«, sagt er. »Ich erinnere mich auch nie daran.«
»Bin ich weit weg von zu Hause?«
»Wie meinst du das?«
»Ich meine, in Kilometern. Ist es weit weg?«
»Nein.«
»Könnte ich es schaffen, wenn ich den ganzen Tag gehen würde?«
»Vielleicht.«
»Sagen Sie das nur, um mich glücklich zu machen?«
»Ja.«

46

Es ist nach Mitternacht am Heiligabend, und die einzigen Geschöpfe, die sich noch rühren, ernähren sich von Kaffee aus dem Automaten und Schokoriegeln mit Rosinen, die keiner mag. Alle verfügbaren Beamten sind zurückgerufen worden. Urlaub gestrichen. Feierlichkeiten auf Eis gelegt.

Die Straßensperren sind die ganze Nacht besetzt geblieben, Pläne für eine umfangreiche Suche am Boden bei Anbruch der Dämmerung werden vorbereitet. Freiwillige, Hunde, Hubschrauber, Wärmebildkameras und Radar sollen zum Einsatz kommen. Auf einer weißen Tafel im Einsatzraum hat jemand geschrieben: »Piper Hadley kommt nach Hause.« Eine Nachricht von gestern, voreilig, veraltet. Niemand bringt es über sich, sie abzuwischen.

Drury geht den Flur hinunter, als würde er schlafwandeln. Vor dem Kaffeeautomaten bleibt er stehen, drückt auf einen Knopf und lauscht dem röchelnden Husten, mit dem der Kaffee ausgespuckt wird. Das Zeug sieht aus wie Teer.

Er nimmt die versiegelte Plastiktüte der Spurensicherung und betrachtet die kleine Figur des Stationsvorstehers.

»Sind Sie sicher, dass sie Martinez gehört?«

»Ja.«

Er streicht mit dem Daumen über das Plastikmännchen.

»Nicht direkt eine rauchende Waffe.«

»Auf Fingerabdrücke oder DNA-Proben zu warten könnte Tage dauern. So viel Zeit hat Piper nicht.«

Der DCI verzieht das Gesicht. »Wir haben Martinez zur Fahndung ausgeschrieben und Kennzeichen und Fahrzeugtyp seines Wagens herausgegeben.«

»Und wenn Sie sich an die Öffentlichkeit wenden?«

»Vielleicht hat er Emily und Piper. Das ist zu riskant.«

Drury trinkt einen Schluck von seinem Kaffee und spuckt ihn fast wieder aus. Er kippt den Rest ins Waschbecken und zerdrückt den Plastikbecher zwischen den Fingern.

»Schlafen Sie mit Victoria Naparstek?«

»Was?«

»Sie haben mich verstanden.«

»Ich denke, das geht Sie nichts …«

»Also: ›Ja‹.« Er wippt auf den Fersen hin und her und spreizt die angespannten Finger an den Hüften. »Ich denke, Sie sollten sie in Ruhe lassen.«

»Wieso?«

»Ich mache mir nur so meine Gedanken.«

»Sie bedeutet Ihnen etwas.«

»Ja.«

»Weiß Ihre Frau davon?«

Er lächelt schmal. »Meine Frau und ich haben eine Übereinkunft. Ich weiß, das klingt wie ein Klischee.«

»Sie führen eine offene Ehe?«

»Wenn Sie es so nennen wollen.«

»Trifft Ihre Frau andere Männer?«

»Sie könnte.«

Sobald er den Satz gesagt hat, wird ihm bewusst, wie arrogant und unaufrichtig er klingt. Er hebt das Kinn und presst die Lippen aufeinander.

»Sind Sie verheiratet?«

»Meine Frau und ich leben getrennt.«

»Mir ist aufgefallen, dass Sie immer noch Ihren Ehering tragen. Ich nehme an, damit sind wir beide Heuchler, aber nur einer von uns ist ein Schaumschläger.«

Damit lässt er mich stehen und marschiert den Flur hinunter wie ein Soldat in eine Schlacht. Wie kann ein Mann mit so viel Ego und Selbsthass in einem Job mit so wenig Highlights und so vielen Tiefpunkten überleben? Ich mache mir Sorgen, wie er das seelisch verkraftet. Seine Frau tut mir leid.

Um kurz nach vier Uhr morgens weckt Ruiz mich. Ich bin an einem Schreibtisch eingeschlafen, den Kopf auf die Unterarme gelegt. Auf der Unterlage hat sich unter meinem Kinn Speichel gesammelt. Ich richte mich auf, mein Mund ist trocken, ich habe Durst.

»Wenn du schläfst, zuckst du nicht«, sagt Ruiz. »Als ob dein Parkinson sich nachts freinimmt.«

Aber jetzt bewegen sich mein Kopf und meine Arme, zucken und verkrampfen sich in einem sonderbaren Tanz, peinlich, kauzig. Ich nehme zwei Tabletten aus einem kindersicheren Fläschchen, und Ruiz bringt mir ein Glas Wasser aus dem Wasserspender.

»Frohe Weihnachten«, sagt er.

»Gleichfalls, großer Mann.«

Ich warte, dass die Medikamente zu wirken beginnen. Dann bin ich »on«, wie es im Parkinson-Sprech heißt – im Gegensatz zu »off«.

»Wo bist du gewesen?«

»Ich habe Dale Hadley nach Hause gefahren. Schickes Haus. Hübsche Kinder. Die reinste Disney-Familie.«

»Mit einer vermissten Tochter.«

»Schaukeln und Karussells.«

Ruiz hat Neuigkeiten. Phillip Martinez wurde vor zwei Stunden von einer Autobahnpolizeistreife auf der M40 in der Nähe von Stokenchurch aufgegriffen. Er war allein im Wagen.

»Wo ist er jetzt?«

»Unten. Drury will gerade mit der Vernehmung anfangen. Ich dachte, du willst vielleicht zusehen.«

Ich wasche mir das Gesicht mit kaltem Wasser. Ruiz wartet. Dann nehmen wir den Fahrstuhl nach unten. Phillip Martinez sitzt allein im Vernehmungsraum. Er blickt an die Decke wie ein Mann, der in einem tiefen Brunnen gefangen ist und über sich ein Stück blauen Himmel sieht.

Müde und mitgenommen kratzt er mit seiner unbehaarten Hand die Bartstoppeln an seinem Kinn. Eine Seite seines Gesichts ist geschwollen und verfärbt sich langsam.

DCI Drury und DS Casey betreten den Raum. Martinez springt auf.

»Das wurde aber auch verdammt noch mal Zeit.«

»Setzen Sie sich, bitte«, sagt Drury.

»Haben Sie Emily gefunden? Haben Sie mit ihrer Mutter gesprochen?«

»Setzen Sie sich.«

»Dahinter steckt bestimmt diese Schlampe. Sie hat es die ganze Zeit geplant.«

Drury weist erneut auf den Stuhl. Die beiden Männer starren sich an, Martinez blinzelt als Erster und setzt sich. Er schlägt die Beine übereinander und wippt mit dem Fuß.

»Fürs Protokoll«, sagt der DCI, »wir zeichnen dieses Gespräch auf. Mr. Martinez, können Sie bestätigen, dass man Ihnen Ihre Rechte vorgelesen hat?«

»Ja.«

»Wo waren Sie gestern Nachmittag zwischen 14 und 15 Uhr?«

»Ich habe meine Tochter gesucht. Sie ist weggelaufen.«

»Warum?«

»Wir haben uns gestritten.«

»Wie haben Sie sich die Blutergüsse im Gesicht zugezogen?«

Martinez berührt seine Wange. »Sie ist durchgedreht. Hat mit Sachen nach mir geworfen.«

»Worum ging es bei dem Streit?«

Martinez seufzt. »Emily wollte Weihnachten mit ihrer Mutter verbringen. Ich habe ihr erklärt, dass sie am zweiten Weihnachtstag nach London fahren könne, aber nicht vorher. Sie wollte nicht hören.«

»Sie hat Sie geschlagen?«

»Ja.«

»Haben Sie sie auch geschlagen?«

»Nein. Ich meine … ich habe versucht, sie davon abzuhalten, sich selbst wehzutun. Sie war völlig außer Kontrolle. Hysterisch.«

»Haben Sie sie geschlagen?«

»Hat sie das behauptet? Sie übertreibt. Sie ist ein typischer Teenager. Stur. Undankbar. Melodramatisch.«

»Wann haben Sie sie zuletzt gesehen?«

»Gestern Morgen um Viertel nach acht.«

»Warum haben Sie sie nicht als vermisst gemeldet?«

»Ich habe erst später gemerkt, dass sie weggelaufen ist. Ich dachte, sie wäre zur Apotheke gegangen. Als sie bis zum Mittag nicht nach Hause gekommen war, habe ich angefangen, mir Sorgen zu machen.«

»Was haben Sie dann gemacht?«

»Ich habe sie gesucht. Ich habe ihre Freundinnen angerufen. Ich habe einen Fahrplan in ihrem Zimmer gefunden. Da wurde mir klar, dass sie nach London gefahren war. Ihre Mutter lebt in einer Pension in Ealing. Ich bin hingefahren, doch Amanda weigerte sich, mich zu sehen, und die Wirtin drohte, die Polizei zu rufen.«

»Sie haben Emily nicht gesehen?«

»Sie hat sie bestimmt irgendwo versteckt.«

Drury wartet und legt dann übertrieben langsam einen Plastikbeutel der Spurensicherung vor Martinez auf den Tisch.

»Ist das Ihre Brieftasche?«

»Ja.«

»In der Innenklappe ist das Foto einer jungen Frau.«

»Emily. Na und?«

Drury legt einen zweiten Plastikbeutel auf den Tisch.

»Erkennen Sie das?«

»Das ist eine meiner Figuren: der Stationsvorsteher. Ich habe eine Modelleisenbahn. Woher haben Sie das?«

»Sind Sie sicher, dass sie Ihnen gehört?«

»Absolut. Ich habe sie bei Aiden Campbell bestellt, einem berühmten Modellbauer. Ich habe ihm ein Foto geschickt. Woher haben Sie die?«

»Sie wurde in einer stillgelegten Fabrik gefunden, in der Piper Hadley und Natasha McBain unserer Vermutung nach drei Jahre lang gefangen gehalten wurden.«

Martinez blinzelt Drury perplex an, zieht die Brauen hoch und breitet die Hände aus, unsicher, ob er irgendetwas verpasst hat.

»Sie machen Witze.« Drury antwortet nicht.

Martinez schwenkt einen Finger in der Luft. »O nein, Sie wollen doch nicht andeuten ...«

»Ich bitte Sie um eine Erklärung.«

Martinez runzelt die Stirn und zieht seine Gesichtszüge zusammen. »Das ist lächerlich. Da will Sie irgendjemand auf eine falsche Fährte locken.«

Martinez wendet sich dem Spiegel zu, als wüsste er, dass er beobachtet wird. Vielleicht betrachtet er auch sein Spiegelbild, weil er eine Bestätigung sucht, dass ihm das hier tatsächlich passiert.

Ich beobachte ihn von der anderen Seite des Einwegspiegels auf Zeichen von Stress oder Täuschung, aber nichts wirkt zusammenhanglos, improvisiert oder hastig zusammengekleistert.

»Er ist gut«, sagt Ruiz.

»Ja, das ist er.«

»Sagt er die Wahrheit?«

»Über Emily ... kann sein.« Ich habe den Fahrplan in ihrem Zimmer gesehen.

»Ich sollte seine Exfrau überprüfen. Ich glaube, ich werde nach London fahren.«

»Einen Versuch ist es wert.«

Ich umarme den großen Mann und wünsche ihm noch einmal frohe Weihnachten.

»Was hast du vor?«, fragt er.

»Ich bleib noch ein bisschen hier.«

»Was ist mit Julianne und den Mädchen?«

»Ich ruf sie an.«

Ruiz geht, und ich wende mich wieder der Vernehmung zu. Drury hat ein Foto vor Phillip Martinez auf den Tisch gelegt.

»Erkennen Sie es wieder?«

»Nein.«

»Sehen Sie es sich genauer an.«

»Was ist das?«

»Dort haben Sie Piper und Natasha gefangen gehalten. Sie haben versucht, alles sauber zu machen, waren aber nicht besonders gründlich. Man braucht nur eine Hautzelle, um ein DNA-Profil zu erstellen. Wir demontieren die Rohre und saugen die Böden. Und das Gleiche passiert in dem Keller. Wir nehmen Ihr Auto auseinander. Wir werden den Beweis finden. Wir werden Sie damit in Verbindung bringen.«

»Das ist vollkommen lächerlich. Ich habe keine Ahnung, wovon Sie reden.«

»Ich gebe Ihnen eine Chance, Reue zu zeigen. Sagen Sie uns, wo Piper ist. Sagen Sie uns, was Sie mit Emily gemacht haben.«

Martinez versucht aufzustehen. DS Casey erhebt sich mit ihm. Er ist größer, kräftiger, einschüchternd.

»Ich habe das Sorgerecht für meine Tochter erstritten. Sie gehört mir. Warum lassen Sie nicht nach ihr suchen?«

»Beantworten Sie meine Fragen, Mr. Martinez.«

»Ich muss mir das nicht anhören.«

»Aber Sie müssen sich hinsetzen.«

Der Forscher nimmt wieder Platz. Er ist schockiert, wütend. Dieser Mann sagt entweder die Wahrheit, oder er ist ein Experte im Lügen, routiniert bis zur pathologischen Perfektion. Drury hat alles richtig gemacht – bei Details nachgehakt, nach den Kleinigkeiten gesucht, über die ein Verdächtiger so oft stolpert, weil Lügen schwerer durchzuhalten sind als die Wahrheit. Aber Phillip Martinez ist noch bemerkenswerter. Seine Antworten klingen absolut glaubwürdig. Es gibt keine Lücken oder unbeholfenen Wiederholungen. Er ist ernsthaft besorgt um Emily – er fragt andauernd nach ihr und beschuldigt seine Exfrau, ihr Verschwinden arrangiert zu haben.

Am Abend des Bingham Festivals erhielt er einen Anruf von einem Arzt, der ihm erklärte, dass seine Exfrau ins Littlemore Hospital in Oxford eingeliefert worden sei, nachdem sie unter akustischen Halluzinationen gelitten hatte. Er rief Emily an und traf sie zu Hause, wo er auch die Nacht verbrachte. Er hat nicht mitbekommen, dass Piper noch vorbeigeschaut hat. Er wusste nicht, dass Emily weglaufen wollte.

Bei Fragen nach dem Schneesturm ist es das Gleiche. Er und Emily haben zu Abend gegessen und ferngesehen, bis der Strom ausfiel. Dann haben sie eine Partie Scrabble bei Kerzenlicht gespielt, bevor sie zu Bett gingen.

Es ist der bravourhafte Auftritt eines Mannes, dem Unrecht getan wird. Er fühlt sich missverstanden, ist wütend, frustriert, gereizt.

Nach zwei Stunden macht Drury eine Pause. Regeln müssen eingehalten werden. Ich treffe ihn im Flur.

»Haben Sie zugehört?«, fragt er und trinkt einen großen Schluck Wasser aus einer Flasche.

»Ja.«

»Es ist, als ob er die Fragen kennen würde, die kommen.«

»Er hatte drei Jahre Zeit, sich vorzubereiten.«

Drurys Brust dehnt sich aus, als würden sich unter seinem Hemd Muskeln bewegen. »Wie knacke ich ihn?«

»Vielleicht können Sie das nicht. Die besten Lügner sind die Menschen, die sich gut selbst belügen können.«

»Sie meinen, er leidet unter Wahnvorstellungen?«

»Kein bisschen. Täuschung und Selbsttäuschung erfordern dieselben Fähigkeiten. Haben Sie sich noch nie gefragt, warum manche Leute beim Solitaire schummeln oder heimlich die Lösungen von Kreuzworträtseln nachgucken? Es ist kein Wettbewerb, und es gibt keinen Preis, trotzdem machen sie es.«

»Sie wollen sich gut fühlen.«

»Indem sie mogeln?«

Drury zuckt die Achseln. »Also, wie kommt es dazu?«

»Es ist ein evolutionärer Prozess. Vor vierzig Jahren hat ein Biologe namens Robert Trivers die These aufgestellt, dass unser Hang zur Selbsttäuschung bis in prähistorische Zeiten zurückreicht, als wir uns erstmals zu Gruppen zusammenschlossen. Gemeinschaften haben Betrüger und Lügner schon immer bestraft, doch als hochintelligente Primaten wurde uns das Risiko bewusst, geächtet und an die Hyänen verfüttert zu werden, falls wir erwischt wurden. Das hat uns jedoch nicht daran gehindert zu lügen. Wir sind nur besser darin geworden. Wir haben gelernt, mit mehr durchzukommen.«

»Sie wollen also sagen, dass wir uns evolutionsgeschichtlich zu Lügnern entwickelt haben?«

»Ich sage, es ist eine Theorie. Deshalb hat Mark Twain geschrieben: ›Wie soll ein Mensch, der sich nicht selbst betrügen kann, andere täuschen?‹«

Drury sieht auf die Uhr.

»In ein paar Stunden wachen meine Kinder auf. Ihre Geschenke liegen unter dem Baum. Ich wäre gern dort.«

»Lassen Sie mich mit Martinez reden.«

»Das kann ich nicht machen – es ist gegen die Bestimmungen.«

»Tragen Sie mich als Besucher ein. Keine Kameras. Keine Aufzeichnung.«

»Dann ist es vor Gericht nicht zulässig.«

»Piper zu finden ist wichtiger.«

Der DCI wiegt den Kopf hin und her und saugt Spucke zwischen den Zähnen ein. »Martinez müsste einwilligen.«

»Fragen Sie ihn.«

»Warum sollte er zustimmen?«

»Er ist ein Showman. Er will ein Publikum.«

47

PHILLIP MARTINEZ BLICKT AUF, als die Tür aufgeht, und sieht mich mit einer Mischung aus Hoffnung und Beklommenheit an.
»Haben Sie Emily gefunden?«
»Noch nicht.«
Er schließt die Augen und zeigt seine langen Wimpern, ein Abbild des Elends, ein Mann, der auf einer verlassenen Insel gestrandet ist und auf Rettung wartet. In dem Luftzug steigt mir ein Hauch seines Schweißes in die Nase, der in seiner Kleidung getrocknet ist.
»Erinnern Sie sich an mich?«, frage ich ihn und nehme ihm gegenüber Platz.
»Selbstverständlich.« Er betrachtet mich vorsichtig. »Soll ich Sie Professor oder Doktor nennen?«
»Ich bin kein Doktor.«
»Sie haben drei Jahre Medizin studiert.«
»Woher wissen Sie das?«
Martinez erlaubt sich ein Lächeln. »Sie haben drei Mal mit meiner Tochter gesprochen. Selbst in Ihren kühnsten Träumen können Sie nicht geglaubt haben, dass ich mich nicht über Sie informiere.«
»Das ist sehr gewissenhaft.«
»Ich bin immer gewissenhaft, Professor. Ich bin leitender Forscher an einem der größten Institute Europas. Ich habe zwanzig Mitarbeiter und ein Budget von dreizehn Millionen Pfund. Halten Sie mich nicht für dumm.«
»Das würde ich nie tun.«
Zufrieden mit seiner ersten Salve lehnt er sich zurück.
»Wir haben einen schlechten Start erwischt«, sage ich. »Ich werde Sie nicht anlügen, wenn Sie mich nicht anlügen.«
»Das habe ich bis jetzt noch nicht getan«, sagt er.
»Sie haben die Unwahrheit gesagt, was die Gründe für Ihre Rückkehr aus Amerika angeht. Sie wurden beschuldigt, Daten für eine Studie zur Krebsbehandlung gefälscht zu haben, und von akademischen Prüfern öffentlich gerügt.«
Martinez bewegt kaum einen Muskel. Seine glänzenden, gierigen Augen erinnern mich an die Puppe eines Bauchredners.

Ich setze ihm weiter zu. »Zwei Zeitschriftenartikel wurden unter Ihrem Namen veröffentlicht. Sie haben unter Vortäuschung falscher Daten Forschungsmittel erhalten, die Sie später zurückzahlen mussten.«

Sein Kiefer zuckt, sein Blick wird glasig.

»Selbst in Ihren kühnsten Träumen, Mr. Martinez, können Sie nicht geglaubt haben, dass ich mich nicht über Sie informiere.«

Das ist er – der Punkt, an dem die Fassade bröckelt. Er beugt sich vor und bleckt die Zähne.

»Wie können Sie es wagen«, faucht er. »Wie können Sie es wagen, mich zu beleidigen und meine Moral infrage zu stellen! Gucken Sie sich an! Sie sind krank! Sie funktionieren nur wegen der Medikamente, die Leute wie ich entdeckt und getestet haben. Ihr Zustand verschlechtert sich. Die Krankheit frisst an Ihren Nerven, beraubt Sie Ihres Gleichgewichts, Ihrer Bewegungs- und Sprachfähigkeit und irgendwann Ihres Verstands. Eines Tages in nicht allzu vielen Jahren werden Sie ein zuckender, zitternder Haufen Knochen sein, unfähig, sich zu bewegen, zu sprechen oder sich selbst zu ernähren. Anstatt meinen Ruf zu schädigen, sollten Sie beten, dass ich ein Heilmittel entdecke. Sie sollten um meine Hilfe betteln, Sie aufgeblasener, selbstgerechter Klugscheißer. Sie *brauchen* Leute wie mich.«

Ich sehe die Spuckefetzen aus seinen Mundwinkeln fliegen und erkenne einen klassischen Narzissten, einen Perfektionisten, der von seinem eigenen Ego und übersteigerten Selbstwertgefühl beherrscht wird; jemanden, der niemanden akzeptieren kann, der das sorgfältig gestaltete, makellose Bild anzweifelt, das er von sich erschaffen hat. Er würde eher den Boten vernichten, als die Botschaft zu hören.

Er lehnt sich zurück, das Feuer in ihm brennt immer noch. Er möchte, dass ich mich entschuldige. Er erwartet es.

So weit komme ich ihm entgegen. »Entschuldigen Sie, Mr. Martinez. Ich wollte Ihre professionelle Integrität nicht infrage stellen.«

Er tut es mit einer wegwerfenden Handbewegung ab.

»Darf ich Sie etwas fragen?« Er nickt.

»Hat der Name George irgendeine Bedeutung für Sie?«

»Wieso?«

»Es ist eine ganz einfache Frage.«

»Es ist ein Spitzname. Nach unserer Hochzeit hat meine Frau mich Gorgeous George genannt. Sie fand, ich sähe aus wie irgendein Catcher, der in den Fünfzigern berühmt war. Wir hatten beide lockige Haare.«

»Wie kommen Sie zu dem Bluterguss im Gesicht?«

Er berührt die Stelle. »Das habe ich der Polizei schon gesagt. Emily hat mit einem Teller nach mir geworfen, weil ich nicht auf ihre Erpressung eingegangen bin.«

»Warum hat sie Sie erpresst?«

»Sie wollte Weihnachten mit ihrer Mutter verbringen. Ich habe Nein gesagt. Sie hat gedroht, sie würde mich beschuldigen, sie sexuell belästigt zu haben, wenn ich nicht nachgebe.«

»Sie lebt nicht gerne bei Ihnen.«

»Wir sind in gewissen Punkten unterschiedlicher Meinung.«

»Zum Beispiel?«

»Ich halte nichts davon, Kinder zu verwöhnen, Professor. Ich bin nicht bereit, zum Sklaven zu werden wie andere Eltern. Ich bin nicht der Diener, Chauffeur oder Sekretär meiner Tochter. Andere Mütter und Väter hätscheln und hegen Monster. Sie fahren sie überallhin, erfüllen ihnen jeden Wunsch – Geburtstagspartys, Ballett, Fußballtraining, Klavier, Geige, Tennis; Ritalin, wenn sie hyperaktiv sind, Prozac, wenn sie depressiv sind, Antibiotika, wenn sie schniefen. Nicht mit mir. Ich bin Vater, nicht bester Freund oder Vertrauter meiner Tochter ... und ich bin ganz bestimmt kein Sklave.«

»Herzlichen Glückwunsch. Sie sind der Vater des Jahres.« Er reagiert nicht.

»Wo waren Sie gestern Nachmittag?«

»Ich bin nach London gefahren.«

»Wann sind Sie angekommen?«

»Ich weiß es nicht. Ziemlich spät, neun, vielleicht zehn Uhr. Sie können die Pensionswirtin fragen. Sie hat sich geweigert, mich zu meiner Frau zu lassen.«

Die Fahrt nach London dauert keine zwei Stunden. Er hatte mehr als genug Zeit, Piper einzufangen, den Keller aufzuräumen und sie irgendwo zu verstecken, bevor er in die Hauptstadt gefahren ist.

»Wie erklären Sie sich das Auftauchen Ihres Stationsvorstehers am Tatort?«

Er stutzt. »Ist das nicht offensichtlich? Jemand hat ihn dort hinterlassen, um mir die Sache in die Schuhe zu schieben.«

»Wer sollte so etwas tun?«

Er zuckt die Achseln. »Es wäre nicht das erste Mal. Bei dieser Geschichte mit den gefälschten Testergebnissen hat auch jemand die Experimente sabotiert. Ich wurde reingelegt.«

»Warum?«

»Um mich zu diskreditieren natürlich.« Bei ihm klingt es völlig naheliegend. »Die medizinische Forschung ist voller korrupter Gestalten: Rivalen, die mir meinen Erfolg neiden, meine Forschungsstipendien stehlen wollen und Angst haben, ich könnte ihnen bei einem Durchbruch zuvorkommen, der Milliarden Dollar wert ist.«

»Sie glauben doch nicht wirklich, ein Rivale würde Ihnen eine Entführung und einen Mord in die Schuhe schieben?«

Er zuckt abschätzig die Schultern. »Das hier ist Zeitverschwendung. Ich hatte nichts mit den Bingham Girls zu tun. Ich habe sie nie getroffen. Ich habe noch gar nicht in Abingdon gelebt, als sie verschwunden sind.«

»Finden Sie es nicht merkwürdig, dass Sie einen Brief von Piper unter Emilys Sachen gefunden haben?«

»Ich habe ihr Zimmer durchsucht.«

»Warum?«

»Ich habe nach Drogen gesucht.«

»Glauben Sie, dass Emily Drogen nimmt?«

»Ich bin wie gesagt gewissenhaft.«

»Sie durchsuchen das Zimmer Ihrer Tochter. Lesen Sie auch ihre E-Mails?«

»Ja, das kommt vor.« Er lacht über meine Überraschung.

»Sie sind mit meinen Methoden nicht einverstanden?«

»Nein.«

»Wenn Ihre Tochter in irgendeiner dreckigen Absteige in einer Sozialsiedlung an einer Crack-Pfeife zieht, können Sie kommen und mich um pädagogischen Rat fragen.«

»Wo ist Piper Hadley?«

»Ich habe keine Ahnung.«

»Wo ist Emily?«

»Sie ist bei ihrer Mutter.«

Er hält trotzig meinem Blick stand. »Ich habe diese Mädchen nicht entführt. Sie können mit falschen Indizien rumhantieren, wie Sie wollen, deswegen bin ich trotzdem nicht schuldig.«

Der Schlüssel dreht sich im Schloss.

Die Tür geht auf. George hat einen Bademantel an und trägt ein Tablett mit einem Sandwich und einem dampfenden Becher. Er stellt das Tablett auf einen Tisch neben meinem Kopf. Ich starre auf den Dampf und beobachte, wie er sich ins Nichts kräuselt.
 Mein linkes Handgelenk ist mit Handschellen an das Kopfteil des Metallbetts gefesselt. Mit der anderen will ich das Laken über meinen Körper ziehen, doch ich kann es nicht erreichen. Ich muss es im Schlaf weggestrampelt haben.
 »Du solltest was trinken.«
 Es entsteht ein langes Schweigen. Meine Brust schnürt sich zu, bis ich kaum noch Luft kriege. George sitzt neben mir, legt seine Hand aufs Bett und sagt, ich soll ganz ruhig bleiben. Seine Hand rutscht näher, bis seine Finger meinen Schenkel berühren.
 »Du hättest nicht weglaufen sollen. Ich will, dass du sagst, dass es dir leidtut.«
 Ich antworte nicht.
 Seine Hand berührt meine Haut zwischen dem Ober- und dem Unterteil des Schlafanzugs.
 »Hast du mich gehört, Piper?«
 »Sag, dass es dir leidtut.« Ich schüttele den Kopf.
 Ohne jede Vorwarnung schlägt er mir in den Magen und bohrt seine Faust so tief in meine Bauchhöhle, dass ich denke, jedes Organ muss gerissen sein und Blut und Galle sickern in meine Brust.
 »Sag, dass es dir leidtut.«
 Ich blinzele noch einmal. Der nächste Schlag reißt mich vom Bett und drückt mich gegen die Wand. Ich würge.
 »Sag, es tut dir leid.«
 »Es tut mir leid. Es tut mir leid«, schluchze ich keuchend. Es tut mir leid, dass du ein trauriger sadistischer Wichser bist.
 Es tut mir leid, dass ich dir nicht ins Auge gestochen habe. Es tut mir leid, dass ich dir nicht mit dem Stein den Schädel eingeschlagen habe. Es tut mir leid, dass ich

dir nicht die Augen auskratzen kann. Ich will all diese Sachen schreien, doch kein Wort kommt heraus. Stattdessen sinke ich auf das Bett und rolle mich zusammen.

»So ist es besser«, sagt er. »Jetzt können wir wieder Freunde sein.« Er wiegt mich in seinen Armen hin und her und streichelt mein Haar. »Möchtest du Emily treffen?«

Ich versuche, mich ihm zu entziehen, doch er packt mich fester.

»Sie haben doch nicht ... Sie haben es mir versprochen.«

»Warum sollte ich etwas halten, was ich dir versprochen habe?«

»Ich hab gesagt, dass es mir leidtut.«

»Ja, das hast du.«

»Wo ist sie?«

Er lächelt. »Das sparen wir uns für einen anderen Tag auf.«

Er stößt sich vom Bett ab und geht zum Fenster. »Soll ich dir erzählen, wie es draußen aussieht?«

»Wie meinen Sie das?«

»Es ist Weihnachten – willst du wissen, was für Wetter wir haben?«

»Okay.«

»Es ist bewölkt, aber vielleicht kommt später die Sonne noch raus.«

»Beschreiben Sie noch etwas.«

»Was denn?«

»Irgendwas.«

»Ich kann einen Kirchturm und einen Park sehen. Ein paar Kinder fahren Fahrrad.«

»Die haben sie bestimmt zu Weihnachten bekommen.«

»Ja.«

»Was ist Ihr Lieblingsfilm?«

»Ich sehe mir nicht viele Filme an.«

»Und was ist mit Fernsehen?«

»Ich mag Strictly come Dancing. Aber das läuft Weihnachten nicht.«

»Gucken Sie Eastenders?«

»Nein.«

Es sieht aus, als täte es ihm ehrlich leid. Er greift in die Tasche und zieht zwei weiße Tabletten heraus.

»Ich muss eine Weile weg. Später komme ich zurück. Die werden dir helfen zu schlafen. Aber du solltest sie nicht auf leeren Magen nehmen.«

»Ich glaube nicht, dass ich etwas herunterbekomme.«

»Wenn du wieder zu Kräften gekommen bist, fangen wir noch mal ganz von vorn an. Es wird wieder sein wie früher.«

48

DS Blake sprintet den Flur hinunter und biegt so schnell um die Ecke, dass er beinahe die Balance verliert und über eine Büropflanze springen muss. Eines der oberen Blätter trudelt zu Boden wie ein Bogen Papier, den jemand fallen gelassen hat.

»Wir haben es gefunden, Boss«, sagt er und hämmert an Drurys Tür. Der DCI hat geschlafen. »Martinez hat noch ein Haus«, fährt Blake fort. »In Oxford. Er hat es gemietet, als er aus den Staaten zurückgekommen ist. Er hat dort gewohnt, bis er das Sorgerecht für Emily erstritten hat, den Vertrag jedoch nie gekündigt.«

Drury taucht schlaftrunken in der Tür auf.

Blake redet immer noch. »Der Besitzer des Hauses ist 2009 gestorben, doch Martinez hat den Mietvertrag mit dem Sohn verlängert.«

»Wofür braucht ein Mann zwei Häuser?«, fragt Drury.

»Genau mein Gedanke, Boss.« Blake wirkt zufrieden mit sich. »Der Sohn hat noch etwas gesagt. Sein alter Herr hatte einen alten Landrover, der in der Garage des gemieteten Hauses stand.«

»Wo ist der Wagen jetzt?«

»Er weiß es nicht.«

»Das heißt, Martinez könnte Zugriff darauf gehabt haben? Das würde erklären, warum sein Lexus so verdammt sauber ist.«

Der DCI ist jetzt hellwach und in Bewegung. »Briefing in fünfzehn. Ich will ein Dutzend Beamte. Besorgen Sie mir Luftbildaufnahmen der Straße und des Hauses. Finden Sie heraus, ob im Grundbuchamt auch die Baupläne abgelegt sind. Wir brauchen einen Grundriss.«

»Es ist Weihnachten, Boss.«

»Okay«, flucht Drury, »aber holen Sie mir einen Kinderschutzbeamten. Ich will einen von denen dabeihaben.«

Die Stimmung im Einsatzraum ist wie verwandelt. Erschöpfte Körper sind von frischer Energie belebt. Müdigkeit ist vergessen. Während ich das Treiben verfolge, wird mir klar, wie weit entfernt ich von diesen Beamten bin. Ich bin ein Außenseiter, ein Zivilist, außerdem noch Psychologe, Vertreter eines Berufsstands, dem sie misstrauen. Sie stellen sich vor, ich würde unaufhörlich ihre Körpersprache lesen, nach Schwächen und unbewussten Signalen suchen wie ein Mann mit Röntgenaugen, der in die Abgründe ihrer Seelen blicken kann. Solche Ängste sind irrational und unbegründet, doch das ändert nichts daran, dass es sie gibt. Manche Menschen können sich in Gegenwart eines Polizisten, Priesters oder Abtreibungsarztes nicht entspannen;

das Gleiche gilt für Psychologen.

Drurys Handy klingelt erneut. Er antwortet hastig, gereizt.

Es ist der Chief Constable.

»Ja, Sir. Ich bin unmittelbar dran. Wir haben eine heiße Spur, wo Piper Hadley sein könnte ... in North Oxford ... Richtig, Sir ... Wir können ihn mit der stillgelegten Fabrik und mit beiden Mädchen in Verbindung bringen ... Ich verstehe Ihre Besorgnis, Sir, doch wir haben die Sache im Griff ... Im Laufe der nächsten Stunde ... Sobald ich etwas weiß.«

Casey kommt aus dem Lift. An seinem Tweedjackett kleben Regentropfen, und sein nasses Haar sieht noch mehr aus wie ein Helm als sonst. Er hat den ganzen Morgen in dem Suchgebiet verbracht und Freiwillige koordiniert. Die meisten wollen zum Weihnachtsessen nach Hause.

»Wie soll es weitergehen, Boss?«, fragt er und dehnt seine steif gefrorenen Finger.

»Mal sehen, wie viele im Feldeinsatz bleiben«, sagt Drury.

»Und wenn es dunkel wird, blasen wir die Sache ab.«

Die Einsatzbesprechung ist beendet. Das Team versammelt sich unten. Fahrzeuge stehen bereit, Motoren laufen. Bekleidet mit einer kugelsicheren Weste steigt Drury in den ersten Wagen, ein Mann, der alles vollkommen im Griff hat. Er hat mich nicht um Hilfe gebeten. Er hat nicht mit mir gesprochen. Das ist seine Show.

Mein Handy klingelt. Es ist Ruiz.

»Was ist der Unterschied zwischen einem Schneemann und einer Schneefrau?«

»Schneebälle«, sage ich.

»Du kanntest ihn schon.«

»Der ist uralt.«

Ruiz seufzt und überlegt, welchen Witz er stattdessen erzählen könnte.

»Irgendwelche Neuigkeiten?«, frage ich.

»Ich sollte eine Detektei aufmachen.«

»Du hast es gehasst, Schurken zu jagen.«

»Ja, aber ich war trotzdem ziemlich gut. Ich habe Emily Martinez gefunden. Sie ist bei ihrer Mutter.«

»Du hast mit ihr gesprochen.«

»Ja. Sie ist gestern gegen Mittag dort angekommen. Es hat eine Weile gedauert, bis ich Amanda Martinez überzeugen konnte, dass ich nicht für ihren Mann arbeite.«

»Was hat Emily über den Streit gesagt?«

»Es war genauso, wie Martinez es beschrieben hat.«

»Er hat also die Wahrheit gesagt.«

»In dem Punkt jedenfalls«, sagt Ruiz.

Er redet weiter, während ich beobachte, wie ein Bus eine Ladung freiwilliger Suchhelfer auf dem Parkplatz absetzt. Sie tragen schlammverschmierte Stiefel und weiße Overalls. Als sie zu ihren Wagen gehen, erinnern sie mich an ausgemergelte Schneemänner.

»Ich muss Schluss machen«, erkläre ich Ruiz.

»Was gibt's?«

»Vielleicht gar nichts.«

Auf dem Weg zurück nach oben nehme ich jeweils zwei Stufen auf einmal. Im Einsatzraum organisiert DS Casey über Funk Erfrischungen für die Suchtrupps, die noch vor Ort sind. Ich warte, bis er fertig ist.

»Wo finde ich die Aufnahmen der Sicherheitskameras vom Bingham Festival?«

»Die müssten im Datenarchiv sein.«

»Können Sie sie für mich aufrufen?«

Er loggt mich in den nächsten Computer ein und verbindet mich mit dem Police National Computer, einer Datenbank, die Details über jeden bekannten Straftäter und jede »Person von Interesse« in Großbritannien enthält: Namen, Spitznamen, Decknamen, Narben, Tätowierungen, Akzent, Schuhgröße, Größe, Alter, Haarfarbe, Augenfarbe, Strafregister, Komplizen und Vorgehensweise. Außerdem finden sich dort die Akten aller laufenden Ermittlungen, sodass Detectives landesweit Details abgleichen und nach Verbindungen suchen können.

Das Video vom Bingham Festival ist unter einem Dutzend verschiedener Stichwörter abgelegt. Aufgenommen wurde es von einer Überwachungskamera gegenüber der Bushaltestelle am Eingang des Stadtparks. Achtundzwanzig Sekunden lang sieht man Piper und Natasha aus einer Budengasse kommen und den Jahrmarkt durch das Tor verlassen.

Ich öffne eine weitere Datei mit einer Reihe von Bildern, die ein Fotograf für die *Oxford Mail* gemacht hat. Er hat vor allem Zuckerwatte essende und Karussell fahrende Kinder abgelichtet, doch auf einer Sequenz in der Nähe des Autoscooters sieht man Piper und Natasha im Hintergrund stehen.

Ich zoome die Mädchen heran und gehe die Bilder Einstellung für Einstellung durch. Hinter ihnen parkt ein Streifenwagen auf der Straße, ein Polizist steht neben der offenen Autotür. Das Bild ist zu verschwommen und der Wagen zu weit weg, um sein Gesicht zu erkennen, doch die Haltung kommt mir bekannt vor.

Ein weiteres Foto kommt mir in den Sinn – das Bild von Natasha McBain vor dem Oxford Crown Court, wo sie von einem Sicherheitsbeamten des Gerichts durch eine hasserfüllte Menge geführt wird. Sein Gesicht ist von einem erhobenen Arm verdeckt, während er die Leute beiseitedrängt.

Gedanken prasseln in mein Bewusstsein wie fette Regentropfen auf eine trockene Straße. Einer nach dem anderen ... Schneemänner, Stationsvorsteher, verschwundene Mädchen ... Die Wahrheit ist kein blendendes Licht oder ein Eimer kaltes Wasser im Gesicht. Sie sickert tröpfchenweise ins Bewusstsein.

Ich stehe vom Schreibtisch auf, gehe durch den Einsatzraum und folge dem Flur bis zu den Umkleidekabinen. Jeder Beamte hat einen Stahlspind für Uniform und Ausrüstung. Ich gehe an der Reihe entlang und überprüfe Zahlen und Initialen.

Der Spind ist mit einem Zahlenschloss gesichert. Ich sehe mich nach etwas Schwerem um. An der Wand hängt ein Feuerlöscher, den ich aus seiner Halterung ziehe. Ich hole aus und schlage damit auf das Schloss. Die Tür verbiegt sich, das Schloss springt auf. In dem Schrank sind Stiefel, ein Kampfpanzer und eine Leuchtweste. Weiter hinten hängt ein weißer Overall mit dem Schriftzug OxSAR auf der Tasche. Die Hosenumschläge sind rußverschmiert, der Stoff riecht nach Bleichmittel.

DS Casey verfolgt am Funkgerät den Polizeieinsatz in North Oxford. Die Wagen nähern sich dem Ziel, Straßen werden abgeriegelt.

»Ich muss Sie was fragen. Als der Chief Constable gestern die Urlaubssperre verhängt und die Beamten zurückgerufen hat, galt das für alle?«

»Ja.«

»Wo war Grievous gestern?«

»Ich habe ihn an einer der Straßensperren gesehen.«

»Wo?«

»In der Silo Road.«

»Und heute?«

»Noch gar nicht. Worum geht es?«

Ich antworte nicht sofort. Dann frage ich: »Wie heißt er mit vollem Namen?«

»Verzeihung?«
»Wie lautet sein richtiger Name?«
»Brindle Hughes.«
»Und sein erster Vorname?«
»Gerald.«
»Wird er von irgendjemandem George genannt?«
»Alle nennen ihn Grievous.«
Ich setze mich wieder an den Computer und starte eine neue Suche nach einer Zeugenaussage. Der Bildschirm baut sich auf. Ich überfliege die Liste. Die Aussage ist unterzeichnet und datiert von Probationary Constable Gerald Brindle Hughes. Er beschreibt, dass er an dem Samstagabend, an dem die Bingham Girls verschwunden sind, Streife gefahren ist. Gegen zehn Uhr hat er gesehen, wie zwei Mädchen, auf die die Beschreibungen von Piper Hadley und Natasha McBain passten, die Kirmes verließen.
»Wo wohnt Grievous?«
Casey blickt von seinem Funkgerät auf. »Wieso?«
»Wir müssen ihn finden.«
Casey sieht mich besorgt an. Sein Haaransatz kriecht seinen Augenbrauen entgegen.
»Was hat er getan?«
»Ich bin mir nicht sicher, aber Sie müssen mir vertrauen. Wenn ich recht habe, kommen Sie groß raus. Und wenn ich falschliege …«
Ich beende den Satz nicht. Casey ist nervös geworden. »Vielleicht sollte ich dem Boss Bescheid sagen.«
»Nicht über Funk. Er hört garantiert mit.«
»Wer?«
»Grievous. So hat er auch Piper gefunden.«
»Wovon reden Sie?«
»Er hat den Polizeifunk mitgehört. Dadurch wusste er, wo er Piper finden konnte. Er hat gehört, wie ihr Standort über Funk durchgegeben wurde. Er war eher da als alle anderen.«
»Aber wie?«
»Er wusste, von wo sie geflohen war.«
Der Groschen fällt. Casey sieht mich ungläubig an. »Sprechen wir von derselben Person? Detective Constable zur Ausbildung Brindle Hughes?«
»Ich hoffe, ich irre mich. Bitte, wir müssen uns beeilen.«

49

DS Casey stösst mit der Schulter eine Feuertür auf und weist auf ein ziviles Polizeifahrzeug. Lichter blinken auf, Türen werden entriegelt.

»Der Boss hat sein Telefon ausgeschaltet«, sagt er, das eigene Handy am Ohr. »Vor Ende des Einsatzes schaltet er es bestimmt nicht wieder ein. Nachrichten nur im absoluten Notfall.«

Casey starrt auf das Display und überlegt, ob er eine Nachricht hinterlassen soll. Er will sich absichern.

»Ich werde es DCI Drury erklären«, sage ich und nehme auf dem Beifahrersitz Platz.

Wir verlassen den Parkplatz und fahren über die Marcham Road. Die Straßen sind verlassen. Die Leute sind in ihren Häusern, feiern Weihnachten, essen Truthahn mit Füllung, Plumpudding mit Vanillesauce und dösen noch vor der Weihnachtsansprache der Queen vor ihren Fernsehern ein.

»Ich kann immer noch nicht glauben, dass wir das machen«, sagt Casey. »Grievous ist einer von den Jungs.«

»Wie gut kennen Sie ihn?«

»Er ist ein Kumpel.«

»Sie waren also schon mal bei ihm zu Hause?«

»Nein.«

»Haben Sie seine Verlobte mal getroffen?«

»Bis jetzt nicht.«

»Sie ist noch nie auf ein Glas mit in den Pub gekommen oder hat Grievous vor dem Revier abgesetzt?«

»Nein.« Casey zögert. »Er ist noch nicht lange bei uns. Vielleicht ein halbes Jahr.«

»Wo war er vorher?«

»Bei den Uniformierten ... unten.«

Der DS biegt scharf in die Drayton Road und folgt ihr vorbei an Ock Meadow nach Süden. Zwischen den Kreuzungen gibt er Gas.

Fakten verschieben sich in meinem Kopf, lösen sich und setzen sich zu neuen Bildern zusammen wie Fragmente einer Collage, die eine neue Wirklichkeit schaffen. Die Vergangenheit wird umgebildet, Geschichte neu geschrieben, Erklärungen werden auf den Kopf gestellt.

Laut denkend erkläre ich, dass Grievous an dem Abend Dienst hatte, als Piper und Natasha verschwunden sind.

Die Mädchen mussten auf ihrem Weg zum Freizeitzentrum direkt an ihm vorbeigelaufen sein. Außerdem hat er als Sicherheitsbeamter bei Gericht gearbeitet, als sie im Prozess gegen Aiden Foster vor dem Oxford Crown Court ausgesagt hatten.

»Das könnte auch Zufall sein«, sagt Casey.

»Erinnern Sie sich an das Bauernhaus, den Schneesturm? Augie Shaw hat gesagt, er habe Natasha auf der Straße gesehen. Barfuß. Panisch. Jemand hätte sie verfolgt.«

»Der Schneemann«, sagt Casey.

»Ich glaube, es war jemand in einem weißen Overall, ein Freiwilliger des Such- und Rettungsdienstes. Grievous arbeitet für OxSAR.«

»Viele Männer arbeiten als Freiwillige.«

»Sein Overall riecht nach Bleichmittel.«

»Ist das alles, was Sie zu bieten haben? Phillip Martinez hat ein Motiv und kein Alibi. Der Typ ist ein Kontrollfreak, das haben Sie selbst gesagt. Er hat eine medizinische Ausbildung. Er hätte diese Sachen machen können … Sie wissen schon … mit Natasha.«

Casey will die Worte nicht aussprechen.

»Grievous hat zwei Jahre als Krankenpfleger gearbeitet, bevor er Sicherheitsbeamter bei Gericht geworden ist.«

»Woher wissen Sie das?«

»Er hat es mir erzählt.«

»Was ist mit der Figur, die Sie in der stillgelegten Fabrik gefunden haben?«

»Grievous war mit mir bei Phillip Martinez. Er hat die Modelleisenbahn gesehen. Er hätte den Stationsvorsteher einstecken und am Tatort deponieren können, um den Verdacht auf Martinez zu lenken.«

»Sie reden von ihm wie von einem kriminellen Mastermind. Er ist Detective Constable zur Ausbildung, Herrgott noch mal.«

»Dann tun Sie mir den Gefallen. Wir klopfen an seine Tür und wünschen ihm frohe Weihnachten.«

»Und dann?«

»Dann gehen wir wieder. Ein Drink. Mehr nicht.«

Der DS ist nicht überzeugt. Ich dränge ihn, einem Kollegen zu misstrauen und damit eine besondere Verbundenheit zu verraten. Polizisten kümmern sich umeinander und halten sich gegenseitig den Rücken frei. Sie verbringen ihre Freizeit und ihren Urlaub zusammen und heiraten in die Familien anderer Polizisten ein. Sie sind Waffenbrüder, Außenseiter, verhasst, bis man sie braucht, die Bestatter der Lebenden.

Über Funk hört man, dass der Einsatz in North Oxford begonnen hat. Die Polizei rückt von Stockwerk zu Stockwerk vor und sucht im Keller nach versteckten Tunneln und geheimen Kammern.

Wir sind fast da. Hundert Meter von dem Haus entfernt parkt Casey den Wagen. Wir sind in einem neueren Viertel von Abingdon mit zweistöckigen Doppelhäusern, einige mit ausgebauten Speichern und Garagen. Winterliche Bäume zeichnen sich vor den hellen Backsteinfassaden ab. Giebel und Fenster sind mit Weihnachtsbeleuchtung verziert.

»Wir sagen also nur kurz Hallo?«, fragt Casey.

»Absolut.«

»Und dann gehen wir wieder?«

»Natürlich.«

»Und Sie werden mir die Peinlichkeit ersparen, Ihre Theorien gegenüber Grievous zu wiederholen?«

»Ja.«

Wir gehen durch das Tor und den Pfad zur Haustür hinauf.

Casey klingelt. Niemand antwortet.

»Er ist nicht zu Hause.«

»Versuchen Sie es noch einmal.«

»Ich hätte mich nie hierzu überreden lassen dürfen.«

Die Tür geht auf. Grievous wirkt perplex und strahlt dann.

»Alles in Ordnung, Jungs?«

»Ja, klar«, sagt Casey. »Wir sind bloß hier vorbeigekommen und dachten, wir schauen mal rein.«

»Frohe Weihnachten«, sage ich.

»Das wünsche ich Ihnen auch.«

Er hat die Tür immer noch nicht ganz geöffnet.

»Haben Sie Besuch?«, frage ich.

»Nein.«

»Wo ist Ihre Verlobte?«

»Sie verbringt Weihnachten bei ihrer Familie in Cornwall.«

»Schade, ich hätte sie gern mal kennengelernt«, sagt Casey.

»Sie sind heute nicht zur Arbeit gekommen.«

»Ich hab erst spät Feierabend gemacht und dann ausgeschlafen. Der Boss meinte, es wäre okay, wenn ich mir einen Tag freinehme. Meiner Mum geht's nicht gut. Könnte ihr letztes Weihnachten sein.«

»Das tut mir leid.«

»Ich wollt gerade zu ihr rüber. Sie wohnt gleich um die Ecke.«

»Für ein kleines Gläschen ist doch bestimmt noch Zeit«, sagt Casey mit einem leutseligen Grinsen. Er drängt sich an Grievous vorbei in den Flur und blickt in das verdunkelte Wohnzimmer.

»Hübsches Haus. Wohnen Sie schon lange hier?«

»Ein paar Jahre.«

Wir werden den Flur hinunter in eine schäbige Küche geführt, Baujahr circa 1970, Schränke mit Holzfurnier, Porzellanbecken und ein abgetretener Linoleumboden. Jacken hängen über den Stuhllehnen. Casey nimmt breitbeinig Platz, die Pose eines großen Mannes.

»Wir sollten feiern«, sagt er.

»Wieso?«, fragt Grievous.

»Wir haben Phillip Martinez wegen der Entführung der Bingham Girls verhaftet. Sie haben einen großen Tag verpasst. Martinez hat ein zweites Haus. Es wird in diesem Augenblick auf der Suche nach Piper Hadley auf den Kopf gestellt. Wir waren gerade auf dem Weg dorthin.«

»North Oxford liegt in der entgegengesetzten Richtung«, sagt Grievous.

»Woher wussten Sie, dass es in North Oxford ist?«, fragt Casey.

»Sie haben es erwähnt.«

»Nein, habe ich nicht.«

Einen Herzschlag lang herrscht Stille, während die beiden Männer sich anstarren.

Der eine sucht nach Klarheit, der andere nach einem Ausweg. Grievous' Augen zucken verräterisch.

»Jetzt haben Sie mich erwischt«, sagt er verlegen. »Ich hab oben eine Radarantenne. Ich hab den Polizeifunk abgehört. Selbst wenn ich nicht arbeite, kann ich den Job nicht vergessen.«

Casey lacht mit ihm. »Zeit, dass Sie heiraten, Junge.«

»Ja, da haben Sie recht«, sagt Grievous und sieht mich an. Ich kann nichts in seinen Augen erkennen. »Also warum sind Sie wirklich hier?«

»Ich fahre zurück nach London«, sage ich. »Ich wollte mich dafür bedanken, dass Sie mich überall herumchauffiert haben. Ich hatte gar keine Gelegenheit, mich zu verabschieden.«

»Oh«, sagt Grievous und entspannt sich. »Nun, es war mir ein Vergnügen, Sie kennenzulernen, Professor.«

»Sie haben nie gelernt, mich Joe zu nennen«, sage ich, schüttele seine Hand und halte sie einen Moment länger fest als erwartet, während ich sein Gesicht betrachte. Dann lasse ich ihn los. »Darf ich mal Ihre Toilette benutzen, Grievous?«

»Klar, die Treppe hoch, die erste Tür rechts.«

Ich versuche, Blickkontakt mit Casey herzustellen, doch der redet mit Grievous über Küchenrenovierung. Ich steige in den ersten Stock und blicke kurz über das Geländer, bevor ich ins Bad gehe.

Dort drehe ich den Wasserhahn auf und öffne den Schrank über dem Waschbecken. Rasierschaum, Zahnseide, Haargel.

Keine Frauenartikel. Ich schleiche über den Flur zum ersten Schlafzimmer. Dabei höre ich, wie Casey und Grievous unten Bierdosen knacken.

Das Zimmer ist als Fitnessstudio eingerichtet, mit einer Bank und Hanteln, die in einem Regal gestapelt oder an einer Querstange aufgehängt sind. Ansonsten fällt nur ein altmodischer Sekretär mit kleinen Holzschubladen ins Auge. Auf der versenkbaren Tischplatte blinkt ein zugeklappter Laptop, auf dem oberen Regal leuchten digitale Zahlen auf der Anzeige eines Funkempfängers.

Ich gehe über den Flur in das Hauptschlafzimmer, das von einem ungemachten Doppelbett mit aufgeschlagener Decke beherrscht wird. Auf einem Ständer vor dem Erkerfenster steht ein Flachbildfernseher, daneben ein Stapel DVDs, illegal heruntergeladene Filme. Der große Mahagonikleiderschrank hat drei Türen, die mittlere ist ein Spiegel. Zwei Paar Trainingsschuhe stehen ordentlich nebeneinander unter dem Bett. Auf einem Stuhl liegen gefaltete Kleidungsstücke, in einer Bürste steckt ein Kamm.

Es gibt zwei weitere Zimmer. Eins ist das Gästezimmer mit einem Bett samt altmodischem Überwurf und einer Kommode mit einem drehbaren ovalen Spiegel; das andere wird als Abstellraum benutzt.

Ich gehe zurück ins Bad und betätige die Toilettenspülung.

Bleibt nur noch der ausgebaute Speicher. Möglichst leise steige ich die schmale Treppe nach oben und blicke über das Geländer. Ich kann keine Stimmen mehr hören.

Die Tür ist abgeschlossen, doch der Schlüssel steckt. Ich drehe ihn langsam im Schloss. Die Tür geht nach innen auf, und es dauert einen Moment, bis meine Augen sich an das Halbdunkel gewöhnt haben. Die Wände zur Linken und zur Rechten sind schräg. Unter einem zugedeckten Dachfenster an der Stirnwand kann ich ein Bett und einen Haufen Bettzeug ausmachen.

Der Raum sieht leer aus, und ich will gerade wieder gehen, als ich ein leises Geräusch höre.

Ich gehe weiter in den Raum und entdecke unter den Bettdecken ein schlafendes Mädchen, das im Traum wimmert und den Kopf hin und her wirft. Sie hat einen Albtraum, gegen den sich ihr Körper zuckend wehrt. Ich berühre ihren Arm. Ihre Augen gehen auf, starren jedoch blind ins Leere.

»Piper?«

Sie antwortet nicht.

»Kannst du mich hören, Piper?«

Ihre Pupillen sind erweitert. Sie ist betäubt worden.

»Ich bin Joe. Wir haben gestern miteinander gesprochen.« Ihre Augen fallen wieder zu. Sie will sich zur Seite drehen, doch ihr linkes Handgelenk ist mit einem Paar silberner Polizeihandschellen an das Kopfteil gefesselt. Ohne den Schlüssel oder eine Bügelsäge kann man Piper nicht befreien.

Ich klappe mein Handy auf und schicke DS Casey eine SMS.

Piper ist oben. Vorsicht.

Ich wähle Drurys Nummer. Er geht immer noch nicht dran. Was jetzt? Der Notruf. Ich fordere einen Krankenwagen und die Polizei. Die Frau in der Telefonzentrale will, dass ich am Apparat bleibe, doch ich nenne nur meinen Namen und lege auf.

Ich streiche Piper die Haare aus den Augen. Sie klappen auf.

»Sie haben gesagt, Sie wollten mich gestern abholen kommen.«

»Ich weiß. Tut mir leid.«

»Passen Sie auf, dass er mir nicht wehtut.«

»Mach ich.«

Ihre Augen fallen zu. Sie atmet tief. Sie ist wieder eingeschlafen. Ich steige langsam die Treppe hinunter, spähe über das Geländer und lausche auf Stimmen, doch ich höre nichts. Im Erdgeschoss angekommen schleiche ich in Richtung Küche. Der Raum kommt langsam ins Blickfeld. Ich sehe Bierdosen und zwei Gläser auf dem Tisch stehen.

DS Casey sitzt noch auf demselben Stuhl wie eben. Sein Kopf ist nach vorn gesackt, mit einer Hand hält er sich den Hals, um das Blut zu stoppen, das durch seine Finger blubbert. Er hebt stöhnend das Kinn, sein Blick trifft auf meinen. In seinem liegt der Tod. Und er kommt bald.

Ich presse die Hand auf seinen Hals, lege meine Finger auf seine, um den Druck zu erhöhen, doch die Halsschlagader ist durchtrennt. Er verblutet, verliert das Bewusstsein. Ich will ihm sagen, dass es mir leidtut. Ich hätte bei ihm bleiben sollen. Gemeinsam ... vielleicht ...

Auf dem Tisch vor ihm liegt ein Handy, auf dem Display meine Nachricht. Das Letzte, was er gelesen hat. Mit einem leisen Rumpeln verstummt der brummende Kühlschrank. Im selben Moment sackt Caseys Kopf nach vorn, und mit einem letzten Beben seines Körpers hört sein Herz auf zu schlagen.

Die Pumpe ist ausgetrocknet. In der plötzlichen Stille spüre ich ein Zittern, das sich in meiner Brust bis zum Hals ausbreitet. Ich blicke den Flur hinunter. Grievous könnte in jedem Zimmer warten.

Ich könnte fliehen. Ich könnte nach draußen laufen und auf die Polizei warten. Aber dann müsste ich Piper zurücklassen.

Neben Caseys Handy liegt noch etwas auf dem Küchentisch: ein kleiner silberner Schlüssel. Er gehört zu den Handschellen.

Ich blicke noch einmal in den Flur.

»Hören Sie mich, Grievous?«

Die Stille scheint mich zu verspotten.

»Wir könnten reden«, sage ich. »Ich kann gut zuhören.« Nach wie vor nichts.

Vielleicht ist er weg, vom Tatort geflohen und hat mir den Schlüssel dagelassen. Aber er kann unmöglich erwarten zu entkommen. Ich wische mir die Hände an den Hüften ab, nehme den Schlüssel und werfe auf dem Weg zurück zur Treppe einen Blick in jedes Zimmer.

Über mir knarrt es.

»Grievous?«

Nichts. Von der anderen Straßenseite hört man lautes Gelächter, Weihnachtsfeuerwerk wird gezündet, Jubel, Applaus.

Ich steige in den ersten Stock und schleiche auf Zehenspitzen von Raum zu Raum. Noch bevor ich die Suche beendet habe, weiß ich, wo ich ihn finden werde. Ich steige die letzte Treppe hoch und stoße die Tür auf.

Grievous sitzt an die Wand gelehnt auf dem Bett. Er hat die Arme und Beine um Piper geschlungen und drückt ihren Körper an seine Brust. Sie ist ein an seiner Schulter schlafender menschlicher Schutzschild.

»Ich dachte, Sie würden weglaufen«, sagt er.

»Das dachte ich umgekehrt auch.«

Sein Haar klebt auf einer Hälfte seines Gesichts, seine Augen sind wie dunkle Höhlen voller Schatten und Bedrohung. Er weist auf das Fußende des Bettes. Auf dem Laken liegt eine Pistole, näher bei mir als bei ihm, neben der Waffe ein Munitionsclip.

»Für Sie«, sagt er.

Ich starre auf die Waffe und versuche, das Angebot zu begreifen.

»Nehmen Sie sie. Sie beißt nicht.«

Piper sieht in seinen Armen aus wie eine Puppe, ihr Kopf ist zur Seite gesackt, ihre Augen sind geschlossen, ihr Atem geht flach.

»Was haben Sie ihr gegeben?«

Er zeigt auf das leere Tablettenfläschchen auf dem Tisch links neben sich.
»Diazepam. Sie wird nichts spüren.«
»Was soll sie nicht spüren?«
»Sterben natürlich.«
»Sie müssen sie nicht töten.«
»Dafür ist es ein bisschen spät. Sie hat die ganze Flasche geschluckt. Wir werden gemeinsam sterben.«
Er hebt seine linke Hand, um mir zu zeigen, dass sie mit Handschellen aneinandergefesselt sind. In der anderen, bisher verborgenen Hand hält er ein Messer, flach an ihren Körper gepresst, die Spitze ungefähr über ihrem Herzen.
»In dem Fläschchen müssen um die dreißig Tabletten gewesen sein. Ich glaube nicht, dass sie überlebt, selbst wenn man ihr den Magen auspumpt. Sie haben wirklich keine Zeit zu verlieren. Wenn Sie mich erschießen, können Sie sie vielleicht retten.«
»Ich werde Sie nicht erschießen.«
Er sieht mich traurig an und küsst Piper auf die Stirn. »Dann werden wir beide zusehen, wie sie stirbt.« Mit den Fingerspitzen zwirbelt er ihr Haar auf. »Es ist wirklich schade. Sie war so ein liebes, liebes Ding.«
»Warum machen Sie das?«
»Sie sind der Psychologe. Sagen Sie es mir.«
Ich trete näher, gehe in die Hocke und nehme die Pistole und den Clip.
»Man muss ihn reinschieben, bis er einrastet«, sagt er. »Und jetzt entsichern.«
Ich habe noch nie mit einer Waffe geschossen. Ich hasse sie. Ich kenne Leute, die den Standpunkt vertreten, es seien bloß Werkzeuge wie ein verstellbarer Schraubenschlüssel oder ein Kugelhammer, aber seien wir ehrlich: Pistolen wurden als tödliche Waffen konstruiert. Daran führt kein Weg vorbei. Es gibt vieles, was ich noch nie getan habe. Ich habe keine Piercings, bin noch nie aus einem Flugzeug gesprungen und habe noch nie versucht, eine Kuh umzukippen. All das erscheint mir im Augenblick erstrebenswerter, als mit beiden Händen eine Pistole festzuhalten.
»Vorsichtig, sonst erschießen Sie noch jemanden«, sagt Grievous lächelnd.
»Lassen Sie Piper frei.«
»Erschießen Sie mich, dann können Sie sie haben.« Ich richte die Waffe auf seinen Kopf.
»So ist es gut.«
»Ich werde Sie nicht erschießen. Niemand muss sterben.«

Er lächelt. Er riecht beinahe parfümiert, als hätte er geduscht, sich rasiert und mit Eau de Cologne eingesprüht.

»Sie waren nie in der Armee, oder?«, fragt er.

»Genauso wenig wie Sie.«

»Ich war nah dran.«

»Das ist, als würde man sagen, man hätte beinahe Sex gehabt, Grievous. Entweder man hatte, oder man hatte nicht – alles andere ist wichsen.«

Wut blitzt in seinen Augen auf. Bisher habe ich seinen Jähzorn nie bemerkt. Er hat gelernt, ihn gut zu verbergen.

»Sollte ich Sie Gerald oder George nennen?«

»Nennen Sie mich, wie Sie wollen.«

»Piper und Natasha haben Sie George genannt. Es passt zu Ihnen.« Ich trete einen Schritt näher. »Ich werde jetzt die Handschellen aufmachen.«

Er zeigt mir noch einmal das Messer. »Mit einer kleinen Bewegung aus dem Handgelenk kann ich ihr Herz treffen, bevor Sie einen Schritt machen. Wie gut sind Sie als Arzt? Können Sie ein gebrochenes Herz zusammenflicken?«

Ich mache einen Schritt zurück und stoße an einen Stuhl mit gerader Lehne. Verkehrt herum setze ich mich darauf und stütze meine ausgestreckten Arme auf die oberste Querstrebe der Lehne. So kann ich die Waffe ruhiger halten.

»Mein Verbrechen«, sagt Grievous, »die Mädchen zu entführen und zu vergewaltigen, bedeutet im großen Lauf der Dinge nicht sehr viel. In tausend Jahren werden die Bingham Girls und das, was ich ihnen angetan habe, niemanden mehr kümmern. Nicht mal in hundert Jahren. Tatsache ist, Professor, dass Männer seit Anbeginn unserer Gattung den Schwanz in Frauen gesteckt haben. So haben wir überlebt. Und wenn ich vorher nicht bitte und hinterher nicht danke gesagt habe, na und? Der Akt bleibt derselbe. Wir stecken den Schwanz rein. Wir pflanzen uns fort.«

»Das ist eine interessante Philosophie, George. Deine Mutter wäre sehr stolz auf dich.«

»Lassen Sie meine Mutter da raus.«

»Ist sie diejenige, die sie bestrafen wollen?«

»Oje, wie enttäuschend«, seufzt er. »Ist das das Beste, was Sie zu bieten haben – freudianische Aggression, Mutterfixierung? Bitte, ich hatte mehr erwartet.«

»Sie haben keine Verlobte, Grievous. Sie ist eine weitere Fiktion. Das war immer Ihr Problem, nicht wahr? Sie finden niemanden zum Lieben. So ist es seit jeher gewesen, seit Ihrer Pubertät, als all die Hormone mit Ihrem Verstand Schlitten gefahren sind. Sie haben sich eine Freundin gewünscht, doch Sie hatten ein Problem. Sie waren auf einem Ohr taub und kriegten nicht richtig mit, was die Leute sagten. Niemand wusste von dem langsam wachsenden, gutartigen Hirntumor.

Sie haben sich geweigert, ein Hörgerät zu tragen oder im Unterricht ganz vorn zu sitzen. Sie wollten nicht, dass es irgendjemand weiß, vor allem die Mädchen nicht. Sie wollten einer von den coolen Jungs sein, die hinten sitzen und sich Zettel zustecken. Wissen Sie, dass es einen Zusammenhang zwischen Taubheit und Paranoia gibt, Grievous? Wenn man nicht besonders gut hört, denkt man leicht, dass die Leute über einen reden, lachen und Witze machen. Ist es nicht so?«

Er antwortet nicht, doch es sieht aus, als würde er das Messer fester an Pipers Brust pressen.

»Sogar Ihre Lehrer dachten, Sie seien langsam und dumm, sogar Ihre Familie. Und jedes Mal wenn jemand lachte oder sich ein bisschen anders benahm, waren Sie sicher, er macht sich über Sie lustig, tuschelt hinter Ihrem Rücken über Sie.

Sie wollten eine Freundin. Ganz verzweifelt und unbedingt, doch die Mädchen wiesen Ihre erbärmlichen Bemühungen, um sie zu werben, zurück. Ich meine das gar nicht kritisch oder herablassend. Es war nicht Ihre Schuld. Sie haben diese Mädchen verehrt. Sie hätten sie wie Göttinnen behandelt, mit Liebe überschüttet, ihnen Gedichte geschrieben, ihnen Liebeslieder gesungen. Aber sie wollten nichts von Ihnen wissen, oder? Sie haben sich für die Jungs entschieden, neben denen sie gut aussahen, die ihnen Status verliehen, für die sie schwärmten.

Sie haben von diesen unerreichbaren Mädchen geträumt und fantasiert. Sie haben sie vor sich gesehen, als Sie sich im Kraftraum geschunden und die Pfunde abtrainiert haben. Sie haben sich ausgehungert. Und dann entdeckte man eines Tages den Tumor in Ihrem Kopf, die Chirurgen schnitten ihn heraus, und plötzlich konnten Sie hören. Sie funktionierten wieder. Jetzt konnte Sie nichts mehr aufhalten.«

Ich mache eine Pause, sehe ihn an und spüre, wie nahe ich der Wahrheit bin.

»Und was ist dann passiert?«, frage ich. Er antwortet nicht.

»Lassen Sie mich raten. Sie haben eines der unerreichbaren Mädchen eingeladen, und es hat Ja gesagt. Sie war nett. Freundlich. Hübsch. Sie hat Sie nicht geneckt, sich keine gemeinen Spitznamen für Sie ausgedacht oder sich über Ihre Schwerhörigkeit lustig gemacht. Sie waren hin und weg, Sie schwebten wie auf Wolken, noch nie in Ihrem Leben waren Sie so glücklich.

Es war auch nicht so, dass Sie Sex mit ihr wollten – jedenfalls nicht sofort.

Sie wollten reden, sie romantisch umwerben, ihr zeigen, was Sie zu bieten hatten. Aber dann haben Sie sich verkrampft. Sie wurden wortkarg. Hören zu können machte keinen Unterschied, weil Sie Ihre Nervosität und Scheu nicht ablegen konnten. Sie wussten nicht, wie man sich entspannt und einfach man selbst ist. Anstatt ein neuer Mann zu sein, waren sie derselbe alte Gerald – der langsame Gerald, der paranoide Gerald.

Hat sie über Ihren ersten unbeholfenen Kussversuch gelacht? Oder war das ganze Date nur ein Witz? Vielleicht haben ihre hübschen Freundinnen sie dazu angestiftet. Haben Sie Natasha deswegen ausgewählt? Hat sie Sie an die Mädchen erinnert, die Sie damals ausgelacht haben? Sie war aufreizend, kokett, eitel und weit über Ihrer Liga ...«

Seine Augen flackern hasserfüllt auf. »Sie denken, mir hätte was an dem Flittchen gelegen?«

»Ich denke, das beantwortet meine Frage.«

»Sie hat bekommen, was sie verdient hat.«

»Deswegen haben Sie Natasha verstümmelt. Es war Hass, keine Liebe. Ihr Begehren wurde verdreht, verdorben, gewalttätig. Es verlangte, dass Sie als Mensch beiseitetraten. Es negierte die Rechte anderer. Es reinigte. Es vergiftete. Es diktierte Ihre Ansichten. Sie müssen diesen Hass jahrelang mit sich herumgeschleppt haben. Er nagte an Ihnen, während Sie zusahen, wie die anderen Typen die hübschen Mädchen kriegten. Die durften sie nach Hause bringen und über diese süßen jungen Körper herfallen – und prahlten hinterher auch noch damit.«

»Reden Sie ruhig weiter, Professor, es ist ihre Zeit, die Sie vergeuden.«

Ich blicke zu Piper. Ihr Atem geht mittlerweile abgerissen.

Das Beruhigungsmittel gelangt in ihren Blutkreislauf.

»Warum ist es so wichtig, dass ich Sie töte?«, frage ich.

»Für mich ist es vorbei. Ich kann nirgendwo mehr hin.«

»Geben Sie mir Piper. Ich lasse Ihnen die Pistole da.« Er schüttelt den Kopf. »Ich will, dass Sie abdrücken.«

»Warum?«

Er lächelt. »Es ist so, wie ich es Ihnen am ersten Tag gesagt habe, als ich Sie nach Bingham gefahren habe: Mörder und Entführer wissen, wann sie eine Grenze überschreiten. Sie dürfen kein Mitleid oder Verständnis erwarten. Gideon Tyler hat Ihre Frau und Ihr Kind entführt. Er hat Ihnen schreckliche Dinge angetan, aber Sie haben gesagt, Sie hätten nicht abgedrückt, um ihn aufzuhalten.«

»Ich habe gelogen.«

»Zeigen Sie es mir, Professor. Beweisen Sie, dass Sie es können. Lernen Sie, wie es sich anfühlt.«

Er streicht mit dem Finger über Pipers Hals. »Vielleicht würden Sie anders denken, wenn es Ihre Tochter wäre. Vielleicht bedeutet Piper Ihnen nicht so viel.«

»Das ist nicht wahr.«

Er lächelt. »Sie glauben, Sie können die Gedanken anderer Leute lesen, Professor. Sie zerpflücken ihre Motive und gucken in ihre Köpfe, doch manchmal frage ich mich, ob Sie sich je selbst anschauen. Ich glaube, Sie sind ein Feigling. Ich bringe Ihnen Mut bei.«

»Ich lebe mit einer Krankheit, die mich mutig macht.«

»Die liefert Ihnen bloß eine Ausrede.« Er spuckt die Worte förmlich aus. »Sie konnten den Mann nicht aufhalten, der Ihre Frau und Ihre Tochter entführt hat, und jetzt zaudern Sie wieder. Sie suchen nach Ausflüchten. Halten Sie mich auf. Das Mädchen stirbt. Tun Sie es einfach!«

Er zieht Pipers Lider hoch. Ihre Pupillen haben sich nach innen gedreht, und aus einem Mundwinkel blubbern weiße Bläschen. Jede Minute gibt den Tabletten mehr Zeit, sich in ihrem Magen und in ihrem Blut aufzulösen. Fünf Minuten nach Einnahme hatte sie eine neunzigprozentige Überlebenschance. Nach einer Stunde fällt sie auf unter fünfzehn Prozent.

Die Pistole in meinen Händen ist heiß geworden. Ich starre mit einer Mischung aus Verachtung und Ehrfurcht auf den Lauf.

»Lassen Sie sie los.«

»Erschießen Sie mich. Es ist nicht schwer. Sie kommen hier rüber, richten die Waffe auf meinen Kopf und drücken ab. Und versuchen Sie nicht, danebenzuschießen. Ich will nicht wie ein Krüppel dahinvegetieren. Und versuchen Sie auch nicht, mir ins Bein oder in die Schulter zu schießen. Das Messer ist sehr scharf. Es braucht nicht viel Druck, um ihre Brust aufzuschlitzen.«

Die Pistole wird schwerer. Ich sehe Piper an und stelle mir vor, wie ihr Herz immer langsamer schlägt und ihre Organe versagen. Im nächsten Moment sehe ich Charlie vor mir, auf einer schmutzigen Matratze liegend, an eine Heizung gekettet, den Kopf mit Klebeband umwickelt und durch einen Strohhalm atmend. Ich hätte ein Dutzend Mal abgedrückt, um sie und Julianne zu retten. Ich hätte das Magazin geleert und nachgeladen. Ich hätte alles getan … alles gegeben … wenn nur …

»Wenn ich Sirenen höre, töte ich sie, Professor. Die Zeit läuft ab.« Er wiegt Piper in den Armen. »Drücken Sie ab. Menschen töten ständig. Vielleicht gefällt es Ihnen sogar. Es könnte kathartisch sein. Ich meine, Sie leben getrennt, Ihre Frau hat Sie verlassen, Sie sind von einer Krankheit geschlagen, so viel zu ›in guten wie in schlechten Tagen‹.«

»Deswegen hat sie mich nicht verlassen.«

»Sie müssen sie wirklich hassen.«

»Nein.«

»Lügner!«

In dem Moment fange ich an zu schreien. Ich richte die Waffe auf seinen Kopf und trete näher.

»LEGEN SIE DAS MESSER WEG!«

»Nein.«

»LASSEN SIE SIE LOS!«

»Erschießen Sie mich.«

»NEIN!«

»Tick-tack, tick-tack.«

»LASSEN SIE SIE LOS!«

»Drücken Sie ab.«

»SIE STIRBT!«

Grievous fängt an zurückzuschreien. »RETTEN SIE SIE! TUN SIE ES EINFACH! DRÜCKEN SIE AB! TUN SIE ES. ERSCHIESSEN SIE MICH! DRÜCKEN SIE VERDAMMT NOCHMA …«

Ich spüre den Rückstoß der Waffe, und der Knall scheint direkt in meinem Kopf zu explodieren. Mit einem langen Nachhall und brummend vor sich hin dröhnend wie eine Schallplatte, die bei der falschen Geschwindigkeit abgespielt wird. Ich starre auf die Pistole und rieche das Kordit.

Mein Finger ist noch immer am Abzug. Ich bin erstarrt, wie versteinert, während die Erde zehntausend Umdrehungen gemacht hat. Nichts rührt sich, nichts bewegt sich, bis Piper zur Seite rutscht. Ihr Haar klebt feucht und rot an ihrem Hinterkopf. Einen Moment lang denke ich, ich habe sie erschossen.

Irgendwie muss die Kugel von der Wand abgeprallt sein. Ich taste über ihren Hinterkopf und stelle fest, dass es nicht ihr Blut ist.

Grievous starrt mich an, die Zähne gebleckt, der Mund offen, unterbrochen im letzten Satz. Die Eintrittswunde in seiner Stirn ist kleiner als ein Fünf-Pence-Stück, doch durch die Austrittswunde sind Blut und Hirnmasse auf die weiße Wand gespritzt.

Ich schließe unbeholfen die Handschellen auf, hebe Piper mühelos hoch, trage sie zur Tür und die beiden Treppenabsätze nach unten.

Adrenalin pulsiert nach wie vor in meinem Körper wie der Bassbeat bei einem Rockkonzert. Ich setze Piper im Flur neben der Haustür ab, halte mein Ohr an ihren Mund und ihre Nase und lege die Hand auf den unteren Brustbereich. Sie atmet, doch ihre Augen sind starr und erweitert. Ich drehe sie in die stabile Seitenlage.

Wo bleibt der Notarzt? Ich wähle noch einmal den Notruf und brülle die Frau in der Telefonzentrale an, sie soll sich beeilen. Das Schlafmittel ist seit fast dreißig Minuten in Pipers Organismus.

Ich muss schnell handeln. Magenspülung. Und dann auspumpen. Ich erinnere mich an mein Studium – drei Jahre Medizin aus Pflichtgefühl gegenüber meinem Vater, Gottes privatem Leibarzt im Wartestand, der wollte, dass ich die Familientradition weiterführe.

Ich reiße Küchenschränke auf, finde ein Paket Salz und lasse das Wasser laufen, bis es warm wird. Ich fülle einen sauberen Plastikbehälter mit warmem Wasser, kippe das Salz hinein und verrühre beides zu einer Lösung. Als Nächstes brauche ich einen Schlauch, etwa so breit wie mein kleiner Finger und knapp einen Meter lang.

Unter dem Waschbecken ist ein Wasserfilter mit einem biegbaren blauen Plastikzufluss. Ich reiße ihn heraus, schneide die Enden ab und hoffe, dass er lang genug ist. Ich gehe neben Piper auf die Knie, drehe ihren Kopf zur Seite, befeuchte das Ende des Schlauchs mit Seife und schiebe ihn behutsam durch ein Nasenloch, bis ich auf den Kehlkopf stoße. Ich spüre den leichten Widerstand, bewege den Schlauch nach hinten Richtung Speiseröhre und schiebe ihn weiter zum Magen.

Ich lege Pipers Kopf auf ihre Brust, blase Luft durch den Schlauch und lausche auf ein Gurgeln in ihrem Magen. Dann halte ich den Plastikbehälter mit der Salzlösung über ihren Kopf, steche ein Loch in den Boden, schiebe den Schlauch hinein und lasse etwa dreihundert Milliliter warme Flüssigkeit in ihren Magen fließen.

Anschließend sauge ich kurz an dem Schlauch, bis eine Mischung aus Salzlösung und Mageninhalt aufsteigt, die ich auf den Boden fließen lasse. Ich wiederhole die Prozedur, bis die Flüssigkeit, die herauskommt, klarer wird. Mein Handy klingelt seit geraumer Zeit. Ich war zu beschäftigt, um dranzugehen.

Drurys Name leuchtet auf dem Display auf.

»Was ist da drinnen passiert? Nachbarn haben einen Schuss gemeldet.«

»Wo ist der Notarzt?«

»Vor der Tür. Er wartet auf eine Bestätigung, dass alles sicher ist.«

»Ist es. Sagen Sie ihm, er soll sich beeilen.«

»Wo ist Grievous?«

»Tot.«

»Casey?«

»Tut mir leid.«

Augenblicke später wird die Tür aufgerissen, und der Blick des DCI trifft auf meinen. Er trägt eine kugelsichere Weste und einen Helm wie ein moderner Krieger. Die Narbe auf seiner Wange sieht im trüben Licht aus wie ein Muttermal.

Ein Dutzend Polizeibeamte stürmt ins Haus. Hinter ihnen sehe ich zwei Krankenwagen mit flackerndem Blaulicht, die Sirenen sind ausgeschaltet. Hinter den Polizisten kommen Sanitäter und zwei Notärztinnen. Zwei hocken sich neben Piper. Die jüngere hat ein Gesicht wie ein Bauernmädchen.

»Was hat sie genommen?«

»Diazepam.«

»Wie viel?«

»Unbekannt.«

»Wie lange ist sie schon ohne Bewusstsein?«

»Dreißig Minuten. Vielleicht länger.« Ich zeige auf den Schlauch. »Ich habe eine nasotracheale Intubation und eine Magenspülung vorgenommen. Sie braucht Aktivkohle, um den Rest zu absorbieren.«

»Ab hier können wir übernehmen, Sir.«

Drury taucht auf dem oberen Treppenabsatz auf. Sein Gesicht ist aschfahl, gepeinigt von dem, was er gesehen hat. Zwei Kollegen sind tot. Ein entführtes Mädchen lebt. Es fühlt sich nicht an wie ein Sieg.

An dem Abend, als wir entführt wurden,

habe ich Tash bei der Kirche zurückgelassen und bin zu Emilys Haus gelaufen, um ihr zu erzählen, dass wir abhauen. Im Winter lässt Reverend Trevor die kleine Seitentür von St. Mark's immer auf, damit Gottesdienstbesucher, die am Sonntagmorgen zu früh kommen, nicht in der Kälte warten müssen, bis der Küster aufschließt. Ich habe Tash zusammengerollt wie ein Kätzchen auf einer Bank liegen lassen.

Es war längst nach Mitternacht, als ich zurückkam. Die Kirmes hatte geschlossen, die Karussells wurden abgebaut oder zusammengeklappt wie Spielzeuge. Gerüststangen wurden auf LKW geladen, Zelte zu Schläuchen zusammengerollt.

Tash war nicht dort, wo ich sie zurückgelassen hatte. Ich dachte, sie hätte im Chorgestühl oder unter dem Taufbecken einen wärmeren Platz gefunden, doch es war zu riskant, das Licht anzumachen, also habe ich eine Gebetskerze angezündet und versucht, mir kein heißes Wachs auf die Hände zu kleckern. Als ich Richtung Hauptportal ging, sah ich George. Er saß aufrecht in einer der Bankreihen. Tash schlief, den Kopf auf seinem Schenkel.

George legte einen Finger auf die Lippen, weil er sie nicht wecken wollte.

»Hallo, Piper«, flüsterte er.

»Woher wissen Sie, wer ich bin?«

»Du bist die Läuferin«, sagte er und streichelte Tashs Haar. »Sie schläft. Sie hat mir erzählt, was passiert ist. Ich habe auf dich gewartet.«

»Warum?«

»Wir müssen aufs Polizeirevier. Wir müssen melden, was passiert ist.«

»Tash wollte es niemandem sagen.«

»Ich habe sie umgestimmt.«

»Wer sind Sie?«, fragte ich.

»Ich bin gekommen, um zu helfen.«

Er trug eine schwarze Kampfhose und bis zu den Schienbeinen geschnürte Stiefel. Unter seiner wasserdichten Jacke konnte man ein schwarzes Hemd sehen. Ich dachte, dass er irgendwie offiziell aussah – wie ein Soldat oder Polizist – bis auf seine Jacke, die war alt und verdreckt.

Er hob Tashs Kopf von seinem Schoß, richtete sie auf und lehnte sie an seine Schulter.

»Mein Wagen steht draußen«, sagte er. »Komm, hilf mir, sie zu tragen.«

Ich fasste Tashs Arm, und im selben Moment legte er seine Hand auf meinen Mund und meine Nase und drückte fest zu. Den anderen Arm schlang er um meine Brust, presste meine Arme an meinen Körper und hob mich hoch. Ich bekam keine Luft mehr. Und wegrennen konnte ich auch nicht.

»Pssst«, flüsterte er. »Schlaf jetzt, Prinzessin. Bald bist du zu Hause.«

50

Ich darf mit Piper im Krankenwagen fahren. Obwohl sie immer noch bewusstlos ist, werden ihre Lebenszeichen stärker. Man wird sie zur Dialyse bringen und ihr Blut reinigen. Sie wird sich erholen. Sie wird das neue Jahr erleben und ihre neue kleine Schwester kennenlernen.

Ich sitze auf einer Seitenbank, meine Knie berühren die Liege, und ich schwanke bei jeder Kurve auf dem Weg zum Krankenhaus. In dem Chrom spiegelt sich ein Gesicht, doch es sieht nicht aus wie meins. Ich zittere am ganzen Körper. Ich weiß nicht, ob es der Parkinson, die Kälte oder etwas Elementareres ist. Ich habe einen Menschen getötet. Ich habe ein Leben ausgelöscht.

Piper öffnet flatternd die Augen, reißt sie entsetzt auf und entspannt sich, als sie mich erkennt.

»Hallo«, sage ich und fasse ihre Hand.

Wegen der Sauerstoffmaske kann sie nicht antworten.

»Du bist in Sicherheit. Wir fahren ins Krankenhaus.« Sie drückt meine Hand.

Mit der anderen greift sie nach der Maske. Der Notarzt will, dass sie sie anbehält, doch Piper besteht darauf, sie von ihrem Mund zu ziehen. Sie formt die Lippen zu einem Wort. Ich beuge mich näher und höre sie flüstern.

»Tash?«

»Es tut mir leid«, sage ich. »Tash hat es nicht bis nach Hause geschafft. Sie ist in dem Schneesturm gestorben, aber sie hat uns geholfen, dich zu finden.«

Piper kneift die Augen zu, eine winzige Träne kullert über ihre Wange wie eine kleine Murmel und bleibt am Rand der Sauerstoffmaske hängen.

Es war immer klar, dass dies die härteste Nachricht sein würde, und sie wird ihr mehr wehtun, als sich irgendjemand vorstellen kann: Sie bleibt allein zurück mit der Schuld der Überlebenden und dem Gefühl, dass die Welt sich ohne sie weitergedreht hat. Es gibt niemanden mehr, der versteht, was sie durchgemacht hat.

51

Es ist nach Mitternacht, als ich bei unserem alten Haus ankomme. Der Schlüssel liegt unter dem dritten Backstein, gleich neben dem Fingerhut. Ich schließe die Tür auf und versuche, im Licht der Weihnachtsbeleuchtung möglichst leise durch den Flur zu kommen.

Im Wohnzimmer lasse ich mich auf das Sofa fallen und schließe die Augen, zu erschöpft, um die Treppe hochzugehen, zu aufgedreht, um zu schlafen.

»Hallo.«

Julianne steht in der Tür. Sie trägt einen Flanellschlafanzug. Sie kauft sie immer zwei Nummern zu groß, weil sie so bequemer sind, sagt sie. Die Hose hängt tief in der Hüfte, und das aufgeknöpfte Oberteil enthüllt den Schatten zwischen ihren Brüsten.

»Ich hab es in den Nachrichten gehört«, sagt sie. »Wird sie durchkommen?«

»Ja.«

»Es hieß, ein Mann sei erschossen worden.« Ich nicke.

Meine Hände zittern. Ich sehe ihr in die Augen, und etwas Kleines und Zartes in mir zerreißt. Ich spüre die Tränen. Ich versuche, sie zurückzuhalten. Julianne setzt sich neben mich und drückt ihr Gesicht an meins.

Ich schluchze. Sie tröstet mich.

»Ich habe einen Mann getötet.«

»Du hast ein Mädchen gerettet.«

Sie hat ihre Arme um mich geschlungen und wiegt mich hin und her wie ein Kind.

»Als ich die Pistole in der Hand hielt, musste ich die ganze Zeit an Charlie denken. Daran, wie Gideon Tyler sie entführt hat. Ich konnte mich erinnern, wie hilflos ich mich gefühlt habe, wie vollkommen und absolut nutzlos. Ich weiß noch, wie du hier in diesem Raum gestanden hast und mich nicht ansehen konntest. Ich wusste nicht, was ich zu dir sagen sollte. Ich konnte es nicht besser machen. Ich konnte deinen Schmerz nicht teilen, weil ich wusste, wenn ich dein Leid und deine Wut auch noch auf mich nehme, werde ich verdammt noch mal davon erdrückt … das hätte ich nicht überlebt.«

»Quäl dich nicht, Joe.«

»Das war der Anfang vom Ende für uns. Ich wusste es. Du wusstest es.«

»Charlie geht es gut. Du musst aufhören, dich selbst zu bestrafen.« Sie streicht über mein Haar. »Ich finde, du solltest mit jemandem reden.«
»Mit wem?«
»Du solltest dir professionelle Hilfe suchen.«
»Du denkst, ich sollte mir einen Therapeuten suchen?«
»Ja.«
»Gehst du zu einem?« Sie nickt. »Es hilft.«
»Zu wem?«
»Das sage ich dir nicht. Du würdest mir erklären, dass es einen besseren gibt.«

Ich versuche zu lachen, weil ich weiß, dass sie recht hat. Wir bleiben lange so sitzen, lauschen der Stille und genießen die Wärme des anderen.

»Wie war Weihnachten?«, frage ich.

»Verschoben.« Sie zeigt auf den Weihnachtsbaum, unter dem bunt eingepackte, ungeöffnete Geschenke liegen. »Wir haben beschlossen, dass wir nicht ohne dich Weihnachten feiern wollen, also haben wir es auf morgen verschoben ... oder sollte ich besser sagen auf heute?«

»Was ist mit dem Weihnachtsmann?«

»Oh, er war da.«

»Und Emma wollte ihre Geschenke nicht auspacken?«

»Doch, das wollte sie schon. Es hätte sie fast umgebracht. Aber sie wollte auch, dass du hier bist.« Sie küsst mich sanft auf die Lippen. »Das wollten wir alle.«

Julianne löst ihren Körper von meinem, steht auf und zieht mich auf die Füße. »Ab ins Bett mit dir.«

»Lass mich hier schlafen.«

»Nein.«

Sie führt mich nach oben und bleibt vor Emmas offener Tür stehen. Wir betrachten unsere Jüngste, die inmitten von Stofftieren und ihren wunderbar fantasievollen Gemälden schläft.

Dann kommen wir an Charlies Zimmer vorbei. An der Tür hängt ein Zettel, der kleinen Schwestern und allen anderen unter einer bestimmten Körpergröße den Zutritt verbietet. Daneben ist nützlicherweise eine Messlatte angebracht.

Julianne bleibt nicht vor dem Gästezimmer stehen. Sie zieht mich weiter in das Schlafzimmer, das wir einmal geteilt haben, und hilft mir beim Ausziehen. Als ich etwas sagen will, legt sie einen Finger auf meine Lippen, zieht mich ins Bett und meine Arme um ihren Körper und über ihre Brüste.

Ich rieche ihr Haar. Ich spüre ihr Herz. Ich höre ihr beim Schlafen zu. Mehr will ich nicht.

Ich heiße Piper Hadley, und

ich wurde seit dem letzten Samstag der Sommerferien vor drei Jahren vermisst. Heute bin ich nach Hause gekommen.

Danksagung

Sag, es tut dir leid ist mein achter Roman, und das sind sieben mehr, als ich im Traum je für möglich gehalten hätte. Wie immer möchte ich meinen Agenten Mark Lucas, Richard Pine, Nicky Kennedy und Sam Edinburgh danken sowie meinem britischen und meinem amerikanischen Lektor, David Shelley und John Schoenfelder. Für ihre Gastlichkeit und Freundschaft gilt mein Dank Mark und Sara Derry, Ursula Mackenzie, Martyn Forrester, Ian Stevenson und der unlängst nach Harare zurückgekehrten Familie Honey.

Bedanken möchte ich mich auch bei John Leece, der sich das Recht, eine Figur in diesem Roman zu benennen, durch seine großzügige Unterstützung des Dymocks Book Bank Project verdient hat, das »gefährdeten« Kindern hilft, lesen zu lernen.

Eine besondere Erwähnung (und Medaille) gebührt auch meiner leidgeprüften Frau Vivien für ihre Liebe und Unterstützung. Sie ist mein erster Fan, die Leserin, die ich beim Schreiben im Kopf habe, mein Prüfstein, Wirklichkeitscheck und der Mensch, für den ich das alles mache.

Zuletzt möchte ich meinen Lesern in Großbritannien, den USA, Deutschland, Australien und vielen anderen Ländern danken. Es erfüllt mich mit Demut zu wissen, dass meine Bücher gekauft, geliehen und heruntergeladen werden. Eine Geschichte mit einem anderen Menschen zu teilen ist etwas sehr Persönliches. Es ist ein Vertrag. Ein Pakt. Ein Versprechen.

»Weißt du, wie viele Menschen mich schon mit in ihr Bett genommen haben?«, sage ich zu meiner Frau.

Darauf sie schmunzelnd: »Das hättest du wohl gern, was?«